# 中外文学鉴赏

**主　编**　杨　明　阎　瑜

**副主编**　邵吉志　张树海

**编　委**　（以姓氏笔画为序）

　　　　王小环　杨　明　张树海

　　　　邵吉志　殷　梅　阎　瑜

中国海洋大学出版社

·青岛·

**图书在版编目(CIP)数据**

中外文学鉴赏/杨明等主编. —青岛:中国海洋大学出版社,2007.9(2025.2 重印)

ISBN 978-7-81125-038-1

Ⅰ.中… Ⅱ.杨… Ⅲ.文学史－世界－高等学校－教材

Ⅳ.I109

中国版本图书馆 CIP 数据核字(2007)第 151174 号

| | | | | |
|---|---|---|---|---|
| **出版发行** | 中国海洋大学出版社 | | | |
| **社　　址** | 青岛市香港东路 23 号 | | **邮政编码** | 266071 |
| **网　　址** | http://pub.ouc.edu.cn | | | |
| **电子信箱** | hdcbs@ouc.edu.cn | | | |
| **订购电话** | 0532－82032573(传真) | | | |
| **责任编辑** | 张华 | | **电　　话** | 0532－85902342 |
| **印　　制** | 北京虎彩文化传播有限公司 | | | |
| **版　　次** | 2008 年 9 月第 1 版 | | | |
| **印　　次** | 2025 年 2 月第 7 次印刷 | | | |
| **成品尺寸** | 170 mm×230 mm　1/16 | | | |
| **印　　张** | 19.5 | | | |
| **字　　数** | 400 千字 | | | |
| **定　　价** | 39.00 元 | | | |

# 前　言

　　"大学语文课不是中学语文课的继续"，这一点在我国高校已成为共识。但是就该课程的性质、教学目的、课程体例等方面的问题，仍然仁者见仁，智者见智，还没有形成统一的认识。

　　我们认为，中学语文的主要目的是以文学作品为蓝本来学习汉语言，就像英语是英国语言而不是英国文学。但是，"大学语文"不仅仅是语言课，而且是一门用来提高学生的文学鉴赏能力，进而影响学生的写作能力和社会认识能力的公共基础课。文学史、文学理论、文学作品鉴赏是达到上述目的的主要内容板块，大学语文课应当涵盖这三个板块的内容。但是，在短短的有限课时里，怎样结构课程？以什么为思路进行讲解？确实是难以把握的问题。

　　本书的编写就是针对大学语文课程的特点，进行的尝试性改革。我们结合多年教学过程中的摸索和体会，以史为基本线索，以作品鉴赏为核心内容，以教学过程中比较成功的"一讲"为体例进行编排，力求寻找一条流畅的教学思路，取得良好的教学效果。我们对史的讲解，并不强调绝对的完整性，而是根据作品有所侧重，以作品鉴赏的需要为基准，取舍详略。详则借助于教师的研究成果，略则一语带过。对作品的讲解，尽可能从文学角度作详尽的赏析，甚至可以讲到美学的层面。由于时间有限，作品不可能讲得太多，因此，我们尽可能做到举一反三，向学生传授鉴赏作品的方法。

　　本书主要是针对大学语文教学而编著，也可以作为广大读者自修教材。

编者

2007 年 6 月

# 目　次

# 第一讲　文学的产生和古代神话

中国古代文学(？～1840)，是我国文学史上历史最长的一个时期，也是我国文学史上的辉煌时期。

## 一、中国文学的起源

文学的产生和发展，与人类的诞生和发展有着十分紧密的联系。

文学产生于劳动。远古年代，原始人过着群居生活，他们在长期的劳动过程中，为了彼此协调动作、交流感情，于是就产生了语言，语言的产生是文学产生必要的条件之一；同时，长期的劳动也使人形成了审美意识，凡是准确的、有力的、敏捷的、灵活的、眼明手快的动作，都被认为具有普遍的美感，审美意识的产生，也是文学产生的必要条件。当原始人为了满足对生产的渴望和冲动，以语言的形式再现某一劳动过程时，就出现了现实主义文学，因此，现实主义文学是生活的再现。

正如毛泽东同志高度概括的，文学源于现实，又高于现实。拿原始文学来说，原始人既表达了对自然的畏惧，更表达了战胜自然的愿望。所以尽管原始人在打猎中常常被老虎吃掉，但在文学中表现的，却常常是人打死老虎，这是早期文学对现实概括和总结的表现。

人不同于动物，原始人不是消极地适应自然，而是对现实环境进行积极地认识和改造。原始人在和自然作斗争的时候，总想认识和解释自然现象和规律。但在当时的社会条件下，原始人的认识处于低级阶段，不可能对自然现象作出正确、合理的解释，于是只能通过想象和幻想来解释自然。由于认识能力和生产能力的低下，原始人对洪水、灾害、瘟疫、猛兽有一种恐惧心理。解释自然的愿望和恐惧心理相结合，便创造了神。关于神的故事，就是神话。神话是最早的浪漫主义作品。

神话是原始人通过幻想以一种不自觉的艺术方式对自然现象和社会生活所作的形象描述和解释，用虚幻的想象表现了先民们征服自然、战胜自然的强烈愿望和乐观主义、英雄主义精神，是人类早期不自觉的积极浪漫主义艺术创作。神话的情节一般表现为：变化、神力、法术。但当人类的生产力得到发展，科学知识逐步发达以后，也就是人类实际上能够支配和征服自然的时候，产生神话的时代也就过去了，神话也就消失了。

## 二、中国古代神话与"大禹治水"

与西方神话相比，我国神话具有多族多源的特点。我国流传下来的神话保存在唐宋以前的汉族典籍中，主要有《诗经》、《庄子》、《韩非子》、《山海经》、《楚辞》、《吕氏春秋》、《淮南子》、《风俗通义》、《列子》等。其中，以《山海经》、《楚辞》和《淮南子》保存的神话较多,尤以《山海经》最为接近上古神话的原貌。我国神话原本应是很丰富的,可惜由于神话演变过程中的历史化、文学化和宗教化等因素,没有得到完整系统的记录和保存,只剩下零碎的很少一部分。

远古时期,由于还没有文字,流传下来的主要是口头的诗歌和神话。上古神话还不是文学,但含有文学的成分,并对后世的文学产生了很大影响。上古神话的内容大致可分为开辟神话、自然神话、英雄神话和传奇神话四类。开辟神话是探索天地创始、万物生成和人类起源奥秘的,最有代表性的是盘古开天、女娲造人神话。自然神话是最先产生的一类神话,多以风、雷、鸟、兽、草、木为描述对象,反映了先民敬畏和征服自然的心态,如女娲补天和精卫填海等。英雄神话表现了先民主体意识的初步觉醒,它们朦胧意识到了人是世界的中心、宇宙的主人,其主角是半人半神或受神力支持的"英雄"。这类神话数量较多,较有名的如《鲧禹治水》和《后羿射日》。传奇神话主要是关于异域奇风、怪人神物的神话,数量较多,涉及面广,较多载于《山海经》中,如《海外北经》中的吐丝女,《海外南经》中的羽民国、长臂国、厌火国等。

古代神话是我国浪漫主义文学的源头,它的浪漫主义精神,神奇奔放的幻想,生动曲折的情节,新奇夸张的手法,启发了历代文学家的想象力,对后世文学的产生和发展都产生了积极影响。

## 大禹治水

往古,有恶神名共工,人面,蛇身,红发。它与颛顼争当天帝,不胜,始而羞惭,继而愤怒,便一头撞倒了任何人都无法环行一周的顶天系地的不周之山。于是,撑天的柱子倒了,挂地的绳子断了;天塌了西北角。从此,日月星辰都向西落;地陷了东南方,江河百川都往东流。天不能遮盖人间,天火燃烧不息;地不能承载万物,洪水肆虐;猛兽吃人;大鸟攫老弱。于是,人首蛇身的女神女娲,炼五色石以补苍天,使东海巨龟背负海岸以防止下沉。

共工有下属相柳,人面,蛇身而青色,生有九头,就食于九山之山,盘踞着九土,它喷一口水,土地就变成大湖,万物不生,生灵无法存活。

洪水茫茫,滔天横流。其时龙门和吕梁山未开发,黄河出孟门以后,泛滥天下。土丘平原皆被水淹,龙蛇横行,草木莽莽,禽兽逼人。兽蹄鸟迹,遍地皆是。人们不能定居,在高山上的,住在洞穴,在低处的,上高树巢居。

天帝说:"唉!四大山神!汤汤洪水,正在为害,浩浩荡荡,包裹山陵。洪水滔天,地上的人民正在怨恨咨叹。谁能治理洪水!"四大山神皆说:"鲧可以呀!"天帝说:"违命的话,我要灭他全家!"山神说:"这样吧,试试看,如可以就让他做!"天帝说:"去,小心地做吧!"

鲧治水时,听了猫头鹰和乌龟的话,用泥土挡水,以高处的土垫低处,堵塞百川。这办法是有害的,所以皇天不佑,人们也不帮助他,做了九年,还是治不了洪水。

　　鲧最后盗用天帝的"息石息壤"来堵水。以这种神土做的堤，可以随河水的涨高而长高。鲧取神土时，没有请命于天帝，天帝大怒，派兽身人面的火神祝融乘驾两条龙，将鲧杀死于羽山之野。

　　鲧死三年，尸不腐烂，以吴刀刨开肚子，生出禹来。鲧变成黄龙，潜沉于羽山下的深渊。

　　禹身长九尺，虎鼻，鸟嘴，耳有三洞。禹因父亲的失败而痛心。他遁江河走遍济水和淮水，觉得用鲧的堵塞的方法治水不是好办法，它根据地形的高下，利用水性，以疏导法排泄洪水。禹掘地疏九河，使洪水流入江河，使江河流入大海。

　　禹治水到塗山，见塗山女，禹未停留，便去巡行南土，塗山女派人在塗山的阳坡等候禹，塗山女作歌唱道："我等着那人，唉呀！"

　　禹三十岁，尚无妻，治水又到塗山，当时天色将晚，禹说："我要娶妻了，一定有愿意嫁我的。"果然有九尾白狐来找禹。禹便娶了妻，便是塗山女女娇。娶妻四天，又去治水了。

　　禹疏导江河，十年未见妻子，三过家门而不入。

　　禹治洪水，为开通轩辕山，变为熊。禹事先告诉妻子塗山氏说："你如要给我送饭时，需听见鼓声再来。"不料，禹敲挖石头时石头飞起来，击中了鼓。咚的一声，塗山氏便来送饭，见禹变成熊正在疏通河道，十分羞愧，便跑到嵩高山，化为石。禹说："还我儿子来！"石头裂开，生下启。

　　以后禹还是无暇回家，禹说："我听到我儿启在呱呱地哭，但我不能亲近我的儿子，我只能一心一意地去治洪水。"禹领着人们疏浚河川，身先士卒。他的手碰掉了指甲，腿上磨掉了汗毛，两股流血，颜面黑瘦，累得嘴尖脖子细，上气不接下气。他得了偏枯之病，走路时左脚迈不过右脚，右脚迈不过左脚，只能一步步前脚拖着后脚——人称大禹走法。

　　禹治水时，有龙名应龙，有翅能飞，以尾画地，成为河，帮禹治水，疏通河道。

　　禹杀死九首蛇身的水怪相柳。相柳的血又腥又臭，流过的地方，就成为深渊：五谷不生，人不能居住。禹在深渊上三次填土，但三次填的土都陷了下去。众神前来帮忙，结果将深渊填平，并在此地址上堆了众神之台。

　　禹治水十三年，劈山开地，通九河三江，疏大川三百小河三千，使洪水流入大海。禹平通大陆，铺土于九州，奠定天下名山，消灭鸟兽害虫。人们方能在陆地上生活。

　　其时三苗大乱，夜里出太阳，天上下血三天，龙在庙里生育，狗在街上痛哭，地裂到黄泉，五谷都变了，人民震恐。天帝高阳命禹去征伐。有神名句芒，人面鸟身，手持玉圭来帮助禹。禹射死三苗头领，三苗军大乱。禹胜之后，立三川形势，分天地上下，定东西南北，神人快活，天下太平。

　　禹招四方之神会于会稽之山，有神名防风氏，迟到，禹将它杀死，他每节骨头都大到足够一辆车来拉。

禹为天下而死，是为土地神：社神。

大禹治水的神话中有我国上古社会的影子。它反映了原始社会时河流改道和山洪暴发所造成的灾害。这种灾害在人们的恐惧心理中被夸大为遍及世界的洪水。在万物有灵观念的支配下，这种灾害被形象化，从而人创造了自己的敌人恶神共工和水怪相柳，并经过联想概括，从众多的动物的形象中，选择了特征，集中在恶神的身上。这样，便在人的观念中出现了非人间的怪物。这些怪物竟能造成天塌地陷山崩洪流——人在幻想中为解释自然而创造了可怖的世界。

同样，人不仅认为，水是被水怪和恶灵所操纵，而且对洪水的爆发和泛滥也作了拟人化的说明。这就是说，人凭借自己的生活经验，通过幻想寻找自然灾害的原因。人从生活中认识到：争夺、妒忌和愤怒都能造成对生活的破坏。神话说明，正是神的争夺、妒忌和愤怒，才造成了洪水滔天。人们以这种幻想作为形成自然灾害的条件，同时也将之作为宇宙现象（日向西落、水向东流）和我国地形特点（西北高，东南低）形成的原因。

显然，所有这些都是现实问题的非现实表现，是对客观世界的主观解释。这正反映了当时人的思想情感和被幻想曲折了的现实。但也就在这神话中，在神的名义下内含着人的英雄形象。鲧采纳了猫头鹰和乌龟的坏办法，不适应水性而只据主观愿望去治水，尽管辛辛苦苦，也只能失败。但是这位勤劳的失败英雄，不甘心于自己的失败，死不瞑目，尸不腐烂，他腹中又孕育着新的后代，酝酿三年，便生下禹来。

禹观察了地形和水势，总结了鲧的失败教训，改变了治水方法。他利用水性，根据地形的"高高下下"用疏导法治水，疏通水道使洪水流入小河，使小河的水流入大河，最后流入大海。这样，禹便取得了成功。

通过神话中的英雄形象，反映了两种不同的治水方法所达到的不同效果，从而也表现了一定程度的重视客观规律的精神。神话形象地说明：当鲧违反治水法则时，勤劳和决心并不能挽救他的失败。不难看出，在虚妄的幻想中，内含着宝贵的真实经验和从生产实践中得来的惊人的智慧。当然，这经验和智慧是通过幻想的不自觉的加工，带着人的性格并披着生活的外衣作了故事化的表现。

通过神话中的英雄形象，反映了当时人们不屈不挠的乐观精神。神话形象地说明：虽然前一代失败，但后一代会成功；前人的失败并非斗争的结束，而是后人成功的开始。

在神话中，作为尅水的土地神禹虽然有几分"神"气，但却有着人的技能和人的性格。神话表明禹治水主要是依靠劳动，而不是神力。

### 鲧禹治水

洪水滔天[1]，鲧窃帝之息壤以堙洪水[2]，不待帝命。帝令祝融杀鲧于羽郊[3]。鲧复生禹[4]。帝乃命禹卒布土以定九州[5]。

**【注释】**

本篇选自《山海经·海内经》(郝懿行笺疏,巴蜀书社 1985 年版)。有关鲧禹的神话流传久远,在不同时代和不同著作中有不同的记载,前后能够形成一个较为清晰的神话体系。鲧,神名,亦为传说中的人名,大禹的父亲,为治水而献身。禹,神名,亦为传说中的人名,治水英雄。这篇神话讲述了鲧禹父子前仆后继治理洪水的故事,两位英雄是中华民族不屈不挠精神的象征。

[1]滔:漫。此言水势之大。

[2]帝:应指黄帝。《山海经·海内经》称:"黄帝生骆明,骆明生白马,白马是为鲧。"息壤:相传能自生自长的神土。堙:堵。

[3]祝融:火神名。羽郊:羽山之郊。

[4]复:通"腹"。

[5]卒:终于。布:铺。

## 精卫填海

　　发鸠之山[1],其上多柘木[2]。有鸟焉[3],其状如乌,文首[4]、白喙[5]、赤足,名曰精卫,其鸣自詨[6]。是炎帝之少女[7],名曰女娃。女娃游于东海,溺而不返,故为精卫。常衔西山之木石,以堙于东海。

**【注释】**

本篇选自《山海经·北山经》(版本同上)。精卫鸟长着花脑袋,白嘴壳,红脚爪,其外形十分可爱。她是炎帝的女儿,不幸淹死了,化为一只小鸟,却要衔着微木细石去填平浩瀚的东海,在东海与精卫极端悬殊的对比中,更显出精卫惊人的意志和气概,悲壮感人的艺术力量也由此而生。

[1]发鸠之山:即发鸠山,旧说在山西省长子县西。

[2]柘木:桑树的一种。

[3]焉:相当于"于此",在这里。

[4]文首:文,同"纹",头上有花纹。

[5]喙:鸟兽的嘴。

[6]詨:呼叫。

[7]是炎帝:是,此。炎帝,相传为教人耕种的神农氏。


思考题

1.简答文学和神话是如何产生的。

2.简答中国古代神话的内容。

3.简析《鲧禹治水》怎样反映了我国古代神话体系的特点。

# 第二讲 《诗经》

## 一、关于"风"、"雅"、"颂"

《诗经》是我国第一部诗歌总集。这些诗歌主要产生于西周初至春秋中叶,约500年间,最后被编定成书大约在公元前6世纪。《诗经》中的诗篇共305篇,最初叫"诗三百"。

《诗经》各篇都是可以合乐歌唱的,依据音乐特色的不同划分为"风"、"雅"、"颂"三类。"风"是地方特色的音乐,十五国风是周南、召南、邶、鄘、卫、王、郑、桧、齐、魏、唐、秦、豳、陈、曹等15个地区的诗歌,共160篇。它们产生的地域,除"周南"和"召南"在江汉汝水一带外,其余都在黄河流域。多数是人民口头创作的作品,少数是贵族作品。"雅"是周王朝直接统治地区的音乐。"雅"分"大雅"和"小雅","大雅"31篇,"小雅"74篇,共105篇。"大雅"多数是西周公卿列士的献诗,主要用于朝会、宴会、朝聘。在"小雅"中,政治讽刺诗已占绝大部分,反映了一部分士大夫、贵族阶级下层人士在周王室衰微的历史背景下,对当权者昏庸腐败的不满甚至憎恶。诗中多含怨刺与批判,指责了时弊、揭露了黑暗,表达了对时局的忧虑,反映了人民的某些疾苦。"小雅"中还有表现周室与周边部族之间矛盾的诗,诗中流露了反侵略的爱国思想。还有少量反映人民生活的诗歌,其格调已近于"风"。"颂"是宗庙祭祀用的舞曲。"颂"分"周颂"31篇,"商颂"5篇,"鲁颂"4篇,共40篇。主要记述商、周先祖功业,歌颂他们对民族发展的巨大贡献。这些先祖是当时先进社会力量和先进生产力的代表,诗中塑造的也是生气勃勃的对历史的发展有伟大贡献的英雄形象,与后世御用文人抽象地颂扬帝王功德的谀词迥然不同。

## 二、《诗经》的结集和"四家诗说"

《诗经》中的诗篇,有一部分是司乐太师(掌管音乐官员)所保存的祭歌和乐歌。所谓祭歌,是祭祀祖先或神灵时所唱的歌。另一部分是经过搜集并整理成文的民歌。最初,统治者采集诗歌的目的有两条:一是为了观察民情;二是为了充实乐章,或者是宴会上的乐章,或者是利用民歌的曲调另填新词。在春秋时期,诸侯之间割据和兼并战争十分频繁,诸侯国之间的关系十分复杂,都想扩大自己的势力。当时的士大夫既是文学家,又是政治家,他们为了说服国君采用自己的政治主张,或者为了危言耸听,折服敌国,于是便有目的地采集民间诗歌,企图从民间诗歌中学习人民群众的生动活泼的语言,以充实政令或外交辞令。当时的诗歌被收集起来,作为训练口才语言的语言课本。由于当时的士大夫学诗,是为了美化自己的语言,所以在从事政论和学术辩论时,往往引用民歌中的句子。但是这种引用,并不尊重诗歌的原意,往往断章取义,利用自己的观点曲解原诗。由于当时人采集民歌是为了学习辞令和充实乐章,并不太注重诗歌的原意,一些属于"非礼"的具有进步意义的诗歌也得以保留下来。到了战国以后,尤其是到了汉代,"诗三百"被儒家尊为"经",成为阐述封建伦理道德的经典。为了把那些情歌和反封建的诗歌说成是合乎封建礼仪的,出现了"诗说"。

汉时有鲁、齐、韩、毛四家诗。鲁诗的学者是鲁国人申培,他以诗印证周代的礼乐和典章制度,将诗作为礼的说明。齐诗的学者是齐国的辕固,他采用五行阴阳的学说,以诗解释易、医、律、历。韩诗的学者韩婴,他继承先秦说诗的传统,断章取义,割裂诗句,以作为自己论文的注脚。毛诗的学者毛亨和毛苌,将诗和《左传》配合起来,并杂有三家诗意,以诗论史,以诗明义。汉时,毛诗盛行,三家诗逐渐失传。唐代孔颖达整理传和笺,作《毛诗正义》,这就是现今通行的《诗经》。四家诗在说诗时引用了许多后代失传了的古文献,搜集了先秦的传说,传述了古代的民俗和宗教礼仪,记载了古代的生活方式。它可以帮助我们理解诗的细节描写,认识诗歌产生的时代背景。

### 三、《诗经》的内容与艺术特征

《诗经》中的精华部分"风",全面、深刻地反映了春秋中叶以前的社会生活,是我国最早的现实主义诗篇。有的反映了劳动人民在政治压迫、经济剥削、劳役兵役繁重下的痛苦生活,表达了劳动者反压迫反剥削的反抗精神及对美好社会的向往,如《豳风》中的《七月》,《魏风》中的《伐檀》、《硕鼠》等;有的揭露了统治阶级荒淫腐朽的生活,控诉了他们害民误国的罪行,如《邶风》中的《新台》,《鄘风》中的《相鼠》;有的反映了婚姻与恋爱生活,表现了劳动青年坦诚、真挚、纯洁的爱情,以及他们为自由恋爱而与旧势力的抗争,如《蒹葭》、《关雎》等;《氓》、《谷风》等诗歌则描写了劳动妇女受礼教束缚、被人遗弃的悲苦遭遇,表达了对不合理的社会习俗与礼法的控诉与抗议。

"风"多是民间歌谣,形式自由而多样,是反映丰富社会生活内容的比较理想的艺术形式,其艺术特色代表了《诗经》的艺术成就。《诗经》最基本的特色是"饥者歌其食,劳者歌其事"(何休《公羊传解诂》)的现实主义创作精神。《诗经》中的民歌都直面社会现实,从现实生活中概括生活画面与艺术形象,真实而深刻地反映当时的社会现实及人们真实的思想感情,从而揭示了现实生活的本质,表现了对现实的清醒认识和批判精神,奠定了中国诗歌的现实主义基石。

"赋"、"比"、"兴"是《诗经》广泛运用的三种表现手法,也是中国古典诗歌创作中三种基本的艺术表现形式。"赋"是一种铺陈直叙客观事物的方法,《诗经》中赋法用得最多,雅诗、颂诗中多用此法,如《大雅》中反映民族发展史的史诗,《小雅》中的贵族讽刺诗。《诗经》的独特之处在于比、兴手法的大量运用。"比"就是比喻和比拟,利用两种事物之间某种相似点来打比方,它"或喻于声,或方于貌,或拟于心,或譬于事"(《文心雕龙》),从而使形象更加生动。"兴"就是先借助对某种事物的描绘,引出所要咏唱的对象。由于借助的事物与咏唱的对象间有某种联系,往往起到联想、启发、象征、暗示、烘托的作用,有引人入胜之妙。比、兴手法丰富了作者的想象力,也丰富了诗歌的表现力,使诗歌中的形象与意境更为生动而感人。

《诗经》以四言为主,篇幅短小而内容丰富。有时为了表达复杂的内容或抒发强烈的情感,一些诗又能突破四言而采用二、三、五、六、七、八言的形式,错落有致,但节奏依然自然流畅,读起来朗朗上口。章节的重叠反复,也是《诗经》艺术的一个特点。这一特点使《诗经》更便于反复吟唱,更便于记忆,更增强了节奏感与音乐性。其重章叠句在每章中往往略有变化,只更换少数字,便起到了使叙事层层推进与抒情不断深化的效果。《诗经》运用了大量的双声叠韵词和叠字,使语言更加优美动听,使感情表达与景致描写曲尽其妙。《诗经》用韵大部分是隔句韵,少数是句句用韵。《诗经》还运用了借代、夸张、对比、反语、对偶等辞格,使语言准确而优美。

### 四、《采薇》与《氓》

《采薇》选自《诗经·小雅》。这是一首戍边诗,表现了西周后期抵御猃狁侵扰时战士们的生活和情感。诗共分六章,每章八句。前三章均以"采薇采薇"开头,用一唱三叹的复沓形式反复吟咏。出征的战士不堪饥饿,采食野豌豆苗,过着"载饥载渴"的生活。他们渴望回家与家人团聚,但是有家不能归,等于无室无家,不禁油然而生怨嗟之情。抒情主人公把一腔怨气归结到入侵的猃狁身上,而不指责周天子,可见抒情主人公对于保国保家态度是积极的,但也对久戍不归、无人慰问的现实感到忧伤,这种忧伤之情在诗中表现得委婉含蓄,不失温柔敦厚之旨。第四、五两章叙述紧张的战斗生活,最后一章把写景和抒情结合起来,通过今昔对照,抒发前后不同的复杂感受,艺术上很有特点。《采薇》体现了《诗经》的艺术特色,比如前三章在重章叠句的四言句式下,或易一字,或易一句,就能形象地将时间向前推移,随着时间的流逝和物换星移,征人久戍不归的怨情掀起波澜,层层递进。诗的最后一章创造了"以乐景写哀,以哀景写乐"(王夫之《姜斋诗话》)的诗歌美学境界。

《氓》选自《诗经·卫风》。这是一首弃妇诗,诗的主人公是一位被丈夫遗弃的妇女,她在无比悔恨的心绪中回忆了自己的婚恋生活,抒发了对负心丈夫的怨怒和决绝之情。《氓》共六章,每章十句。首句写一位笑容可掬的小伙子借"抱布贸丝"来同抒情女主人公商量婚事,此章突出男方的急切心情,与下面他的变心形成鲜明对比。第二章写女方在男方走后的内心活动,希望与男方结成好事。然而婚后却出乎女方的预料,第三、四、五章接着写男方的变心,最终抛弃女方。最后一章写女方被抛弃后,抚今追昔,不胜悲痛。《氓》所反映的社会现象具有典型性,谴责了薄情男子的负心行为。这首诗抒情与叙事、描写交织,感情充沛,情境具体生动,还显示出女主人公一定的性格特点,堪称佳作。

## 关 雎

关关雎鸠[1]，在河之洲。窈窕淑女[2]，君子好逑[3]。
参差荇菜[4]，左右流之[5]。窈窕淑女，寤寐求之[6]。
求之不得，寤寐思服[7]。悠哉悠哉，辗转反侧。
参差荇菜，左右采之。窈窕淑女，琴瑟友之。
参差荇菜，左右芼之[8]。窈窕淑女，钟鼓乐之。

**【注释】**

本篇选自《十三经注疏》本《诗经》卷一（阮元校刻，中华书局 1980 年版）。《关雎》属《诗经·周南》，是《风》之始也，也是《诗经》第一篇。古人把它冠于三百篇之首，评价很高。《毛诗序》称此诗是歌咏"后妃之德"。但从《关雎》的具体内容看，可以看作男女言情之作，写一个男子对女子爱情的追求。其声、情、文、义俱佳。《关雎》：篇名，《诗经》每篇都用第一句里的一个字或多个字作为篇名。

[1]关关：象声词，鸟的和鸣声。
[2]窈窕：幽娴、恬静的样子。淑：善，美好。
[3]好逑：理想的配偶。
[4]参差：长短不齐。荇菜：一种水上植物，可以吃。
[5]流：通"摎"，求取，顺水势采摘。
[6]寤：睡醒；寐：睡着。
[7]思服：思念、牵挂。
[8]芼：拔取，采摘。

## 氓

氓之蚩蚩[1]，抱布贸丝[2]。匪来贸丝[3]，来即我谋[4]。送子涉淇[5]，至于顿丘[6]。匪我愆期[7]，子无良媒。将子无怒[8]，秋以为期[9]。

乘彼垝垣[10]，以望复关[11]。不见复关，泣涕涟涟[12]；既见复关，载笑载言[13]。尔卜尔筮[14]，体无咎言[15]。以尔车来[16]，以我贿迁[17]。

桑之未落，其叶沃若[18]。于嗟鸠兮，无食桑葚[19]。于嗟女兮，无与士耽[20]。士之耽兮，犹可说也[21]；女之耽兮，不可说也。

桑之落矣，其黄而陨[22]。自我徂尔[23]，三岁食贫[24]。淇水汤汤[25]，渐车帷裳[26]。女也不爽[27]，士贰其行[28]。士也罔极[29]，二三其德[30]。

三岁为妇，靡室劳矣[31]；夙兴夜寐[32]，靡有朝矣[33]。言既遂矣，至于暴矣[34]。兄弟不知，咥其笑矣[35]。静言思之[36]，躬自悼矣[37]。

及尔偕老，老使我怨[38]。淇则有岸，隰则有泮[39]。总角之宴[40]，言笑晏晏[41]，信誓旦旦[42]，不思其反[43]。反是不思，亦已焉哉[44]！

**【注释】**

本篇选自《十三经注疏》本《诗经》卷三(版本同上)。《氓》属《诗经·卫风》,可以看作一首"弃妇词"。《氓》写情、写怨,这情与怨依附了主人公的故事,表现了主人公的性格特点。本篇结构巧妙,情节曲折,论"三百篇"之"赋",《氓》总可以归入上乘。

[1]氓:民,指弃妇的丈夫。此处系追述婚前的情况。蚩蚩:《毛传》,"蚩蚩者,敦厚之貌。"《韩诗》蚩亦作嗤。嗤嗤,犹言笑嘻嘻。

[2]布:布帛,货币。贸:买。此句犹言持钱买丝。

[3]匪:通作"非"。

[4]即:就。这句说,来就与我商量婚事。

[5]淇:淇水,卫国的河流。

[6]顿丘:本为高堆的通称,后转为地名。在淇水南。淇水又曲折流经其西方。

[7]愆期:过期。愆:过。

[8]将:愿、请。

[9]秋以为期:以秋为期。期:谓约定的婚期。

[10]乘:登上。垝垣:已坏的墙。

[11]复关:为此男子所居之地。一说,关:车厢。复关:指返回的车子。

[12]涟涟:泪流貌。

[13]载:犹言则。

[14]尔:你。卜:用龟甲卜卦。筮:用蓍草占卦。

[15]体:卦体、卦象。咎言:犹凶辞。犹言卜筮结果,幸无凶辞。

[16]车:指迎妇的车。

[17]贿:财物,指陪嫁。

[18]沃若:沃然,肥泽貌。这句以桑叶肥泽,喻女子正在年轻美貌之时。一说,喻男子情意浓厚的时候。

[19]于嗟两句:于嗟,即吁嗟,叹词。鸠:鸟名。《毛传》:"鸠,鹘鸠也。食桑葚过,则醉而伤其性。"此以鸠鸟不可贪食桑葚,喻女子不可为爱情所迷。

[20]耽:乐,欢爱。

[21]说:通脱。

[22]黄:谓叶黄。陨:堕,落下。这句以桑叶黄落喻女子颜色已衰。一说,喻男子情意已衰。

[23]徂尔:嫁往你家。徂:往。

[24]三岁:泛指多年,不是实数。食贫:犹言过着贫苦的日子。

[25]汤汤:水盛貌。

[26]渐:渍,浸湿。帏裳:女子车上的布幔。

[27]爽:过失,差错。

[28]贰:即"忒"的假借字。忒:差失,过错。行:行为。这句连上句说,女子并无过失,

是男子自己的行为有差忒。

[29]罔极:犹今言没准儿,反复无常。罔:无。极:中。

[30]二三其德:言其行为再三反复。

[31]靡室劳矣:言不以操持家务为劳苦。靡:无,不。室:指室家之事,犹今所谓家务。

[32]夙兴夜寐:起早睡晚。夙:早。兴:起,指起身。

[33]靡有朝矣:言不止一日,日日如此。

[34]言:句首语词。遂:犹久。这两句说,我在你家既已久了,你就对我粗暴,虐待我了。

[35]咥然:大笑貌。

[36]静言思之:静而思之。言:句中语词。

[37]躬:身。悼:伤。此句犹言独自悲伤。

[38]"及尔"二句:当初曾和你相约白头偕老,现在却使我如此忧怨。

[39]隰:低湿之地。泮:同"畔",边沿。这句连上句说,淇尚有岸,隰尚有泮,而其夫却行为放荡,没有拘束。

[40]总角:结发,谓男女未成年时。宴:安乐,欢乐。此女子当在未成年时即与男子相识。

[41]晏晏:和柔貌。

[42]旦旦:即怛怛,诚恳貌。旦为"怛"的假借字。

[43]不思其反:不要设想这些誓言会被违反。此为当时男子表示自己始终不渝之词。反:指违反誓言的事。

[44]已:止,指爱情终止,婚姻生活结束。这两句大意说,我是没有想到你会违反誓言,但我们的爱情却就这样地完了呀!

## 蒹 葭

蒹葭苍苍,白露为霜[1]。所谓伊人,在水一方[2]。溯洄从之,道阻且长[3]。溯游从之,宛在水中央[4]。

蒹葭萋萋,白露未晞[5]。所谓伊人,在水之湄[6]。溯洄从之,道阻且跻[7]。溯游从之,宛在水中坻[8]。

蒹葭采采,白露未已[9]。所谓伊人,在水之涘[10]。溯洄从之,道阻且右[11]。溯游从之,宛在水中沚[12]。

【注释】

本篇选自《十三经注疏》本《诗经》卷六(版本同上)。《蒹葭》属《诗经·秦风》。这是一篇具有朦胧意境的抒情诗。关于题旨,已有"怀人"、"相思"、"求贤"等多种观点。从诗中表现看,可以看作一首描写追求意中人而不可得的诗,表现了诗人希望见到意中人的深切感情。

[1]蒹葭:泛指芦苇。苍苍:茂盛的样子。

[2]伊人:这人。一方:另一边。方:旁。

[3]溯洄:沿着弯曲的河道向上游走。从:追,寻求的意思。阻:险阻,道路难走。

[4]游:指直流的水道。宛:仿佛,好像。说好像在水的中央,言近而不至。

[5]晞:干。

[6]湄:水和草交接的地方,也就是岸边。

[7]跻:升,高起,指道路越走越高。

[8]坻:水中小洲或高地。

[9]采采:众多的样子。已:止。

[10]涘:水边。

[11]右:迂回曲折。

[12]沚:水中小沙滩,比坻稍大。

# 采 薇

采薇采薇[1],薇亦作止[2]。曰归曰归[3],岁亦莫止[4]。靡室靡家[5],狁犹之故[6]。不遑启居[7],狁犹之故。

采薇采薇,薇亦柔止[8]。曰归曰归,心亦忧止。忧心烈烈[9],载饥载渴[10]。我戍未定[11],靡使归聘[12]。

采薇采薇,薇亦刚止[13]。曰归曰归,岁亦阳止[14]。王事靡盬[15],不遑启处[16]。忧心孔疚[17],我行不来!

彼尔维何[18]?维常之华[19]。彼路斯何[20]?君子之车[21]。戎车既驾[22],四牡业业[23]。岂敢定居[24]?一月三捷[25]。

驾彼四牡,四牡骙骙[26]。君子所依,小人所腓[27]。四牡翼翼[28],象弭鱼服[29]。岂不日戒[30]?狁犹孔棘[31]!

昔我往矣[32],杨柳依依[33]。今我来思[34],雨雪霏霏[35]。行道迟迟[36],载渴载饥。我心伤悲,莫知我哀!

## 【注释】

本篇选自《十三经注疏》本《诗经》卷九(版本同上)。《采薇》属《诗经·小雅》。诗以西周时期一位饱尝服役思归之苦的戍边战士的视角,抒写在归途中内心感受,叙述了他转战边陲的艰苦生活,表达了他爱国恋家、忧时伤世的感情。

[1]薇:野豌豆苗,可食。

[2]作:生,指初生。止,语末助词。

[3]曰:言、说。一说为语首助词,无实意。

[4]莫:即今"暮"字。

[5]靡室靡家:无有家室生活。意指男旷女怨。

[6]狁犹:即北狄,匈奴。

[7]不遑:不暇。启:跪,危坐。居:安坐、安居。古人席地而坐,故有危坐、安坐的分

别。

[8]柔:柔嫩。"柔"比"作"更进一步生长。

[9]烈烈:犹炽烈。

[10]载饥载渴:则饥则渴,即又饥又渴。

[11]戍:防守。定:止。

[12]聘:问,谓问候。

[13]刚:坚硬。

[14]阳:十月为阳。今犹言"十月小阳春"。

[15]靡盬:为无止息。

[16]启处:犹言启居。

[17]孔:甚,很。疚:病,苦痛。

[18]尔:"薾"的假借字,花盛貌。

[19]常:常棣,既扶移,植物名。

[20]路:假作"辂",大车。斯何:犹言维何。

[21]君子:指将帅。

[22]戎车:兵车。

[23]牡:雄马。业业:壮大貌。

[24]定居:犹言安居。

[25]捷:接,谓接战、交战。一说,捷:邪出,指改道行军。此句意谓,一月多次行军。

[26]骙:雄强,威武。

[27]腓:同"庇",掩护。

[28]翼翼:安闲貌,谓马训练有素。

[29]弭:弓的一种,其两端饰以骨角。象弭:以象牙装饰弓端的弭。鱼服:鱼皮制的箭袋。

[30]日戒:日日警惕戒备。

[31]棘:通"急"。孔棘,很紧急。

[32]昔:指出征时。

[33]依依:茂盛貌。一说,依恋貌。

[34]思:语末助词。

[35]霏霏:雪大貌。

[36]迟迟:迟缓。

**思考题**

1.简答《诗经》的艺术特色。

2.分析《采薇》和《氓》的思想内容及艺术特色。

3.分析《蒹葭》的朦胧意境美。

# 第三讲　先秦历史散文

## 一、散文的产生与发展

我国散文最早可以追溯到甲骨卜辞,甲骨卜辞是至今发现的最古老的记言、记事的文字,内容主要记录殷代从盘庚到纣时遗留下来的关于祭祀、畜牧、农业、战争等事件。甲骨记事,叙事简单,缺乏形象,不能算文学作品,其语句朴素自然,委婉流畅,可以说是记叙散文的雏形。

继甲骨卜辞之后最早见诸书面记载的散文是《周易》。《周易》虽是卜筮的书,但其内容却反映了当时多方面的社会生活,语言颇为形象生动,又多用韵,且善于运用象征和比兴手法,比甲骨卜辞具有更多的文学色彩。

最初记载历史事件的散文,约可分为两类:一类是诏诰语录(所谓记言);一类是谱牒和年代记(所谓记事)。诏诰语录记载着当时重要人物的诰言、命令和对话。诏诰语录是最早的历史文献,同时作为文体来说,是后代论文或历史散文的雏形。班固曾说:"古之王者,世有诗官,君居必书,所以慎言行,诏法式也。左史记言,右史记事,事为《春秋》,言为《尚书》,帝王靡不同之。"(《汉书·艺文志》)据可考知的材料来看,在殷商时代,已经有史官记述的诏诰语录、谱牒和年代记,但大多失传。

中国第一部历史散文总集是殷周两代历史文献汇编《尚书》。《尚书》,又称《书》、《书经》,"尚书"即上古之书的意思,主要记载或追述古代帝王或执政大臣的誓词、讲话、文诰等。其文字诘屈聱牙,古奥难懂。名篇有《盘庚》、《牧誓》、《秦誓》等。

《春秋》是我国最早的编年史,由孔子根据鲁史修订而成,按鲁君世系,记载了自鲁隐公元年(公元前722年)至鲁哀公十四年(公元前481年)共242年的各国军政大事。它实际上是简略的大事记,简要地记载了当时的历史事件。其文辞简约,用语谨严,含有鲜明的倾向性,善于在一字之中寓作者的褒贬之意,这就是所谓的"春秋笔法"、"微言大义"。

《国语》是我国第一部国别体史书,全书21卷,分别记载西周至战国初年(约公元前967~公元前453)周王朝及诸侯各国之事。偏重于记言,故名《国语》。后人以为《左传》与《国语》同为左丘明所作,而《左传》是传《春秋》的,所以又称《国语》为《春秋外传》。现在通常认为它是战国初期人据各国史料整理而成。《国语》所记事实大多通过君王的言论和卿士们的谏说之辞来表现,文辞质朴简练,接近当时的口语,其中不乏生动的比喻与精辟的警句。

《战国策》共33卷,记录东西周及秦、齐、楚、赵、魏、韩、燕、宋、卫、中山诸国之事。

其时代上接春秋，下至秦并六国，约 240 年（公元前 452～公元前 216）。其作者不可考，大概是秦汉间人杂采各国史料编纂而成，后来刘向重加整理，定名为《战国策》，遂相沿至今。

《战国策》的基本内容是战国时代谋臣策士纵横捭阖的斗争谋略和说词，保存有许多纵横家的著作和言论。其中所载的攻守和战之计，钩心斗角之事，正是当时政治斗争的反映，而其时许多谋臣策士的游说和议论，也是春秋时代行人辞令的进一步发展；所写人物极其复杂，记事虽然只作客观叙述，但也反映了战国时代各种历史人物的精神面貌。

《战国策》的特点是长于说事，具有很强的说服力，而策士们估计形势，分析利害，往往细致准确。如苏秦说赵王，张仪说秦王等，就历史散文的明白流畅来说，已经达到了前所未有的高度。其次，《战国策》描写人物的形象极为生动。如苏秦说秦失败及相赵归家，前后颓丧和得意的情状，以及庸俗的世态人情，鲁仲连的傲倪奇伟，慷慨慕义，"不诎于诸侯"的精神，无不栩栩如生，惟妙惟肖。至于书中说事，常常运用巧妙生动的譬喻，通过许多有趣的寓言故事，以增强论者的说服力，甚至有时还可以节省文辞。如江乙以狐假虎威对楚宣王，苏代以鹬蚌相持说赵惠王等，入情入理。

## 二、《左传》与《郑伯克段于鄢》

《左传》是《春秋左氏传》的简称，又名《左氏春秋》。它是继《春秋》之后我国另一部编年体史书，记述了自公元前 722 年（鲁隐公元年）至公元前 468 年（鲁哀公二十七年）共 255 年的历史，后又补有战国初期的史料。司马迁说它是春秋末年鲁国人左丘明所作，近人多认为它是战国初年鲁国史官根据各国史料编成的。

《左传》详细而具体地记载了春秋时代周天子以及各诸侯国之间的政治、军事、外交、文化等活动，较全面地反映了我国古代由奴隶制社会转向封建制社会这一阶段的历史风貌。

《左传》所表现的思想观点有某些进步因素：比较重视人民的意志和力量，体现出某种程度的民本思想，如曹刿论取信于民；歌颂有作为的政治家和爱国人物，表现了爱国思想，如商人弦高救郑、申包胥哭秦廷等；另外，揭露了统治阶级的矛盾与斗争，批判了统治者的残暴与荒淫，如晋灵公不君，秦穆公以三良殉葬等。但是作者的基本立场是维护旧礼制，其认识和解释是唯心主义的，许多地方宣扬了天道、鬼神、灾祥等迷信思想。

《左传》具有很高的文学价值。叙事富于故事性、戏剧性，有紧张动人的情节，同时又注意文章的布局和结构，尤其擅长描写战争。它写战争并不单纯地描写战场情况，而是注重写出战争的性质、起因、双方政治情况、力量对比的变化、人心的向背、战前的准备工作以及战争的结果和对各国产生的影响。《左传》还非常善于通过一些细节的描写来突出人物的性格特征，刻画了许多性格鲜明的人物形象。语言简练、含蓄，富于文采；常引用歌谣、谚语、口语以增强叙述的生动性。

《左传》通过具体的记述和描绘反映历史，它的倾向鲜明、直书无隐的精神，对《史记》和后来的史传、讲史、历史小说和记叙散文都有很大影响。它既是我国古代散文的典范，也是我国历史小说的滥觞。

《郑伯克段于鄢》通过描述了春秋初期郑国王室为争夺权位而钩心斗角进而兄弟兵戎相见的历史事件，揭露了统治阶级的残酷无情和虚伪卑鄙。叙事曲折有致，人物形象鲜明，诸如庄公工于心计、共叔段贪婪狂妄、姜氏褊狭昏聩、祭仲老成持重、公子吕直率急躁、颍叔考聪慧机敏等，都跃然纸上。刻画人物有主有次，性格特点互相映衬，鲜明突出。此外，本文采用口语化的描写，增强了叙述的生动性。

## 郑伯克段于鄢

初[1]，郑武公娶于申[2]，曰武姜[3]。生庄公及共叔段[4]。庄公寤生[5]，惊姜氏[6]，故名曰"寤生"，遂恶之[7]。爱共叔段，欲立之，亟请于武公[8]，公弗许。及庄公即位，为之请制[9]。公曰："制，岩邑也[10]，虢叔死焉[11]，佗邑唯命[12]。"请京[13]，使居之，谓之"京城大叔"。

祭仲曰[14]："都，城过百雉[15]，国之害也。先王之制：大都，不过参国之一[16]；中，五之一；小，九之一。今京不度，非制也，君将不堪[17]。"公曰："姜氏欲之，焉辟害[18]？"对曰："姜氏何厌之有[19]？不如早为之所[20]，无使滋蔓。蔓，难图也[21]。蔓草犹不可除，况君之宠弟乎？"公曰："多行不义，必自毙[22]，子姑待之。"

既而大叔命西鄙、北鄙贰于己[23]。公子吕曰[24]："国不堪贰，君将若之何[25]？欲与大叔，臣请事之；若弗与，则请除之，无生民心。"公曰："无庸[26]，将自及。"大叔又收贰为己邑，至于廪延[27]。子封曰："可矣。厚将得众。"公曰："不义不昵[28]，厚将崩。"

大叔完聚[29]，缮甲兵，具卒乘[30]，将袭郑。夫人[31]将启之。公闻其期，曰："可矣！"命子封帅[32]车二百乘以伐京。京叛大叔段。段入于鄢[33]。公伐诸鄢。五月辛丑[34]，大叔出奔共。书曰："郑伯克段于鄢。"段不弟，故不言弟；如二君，故曰克；称郑伯，讥失教也；谓之郑志。不言出奔，难之也。

遂置姜氏于城颍[35]，而誓之曰："不及黄泉，无相见也[36]。"既而悔之。

颍考叔为颍谷封人[37]，闻之，有献于公。公赐之食，食舍肉[38]。公问之，对曰："小人有母，皆尝小人之食矣[39]，未尝君之羹，请以遗之[40]。"公曰："尔有母遗，繄我独无[41]！"颍考叔曰："敢问何谓也？"公语之故，且告之悔。对曰："君何患焉？若阙[42]地及泉，隧[43]而相见，其谁曰不然？"公从之。公入而赋[44]："大隧之中，其乐也融融[45]！"姜出而赋："大隧之外，其乐也泄泄[46]！"遂为母子如初。

君子[47]曰："颍考叔，纯孝也。爱其母，施[48]及庄公。《诗》曰：'孝子不匮，永锡尔类[49]。'其是之谓乎？"

**【注释】**

本篇选自《春秋左传注》(杨伯峻编著,中华书局1981年版)。作品记叙了郑庄公与其母姜氏、其弟公叔段的矛盾,反映了中国宗法制封建社会中统治阶级内部的激烈斗争。

[1]初:当初,从前。故事开头时用语。

[2]郑武公:春秋时诸侯国郑国(在今河南新郑)国君,姓姬,名掘突,武为谥号。申:诸侯国名,在今河南南阳,姜姓。

[3]武姜:武谥郑武公谥号,姜谥娘家姓。

[4]庄公:即郑庄公。共叔段:共是国名,叔为兄弟排行居后,段是名。

[5]寤生:逆生,倒生,即难产。

[6]惊:使动用法,使……惊。

[7]恶:不喜欢。

[8]亟:多次屡次。

[9]制:郑国邑名,在今河南荥阳县虎牢关。

[10]岩邑:险要的城邑。

[11]虢叔:东虢国国君。

[12]佗:同"他"。唯命:"唯命是从"的省略。

[13]京:郑国邑名,在今河南荥阳县东南。

[14]祭仲:郑国大夫,字足。

[15]雉:古时建筑计量单位,长三丈,高一丈。

[16]参:同"三"。国:国都。

[17]堪:经受得起。

[18]焉:哪里。辟:同"避"。

[19]何厌之有:有何厌。厌:满足。

[20]所:安置,处理。

[21]图:谋,治。

[22]毙:仆倒,倒下去。

[23]鄙:边境上得邑。贰于己:同时属于庄公和自己。

[24]公子吕:郑国大夫,字子封。

[25]若之何:对他怎么办。

[26]庸:用。

[27]廪延:郑国邑名,在今河南延津北。

[28]昵:亲近。

[29]完:修缮。聚:积聚。

[30]缮:修整。甲:铠甲。兵:武器。具:备齐。卒:步兵。乘:兵车。

[31]夫人:指武姜。启之:为他打开城门。

[32]帅:率领。乘:一车四马为一乘。车一乘配甲士三人,步卒七十二人。

[33]鄢:郑国邑名,在陵境内。

[34]五月辛丑:五月二十三日。古人记日用天干和地支搭配。

[35]颖:郑国邑名,故城在今河南临颖西北。

[36]黄泉:黄土下的泉水。这里指墓穴。

[37]颖考叔:郑国大夫。颖谷:郑国邑名,在今河南登封西南。封人:管理边界的官。

[38]舍肉:把肉放在旁边不吃。

[39]羹:调和五味做成的带汁的肉。

[40]遗:赠送。　　　　　[41]繄:语气助词。没有实义。

[42]阙:同"掘",挖。

[43]隧:地道。这里的意思是挖隧道。

[44]赋:指作诗。

[45]融融:快乐自得的样子。

[46]泄泄:快乐舒畅的样子。

[47]君子:作者假托"君子"发表议论。《左传》作者常用这种方式发表评论。

[48]施:延及,扩展。

[49]这两句诗出自《诗·大雅·既醉》。匮:穷尽。锡:同"赐",给予。

# 齐桓公伐楚

　　四年春,齐侯以诸侯之师侵蔡[1],蔡溃,遂伐楚。

　　楚子使与师言曰[2]:"君处北海,寡人处南海[3],唯是风马牛不相及也[4]。不虞君之涉吾地也[5],何故?"管仲对曰:"昔召康公命我先君大公曰[6]:'五侯九伯[7],女实征之[8],以夹辅周室。'赐我先君履[9]:东至于海,西至于河[10],南至于穆陵,北至于无棣。尔贡包茅不入[11],王祭不共[12],无以缩酒[13],寡人是征[14];昭王南征而不复,寡人是问[15]。"对曰:"贡之不入,寡君之罪也,敢不共给?昭王之不复,君其问诸水滨。"师进,次于陉[16]。

　　夏,楚子使屈完如师[17]。师退,次于召陵[18]。

　　齐侯陈诸侯之师,与屈完乘而观之。齐侯曰:"岂不谷是为?先君之好是继[19]。与不谷同好,如何?"对曰:"君惠徼福于敝邑之社稷[20],辱收寡君[21],寡君之愿也。"齐侯曰:"以此众战[22],谁能御之?以此攻城,何城不克?"对曰:"君若以德绥诸侯[23],谁敢不服?君若以力,楚国方城以为城[24],汉水以为池,虽众,无所用之!"

　　屈完及诸侯盟[25]。

**【注释】**

本篇选自《春秋左传注》(版本同上)。

[1]诸侯之师:指参与侵蔡的鲁、宋、陈、卫、郑、许、曹等诸侯国的军队。蔡:诸侯国名,

姬姓,在今河南上蔡、新蔡一带。

〔2〕楚子:指楚成王。

〔3〕北海、南海:泛指北方、南方边远的地方,不实指大海。

〔4〕唯是:因此。风:公畜和母畜在发情期相互追逐引诱。这句话的意思是说由于相
距遥远,虽有引诱,也互不相干。

〔5〕不虞:不料,没有想到。涉:趟水而过,这里的意思是进入,实指入侵。

〔6〕召康公:召公奭,周成王时的太保,"康"是谥号。先君:已故的君主,大公:太公,指
姜尚,他是齐国的开国君主。

〔7〕五侯:公、侯,伯、子、男五等爵位的诸侯。九伯:九州的长官。五侯九伯泛指各国
诸侯。

〔8〕实征之:可以征伐他们。

〔9〕履:践踏。这里指齐国可以征伐的范围。

〔10〕海:指渤海和黄海。河:黄河。穆陵:地名,在今湖北麻城北的穆陵山。大隶:地
名,在今河北隆卢。

〔11〕贡:贡物。包:裹束。茅:菁茅。入:进贡。

〔12〕共:同"供",供给。

〔13〕缩酒:渗滤酒渣。

〔14〕寡人:古代君主自称。是征:征取这种贡物。

〔15〕昭王:周成王的孙子周昭王。问:责问。

〔16〕次:军队临时驻扎。陉:楚国地名。

〔17〕屈完:楚国大夫。如:到,去。师:军队。

〔18〕召陵:楚国地名,在今河南偃城东。

〔19〕不谷:不善,诸侯自己的谦称。

〔20〕惠:恩惠,这里做表示敬意的词。徼:求。敝邑:对自己国家的谦称。

〔21〕辱:屈辱,这里做表示敬意的词。

〔22〕众:指诸侯的军队。

〔23〕绥:安抚。

〔24〕方城:指楚国北境的大别山、桐柏山一带的山。

〔25〕盟:订立盟约。


**思考题**

1.试论述《左传》的思想倾向和艺术成就。

2.试论述《战国策》的思想倾向和艺术成就。

3.分析《郑伯克段于鄢》中的人物形象和性格特点。

# 第四讲　先秦诸子散文

## 一、战国的时代背景和语录体散文的形成

春秋战国之交,经历了大量的兼并战争后,历史舞台出现了七个强大的诸侯国,史称"战国七雄"。诸国之间,战争日益频繁,给人民带来了无穷的灾难,统治阶级对人民的剥削也日益残酷。随着生产力的提高,旧时代开始衰落和解体,经济上,庄园经济已接近崩溃;政治上,奴隶制度已经混乱,失去了规范作用,史书称"周室衰,礼法堕"。也就在这一时期,地主经济制度逐渐形成,新兴地主阶级产生,专制主义的中央集权制国家开始在秦国建立。

在这个新旧交替社会大变革的时代,产生了新型的士。士的来源很复杂,有新型地主、没落贵族,还有脱离生产走向城市的自耕农。他们为解决现实问题,从各自的阶层利益出发,对政治提出各种不同的要求和主张,并著书立说,在学术流派上表现为道家、儒家、墨家、法家、纵横家等,形成百家争鸣的局面。诸子散文就是各学派阐述自己的观点、主张或进行论争的论说散文。

战国时代的语录文体,是继承商周的诏告语录发展演变而成的。在商周时代,国王的话就是法律。因此当时的法令都是以国王的话的名义颁布的,被史官记录下来,就是当时的"成文法";流传下去,成了后人所遵循的"先王之训"。这种诏诰文大多是国王或执政者"独白"的语录,其中除宣布某种政治措施之外,还做些解释,说些道理。因此,这种国王和执政者的语录既是法令,又是训诫词。另外,历史上重要任务的"谏语"和"政论",往往也被笔录下来。之所以如此,是因为这些人物的话中内含着某些政治经验和原理,可谓"嗣王法",供后人学习和借鉴。这种历史上重要人物的政论,往往采用简单的对话样式记录下来。其中大多是说道理,论得失。

所谓语录乃是一种记言体的散文,是后来散文的初期形式。到春秋战国时,随着文化的发展和学派的兴起,出现了学者的语录散文。这些散文虽然仍继承着语言笔录的样式,但其记录的已不是政治家的法令和诏诰,而是学者的学术思想,或者是学者之间的质疑和论辩。

## 二、"诸子百家"概说

老子是道家学派的先驱者,据传姓李名耳字聃,生活时代略前于孔子。老子主张绝圣弃智,忘情寡欲;他认识到一切事物都有矛盾的对立面,而且可以互相转化,具有朴素的辩证法观点。但他的世界观总的说来是唯心主义的。政治上他主张无为而

治,幻想人类社会回复到原始状态,违反了社会发展的客观规律,是消极倒退的。《老子》(或《道德经》)五千言,用韵文写成,是道家学说的奠基之作,其文玄妙深奥,语颇隽永,耐人寻味,其哲学思想对后代的影响极为深远;而且多用韵语,宛若富有哲理的散文诗。

孔子是一位思想家,是儒家学派的创始人。孔子思想的核心是"仁"和"礼"。他主张"仁者爱人",主张"德治",反对暴政,思想比较开明,也包含有一定的人道主义因素。但是,他把"仁"归结到"礼"上,并具体化到"君君,臣臣,父父,子子"的伦理关系上,这就表明他的思想是属于贵族奴隶主阶级的,后世的封建统治阶级利用它来作为统治和压迫人民的思想工具,被推崇为"圣人"。

《论语》由孔子弟子及孔门后学辑录而成,是最早的学术性语录,成书约在春秋战国之际。全书主要记载孔子的言行,内容广泛,涉及政治、哲学、文艺、教育等各个方面,是研究孔子思想和学说的重要文献,被列为儒家经典之一。《论语》记事简略,用语精练,言辞浅近,寓意深远,非常风趣幽默,并带有感情色彩,后世的不少成语、格言都源于其中。其风格是温文和顺,含蓄从容。《论语》不仅是一部记述孔子思想的学术著作,而且是一部具有文学意义的著作。

墨翟是墨家学派创始人,其中心思想是兼爱、非攻,另外还主张尚贤、尚同、节用等,代表了小生产者的利益和愿望;但又主张天志、明鬼,带有浓厚的宗教迷信色彩。《墨子》是墨家的经典著作,主要记载墨翟及其弟子的言行,由其弟子及后学编纂而成。其文以达意为主,语言质朴,较少文采,但结构严谨,条理井然,逻辑性强,而且善用比喻、排比,富有说服力。

孟子是继孔子以后影响最大的儒学大师,后世以"孔孟"并称,其书也与《论语》同列为"经"。政治上,孟子主张"王天下"、"行仁政",他在某种程度上认识到了人民的力量,提出"民贵君轻"的观点;他对统治阶级的暴政进行了批判,主张诛杀独夫暴君。而他的"性善论"是一种唯心主义哲学理论,是为了维护旧有的统治秩序;他的"劳心者治人,劳力者治于人"(《孟子·滕文公上》)的观点,为统治阶级剥削压榨人民提供了口实。

《孟子》一书是孟子晚年与弟子一起共同编撰的,现存 7 章,每章都分上下,全书35000 余字,基本上是长篇的对话语录集,某些片断可以视为完整的说理文。文章感情强烈,气势充沛,思想绵密,笔带锋芒;语言酣畅有力,鼓动性强,善设机巧,引人入彀,先纵后擒,层层追逼,令人无法避免;极善用譬喻和寓言故事论辩说理,形象幽默,说服力强。此外,《孟子》语气逼真,接近口语,生动风趣。总之,《孟子》的散文虽然基本上还没有脱离语录体,比之《论语》却有了很大的发展。

荀况是战国后期儒学大师,是先秦朴素唯物主义思想的代表。他不迷信天命鬼神,提出"制天命而用之"和"人定胜天"的光辉命题。政治上,他推崇礼治,兼重法治,尊尚王道而兼称霸力,反对暴君苛政;哲学上,他反对"性善论"而提倡"性恶论",强调加强后天的教育来改造人的本性。

《荀子》一书,大部分为荀况自著,小部分出自荀子学生之手。其中多为长篇的专题论文,体系完整,涉及面广。《荀子》散文,其文长于说理,分析透辟,多用排偶,精练严密,以浑厚著称。其中《劝学》是古代论述学习的精彩篇章,《成相》和《赋》是采用民歌形式写的韵文,开创了后代说唱文学与辞赋的先河。

韩非是先秦法家思想之集大成者。他根据当时社会急剧变革的特点,建立了一套以"法治"为中心,"法、术、势"三者合一的政治思想体系,为中央集权的封建制国家的建立提供了理论根据。他反对复古,主张因时制宜,强调严刑峻法和使用暴力。

《韩非子》55篇,是古代的政治学巨著,集中宣扬了法、术、势兼治的君主专制论,故为历代统治者所重视。代表作有《五蠹》、《孤愤》、《说难》等。韩文立论新颖,气势雄伟,严刻峻峭,锋芒犀利,论证周密,析理透辟,善于设喻用事,形象生动,是先秦时期最为出色的议论文。

先秦较重要的诸子著作还有《列子》、《商君书》、《管子》、《晏子春秋》等。

### 三、庄周及其在散文领域的贡献

庄周是著名的哲学家、散文家,是道家学派的继承者和代表人物。他继承和发展了老子"道法自然"的观点,有着朴素的辩证法因素。他对人性自由的描述与追求,成了后世的追慕和向往。但他的"齐物之论"则滑向了相对主义。他的世界观是悲观厌世、虚无主义的,对后世不免产生消极影响。不过,庄子对当时社会现实的批判和嘲讽,表现出的愤世嫉俗、蔑视礼法与权贵、不与统治者合作的精神,给后世作家如陶渊明、李白等人以积极的影响。

今本《庄子》存33篇,其中《内篇》7篇一般认为系庄子自著,《外篇》15篇和《杂篇》11篇则出自门人和后学之手。《庄子》散文艺术成就很高,其文汪洋恣肆,想象丰富,构思奇特,讽刺辛辣,机智幽默,妙趣横生,辞藻瑰丽,风格独特,声调铿锵,是先秦时期最富有文学色彩的散文作品。

庄周在散文领域的最大贡献就是发现了散文的"意境",把诗歌创作中的"意境"引入到散文创作中来。在他之前,散文都是写实的,但他发现如果人悲到极点或乐到极点,是无法写实的。意境的引入使散文的创作发生了天翻地覆的变化:首先是写作中心和写作目的的变化,过去从写人记事出发,最后又回到写人记事,求全求实,而现在是以意境为中心,不管写什么,最后的落脚点还要回归到意境的创造上来;其次是写作方法的变化,以"实"为出发点的写人记事,拘泥于时空的限制,束缚了作者的手脚,而以意境为出发点的写作,作者的思维任意驰骋,海阔天空。不过万变不离其宗,最后又回归到意境上来,这样就使文章密度大,含义深。

### 秋水(节选)

秋水时至[1],百川灌河[2]。泾流之大[3],两涘渚崖之间[4],不辩牛马[5]。于是焉河伯欣然自喜[6],以天下之美为尽在己[7]。顺流而东行,至于北海,

东面而视,不见水端[8]。于是焉河伯始旋其面目[9],望洋向若而叹曰[10]:
"野语有之曰[11]:'闻道百,以为莫己若'[12]者,我之谓也[13]。且夫我尝闻少
仲尼之闻而轻伯夷之义者[14],始吾弗信[15]。今我睹子之难穷也[16],吾非至
于子之门则殆矣[17],吾长见笑于大方之家[18]。"

北海若曰:"井蛙不可以语于海者[19],拘于虚也[20];夏虫不可以语于冰
者[21],笃于时也[22];曲士不可以语于道者[23],束于教也[24]。今尔出于崖
涘[25],观于大海,乃知尔丑[26],尔将可与语大理矣[27]。天下之水,莫大于
海,万川归之,不知何时止而不盈[28];尾闾泄之[29],不知何时已而不虚[30];
春秋不变,水旱不知。此其过江河之流,不可为量数[31]。而吾未尝以此自
多者[32],自以比形于天地,而受气于阴阳[33],吾在于天地之间,犹小石小木
之在大山也。方存乎见少[34],又奚以自多!计四海之在天地之间也,不似
礨空之在大泽乎[35]?计中国之在海内[36],不似稊米之在太仓乎[37]?号物
之数谓之万[38],人处一焉[39];人卒九州[40],谷食之所生[41],舟车之所通[42],
人处一焉[43];此其比万物也[44],不似毫末之在于马体乎[45]?五帝之所
连[46],三王之所争[47],仁人之所忧[48],任士之所劳[49],尽此矣[50]!伯夷辞
之以为名[51],仲尼语之以为博[52]。此其自多也,不似尔向之自多于水
乎[53]?"

**【注释】**

本文选自《庄子集释》(清郭庆藩集释,中华书局1961年版)。《秋水》是《庄子·
外篇》之一,由万物齐一的原理,论说人应顺应天理,而不强求,才能返归自然,获得自
由。本篇节选《秋水》开头部分,通过河伯与北海若的生动对话,极力渲染了认识的无
涯和大小的相对不定。

[1]时:按时,此指按季节。

[2]灌:注入。河:黄河。　　　[3]泾流:水流。

[4]涘:水边。渚:水中间的小块陆地。崖:岸。

[5]辩:通"辨",分。　　　[6]焉:乎。河伯:河神,传说姓冯名夷。

[7]尽在己:全都集中在自己这里。

[8]端:尽头。　　　[9]旋:转变。这里指改变了欣然自喜的面容。

[10]望洋:眼睛迷茫的样子。若:海神名。

[11]野语:俗语。　　　[12]莫己若:"莫若己"的倒装。

[13]我之谓:倒装,即"谓我"。

[14]尝闻:曾听说。少仲尼之闻:小看孔子的学识。轻伯夷之义,轻视伯夷的节义。

[15]弗:不。　　　[16]子:您。

[17]殆:危险。

[18]长:永远。见:被。大方之家:得大道的人。

[19]语于海:谈及大海。

[20]拘:局限。虚:同墟,这里指青蛙所生活的地方。

[21]语于冰:谈及冰。　　　　　[22]笃:守,限制。

[23]曲士:乡曲之士,指孤陋寡闻的人。

[24]束:束缚。教:所受的教育。

[25]尔:你。"今尔"句谓现在你摆脱了河道的局限。

[26]丑:鄙陋。　　　　　[27]大理:大道。

[28]盈:满。　　　　　[29]尾闾:神话中排泄海水的地方。泄:排泄。

[30]已:止。虚:指水尽。

[31]不可为量数:无法用数字来计量。

[32]多:赞美。

[33]"自以"二句:自认为寄形于天地之间,裹受阴阳之气。比形:具形。

[34]存:察,看到。见,读现。见少:显得太少。

[35]礨:石块。礨空:石块上的小孔。

[36]中国:古指中原地区。

[37]稊米:像稊籽一样小的米。

[38]号:称。

[39]处:居。处一:占万物之一。这里指人类只是万物中的一类。

[40]人卒:人众。九州:天下。

[41]生:生长。　　　　　[42]通:通行。

[43]人处一:谓个人只是天下人中的一个。

[44]此:指上文中的万物之一,众人中的个人。

[45]毫末:指动物毫毛末梢。

[46]五帝:传说中的五个皇帝,说法不一。《史记》载为黄帝、颛顼、帝喾、尧、舜。连:
　　　连续,此指五帝禅让天下。

[47]三王:指夏启、商汤、周武王。争:争天下。

[48]仁人:崇尚仁的人。

[49]任士:批以天下为己任的贤能之士。

[50]尽此:尽于此,指全都是在渺小天地里的事情。

[51]辞之:指辞让君位。以为名:求得名声。

[52]语之:指谈论帝王的事情。以为博:以此显示学问上的渊博。

[53]向:从前。自多于水:以水量自夸。


**思考题**

1.如何理解意境写法的意义?

2.如何理解庄周作品的文学色彩?

# 第五讲　楚辞与屈原

## 一、《楚辞》概说

楚辞是楚文化在文学上的表现。早在春秋时代,楚国即兴盛于江汉流域。其后日益强大,地广兵强,控踞南方,独放异彩的楚文化也逐渐形成。楚文化与华夏文化有着千丝万缕的联系,又独具特色。如果说中原文化是以典重质实为基本精神,楚文化则是以绚丽浪漫为主要特征。

"楚辞"是战国时代以屈原为代表的楚国作家创造的一种具有浓厚地方色彩的新诗体,它"书楚语、作楚声、纪楚地、名楚物"(黄伯思《翼骚序》)。"楚辞"之称,始见于西汉。成帝时,刘向在前人纂辑的基础人集录屈原、宋玉之作及后人模拟之作为一书,统称为《楚辞》。东汉王逸继作《楚辞章句》,于是《楚辞》又作为总集的书名流传于世。

《楚辞》是继《诗经》之后的又一座文学高峰。楚辞这一新的文学样式的产生,既有历史的、地理的渊源,更有民间的天才创造。作为源泉,风格独特的楚声、楚歌,为楚辞的产生提供了丰富的养料。楚声"音韵清切",楚歌渊源甚古。《论语·微于》所记"接舆歌",《孟子·离娄上》所记"孺子歌",刘向《说苑》所记"越人歌"等,句式参差,音韵清切,句尾多用"兮"字,已具有楚辞形式的一些基本特点。出自民间的楚声、楚歌显然是楚辞的直接源头。此外,楚辞固然是南方文化的特产,然而南北文化的交流和融合也对它的产生有着重要作用。在精神、思想以及表现方法上,楚辞吸收了《诗经》艺术精神,而其辞繁句华、文采缤纷的特点,又有战国时代纵横游说的余波。然而,"不有屈原,岂见《离骚》"(《文心雕龙·辨骚》)? 光辉的"楚辞"又是伟大诗人屈原,植根于楚文化的沃土、沐浴着中原文化的新风、吸取楚国民间文学的营养而"自铸伟辞"的天才创造。

## 二、屈原及其作品

屈原(公元前 340? —公元前 278?),名平,战国后期楚国贵族。关于屈原的生平事迹,主要见于《史记·屈原贾生列传》,但记述简略,又有抵捂扦格之处,大概是后人窜乱所致。屈原早年曾为怀王所信任,任官左徒,"入则与王图议国事,以出号令;出则接遇宾客,应对诸侯"(《史记·屈原贾生列传》)。屈原有伟大的抱负,对内倡导改革,举贤任能,对外主张联齐抗秦。这些主张受到保守派的反对,遭到楚国上层贵族中保守势力的谗害与排挤,被怀王疏远,流放汉北。后虽被召返,但顷襄王时再次遭受谗陷,被长期放逐到江南沅、湘一带。公元前 278 年,秦兵攻破楚都城郢,屈原怨愤绝望,理想破灭,悲愤至极,自投汨罗江而死,据传时为农历五月初五。屈原的一生是悲剧的一生。但这不仅是他个人的悲剧,也是楚国的悲剧和时代的悲剧。

《汉书·艺文志》著录屈原作品 25 篇,但未列篇名。按王逸《楚辞章句》,标明"屈原之所作"者为《离骚》、《九歌》(11 篇)、《天问》、《九章》(9 篇),《远游》《卜居》《渔父》。后世学者对此颇多异议,或谓《远游》《卜居》《渔父》等篇为后人所作。目前比较一致的看法是:《离骚》、《天问》确为屈原之作无疑;《九章》中虽有后人拟作之可疑者,但基本上仍可认定为屈原作品;《九歌》则是屈原在楚国民间祭歌的基础上加工改造的再创作。另有《招魂》一篇,据司马迁之说,亦应认为屈原所作。

《九歌》是屈原根据楚地民间祭神的乐歌经过艺术加工再创造的一组清新优美的抒情诗。内容大致有三:其一是对自然神的热烈礼赞,如《东皇太一》、《云中君》、《东君》等,其中也倾注了诗人追求光明、歌颂正义的强烈情感。其二是描写神与神、神与人相爱的恋歌。《湘君》与《湘夫人》就是通过对湘水男女神之间思恋、等待、相约、水遇的描写,表现了他们那种爱与怨交织在一起的复杂的感情。《山鬼》描写了山中女神热烈追求爱情而不得时那种相思、幽怨、愁苦的情态,形象逼真,真切动人。其三是歌颂爱国主义、英雄主义的诗篇。如《国殇》就是深切悼念为国献身的楚军将士,赞美了他们"生当人杰,死为鬼雄"的英雄气概。情感深沉而激越,风格刚健悲壮,读来动人心魄。《九歌》所描写的诸神形象,美妙姣好;心理刻画,细腻微妙;语言精美,情味深长。作者善于融情于景,创造出优美动人的意境,富有浪漫色彩。

在中国文学史上,屈原是第一个伟大的诗人,他开创了我国诗歌由集体歌唱到个人独立创作的新时代。他的不朽杰作《离骚》,是现存第一篇宏伟壮丽的抒情长诗。屈原和《离骚》,无愧为耸立在中国文学史上的巍峨丰碑。

屈原不仅开创了"楚辞"这一崭新的诗体,而且影响了历代的作家。《史记·屈原贾生列传》说:"屈原既死之后,楚有宋玉、唐勒、景差之徒者,皆好辞而以赋见称。"但他们的作品多未能流传,唯一有作品流传且有一定影响的作家是宋玉。这以后,仿作"楚辞"者不乏其人,但大都缺乏创造精神,只是模拟而已。他们只是"掇其哀愁,猎其华艳"(鲁迅《汉文学史纲要》),亦步亦趋,专求形似,结果不免取貌而遗神,以致趋于僵化。

### 三、《离骚》

《离骚》是屈原的代表作,全诗共 370 余句,近 2500 字,是我国古代最宏伟的一首抒情长诗。关于《离骚》题义,自西汉以后亦颇多异说。司马迁释为"离忧"(《史记·屈原贾生列传》),班固释为"遭忧"(《离骚赞序》),王逸解为"别愁"(《楚辞章句·离骚经序》)。后人有从方言角度作解,以为"离骚"即"牢骚"者;也有从音韵着眼,认为《离骚》即《劳商》,为楚古曲之名者等。现在看来,马、班之说最为近古,合乎诗人命题之旨,且于训诂有据,是较为可信的。

诗的前一部分是诗人对自己大半生经历的回顾,后一部分则描写了诗人对未来道路的探索。全诗以诗人自身经历为线索,通过历叙家世、生辰、理想与抱负以及不幸的遭遇,抒发了自己遭谗被害后苦闷与矛盾的心情,表现了诗人对"美政"理想的炽烈的信念和不懈的追求,对楚国深沉真挚的感情。诗人满怀愤激之情,对君主昏庸、群小误国的黑暗政治进行了深刻尖锐的批判。诗中反复表达了自己坚持高尚峻洁的操守,决不向邪恶势力妥协退让的坚定的斗争意志,充溢着一股坚持真理、勇于献身的浩然正气和崇高精神。

在艺术上,它首先塑造了完美的抒情主人公的艺术形象,充满了浪漫主义特色。其天国漫游的历程,将文学的想象与现实结合,展现了一个无限的世界,成为我国浪漫主义诗歌创作的源头。其次,大量运用比兴与象征手法,委婉表述心迹,则形成了后来的"香草美人"的比喻传统。另外,在语言形式上突破了《诗经》的四言格式,创造出句法参差、韵散交错的新诗体,其双声、叠韵以及对偶和楚方言的运用,使全诗增加了抒情性和感染力。

# 离 骚

帝高阳之苗裔兮[1],朕皇考曰伯庸[2]。摄提贞于孟陬兮[3],惟庚寅吾以降。皇览揆余初度兮[4],肇锡余以嘉名[5]:名余曰正则兮,字余曰灵均。

纷吾既有此内美兮[6],又重之以修能[7]。扈江离与辟芷兮[8],纫秋兰以为佩[9]。汩余若将不及兮[10],恐年岁之不吾与。朝搴阰之木兰兮[11],夕揽洲之宿莽[12]。日月忽其不淹兮[13],春与秋其代序。惟草木之零落兮,恐美人之迟暮[14]。不抚壮而弃秽兮[15],何不改此度[16]?乘骐骥以驰骋兮[17],来吾道夫先路[18]!

昔三后之纯粹兮[19],固众芳之所在[20]。杂申椒与菌桂兮[21],岂惟纫夫蕙茞[22]?彼尧舜之耿介兮[23],既遵道而得路[24]。何桀纣之猖披兮[25],夫唯捷径以窘步[26]!惟夫党人之偷乐兮[27],路幽昧以险隘[28]。岂余身之惮殃兮[29],恐皇舆之败绩[30]。忽奔走以先后兮[31],及前王之踵武[32]。荃不察余之中情兮[33],反信谗而齌怒[34]。余固知謇謇之为患兮[35],忍而不能舍也。指九天以为正兮[36],夫唯灵修之故也[37]。曰黄昏以为期兮,羌中道而改路[38]。初既与余成言兮[39],后悔遁而有他[40]。余既不难夫离别兮[41],伤灵修之数化[42]。

余既滋兰之九畹兮[43],又树蕙之百亩[44]。畦留夷与揭车兮[45],杂杜衡与芳芷[46]。冀枝叶之峻茂兮[47],愿俟时乎吾将刈[48]。虽萎绝其亦何伤兮,哀众芳之芜秽!

众皆竞进以贪婪兮,凭不厌乎求索[49]。羌内恕己以量人兮[50],各兴心而嫉妒。忽驰骛以追逐兮[51],非余心之所急。老冉冉其将至兮[52],恐修名之不立。朝饮木兰之坠露兮,夕餐秋菊之落英[53]。苟余情其信姱以练要兮[54]，长顑颔以何伤[55]。擥木根以结茝兮[56]，贯薜荔之落蕊[57]。矫菌桂以纫蕙兮[58]，索胡绳之纚纚[59]。謇吾法夫前修兮[60]，非世俗之所服[61]。虽不周于今之人兮[62]，愿依彭咸之遗则[63]。长太息以掩涕兮[64]，哀民生之多艰。余虽好脩姱以鞿羁兮[65]，謇朝谇而夕替[66]。既替余以蕙纕兮[67]，又申之以揽茝[68]。亦余心之所善兮，虽九死其犹未悔！怨灵脩之浩荡兮[69]，终不察夫民心。众女嫉余之娥眉兮[70]，谣诼谓余以善淫[71]。固时俗之工巧兮[72]，偭规矩而改错[73]。背绳墨以追曲兮[74]，竞周容以为度[75]。忳郁邑余侘傺兮[76]，吾独穷困乎此时也！宁溘死以流亡兮[77]，余不忍为此态也！鸷鸟之不群兮[78]，自前世而固然。何方圜之能周兮[79]，夫孰异道而相安！屈心而抑志兮，忍尤而攘诟[80]。伏清白以死直兮[81]，固前圣之所厚[82]。

悔相道之不察兮[83]，延伫乎吾将反[84]。回朕车以复路兮，及行迷之未远。步余马于兰皋兮[85]，驰椒丘且焉止息[86]。进不入以离尤兮[87]，退将复脩吾初服。制芰荷以为衣兮[88]，集芙蓉以为裳。不吾知其亦已兮[89]，苟余情其信芳。高余冠之岌岌兮[90]，长余佩之陆离[91]。芳与泽其杂糅兮[92]，唯昭质其犹未亏。忽反顾以游目兮，将往观乎四荒。佩缤纷其繁饰兮，芳菲菲其弥章[93]。民生各有所乐兮，余独好脩以为常。虽体解吾犹未变兮，岂余心之可惩[94]！

女媭之婵媛兮[95]，申申其詈予[96]。曰：鲧婞直以亡身兮[97]，终然殀乎羽之野[98]。汝何博謇而好脩兮[99]，纷独有此姱节[100]？薋菉葹以盈室兮[101]，判独离而不服[102]。众不可户说兮，孰云察余之中情[103]？世并举而好朋兮[104]，夫何茕独而不予听[105]？

依前圣以节中兮[106]，喟凭心而历兹[107]。济沅湘以南征兮[108]，就重华而陈辞[109]。启九辩与九歌兮[110]，夏康娱以自纵[111]。不顾难以图后兮，五子用失乎家巷[112]。羿淫游以佚畋兮[113]，又好射夫封狐[114]。固乱流其鲜终兮[115]，浞又贪夫厥家[116]。浇身被服强圉兮[117]，纵欲而不忍。日康娱而自忘兮，厥首用夫颠陨[118]。夏桀之常违兮[119]，乃遂焉而逢殃[120]。后辛之菹醢兮[121]，殷宗用而不长[122]。汤禹俨而祗敬兮[123]，周论道而莫差[124]。举贤而授能兮[125]，循绳墨而不颇[126]。皇天无私阿兮[127]，览民德焉错辅[128]。夫维圣哲以茂行兮[129]，苟得用此下土[130]。瞻前而顾后兮，相观民之计极[131]。夫孰非义而可用兮，孰非善而可服[132]？阽余身而危死兮[133]，览余初其犹未悔。不量凿而正枘兮[134]，固前脩以菹醢。曾歔欷余郁邑兮[135]，哀朕时之不当[136]。揽茹蕙以掩涕兮[137]，沾余襟之浪浪[138]。

跪敷衽以陈辞兮[139]，耿吾既得此中正[140]。驷玉虬以乘鹥兮[141]，溘埃风余上征[142]。朝发轫于苍梧兮[143]，夕余至乎县圃[144]。欲少留此灵琐兮[145]，日忽忽其将暮。吾令羲和弭节兮[146]，望崦嵫而勿迫[147]。路曼曼其脩远兮[148]，吾将上下而求索[149]。饮余马于咸池兮[150]，总余辔乎扶桑[151]。

折若木以拂日兮[152]，聊逍遥以相羊[153]。前望舒使先驱兮[154]，后飞廉使奔属[155]。鸾皇为余先戒兮，雷师告余以未具。吾令凤鸟飞腾兮，继之以日夜。飘风屯其相离兮[156]，帅云霓而来御[157]。纷总总其离合兮[158]，斑陆离其上下[159]。吾令帝阍开关兮[160]，倚阊阖而望予[161]。时暧暧其将罢兮[162]，结幽兰而延伫。世溷浊而不分兮[163]，好蔽美而嫉妒。

朝吾将济于白水兮，登阆风而绁马[164]。忽反顾以流涕兮，哀高丘之无女[165]。溘吾游此春宫兮，折琼枝以继佩。及荣华之未落兮[166]，相下女之可诒[167]。吾令丰隆乘云兮[168]，求宓妃之所在[169]。解佩纕以结言兮，吾令蹇脩以为理[170]。纷总总其离合兮，忽纬繣其难迁[171]。夕归次于穷石兮[172]，朝濯发乎洧盘[173]。保厥美以骄傲兮，日康娱以淫游。虽信美而无礼兮，来违弃而改求。览相观于四极兮[174]，周流乎天余乃下[175]。望瑶台之偃蹇兮[176]，见有娀之佚女[177]。吾令鸩为媒兮[178]，鸩告余以不好。雄鸠之鸣逝兮，余犹恶其佻巧。心犹豫而狐疑兮，欲自适而不可。凤皇既受诒兮[179]，恐高辛之先我[180]。欲远集而无所止兮[181]，聊浮游以逍遥。及少康之未家兮[182]，留有虞之二姚[183]。理弱而媒拙兮，恐导言之不固。世溷浊而嫉贤兮，好蔽美而称恶。闺中既以邃远兮[184]，哲王又不寤。怀朕情而不发兮，余焉能忍与此终古[185]！

索藑茅以筳篿兮[186]，命灵氛为余占之[187]。曰：两美其必合兮[188]，孰信脩而慕之[189]？思九州之博大兮[190]，岂唯是其有女[191]？曰：勉远逝而无狐疑兮[192]，孰求美而释女[193]？何所独无芳草兮，尔何怀乎故宇[194]？世幽昧以眩曜兮[195]，孰云察余之善恶？民好恶其不同兮，惟此党人其独异。户服艾以盈要兮[196]，谓幽兰其不可佩。览察草木其犹未得兮，岂珵美之能当[197]？苏粪壤以充帏兮[198]，谓申椒其不芳。

欲从灵氛之吉占兮，心犹豫而狐疑。巫咸将夕降兮[199]，怀椒糈而要之[200]。百神翳其备降兮[201]，九疑缤其并迎[202]。皇剡剡其扬灵兮[203]，告余以吉故[204]。曰：勉升降以上下兮，求榘矱之所同[205]。汤禹严而求合兮[206]，挚咎繇而能调[207]。苟中情其好脩兮，又何必用夫行媒[208]？说操筑于傅岩兮[209]，武丁用而不疑。吕望之鼓刀兮[210]，遭周文而得举。甯戚之讴歌兮[211]，齐桓闻以该辅[212]。及年岁之未晏兮[213]，时亦犹其未央[214]。恐鹈鴂之先鸣兮[215]，使夫百草为之不芳。

何琼佩之偃蹇兮[216]，众薆然而蔽之[217]。惟此党人之不谅兮[218]，恐嫉妒而折之。时缤纷其变易兮，又何可以淹留？兰芷变而不芳兮，荃蕙化而为茅。何昔日之芳草兮，今直为此萧艾也[219]！岂其有他故兮？莫好脩之害也。余以兰为可恃兮，羌无实而容长[220]。委厥美以从俗兮[221]，苟得列乎众芳[222]。椒专佞以慢慆兮[223]，樧又欲充夫佩帏[224]。既干进而务入兮[225]，又何芳之能祗[226]！固时俗之流从兮[227]，又孰能无变化？览椒兰其若兹兮[228]，又况揭车与江离。惟兹佩之可贵兮，委厥美而历兹。芳菲菲而难亏兮，芬至今犹未沫[229]。和调度以自娱兮[230]，聊浮游而求女。及余饰之方壮兮[231]，周流观乎上下。

灵氛既告余以吉占兮，历吉日乎吾将行[232]。折琼枝以为羞兮[233]，精琼爢以为粻[234]。为余驾飞龙兮，杂瑶象以为车[235]。何离心之可同兮[236]，吾将远逝以自疏[237]。邅吾道夫昆仑兮[238]，路脩远以周流[239]。扬云霓之晻蔼兮[240]，鸣玉鸾之啾啾[241]。朝发轫于天津兮[242]，夕余至乎西极[243]。凤皇翼其承旂兮[244]，高翱翔之翼翼[245]。忽吾行此流沙兮[246]，遵赤水而容与[247]。麾蛟龙使梁津兮[248]，诏西皇使涉予[249]。路脩远以多艰兮[250]，腾众车使径待[251]。路不周以左转兮[252]，指西海以为期[253]。屯余车其千乘兮[254]，齐玉轪而并驰[255]。驾八龙之婉婉兮[256]，载云旗之委蛇[257]。抑志而弭节兮[258]，神高驰之邈邈[259]。奏九歌而舞韶兮[260]，聊假日以媮乐[261]。陟升皇之赫戏兮[262]，忽临睨夫旧乡[263]。仆夫悲余马怀兮[264]，蜷局顾而不行[265]。

乱曰[266]：已矣哉[267]！国无人莫我知兮[268]，又何怀乎故都[269]！既莫足与为美政兮[270]，吾将从彭咸之所居[271]。

## 【注释】

本篇选自《中国历代文学作品选》（朱东润主编，上海古籍出版社1979年版）。

[1]高阳：传说中的帝王颛顼，号高阳氏，楚之远祖。苗：初生的草木，裔：衣服的末边。苗裔引申为后代子孙。

[2]朕：我。皇考：对先祖的美称。伯庸：皇考的字。

[3]摄提：摄提格的省称。木星（岁星）绕日一周约十二年，以十二地支来表示，寅年名摄提格。贞：正当。孟陬：夏历正月。

[4]皇：皇考。览：观察。揆：揣测。

[5]肇：借作"兆"，卦兆。一说始也。锡：赐。

[6]纷：盛多的状。

[7]重：加。脩：同"修"，善，美好。

[8]扈：披。江离：即江蓠，一种香草。芷：白芷，一种香草。

[9]纫：联缀。

[10]汩：水流急的样子，这里形容流逝的时光。

[11]搴：拔取。阰：山坡。

[12]揽：采。宿莽：一种终冬不枯的草。

[13]淹：停留。

[14]迟暮：指年老。

[15]抚：把握。壮：壮盛之年。

[16]度：态度，或指法度。

[17]骐骥:良马。

[18]道:引导。夫:发语词。先路:前驱。

[19]三后:指夏禹、商汤、周文王。后:君。一说指楚先王。

[20]固:本来。众芳:许多芳草。在:聚集。

[21]申椒:申地出产的花椒。菌桂:即肉桂,一种香木。

[22]蕙、茞:皆为香草。

[23]耿介:光明正大。

[24]遵道:遵循正确的治国之道。

[25]猖披:衣不束带之貌,引申为放纵不检。

[26]捷径:邪出的小路。窘步:困窘难行。

[27]党人:结党营私之人。偷乐:苟且享乐。

[28]路:国家前途。幽昧:昏暗。险隘:危险狭隘。

[29]惮殃:害怕灾祸。

[30]皇舆:君王的舆辇,这里比喻国家。败绩:作战时战车倾覆,引申为国家崩溃。

[31]忽:迅疾貌,匆匆地。

[32]及:赶上。前王:指上文"三后"。踵武:脚步。

[33]荃:香草名,喻君王。

[34]**斋**怒:暴怒。

[35]固:本来。謇謇:忠直敢言的样子。

[36]九天:古代传说天有九层。正:通"证"。

[37]灵脩:此谓神明而有远见的人,是对君王的尊称。楚人谓神为"灵"。脩:同"修",
长,远。

[38]羌:发语词。此二句据洪兴祖曰:"一本有此二句,王逸无注,至下文'羌内恕己以
量人'句始释'羌'度,疑此二句后人增。"(见《楚辞补注》)

[39]成言:指彼此约定。

[40]遁:回避。他:他心。

[41]难:畏惮。

[42]数:屡次。

[43]滋:栽培。畹:楚人地亩单位,一畹等于三十亩。

[44]树:种植。

[45]畦:田垄,动词,种植。留夷、揭车:皆香草名。

[46]杜蘅:香草名。

[47]冀:希望。

[48]俟:等待。刈:收割。

[49]凭:满足,楚方言。

[50]羌:楚人发语词。恕己以量人:宽恕自己而苛求他人。

[51]驰骛:胡乱奔跑。追逐:追名逐利。

[52]冉冉:渐进貌。

[53]落英:初开的花。

[54]苟:假如。姱:美。练要:精诚专一。

[55]顑颔:食不饱而面黄肌瘦的样子。

[56]擥:同"揽",采摘。

[57]贯:贯穿。薜荔:一种蔓生香草。

[58]菌桂、蕙:皆香草。

[59]索:搓为绳。胡绳:一种香草,蔓状,如绳索,故名。

[60]謇:此是发语词,楚方言。法:效法。前脩:前代贤人。

[61]服:佩戴。

[62]周:合。

[63]彭咸:据王逸注,彭咸是殷代贤臣,谏君不听,投水而死。

[64]太息:叹息。掩:拭。涕:泪。

[65]靰羁:缰绳和马笼头,这里指约束。

[66]谇:进谏。替:解职。

[67]纕:佩带。

[68]申:重,加上。

[69]浩荡:无思虑貌。

[70]娥眉:细长的眉,谓如蚕蛾之眉,此处喻美好的容貌。

[71]谣诼:谗毁。

[72]工:善于。

[73]偭:违背。规:画圆的工具。矩:画方的工具。错:措施,设置。

[74]绳墨:木匠用的准绳与墨斗,比喻法度。

[75]周容:苟合以取容。

[76]忳:愤懑。郁邑:同"郁悒",心情抑郁的样子。侘傺:失意、孤独。

[77]溘:忽然。

[78]鸷鸟:指鹰隼一类的猛禽。

[79]圜:同"圆"。

[80]尤:过错。攘:取也,引申为忍受。诟:辱。

[81]伏:同"服",引申为保持。死直:为正道而死。

[82]厚:看重。

[83]相:察看。察:仔细看。

[84]延伫:长久站立,一说引颈而望。

[85]皋:近水高地。

[86]焉:于是,于此。

[87]进:指进入朝廷。不入:未能进去。离:通"罹",遭受。

[88]制:裁制衣服。

[89]苟:诚,果真。信:确实。

[90]岌岌:高耸的样子。

[91]陆离:长长的样子。

[92]杂糅:交混。

[93]章:同"彰",显现。

[94]惩:戒惧。

[95]女嬃:传说为屈原的姊。婵媛:感情深切而缠绵的样子。

[96]申申:反复地。詈:责备。

[97]鲧:同"鲧",远古传说中人物,尧臣,禹父。婞直:刚直。亡:通"忘"。

[98]殀:早死。羽:羽山。

[99]博謇:学识广博而志行忠直。

[100]纷:多。姱节:美好的节操。

[101]薋:聚积。菉、葹:皆恶草名。

[102]判:判然,分得清清楚楚。离:弃去。服:佩带。

[103]孰:谁。云:还。中情:内心。

[104]并举:互相吹捧抬举起。朋:朋党。

[105]茕:孤独。

[106]节:节度。中:中正。节中:犹言"取中"。

[107]喟:叹息。凭心:愤懑。

[108]济:渡。沅湘:沅水、湘水。征:行。

[109]重华:舜的号。

[110]启:禹之子,夏代君主。《九辩》、《九歌》:神话传说中天上的乐章。

[111]康娱:安逸享乐。

[112]五子:即五观,启的幼子。事见《竹书纪年》。

[113]羿:相传为有穷国君,夏太康时因夏乱而夺取夏政权。淫:过甚。佚:放纵。畋:
　　　打猎。

[114]封狐:大狐。

[115]鲜:少。终:善终。

[116]浞:寒浞,本为羿相,后杀后羿。贪:强取。家:妻室。

[117]浇:寒浞与羿之妻所生之子,很有武力。强圉:强壮多力。

[118]厥:其。

[119]夏桀:夏朝的最后一王。

[120]遂焉:终究。

[121]后辛:殷纣王之名,商朝最后的君王。菹醢:剁成肉酱。

[122]宗:宗祀。

[123]汤:商汤,商代开国之君。禹:夏启的父亲,为夏朝的建立奠定了基础。俨:恭谨庄重。祗敬:恭敬谨慎。

[124]周:指周初的文王、武王等。莫差:没有过失。

[125]举:选拔。

[126]绳墨:喻法度。颇:偏差。

[127]阿:偏袒。

[128]错:通"措",设置,给予。

[129]维:通"唯"。茂行:黾勉而行。

[130]苟:庶几,或许。用:享。下土:天下。

[131]相观:观察。计:谋虑。极:准则。

[132]可服:犹言"可行"。

[133]阽:临近危险的意思。危死:几乎死。

[134]量:度量。凿:器物上安插榫头的孔眼。正:修改。枘:榫头。

[135]曾:屡次的意思。歔欷:抽泣。

[136]当:值。不当,生不逢时的意思。

[137]茹:柔软。

[138]沾:漫湿。浪浪:泪流不止的样子。

[139]敷:铺。衽:衣襟。

[140]耿:光明。

[141]驷:驾车的四匹马。这里用为动词。玉:白色。虬:龙。

[142]溘:迅疾。

[143]轫:停车时抵住车轮的木头,发车时将它撤去叫发轫。苍梧:山名,传说舜葬于此。

[144]县圃:神话中的地名,在昆仑山的上一层。县,同"悬"。

[145]琐:门上的花纹,代指门。灵琐:神灵住处的门。

[146]羲和:神话中给太阳驾车者。弭节:按节徐步。弭:止。

[147]崦嵫:神话中山名,日入之处。迫:近。

[148]曼曼:通"漫漫",路遥远的样子。

[149]求索:寻求志同道合者。

[150]饮:使喝水。咸池:神话中日浴之处。

[151]总:系结。辔:缰绳。扶桑:神话中长在东方日出处的一种树。

[152]若木:神话中长在昆仑最西面日入处的一种树。拂:拂拭,一说遮蔽。

[153]相羊:徜徉,随意徘徊。

[154]望舒:为月神驾车者。

[155]飞廉:风神。属:连接。

[156]屯:聚合。离:通"丽",附丽,靠拢。

[157]御:通"迓",迎接。

[158]纷总总:多而纷乱的样子。离合:忽离忽合。

[159]斑:色彩驳杂的样子。陆离:参差。

[160]阍:守门人。关:门闩。

[161]阊阖:天门。

[162]暧暧:日光昏暗的样子。罢:终了。

[163]涸浊:同"混浊"。

[164]阆风:神话中地名,在昆仑山上。绁:同"绁",系住。

[165]女:神女,"高丘无女"比喻寻求知音而不得。

[166]荣华:花朵的通称。

[167]下女:下界女子,指下文宓妃、简狄、二姚等。诒:同"贻",赠送。

[168]丰隆:云神,一说雷神。

[169]宓妃:神话中的人名,伏羲氏之女,洛水之神。

[170]蹇脩:传说为伏羲氏的臣子。理:媒人。

[171]纬繣:本义为乖戾,不相投合。

[172]次:住宿。穷石:山名,在今甘肃张掖。

[173]洧盘:神话中水名,出崦嵫山。

[174]四极:四方的尽头。

[175]周流:遍行。

[176]瑶台:玉台。偃蹇:高貌。

[177]有娀:传说中古部族名。佚:美。有娀氏美女简狄住在高台上,成帝喾之妃,生契,为商人之祖。

[178]鸩:鸟名,羽有毒。

[179]诒:此处指礼物、聘礼。

[180]高辛:高辛氏,指帝喾。

[181]集:栖止,安居。

[182]少康:夏后相之子。少康幼时受寒浞迫害,逃到有虞,娶了国君的两个女儿,借助有虞的力量恢复了夏朝。

[183]二姚:有虞氏二女,有虞姚姓。

[184]闺:女子居处。指上述诸女而言。

[185]终古:永久。

[186]索:取。藑茅茅:一种可用来占卜的草。筳篿:用来占卜的竹片。

[187]灵氛:古代神巫。

[188]此"曰"与下一"曰"之后皆卦辞。

[189]慕:可能是"莫念"二字连写之误。

［190］九州:古代中国分为九州,后以"九州"指全中国。

［191］是:此,此地。

［192］勉:努力。

［193］释:放过。

［194］故宇:旧居,故土。

［195］曜:纷乱迷惑。

［196］服:佩。艾:艾草,恶草。要:古"腰"字。

［197］珵:美玉。

［198］苏:取。怖:佩带的香囊。

［199］巫咸:上古神巫。

［200］糈:精米。要:通邀,迎候之意。

［201］翳:遮蔽。备:都。

［202］九疑:指九疑山的神。

［203］皇剡剡:闪光的样子。

［204］吉故:吉利的故事。

［205］榘:同"矩",画方的器具。矱:尺度。榘矱喻准则、法度。

［206］严:同"俨",严肃恭谨。

［207］挚:伊尹名,商汤的贤相。咎繇:即皋陶,夏禹的贤臣。调:谐调。

［208］行媒:做媒的使者。

［209］说:傅说,殷高宗时贤相。筑:打土墙用的捣土工具杵。

［210］吕望:姜太公,本姓吕,名尚。鼓:鸣。

［211］甯戚:春秋时卫人,曾在齐东门外作小商,齐桓公夜出,值甯戚喂牛,扣角而歌其
怀才不遇,桓公与之交谈后,用他为卿。

［212］该:通"赅",赅备,全面。

［213］晏:晚。

［214］央:尽。

［215］鹈鴂:鸟名,即伯劳。一说即杜鹃,鸣于春末夏初,正是落花时节。

［216］琼佩:琼玉的佩饰。偃蹇:长长的样子。

［217］菱:隐蔽的样子。

［218］谅:诚信。

［219］萧:恶草名。

［220］羌:发语词。容:外表。长:美好。

［221］委:丢弃。

［222］苟:苟且。

［223］慢怡:傲慢。

［224］椒:恶木名,似茱萸而小。

[225]干:求。务:致力。

[226]祗:恭敬。

[227]流从:随波逐流。

[228]兹:此,指自己忧患的事。

[229]沫:消散。

[230]和:调节使和谐。调:佩玉发出的声响。度:行进的节奏。

[231]壮:盛。

[232]历:选择。此句意谓将听从灵氛的劝告,选择吉日远行。

[233]羞:指精美的食物。

[234]精:捣碎,使之精细。糳:末屑。粻:食粮。

[235]杂:集聚。瑶:美玉。象:象牙。

[236]离心:离异之心,指政见不合。

[237]自疏:自求疏远。

[238]邅:转。此句意谓我转道向昆仑山走去。

[239]周流:周游。

[240]云霓:指旌旗。晻蔼:形容旌旗蔽日。

[241]玉鸾:用玉制成的车铃,形似鸾鸟。啾啾:鸣叫声。

[242]发轫:起程。轫:在车轮前用以制动的横木,起程时要将横木撤去。天津:天河
　　的渡口,传说在箕、斗二星之间。

[243]西极:西方的尽头。

[244]翼:展翅以护卫。承:举。旂:旗的通名。

[245]翼翼:整齐而有节奏。

[246]流沙:指我国西北沙漠地带。

[247]遵:循,沿着。赤水:神话中的山名,发源于昆仑山。容与:闲适貌。

[248]麾:指挥。梁:用作动词,架桥。

[249]诏:命令。西皇:西方天帝少皞。涉予:把我渡过河去。

[250]修远:路途遥远。

[251]腾:越过。径待一作"径侍",在路旁等待。

[252]路:经过。不周:不周山,神话中的山名,在昆仑山西北。

[253]西海:神话中西方的海。期:极限,目的地。

[254]屯:聚集。

[255]齐:使之齐整。轪:车轮的别名。

[256]婉婉:形容龙身弯曲游动貌。

[257]委蛇:形容旗随风舒卷貌。

[258]抑志:抑制心情,一说即"抑帜",垂下旗帜。弭节:停鞭。

[259]邈邈:遥远貌。

[260]九歌:古乐曲名,传说是夏启所得天帝之乐。韶:虞舜的舞乐名。

[261]假日:借此时光。娱:通"愉",快乐。一说通"偷"。

[262]陟:登。皇:皇天,此指天空。赫戏:光明灿烂貌,形容太阳的照耀。

[263]临:居高之意。睨:斜视。

[264]仆夫:随从的同人。怀:思恋,怀念。

[265]蜷局:卷曲不伸的样子。

[266]乱:尾声。

[267]已矣哉:犹言算了吧。已:止。

[268]莫我知:"莫知我"的倒装,意谓无人了解我。

[269]故都:指故国。

[270]美政:政治理想。

[271]彭咸:殷代贤臣,谏君不听,投水而死。此句暗含将追随彭咸,效法彭咸所走的路。

## 山 鬼

　　若有人兮山之阿[1],被薜荔兮带女萝[2]。既含睇兮又宜笑[3],子慕予兮善窈窕[4]。乘赤豹兮从文狸[5],辛夷车兮结桂旗[6]。被石兰兮带杜衡[7],折芬馨兮遗所思[8]。

　　余处幽篁兮终不见天[9],路险难兮独后来[10]。表独立兮山之上[11],云容容兮而在下[12]。杳冥冥兮羌昼晦[13],东风飘兮神灵雨[14]。留灵修兮憺忘归[15],岁既晏兮孰华予[16]!

　　采三秀于山间[17],石磊磊兮葛蔓蔓[18]。怨公子兮怅忘归[19],君思我兮不得闲[20]。山中人兮芳杜若[21],饮石泉兮荫松柏[22]。君思我兮然疑作[23]。雷填填兮雨冥冥[24],猨啾啾兮又夜鸣[25]。风飒飒兮木萧萧[26],思公子兮徒离忧[27]。

**【注释】**

　　本篇选自《中国历代文学作品选》(朱东润主编,上海古籍出版社1979年版),是《九歌》中之一。山鬼即山神,《山鬼》是祭祀山鬼的歌辞。诗中山鬼是一位美丽而多情的少女形象。《山鬼》情致幽微绵邈,诗歌形式优美,体现了《九歌》的审美韵味。

[1]阿:山湾。山之阿指山中深曲之处。

[2]被:同"披"。

[3]睇:斜着眼睛看。

[4]慕:爱慕。窈窕:幽娴、恬静的样子。

[5]赤豹:毛赤褐色而有黑色斑点的豹。文狸:毛色有花纹的狸。

[6]辛夷车:以辛夷木为车。桂旗:以桂枝为旗。

[7]石兰:兰的一种。带杜衡:车上飘带是芳香的杜衡。

[8]芳馨:泛指香花、香草。遗:赠给。所思:所思的人。

[9]幽:深。篁:竹林。幽篁:竹林深处。

[10]后来:迟到。

[11]表:形容高远的样子。

[12]容容:同"溶溶",指云像水流动的样子。

[13]冥冥:不明的样子。羌:语助词。

[14]飘:急风回旋的样子。

[15]灵修:指所思恋的人。憺:安定。

[16]岁:指年华。华:美,华予:以予为华。

[17]三秀:灵芝草的别名。

[18]磊磊:堆积的样子。蔓蔓:纠缠的样子。

[19]怅:惆怅。

[20]闲:闲暇。

[21]山中人:山鬼自指。

[22]饮石泉:指饮食的芳洁。

[23]作:生起。

[24]填填:形容雷鸣。

[25]猨:同"猿"。又,一作狖,长尾猿。

[26]飒飒:风声。

[27]徒:徒然。离:通"罹",遭遇。


**思考题**

1.简述楚文化与楚辞的关系。

2.分析《离骚》的思想意义及艺术特点。

3.分析山鬼的人物形象性格特点。

# 第六讲　秦汉散文与《史记》

## 一、秦汉散文概述

汉代散文继承和发展了先秦散文的优秀成果,内容丰富,形式多样,是继先秦之后的又一个繁荣时期。汉代散文主要有论说散文和史传散文。

论说散文是由先秦诸子发展来的,汉初最发达,以后各期也各有发展,但总体上成就不及汉初。秦代作家仅李斯一人,《谏逐客书》全文广征博引,分析透彻,铺陈扬厉,多用排比,很有战国纵横家游说人主的气魄。同时语言生动,辞采华丽,善于以形象的比喻说明问题。

西汉初年论说散文进入持续发展阶段。综观汉代论说散文的发展,大体可分四个阶段:第一阶段从高祖建汉到汉武帝即位前。此时文化环境相对轻松自由,文士自信心强,责任感大,能关注现实中的重大问题,或指陈时弊,或总结秦亡教训,畅所欲言,惯用比喻和排偶句,铺陈壮大富于文采,颇有战国纵横家的气息。重要作家有贾谊、晁错、邹阳、枚乘等,而以贾谊为代表。第二阶段从汉武帝到元、成之世。此阶段,中央集权加强,儒术独尊,文士为文,大都依经立义,讲说灾异,论证君权神授、专制合理,征引繁复,文气迟缓,思想禁锢,少有个性。董仲舒的《春秋繁露》、《天人三策》及刘向的《谏营起昌陵疏》是其中较好的作品。也有一些直陈时事、不傍经典的政论文,如司马相如的《谕巴蜀檄》、《难蜀父老》及桓宽的《盐铁论》等作品。第三阶段从成、哀之世到东汉中期。此期汉帝国由盛而衰,又由衰而兴,今文经学走向极端,被不少文士怀疑、批判,古文经学随之兴起。与之相应,此阶段论说散文大都明白晓畅、不傍经典,比如扬雄的《自叙书传》、桓谭的《新论》、王充的《论衡》等。第四阶段是东汉后期。其时,朝政腐败,民生凋敝,社会危机严重,朝野清议之风兴起,清议之文亦随之出现。此阶段论说散文多发愤之作,指陈时弊,不但富于激情,颇有气势,而且骈散相间,注重文采,比如王符《潜夫论》、崔寔《政论》、仲长统《昌言》等。

## 二、司马迁与《史记》

汉代的史传散文,主要是在先秦历史散文的基础上发展起来的。司马迁的《史记》以人物为中心来反映历史,其叙事写人,被鲁迅先生称为"史家之绝唱,无韵之《离骚》"(《汉文学史纲要》),创立了纪传体史书的新样式,也开辟了传记文学的新纪元,成为我国第一部体例完整的通史,在史学和文学史上都有崇高的地位。

司马迁(前145—?),字子长,龙门(今陕西韩城)人。司马迁少年时,曾"耕牧河山之阳"，大约6岁到10岁之间，父司马谈到长安做了太史令，司马迁随父到了长安。20岁以前，他刻苦学习，受到父亲的教育和影响，并从董仲舒学习《公羊春秋》，向孔安国学习古文《尚书》。司马谈崇尚黄老，董仲舒、孔安国是著名儒学大师，因此，司马迁年轻时多受道家和儒家的影响。

20岁以后，司马迁曾经进行过一次为期一两年的全国漫游，主要路线在中原和南方的一些省份。后来他在做郎中、太史令、中书令时，因为侍从皇帝或奉令出差，又获很多旅行的机会，足迹差不多遍及全国。司马迁的漫游实际上成为写作《史记》的重要准备阶段。通过调查，他掌握了大量的第一手资料，这不但为他将来写作《史记》提供了大量的事实，而且还使他能以调查得来的真实资料来订正簿书上的错误。司马迁的游历还影响到他的文章，他的文章具有义气开阔、风格雄奋的特点。司马迁还注意深入民间生活，广泛地接触人民，这不但在一定程度上培育了他同情人民、同情被压迫者、伸张正义、追求光明的思想品质，而且还使他有机会学习民间口头创作，因而他的文章语言生动，文笔流畅，生活气息浓厚。

司马迁不仅注重实践，也十分注意读书，仅在《史记》中经他评论、介绍的书籍有目可查的即达近百种。在《史记》中，他纵谈历史，议论得失，批评百家，或上下千年，或纵横中外，或天文地理，或筮卜异怪，无不通晓，正得力于他读万卷书，行万里路的生活经历和治学态度。

36岁时，父亲司马谈去世，司马迁承父职而为太史令，开始收集史料，准备写《史记》。41岁时他主持了改秦历为夏历的工作，并正式开始写作《史记》。正当他专心著述的时候．巨大的灾难降临到他的头上。李陵兵败投降匈奴，武帝大怒。司马迁称言李陵之功，因而以"诬上"下狱。家贫无以自赎，交游莫救，出于创作《史记》的考虑，他被迫接受腐刑。狱中三年，他"隐忍苟活"，仍坚持著述《史记》。出狱后，任中书令，忍辱负重，续撰《史记》。大约征和二年（公元前91），他完成了《史记》创作，此后不久就与世长辞。

《史记》所记上自三皇五帝，下至太初年间，上下三千余年，是一部通史。采用纪传体的方式写的，开创了纪传体通史的先例。全书共130篇，分为"本纪"、"表"、"书"、"世家"、"列传"等五个部分。"本纪"12篇，记叙帝王事迹；"表"10篇，赏通史事之脉络，是各个历史时期简单的大事记；"书"8篇，分论天文、历法、水利、经济、文化、艺术的发展和现状；"世家"30篇，记载诸侯王国的兴衰和辅汉功臣的事迹；"列传"70篇，是人物志，传写各类人物的言行。这五种体例相互补充配合，而形成一个完整的结构框架，沟连天人，贯通古今，在设计上独具匠心。其中，本纪、世家、列传都是以人物为中心，而且是全书的主体，所以被人称为"纪传体"。

《史记》讽刺和抨击了历史上和汉代的许多荒淫残暴的君主，揭露了统治者内部相互倾轧与贪官酷吏残害无辜的丑行；热情歌颂反抗暴秦的英雄人物，对刺客、游侠、医卜、倡优这些正史、官书不肯记载的中下层人物也进行了热情的歌颂，还歌颂了一系列爱国人物。歌颂、赞美这些历史人物，都深刻地表达了作者的爱憎感情。

司马迁不仅是一位伟大的历史学家,同时也是一位伟大的文学家。《史记》的文学价值首先表现在它塑造了有血有肉,栩栩如生的人物形象。《史记》是以人物为中心的,主要部分是"本纪"、"世家"和"列传",其中绝大部分是记人物的,是历朝历代一系列人物的塑像。司马迁以人物为中心来构思他的伟大著作,这样,从纵的方面可以看出,从上古到汉代三千年的历史是历代统治人物不断更替的历史,它具体地说明了历史不是永久不变,而是不断地变化和发展的。从横的方面,它生动地展示了我国三千年历史的广阔画面,即在每一个时期中包含着各个社会阶层、各种不同地位和职业的人物的历史活动。

《史记》是以人物为中心来进行叙写的,它在描写人物方面的成就最为突出。《史记》人物传记的着眼点是从人物的一生去完整地叙写,从把握人物的全貌上去塑造人物。由于司马迁吸收了前代的写作经验,并且广泛地掌握材料,予以精心提炼,所以他把塑造人物的文学水平,提高到一个空前的高度。

《史记》长于结构,善于剪裁和安排情节,谋篇布局,匠心独运。作为史传文学,《史记》不同于后来的小说,它同时要给许多人物立传,在人物与人物之间要发生错综复杂的关系。司马迁通过"传写"这些历史人物,还要记下大量的历史事实,头绪纷繁,同一时期的历史事实,在同一时期的不同人的传记中都要涉及。怎样通过写他们的传记,把这段历史有系统、有条理地反映出来而又不至互相重复,这是很不容易做到的,需要有巨大的驾驭材料和组织材料的能力。在这一方面,司马迁表现出来高超的组织才能,是令人吃惊的。

《史记》长于运用语言艺术,取得了创造性的成就。人物的语言,极具个性化,有利于表现人物的性格特征,在当时通俗语言的基础上,灵活运用古代语言,从而形成通俗、简洁、流畅的散文语言风格,极富表现力。

### 三、《李将军列传》

《李将军列传》记述汉代名将李广的生平事迹。李广是英勇善战、智勇双全的英雄。他一生与匈奴战斗七十余次,常常以少胜多,险中取胜,以致匈奴人闻名丧胆,称之为"飞将军","避之数岁"。李广又是一位最能体恤士卒的将领。他治军简易,对士兵从不苛刻,尤其是他与士卒同甘共苦的作风,深得将士们的敬佩。然而,这位战功卓著、备受士卒爱戴的名将,却一生坎坷,终身未得封爵。李广是以自杀抗议朝廷对他的不公,控诉贵戚对他的无理。太史公也通过李广的悲剧结局揭露并谴责了统治者的任人唯亲、刻薄寡恩以及对贤能的压抑与扼杀,从而使这篇传记具有了更深一层的政治意义。

《李将军列传》是司马迁的一篇力作,这篇作品充分展示了作者在人物传记方面的杰出才能。抓住主要特征突出人物形象是司马迁最擅长的方法之一,在本文中作者就抓住李广最突出的特点,通过一些生动的故事和细节,着力加以描写,使人物形象极为鲜明。如写他以百骑机智地吓退匈奴数千骑,受伤被俘而能飞身夺马逃脱,率四千人被敌军四万人围困,仍能临危不惧,指挥若定,等等。通过这几个惊险的战斗故事,突出表现了李广的智勇双全。尤其是对李广的善射,作者更是精心描写,如射杀匈奴射雕手,射杀敌军白马将,射退敌人的追骑,误以石为虎而力射没镞,甚至平时还常以射箭与将士赌赛饮酒,等等。这些精彩的片断犹如一个个特写镜头,生动地展示了这位名将的风采。

此外,侧面衬托,反面对比,剪裁之精当,结构之起伏以及语言之精练流畅、生动传神等,都是这篇传记文学杰作的突出特点。

## 李将军列传

李将军广者,陇西成纪人也。其先曰李信,秦时为将,逐得燕太子丹者也[1]。故槐里,徙成纪。广家世世受射[2]。孝文帝十四年,匈奴大入萧关,而广以良家子从军击胡[3],用善骑射[4],杀首虏多[5],为汉中郎。广从弟李蔡亦为郎[6],皆为武骑常侍,秩八百石[7]。尝从行,有所冲陷折关及格猛兽[8],而文帝曰:"惜乎,子不遇时!如令子当高帝时,万户侯岂足道哉[9]!"及孝景初立,广为陇西都尉,徙为骑郎将[10]。吴、楚军时[11],广为骁骑都尉,从太尉亚夫击吴、楚军[12],取旗,显功名昌邑下。以梁王授广将军印,还,赏不行[13]。徙为上谷太守。匈奴日以合战,典属国公孙昆邪为上泣曰:"李广才气,天下无双,自负其能,数与虏敌战,恐亡之。"于是,乃徙为上郡太守。后广转为边郡太守,徙上郡[14]。尝为陇西、北地、雁门、代郡、云中太守,皆以力战为名。

匈奴大入上郡,天子使中贵人从广勒习兵击匈奴[15]。中贵人将骑数十纵[16],见匈奴三人,与战。三人还射,伤中贵人,杀其骑且尽。中贵人走广。广曰:"是必射雕者也[17]。"广乃遂从百骑往驰三人。三人亡马步行[18],行数十里。广令其骑张左右翼,而广身自射彼三人者,杀其二人,生得一人,果匈奴射雕者也。已缚之,上马,望匈奴有数千骑,见广,以为诱骑[19],皆惊,上山陈[20]。广之百骑皆大恐,欲驰还走。广曰:"吾去大军数十里,今如此以百骑走,匈奴追射我立尽。今我留,匈奴必以我为大军诱之,必不敢击我。"广令诸骑曰:"前!"前,未到匈奴陈二里所[21],止。令曰:"皆下马解鞍!"其骑曰:"虏多且近,即有急,奈何?"广曰:"彼虏以我为走,今皆解鞍以示不走,用坚其意。"于是胡骑遂不敢击。有白马将出护其兵[22],李广上马与十余骑奔射杀胡白马将,而复还至其骑中,解鞍,令士皆纵马卧[23]。是时会暮,胡兵终怪之,不敢击。夜半时,胡兵亦以为汉有伏军于旁,欲夜取之,胡皆引兵而去。平旦[24],李广乃归其大军。大军不知广所之,故弗从。

居久之,孝景崩,武帝立。左右以为广名将也,于是广以上郡太守为未央卫尉[25],而程不识亦为长乐卫尉[26]。程不识故与李广俱以边太守将军屯[27]。及出击胡,而广行无部伍行陈[28],就善水草屯,舍止,人人自便,不击刀斗以自卫[29]，莫府省约文书籍事[30]，然亦远斥侯[31]，未尝遇害。程不识正部曲行伍营陈[32]，击刀斗，士吏治军簿至明[33]，军不得休息，然亦未尝遇害。不识曰："李广军极简易，然虏卒犯之[34]，无以禁也，而其士卒亦佚乐[35]，咸乐为之死。我军虽烦扰，然虏亦不得犯我。"是时汉边郡李广、程不识皆为名将，然匈奴畏李广之略，士卒亦多乐从李广而苦程不识。程不识孝景时以数直谏为太中大夫[36]。为人廉，谨于文法[37]。

后，汉以马邑城诱单于，使大军伏马邑旁谷，而广为骁骑将军，领属护军将军[38]。是时，单于觉之，去，汉军皆无功[39]。其后四岁，广以卫尉为将军，出雁门击匈奴。匈奴兵多，破败广军，生得广。单于素闻广贤，令曰："得李广必生致之[40]！"胡骑得广，广时伤病，置广两马间，络而盛卧广[41]。行十余里，广详死[42]，睨其旁有一胡儿骑善马[43]，广暂腾而上胡儿马[44]，因推堕儿，取其弓，鞭马南驰数十里，复得其余军，因引而入塞。匈奴捕者，骑数百追之，广行取胡儿弓，射杀追骑，以故得脱。于是至汉。汉下广吏[45]，吏当广所失亡多[46]，为虏所生得，当斩。赎为庶人[47]。

顷之，家居数岁。广家与故颍阴侯孙屏野居蓝田南山中射猎[48]。尝夜从一骑出，从人田间饮。还至霸陵亭，霸陵尉醉，呵止广[49]。广骑曰："故李将军。"尉曰："今将军尚不得夜行，何乃故也！"止广宿亭下。居无何[50]，匈奴入，杀辽西太守，败韩将军[51]，韩将军后徙右北平[52]。于是天子乃召拜广为右北平太守。广即请霸陵尉与俱，至军而斩之。广居右北平，匈奴闻之，号曰"汉之飞将军"，避之数岁，不敢入右北平。

广出猎，见草中石，以为虎而射之，中石没镞[53]，视之石也。因复更射之，终不能复入石矣。广所居郡闻有虎，尝自射之。及居右北平，射虎，虎腾伤广，广亦竟射杀之。

广廉，得赏赐辄分其麾下[54]，饮食与士共之。终广之身，为二千石四十余年[55]，家无余财，终不言家产事。广为人长，猿臂[56]，其善射亦天性也。虽其子孙他人学者，莫能及广。广讷口少言[57]，与人居则画地为军陈，射阔狭以饮[58]。专以射为戏，竟死。广之将兵，乏绝之处[59]，见水，士卒不尽饮，广不近水；士卒不尽食，广不尝食。宽缓不苛，士以此爱乐为用。其射，见敌急[60]，非在数十步之内，度不中不发，发即应弦而倒。用此[61]，其将兵数困辱，其射猛兽亦为所伤云。

居顷之，石建卒[62]，于是上召广代建为郎中令。元朔六年[63]，广复为后将军，从大将军军出定襄，击匈奴。诸将多中首虏率[64]，以功为侯者，而广军无功。

后三岁，广以郎中令将四千骑出右北平，博望侯张骞将万骑与广俱，异道[65]。行可数百里，匈奴左贤王将四万骑围广，广军士皆恐，广乃使其子敢往驰之。敢独与数十骑驰，直贯胡骑，出其左右而还。告广曰："胡虏易与耳[66]。"军士乃安。广为圜陈外向[67]，胡急击之，矢下如雨。汉兵死者过半，汉矢且尽。广乃令士持满毋发[68]，而广身自以大黄射其裨将[69]，杀数人，胡虏益解[70]。会日暮，吏士皆无人色，而广意气自如，益治军。军中自是服其勇也。明日，复力战，而博望侯军亦至，匈奴军乃解去。汉军罢[71]，弗能追。是时广军几没，罢归。汉法，博望侯留迟后期，当死，赎为庶人。广军功自如[72]，无赏。

初，广之从弟李蔡与广俱事孝文帝。景帝时，蔡积功劳至二千石。孝武帝时，至代相。以元朔五年为轻车将军[73]，从大将军击右贤王[74]，有功，中率[75]，封为乐安侯。元狩二年中[76]，代公孙弘为丞相。蔡为人在下中，名声出广下甚远；然广不得爵邑，官不过九卿，而蔡为列侯，位至三公。诸广之军吏及士卒或取封侯。广尝与望气王朔燕语[77]曰："自汉击匈奴，而广未尝不在其中。而诸部校尉以下，才能不及中人，然以击胡军功取侯者数十人；而广不为后人，然无尺寸之功以得封邑者，何也？岂吾相不当侯邪？且固命也？"朔曰："将军自念，岂尝有所恨乎[78]？"广曰："吾尝为陇西守，羌尝反[79]，吾诱而降，降者八百余人，吾诈而同日杀之。至今大恨独此耳。"朔曰："祸莫大于杀已降，此乃将军所以不得侯者也。"

后二岁，大将军、骠骑将军大出击匈奴[80]，广数自请行，天子以为老，弗许；良久，乃许之，以为前将军。是岁，元狩四年也。

广既从大将军青击匈奴，既出塞，青捕虏知单于所居，乃自以精兵走之[81]，而令广并于右将军军[82]，出东道。东道少回远[83]，而大军行，水草少，其势不屯行[84]。广自请曰："臣部为前将军，今大将军乃徙令臣出东道；且臣结发而与匈奴战[85]，今乃一得当单于[86]，臣愿居前，先死单于[87]。"大将军青亦阴受上诫，以为李广老，数奇[88]，毋令当单于，恐不得所欲。而是时公孙敖新失侯[89]，为中将军，从大将军，大将军亦欲使敖与俱当单于，故徙前将军广。广时知之，固自辞于大将军。大将军不听，令长史封书与广之莫府[90]，曰："急诣部[91]，如书！"广不谢大将军而起行[92]，意甚愠怒而就部[93]，引兵与右将军食其合军出东道[94]。军亡导[95]，或失道，后大将军。大将军与单于接战，单于遁走，弗能得而还。南绝幕[96]，遇前将军、右将军。广已见大将军，还入军。大将军使长史持糒醪遗广[97]，因问广、食其失道状，青欲上书报天子军曲折[98]。广未对，大将军使长史急责广之幕府对簿[99]。广曰："诸校尉无罪，乃我自失道。吾今自上簿。"至莫府，广谓其麾下曰："广结发与匈奴大小七十余战，今幸从大将军出接单于兵，而大将军又徙广部，行回远，而又迷失道，岂非天哉！且广年六十余矣，终不能复对刀笔之吏。"遂引刀自刭[100]。广军士大夫一军皆哭[101]。百姓闻之，知与不知，无老壮皆为垂涕。而右将军独下吏，当死，赎为庶人。

　　……

太史公曰：《传》曰[102]"其身正，不令而行；其身不正，虽令不从。"其李将军之谓也！余睹李将军，悛悛如鄙人[103]，口不能道辞。及死之日，天下知与不知，皆为尽哀。彼其忠实心诚信于士大夫也。谚曰："桃李不言，下自成蹊[104]。"此言虽小，可以喻大也。

**【注释】**

本篇选自《史记》（中华书局校点本1982年版）。

[1]李信逐得燕太子丹事，战国时，燕太子丹派荆轲往刺秦王，不中。秦发兵以李信击燕。燕王恐，乃斩太子丹首献于李信。逐得：追获。

[2]受：学习。

[3]良家子：家世清白人家的子弟。汉朝军队的来源有两种，一种即所谓"良家子"，另一种是罪犯和贫民等。

[4]用：由于，因为。

[5]杀首：斩杀敌人首级。虏：俘虏。

[6]从弟：堂弟。

[7]秩：俸禄的等级。

[8]冲陷：冲锋陷阵。折关：抵御，拦阻。指抵挡敌人。

[9]万户侯：有万户封邑的侯爵。

[10]徙：调任。

[11]吴楚军时：指景帝三年吴楚等七国起兵叛乱。其事详见《吴王濞列传》。

[12]亚夫：即周亚夫。

[13]"以梁王"至"赏不行"：李广作战立功之地在梁国境内，所以梁王封他为将军并授给将军印。这种做法违反汉朝廷的法令，因而李广还朝后，朝廷认为他功不抵过，不予封赏。

[14]这里的"徙上郡"与上文"徙为上郡太守"重复，文字可能有误。对此，各家说法不同。

[15]中贵人：宫中受宠的人，指宦官。勒：受约束。

[16]将：率领。骑：骑兵。纵：放马驰骋。

[17]射雕者：射雕的能手。雕，猛禽，飞翔力极强而且迅猛，能射雕的人必有很高的射箭本领。

[18]亡：通"无"。

[19]诱骑：诱敌的骑兵。

[20]陈：同"阵"。摆开阵势。

[21]所：表示大约的数目。"二里所"即二里左右。

[22]护：监护。

[23]纵马卧：把马放开，随意躺下。

[24]平旦：清晨，天刚亮。

[25]未央:即未央宫,西汉宫殿名,当时为皇帝所居。

[26]长乐:即长乐宫,西汉宫殿名,当时为太后所居。

[27]将军屯:掌管军队的驻防。

[28]部伍:指军队的编制。行阵:行列,阵势。

[29]刁斗:即刁斗。铜制的军用锅,白天用它做饭,夜里敲它巡更。

[30]莫府:即"幕府",莫,通"幕"。古代军队出征驻屯时,将帅的办公机构设在大帐幕中,称为"幕府"。省约:简化。籍:考勤或记载功过之类的簿册。

[31]斥侯:侦察瞭望的士兵。"远斥侯",远远地布置侦察哨。另一种解释,到远离侦察瞭望所及的地方。

[32]部曲:古代军队编制,将军率领的军队,下有部,部下有曲,曲下有屯。行伍:古代军的基层编制,五人为伍,二十五人为行。营陈:即"营阵",营地和军队的阵势。

[33]治:办理,处理。至明:直到天明。也可解为非常明白,毫不含糊。

[34]卒:通"猝",突然。

[35]佚:通"逸",安逸,安闲。

[36]数:屡次。

[37]文法:朝廷制定的条文法令。

[38]领属:受统领节制。护军将军:即韩安国。

[39]韩安国率军埋伏在马邑附近,设计诱骗单于,但被单于发觉,匈奴兵退去,所以汉军无功。

[40]致:送。

[41]络:用绳子编结的网兜。盛:放,装。

[42]详:通"佯"。假装。

[43]睨:斜视。

[44]暂:骤然。

[45]下:交付。吏:指执法的官吏。

[46]当:判断,判决。

[47]赎:古代罪犯交纳财物可减免刑罚,称为"赎罪"或"赎刑"。庶人:平民。

[48]颍阴侯孙:指颍阴侯灌婴之孙灌强。屏野:退隐田野。屏:隐居。

[49]呵:大声呵斥。

[50]居无何:过了不久。

[51]韩将军:指韩安国,当时驻守渔阳。

[52]有的版本此句下有"死"字。

[53]镞:箭头。

[54]辄:总是,就。麾下:部下。

[55]为二千石:做年俸二千石这一级的官。汉代的郡守,郎中令等都属于这个等级。

[56]猿臂:传说有一种通臂猿,左右两臂在肩部相通,可自由伸缩。这里是形容李广

的两臂像猿那样长而且灵活。

[57]讷口:说话迟钝,口拙。

[58]阔狭:指上句所说在地上画的军阵图中,有的行列宽,有的行列窄。这句的意思是,比赛射军阵图,射中窄的行列为胜,射中宽的行列及不中都为负,负者罚酒。

[59]乏绝:指缺水断粮。

[60]急:逼近。

[61]用此:因此。

[62]石建:当时任郎中令。

[63]元朔:汉武帝的第三个年号,共六年(前128—前123)。

[64]首虏率:斩杀敌人首级和俘获敌人的数量规定。汉朝制度,凡达到规定数量的即可封侯。

[65]异道:走不同的路。

[66]易与:容易对付。与:打交道。

[67]圜陈:圆形的兵阵。圜:通"圆"。

[68]持满:把弓拉满。

[69]大黄:弩弓名,用兽角制成,色黄,体大,是当时射程最远的武器。裨将:副将。

[70]益:逐渐。解:散开。

[71]罢:通"疲"。疲惫。

[72]军功自如:指功过相当。

[73]元朔五年:前124年。

[74]大将军:指卫青。

[75]率:即上文的"首虏率",见前注。

[76]元狩:汉武帝的第四个年号。

[77]望气:古代通过观察星象或气象来占卜吉凶的迷信活动。

[78]恨:悔恨。

[79]羌:古代西部的少数民族之一。

[80]骠骑将军:即霍去病。

[81]走:追逐。

[82]右将军:名赵食其。

[83]少:稍。回:迂回。

[84]屯行:并队行进。屯:聚集。

[85]结发:即束发。古代男子到二十岁即可束发。这里的意思是指少年或年轻之时。

[86]当:面对,对敌。

[87]死:死战。

[88]数奇:命运不好。数,命运;奇,单数。古代占卜以得偶为吉,奇为不吉。

[89]公孙敖:原为合骑侯,后因罪当斩,赎为庶人,所以说"新失侯"。他曾救过卫青的

性命,所以卫青想给他立功的机会而排挤李广。其事迹详见《卫将军骠骑列传》。

[90]长史:官名,这里指大将军的秘书。封书:写好公文加封。

[91]诣:到……去。

[92]谢:辞别。

[93]愠:怨恨。

[94]食其:即赵食其。

[95]导:向导。

[96]绝:渡过,横穿。幕:通"漠",沙漠。

[97]糒:干饭。醪:浊酒。

[98]曲折:委曲详细的情况。

[99]对簿:按簿册上的记载对质,即受审。

[100]引刀:拔刀。自到:自刎。

[101]士大夫:这里指军中的将士。

[102]传:汉朝人称《诗》《书》《易》《礼》《春秋》为经,解说经书的著作都称为"传"。这里的传是指《论语》。因《论语》是孔子弟子及再传弟子所记,不是孔子亲笔著述,所以也称为传。

[103]悛悛:诚恳拘谨的样子,通"恂恂"。

[104]蹊:小路。


**思考题**

1. 司马迁的生平与《史记》写作有什么关系?

2. 怎样理解鲁迅称《史记》为"无韵之离骚"?

3. 以《李将军列传》为例,说明《史记》的人物描写艺术。

4. 简述《史记》的语言成就。

# 第七讲　汉乐府民歌

## 一、"乐府"与"乐府诗"

两汉乐府诗是继《诗经》、《楚辞》之后,又一座我国诗歌史上的高峰。两汉时期所谓的乐府是指管理音乐的官府机构,在汉哀帝之前,它是朝廷常设的。其主要任务就是掌管皇帝祭祀天地祖宗和朝会宴飨时所用的歌曲和舞曲,它也负责收集各地的民歌。两汉乐府诗是由两汉乐府或相当于乐府职能的机构搜集、保存下来的两汉诗歌。这样乐府便由音乐机关的名称变成一种诗体的名称。

历来对乐府诗的分类争论较大,有的从音乐上分类,有的从内容上分类,有的从功用上分类,宋代郭茂倩《乐府诗集》将汉至唐的乐府诗分为 12 类:郊庙歌辞、燕射歌辞、鼓吹曲辞、横吹曲辞、相和歌辞、清商曲辞、舞曲歌辞、琴曲歌辞、杂曲歌辞、近代曲辞、杂歌谣辞、新乐府辞。汉代雅乐大都载在"郊庙歌辞"里,民歌大部分收录在"鼓吹曲辞"、"相和歌辞"和"杂曲歌辞"里。鼓吹曲是汉初由外族传入的音乐,主要用于军旅、朝会,其中《铙歌十八曲》部分是民歌,如《战城南》、《上邪》等。相和曲是"民间俗乐",所谓相和,是一种演唱方式,包括"丝竹更相和"和"人声相和"两种意思。据《汉书·艺文志》载,仅西汉乐府民歌就有 138 首,而今存者不过三四十首,远非汉代民歌的全貌。

"感于哀乐,缘事而发"(《汉书·艺文志》)是民歌的创作特点,汉乐府民歌与《诗经》民歌的现实主义传统一脉相承,反映了广阔的社会生活和下层人民的真情实感。

## 二、两汉乐府诗

两汉乐府诗的内容丰富,有些作品反映民生疾苦,表现了民众的反抗和斗争精神,《东门行》、《妇病行》、《孤儿行》等诗歌表现的都是平民百姓的疾苦,是来自社会最底层的呻吟呼号。比如《东门行》:

出东门,不顾归。来入门,怅欲悲。盎中无斗米储,还视架上无悬衣。
拔剑东门去,舍中儿母牵衣啼:"他家但愿富贵,贱妾与君共铺糜。上用仓浪
天故,下当用此黄口儿。""今非,咄!行!吾去为迟,白发时下难久居。"

通过人物对话和行动描写,表现了男主人内心的激烈冲突,决心铤而走险以求生计,也表现了女主人的担心和苦苦相劝。词浅意切,情感动人。有些作品对战争和徭役的残酷性进行揭露。比如《战城南》:

战城南,死郭北,野死不葬乌可食。为我谓乌:"且为客豪!野死谅不

葬，腐肉安能去子逃！"水深激激，蒲苇冥冥；枭骑战斗死，驽马徘徊鸣。梁筑室，何以南？何以北？禾黍不获君何食？愿为忠臣安可得？思子良臣，良臣诚可思。朝行出攻，暮不夜归。

诗以战死者的口吻与乌鸦的对话，以强烈的感情诅咒战争给人们带来的灾难，对战死者表达了深深的哀悼。有些作品对男女两性之间的爱与恨作了直接的坦露和表白，比如《有所思》，诗写一位女子对恋人炽烈而复杂的感情。为了表达自己的爱意，准备了精美的礼品遥寄恋人。但当她听说对方有所变心，痛下决心准备与之断绝。平静下来后，回想当时密约幽期之种种，又犹豫起来，将与恋人最终的判决付与不久将要升起的太阳，恋人的变心的传言便不在话下了。再如《上邪》是女子自誓之词，爱与恨都表达得大胆泼辣，毫不掩饰。有些作品表现了妇女对封建礼教和封建婚姻的反抗，如《上山采蘼芜》：

　　上山采蘼芜，下山逢故夫。长跪问故夫："新人复何如？""新人虽言好，未若故人姝。颜色类相似，手爪不相如。""新人从门入，故人从阁去。""新人工织缣，故人工织素。织缣日一匹，织素五丈余。将缣来比素，新人不如故。"

刻画了勤劳、能干、柔顺的弃妇形象，表现了当时妇女在婚姻问题方面的悲惨遭遇和难以把握自己命运的社会地位。

　　《孔雀东南飞》是两汉乐府中的一颗明珠，是我国第一首长篇叙事诗。此诗完整地描写了一幕爱情、婚姻的悲剧。其叙事之完整、情节之曲折、性格之突出、语言之个性化，都是前所未有的。全诗通过兰芝的自叙和编唱者的插叙，叙述了兰芝与仲卿二人从结婚到分手以及死后合葬的全过程，可谓东方的《罗密欧与朱丽叶》。此外，《陌上桑》、《孤儿行》、《江南》等都是两汉乐府中的杰作。

　　汉乐府民歌以叙事为主，往往有一定的故事情节；善于通过语言和行动的描写来刻画人物；多用整齐的五言，语言质朴，生动活泼，又带有情感；形式活泼多样；有些作品还具有浪漫主义色彩。

## 孤儿行

　　孤儿生，孤子遇生[1]，命独当苦[2]。父母在时，乘坚车，驾驷马。父母已去[3]，兄嫂令我行贾[4]。南到九江[5]，东到齐与鲁[6]。腊月来归[7]，不敢自言苦。头多虮虱[8]，面目多尘。大兄言办饭，大嫂言视马。上高堂[9]，行取殿下堂[10]，孤儿泪下如雨。使我朝行汲[11]，暮得水来归；手为错[12]，足下无菲[13]。怆怆履霜[14]，中多蒺藜[15]；拔断蒺藜肠月中[16]，怆欲悲。泪下渫渫[17]，清涕累累[18]。冬无复襦[19]，夏无单衣。居生不乐[20]，不如早去[21]，下从地下黄泉。春气动，草萌芽，三月蚕桑，六月收瓜。将是瓜车[22]，来到还家。瓜车反覆[23]，助我者少，啗瓜者多[24]。"愿还我蒂[25]，兄与嫂严，独且急归[26]，当兴校计[27]。"

乱曰:里中一何谯谯[28]！愿欲寄尺书[29]，将与地下父母[30]：兄嫂难与久居。

**【注释】**

本篇选自《中国历代文学作品选》(朱东润主编，上海古籍出版社1979年版)。在《乐府诗集》中属《相和歌辞·瑟调曲》。《孤儿行》叙述了一个孤儿失恃，受尽兄嫂的虐待，痛不欲生的故事，有力地控诉了宗法制社会的弊害。

[1]遇:遭逢。 生:生活。

[2]命:命运。　　　　[3]去:辞世。

[4]行贾:经商。　　　　[5]九江:九江郡。

[6]齐与鲁:泛指今天山东境内。

[7]腊月:阴历十二月。

[8]虮:虱的卵。

[9]高堂:正屋。

[10]行:复。取:通"趋"，急走。殿:正屋。殿下堂:即边房。

[11]汲:取水。　　　　[12]错:皮肤皲裂。

[13]菲:草鞋。

[14]怆怆:伤心悲痛。履:践踏。

[15]蒺藜:一种蔓生野草，子多尖刺。

[16]月:即"肉"字。

[17]渫渫:流泪不断的样子。

[18]纍纍:流涕重叠的样子。

[19]复襦:夹衣。　　　　[20]居生:活在世上。

[21]早去:早死。　　　　[22]将:推。

[23]反覆:指翻车。

[24]啗:同"啖"，吃。

[25]蒂:瓜蒂。　　　　[26]且:语气词。

[27]兴:兴起，惹起。校计:计较，纠纷。

[28]谯谯:喧哗。

[29]尺书:指信札。

[30]将与:带给。

# 有所思

有所思[1]，乃在大海南。何用问遗君[2]？双珠瑇瑁簪[3]，用玉绍缭之[4]。闻君有他心，拉杂摧烧之[5]。摧烧之，当风扬其灰。从今以往，勿复相思！相思与君绝[6]！鸡鸣狗吠[7]，兄嫂当知之。妃呼豨[8]！秋风肃肃晨风飓[9]，东方须臾高知之。

【注释】

本篇选自《中国历代文学作品选》(版本同上),属《乐府诗集·鼓吹曲辞·汉铙歌》。写女主人公思恋所爱的人,当她听说对方变心后,决心与对方断绝关系。但转念一想,过去的美好又涌上心头,难下决断。诗中描写了她炽烈而又复杂的心理。

[1]有所思:指她所思念的那个人。

[2]何用:何以。问遗:作"赠与"解,是汉代习用的联语。

[3]瑇瑁:即玳瑁,是一种龟类动物,其甲壳光滑而多文采,可制装饰品。簪:古人用以连接发髻和冠的首饰,簪身横穿髻上,两端露出冠外,下缀白珠。

[4]绍缭:犹"缭绕",缠绕。

[5]拉杂:堆集。这句是说,听说情人另有所爱了,就把原拟赠送给他的簪、玉、双珠堆集在一块砸碎,烧掉。

[6]相思与君绝:与君断绝相思。

[7]鸡鸣狗吠:犹言"惊动鸡狗"。古诗中常以"鸡鸣狗吠"借指男女幽会。

[8]妃呼豨:妃,训为"悲",呼豨,训为"歔欷"。

[9]肃肃:飕飕,风声。晨风飔:据闻一多《乐府诗笺》说:晨风,就是雄鸡,雄鸡常晨鸣求偶。飔当为"思",是"恋慕"的意思。一说,"晨风飔",晨风凉。

[10]须臾:不一会儿。高:是"暤"、"皓"的假借字,白。"东方高",日出东方亮。

## 上　邪

上邪[1]! 我欲与君相知[2],长命无绝衰[3]。山无陵[4],江水为竭,冬雷震震[5],夏雨雪[6],天地合[7],乃敢与君绝[8]!

【注释】

本篇选自《中国历代文学作品选》(版本同上),属《乐府诗集·鼓吹曲辞·汉铙歌》。这是一首极富民间色彩的情歌,大胆,坦率,表现了主人公对爱情的真挚、热烈、专一和至死不渝的态度。

[1]上邪:犹言"天啊"。上,指天。

[2]相知:相爱。

[3]命:古与"令"字通,使。这两句是说,我愿与你相爱,让我们的爱情永不衰绝。

[4]陵:大土山。　　　　[5]震震:雷声。

[6]雨雪:降雪。

[7]天地合:天与地合而为一。

[8]乃敢:才敢。"敢"字是委婉的用语。

**思考题**

1.简答两汉乐府诗的思想内容。

2.简析两汉乐府诗的艺术特色。

# 第八讲　汉魏六朝赋

## 一、汉赋特点

汉赋是在楚辞影响下发展起来的一种介于诗与文之间的新文体。《文心雕龙·诠赋》说:"赋者,铺也;铺采摛文,体物写志也。"这说明作为文体的赋,具有以铺叙夸张的手法来状写事物和"言志"的特点。那种典型的汉赋,通常都以一套较为固定的格式,大肆铺陈宫苑的富丽,京邑的繁华,物产的丰饶,以及田猎、声色之乐,即所谓"体物";而所谓"写志",则不过是结尾处留下的一条"讽谕"的尾巴罢了。正因如此,许多人都把那种典型的汉赋,看作为统治阶级歌功颂德的庙堂文学。

汉赋是汉代的主要文学形式之一。两汉 400 余年,辞赋盛极一时,名家名篇层现迭出。《汉书·艺文志》著录辞赋 78 家,王国维《宋元戏曲史序》说:"凡一代有一代之文学,楚之骚,汉之赋,六代之骈语,唐之诗,宋之词,元之曲,皆所谓一代之文学,而后世莫能继焉者也。"

## 二、汉赋兴盛的原因

赋之所以能在汉代兴盛,有多方面的原因。汉初,由于长期战争的破坏,社会经济濒临崩溃,财力极度匮乏。在这种情况下,汉初实行了与民休息的政策,经过"文景之治"六七十年的休养生息,到了武帝时经济逐渐恢复并有所发展。这种经济的繁荣,物质的丰足,给汉赋的产生提供了物质条件,也带来了城市商业的发展和统治者生活的奢侈化。随着经济的恢复和发展,西汉时代出现了许多商业都市,如长安、洛阳、邯郸、临淄等都是当时著名的商业都市。居住在这些交换贸易都非常发达的都市中的统治者,生活非常奢侈。早在汉高祖时期,为了"重天子之威"就修建了富丽堂皇的未央宫。到了汉武帝时代,由于国力强盛,物质富足,便大肆营建宫殿,恣意游宴,生活上的奢侈,大大超过了前代皇帝。这些正是那些描写田猎巡游、京都宫苑的大赋的现实生活基础。

汉武帝时国力已经强大,为了加强封建中央集权的统治,在政治上也采取了一系列政策以削弱诸侯王的势力,并徙皇族于长安茂陵,加以控制;地方上任用酷吏打击豪强,派官员巡察监督地方官。这些措施大大加强了中央集权的统治。与此同时,武帝又采纳了董仲舒的建议,实行"罢黜百家,独尊儒术"的思想文化政策,以提高皇权的地位。这又是那些"务明君臣之义"、"正诸侯之礼"、"答天子,抑诸侯"的汉大赋产生的政治思想条件。

在对外方面,汉武帝以军事进攻政策代替了和亲政策。大规模军事进攻的结果,解决了长期以来来自北方匈奴的威胁,使边境获得了长期的安定。对外文化文流,也由于国力富强、疆土日益拓展而加强。特别是对匈奴战争的胜利,保证了通往西域道路的畅通。在此形势下,中外文化交流也开始了一个新纪元。在上述经济、政治及思想文化政策的背景下,汉朝统治者需要文人写作辞赋,以壮帝国的声威,并歌颂其功德,而汉赋恰能适应这种要求,并满足封建帝王和贵族们的精神生活需要。

## 三、赋的发展简介

大体说来,汉赋的发展经历了形成期、全盛期、转变期这三个阶段。汉赋的形成期,自汉初至汉武帝初年,约七八十年光景,代表作家有贾谊、枚乘等;代表作品有《吊屈原赋》、《招隐士》、《七发》等。这一时期的汉赋被称为抒情的骚体赋,主要是追随屈、宋传统,内容多抒写感愤幽怨之情,形式比较自由,明显地透露出所受楚辞的影响。

汉赋的全盛期自汉武帝至东汉安帝时期,两百余年。主要作家有司马相如、东方朔、王褒、扬雄、班固等。司马相如的《子虚赋》和《上林赋》、扬雄的《甘泉赋》和《羽猎赋》、班固的《两都赋》、张衡的《两京赋》等是有代表性的作品。这一时期的赋已从骚体赋转为散文体的大赋,枚乘的《七发》可看作西汉散体大赋正式形成的一个标志。汉代散体大赋成熟的标志是司马相如的《子虚赋》、《上林赋》。散体大赋充分显示出"铺来摘文,体物写志"的特点,内容多歌功颂德,形式趋于固定呆板,已形成一种格式化的写法:大量堆砌辞藻,多设主客问答,铺写时又多按山水草木、东西南北、前后左右、古往今来的模式。

汉赋的转变期自顺帝至汉末约百年期间。这时期的作家有张衡、赵壹、祢衡等。转变期汉赋产生在东汉中叶以后,这一时期,由于社会矛盾加剧,外戚宦官交替干乱朝政,政治日趋黑暗腐败,文人们的思想也相应发生了变化。辞赋乃由专事"歌功颂德"、"铺采摘文"的长篇巨制,逐渐转为抨击时事、抒情咏物的、辞旨清晰的短篇小赋。东汉末年的抒情小赋的出现,打破了两汉数百年颂赋统治文坛的局面。尽管它数量不多,在当时因受到各种条件的限制还没有得到更大的发展,但是,它却代表了辞赋发展的新方向。

魏晋时代,随着皇权的衰落,以及由经学的朽败所带来的"文学的自觉",抒情小赋终于在新的时代条件下得到了进一步的发展。王粲的《登楼赋》是建安时期抒情小赋的代表作。曹植的《洛神赋》也是非常著名的一篇作品。

两晋作家如陆机、潘岳、左思等,均有辞赋名篇传世,而思想艺术成就最高的作品当数陶渊明的《归去来兮辞》。该赋作于作者辞彭泽令归隐之时,文中描写自己归家途中轻松愉悦的心情与归隐后自由恬适的田园生活部分,很能引起旧时许多知识分子的共鸣。

自魏晋以来,辞赋骈偶化的倾向日渐明显。至南北朝时期,骈赋已成为文人赋作的主要样式。所谓骈赋,其主要特点是对偶精密,用典繁多,讲究声韵。不过这也有一个发展过程,大抵是愈到后来这些特点就愈明显。南北朝骈赋作家以鲍照、江淹、庾信等人为最重要的代表。鲍照的《芜城赋》以广陵城(今江苏扬州)在西汉吴王刘濞时的繁盛与今日之衰败作对比,抒发了强烈的盛衰兴亡之感。江淹的作品以《恨》、《别》二赋最为著名。庾信作为南北朝后期"集六朝之大成"(《四库提要》)的骈赋作家,传世名篇很多,而最著名的作品是《哀江南赋》。该赋几乎全用典故组织成篇,对偶精工,声律和谐,正是骈赋高度成熟的代表作。他的作品对唐人律赋尤其是初唐四杰的辞赋影响十分明显。

## 四、《天子游猎赋》

《子虚赋》和《上林赋》合称《天子游猎赋》,是司马相如赋的代表作,也是汉大赋的代表作。据《史记》记载,《子虚赋》写于梁孝王门下,《上林赋》写于武帝朝廷之上。两篇作品的创作时序虽然相隔十多年,但是可以看作同一篇作品的上下两篇,思想内容一线贯通。《子虚赋》写子虚出使齐国,齐国以壮大的畋猎阵容炫耀国势,子虚不辱使命,但在齐国面前盛赞楚国的富庶,也不乏夸耀的意味。子虚的态度又受到乌有先生的责难。在写作上,《子虚赋》充分地体现了汉大赋铺张夸饰的特点,规模宏大,叙述细腻。

### 子虚赋(节选)[1]

司马相如

······

'臣闻楚有七泽,尝见其一,未睹其余也。臣之所见,盖特其小小者耳,名曰云梦。云梦者,方九百里,其中有山焉。其山则盘纡岪郁[2],隆崇嵂崒[3],岑崟参差[4],日月蔽亏。交错纠纷,上干青云。罢池陂陀[5],下属江河[6]。其土则丹青赭垩[7],雌黄白坿[8],锡碧金银。众色炫耀,照烂龙鳞。其石则赤玉玫瑰,琳珉昆吾[9],瑊玏玄厉[10],碱石碔砆[11]。其东则有蕙圃:蘅兰芷若[12],芎䓖菖蒲[13],江离麋芜[14],诸柘巴苴[15]。其南则有平原广泽:登降陁靡[16],案衍坛曼,缘以大江,限以巫山;其高燥则生葴菥苞荔[17],薛莎青薠[18];其埤湿则生藏莨蒹葭[19],东蘠雕胡。莲藕觚卢[20],菴闾轩于[21]。众物居之,不可胜图。其西则有涌泉清池:激水推移,外发芙蓉菱华,内隐钜石白沙;其中则有神龟蛟鼍[22],玳瑁鳖鼋[23]。其北则有阴林:其树楩柟豫章[24],桂椒木兰,蘗离朱杨[25],樝梨梬栗[26],橘柚芬芬;其上则有鹓雏孔鸾[27],腾远射干[28];其下则有白虎玄豹,蟃蜒貙犴[29]。

······

'于是楚王乃登云阳之台[30],怕乎无为,憺乎自持[31],勺药之和具[32],

而后御之[33]。不若大王终日驰骋,曾不下舆,胊割轮焠[34],自以为娱。臣窃
观之,齐殆不如。'于是齐王无以应仆也。"

**【注释】**

[1]本篇节选自《子虚赋》(选自《中国历代文学作品选》,朱东润主编,上海古籍出版社
1979年版),选文节选其中的两段话。

[2]盘纡弗郁:迂回曲折。　　　　[3]隆崇嵂崒:高耸险危。

[4]岑崟参差:高峻不平。　　　　[5]罘池陂陀:山坡宽广。

[6]下属江河:与河相连。

[7]丹青赭垩:朱砂、青土、红土、白土。

[8]雌黄白坿:黄土、灰土。

[9]琳珉昆吾:玉石、矿石。

[10]王咸玏玄厉:次玉石、磨刀石。

[11]碝石碔砆:美石、白纹石、

[12]蕙兰芷若:杜蘅、泽兰、白芷、杜若。

[13]芎蒡、菖蒲:两种香草名。

[14]江蓠、蘼芜:香草名。

[15]诸柘巴苴:甘蔗、芭蕉。

[16]陁靡:斜坡。

[17]葴菥苞荔:马蓝、菥草、苞草。

[18]薛莎、青薠:两种野草。

[19]藏莨、蒹葭:荻草、芦苇。

[20]瓟卢:葫芦。　　　　[21]菴闾、轩芋:两种水草。

[22]鼍:扬子鳄。　　　　[23]鼋:似鳖而大。

[24]楩柟:树、楠树。　　　　[25]檗离:黄檗、山梨。

[26]楂梨梬栗:山楂、黑枣。

[27]鹓雏,孔鸾:凤凰、孔雀。

[28]腾远射干:猿猴、小狐。

[29]蟃蜒:似狸而长的兽。貙犴:比狸大的猛兽。

[30]云阳之台:即阳台,在云梦南部巫山之下。

[31]怕:同"泊"。无为:指安然无事。憺:同"澹"。自持:保持宁静的心绪。

[32]勺药之和:五味调和在一起、中间加芍药的食品。具:备。

[33]御:进食。　　　　[34]胊:同"脔"。焠:烧烤。


**思考题**

1.简述汉赋形成的原因和赋的演变。

2.结合《子虚赋》简析汉大赋的艺术特色。

# 第九讲　陶渊明与魏晋南北朝诗歌

## 一、建安诗人与魏晋南北朝文学的演变

魏晋南北朝文学是指从汉末建安年间至隋统一约400百年间的文学。这个时期的时代特征是动荡与分裂,战乱几乎没有停止过,统一短暂,朝代更替频繁。"文变染乎世情"(刘勰《文心雕龙》),魏晋南北朝文学具有鲜明的时代特点。

就诗歌而言,魏晋南北朝文学大致经历了建安文学、正始文学、太康文学、玄言诗、山水田园诗、永明体诗歌、梁陈文学和南北朝民歌几个阶段。

东汉后期,豪强地主在镇压农民起义的过程中,逐渐演变成了争地盘争势力的军阀战争,这种战争连日持久,给人民带来了深重的灾难,使当时繁盛的中原大地,出现了"白骨蔽平原"、"千里无鸡鸣"的惨相。魏国的统治者曹操,本身就是文学家,他爱好和奖励文学,招揽文士,在他的周围逐渐形成了"三曹"(曹操、曹丕、曹植)、"七子"(孔融、陈琳、王粲、徐干、阮瑀、应玚、刘桢)和蔡琰等众多作家组成的作家群。这些作家大都生活在东汉"建安"(196~220)年间,因此,文学史上称这一时期的魏国文学为"建安文学"。

这些作家都经历了长期的战乱,目睹了割据者的烧杀抢掠,饱受乱离之苦,对世事与人生有深层的思索。他们的作品较广泛而深刻地反映社会现实生活,充满积极进取精神,情调慷慨悲凉,被后人称为"建安风骨"。

建安诗人采用的诗歌形式主要是乐府诗,尽管是乐府旧题,但写作的内容又是当时的客观实际,因此,"借古题,写时事"成为他们写作的共同特征,这正是《诗经》"饥者歌其食,劳者歌其事"和乐府诗"感于哀乐,缘事而发"的现实主义创作精神,是一脉相承的。

正始诗歌总的说比建安诗歌更讲究文采,但刚劲之气则不如。正始文学的代表作家有阮籍和嵇康。阮籍的代表作为五言《咏怀诗》82首。《咏怀诗》表现了易代之际诗人极端苦闷的思想,运用比兴、象征、暗示的手法表达内心的感情,形成了曲折隐晦的艺术风格。嵇康诗重在表现一种愤世嫉俗、高蹈隐逸的境界。《幽愤诗》和《赠秀才入军》19首,是其诗歌的代表作。

西晋文学发生了明显变化,西晋士族文人远离社会和人民,他们的创作往往缺乏现实的内容,而单纯地追求形式的华美,逐渐地走上形式主义道路。晋初的傅玄、张华已经表现出这样的倾向,到西晋太康、元康年间,以陆机、潘岳为代表的一些士族文人,极大发展了形式主义的诗风,他们的作品或通过堆砌华丽的词藻抒发士大夫无聊

的感慨,或机械地模拟前人的诗词。在"上品无寒门,下品无士族"的士族、庶族矛盾激烈的社会中,庶族的文学虽不在主流,但它们以激越悲怆的笔调表达了近乎绝望的挣扎与控诉,实则兼具了建安与正始文学的精神。西晋的左思和此后东晋的鲍照,是魏晋南北朝时期庶族文学的卓越代表。杰出的诗人左思能继续继承和发扬"建安风骨"的传统,写出了有充实内容的诗歌,以矫健的笔力、充沛的气势对当时的门阀制度进行了揭露和抨击。

　　魏正始时玄学兴起,阮籍、嵇康的作品已有浓厚的老庄思想。西晋时期,玄学有了进一步的发展,到西晋末年兴起了玄言诗。东晋时期,士族清谈玄理的风气更盛,此时出现的一系列作家,在诗歌内容上清谈玄理,严重脱离实际,艺术上"理过其辞,淡乎寡味"(钟嵘《诗品》),完全失去诗歌应有的艺术的形象性和生动性,玄言诗占据文坛统治地位。直到东晋末年的陶渊明,以其现实的内容、独特的风格给文坛注入一丝新鲜血液。

　　南北朝时期,诗歌面貌又有了新的变化。宋齐时代的谢灵运大量创作山水诗,而且在艺术上又有新创造,山水诗最终代替了东晋来的玄言诗。鲍照出身寒微,他继承了汉乐府传统,致力于乐府诗的写作,猛烈抨击腐朽的世族制度,抒写怀才不遇的悲愤,成为南北朝时期最杰出的诗人。代表作《拟行路难》18首,感情强烈,情调激昂,气势奔放,形式多变,是诗史上的杰作。

　　南齐时期,谢灵运和沈约是"永明体"的开拓者。他们的诗后人称为新体诗,又称永明体。沈约提出"四声八病"之说,强调声韵格律,标志着我国诗歌从较为自由的古体诗走向严整的格律化,诗歌的音韵美从自然的音节走向人为的音节。

　　梁陈时代,门阀世族过着奢侈享乐的生活,宫体诗就是贵族奢侈生活的反映。宫体诗是以宫廷生活为中心的艳情诗,主要以贵族妇女为描写对象,着力描绘她们的服饰容颜和姿态情貌,文辞华美,浮靡绮艳。宫体诗左右文坛一百多年,标志着贵族文学已趋向腐化堕落。庾信是南北朝时期最后一位优秀诗人。

　　南北朝时期,北朝的文人诗坛一直比较荒凉,直到庾信由南入北,才给北朝诗坛带来转机。庾信后期的作品一扫前期作品绮靡浮艳之态,而充满苍凉悲慨之气,抒发了家国之痛、身世之悲。他的创作在一定程度上体现了南北文学合流的新趋势。

　　南北朝乐府民歌继承并发扬了《诗经》和汉乐府的优良传统,表现了广大人民的思想感情。南曲多写爱情,风格清丽婉转;北歌反映生活面广,粗犷刚健。《西洲曲》和《木兰诗》是南北歌的代表作品。

## 二、陶渊明及其田园诗

　　陶渊明(365?—427),一说名潜,字元亮,号五柳先生,浔阳柴桑(今江西九江市)人。其曾祖陶侃曾任晋朝大司马,显赫一时。祖父、父亲也都出仕做过官,陶渊明年幼时,家境即已败落。他先后出任江州祭酒、镇军参军、建威参军、彭泽县令等低微的官职,41岁那年辞官归隐。去世以后,友人私谥为"靖节",故后世称"陶靖节";因曾任彭泽县令,后人又称为"陶彭泽"。陶渊明的人生经历可以辞去彭泽令为界分为前后两个时期,前期在官与隐的矛盾中选择着,因抱负不得施展,追求自然的本性又不肯与黑暗的世族社会同流合污,此后决定了归隐之心。

陶渊明的诗作有多种题材,其中最主要的是田园诗,开创了田园的题材,堪称"田园诗之祖"。诗描写优美宜人的田园风光,表现归田的种种乐趣,抒发对宁静闲逸的田园生活的衷心喜爱和对污浊官场的憎恶,具有丰富的现实生活内容。代表作是《归园田居》5 首、《饮酒》20 首。他描绘田园风光的恬美,抒写闲适自得的心境和对淳朴田园生活的热爱;抒发热爱农业劳动的情怀并强调劳动意义;歌咏闲居生活的乐趣,表现与人交往的情谊;反映诗人生活的贫困,揭示农村凋敝的惨相;表达了安贫乐道的志趣,并在其中寄托了自己的人生理想。咏怀诗主要表现诗人不同时期的理想、志趣和人生感受。既有中年时亦官亦隐的内心矛盾,又有归隐后复杂苦闷的思想情怀;既有壮志未酬的失落感,又有对孤贫处境的哀叹;还有对高洁人品的表白,对"桃花源"理想的追求等等。《杂诗》第二首写道,"气变悟时易,不眠知夕永。欲言无予和,挥杯劝孤影。日月掷人去,有志不获骋。念此怀悲凄,终晓不能静",从中可见诗人在光阴虚掷中极度矛盾不安的心境。

陶渊明诗歌的最突出的风格是平淡自然,他的田园诗最鲜明地体现了这一艺术特色。这种自然平淡的诗风与平静朴素的田园生活的题材、诗人恬淡旷远的襟怀、孤傲高洁的品格密切相关。他善于以白描及写意手法勾勒景物、点染环境,意境浑融高远又富含理趣。语言朴素真率,笔调疏淡,风韵深厚,多用口语、双关语。陶诗多用质朴自然的"田家语",但凝练,极富表现力。陶渊明的田园诗富有意境,他善于选取最能引起自己思想感情共鸣的事物入诗,让读者接触到田园的生活画面时,还被带入一种宁静安谧、淳朴自然的意境中去。苏轼说:"观陶彭泽诗,初若散缓不收;反复不已,乃识奇趣。"(《书唐氏六家书后》)也正是说明意境出奇趣的妙处。

陶渊明对诗歌发展作出了杰出贡献。他不仅开创了田园诗,而且前所未有地将日常生活表现得情趣盎然,富有诗意,扩大了诗歌的题材;他创造了平淡自然的诗歌意境,为后人树立了诗歌艺术的更高标准。

### 归园田居(其三)

种豆南山下[1],草盛豆苗稀。晨兴理荒秽[2],带月荷锄归[3]。道狭草木长,夕露沾我衣。衣沾不足惜,但使愿无违[4]。

【注释】

本篇选自《陶渊明集》(逯钦立校注,中华书局 1979 年版)。本篇是《归园田居》组诗第三首。陶渊明的田园诗与以往的诗相比,有一个突出的特点,即描写躬耕的田园生活,此诗是其中代表。诗人以一种审美的眼光看待劳动,虽然田园有些荒芜,而诗人却感到别有一番滋味。

[1]南山:指庐山。

[2]晨兴:早起。理:清除。荒秽:杂草。

[3]荷:肩负。

[4]但使愿无违:不违背自己的意愿。

## 和郭主簿

蔼蔼堂前林[1],中夏贮清阴[2]。凯风因时来[3],回飙开我襟[4]。息交游闲业[5],卧起弄书琴。园蔬有余滋,旧谷犹储今。营己良有极[6],过足非所钦[7]。春秫作美酒[8],酒熟吾自斟。弱子戏我侧,学语未成音。此事真复乐,聊用忘华簪[9]。遥遥望白云,怀古一何深。

【注释】

本篇选自《陶渊明集》(版本同上)。《和郭主簿》共二首,这是第一首,写的是闲居家中的愉快生活和怀古的心境。语言平淡朴素,洗尽铅华,意味芳醇,体现陶渊明的田园诗自然醇厚的艺术风格。

[1]蔼蔼:茂盛貌。

[2]贮:贮藏,收藏。

[3]凯风:南风。

[4]回飙:回风。

[5]息交:停止了与世事的交往。

[6]营己:谋生。极:限度。

[7]钦:钦羡。

[8]秫:黏高粱。

[9]华簪:指代富贵。

**思考题**

1.简述"建安风骨"的文学内涵。

2.结合《和郭主簿》分析陶渊明田园诗的艺术特色。

# 第十讲　初唐文学与《春江花月夜》

## 一、唐代文学发展的历程及兴盛的原因

隋代短暂，未能达到繁荣。隋代文学家有北齐、北周旧臣，也有由梁、陈入隋的文人，隋朝文学开始出现南北文风合流的新趋势，并产生了卢思道、杨素、薛道衡等颇有才华的诗人，但文坛主流仍然延续着梁、陈浮靡之风。隋代可以看作南北文学合流并向唐过渡的最初阶段。

唐代经济的发达而导致文化的繁荣，即使是在安史之乱后，由于南方经济的发展和南北交通的畅通，经济和文化的增长势头也没有停顿下来。民族大融合和国际文化交流的繁荣，为作家们的修养和创作提供了多种多样的养料和素材，唐朝北方的十几个少数民族在唐政权中受到了一视同仁的待遇，唐长安城内居住着 100 多个国家的使节和商人，交往密切。唐人的思想比较活跃，这是唐文化繁荣的重要原因，唐代统治者对各种思想采取了兼容并包的态度，儒、释、道三家始终并存，唐人在言行上较少受到束缚，这为唐诗的繁荣奠定了基础。唐代采用了科举考试制度选拔人才，打破了过去只在地主阶层选拔人才的制度，而进士考试以诗赋为主要内容，这就促使了诗歌创作之风盛行。经过以前先驱者的努力，五言、七言古诗已经成熟，律诗绝句等近体诗已经出现，为唐代诗人的创作提供了多样的形式。由于多方面的原因，唐代迎来了文学的兴盛。

初唐前 50 年间的著名诗人，不少是由陈、隋入唐的。诗坛仍然以宫廷人士为主，主要是围绕着帝王的重臣和文士。他们的诗歌多为应制及奉和之作，多是歌功颂德和点缀升平，也有少数描写战争题材的作品和抒写政治情怀的作品，具有昂扬和刚健的风格。上官仪是初唐前期最为著名的诗人，其诗有"上官体"之称，"以绮错婉媚为本"，讲究对仗，追求诗歌的声辞之美，体物图貌，笔法精细。

初唐诗坛除宫廷诗人外，还出现了一些新兴的具有革新精神的诗人，他们的诗初步摆脱了宫廷诗的风格。唐朝初年的王绩，其诗风格疏野淡朴、自然清新。《野望》是他的代表之作，是唐诗中最早摆脱齐梁浮艳气息的近体诗。唐高宗、武后时期又出现了"初唐四杰"：王勃、杨炯、卢照邻、骆宾王。他们有变革文风的自觉意识，反对纤巧绮靡，提倡刚健骨气，在诗歌的题材、风格、形式上都有新的开拓和贡献。题材上由狭窄的宫廷生活走向描写市井与边塞，摒弃了宫体诗的绮丽柔靡，加强了诗歌的抒情性和艺术表现力，或开朗豪放、积极进取，或悲凉雄放、铺张扬励；形式上王、杨擅长五言律诗，卢、骆擅长于七言歌行。王勃的《送杜少府之任蜀川》、《滕王阁诗》，杨炯的《从军行》，卢照邻的《长安古意》，骆宾王的《帝京篇》、《在狱咏蝉》等，都是优秀之作。他

们的诗歌创作,虽然着力于矫正宫廷诗风,但是,由于历史条件和他们自身生活的限制,他们的诗并没有彻底洗净齐梁的习气。

沈佺期和宋之问是武后时期最有代表性的台阁诗人。他们局限于台阁诗风,多数创作不脱长久以来的宫廷习气,但是他们后来在流放期间有感于身世,创作了一些写景言情的佳作。比如沈佺期的《遥同杜员外审言过岭》,宋之问的《度大庾岭》、《渡汉江》等,语言锤炼,气势流畅。他们最大的贡献是总结了六朝以来的声律方面的创作经验,进一步将趋于成熟的律诗形式固定下来,最终确立律诗的形式。他们的作品格律形式完整,为历代批评家所推崇。

继"四杰"之后,以更坚决的态度起来反对齐梁诗风统治,而且在理论和实践上都表现了鲜明的创造精神的是诗人陈子昂。他在《修竹篇序》提出诗歌革新的主张:提倡"风雅"、"兴寄"和"汉魏风骨",主张恢复汉魏风骨和风雅比兴美刺的兴寄传统,反对齐梁诗风。这些革新主张不仅抨击了陈腐的诗风,而且为正在萌芽成长的新诗人、新诗风开辟了道路。此序言成为唐代诗歌革新的基本纲领,标志着唐代诗风的革新和转变。陈子昂的诗歌创作,鲜明有力地体现了他的革新主张。陈子昂重要的诗歌有《感遇》、《蓟丘览古》、《登幽州台歌》等诗,充满着壮伟之情和豪侠之气,与片面追求藻饰的齐梁诗风彻底划清了界限,成为盛唐之音行将到来的序曲。尤其是他的《登幽州台歌》:"前不见古人,后不见来者。念天地之悠悠,独怆然而涕下。"诗以深邃的历史目光和高亢的歌喉,开启了盛唐之音。

## 二、张若虚及其《春江花月夜》

张若虚是初唐、盛唐之交时的一位诗人,生平事迹不详,只知他是扬州人,与贺知章、张旭和包融并称"吴中四士"。他一生流传下来的只有《春江花月夜》和另外一首《代答闺梦还》,但是《春江花月夜》却为该作者带来了不朽的声誉,被誉为"孤篇压全唐"之作。闻一多先生称这首诗为"诗中之诗,顶峰上的顶峰"(《宫体诗的自赎》),因此张若虚也因为这首诗"孤篇横绝,竟为大家"。

这首诗的题目——《春江花月夜》是乐府吴声歌旧题。陈后主、隋炀帝都用过这个题目,内容大都是游子思妇的传统主题。但是,这首诗在意境的创造上、在艺术技巧上,却完全超过了陈后主和隋炀帝。

作者把诗情和哲理自然的融合起来,想象时间的永恒、宇宙的无限,给读者以极大的艺术感染力和启示。诗歌的写作线索是结合标题从月升写到月落,以春江月夜为背景描写了壮丽而富有美学意味的景色,形象地有层次地描绘了离别相思之苦,抒发了游子思妇的缠绵的思想感情。这首诗词清语丽、韵调优美,一向为人们所传颂。

### 春江花月夜

春江潮水连海平,海上明月共潮生。
滟滟随波千万里[1],何处春江无月明。

江流宛转绕芳甸[2]，月照花林皆似霰[3]。

空里流霜不觉飞，汀上白沙看不见[4]。

江天一色无纤尘，皎皎空中孤月轮。

江畔何人初见月？江月何年初照人？

人生代代无穷已，江月年年只相似。

不知江月待何人，但见长江送流水。

白云一片去悠悠，青枫浦上不胜愁[5]。

谁家今夜扁舟子[6]？何处相思明月楼[7]？

可怜楼上月徘徊[8]，应照离人妆镜台。

玉户帘中卷不去，捣衣砧上拂还来。

此时相望不相闻，愿逐月华流照君[9]。

鸿雁长飞光不度，鱼龙潜跃水成文[10]。

昨夜闲潭梦落花，可怜春半不还家。

江水流春去欲尽，江潭落月复西斜。

斜月沉沉藏海雾，碣石潇湘无限路[11]。

不知乘月几人归，落月摇情满江树[12]。

**【注释】**

本篇选自《乐府诗集》（宋郭茂倩编纂，中华书局 1979 年版）。

[1]滟滟：波光闪动貌。　　　[2]芳甸：春之原野。甸：郊外。

[3]霰：雪珠。　　[4]汀：岸边平地。

[5]青枫浦：暗用《楚辞·招魂》"湛湛江水兮上有枫，目极千里兮伤春心"句。

[6]扁舟子：漂泊在外的游子。扁舟：小舟。

[7]明月楼：明月下的闺楼，暗指思妇。

[8]"可怜"句：暗用曹植《七哀》："明月照高楼，流光正徘徊。上有愁思妇，悲欢有余哀。"

[9]逐：随。月华：月光。

[10]"鸿雁"二句：传说鸿雁和鱼可以传信。此二句意谓，双方相隔遥远。

[11]碣石：碣石山，在今河北昌黎县北。潇湘：潇水和湘水，二水在湖南省蓝山零陵县合流。此处以"碣石山"泛指北，以"潇湘"泛指南，所以说"无限路"，极言离人相距之远。

[12]"落月"句：意谓离情别绪伴着落月的余辉撒落在江边的林树上，随着林树的摇动而情致绵绵。

**思考题**

1.简述初唐诗歌的演进。

2.简析《春江花月夜》的意境。

# 第十一讲　盛唐山水田园诗和边塞诗

## 一、山水田园诗和边塞诗的总体特征

从玄宗即位到代宗(712～762),这半个世纪,通常被称作盛唐。公元 755 年的安史之乱,把盛唐的文学又分为战前的和战后的两部分。战乱以前诗人们的创作都散发着强烈的浪漫主义气息,他们当中,一部分表现为崇尚隐逸、爱好自然的情趣,诗中表现的代表人物是隐士;另一部分表现为追求功名、向往边塞的愿望,诗中表现的代表人物是侠少。这实际上反映了诗人们由于生活道路的不同而形成的得意与失意、出世与入世的两种互相矛盾的思想感情。不同的生活道路和生活态度,使他们或者成为高蹈的退守者,或者成为积极的进取者,或者因时变化兼而有之。在这两部分诗人之间,有一个共同点就是他们的诗在审美表现上有种时代特有的浪漫气息。前人所谓的盛唐气象,在很大程度上,指的就是这种浪漫主义的精神面貌。

孟浩然、王维、常建、储光羲等诗人是属于出世的一类。他们的山水田园诗,都极为成功地描绘了幽静的景色,借以反映其宁谧的心境。当然,这种诗容易让人脱离社会,但对于投机钻营、趋炎附势者流,也具有清凉剂的作用,它给人提供的自然美的享受也有着不可取代的意义。我国山水田园诗源远流长,早在《诗经》里就有描写山水田园生活的诗句,曹操的《观沧海》是第一首完整的山水诗。经过晋宋陶渊明、谢灵运、谢脁等人的创作,山水田园诗已经取得了很高的成就,到了唐代山水田园诗进一步繁荣,形成了以王维、孟浩然为代表的山水田园诗派。这些人师祖于以山水田园诗得名的陶渊明、谢灵运,是他们的后继者。他们在气象的变化上,有的虽然不及陶渊明,但诗语的精深华妙上还是有过之而无不及的。他们的诗风影响到在他们之后的韦应物、柳宗元。王维在绘画自然、歌颂隐逸之外,还将其诗笔扩展到了更广阔的生活领域,在他另外许多同样成功的作品中,也反映了当时人们的进取精神和悲壮情怀。王维在退守者孟浩然等人和进取者高适、岑参、王昌龄等人之间,就像一座桥梁。

诗中反映了盛唐时期积极进取精神的,是王、李、高、岑等人的边塞诗。这些诗篇塑造了许多边疆健儿的英雄形象,歌颂从军报国、建功立业的时代精神。不过,这类诗并不是无原则地歌颂战争,往往还反对开边。在描写胜利的喜悦和失败的痛苦的同时,也反映了战争对广大人民和平生活的干扰和破坏。这些诗,交织着英雄气概和儿女情,极其悲凉慷慨,而又缠绵婉转。王、李、高、岑的边塞诗,继承了鲍照、刘琨的创作精神,更远一点,还可以追溯到建安作家群。

"安史之乱"是唐帝国由盛转衰的界碑,也是唐代文学发展的一个转折点。活动于开元、天宝时代的重要诗人,只有孟浩然死于乱前,其他诗人都死于乱后。他们经历了由于统治者的荒淫昏聩而导致的地方军阀叛乱,战乱之前,他们当中的大多数人沉迷于社会的安定繁荣之中,一味追求其自得其适的浪漫生活,写出了富于浪漫主义气息的作品;乱后失去了那种生活所依凭的许多条件,就转变为意志消沉,再也唱不出那种高昂的或悠闲自在的歌了。乱后,能站起来正视惨淡的人生,为国家的安危、人民的安乐而放歌的是杜甫,他用那沉雄凝重的诗笔,抒写忧国忧民的思虑,创作出一首首现实主义诗歌的佳章。杜甫与李白合称为唐代文学的双璧,意义也在于此。

## 二、山水田园诗人和边塞诗人

盛唐山水田园诗人代表是孟浩然和王维。孟浩然(689—740),襄阳人,早年隐居于鹿门山。开元十六年入长安应举,结交王维、张九龄等人。应举不第,失意归乡,南游吴越,寄情山水。开元二十五年,入张九龄荆州幕,不久辞归,三年后卒。有《孟浩然集》。孟浩然是一位终身不仕的盛唐诗人,无仕宦风波,生活经历相对单纯,但为人禀性孤高狷洁,因而,虽然他的诗的内容不够丰富,但极具个性色彩,比如《夏日南亭怀辛大》。孟浩然的山水田园诗,与王维相比更具有平淡自然的特点,贴近生活,有浓厚的生活情趣,比如《过故人庄》。

王维(701—761),字摩诘,太原祁县(山西祁县)人。王维多才多艺,他不仅精通诗歌,而且精通书画,还擅长音乐。他 21 岁中进士作大乐丞,后被贬为济州同库参军。后来回长安得到张九龄的提拔,任右拾遗,吏部郎中,给事中等官。后来,由于张九龄被罢相,王维过着一种亦官亦隐的生活,这时大约 40 岁。王维最初隐居终南别业,后来在陕西蓝田得到宋之问的别墅,生活更为悠闲。安史之乱时,他被安禄山抓住,强迫他做伪官。肃宗回朝后,他一度被贬官,最后被升至尚书右丞,死于 761 年。有《王右丞集》。

王维的思想,可以 40 岁左右为界线,分为前后两期。前期,他具有向往开明政治的热情,对当时社会上的一些不合理的现象曾表现了一些不满,被贬官济州后,开始萌芽了隐居思想,后来过着"晚年唯好静,万事不关心"(《酬张少府》)的隐居生活,到了最后,他简直变成了一个"以禅诵为事"的佛教徒了。唐代社会安定,经济繁荣,这给诗人提供了过悠闲生活的物质条件。统治者提倡佛老思想,也造就了一种特定的政治局面,因此,对于那些求仕困难的文人,由隐而仕,既不影响生活,而且还可以名利双收。不少山水诗人有着既想做官报国、又想隐居的矛盾思想,王维也不例外。

苏轼评价王维的诗说:"味摩诘之诗,诗中有画。"(《书摩诘蓝田烟雨图》)这确是王维山水诗最突出的特色。他的山水诗既有陶诗浑厚完整的意境,又有谢诗的精工刻画。他的诗语言高度清新洗练,朴素之中又有着润泽华彩。

盛唐边塞诗人的代表是高适和岑参。高适(702—765),字达夫,渤海蓨(今河北景县)人。早年家境贫寒,随父旅居岭南。开元中他曾入长安求仕,并于开元十八年至开元二十一年间北上蓟门,漫游燕赵,希望建功边塞,但却毫无结果。天宝八载中进士,授封丘尉。三年后因为不愿"拜迎长官"与"鞭挞黎庶"而辞官,入河西节度使哥舒翰,掌书记。安史之乱起,辅助哥舒翰守潼关。后从唐玄宗至蜀,拜谏议大夫。此后官运亨通,做过淮南节度使和蜀、彭二州刺史。代宗即位后,升刑部侍郎,转散骑常侍,封渤海县侯,成为唐代最显达的诗人。有《高常侍集》。

盛唐诗人往往自比王侯,高适尤是如此,他是一位功名心极强的诗人。他曾两次到过边塞,尽管建功边塞的愿望落空了,但在边塞生活的真实体验,成就了其边塞诗风。在他的边塞诗里,将在边塞的所见所闻、所思所想与建功立业的志向近糅合在一起,有慷慨昂扬的气度,也有理智冷静的思考,比如《燕歌行》。

岑参(715—770),南阳人,出生于官僚家庭,曾祖父、伯祖父、伯父都官至宰相。父亲也任两州刺史,但父亲早死,家道衰落,他从兄受书,遍读经史。30 岁举进士,授兵营参军。天宝八年他赴安西,仁安西节度使,高仙芝幕府书记,天宝十年回长安。天宝十三年又做安西北庭节度使,封常清的判官,再度出塞。岑参前后两次在边塞共六年,对边塞生活比较了解。至德二年入朝任右补阙。代宗宝应元年出任关西节度判官,永泰元年为嘉州刺史,大历五年卒于成都。有《岑嘉州集》。

岑参的诗题材比较广泛,以边塞诗成就最高。与高适相比,他的诗风潇洒一些,浪漫多于现实。岑参出塞以后,在安西北庭新天地里,在鞍马风尘的战斗生活里,他的思想变得十分开阔,加上他爱好新奇事物的性格,所以雄奇魄力的浪漫主义色彩成为他边塞诗的主要风格。他对边塞风光的极力渲染,对边关风习的形象描写,对军队征斗的声威的形象描画,构成了他边塞诗凄清异彩的浪漫主义魅力。杜甫称他"岑参兄弟皆好奇",这个所谓的"奇",就是指的岑参诗的雄奇魄力。

### 三、《山居秋暝》与《燕歌行》

《山居秋暝》是王维后期的作品。王维在天宝年间得到宋之问的别墅,这里山水优美,他经常与道友裴迪在这里郊游、作诗。当时王维妻子去世,没有再娶,在这之后,他一个人独居,过着孤独闲适的生活。这种生活情调,也是王维这首诗的基本情调。

诗的首联点明时间、地点与情境。第一句写山居,地点是刚下过雨的空山,第二句写秋暝,时间是秋天的傍晚。开头"空山"二字,笼罩全诗,下面一切情景皆从这两字生出,而这里的空山,是雨过天晴的空山,是秋天傍晚的空山。因此,这种意境就是作者曾经写过的"新晴原野旷,极目无尘土"的意境,体现出一种宁谧闲适的心情。颔联承首联的"山居秋暝"而来。"松间明月"与"石上清泉"是新雨后山中秋天晚上特有的景色。两句两个特有的景物使"山居秋暝"变得形象而具体。作者用了一个"照"字和一个"流"字,便引出了景物的动态,事物有了生机,让人有亲临其境之感。颈联再承上联,又为全诗增添了两个幽静的景点,密密的森林和成片的莲叶。而且作者用"未见其人,先闻其声"的手法,写出了闻竹喧而浣女归去,见莲动而渔舟直下的场景。这联中一个"喧"字、一个"动"字用得十分绝妙,把洗衣归去的姑娘的喧闹声,把渔舟直下、未见舟而先见莲叶动的过程,都活脱脱地表现出来,从而构成了一幅绝妙的山水人物画。这里中间两联写出了"松"、"月"、"石"、"泉"、"竹"、"莲",情调宜人,景物清新,给人以清新的美感。而"竹中浣女"、"莲中渔人"在若有若无、若即若离之间,妙趣无穷。在这两联里,"流"、"照"、"归"、"下"四字对于表现题意极为得力,而且应用自然,浑然天成,不着痕迹。释皎然评价王维的诗"但见性情,不见文字",就是对这种风格而言的。王维的诗只可全篇欣赏,仔细品味,把握诗的意境,不可对于词句过分雕琢。尾联用"春芳"反照秋暝,"春芳"虽已过去,而"秋暝"亦佳,因此,公子王孙自可来此欣赏,设想出人意料。同时,"随意"二字也流露出了一种归隐的田园风味。

高适曾三次奉命出塞,所作边塞诗 20 余首,最著名的是《燕歌行》。自开元十八年(730 年)至二十二年十二月,契丹多次侵犯唐边境,唐幽州节度使赵含章是个贪婪无能之辈,不能抵御。二十年春,信安王李伟率军胜契丹,二十一年春唐军兵败,六千余唐军战死。同年十二月,张守珪为幽州节度使,胜契丹,次年受封赏。开元二十六年兵败,张隐瞒败绩。高适此诗所写即这场历时多年的战争。诗的思想内容丰富、复杂而又深刻:歌颂爱国将士英勇抗敌,艰苦征战;谴责边防失策、将帅无能,致使战争旷日持久;写军中苦乐不均,令战士心寒;讽刺将帅骄奢,不恤士卒;同情将士们在艰苦的战争中的思乡之情。诗中有对比,有批评,有怨愤,有讽刺,有歌颂,有同情。涉及受战争牵连的各方面人物:天子、将军、士兵、思妇、敌人,表达了诗人对这场战争的复杂情感和深刻思考,足以代表盛唐诗人对战争的普遍态度,因而被誉为盛唐边塞诗的压卷之作。

### 山居秋暝[1]

王　维

空山新雨后,天气晚来秋。
明月松间照,清泉石上流。
竹喧归浣女[2],莲动下渔舟。
随意春芳歇[3],王孙自可留[4]。

**【注释】**

本篇选自《王维集校注》(陈铁民著,中华书局 1997 年版)。诗大致作于诗人晚年隐居辋川时,写秋晚雨后山间景色,诗风清雅,体现了王维"诗中有画,画中有诗"的特点。中间两联,以动写静,是千古佳句。

[1]秋暝:秋天傍晚。

[2]竹喧:指竹林深处传来的浣纱女的笑语声。

[3]随意:任凭之意。

[4]"王孙"句:《楚辞·招隐士》云:"王孙兮归来,山中兮不可以久留。"此句反用其意。

## 终南山

王　维

太乙近天都[1]，连山到海隅。
白云回望合[2]，青霭入看无[3]。
分野中峰变[4]，阴晴众壑殊。
欲投人处宿，隔水问樵夫。

**【注释】**

本篇选自《王维集校注》（版本同上）。诗旨在咏叹终南山的宏伟壮大。首联写远景，极言山之高远。颔联写近景，身在山中之所见，铺叙云气变幻，移步变形，极富意境。颈联进一步写山之南北辽阔和千岩万壑的千形万态。末联写为了入山穷胜，想投宿山中人家。全诗写景、写人、写物，动如脱兔，静若淑女，有声有色，意境清新、宛若一幅山水画。

[1]太乙：即"太一"，终南山主峰，也是终南山别名。天都：帝都。

[2]回望合：四望如一。

[3]霭：雾气。入看无：万事万物都消融在茫茫的雾气之中。

[4]分野：古人把天上的星宿与地下的区域对应起来叫分野。"分野"句言站在山峰上向四周看，东、西、南、北的景色各不相同。

## 燕歌行并序

开元二十六年，客有从御史大夫张公出塞而还者[1]，作《燕歌行》以示适。感征戍之事，因而和焉。

汉家烟尘在东北[2]，汉将辞家破残贼。男儿本自重横行[3]，天子非常赐颜色[4]。摐金伐鼓下榆关[5]，旌旆逶迤碣石间[6]。校尉羽书飞瀚海[7]，单于猎火照狼山[8]。山川萧条极边土[9]，胡骑凭陵杂风雨[10]。战士军前半死生，美人帐下犹歌舞！大漠穷秋塞草腓[11]，孤城落日斗兵稀。身当恩遇恒轻敌[12]，力尽关山未解围。铁衣远戍辛勤久[13]，玉箸应啼别离后[14]。少妇城南欲断肠[15]，征人蓟北空回首[16]。边庭飘飖那可度[17]，绝域苍茫更何有[18]！杀气三时作阵云[19]，寒声一夜催刁斗[20]。相看白刃血纷纷，死节从来岂顾勋[21]。君不见沙场征战苦，至今犹忆李将军[22]！

**【注释】**

本篇选自《高适诗集编年笺注》（刘开扬著，中华书局2000年版），开元二十六年（738年）所作。诗中描写征戍之事，揭露了边疆军中的种种情事，抒发了忧国忧民、怀才不遇的思想感情。

[1]元戎：征军统率，指张守珪。张守珪为幽州长史、河北节度副大史、河北采访处置

使,开元二十三年拜辅国大将军、右羽林大将军,兼御史大夫。

[2]汉家:唐人习用以汉代唐。烟尘:借指边疆战事。

[3]横行:驰骋疆场。《史记·季布栾布列传》载樊哙云:"臣愿得十万众,横行匈奴中。"

[4]非常赐颜色:赏赐非同寻常。

[5]摐:敲击。金:指钲、铃一类行军乐器。伐:击。古时军中以鸣金击鼓为指挥信号。榆关:今山海关。

[6]逶迤:指军中旌旗飘扬貌。碣石:碣石山,在今河北省昌黎县北。

[7]校尉:武官员,泛指武将。羽书:即羽檄,指插有鸟羽的紧急军事文书。瀚海:北海名,在今内蒙古高原东北,亦作"瀚海"。

[8]单于:匈奴君王的称号,此泛指敌方首领。狼山:狼居胥山,在今内蒙古狼山县西北。

[9]极边土:边境之地。

[10]凭陵:恃势侵凌。风雨:形容敌方来势凶猛。《新序·善谋》:"且匈奴者,轻疾悍亟之兵也,来若风雨,解若收电。"

[11]穷秋:深秋。腓:变黄,一作"衰"。隋虞世基《陇头吟》云:"穷秋塞草腓,塞外胡尘飞。"

[12]恩遇:得朝廷信任。

[13]铁衣:铁甲,代指出征将士。《木兰辞》云:"寒光照铁衣。"

[14]玉箸:借指思妇的眼泪。刘孝威《独不见》:"谁怜双玉箸,流面复流襟。"

[15]少妇:出征将士的妻子。

[16]蓟北:今天津蓟县以北地区。

[17]边庭:边地。飘飖:辽阔。度:越过。

[18]绝域:极僻远之地。苍茫:茫茫无际。

[19]三时:早、午、晚三时,指一整天。

[20]刁斗:军中用品,金属制作,日以炊饭,夜以打更。

[21]死节:为国捐躯。勋:指个人功勋。

[22]李将军:李广,汉代抗击匈奴的名将,事见《史记·李将军列传》。

## 过故人庄

孟浩然

故人具鸡黍[1],邀我至田家。

绿树村边合[2],青山郭外斜。

开轩面场圃[3],把酒话桑麻[4]。

待到重阳日[5],还来就菊花。

**【注释】**

《过故人庄》选自《孟浩然集校注》(徐鹏著,人民文学出版社 1998 年版)。沈德潜称孟浩然的诗"语淡而味终不薄"(《唐诗别裁》)。读孟诗,应该透过它淡淡的外表,去体会内在的韵味。《过故人庄》在孟诗中虽不算是最淡的,但它用省净的语言,平平地叙述,几乎没有一个夸张的句子,没有一个使人兴奋的词语,也已经可算是"淡到看不见诗"(闻一多《孟浩然》)的程度了。

[1]鸡黍:指农家待客的丰盛食物。

[2]绿树句:指村庄隐藏在树林深处,为树林所围绕。

[3]轩:窗的别称。圃:种植蔬菜或花卉的园地。

[4]话桑麻:闲谈农作之事。

[5]重阳日:重阳节。

## 宿建德江

孟浩然

移舟泊烟渚,日暮客愁新。

野旷天低树,江清月近人。

**【注释】**

《宿建德江》选自《孟浩然集校注》(版本同上)。这是一首抒写羁旅之思的诗。建德江,指新安江流经建德(今属浙江)的一段江水。这首诗不以行人出发为背景,也不以船行途中为背景,而是以舟泊暮宿为背景。它虽然露出一个"愁"字,但立即又将笔触转到景物描写上去了,可见它在选材和表现上都是颇有特色的。

**思考题**

1.名词解释:山水诗派、边塞诗派

2.结合《山居秋暝》分析王维山水诗的艺术风格。

3.分析王维与孟浩然山水田园诗的异同。

4.结合《燕歌行》分析高适诗的艺术风格。

# 第十二讲　李白和《行路难》

## 一、遍及全国的浪游生活

李白(701—762),字太白,号青莲居士,祖籍陇西成纪(今甘肃天水附近)。他的祖先在隋末因罪流放中亚,他诞生在中亚的碎叶(今吉尔吉斯斯坦的托克马克),5岁时随父亲迁居四川彰明县青莲乡,因此自号青莲居士。他幼年所受的教育,除儒学外,还有六甲和百家等。李白的生活情趣很广泛,他不仅是个诗人,还是个游侠、刺客、隐士、道人、策士、酒徒,传说他曾为打抱不平而手刃数人。

20岁以后,他开始在蜀中漫游,曾登上峨眉青城等名山。26岁时,他为了实现其政治理想,开始了漫游兼求仕的生活,游踪几乎遍及半个中国。李白的浪游有他纵情豪爽的一面,但是也有他的政治目的。他不屑于参加科举考试,采取纵横家的方式,希望自己的文章才华得到名人的推荐,有时候他又沿着当时已成风气的那条"终南捷径",希望通过隐居来树立声誉,直上青云。李白42岁时,因吴筠的推荐,唐玄宗下诏征他赴长安。初到长安,贺知章一见他就称他为"谪仙人",一时名声大振。然而唐玄宗诏他作为点缀升平的御用文人,封他为供奉翰林。这使李白的理想破灭,同时他那种藐视帝王权贵的傲慢作风,遭到权贵们的排挤。因此在天宝三年春李白离开长安再次开始他的漫游生活,在洛阳他遇见了杜甫,在汴州他又遇见了高适,这三位诗人便一同畅游开封、济南等地方,在此期间结下了深厚的友谊。天宝四年,他们分手,又南游江浙,北游燕赵,往来于齐鲁之间,但以游梁宋最久。755年安史之乱爆发后李白由宣城避到安徽。不久隐居庐山屏风叠,后因参加李璘队伍而获罪,下大牢,又被流放到夜郎一带,因遇大赦,他被放还,经岳阳到金陵,往来于金陵宣城一带。宝应元年,李白死在族叔李阳冰家。有《李太白集》。

这些生活经历对李白豪放的性格和诗风的形成有重要的影响,同时也造成了他思想的复杂性。

## 二、极其复杂的思想感情

李白的思想基础,一方面接受儒家的"兼善天下"思想,要求济苍生、安社稷、安黎元,另一方面,他又接受道家特别是庄子的那种遗世独立的思想,追求绝对的自由,藐视世间的一切,这种矛盾的思想融合在他的思想中。

开元、天宝年间唐帝国国力极度强盛,经济、文化呈现空前的繁荣,同时政治经济各个方面又潜伏着种种危机。李白在自己的诗里并不像山水诗人和边塞诗人那样,一味沉醉在幸福的欢乐之中。他一方面歌颂唐帝国的繁荣景象，"一百四十年，国客何赫然。隐隐五凤楼，蛾蛾横三川。王侯象星月，宾客如云烟"（《古风》其四十六）；另一方面对唐王朝极盛渐衰的现象深表忧虑："刑徒七十万，起土骊山隈。尚采不死药，茫然使心衰。"（《古风》其三）

国家的强大使得他具有向往功名事业的雄心；政治的危机又激发了他拯物济世的热情，这些全在他的诗里表现出来，并借助历史人物把这种政治抱负表现出来。他羡慕姜子牙："君不见朝阁屠叟辞棘津，八十西来钓渭滨，宁羞白发照清水，逢时壮气思经纶。广张三千六百钓，风期暗与文王亲。"（《梁甫吟》）他羡慕诸葛亮："鱼水三顾舍，风云四海升。武侯立岷蜀，壮志吞咸京。"（《读诸葛武侯传书怀》）他羡慕谢安"暂因苍生起，谈笑安黎元。"（《书情赠蔡舍人雄》）当他意识到这些想法不现实时，却又极力推荐那些功成身退的清高人物："齐有倜傥生，鲁连特高妙。明月出海底，一朝开光耀。"（《古风》其十）

李白少年时就喜欢游侠，还和民间的游侠之徒往来，受到这些人的感染，写了不少关于游侠的诗，如他的《侠客行》，他对于侠义行为的慷慨无私精神的向往，不甘心自居儒生寂寞的生活，都和他拯物济世的政治理想，不愿屈己于人的性格，以及功成不受赏的高尚品德有着密切的内在联系。

李白一生大都过着浪游的生活，写下了不少游历名山大川的诗篇，其中有一些诗和他求仙学道的生活联系在一起。他的那种酷爱自由，追求解放的独特性格，常借这类诗篇表现出来。当他政治失意后这种诗歌写得特别多，特别好。李白对大自然的爱好，不像王维、孟浩然等人，不是宁静的丘壑、明净的江河、幽静的林泉，而是奇峰绝壑的大山、天外飞来的瀑布、百波九道的江河，这些特别契合他那叛逆不羁的性格。他的《梦游天姥吟留别》、《蜀道难》等就是这方面的杰作。

李白是伟大的浪漫主义诗人，他在政治上的远大抱负，对祖国和人民的热爱，对权贵势力、对封建社会一切压迫毫不妥协的叛逆态度，对祖国山川的热爱，都是他的诗歌浪漫主义精神的表现。

但是，李白是个极其矛盾的诗人，他一生藐视权贵、藐视荣华，但他又以接近皇帝、权贵为荣，对荣华富贵表示羡慕或留恋，"惜在长安醉花柳，王侯七贵同杯酒"（《长流夜郎赠辛判官》）这类诗句屡见不鲜。他羡慕谢安携妓风流的生活，也曾经实践过，还流于歌颂。至于沉迷酒杯，消极地感叹人生的诗句，为数也不少。

## 三、浪漫主义的表现方法

作为一个浪漫主义诗人，李白的诗是伟大的，也是典型的。他自己说自己的诗是"兴酣落笔摇五岳，诗成啸傲凌沧州"（《江上吟》）。杜甫称赞他的诗歌"笔落惊风雨，诗成泣鬼神"（《寄李十二白二十韵》）。这种无比神奇的艺术感染力，的确是他诗歌的最鲜明的特色。这种特色可从以下几个方面来看。

浓厚的主观色彩。这种"主观色彩"在李白诗里随处可见：他要入京做官就称"仰天大笑出门去,吾辈岂是蓬蒿人"(《南陵别儿童入京》);他政治失意时,就大呼"大道如青天,我独不得出"(《行路难》其二);他要控诉自己的冤屈,就说"我欲攀龙见名主,雷公砰訇震天鼓"(《梁甫吟》);他想念长安,就说"狂风吹我心,西挂咸阳树"(《金乡送韦八之西京》);他悼念宣城善酿纪叟,就问"夜台无李白,沽酒与何人"(《哭宣城善酿纪叟》);等等。从艺术效果上来说,这可以使诗歌增加一种排山倒海的气势和先声夺人的力量,还可以让人感到热情亲切。

喷薄而出,毫不掩饰的感情抒发。这是李白浪漫主义精神的又一特色。他有时在诗中直接抒发自己的情感,"人生得意须尽欢,莫使金樽空对月","君不见,黄河之水天上来,奔流到海不复回"(《将进酒》)。当平常的语言不足以表达其激情时,他就用大胆的夸张、形象的比喻、象征、回环往复,以及神话传说和想象幻想来达到抒情的效果。他用"抽刀断水水更流",比喻"举杯消愁愁更愁"(《宣州谢朓楼饯别校书叔云》),这本来是极度的夸张,却让人感到极度的真实。《蜀道难》用渺茫无凭的神话传说,烘托奇险的气势,"蜀道之难,难于上青天"在篇中三次重复,更给这首奇情异彩的山水诗确定了回旋往复的基调。

洒脱灵活,瞬间万变的写作特色。我们知道,李白的思想十分复杂,在浪漫主义诗歌中,李白采用瞬间万变的方式来处理这种思想,并且达到了艺术上的完美高度,在诗歌里只有少数人达到这种水平。比如他的名作《将进酒》和《行路难》就是突出的例子。在《将进酒》里诗人劝人们开怀畅饮,"人生得意须尽欢,莫使金樽空对月",好像安于颓废享乐生活,但他突然又说,"天生我才必有用,千金散尽还复来",强烈的信心马上代替了消极的悲叹。

"清水出芙蓉,天然去雕饰"(《经乱离后天恩流夜郎忆旧游书怀赠江夏韦太守良宰》)的语言特色。李白的这两句诗是对他诗歌语言的最生动的形容和概括。李白诗歌之所以能达到这种理想的朴素的自然境界,是他认真学习汉魏六朝乐府民歌的结果,他的《长干行》《子夜吴歌》的语言,很像《孔雀东南飞》《子夜歌》,"小时不识月,呼作白玉盘。又疑瑶台镜,飞向青云间"(《古朗月行》),"清风朗月不用一钱买,玉山自倒非人推"(《襄阳歌》),都朴素自然。虽然是学习古人,但又青出于蓝胜于蓝。这种语言后代有很多人模仿但都没有达到这种高度完美的境地,正所谓"学腔调似难而易,学语言似易而难"。

李白诗体多种多样,但贡献最大的是七古和七绝。这两种诗体在当时是最新、最自由的,和他的个性相适应,七绝和王昌龄齐名,各具特色。

## 四、《行路难》

这里我们选讲的是李白《行路难》三首中的第一首。此诗大概是天宝三年(744)李白离开长安之时满腔的政治热情破灭以后写的,抒写了他对政治命运的感叹和不甘屈服的信心。

诗的前四句写朋友出于对李白的深厚友情,出于对这样一位天才被弃置的惋惜,不惜设下盛宴为之饯行。平时嗜酒如命的李白,若在平时绝对"一饮三百杯",然而他端起酒杯却又推开,拿起筷子却又搁下。他离开坐席,拔出宝剑,举目四顾,心绪茫然,停、投、拔、顾四个连续的动作,形象地显示了他内心的苦闷和感情的动荡变化。诗以金樽美酒、玉盘珍馐起笔,让人感到好像是欢乐的宴会,但紧接着"停杯投箸"、"拔剑四顾"四个动作就表现了感情波涛的强烈冲击。中间四句,先是感叹"冰塞川"、"雪满山",借以表现自己的苦闷,忽然想到了姜尚、尹伊最终得到君主的重用。这是诗人用两个历史人物的经历来表达自己的心情。这两个人物都是开始不得志最后成就事业的人,这使作者又增加了信心。诗人心理上的失望与希望,抑郁与追求,急剧变化交替。"行路难,行路难!多歧路,今安在?"节奏急促,跳跃,完全是急切不安状态下的内心独白,逼真地传达了进退失据而又要继续探索追求的复杂心理。结尾两句是经过前面反复回旋以后,境界顿开,唱出了高昂乐观的调子,相信自己的理想能够实现。诗中百步九折地揭示了诗人感情的激荡起伏和复杂的变化,体现出李白诗瞬息万变的艺术风格。

### 行路难

金樽清酒斗十千,玉盘珍羞直万钱[1];
停杯投箸不能食,拔剑四顾心茫然[2]。
欲渡黄河冰塞川,将登太行雪满山。
闲来垂钓碧溪上[3],忽复乘舟梦日边[4]。
行路难,行路难!多歧路,今安在?
乘风破浪会有时,直挂云帆济沧海[5]。

【注释】

本篇选自《李白全集校注汇释集评》(詹锳主编,百花文艺出版社1996年版)。

[1]羞:同"馐"。直:同"值"。

[2]"停杯"二句:鲍照《拟行路难》云:"对案不能食,拔剑击柱长叹息。丈夫生世会几时,安能蹀躞垂羽翼?"此二句化用此意。

[3]"闲来"句:用典。传说姜尚未遇周文王时,曾在潘溪钓鱼。

[4]"忽复"句:用典。传说伊尹被商汤发现之前做了一个梦,梦见乘舟过日边。

[5]"乘风"二句:《南史·宗悫传》载刘宋宗悫少时,叔父宗炳问其志。答曰:"愿乘长风破万里浪。"此二句化用典故,比喻抱负得以施展。

### 独坐敬亭山

众鸟高飞尽,孤云独去闲。
相看两不厌,只有敬亭山。

【注释】

本篇选自《李白全集校注汇释集评》(版本同上)。此诗约作于天宝十二年(753)。

诗中描写自己与敬亭山对视过程中的心灵感会。语言清淡,意蕴深远。

## 山中问答

问余何事栖碧山,笑而不答心自闲。
桃花流水杳然去,别有天地非人间。

**【注释】**

本篇选自《李白全集校注汇释集评》(版本同上)。全诗虽只四句,但是有问、有答、有叙述、有描绘、有议论,其间转接轻灵,活泼流利。用笔有虚有实,实处形象可感,虚处一触即止,虚实对比,意蕴幽邃。

**思考题**

1.简述李白的思想特点。

2.结合《行路难》分析李白诗歌的浪漫主义特征。

# 第十三讲　杜甫和《登高》

## 一、杜甫生平及其思想

杜甫(712—770),字子美,生于河南巩县,出生于官僚家庭。祖父杜审言是武则天时的著名诗人,父亲杜闲曾为兖州司马和奉天(陕西浦县)县令,他享有不纳租税、不服兵役等特权。这一出身显示了他要成为一个热爱人民的诗人需经过一个艰苦的过程。

杜甫的一生可以分为四个时期。35 岁以前,是他的读书和壮游时期。这时正处开元盛世,他的经济状况比较好,为他读书和壮游提供了物质条件。诗人从 5 岁时开始吟诗,刻苦学习,"读书破万卷",为他的创作做了充分的准备。30 岁开始,他经历了 10 年以上的壮游,先南游吴越后北游齐赵,游齐赵时结识了李白、高适等人,和这些人一起登高怀远,饮酒赋诗。长期的壮游,使他接触到我国丰富的文化遗产和壮丽山河,不仅充实了他的生活,也扩大了他的视野和心胸,使他早期的诗歌富有相当浓厚的浪漫色彩。《望岳》是这时期的代表,"会当凌绝顶,一览众山小",流露了诗人对成就事业的雄心壮志。

十载长安困守时期(35~44 岁),是杜甫走向现实主义的时期。35 岁时杜甫到京城长安,在长安时,他几次应诏会考,都没有被录取。加上当时奸相李林甫和杨国忠当权,又逢安史之乱的酝酿时期,杜甫不仅不能实现他的"致君尧舜上,再使风俗淳"的政治抱负,而且开始过着"朝扣富儿门,暮随肥马尘"的屈辱生活。在饥寒交迫的煎熬下,杜甫也想做一个"潇洒送日月"的曹父和许由,但杜甫不是李白,他没有回避艰苦,还是坚决走上了积极入世的道路。这是一个重要的契机,生活磨炼了杜甫,也成全了杜甫,使他逐渐深入人民生活,从而写出了《兵车行》《丽人行》《赴奉先咏怀》等现实主义杰作。十年长安困守的结果,使杜甫变成了一个忧国忧民的诗人,确定了杜甫以后的生活道路和创作道路。

从 45 岁到 48 岁是杜甫生活道路的第三时期,即陷贼与为官期。这是安史之乱最剧烈的时期,国家岌岌可危,人民灾难深重。诗人也历尽艰险,在陕北,他和人民一起避难;在沦陷了的长安,他曾亲眼看到胡人的屠杀焚掠现象,和人民一起忍受着家破国亡的痛苦。杜甫是个积极进取的人,为了国家,他只身逃出长安,投奔凤翔(当时肃宗在此)。"麻鞋见天子,衣袖露两肘"(《述怀》),"生还今日事,间道暂时人"(《喜达行在所三首(其二)》),从这两句诗可以想到他当时的艰苦。到凤翔后,他被任命为左拾遗,这是一个八品的谏官。做了还不到一个月,因上书营救被罢相的房琯,触怒了肃宗,几受刑戮,被赶出了凤翔。在由凤翔回鄜州(陕西富县)途中,在羌村、在新安道上,他看到了各种惨景,于是写了《悲沉陶》、《哀江头》、《春望》、《羌村》三首、《北征》、《洗兵马》和"三吏"、"三别"等具有高度人民性和爱国精神的诗篇,并达到了现实主义的高峰。

公元 759 年 7 月,杜甫弃官由华州(华县)经秦州(甘肃)、同谷,历尽千辛万苦,于该年年底到达成都,在成都西郊盖了一所草堂,开始了他最后一个时期——"漂泊西南"的生活。他在西南共漂泊 11 年,在这 11 年里,除了 6 个月的幕府生活之外,他经常过着"生涯似众人"的生活,他喜爱和人民交往而讨厌官府,所以说"不爱入州府,畏人嫌我真。及乎归茅宇,旁舍未曾嗔"。在他生命的最后两三年里他漂泊到了湖北、湖南一带。最后一年中,他还因避兵乱而挨了 5 天饿。公元 770 年冬,这位"穷年忧黎元,叹息肠内热"的伟大现实主义诗人,死在了由长沙到岳阳的一条破船上。他死后的 43 年,他的孙子杜嗣业,才把停放在岳阳的杜甫的灵柩归葬河南偃师。不管生活多么艰苦,杜甫从不忘关心国家的安危和人民的疾苦,也不忘创作。在漂泊的 11 年中,他写了一千多首诗,佳作如《茅屋为秋风所破歌》、《闻官军收河南河北》等,《登高》是这时期最优秀的作品。和前期作品不同的是带有更多的抒情性质,形式也更加多样化。有《杜少陵集》。

杜甫深受儒家思想的影响,但又对儒家思想批判地继承,比如儒家说,"达则兼济天下,穷则独善其身"(《孟子·尽心上》),而杜甫则不管穷达,都要兼济天下。儒家说,"不在其位,不谋其政"(《论语·泰伯》),他却不管在位不在位,都要谋政。总之,杜甫用他的话说,"穷年忧黎元"(《自京赴奉先县咏怀五百字》)是他的中心思想,"济世肯杀身"(《敬寄族弟唐十八使君》)是他的一贯精神,"致君尧舜上,再使风俗淳"(《奉赠韦左丞丈二十二韵》)是他的最高理想。正是这种思想形成了杜甫那种永不衰竭的政治热情、坚忍不拔的顽强性格和胸怀开阔的乐观精神,使他成为我国历史上最关心人民的诗人。

## 二、杜甫诗的人民性

杜甫诗具有高度的人民性。"穷年忧黎元,叹息肠内热",对人民的深刻同情,是杜甫诗歌人民性的第一特征。他的诗不仅反映了人民的痛苦生活,而且大胆深刻地表达了人民的思想感情和要求。《赴奉先咏怀》、《羌村》三首,"三吏"、"三别"都是这方面的代表,在这些诗歌中,杜甫写出了"朱门酒肉臭,路有冻死骨"(《自京赴奉先县咏怀五百字》)的不朽名句,"安得广厦千万间,大庇天下寒士俱欢颜"(《茅屋为秋风所破歌》)的千年呼唤。"济时敢爱死,寂寞壮心惊"(《岁暮》),对祖国无比热爱,是杜甫诗歌人民性的第二特征。杜甫是一个不惜自我牺牲的爱国主义者,他的诗歌渗透着爱国的血诚。可以这么说,他的喜怒哀乐是和祖国的命运相呼应的,当祖国处于繁荣昌盛的时候,他也曾写出了热情歌颂社会的诗章:"稻米流脂粟米白,公私仓廪俱丰实;九州道路无豺虎,远行不劳吉日出。"(《忆昔》)当国家危难时,他对着三春的花鸟都会心痛得流泪:"国破山河在,城春草木深。感时花溅泪,恨别鸟惊心。"(《春望》)一旦大乱初定,消息传来,他又会狂喜得流泪:"剑外忽传收蓟北,初闻涕泪满衣裳。却看妻子愁何在,漫卷诗书喜欲狂。白日放歌须纵酒,青春作伴好还乡。即从巴峡穿巫峡,便下襄阳向洛阳。"(《闻官军收河南河北》)"必若救疮痍,先应去螯贼"(《送韦讽上阆州录事参军》),对国贼的刻骨仇恨,是杜甫诗人民性的第三特征。这主要体现在他的讽刺诗中。杜甫诗讽刺面很大,也不论对象多么显赫。早在困守长安时,他就抨击了玄宗的穷兵黩武使人民流血破产。《兵车行》是其代表,"君不见,青海头,古来白骨无人收;新鬼烦冤旧鬼哭⋯⋯"对于杨国忠兄妹,他也敢于揭露他们的荒淫奢侈,比如《丽人行》;杜甫大骂当时掌兵权的李辅国等一班宦官"关中小儿坏纪纲"(《忆昔》);讽刺地方军阀只知道打猎取乐"草中狐兔尽何益,天子不在咸阳宫"(《冬狩行》),把贪官污吏比作"群盗相随剧苍狼,食人更肯留妻子"(《三绝句》)等等。

## 三、杜甫对诗史的贡献及影响

杜甫总结并发扬我国现实主义优良传统,把现实主义推向了一个新的更高更成熟的阶段。在我国诗史上有着继往开来的地位。他的乐府叙事诗即事名篇,无复依傍,这是对现实主义的继承和发展。作为伟大的现实主义诗人,杜甫的影响是巨大的、深远的和多方面的,这首先突出地反映在那些现实主义的乐府叙事诗上,杜甫没有遵循建安以来沿袭乐府古题的老一套做法,而是本着乐府"缘事而发"的精神自创新题,即所谓"即事名篇"。白居易、元稹等对此作了高度评价,元稹说:"近代惟诗人杜甫《悲陈陶》、《哀江头》、《丽人行》、《兵车行》等,凡所歌行,率皆即事名篇,无复依傍。余少时与友人白乐天、李公垂等辈谓是为当,遂不复拟复古题。"(《乐府古题序》)可见中唐的乐府运动,正是由杜甫直接引导的。用不用古题,并不只是一个单纯的形式问题,它是为后人指出了一条通向现实、通向人民生活的道路,这是对现实主义的继承和发展,这一影响一直延续到清末的黄遵宪等诗人的创作中。

高度的爱国精神,是杜甫现实主义诗歌的又一大特征,这不仅在文学史上而且在历史上也起着积极的教育作用。爱国诗人陆游就深受杜甫的影响,他从杜甫诗中体会出了"诗出于人"的道理,提出了"功夫在诗外"的理论,从而纠正了他早年学诗的只注重技巧的偏差,创作出了许多可歌可泣的爱国诗篇。民族英雄文天祥,也酷爱杜诗,他在燕京坐牢的三年间,更是专攻杜诗,并收集了杜诗的200首五绝,说是"但觉为吾诗,忘其为子美诗"(《文山全集·集杜诗自序》)。爱国诗人顾炎武也同样从杜诗中得到鼓舞。

杜甫在诗史上的另一大贡献是掌握并运用了当时所有的诗体,并创造性地发挥了各种诗体的功能,为各种诗体都树立了典范。诗在他的手中是无所不能的,他用诗写传记,写游记,写自传,写奏议,写书札,写寓言,写诗文评,凡是别人用散文来写的,他都可以用诗的形式来写。只就七律而言,杜甫之前,大都是用来歌功颂德或唱和应酬的,但他却用来反映民生疾苦和国家大事的,成了讽刺武器。后来李商隐学习杜甫七律,创作了许多七律名篇。杜甫还有一些写景、咏物、抒情的诗,比如《春夜喜雨》、《登高》、《望岳》、《忆李白》等等,都是杰作。

最让后人称道的是杜甫在语言上的功力。杜甫就把"语不惊人死不休"(《江上值水如海势聊短述》)作为自己对语言的最高理想,元稹说:"杜甫天才颇绝伦,每寻诗卷似情亲。怜渠直道当时语,不着心源傍古人。"(《酬李甫见赠》)。皮日休说:"纵为三十车,一字不可捐。"(《鲁望昨以五百言见贻因成一千言》)。宋代江西派诗人甚至说杜诗"无一字无来处",可见杜甫以才情之笔,练就古语之功。

## 四、《登高》

《登高》是大历二年(767 年)重阳节杜甫在夔州登高时所作。夔州在长江之滨,全诗通过登高所见的秋江景色,倾诉了诗人长年漂泊、老病孤独的复杂心情。全诗写得慷慨激越,气势雄浑,动人心弦,极杜诗沉郁顿挫之风。杨伦称赞这首诗为"杜甫七言律诗第一"(《杜诗镜铨》),胡应麟说此诗"精光万丈,是古今七言律诗之冠"(《诗薮》)。诗的前两联写诗人的登高所见,用"风急"二字带动全篇,一开笔,就写了千古流传的佳句:"风急天高猿啸哀,渚清沙白鸟飞回。"十四字写出了"风急"、"天高"、"猿啸"、"渚青"、"沙白"、"鸟飞"六个具有特色的秋天的景物,组成了一幅精美的"江水秋色"图。第三联表达了诗人羁旅在外的愁苦和孤独感,这愁苦和孤独感就像无边的落木、滚滚的江水一样,推排不尽,驱赶不绝,诗意十分深沉,胸怀又十分博大。"常作客"指出了诗人的漂泊无定的生涯,"独登台"则表明诗人的孤独一人。有人分析,这一联写出了诗人的十几层愁苦。这未免有些夸张,但起码有这六层:第一层:身在万里之外,不能不愁;第二层:时值秋天更让人感到悲凉;第三层:常年只身在外,自然心中有无限的惆怅;第四层:时值老年,叶落归根,更加思念故乡;第五层:老年多病,多病时倍感亲人的重要;第六层:独自一个无朋无友,更加孤独。因此,这秋天的伤感,远离故土的思念,老年多病的孤寂,无朋无友的孤独感组合而成作者的无法排遣的痛苦。作者在此联,一句用了"万里",一句用了"百年",不仅修饰了作者对愁苦的抒写,又传达了作者的大丈夫气,苍凉悲壮。诗人备受艰难潦倒之苦,国难家愁,使自己白发日多,再加上因病,不能喝酒,悲愁就更难排遣。本来兴致盎然地登高望远,现在却平添了无限的愁,于是有了尾联。这首诗体现了杜诗"沉郁顿挫"的风格特征,而且对仗十分自然工整,不仅上下两句相对,而且句句自对,没有半点雕琢的痕迹。经过诗人的艺术提炼,字字精当,无一虚设,达到了"奇妙难鸣"的境界。

### 登 高

风急天高猿啸哀,渚清沙白鸟飞回[1]。
无边落木萧萧下[2],不尽长江滚滚来。
万里悲秋常作客[3],百年多病独登台[4]。
艰难苦恨繁霜鬓,潦倒新停浊酒杯[5]。

**【注释】**

本篇选自《杜诗详注》(清仇兆鳌注,中华书局 1979 年版)。此诗是大历二年(767年)重阳节杜甫在夔州登高时所作。此诗境界高远,气势雄浑,语言精练,充分体现了杜诗"沉郁顿挫"的审美风格。此诗突出的特点是八句皆对,且章法错综变化,被胡应麟誉为"古今七言律第一"(《诗薮·内编》卷五)

[1]渚:水中小洲。回:回旋。

[2]落木:落叶。

[3]万里:远离家乡。

[4]百年:一生。

[5]新停:近来戒酒。浊酒:劣质酒。

## 江　村

清江一曲抱村流,长夏江村事事幽。

自去自来梁上燕,相亲相近水中鸥。

老妻画纸为棋局,稚子敲针作钓钩。

但有故人供禄米,微躯此外更何求?

**【注释】**

《江村》选自《杜诗详注》(版本同上),写于唐肃宗上元元年(760)。诗人经过四年的流亡生活,来到成都郊外浣花溪畔。他饱经离乡背井的苦楚,备尝颠沛流离的艰虞的诗人,终于获得了一个暂时安居的栖身之所。时值初夏,浣花溪畔,江流曲折,水木清华,一派恬静幽雅的田园景象。诗人拈来《江村》诗题,放笔咏怀,愉悦之情是可以想见的。

**思考题**

1.杜甫诗歌的人民性表现在哪些方面?

2.分析《登高》前两联的艺术特征。

3.分析《登高》第三联的层次。

# 第十四讲　白居易与新乐府运动

## 一、新乐府运动

"安史之乱"后，唐朝中央集权削弱，藩镇作乱，宦官弄权，赋税繁重，各种社会矛盾渐趋尖锐，于是出现了王叔文集团的永贞改革。改革虽然由于旧势力的反对很快失败，但其部分内容却在元和年间得到不同程度的实施。在这种人心思治、力图改革振兴的氛围下，文坛上也出现了诗文革新运动，即"新乐府运动"和"古文运动"。

"新乐府"是相对汉魏旧体乐府而言的"即事名篇"的新题乐府，其文学渊源，可以远溯到诗经和汉魏乐府的现实主义传统，但真正开其先声的，则是杜甫"即事名篇，无复依傍"的新题乐府。

所谓"新乐府运动"，是贞元、元和年间由白居易、元稹倡导的，以创作新题乐府反映现实为中心的诗歌革新运动。白居易和元稹针对大历至贞元前期诗坛出现的以大历十才子为代表的远离现实、放情山水的倾向，明确提出"文章合为时而著，歌诗合为事而作"（白居易《与元九书》）的创作宗旨。他们强调诗歌的社会功能和讽谏作用，"上以补察时政，下以泄导人情"（同上），主张用诗歌反映民生疾苦，讽刺社会弊病，"救济人病，裨补时阙"（同上），"惟歌生民病"（白居易《寄唐生》），反对嘲风雪、弄花草。要求形式与内容的统一："诗者，根情、苗言、华声、实义"（白居易《与元九书》），以通俗易懂的形式为表达内容服务。"首句标其目，卒章显其志"，"其辞质而径，欲见之者易谕也；其言直而切，欲闻之者深诫也；其事核而实，使采之者传信也；其体顺而肆，可以播于乐章歌曲也"（白居易《新乐府序》）。这些理论对新乐府运动面向社会、反映现实起了积极的导向作用。

"新乐府运动"还有可观的创作成就。元和四年（829年），李绅写了《新题乐府》20首（今佚）赠元稹，元稹酬和了12首新题乐府。其后，白居易创作新乐府50首，正式标举"新乐府"的名称。接着又写了《秦中吟》10首。其他如张籍、王建、刘猛、李余等人，也是这一运动的参与者。他们所写的无论是新题还是旧题乐府，都遵循了"新乐府运动"的创作宗旨，而且他们之间互相切磋唱和，形成通俗坦易的艺术风格，成为中唐诗坛的一大流派。

新乐府诗人对反映现实强调过甚，而忽视了诗歌的审美功能，把诗歌变成强聒不止的奏章，不仅没有区分生活真实与艺术真实，而且对艺术形式重视不够，造成文学批评上的某些偏颇和创作实践上的某些缺憾。

## 二、白居易

白居易(772—846),字乐天,晚号香山居士。祖籍太原,祖父徙居新郑。以元和十年(875)被贬江州(今江西九江)为界,白居易一生可分前后两期。

青少年时期,为避战乱求生计,白居易曾有五六年颠沛流离的生活经历,这对他的思想和创作都有一定影响。贞元十六年(800 年),进士及第;十八年,拔萃登科,次年授校书郎。元和元年(806),应"才识兼茂明于体用科"及第,任盩屋尉,后迁翰林学士、左拾遗等官。这期间,他仕途顺利,自称"十年之间,三登科第,名人众耳,迹升清贵"(《与元九书》)。在儒家兼济思想主导下,他与元稹一起,闭户累月,揣摩时事,写成《策林》75 篇,谏议改革弊政,裨补时阙,并写了《新乐府》50 首、《秦中吟》10 首,作为书启《策林》的补充。不料却招致权豪势要的"扼腕"、"切齿"。元和十年,藩镇李师道派人刺杀力主削藩的宰相武元衡,已改任左赞善大夫的白居易首先上疏,亟请究捕,以雪国耻,却被冠以宫官越职、先谏官而言事的罪名,贬江州司马。

这次贬谪成为白居易一生的重大转折点,他的主导思想由"兼济"转为"独善"。尽管后期他也曾多次上书言事,也还关心民生疾苦,在地方官任内,有修水利、灌农田等德政,但奉行的却是"宦途自此心长别,世事从今口不言"(《重题》),"面上灭除忧喜色,胸中消尽是非心"(《咏怀》)的处世哲学。见到朝中朋党倾轧,他便请放外任,先后出守杭州、苏州。晚年定居洛阳,历任太子宾客、河南尹、太子少傅等职,世称白傅。会昌二年(842)以刑部尚书致仕。卒于会昌六年(846)。这一期间,他以诗书琴酒自娱,栖心佛老,过着亦官亦隐、知足保和的"吏隐"生活,作了大量的感伤、闲适诗。有《白氏长庆集》。

白居易现存诗作近三千首,其数量在唐代诗人中居首位。白居易于元和十年(815)在江州初次编集时,将诗作分成四类:讽谕诗、闲适诗、感伤诗、杂律诗。晚年诗作仅以律诗、格诗分类,后人将之分为讽谕、叙事、抒情、写景诗四类。

白居易创作讽谕诗,具有明确的理论主张,这在《与元九书》中有系统的表述。他提出"文章合为时而著,歌诗合为事而作",要求文学创作反映社会现实,发挥"救济人病,裨补时阙"的作用。讽谕诗继承了《诗经》"风雅比兴"的优良传统,与杜甫、陈子昂忧国忧民的诗作一脉相承。作于元和初期的《新乐府》、《秦中吟》这两组诗可为讽谕诗的代表。白居易在这两组诗中尖锐地抨击社会政治弊病,同情人民疾苦,充满正气与激情。这些诗大都主题鲜明,议论与叙事结合,运用对比、比喻等艺术手法,其弊在偏重政治教化,表达常过于直露。白居易的叙事诗以《长恨歌》、《琵琶行》为代表,基本特点是叙事井然有序,详略得体,曲折起伏,最突出的特点是叙事与抒情、写景融为一体,动人心弦。这两首长篇叙事诗开创了古代叙事诗的新起点。他的抒情诗内容广泛,有写亲友之情的,有写个人怀抱的,有对人生与时事抒发议论、感慨的,不一而足,都发于肺腑,真挚深沉,表达方式或直陈,或有所寄托。他的写景诗描写大自然的各种景物,刻画细致,设色鲜丽。单纯写景的诗篇不多,常常是在写景的同时抒发个人感情,寓情于景。

白居易诗的艺术特色大致可以概括为以下几点:①叙述详尽。白居易诗无论是叙事写景,还是说理抒情,大都层次清楚,脉络分明,铺排有序,易于理解。这在叙事诗中尤其明显,接近记叙散文的写法。因此他的长篇有很多成功之作,《长恨歌》《琵琶行》之外,《游悟真寺诗》《东南行一百韵》等诗也引人注目。②描写细致。白居易擅长描写人物,在他的笔下,各种人物都栩栩如生。他的描写,不是粗线条的勾勒,而是细致的刻画。如《卖炭翁》《新丰折臂翁》等诗中的劳苦大众,《长恨歌》中的皇帝、妃子,《琵琶行》中的歌女,都有容貌、服饰、动作、情绪等方面的细致描摹。他还擅长描写景物,写景诗常通过对花草的刻画、对色彩的摄取,表现风景的优美。最能显示他描写手段的,是《琵琶行》中对琵琶弹奏的描写,结合比喻手法,使读者如身临其境,亲聆其声。③语言平易。白居易诗的语言平易浅显,明白易懂,许多诗如同对面谈家常话,随口而出,这就使得读者面非常广泛。④声调流丽。白居易喜好音乐,作诗也注重音乐美。他所作歌行的诗句常平仄调谐,与近体诗相近,常使用顶针格连贯上下,换韵处注意平仄相间,全篇声调起伏抑扬,一气贯通。

### 三、《长恨歌》

《长恨歌》是白居易诗作中脍炙人口的名篇,作于元和元年(806),这首诗是他和友人陈鸿、王质夫同游仙游寺,有感于唐玄宗、杨贵妃的故事而创作的。唐玄宗与杨贵妃是一对特殊的历史人物,后人对他们之间的情感纠葛,虽有讽谕,但也不乏欣赏。

在这首长篇叙事诗里,作者以精练的语言,优美的形象,叙事和抒情结合的手法,描写了唐玄宗与杨贵妃之间的爱情悲歌。《长恨歌》的题目即表明诗歌的主题,而恨什么,为什么要长恨,诗人却没有直接铺写出来,而是通过一个诗化的故事,层层展示给读者,让读者随着作者的笔触自己去揣摸,去品味。

全诗通过精巧独特的艺术构思,讲述了一个哀婉动人的爱情故事,准确把握了人物个性,融叙事、写景、抒情于一体,塑造了唐玄宗、杨贵妃这两个有血有肉、栩栩如生的艺术形象。格调婉转缠绵、凄艳动人。

#### 长恨歌

汉皇[1]重色思倾国,御宇[2]多年求不得。杨家[3]有女初长成,养在深闺人未识。天生丽质难自弃,一朝选在君王侧。回眸一笑百媚生,六宫[4]粉黛无颜色。春寒赐浴华清池[5],温泉水滑洗凝脂[6]。侍儿[7]扶起娇无力,始是新承恩泽时。云鬓花颜金步摇[8],芙蓉帐暖度春宵。春宵苦短日高起,从此君王不早朝。承欢侍宴无闲暇,春从春游夜专夜。后宫佳丽三千人,三千宠爱在一身。金屋[9]妆成娇侍夜,玉楼宴罢醉和春。姊妹弟兄[10]皆列土[11],可怜光彩生门户。遂令[12]天下父母心,不重生男重生女。骊宫[13]高处入青云,仙乐风飘处处闻。缓歌慢舞凝[14]丝竹,尽日君王看不足。渔阳鼙鼓[15]

动地来，惊破霓裳羽衣曲[16]。九重城阙[17]烟尘生，千乘万骑西南行。翠华[18]摇摇行复止，西出都门百余里[19]。六军[20]不发无奈何，宛转[21]蛾眉马前死。花钿委地无人收，翠翘金雀玉搔头[22]。君王掩面救不得，回看血泪相和流。黄埃散漫风萧索，云栈萦纡登剑阁[23]。峨嵋山[24]下少人行，旌旗无光日色薄。蜀江水碧蜀山青，圣主朝朝暮暮情。行宫见月伤心色，夜雨闻铃[25]断肠声。天旋日转[26]回龙驭[27]，到此踌躇不能去。马嵬坡下泥土中，不见玉颜空死处[28]。君臣相顾尽沾衣，东望都门信马归[29]。归来池苑皆依旧，太液[30]芙蓉未央柳。芙蓉如面柳如眉，对此如何不泪垂？春风桃李花开日，秋雨梧桐叶落时。西宫南苑[31]多秋草，落叶满阶红不扫。梨园弟子白发新，椒房[32]阿监青娥老。夕殿萤飞思悄然，孤灯挑尽[33]未成眠。迟迟钟鼓初长夜，耿耿[34]星河欲曙天。鸳鸯瓦[35]冷霜华重，翡翠衾寒谁与共。悠悠生死别经年，魂魄不曾来入梦。临邛道士鸿都客[36]，能以精诚致魂魄。为感君王辗转思，遂教方士殷勤觅。排空驭气[37]奔如电，升天入地求之遍。上穷碧落[38]下黄泉，两处茫茫皆不见。忽闻海上有仙山，山在虚无缥缈间。楼阁玲珑五云起[39]，其中绰约[40]多仙子。中有一人字太真[41]，雪肤花貌参差[42]是。金阙[43]西厢叩玉扇，转教小玉[44]报双成。闻道汉家天子使，九华帐里梦魂惊。揽衣推枕起徘徊，珠箔[45]银屏迤逦开。云鬓半偏新睡觉，花冠不整下堂来。风吹仙袂飘飘举，犹似霓裳羽衣舞。玉容寂寞泪阑干，梨花一枝春带雨。含情凝睇[46]谢君王，一别音容两渺茫。昭阳殿[47]里恩爱绝，蓬莱宫中日月长。回头下望人寰处，不见长安见尘雾。惟将旧物表深情，钿合金钗[48]寄将去。钗留一股合一扇，钗擘黄金合分钿。但令心似金钿坚，天上人间会相见。临别殷勤重寄词，词中有誓两心知。七月七日长生殿，夜半无人私语时。在天愿作比翼鸟[49]，在地愿为连理枝[50]。天长地久有时尽，此恨绵绵无绝期。

**【注释】**

本篇选自《白居易集笺校》（朱金城笺校，上海古籍出版社1988年版）。作品是根据历史事实和故事传说，经过加工，融合古诗、乐府以及说唱艺术的表现手法，生动形象地表现了唐玄宗和杨贵妃这对特殊历史人物的深挚的恋情、遗恨。语言平实，旋律优美，抒情浓烈而又缠绵，在感伤的情调中隐含着垂戒来世的讽谕之意。

[1]汉皇：汉武帝刘彻。这里借指唐玄宗，因不便直指其名讽刺本朝皇帝，故借汉皇作比拟，唐人诗中多见。倾国：绝色美女。《汉书·外戚传》载：李延年为汉武帝唱歌，赞美一个女子的美貌："北方有佳人，绝世而独立。一顾倾人城，再顾倾人国。宁不知倾城与倾国，佳人难再得。"后来"倾城倾国"就成为绝色美女的常用代词。

[2]御宇：做皇帝统治全国。

[3]杨家：杨贵妃，小名玉环，祖籍弘农华阴，后迁蒲州永乐（今山西芮城）独头村。蜀州司户杨玄琰的女儿，幼时养在叔父杨玄珪家。

[4]六官:古代皇帝后宫有六,正寝(正官)一,皇后居,燕寝五,妃嫔居。粉黛:本指妇
　女的化妆品,这里指六官的妃嫔。

[5]华清池:华清宫的温泉。开元十一年建临潼温泉宫,天宝八载改名华清宫,玄宗每
　年冬季和春初都要到这里游乐。

[6]凝脂:肤如凝脂,形容女人皮肤洁白柔滑,如同凝固的白色脂肪那样白皙、细腻、柔
　软、润滑。

[7]侍儿:指侍候杨玉环沐浴的官女。

[8]金步摇:古代贵族妇女的首饰。以金做成"山题"(山形底座),用金银丝屈曲制成
　花枝形状,上面有金、银、翡翠等做的花、鸟、兽等装饰,缀以珠玉,插在发上,随步
　而摇,显出婀娜轻盈之态,故曰"步摇"。

[9]金屋:源于汉武帝"金屋藏娇"的故事,借指最受宠爱的女人的住屋,这里指唐玄宗
　为杨贵妃特建的寝宫。

[10]姊妹弟兄:指杨门一家。天宝四载,唐玄宗册封杨玉环为贵妃,追赠其父杨玄琰
　　为太尉、齐国公,叔杨玄珪为光禄卿,宗兄杨铦为鸿胪卿,杨锜为侍御史,杨钊为
　　右丞相,赐名国忠。三个姐姐封为韩、虢、秦国夫人。杨氏一门出入宫廷,执掌朝
　　政,势焰熏天。

[11]列土:即裂土,封有爵位和食邑(分封土地),即皇帝把部分土地分给贵族享用。

[12]"遂令"二句:是说因杨玉环一人被册封为贵妃,满门荣耀,富甲天下,使得天下做
　　父母的人都重视生女孩子,不重视生男孩子。遂令:遂使,使得。重:重视,看重。
　　《史记·外戚世家》:"生男无喜,生女无怒,独不见卫子夫(汉武帝皇后),霸天
　　下。"唐玄宗时歌谣:"生女勿悲酸,生男勿喜欢。""男不封侯女作妃,看女却为门
　　上楣。"楣:门户上的横木,古时显贵人家门户高大,因以门楣称门第。

[13]骊宫:指华清宫,因在骊山上,又称"骊宫"。

[14]凝:凝止。丝竹之声悠扬缓慢,回旋反复,有似静止。丝竹:管弦乐器。这里泛指
　　音乐。

[15]鼙鼓:古代军中的鼓。这里指安禄山的叛乱。

[16]霓裳羽衣曲:唐代著名法曲。开元中河西节度使杨敬忠所献,初名《婆罗门曲》。
　　经唐玄宗润色并制歌词,改名"霓裳羽衣曲"。传说中亦有唐玄宗登三乡驿,望女
　　儿山及游月宫密记仙女之歌归而所作之说,虽荒诞不可信,但每被诗人搜奇入
　　句。

[17]九重城阙:指京城。皇帝居住的地方有九道门,一路门,二应门,三雉门,四库门,
　　五皋门,六城门,七近郊门,八远郊门,九关门。

[18]翠华:皇帝车辇上竖立的华盖,以翠鸟之羽为饰,故名。此指皇帝的车队。

[19]百余里:马嵬驿故址在今陕西省兴平市西北二十三里,兴平东到长安九十里,马
　　嵬距长安一百多里。

[20]六军:皇帝的警卫部队。周代制度,天子六军,每军一万二千五百人。后泛称皇

帝的警卫部队为"六军"。唐玄宗时实际有左右龙武、左右羽林四军,以后才增加左右神策军,合为六军。

[21]宛转:犹辗转,凄楚缠绵态。蛾眉:本指美女的眉毛,后借指美女,这里指杨贵妃。

[22]花钿:镶嵌金花的贵重头饰。翠翘:翠鸟尾上的长毛叫"翘",此处指形似"翠翘"的头饰。金雀:雀形的金钗。玉搔头:玉簪。

[23]云栈:指由陕入川高入云端、十分险峻的过秦岭的北栈道和过巴山的南栈道。萦纡:曲折回环。剑阁:在四川剑阁县北,大小剑山之间,有栈道名"剑阁",又叫"剑门关"。

[24]峨嵋山:在今四川省峨眉山市境内。唐玄宗入蜀并不经过峨眉山,这里用泛指蜀中名山来渲染玄宗入蜀途中险阻凄凉的景况。

[25]夜雨闻铃:指《雨淋铃曲》。《明皇杂录》:"明皇(唐玄宗)既幸蜀,西南行,初入斜谷,属(遇)霖雨(连阴雨)涉旬,于栈道雨中闻铃音与山相应。上(明皇)既悼念贵妃,采其声为《雨淋铃曲》,以寄恨焉。"按:栈道最险处,要拉铁索方能通过,索上挂着铃铛,听响声以便前后照应,"夜雨闻铃"即指这种铃声。

[26]天旋日转:指唐肃宗至德二载(公元757年)九月,郭子仪等收复长安,时局好转。

[27]龙驭:皇帝的车驾。

[28]空死处:是说唐玄宗由蜀地返长安,途经马嵬坡葬杨妃处,曾派人置棺改葬,挖开土冢,尸已腐化,唯存所佩香囊,玄宗见了很伤心。所以说在马嵬坡的泥土中,不见杨妃,只见她的死处。

[29]信马归:形容心神不定,不去策马,任马前行。

[30]太液:汉武帝曾在长安城建章宫治大池称太液池,亦称泰液池。这里指唐大明宫的太液池。未央:西汉长安城的未央宫。这里指唐宫。

[31]西宫南内:皇帝居住的皇宫叫"大内",亦简称"内"。唐代太极宫为"西内",大明宫为"东内",兴庆宫为"南内"。唐玄宗回京后,先住在他多年居住的兴庆宫。唐肃宗上元元年(公元760年),宦官李辅国挑拨玄宗和肃宗的父子关系,把玄宗迁到"西内"的甘露殿,实际是幽禁。

[32]椒房:后妃所居之宫殿以花椒和泥涂壁,取其温暖和芳香。后以"椒房"为后妃之代称。

[33]孤灯挑尽:古时宫殿点蜡烛照明,过一会儿就要把烛花剪掉,让它继续燃烧。"挑尽",是说夜已深了,蜡烛即将燃尽,形容夜不成眠的境况。

[34]耿耿:明亮之意。

[35]鸳鸯瓦:屋顶上的瓦一俯一仰,构成一对,故名。

[36]鸿都客:指来长安的道士。鸿都:东汉时洛阳城门名,借指唐京城长安。

[37]排空驭气:腾云驾雾飞翔在空中。

[38]碧落:道家称东方第一层天,碧霞满空,叫"碧落"。这里泛指天上。黄泉:人死后埋葬的地穴。借指阴间。

[39]五云起：五色彩云纷飞。

[40]绰约：轻盈美好的样子。

[41]太真：杨贵妃做女道士时号太真，这里写她成了仙人，太真是她的仙号。

[42]参差：仿佛、大概。

[43]金阙：道教传说中仙境的上清宫有两阙，左金阙，右玉阙。阙：宫门两侧的阙楼。
　　玉扃：玉石做的门。

[44]"小玉"，相传是吴王夫差的女儿，死后成了仙女。"报"，传报。"双成"，神话传说
　　中西王母的侍女。这里以小玉、双成借指太真的侍女。

[45]珠箔：珠帘。

[46]凝睇：定睛凝视。

[47]昭阳殿：喻杨贵妃生前所居之处。蓬莱宫：指杨贵妃成仙后的居处。

[48]钿合：镶金、银、玉、贝的首饰盒子。金钗：妇女插于发髻用以绾发的金制首饰，由
　　两股合成。

[49]比翼鸟：传说中的鸟，只有一目一翼，雌雄紧靠而飞，才能构成双目双翼，比喻恩
　　爱夫妻。比：并列，紧靠。

[50]连理枝：两棵树的枝干连在一起，比喻夫妇。


**思考题**

1.试述白居易的诗歌主张。

2.简述白居易讽谕诗的艺术特色。

3.结合《长恨歌》简述白居易叙事诗的艺术特色。

# 第十五讲　李商隐和晚唐诗歌

## 一、晚唐诗歌

　　唐诗发展到文宗太和、开成之后，诗运亦如国运，呈现出衰落的趋势，直至唐亡，文学史上一般称之为晚唐时期。此时国势江河日下，诗人们忧时悯乱，感叹身世，流露出浓厚的感伤气氛，有的甚至沉迷声色，显示出精神上的空虚和没落。与时势相应，晚唐诗也日益向着华艳纤巧的形式主义发展。在黄巢起义前后，皮日休、杜荀鹤、陆龟蒙等作家上继元、白，以通俗的形式和语言揭露社会现实，关怀民生疾苦，以锋芒锐利的诗歌和小品文反映了唐末的阶级矛盾，成为中唐现实主义诗歌创作的延续和余响。杜牧和李商隐是晚唐诗坛上两位杰出诗人，二人并称"小李杜"。

　　杜牧（803—853），字牧之，京兆万年（今陕西西安）人。他是宰相杜佑之孙，居长安城南樊川别墅，世称"杜樊川"。他曾先后任监察御史，黄州、池州、睦州及湖州刺史，后为司勋员外郎官终中书舍人。卒年 51 岁，有《樊川集》。

　　杜牧有中兴唐室的志向，自称"平生五色线，愿补舜衣裳"（《郡斋独酌》），但因秉性刚直，被人排挤，志不获伸展。他喜论政谈兵，也有远见卓识。他认为振兴国家，当务之急在于收复失地，削藩统一。他在诗中反映中晚唐之际藩镇割据，边患频仍，民不聊生的现实。他的《感怀诗》慨叹安史之乱以来藩镇割据、急征厚敛造成的民生憔悴，表达了想为国家出力的愿望。《早雁》诗写北方人民受到回鹘骚扰流亡失所痛苦不堪：

　　　　金河秋半房弦开，云外惊飞四散哀。仙掌月明孤影过，长门灯暗数声来。
　　　　须知胡骑纷纷在，岂逐春风一一回？莫厌潇湘少人处，水多菰米岸莓苔。
诗以"大雁"为喻，托物寓意，用比兴手法，把遭难的人民比作哀鸿，寄予了深切同情，也表达了对朝廷不能御辱安民的不满。

　　深沉的历史感是杜牧诗中的一个显著特色。他不仅创作了大量的咏史怀古诗，也在写景抒情的诗意中注入历史感。他的咏史怀古诗非常著名，借古喻今，比如《过华清宫三绝句》（其一）：

　　　　长安回望绣成堆，山顶千门次第开。一骑红尘妃子笑，无人知是荔枝来。
通过杨贵妃嗜鲜荔枝玄宗命飞骑千里传送的历史事实，深刻揭露和讽刺了统治者骄奢淫逸的生活。全诗不着一句议论而题旨自见。杜牧的不少咏史诗具有史论色彩，在咏史中对兴亡成败的关键问题发表独特的见识。比如《题乌江亭》：

　　　　胜败兵家事不期，包羞忍耻是男儿。江东子弟多才俊，卷土重来未可知。
诗所咏叹的是项羽兵败身亡的史实，批评他不能总结失败的教训，惋惜他的"雄"，同时暗寓讽刺之意。再如《赤壁》：

> 折戟沉沙铁未销，自将磨洗认前朝。东风不与周郎便，铜雀春深锁二乔。

借咏史抒怀，慨叹周瑜有东风之便获得事业上的成功，抒发怀才不遇的愁闷。

杜牧诗体形式多种多样，五、七言古今体诗都有佳作，尤为擅长七言绝句。比如《江南春》、《泊秦淮》、《山行》等都是抒情写景名篇，艺术上有很高的造诣。他既善于用凝练的语言勾勒鲜明的景物意象，又善于把悠远的情思寄托在具体画面之中，词采清丽，画面鲜明，风调悠扬，可以看出他才气的俊爽与思致的活泼。比如《山行》：

> 远上寒山石径斜，白云生处有人家。停车坐爱枫林晚，霜叶红于二月花。

诗所展现的是一幅动人的山林秋色图。诗里写了山路、人家、白云、红叶，构成一幅和谐统一的画面。

由于晚唐时势衰微和个人遭遇坎坷，杜牧有时失意消极，放浪声色，所以他的诗中也有一些带有感伤情调的诗，也有一些专写征歌狎妓的颓放糜烂生活。但总体而言，杜牧诗作有积极的追求。他主张文章应"以意为主，以气为辅，以辞采章句为兵卫"（《答庄充书》），自云"苦心为诗，本求高绝，不务奇丽，不涉习俗，不今不古，处于中间"（《献诗启》）。由于杜牧性格比较开朗乐观，所以他的诗中虽有颓唐的成分，却并不显得消沉，而是在忧郁中透出清丽俊爽的风调，对后世产生了良好的影响。

## 二、李商隐

李商隐（812—858），字义山，号玉溪生，又号樊南生，怀州河内（今河南沁阳县）人。初入牛党令狐楚幕府，得令狐父子赏识。开成二年（八三七）登进士第，同年令狐楚病逝，次年入泾原节度使王茂元幕府。李党王茂元镇河阳，爱李商隐之才，委以表掌书记，并将小女儿嫁给他。当时牛党与李党斗争激烈，牛党的人因此骂他"背恩"。此后牛党执政，他一直遭到排挤，在各藩镇幕府中过着清寒的幕僚生活，潦倒至死。李商隐诗别具一格，有《李义山集》。

李商隐漂泊不定，辗转于各幕府之间。后来妻子去世，子女寄居长安，这一切都加深了他精神上的负担。生不逢时的遭遇，仕途坎坷的经历，家世的不幸，加之他孤介的性格，形成他易于感伤、感情细腻的性格特点。

李商隐是一位关心现实政治和国家命运的诗人。在他现存 600 多首诗中，政治诗占了 1/6。在这些诗中，可以看到他关心晚唐国运、希望建功立业，抒发遭受排挤的感伤以及蔑视功名利禄的胸怀。比如他早年作的著名长诗《行次西郊作一百韵》，一开始展示了长安附近农村荒凉凋败、人民生活极端贫困的景象，进而展示了唐王朝衰落的社会症结，深刻地揭露了各种社会危机，剖析了造成"安史之乱"的原因。李商隐咏史诗历来受人推崇，借古讽今，批判了统治者的荒淫与腐朽，实质上以咏史诗的体裁写政治诗。比如《北齐》、《隋宫》、《瑶池》、《贾生》等，且看《贾生》：

> 宣室求贤访逐臣，贾生才调更无伦。可怜夜半虚前席，不问苍生问鬼神。

诗借贾谊一事，讽刺了封建帝王不能识贤任能的愚昧，同时自伤平生遭际。咏怀诗在

李商隐诗中也占有较多数量,也多是联系现实而发的。比如他在 26 岁时作的《安定城楼》:

> 迢递高城百尺楼,绿杨枝外尽汀洲。贾生年少虚垂涕,王粲春来更远游。
> 永忆江湖归白发,欲回天地入扁舟。不知腐鼠成滋味,猜意鹓雏竟未休。

表达了建立一番大事业的愿望,同时表明功成身退以消除他在党争中尴尬处境的想法。

在李商隐的作品中,最为人们所传颂的,是他的爱情诗。这类诗或者题名为《无题》,或者取诗中的两个字为题,实际上也等于无题。关于这类诗的主旨,历代诗论家颇多揣测,莫衷一是,给读者带来一定程度的朦胧感乃至晦涩感。李商隐自己曾经解释说:“为芳草以怨王孙,借美人以喻君子。”(《谢河东公和诗启》)又说:“楚雨含情俱有托。”(《梓州罢吟寄同舍》)但现在看来,这些诗有少数是有寄托的,更多的是以事实为背景的言情之作,交织着他的希望与失望的种种复杂的心情,诸如仕途失意,身世沉浮,年华消逝,情感挫折,乃至晚唐时代的没落气息,都融入了那无法言明的诗意的感情世界里。比如《锦瑟》,诗题虽然标明“锦瑟”,只是取篇首二字,并无概括全诗之力,实是无题之诗。诗由一个个明确的意象组成,表达的却是一言难明的情思。这类诗在艺术手法上重内心深处的开拓。诗歌着力刻画、烘染爱情相思的内在心理,而不在于容貌、体态、服饰、举止等方面的介绍,连恋爱的情事与活动的环境也很少涉及。展现在眼前的,主要是人物的各种心态——期待与焦虑、失望与苦痛、寂寞与忆念、憧憬与烦闷。循环跳跃的艺术构思,摆脱了对外在时空或因果关系的依赖,纯凭人的意识心理的流程来组合意象。即使写到一些爱情生活的场景,也是安插在抒情主人公的回忆、想象乃至梦幻心理中表现出来,成为人物意识流程的一个片断。这种写法不仅浓缩了外在的情事,还可以造成虚实杂糅、迷离惝恍的幻觉气氛,两者都有助于扩大和深化诗篇的心理要素。丰富奇丽的联想,比兴象征的手法,隐约曲折地表达了难言的隐痛和深沉的哀怨,有极大的艺术魅力。

李商隐的抒情咏物诗,大都诗意境清新,情思缠绵,往往流露出浓重的感伤情调,反映了晚唐特定的时代风貌、特定阶层的心理矛盾。这类诗中《夜雨寄北》别具一格,全篇使用白描,虚实相生,情景交融,含蓄蕴藉,情韵深婉,既有民歌的朴素,又有文人之作的细腻。

在形式上,李商隐成就最高的是七律,在这方面他继承了杜甫锤炼谨严、沉郁顿挫的特色,又融合了齐梁诗的浓艳色彩及李贺诗的幻想象征手法,形成了他自己的“深情绵邈,绮丽精工”的独特风格。李商隐诗大量运用比兴寄托,诗中事物都赋予了作者的性格,具有以骈文为诗,辞采华丽,音韵铿锵,善用比喻、议论、叙事、抒情与典故相结合的特点。他以意境的深细婉曲和词采的典丽精工创造了诗歌朦胧美的境界,对古典诗歌的发展作出了重要贡献。

## 三、《无题》(昨夜星辰昨夜风)

无题,诗人对诗篇内容不便明说,或者不易明说,以“无题”称之。此诗约作于开成四年,历来对李商隐无题解释纷纭,此诗也不例外,但也可以看作一首千百年来脍炙人口的爱情名篇。

诗的首联由此时此境引发对当日的美好之夜的追忆,想起与所思之人的相会,至今难以忘怀。"昨夜"如同"今晚",是一个美好夜晚,星辰闪烁,和风习习。那样美好的夜晚和所思之人在"画境"中相遇了,然后这份美好的记忆随"昨夜"的过去而过去了。颔联由两情相悦而无法相会展开,"身无彩凤双飞翼"暗示双方之间的阻隔,不能互相交流,"心有灵犀一点通"比喻双方心灵的默契与感应。两句的对应,形成了一份带有苦楚的喜悦。双方相悦,但不能交流,这是十分痛苦的,但是这种痛苦中又有甜蜜的慰藉。颈联或是回忆当日之交往情景,抑或是想象此时对方的活动。如果是当日之交往情景,那是一种甜蜜的回忆;如果是想象此时对方的活动,那是自己痛楚的无奈的表达。尾联感叹自己身世,也回应了无法与对方交往的原因。诗的语言富丽精工,构思精巧,情致缠绵,代表了李商隐爱情诗的艺术特征。

## 无　题

昨夜星辰昨夜风[1],画楼西畔桂堂东。
身无彩凤双飞翼,心有灵犀一点通[2]。
隔座送钩春酒暖[3],分曹射覆蜡灯红[4]。
嗟余听鼓应官去,走马兰台类转蓬[5]。

### 【注释】

本篇选自《李商隐诗歌集解》(刘学锴、余恕诚著,中华书局1988年版)。此诗约作于开成四年(839年),时诗人官秘书省校书郎。无题,诗人对诗篇内容不便明说,或者不易明说,以"无题"称之。

[1]"昨夜"句:《尚书·洪范》云:"星有好风。"意指"昨夜"美好。

[2]"身无"句:灵犀,犀角中有白纹髓质贯穿,以喻心灵相通。此二句谓虽不能亲密交往,但是两情相悦,心灵相通。

[3]隔座送钩:邯郸淳《艺经》载:"义阳腊月饮祭之后,叟妪儿童为藏钩之戏,分为二曹,以校胜负。"是一种猜谜游戏。

[4]分曹射覆:《汉书·东方朔传》载:"上尝使诸数家(方术家)射覆,置守宫(壁虎)盂下,射之,皆不能中。"颜师古注云:"于覆器之下而置诸物,令暗射之,故云射覆。"射,猜。

[5]兰台:《旧唐书·职官志》载:"秘书省,龙朔(高宗年号)初改为兰台。"转蓬:随风飘摇的蓬草。

## 锦　瑟

锦瑟无端五十弦[1],一弦一柱思华年[2]。
庄生晓梦迷蝴蝶[3],望帝春心托杜鹃[4]。

沧海月明珠有泪[5]，蓝田日暖玉生烟[6]。

此情可待成追忆，只是当时已惘然[7]。

**【注释】**

本篇选自《李商隐诗歌集解》(版本同上)，约作于大中十二年(858)。诗中以明净而又朦胧的意象，创造出一个迷离惝悦的抒情境界。锦瑟：装饰华美的瑟。瑟：一种多弦的弹拨乐器。李商隐妻王氏善弹此乐器。

[1]无端：无缘无故。

[2]一弦一柱：叠句，一弦一弦，暗示情感之回旋往复，也可解为一音一阶。一条弦有两个固定弦的柱，上句言五十弦，可能指五十个弦柱(实为二十五弦)。

[3]《庄子·齐物论》："庄周梦为蝴蝶，栩栩然蝴蝶也。自喻适志欤，不知周也。偶然觉，则蘧蘧然周也。不知周之梦为蝴蝶欤？蝴蝶之梦为周欤？"晓梦：清晨之梦，此时梦轻亦短暂。似有长夜难眠之意。

[4]《寰宇记》："蜀王杜宇，号望帝，后因禅位，自亡去，化为子规。"子规，即杜鹃。春来杜鹃啼鸣，直至口中出血而不止。春心：杜鹃在春天啼鸣，望帝化为杜鹃之愿，谓之春心。

[5]明月照着宁静的海面，粒粒珍珠闪着银光，仿佛盈着泪水。珠有泪：传说南海有鲛人，其泪能出珠。此句，珠即是泪，泪即是珠。在柔美月光和宁静海面的背景里，这个盈着泪水的女子没有出现，但她的美，跃然纸上而非语言可以表达。

[6]阳光洒在蓝田山上，远远地点点玉闪着光，忽明忽灭，仿佛灵玉生烟。蓝田：山名，今陕西西安东南，山中产玉。

[7]惘然：迷惘的样子。末两句诗说出一个真理：人生自然有悔，当我们面对值得珍惜的，往往盲目，不识其价值，等到觉悟时，已然错过。

### 乐游原[1]

向晚意不适[2]，驱车登古原[3]。夕阳无限好，只是近黄昏。

**【注释】**

本篇选自《李商隐诗歌集解》(版本同上)。这首五言绝句虽为小诗，但情思荡漾，耐人回味。诗人驱车登古原，原是为了排遣他"向晚意不适"的情怀；他领略到夕阳美景，获得一份慰藉。然而诗中又流露出时光即将流逝的惋惜，寄寓着诗人的迟暮之感。一说"只是"意"止是"，犹如他在《锦瑟》中写道："此情可待成追忆，只是当时已惘然。"二者表达了相似的意味。

[1]乐游原，即乐游苑，故址在今陕西西安东南。

[2]向晚：傍晚。适：惬意。　　　　[3]古原：指乐游原。

思考题

1.简述杜牧咏史诗的特征。

2.简析《无题》(昨夜星辰昨夜风)的艺术特色。

# 第十六讲　唐代散文

## 一、唐宋古文运动

在中国文学史上，唐代文学在多种文体上创造了辉煌，唐代散文是其中之一。与唐诗相比，唐代散文的革新滞后不少，当唐诗已经高度繁荣的时候，唐代散文的革新才开始，文学史称唐代"古文运动"。

"古文"概念大致是隋末唐初才出现的，王通在他的《中说·事君》中较早提及，后来萧颖士、韩愈在他们的著作中明确了这个概念。"古文"是针对当时流行的骈文提出来的。西汉以后，散文逐渐向辞赋方向发展，导致了骈体文的出现，自魏晋南北朝以来，成为在文坛上占据主导地位的文体形式，文章华艳而内容空洞，致使散文创作进入低谷。隋及初盛唐时期，骈文仍占统治地位，继续沿袭六朝华靡余习。到初唐骈文更加盛行，又大多用来歌功颂德、粉饰太平，内容愈来愈空洞浮夸，有感于此，一部分有识之士便提倡古文。所谓"古文"，最主要特征是散行单句，质朴自然，上承先秦两汉散文，下与骈文对立。所谓古文运动，则是在复古的旗帜下，对骈文从内容到形式的革新。

唐代古文运动的兴起有着深刻的原因。唐王朝经过安史之乱，由盛入衰，进入中唐。当时社会弊病聚集，危机四伏。一部分具有强烈忧患意识的士人，掀起了改革浪潮，以期唐王朝中兴。我们所熟知的唐代文学家白居易、韩愈、柳宗元、刘禹锡、裴度等都曾积极地投身于改革运动。思想上的复兴儒学和政治上的改革浪潮最终触发了文学改革，以白居易、元稹为首的新乐府诗运动，以韩愈、柳宗元为首的古文运动，都是时势所产生的。

事实上，唐代古文运动早在初唐就有所表现。从四杰开始，骈文中的散文倾向已越来越明显，陈子昂所写的政论文朴实平易，成为散文复兴的先导。天宝以后，萧颖士、李华、元结、独孤及、梁肃、柳冕等人相继对骈文的陈腐习气展开批判，致力于文体改革，提倡三代两汉的文风。他们这种实践与理论相结合的做法，使革旧弊、探新路的复古思潮落在了实处，从理论和实践上为古文运动高潮的到来作了准备。古文运动经过长期酝酿，终于在中唐时期达到高潮。韩愈和柳宗元意识到要复兴古道，首先必须对古文自身进行革新，并自觉地担当起创造新体散文的历史使命。他们以各自的创作实绩达到唐代散文的顶峰。

古文运动在经历了高潮之后，到了晚唐，渐渐进入低谷，骈文重新抬头。晚唐时期整个文坛的风气，重趋华靡。晚唐时期，除骈文有所复兴外，罗隐、皮日休、陆龟蒙等人凭着一些批判现实的讽刺小品文而崭露头角。这些小品文继承和发扬了古文运动批判现实、文以载道的传统，在讽刺尖锐、见解深刻方面甚至较韩柳有过之而无不及。

### 二、韩愈与柳宗元的古文

韩愈（768—824），字退之，河南河阳（今河南孟县）人，郡望昌黎，人称韩昌黎。3岁而孤，由兄嫂扶养。韩愈自幼好学，曾师从独孤及、梁肃，自称"前古之兴亡，未尝不经于心也；当世之得失，未尝不留于意也"（《与凤翔邢尚书书》），为他日后提倡古文运动打下了良好的基础。25岁中进士，曾入汴州董晋、徐州张建封节度幕，后任四门博士、监察御史等职。贞元十九年（803年）上书论关中旱饥，请减免赋税徭役，指斥朝政，由监察御史贬阳山令。元和十二年（817年），随裴度平淮西吴元济有功，迁刑部侍郎。韩愈有强烈地中兴唐王朝的愿望，极力推崇儒家思想，反对佛道。他强调"博爱之为仁，行而宜之之谓义，由是而之焉之谓道，足乎己无待于外之谓德"（《原道》），对待佛道思想主张"不塞不流，不止不行，人其人，火其书，庐其居，明先王之道以道之"（《原道》）。他一生排佛不遗余力，元和十四年，他奋不顾身，上表谏迎佛骨，触怒宪宗，几遭极刑。幸得裴度等疏救，贬潮州刺史。穆宗即位，奉召回京，为国子祭酒，官至吏部侍郎。卒年57岁，谥文公，著有《昌黎先生集》。

韩愈的散文有300多篇，内容十分丰富，形式多样，论、说、传、记、颂、赞、书、序等各种体裁都有很高的成就。其中论说文最为突出，鲜明体现了他文以"明道"的主张，集中阐发了他关于儒道的基本思想，代表作如《原道》。杂文主要揭露官场中的丑恶和官僚制度的腐朽，讽刺各级官僚尸位素餐，批评士大夫的种种不良风气，发挥了散文的战斗性的功能，代表作如《原毁》、《送李愿归盘谷序》。记叙文继承和发展了《史记》、《汉书》记事写人的传统，有不少名篇，比如《张中丞传后叙》成功地运用了细节描写，廖寥数笔，人物形象，形神毕肖，呼之欲出；抒情文常见于祭文、书信、赠序中，这些作品融抒情、叙事和议论于一体，感情强烈，具有很强的艺术感染力。比如《祭十二郎文》是前人誉为"祭文中千年绝调"的名篇，感情真实，抒写委曲；还有一种类于传奇小说的文章，如《毛颖传》、《石鼎联句诗序》等，用虚构、拟人的手法，寄寓身世之慨，讽刺世俗。

韩愈散文感情充沛、风格豪迈、笔锋犀利、曲折变化而又流畅明快，形成特有的雄奇恣肆、浩大奔放的气势。皇甫湜形容他的文章"如长江大注，千里一道，冲飘激浪，瀚流不滞"（《谕业》）。苏洵也说："韩子之文，如长江大河，浑浩流转。"（《上欧阳内翰第一书》）这些论述道出了韩愈散文的风格特征。

韩愈散文的构思章法，奇诡多变，立意精警，构思巧妙，富于独创；但有时由于过于追求新奇，对晚唐散文产生了一定的负面影响。韩愈散文的语言，实践了他的理论，将"陈言务去"与"文从字顺"统一起来，形成简洁、鲜明、生动、准确的语言风格，又能从民间口语中提炼加工，创造出生动鲜活的语言，极形象而富有表现力。

　　韩愈是司马迁以后最成功的散文家之一,从文学理论和创作实践两个方面,扫荡骈文的绮靡之风,"摧陷廓清之功,比于武事,可谓雄伟不赏者矣"(李汉《韩愈文集序》),恢复了先秦两汉的古文传统和历史地位,而且大大扩大了散文的功用。苏轼称他"文起八代之衰"(《韩文公庙碑》),刘熙载谓其"实集八代之成"(《艺概·文概》),对当时和后世的散文家都产生过深远的影响。

　　柳宗元(773—819),字子厚,河东(今山西永济)人,人称柳河东。贞元九年(793年)进士。顺宗永贞元年(805年),柳宗元以极高的政治热情参加了王叔文为首的革新集团,推行改革措施。但就在是年八月,在以宦官为首的保守势力的联合反击下,革新运动惨遭失败,柳宗元被贬永州(今属湖南)司马,十年后又迁官更为遥远的柳州(今属广西)。长期的贬谪生涯,沉重的政治压抑和思想苦闷,使柳宗元享年不永,47岁即卒于柳州贬所。有《柳河东集》。

　　柳宗元的政治思想主要是儒家"以民为本"的思想。在官与民的关系上,他认为官吏是人民的仆人。他看到社会中贫富不均的现实,并试图探求其中的原因。他细致地分析社会制度,提出自己的政治见解,抨击不合理的社会现象,同情人民的疾苦。柳宗元先进的政治思想和他的朴素的唯物论思想有着密切联系,有唯物与唯心交织的现象,而他的政治思想中也是进步与保守共存的。

　　柳宗元是中唐杰出的文学家,又是唐代古文运动的积极提倡者,创作了许多优秀的散文。柳宗元的散文有两个显著的特征:一是正话反说,借问答体抒发自己被贬被弃的一怀幽愤,《答问》、《起废答》、《愚溪对》等均属此类作品。在《愚溪对》中,作者通过虚拟的梦境,写了他与溪神的一段辩论,将其哀怨全部包容于"智者用,愚者状,用者宜迩,伏者宜远"的反语之中。这种看似平静的反语,正深刻地透露出作者对混浊世事的强烈不满。另一个特征是巧借形似之物,抨击政敌和现实。如《骂尸虫文》、《宥蝮蛇文》、《憎王孙文》、《斩曲几文》等,或以动物的阴险邪恶来比喻奸毒小人,或以物体的欹形诡状来象征现实社会,对"潜下谩上,恒是其心术,妒人之能,幸人之失"的丑恶行径和"末代淫巧"之世予以指斥批判,语言辛辣,笔无藏锋,嬉笑怒骂,痛快淋漓。

　　柳宗元的寓言文大都结构短小而极富哲理意味。比如广为人知的《黔之驴》,被贵州山中小老虎吃掉的那只蠢笨的驴子已成为某些外强中干者的绝妙象征,而"黔驴之技"、"庞然大物"也作为富有形象性的成语流传下来。山水游记是柳宗元散文中的精品,也是作者悲剧人生的审美情趣的结晶。身世遭遇和环境的压迫,造成心理的变异,长歌当哭,强颜为欢,聊为优游,乐而复悲。由意在宣泄悲情到艺术地表现自然,将悲情沉潜于作品之中,形成了柳氏山水游记"凄神寒骨"之美的特色。翻阅这些主要写于永州贬所的记游之作,会突出地感觉到,其中呈现的大都是奇异美丽却遭人忽视、为世所弃的自然山水。在描写过程中,作者有时采用直接象征手法,借"弃地"来表现自己虽才华卓荦却不为世用而被远弃遐荒的悲剧命运,如《小石城山记》对小石城山的被冷落深表惋惜和不平,《钴鉧潭西小丘记》直接抒写对"唐氏之弃地"的同情,都具有"借题感慨"(林云铭《古文析义》初编卷五)的特点;但多数情况下,作者则是将表现与再现两种手法结合起来,既重自然景物的真实描摹,又将主体情感不露痕迹地融注其中,令人意会作者的情感指向。

### 三、《钴钅母潭西小丘记》

《钴钅母潭西小丘记》是柳宗元《永州八记》中的第三篇。这类山水游记是作者在永州贬所所作,寄寓当时作者的心境。《钴钅母潭西小丘记》写自己因为不经意的发现而惊喜,一座不起眼的小丘,在作者的笔下却显出奇趣。于是作者将之购买下来,并与友人一起修整小丘,使小丘更富灵性。文章最后感叹小丘的遭遇,也正是作者此时此境的写照。

《钴钅母潭西小丘记》堪称一篇精美的小品文。文章字数约 500 字左右,这样的小文章尤其讲究结构和语言。此篇游记叙事简洁,结构干净利落。开头叙事与描写直接切入主题,然后简洁地叙述了事件经过,最后由此发表议论,寄寓自己的身世之感。尽管此篇游记叙事简洁,但颇有情趣,这主要得力于作者高超的语言艺术,他以灵动的笔调,把小丘描写得极具灵性。

#### 钴钅母潭西小丘记

得西山后八日,寻山口西北道二百步[1],又得钴钅母潭。潭西二十五步,当湍而浚者[2],为鱼梁[3]。梁之上有丘焉,生竹树。其石之突怒偃蹇,负土而出,争为奇状者[4],殆不可数。其嵚然相累而下者[5],若牛马之饮于溪;其冲然角列而上者[6],若熊罴之登于山。

丘之小不能一亩,可以笼而有之。问其主,曰:"唐氏之弃地,货而不售[7]。"问其价,曰:"止四百。"余怜而售之[8]。李深源、元克己时同游,皆大喜,出自意外。即更取器用,铲刈秽草[9],伐去恶木[10],烈火而焚之[11]。嘉木立,美竹露,奇石显。由其中以望,则山之高,云之浮,溪之流,鸟兽之遨游,举熙熙然回巧献技[12],以效兹丘之下[13]。枕席而卧,则清泠之状与目谋[14],瀯瀯之声与耳谋[15],悠然而虚者与神谋[16],渊然而静者与心谋[17]。不匝旬而得异地者二[18],虽古好事之士,或未能至焉。

噫!以兹丘之胜,致之沣、镐、鄠、杜[19],则贵游之士争买者,日增千金而愈不可得。今弃是州也,农夫渔父过而陋之[20],贾四百[21],连岁不能售。而我与深源、克己独喜得之,是其果有遭乎[22]!书于石,所以贺兹丘之遭也。

【注释】

本篇选自《柳宗元集》(中华书局 1979 年版)。这是《永州八记》中的第三篇。作者在西山西面发现了钴钅母潭,不久又在钴钅母潭西发现了小丘。此篇记小丘之景及游览时的别有会心。景清意幽、澄洁峻深而弃之退荒的小丘,正是作者怀才受谤、贬官荒远境遇之形象写照。

[1]寻：沿着。

[2]湍：急流貌。浚：深。

[3]鱼梁：用土石筑堤横截水中，在中间缺口处布上捕鱼装置，进行捕鱼。

[4]"其石"三句：突怒：突起之势。偃蹇：屈曲貌。负土而出：拟人化的写法，意谓刚出
地下钻出，身上还背着泥土。

[5]嵌然：高耸貌。

[6]冲然：突起貌。

[7]货：卖。售：卖出。

[8]售：买。

[9]刈：割。秽草：杂草。

[10]恶木：杂木。

[11]烈：使……烈。

[12]举：都。熙熙然：和乐貌。

[13]效：呈现。

[14]清泠：清澈明净。谋：合。

[15]潜潜：泉水场。

[16]悠然而虚者：指渺远空灵的境界。

[17]渊然而静者：指幽深清静的气氛。

[18]不匝旬而得异地者二：不过旬日而得到两处胜地。匝：周。异地者：指钴鉧潭和
小丘。

[19]沣：在今陕西户县东。镐：在今陕西西安西南。鄠：在今陕西户县北。杜：杜陵，
在今陕西西安东南。以上四地都是唐代近郊豪贵居住的地方。

[20]陋之：以之为陋。

[21]贾：同"价"。

[22]遭：际遇。


**思考题**

1.简答唐代古文运动。

2.结合《钴鉧潭西小丘记》分析柳宗元游记散文的艺术特色。

# 第十七讲　词的发展与北宋前期的词

## 一、词的特点

词最初是合乐歌唱的,因此在唐五代时通常称"曲子"或"曲子词"。

与诗体相比,词体有着自己明显的形式特征和审美特征。词的曲调比较严格,每个调子都有一个名称,叫作词牌,如【菩萨蛮】。由于词要配合不同的乐曲歌唱,每调的字数,每句的字数,以及韵的位置,字声的平仄,都有一定的规定,因此词的写作又叫填词。词的句式长短不齐,形式自由活泼,因此又叫"长短句"。词大致可分小令(58字以内)、中调(59～90字)和长调(91字以上,最长的词达240字)。为了乐曲的反复吟唱,词一般分为两段,称为上阕和下阕,也有不分阕的单调,如【十六字令】、【望江南】等;也有分三阕、四阕的,如【瑞龙吟】、【莺啼序】等。词最初产生于民间,后来才转到文人的手里,词的风格也由民间趣味逐渐打上浓厚的士大夫情趣。长期以来,士大夫们认为诗体可以反映现实,抒写个人庄严悲壮的情感,词体只适宜描写男女恋慕和伤离感别之情。这一点只要看看欧阳修的诗与词的不同风格就可以明了。词从晚唐五代以来已经形成了绮靡婉约的风格,再加上当时的士大夫对待诗的写作态度较严谨,而对待词则略显随便,这样和诗比较起来,词里所抒发的思想感情就显得坦率一些。

总之,与诗相比较,词的声调严格,句法形式活泼,感情表达略显坦率真挚,风格趋向柔婉。

附:【如梦令】词谱。

如梦令 33字　单调

仄仄仄平平仄　仄仄仄平平仄　仄仄仄平平　仄仄仄平平仄　平仄　平仄
　○　○　　　　○　○　　　　○　　　　　○　○

仄仄仄平平仄
○　○

注:加圈表示可平可仄。

### 如梦令

李清照

昨夜雨疏风骤,浓睡不消残酒,试问卷帘人,却道海棠依旧。知否? 知否? 应是绿肥红瘦。

## 二、词的发展

词起源于民间。敦煌曲子词是最早的民间词,没有经过文人的手,语言比较通俗生动,想象比较丰富,生活气息比较浓,如这首《望江南》:

莫扳我,扳我心太偏。我是曲江临地柳,者人折去那人扳,恩爱一时间。

这是一首描写妓女生活的词,这首词里的"任人扳折"的杨柳就是当时受尽侮辱的妓女的真实写照。在《敦煌零拾》中收有一首《望江南》:

天上月,遥望似一团银。夜久更阑风渐紧,为奴吹散月边云,照见负心人。

词写得清新、真挚,句式与后世相比,也显得更为自由。

初唐、盛唐仅出现了少量文人词,直到中唐才有较多的文人词,张志和、韦应物、戴叔伦、白居易、刘禹锡等,以他们的敏锐和才华创作了早期的文人词。比如张志和的《渔父词》(西塞山前白鹭飞)、白居易的《忆江南》等都是寄情于自然景物的脍炙人口的名篇。刘禹锡的《忆江南》:

春去也,多谢洛城人。弱柳从风疑举袂,丛兰泡露似沾巾。独坐亦含嚬。

隐约可见女性气质,体现了文人词的演进痕迹。

晚唐五代词以花间词和南唐词为中心。后蜀赵崇祚于940年编成《花间集》,选录了18位词人作品,是我国第一部文人词集,"花间词派"由此而成。被推为花间鼻祖的温庭筠生活于晚唐,末入五代,再除去皇甫松、孙光宪,其余的皆为西蜀文人。欧阳炯在《花间集序》中说:"杨柳大堤之句,乐府相传;芙蓉曲渚之篇,豪家自制。莫不争高门下,三千玳瑁之簪;豪富尊前,数十珊瑚之树。则有绮筵公子,绣幌佳人,递叶叶之花笺,文抽丽锦;举纤纤之玉指,拍按香檀。不无清绝之词,用助娇娆之态。自南朝之宫体,扇北里之娼风。何止言之不文,所谓秀而不实。"从中可以了解花间词的写作背景、风格特征以及艺术风格的形成原因。

温庭筠(812?—866),本名岐,字飞卿,祖籍山西太原。他精通音律,熟知词调,词作艺术成就很高。温词的风格并不单一,但最能代表温词风格的是《菩萨蛮》(小山重叠金明灭)一类作品:

小山重叠金明灭,鬓云欲度香腮雪。懒起画蛾眉,弄妆梳洗迟。　　　　照花前后镜,花面交相映。新贴绣罗襦,双双金鹧鸪。

词写一个美女晨起时的容态,语言华丽,着重人物的服饰描写,容貌艳丽,体态娇弱慵懒,内心空虚苦闷而生相思闺怨之情。这类词浓密靡丽,对花间词以及后的艳词影响很大。温庭筠也有些描写闺情的词,风格清疏淡雅,比如下面这首《梦江南》:

梳洗罢,独倚望江楼。过尽千帆皆不是,斜晖脉脉水悠悠。肠断白蘋洲。

景物清丽自然,情感深情婉转。这类词对后世词向抒情文学演化影响很大。

西蜀词人韦庄,与温庭筠齐名,并称"温、韦"。韦词有花间词的共同特征,但是韦庄经过乱离苦痛之后,把粉泽之气冲淡了,这在他的一些抒情词里表现尤为突出。比如下面这首《菩萨蛮》:

人人尽说江南好，游人只合江南老。春水碧于天，画船听雨眠。　　　垆边人似月，皓腕凝霜雪。未老莫还乡，还乡须断肠。

五代"花间词"承袭了温词风格，但多数词人才情无法与温庭筠相比，词作的内容大多偏于闺情，表现妇女的离情别绪相当动人，词风过于柔软，语言过于雕琢。花间词对后世词，尤其是艳科词很大影响。

南唐与西蜀政治背景相似，西蜀花间词风也影响到南唐词风。南唐词人主要是帝王大臣，以李煜为代表，其他有冯延巳、李璟等。南唐中后时期，面临着周、宋的威胁，国势日渐衰弱，萎靡不振。当时，那些小王国的君主不能励精图治，振作有为，还强欢作乐，苟且偷生。他们的词里流露了绝望的心情，构成了南唐词的伤感基调。

李煜（937—978），字重光，嗣位南唐国主，在位15年，国破为宋军所俘，后被宋太宗赐药毒死。作为帝王，李煜有些"无能"，但是作为才人，他却有多方面的造诣，擅长诗文书画音乐。从帝王到阶下囚，李煜的人生和词风都分作前后两个时期。前期的词实际上是南唐宫体和花间词风的继续，不同的是他在词中始终保持着纯真的性格，比如《清平乐》（别来春半）。沦为阶下囚后，他面对残酷的现实，从醉生梦死的生活里清醒过来，在词里倾泻他"日夕以泪洗面"的巨大哀痛，词作大多是这种心情的表现。王国维评李煜的词说："词至李后主而眼界始大。感慨遂深，遂变伶工之词为士大夫之词。"李后主后期的反映故国之情的词确实是眼界大而感情深。他用直接抒情和白描手法相联系来叙写他的生活感受，深切感人。比如《浪淘沙》：

帘外雨潺潺，春意阑珊。罗衾不耐五更寒。梦里不知身是客，一晌贪欢。　　　独自莫凭栏，无限江山。别时容易见时难。流水落花春去也，天上人间！

宋代初期词的发展比较慢，词人也不多，直到柳永及其同时代的词人范仲淹、张先、晏殊、欧阳修等人登上词坛后，宋词才迅速地发展起来。宋初的词沿袭了晚唐、五代婉丽的词风，但其中也蕴涵着变革。

晏殊（991—1055）的《珠玉词》体现了词在宋初的演变。晏词大部分作品内容依然是写男女之间的相思爱恋和离愁别恨。但与五代词风不同的是，这些词去掉了女性容貌服饰的华丽细腻的描写，着重表现人物情感，在雍容和缓之中，有一种淡雅明净。晏词中有一些表现人生哲思的词，在词史中独树一帜。比如他的《浣溪沙》：

一曲新词酒一杯，去年天气旧亭台。夕阳西下几时回？　　　无可奈何花落去，似曾相识燕归来。小园香径独徘徊。

这首词写的是亭台如旧、香径依然的情景中的一种春去花落、好景不长的轻愁。在这份轻愁之中，有着浓烈的时间意识和空间意识，体现了作者对时间的流逝和生命有限的沉思与体悟。该词词句清丽婉转，玉润珠圆，很有艺术魅力。

晏殊词在宋初词中占有重要地位，加之他年辈与政治地位较高，被后人推为"北宋倚声家初祖"（冯煦《蒿庵论词》）。

晏殊官居显要，最后做到宰相。他的小儿子晏几道，前期过着富贵的生活，但到

了后来他失去了这种荣华富贵,生活很贫苦。所以他的词风更接近李煜,经常以悲伤的笔调写他过去的生活,如他的《临江仙》:

> 梦后楼台高锁,酒醒帘幕低垂。去年春恨却来时。落花人独立,微雨燕双飞。　　记得小苹初见,两重心字罗衣。琵琶弦上说相思。当时明月在,曾照彩云归。

此词是别后对歌女小苹的相思,上片写相思之情,下片写对当时的回忆。作者从生活里选择比较动人的场景,来衬托出他触景生情的心境,在艺术上达到比较高的成就。

宋初范仲淹和欧阳修的词比较早地开辟了词的新意境。他们的词作比较开阔。如范仲淹的《苏幕遮》:

> 碧云天,黄叶地,秋色连波,波上寒烟翠。山映斜阳天接水。芳草无情,更在斜阳外。　　黯乡魂,追旅思,夜夜除非,好梦留人睡。明月楼高休独倚。酒入愁肠,化作相思泪。

此词上阕写秋色,比较阔大;下阕写乡愁,胸襟开朗,与有些婉约词人的扭捏作态相比,感情要真挚得多。

### 三、柳永的词

柳永(987?—1053?),原名柳三变,崇安(福建崇安)人,是工部侍郎柳宜的少子。他少年时曾经到汴京应试,由于擅长词曲,熟悉了许多歌妓,并替她们填词作曲,表现出一种浪子作风。当时有人在仁宗面前推崇他,仁宗批四个字"且去填词"。柳永受到这样的打击后,别无出路,就只好用开玩笑的口吻说自己是"奉旨填词柳三变",在汴京、苏州、杭州等都市过着一种流浪的生活。有《乐章集》。

柳永是宋代第一位专力于写词的词人,在词史上的贡献很大。首先,大量创作慢词。词发展到宋代,小令词尽管自由活泼,但是难以容纳更大内容的含量。词在形式上要求得到解放,一是要增加词牌量,让所有的情感都能自如地找到适合于自己的词牌形式;二是要增加一个词牌的纳容量。柳永特别善于铺叙,创作了很多能大开大阖的慢词、长词,充分表现充沛的情感。再者,柳永扩大了词的表现内容。他的词大多还是儿女情怀,但当时都市的繁荣景象、市民生活,以及士大夫的思想情绪,也常见于他的笔下。此外,他还大量吸收俗语入词,使词更接近下层人民,从而具有广泛的群众性。因此,柳永不仅是北宋第一个专业写词的作家,也是我国词坛上的第一位改革者。

柳永的词,从内容来说,大致可以分为三类。第一类主要表现男女爱情、离愁别恨。这一类作品在主题上与北宋以至晚唐五代词并没有太大的差别。代表作是《雨霖铃》,全词通过景物描写,运用虚实结合的手法,将离别之情表现得淋漓尽致。与晚唐五代词相比,表现得更为细腻曲折。第二类着重表现羁旅行役之苦。柳永一生浪迹天涯,对羁旅行役有真实感受,所以,这类作品往往写得真切动人,可以《八声甘州》为代表。全词表现曲折,意境阔大,一向对柳永颇有微词的苏轼也不禁感叹"渐霜风凄紧，关河冷落，残照当楼"几句"不减唐人高处"（《侯鲭录》卷七）。第三类则是描写城市风光。这类作品在以男女爱情、离愁别恨为主流的北宋词坛上，别具一格，为词坛吹进一股新风。《望海潮》（东南形胜）是这一类的代表作。

《望海潮》这首词一反柳永惯常的风格，以大开大阖、波澜起伏的笔法，浓墨重彩地铺叙，展现了杭州繁荣、壮丽的景象，可谓"承平气象，形容曲尽"（见陈振孙《直斋书录解题》）。上阕开头作者以总括全局的手法，描写杭州的全貌，指出杭州位置的重要、历史的悠久和繁荣的景象，接下来具体地描写。"烟柳画桥"写杭州的街巷和河桥的美丽，"风帘翠幕"写居民住宅的雅致，"参差十万人家"写城市人口众多。"云树"三句推开一层，从市内写到市外，钱塘堤上，树木行行。远远望去，郁郁苍苍，犹如绿云一般。钱塘江水的澎湃与浩荡，钱塘江水溅到堤上就像风卷起的霜雪气势十分壮观。"市列"三句写杭州的富庶而奢侈的市民生活。下阕接着描写杭州的繁华，先写两湖。"重湖"三句，先写两湖的风姿，后两句写山上的桂子和湖里的荷花。"羌管"是说不论白天和晚上，西湖上都荡漾着优美的笛声和采莲的歌声。"千骑"之后，是对当时杭州郡守的颂词。词作把郡守描写为威武风流、啸傲山水的高雅之士，虽是颂词却少有颂词之弊。这首词，慢声长调和所抒之情起伏相应，音律协调，情致婉转，是柳永的一首传世佳作。

## 望海潮

　　东南形胜[1]，三吴都会[2]，钱塘自古繁华[3]。烟柳画桥，风帘翠幕，参差[4]十万人家。云树绕堤沙。怒涛卷霜雪，天堑无涯[5]。市列珠玑，户盈罗绮，竞豪奢。　　重湖叠巘清嘉[6]，有三秋桂子，十里荷花。羌管弄晴[7]，菱歌泛夜，嬉嬉钓叟莲娃[8]。千骑拥高牙[9]。乘醉听箫鼓，吟赏烟霞。异日图将好景[10]，归去凤池夸。

## 【注释】

本篇选自《乐章集》（薛瑞生编，中华书局 1994 年版）。此词约作于宋真宗咸平末年。诗中描绘了钱塘江和西湖的迷人风光，渲染了杭州的繁华气象，成为传唱久远的名作。

[1]形胜：山川壮美。

[2]三吴：指吴兴、吴郡和会稽三地。

[3]钱塘：旧属吴郡。

[4]参差：大约。

[5]天堑：指钱塘江。

[6]重湖：西湖有里湖、外湖之分，故称重湖。

[7]羌管：羌笛，泛指乐器。

[8]莲娃：采莲女。

[9]高牙：军前的大旗。

[10]图:描绘。

## 蝶恋花

　　伫倚危楼风细细[1]。望极春愁,黯黯生天际[2]。草色烟光残照里,无言谁会凭阑意[3]。　　　拟把疏狂图一醉[4]。对酒当歌,强乐还无味[5]。衣带渐宽终不悔[6],为伊消得人憔悴[7]。

**【注释】**

　　本篇选自《乐章集》(版本同上)。词在抒情写景中,巧妙地把漂泊异乡的落魄感受,同怀恋意中人的缠绵情思融为一体。词在叙写时影影绰绰,扑朔迷离,千回百折,直到最后一句,才使真相大白。词相思感情达到高潮的时候,戛然而止,激情回荡,感染力极强。

[1]伫倚:久立。危楼:高楼。

[2]黯黯:伤心离别的样子。

[3]会:理解。

[4]拟:试图。疏狂:放纵。

[5]强乐:勉强作乐。

[6]衣带渐宽:形容人逐渐消瘦。

[7]伊:他(她)。

**思考题**

1.名词解释:敦煌曲子词　花间词　南唐词

2.结合《望海潮》分析柳永在词史上的贡献。

# 第十八讲　苏轼词与北宋中后期词

## 一、苏轼的生平及思想

苏轼(1037—1101)，字子瞻，号东坡居士，眉州眉山(今属四川)人。嘉祐二年(1057年)与弟辙同登进士。与王安石政见不合，反对推行新法，自请外任，出为杭州通判，迁知密州(今山东诸城)，移知徐州。元丰二年(1079年)，因"乌台诗案"贬谪黄州(今湖北黄冈)团练副使。哲宗立，高太后临朝，起用旧党，苏轼还朝，升任翰林学士。对于新法主张"校量利害，参用所长"(《辩试馆职策问札子》)，又与旧党不合，元祐四年(1089年)自请出知杭州、颍州、扬州等地。元祐八年(1093年)哲宗亲政，新党当朝，被远贬惠州(今广东惠阳)，再贬儋州(今海南儋县)。徽宗即位，遇赦北归，建中靖国元年(1101年)卒于常州(今属江苏)，年65岁，谥文忠。今存《东坡七集》，包括诗、词、文共110卷。

苏轼的思想非常复杂。宋代士人大多能以融合的态度对待儒、释、道三家思想，苏轼是典型的代表。他以儒家思想为根基，以三家思想互补为处世原则。苏辙在《亡兄子瞻端明墓志铭》中说苏轼："初好贾谊、陆贽书，论古今治乱，不为空言。既而读《庄子》，喟然叹息曰：'吾昔有见于中，口未能言。今见《庄子》，得吾心矣！'……后读释氏书，深悟实相，参之孔、老，博辩无碍，浩然不见其涯也。"苏轼不仅对儒、道、释三种思想都欣然接受，而且认为它们本来就是相通的。他曾说，"庄子盖助孔子者"，庄子对孔学的态度是"阳挤而阴助之"(《庄子祠堂记》)。他又认为"儒释不谋而同"，"相反而相为用"(《南华长老题名记》)。

这种处世哲学使他非常关注政治与民生，能够冷静理智地对待宦海沉浮，表现出豁达洒脱的人生态度，并始终保持着旺盛的创作力，在诗、词、文、赋等多种文体上都有很高的成就。

## 二、苏轼在词史上的贡献

词从民间转到文人手里，经过"花间"派、南唐词人、宋初的晏殊，一直发展到了柳永。在柳永之前，词风中有一种"怀春悲秋，怨离伤别"的情绪，给词染上了一种浓烈的粉黛气息，被称为"艳科"、"小道"和"诗余"。柳永在前人的基础上有所创新，但他的词绝大多数仍局限于儿女私情的别恨离愁，未能突破词为"艳科"的观念。苏轼在柳永的基础上继续发展，他进一步开拓了词的表现领域，丰富了词的内容，把词从男女恋情、离怀别绪的藩篱中解放出来，引向更为广阔的天地。在他的笔下，有"乱石穿空,惊涛拍岸,卷起千堆雪"的古代场景,有"羽扇纶巾"、"雄姿英发"(《念奴娇·赤壁怀古》)的历史英雄;有"力挽雕弓如满月,西北望,射天狼"(《江城子·密州出猎》)的慷慨壮士。古人赞叹道:"一洗绮罗香泽之态,摆脱绸缪宛转之度,使人登高望远,举首高歌,而逸怀浩气,超然乎尘垢之外。"(胡寅《酒边词序》)在他的笔下,"无意不可入,无事不可言"(刘熙载《艺概》),打破了历来把词看作"艳科"的偏见。

苏轼在词史上的贡献,还在于他"以诗入词",把诗的一些表现手法融入词中,力求摆脱音律对词的严格束缚,他甚至在词中发议论,写书信。他的这种做法虽然遭到了一些重音律的人的反对,比如,李清照就说他的词"皆句读不葺之诗"(《词论》),但在客观上却发展了词的表现手法,使词成为更加严格的文学品种。苏轼"以诗为词",不是抹杀词的文体特点,而是扩大词的表现领域,同时也将诗的美学引入词学,使词如同诗一样具有一种韵味,追求作品言尽意永、余音缭绕的效果。

苏轼在词学上的最大贡献是开了豪放派的先河。所谓豪放是和婉约相对而讲的,是从风格上来划分的。豪放派和婉约派在描写内容上各有所长,婉约派长于抒写闺情离绪等柔情,柔和细腻;豪放派则擅长表现情感粗放旷达,激烈奔跃。正如沈祥龙所讲:"房中之奏,出从豪放,则情致少缠绵;塞下之曲,行从婉约,则气象何能恢拓!"(《论词随笔》)在用语上,婉约派用语较清丽、隽永、典雅;豪放派用语雄健豪爽、慷慨跌宕。这是豪放派和婉约派词的主要区别。形象一点来说,豪放派词就是"大江东去,浪淘尽,千古风流人物",婉约派词是"杨柳岸,晓风残月";豪放派词是"把吴钩看了,栏杆拍遍,无人会,登临意",婉约派词是"寻寻觅觅,冷冷清清,凄凄惨惨戚戚"。

当然苏词风格是多样的,不仅有豪放之作,还有"韶秀"、"清雄"、"清丽舒徐"等风格的作品(见吴熊和《唐宋词通论》),而且婉约派词多,豪放派词少。《江城子》(密州出猎)、《水调歌头》(明月几时有)表现了苏轼豪放旷达的风格,《蝶恋花》(花褪残红青杏小)、《江城子》(十年生死两茫茫)是其婉约词的代表。

到了北宋中后期,宋词进入了全面发展的繁盛时期。小令与慢词双峰并峙,雅词与俗词二水分流。词的风格也呈现出多种状态,不仅有后来所说的婉约与豪放,也有介于两者之间的清旷。词的题材内容也十分丰富,在传统的离别相思、男欢女爱的内容之外,举凡羁旅游宦、社会人生、战场边塞、都市农村,几乎可以入诗的内容都可以入词了。北宋后期的词既受苏词的影响,但也更是矫正苏词"不协音律"的余绪的,是秦观、贺铸、周邦彦等人的词,这些词重格律,炼意境,语言工丽,代表了北宋后期词的主流。

### 三、《定风波》(莫听穿林打叶声)

《定风波》(莫听穿林打叶声)作于苏轼贬谪黄州时期。宋代儒、道、释三教融合已成一种思想主流,宋代士人将三教互补作为人生的内在修养,所以宋人普遍能够直面现实人生的大起大落,正如范仲淹所说,"不以物喜","不以己悲"。苏轼是其典型的代表,此词正体现了这一人生态度。

词的开篇承接词序而来。"莫听"与"何妨"二句下笔轻灵,将人生的困境轻轻托起,不仅不为之所困,而且还要踏歌徐行,要在此中领略出别一番的人生趣味。词中因为有了此种意境,所以下面"竹杖芒鞋轻胜马"便不是简单的苦中作乐了,而是人生的处世态度早已将之付诸云外,正所谓"一蓑烟雨任平生"。词的下片写天气转晴,人的心境也起了变化,所以有"山头斜照却相迎"。"相迎"是此时此境的心灵的沟通。此时的"我"是万念归一,那就是"归去,也无风雨也无晴"。无论是风雨也好,还是晴天也好,于我是没有区别的,或者这样说更为恰当,无所谓风,也无所谓雨。

此词于简朴之中见深意,于寻常之处生奇警,表现出面对逆境豁达超脱的胸襟。词所表现出的对人生命运的理性思考,增强了词境的哲理意蕴。

## 定风波

三月七日,沙湖道中遇雨,雨具先去,同行皆狼狈,余不觉。已而遂晴,故作此。

莫听穿林打叶声,何妨吟啸且徐行。竹杖芒鞋轻胜马[1],谁怕?一蓑烟雨任平生。　料峭春风吹酒醒[2],微冷,山头斜照却相迎。回首向来萧瑟处[3],归去,也无风雨也无晴。

### 【注释】

本篇选自《唐宋名家词选》(龙榆生编选,上海古籍出版社1980年版)。此词作于元丰五年(1082)词人贬谪黄州时。词作表现了词人面对困境达观的态度。词中多有抒写人生哲理的句子,含蕴隽永,是词史中精美的一篇。

[1]芒鞋:草鞋。

[2]料峭:风力寒冷。

[3]萧瑟处:途中遇雨之地。

## 江城子

### 乙卯正月二十日夜记梦

十年生死两茫茫[1]!不思量,自难忘。千里孤坟[2],无处话凄凉。纵使相逢应不识,尘满面,鬓如霜[3]。　夜来幽梦忽还乡,小轩窗,正梳妆。相顾无言,惟有泪千行。料得年年肠断处,明月夜,短松冈[4]。

### 【注释】

本篇选自《唐宋名家词选》(版本同上),作于宋神宗熙宁八年(1075)密州任上。这是一首悼亡词,从梦前写到梦中,又从梦中写到梦后,真挚朴素,沉痛感人。苏轼是豪放词的创始人,但其婉约词也很感人,这首《江城子》就是其中的代表作。

[1]两茫茫:双方生死相隔。

[2]千里孤坟:自己在密州任上,妻子之坟在家乡,相隔千里之遥。

[3]"纵使"三句:作者假设,即使是和爱妻还能相见,恐怕对方也认不出自己了。其中

蕴涵着作者坎坷的人生况味。

[4]"料得"三句:设想亡妻想念自己的苦楚,实写自己的相思之苦。

## 江城子

### 密州出猎

老夫聊发少年狂,左牵黄,右擎苍[1],锦帽貂裘[2],千骑卷平冈。为报倾城随太守[3],亲射虎,看孙郎[4]。　　酒酣胸胆尚开张,鬓微霜,又何妨。持节云中,何日遣冯唐[5]。会挽雕弓如满月[6],西北望,射天狼[7]。

**【注释】**

本篇选自《唐宋词选释》(俞平伯,人民文学出版社 1979 年版)。宋神宗熙宁八年,东坡任密州知州,曾因旱去常山祈雨,归途中与同官梅户曹会猎于铁沟,写了这首出猎词。词中借写出猎之事,抒发报国之志和豪迈气概。

[1]黄:黄犬。苍:苍鹰。围猎时用以追捕猎物。

[2]锦帽貂裘:汉羽林军戴锦蒙帽,穿貂鼠裘。这里与下句"千骑"均指苏轼的随从。

[3]倾城:指全城观猎的士兵。

[4]"亲射句":孙权曾亲自射虎于凌亭,这里借以自指。

[5]节:符节。汉时冯唐曾奉文帝之命持节复用魏尚为云中太守。这里以冯唐自比。

[6]会:当。如满月:把弓拉足,表示有力。

[7]天狼:古时以天狼星主侵掠,这里以天狼喻西夏。

**思考题**

1.简述苏轼在词史上的贡献。

2.简析《定风波》中"也无风雨也无晴"之意。

# 第十九讲　李清照的词

## 一、李清照的生平及其词风

李清照(1084—1155?)，自号易安居士，济南章丘(今属山东)人。幼时受文学熏陶，父亲李格非是有名的散文家，母亲王氏也善于写文章，李清照自小就有诗名。李清照的一生可以南渡分作前后两个时期。前期她过着闺阁少女纯真浪漫而又无忧无虑的生活。18岁时与志同道合的赵明诚结为夫妇。赵明诚是著名的金石学家，喜爱诗词，他们夫妻恩爱生活幸福美满。李清照常常与丈夫游乐、作诗或者鉴赏书画。后赵明诚远游出仕，李清照的人生中多了一份苦涩而甜蜜的相思之情。南渡之后，她度过了国破家亡、颠沛流离的后半生，赵明诚的去世更让她生活在痛苦的回忆之中。绍兴四年，她在寂寞中死去，著有《漱玉词》。

由于心境和词境的不同，李清照词的风格也分作前后两个时期。前期词主要有两个内容：一是以少女的天真烂漫描写大自然的美好，时而间有淡淡的愁绪。这种愁绪是感伤的，但少女式的感伤反衬了自然的美好，也使词作富有余韵。比如下面这道《如梦令》：

> 昨夜雨疏风骤，浓睡不消残酒。试问卷帘人，却道海棠依旧。知否、知否！应是绿肥红瘦。

词中以少女式淡淡愁绪赏春，在她对侍女的责备中，将抒情主人公喜悦的心情于不经意间说出。再比如《点绛唇》(蹴罢秋千)，此词描写少女荡秋千时的欢乐和尽兴，表现少女的娇憨之态。作者一开始先从荡秋千写起，并从荡秋千后人物的神志而写出荡秋千时的欢乐和尽兴，含不尽之意于言外，起到了用墨少而含量大的效果。词的成功之处在于下阕，下阕写见意中人时的那种想见又怕羞的复杂心情。作者用很有层次的几个动作，曲折多变地把一个少女由惊诧、含羞、好奇及爱恋的心理，栩栩如生地刻画了出来。这首词风格明快，节奏轻松。寥寥41个字，刻画出了一个天真纯洁、感情丰富又带着几分矜持的少女形象，显示出词人的才华。

二是抒写相思之情。李清照与赵明诚的相思是苦涩而甜蜜的，因此这类词的特点是将深深的哀愁浅浅地诉说出来，在那浓密的愁绪之中流露着沁人的喜悦。比如《一剪梅》：

> 红藕香残玉簟秋，轻解罗裳，独上兰舟。云中谁寄锦书来？雁字回时，月满西楼。　　花自飘零水自流，一种相思，两处闲愁。此情无计可消除，才下眉头，却上心头。

这是一首描写少妇闺中轻愁的词,词中寄寓了抒情主人公对所思之人的一腔深情,而此刻对方亦如此。在"一种相思,两处闲愁"的伤怀中,自有一种掩饰不住的喜悦。

后期词是李清照的血泪之章,抒写淤积于心的孤独与寂寞,凄楚忧伤,哀婉动人。比如《武陵春》(风住尘香花已尽)、《永遇乐》(落日镕金)、《声声慢》(寻寻觅觅)等,都表现出伶仃孤苦的凄凉与绝望。但词人的愁已不是一己的遭遇,而是与整个国家、民族的不幸紧紧相连的。"她后期作品普遍地反映与人民相一致的爱国思想、抗金愿望、乡关之念、身世之感。"(杨敏如《李清照词浅论》)

李清照的词风韵独特,她可谓千古女作家第一人,其词中塑造的女性抒情形象在中国文学史上独标一格。文学史上多有男性作家以女性口吻出之,尽管模拟得惟妙惟肖,但毕竟不如女性作家自叙其情来得自然、真切。例如"东篱把酒黄昏后,有暗香盈袖。莫道不销魂,帘卷西风,人比黄花瘦"(《醉花阴》),那种闺阁轻愁,实是词人的潜心体悟。李清照词语言浅显自然,却又韵味无穷。例如"花自飘零水自流,一种相思,两处闲愁。此情无计可消除,才下眉头,却上心头"(《一剪梅》),看起来似乎是平常语,读来却令人回味无穷,表现了李清照独特的驾驭语言的本领。李清照词又一个特色是巧妙运用叠字,比如《声声慢》篇连用的七组叠字。李清照词情感表现形象具体而富有美感。比如"闻说双溪春尚好,也拟泛轻舟。只恐双溪舴艋舟,载不动,许多愁"(《武陵春》),情感表现动人心弦。李清照词的独特韵味,被后人称为"易安体"。

李清照在词论史上也占有重要地位。她早年写有《词论》,批评了前代一系列的词作家,提出"别是一家"的词体理论。所谓"别是一家",是指词体有自己的、不同于诗体的独特性,词不仅要讲究平仄,更要协律可歌,要分五音、五声、六律、清浊轻重,否则,词就无法保证自己的文体特点。

李清照改变了男子一统文坛的传统格局,在中国文学史上占有重要的地位。

## 二、《声声慢》(寻寻觅觅)

此词一题作"秋情",是李清照晚年名作之一,是她饱经磨难后的心灵哭诉,反映了她晚年孤苦寂寞的心情。词的内容可以认为是一整天的心理活动,开篇的14个叠字,是李清照首创,奇警妥帖,表现了她一早起床后多种感受的心理过程。"寻寻觅觅"突兀而起,反映的是一种惘然若失而有所寻觅的心理,接着以"冷冷清清"写出寂寞难耐的苦况,至"凄凄惨惨戚戚"则深入心灵深处,将内心的凄凉悲切忧戚写得声泪俱下。然后接以"乍暖还寒时候,最难将息",此时此境无法平息自己激动的心灵,正在伤心之时,抬头看见大雁飞过,引起了她无限的沉思。词人早年作过"云中谁寄锦书来?雁字回时,月满西楼"的词句,所以称大雁为旧相识。词的下片从自家庭院写起。院中菊花盛开,而主人却无心赏摘,任其零落。无聊地坐在窗下,独自品味聊赖。然后化用温庭筠《更漏子》下片"梧桐树,三更雨,不道离情正苦。一叶叶,一声声,空阶滴到明",表达了凄切的情感。最后以一个"愁"字了结全篇,然而,这种况味岂是一个"愁"所能担当得起的!此词"以豪放纵恣之笔写激动悲怆之怀,既不委婉,也不隐约,不能列入婉约体",表现了她后期词风中,有不同于早年婉秀俊逸的风格的特点,大有婉约中见豪放、奔逸中见典雅的风格。

## 点绛唇

　　蹴罢秋千[1],起来慵整纤纤手[2]。露浓花瘦,薄汗轻衣透。　　见客入来,袜刬金钗溜[3]。和羞走。倚门回首,却把青梅嗅。

### 【注释】

　　本篇选自《李清照集校注》(王仲闻校注,人民文学出版社 1979 年版)。此词为李清照早年作品,描写少女荡秋千时的欢乐和尽兴,表现少女的娇憨之态。

[1]蹴:荡。

[2]"慵"是"慵懒"。"纤纤手"是描写双手细嫩柔美,《古诗十九首》有云:"娥娥红粉妆,纤纤出素手。"

[3]袜刬:说来不及穿鞋子,只穿袜子"走"就跑。李煜《菩萨蛮》有云:"花明月暗笼轻雾,今宵好向郎边去,刬袜步香阶,手提金缕鞋。"

## 声声慢

　　寻寻觅觅,冷冷清清,凄凄惨惨戚戚[1]。乍暖还寒时候[2],最难将息[3]。三杯两盏淡酒,怎敌他、晚来风急?雁过也,正伤心,却是旧时相识[4]。满地黄花堆积,憔悴损,如今有谁堪摘。守著窗儿,独自怎生得黑[5]?梧桐更兼细雨,到黄昏、点点滴滴。这次第,怎一个愁字了得[6]!

### 【注释】

　　本篇选自《李清照集校注》(版本同上),是李清照晚年代表作之一,表现了词人饱经磨难后的凄楚境遇。开篇的 14 个叠字是词人首创,极为新警,妥帖。

[1]"寻寻"三句:连用 14 个叠字,展示了一个心理过程,由惘然若失的寻觅到孤苦的冷清,最后是忧戚难禁。

[2]"乍暖"句:气温突然回暖尚有寒意的时候。

[3]将息:调养,养息。

[4]"雁过"三句:表示怀旧。早年作者曾寄词《一剪梅》给丈夫赵明诚,中有"云中谁寄锦书来? 雁字回时,月满西楼"句。

[5]怎生:怎么。黑:黑天。

[6]"这次第"二句:其中况味哪里是一个"愁字"能说尽的呢?

## 永遇乐

　　落日镕金[1],暮云合璧[2],人在何处? 染柳烟浓,吹梅笛怨[3],春意知几许! 元宵佳节,融和天气,次第岂无风雨[4]? 来相召、香车宝马,谢他酒朋诗侣[5]。　　中州盛日[6],闺门多暇,记得偏重三五[7]。铺翠冠儿[8],撚金雪柳[9]，簇带争济楚[10]。如今憔悴，风鬟霜鬓[11]，怕见夜间出去[12]。不如向、帘儿底下，听人笑语。

**【注释】**

本篇选自《李清照集校注》(版本同上)，是作者南渡后所作，抚今思昔，流露了对故国的怀念和自己的孤寂之情。

[1]落日镕金:落日的光辉像镕化了的黄金一般。

[2]璧:圆形中间有孔的玉。

[3]梅:梅花，兼指古笛曲《梅花落》。

[4]次第:跟着。

[5]谢:谢绝。

[6]中州:即河南省，在上古为豫州，因为在九州中心，所以称中州。

[7]三五:指正月十五元宵节。

[8]铺翠冠儿:妇女所戴，镶着翡翠羽的冠。

[9]撚金雪柳:用黄纸、白纸扎的柳枝，是妇女元宵节戴的一种头饰。

[10]簇带:戴在一起。济楚:整齐飘亮。

[11]风鬟霜鬓:形容头发蓬松散乱。

[12]怕见:懒得。

**思考题**

1.简析《点绛唇·蹴罢秋千》中的女主人公的思想变化层次。

2.分析《声声慢·寻寻觅觅》的铺写思路。

# 第二十讲　辛弃疾与南宋中后期词

## 一、南渡前后词风演变

北宋前期词艺术上取得了很高的成就,不论是豪放词还是婉约词,多即景抒情,情词相称,即使中间有铺叙,也层次分明,气势磅礴。到了北宋后期,词坛上出现了两种不同的倾向。偏豪放的走上了清超豪迈一路,作者往往信笔挥洒,直抒胸臆,如张孝祥、张元干、朱敦儒和叶梦得等人。这些人上乘苏轼的艺术传统,下开辛弃疾的爱国词派的先河。偏婉约的走上了典雅工丽一路,一般雕章琢句,音律协调,如秦观、贺铸、周彦等。这些人继承柳永、晏殊、晏几道等人的传统,对李清照、姜夔直到清代的词人有着显著的影响。南渡之后,前者由清超豪迈走向悲愤激昂,有时还通过幻想表达作者热爱祖国的忠心,但也有低水平的作者不免流于粗犷叫嚣,架空高论。后者更加注重词调格律形式和雕琢词句,以消遣闲情,粉饰现实,也有些作家的作品,迂回曲折地表现了他们对现实的观感。

从北宋末年开始,金统治者占领了北宋王朝统治的北方广大地区,造成国家的分裂。金统治者实行民族压迫,弄得北方许多人家破人亡。南宋初期,金统治者继续挥兵南下,进一步威胁祖国的统一和南方人民的安全。广大人民从反抗民族压迫、维护国家统一的爱国主义精神出发,坚决要求抗金。上层阶级中的有识之士,也发出了强烈的爱国呼声。而以宋高宗和秦桧为首的投降派,只希望通过屈膝求和来求得东南半壁江山的苟安。主战和主和之争代替了长久以来的新旧党争。新的时代背景下,爱国主义的内容成为当时文艺界的主流。辛弃疾、张元干、张孝祥的词,陆游、范成大的诗,陈亮、叶适的散文,都以慷慨激昂的爱国情怀共同把我国文学史上的爱国主义传统向前推进了一大步,连向来推崇晏几道、秦少游的李清照,受黄庭坚、陈师道影响的陈与义都在新时代影响下写了具有爱国思想的词章和诗句。陆游和辛弃疾的出现,标志着南宋文学中爱国主义在诗词创作方面达到了新的高度。

## 二、辛弃疾及其词

辛弃疾(1140—1207),字幼安,号稼轩,出生在金国建立初期的济南。他的一生可以用"爱国"二字来概括。他不仅是一个挥笔作词、大唱爱国战歌的词人,还是一个满腹经纶、运筹帷幄的政治家,一个驰骋疆场的英雄。在他的童年,人民遭受的灾难就给他留下了深刻的烙印。绍兴三十一年(1161年),金主完颜亮南下侵宋,济南农民耿京率领20多万人民起义。辛弃疾也组织了2000多人参加,并在军中任掌书记。

失败后辛弃疾劝耿京和南宋联系,在军事上配合行动,进一步反击敌人,并代表起义军去建康见宋高宗。当他从南宋回归后,叛徒张安国已谋害了耿京,并劫持了部分起义军投降了金人。辛弃疾得到了这个消息,率领手下50多人直奔张安国50多万人大营,缚张安国于马上,当场又号召了上千人反击,南渡奔宋。辛弃疾南下的第二年,张君出兵北伐,败于符离,南宋王朝倾向和议。辛弃疾不顾自身官职卑微,写成《美芹十论》,献给孝宗,详细分析了敌我双方的力量对比及敌人内部的矛盾,提出了统一全国的规划,后来又写了《九议》,阐述他的主张。可惜的是都没有被采用。公元1181年,辛弃疾退居江西上饶,自号稼轩,表面上过起了一种田园隐居生活。他一直被闲置了20多年,直到韩胄北伐时才被起用,做镇江知府。但时间不长,孝宗听信谗言,又把他调离前线。两年以后,他满怀忧愤死于江西。存有《稼轩词》。

辛弃疾把他毕生创作的经历放在词上,先后留下的作品有620首。辛词的一大贡献是创立爱国词派,在词中反复抒写收复中原的壮志和才能不得施展的苦闷,比如《水龙吟》(登建康赏心亭)、《摸鱼儿》(更能消几番风雨)等作品。《摸鱼儿》词的上阕作者从惜春、劝春、愁春、留春几个角度曲折深入、循序渐进地表达了作者热爱春天的情怀。由爱春到惜春,由爱春而劝春,由爱春而怨春,爱深恨亦深,从而曲折表现了他对南宋王朝的矛盾心理,为下阕的直接抒情打下了基础。下阕连用典故,表达自己虽然有赤子之心却不被人理解,同时抨击了得势的小人。

辛弃疾在词史上的另一大贡献是进一步扩大了词的题材,充分发挥了词的抒情、状物、记事、议论的各种功能,几乎达到了无事、无物不可以入词的地步。他创造性地运用诗歌、散文、词赋等各种文体形式的长处,丰富了词的表现手法。苏轼扩大了诗的表现题材,"以诗入词",凡可以用诗写的东西,都可以用词来写。辛弃疾在此基础上更加丰富了词的表现领域,"以文入词",更加扩大了词的表现领域。

辛弃疾在政治上有远大的抱负,不与投降派妥协,在南宋统治集团中处于孤危地位,政治上屡受打击。这个生活现实使他的词作里交织着种种复杂矛盾的心情,形成了辛弃疾词所特有的豪壮而苍凉、雄奇沉郁的风格,既有词人气质,又有军人豪情。辛派词人刘克庄认为他的词"大声小声,横绝六和,扫清才古,自有苍生所未见也"(《辛稼轩集序》)。由于他的创作,加上南宋的民族矛盾的尖锐,一时间在南宋词坛上形成了豪放词派的词潮,在他的周围形成了以刘过、陈亮、刘克庄、刘辰翁等人为主的豪放派。他继承并发扬豪放词风,和苏轼被并列为豪放词的代表,词史上并称"苏辛"。

辛弃疾词的一个明显的特点是在词中大量用典。用典一方面可以托古寓今,增加词的容量,另一方面用得不好又有"掉书袋"之嫌。总体而言,在他的众多词作里用典不着痕迹,恰当自然,形象而生动地反映了自己的情绪;也有一部分词作,表现了封建文人炫耀才华的习气。

和苏轼相比,辛词多生动、夸张的描绘,有时笔酣墨饱,气势飞舞,这是苏轼词里没有的意境。但由于辛弃疾一直处于南北分裂时期,又一直受到投降派的排挤和打击,辛词也不可能有苏词那种空旷、洒脱。

　　作为大家,辛弃疾的词风是丰富的。他不仅写了大量的爱国词,借以表现自己被压抑的情怀,抒发自己的爱国感情,也有许多自然清新的描写农村风光和生活的词,借以表现自己对农村生活的感受;还有一些怀春悲秋的词,表现了自己失落的情绪。另外还有一些应酬唱和的词及一些舞文弄墨的文字游戏的词。

## 三、《水龙吟·登建康赏心亭》

　　这首词作于乾道四至六年(1168~1170)间建康通判任上。这时作者南归已八九年了,却投闲置散,只做一个建康通判,不得一遂报国之愿。偶有登临周览之际,一抒郁结心头的悲愤之情。上阕开头两句,是作者登上赏心亭时所看到的景象,这句描写的中心是一个"秋"字。古人写愁大都和秋相连接,辛词《丑奴儿》(少年不识愁滋味),就把秋和愁连在一起,因此作者写秋就是写愁。"千里"、"无际"极写他的"忧愁",但这个忧愁和其他词人不同,不是自我的忧愁,而是为国发愁。遥岑远目,是远目遥岑的倒装。意思是,向远处眺望,是高高低低的山,是祖国的大好河山,可此时祖国的大好河山已沦陷了,所以他说献愁供恨。这几句的次序应该是"遥岑远目,玉簪螺髻,献愁供恨",因为玉簪螺髻是遥岑远目的结束。词人之所以这样排列,除了声音的限制之外,从感情逻辑来讲也是自然的。一看到遥岑随即产生了愁恨,然后再说遥岑像女人头上的簪髻一样,这样写不至于冲淡感情色彩,一气呵成。这就是辛词雄奇突兀的词风。"落日"三句,只用了12个字就把周围的环境和自己的身份描写了出来。"把吴钩看了"三句,写激烈的壮怀无处伸,远大的报复不能酬。下阕连用三个典故,表达了不愿学季鹰因念家乡而弃官、学许汜求田问舍,作者一心惦记的是恢复祖国的河山,表现了他的胸怀。然而功业难就,年光易逝,作者不禁感叹起来。英雄壮志无处伸展,英雄之泪付于"红巾翠袖",表面上是无可奈何的叹息,实是感情的喷发,这样的结尾使全词带有一种苍凉悲壮的气氛。

### 水龙吟

#### 登建康赏心亭[1]

　　楚天千里清秋[2],水随天去秋无际。遥岑远目,献愁供恨,玉簪螺髻[3]。落日楼头,断鸿声里[4],江南游子。把吴钩看了[5],栏杆拍遍,无人会、登临意。　　休说鲈鱼堪脍,尽西风、季鹰归未[6]?求田问舍,怕应羞见,刘郎才气[7]。可惜流年,忧愁风雨,树犹如此[8]!倩何人唤取,红巾翠袖,揾英雄泪[9]!

### 【注释】

　　本篇选自《唐宋词选释》(俞平伯,人民文学出版社1979年版)。

[1]建康赏心亭:在建康下水门城楼上,下临秦淮河,尽观览之胜。

[2]楚天:长江中下游一带古属楚国,故云。

[3]"遥岑"三句:韩愈《送桂州严大夫》诗云:"江作青罗带,山如碧玉簪。"皮日休《缥缈峰》诗云:"似将青螺髻,撒在明月中。"此三句意谓远远望去,远处的山峰就像美人头上的碧玉簪、青螺髻,尽管美好,却引起人的愁恨。

[4]断鸿声:失群孤雁的鸣叫声。

[5]吴钩:吴地所造的钩形刀。杜甫《后出塞》诗云:"少年别有赠,含笑看吴钩。"此句谓吴钩本应在战场上杀敌,但现在却闲置身旁,无处用武。

[6]"休说"二句:季鹰,张翰字。据《晋书·张翰传》记载,张翰在洛阳做官,见秋风起,想到家乡苏州味美的鲈鱼,便弃官回乡。此三句意谓自己不愿意学张翰弃官归乡。

[7]"求田"三句:据《三国志·魏书·陈登传》记载,刘备批评许汜说:"君有国士之名,今天下大乱,帝王失所,望君忧国忘家,有救世之意,而君求田问舍,言无可采。"此三句意谓不愿求田问舍,经营自己安乐窝。

[8]"可惜"三句:据《世说新语·言语》记载,桓温北征,经过金城,见自己过去种的柳树已长到几围粗,便感叹地说:"木犹如此,人何以堪?"树已长得这么高大了,人怎么能不老大呢!此三句感叹时光流逝,而功业未就。

[9]"倩何人"二句:倩:请。揾:擦拭。此二句感伤自己"无人会"的心境。

## 摸鱼儿

淳熙己亥,自湖北漕移湖南,同官王正之置酒小山亭,为赋。

更能消[1]几番风雨,匆匆春又归去。惜春长怕花开早,何况落红无数。春且住[2],见说道天涯芳草无归路[3]。怨春不语[4]。算只有殷勤,画檐蛛网,尽日惹飞絮[5]。　　长门事,准拟佳期又误。蛾眉曾有人妒。千金纵买相如赋,脉脉此情谁诉[6]?君莫舞。君不见玉环飞燕皆尘土[7]。闲愁最苦。休去倚危栏,斜阳正在,烟柳断肠处[8]。

**【注释】**

本篇选自《唐宋词选释》(版本同上),作于淳熙六年(1179)春,辛弃疾奉命由湖北转运副使改任湖南转运副使,朋友为他饯行时所作。辛弃疾南归后,仅任了一些低微的地方官职,收复失地的壮志和才略未能得以施展。此次调任,更是远离前线,也远离了他的理想。他怀着抑郁的心情写下了这首荡气回肠的《摸鱼儿》。同时表达了对南宋国势的忧虑,斥责了朝内得势的小人。

[1]消:承受住。

[2]且住:暂且留下来。

[3]见说道:听说。

[4]怨春不语:抱怨春天在无言中消失。

[5]"算只有"三句:意谓只有蛛网整天粘住飞絮,似乎要把春天留住。

[6]"长门事"五句:据司马相如《长门赋序》:"孝武皇帝陈皇后,时得幸,颇妒。别在长门宫,愁闷悲思。闻蜀郡成都司马相如,天下工为文,奉黄金百斤,为相如、文君取酒,因于解悲愁之辞。而相如为文以悟主上,陈皇后复得幸。"但据史所载,陈皇后贬居长门宫后,再未能得上幸。

[7]玉环:唐玄宗宠妃杨贵妃的小名,安史之乱时,死于马嵬坡兵变中。飞燕:赵飞燕,汉成帝宠幸的皇后,失宠后废为庶人,后自杀身亡。二人皆善妒,喻指当朝小人。

[8]"斜阳"句:比喻南宋国势衰微。


**思考题**

1.简述辛弃疾词的艺术特色。

2.分析《水龙吟》"英雄才情"的韵味。

# 第二十一讲　元曲

## 一、元杂剧

元曲与唐诗、宋词一道被视作"一代之文学",是元代文学的代表。我们通常所讲的元曲包括元代杂剧的曲词和散曲。

元朝统一中国后,实行严格的等级制度,奉行民族压迫政策,蒙古族居于统治地位,汉人则处于社会的底层。又由于元初近半个世纪不设科举,断绝了文人进入上层社会的道路,使得长期以来处于社会上层的文人,也被打入底层,所以当时有"九儒十丐"之说。文人的这种厄运,却正是元杂剧繁荣的一个重要原因。一方面,一些文人在仕途无望的情况下,为了谋生不得不加入元曲创作的行列中去,这无疑提高了元杂剧创作队伍的文化水平,使杂剧这种民间文学大放异彩;另一方面,文人为了发泄心中的痛苦,也往往借助于杂剧这种形式。

元杂剧的发展以大德(1300 年前后)为界大致经历了前后两个阶段。前期的创作中心在大都(今北京),后期的创作中心在杭州。前期的主要作家有关汉卿、王实甫、白朴、马致远等,这是元杂剧创作的黄金时期;后期的主要作家有郑光祖、宫天挺、秦简夫等,杂剧创作已走向衰落。

元杂剧的剧本体制采用曲牌联套形式,每本四折,分别演唱四套不同宫调的曲子,每折限用同一宫调,而且一韵到底,中间不能换韵。根据需要外加楔子。当然亦有变格,如少数的五折、六折、二楔子等等,更有如《西厢记》的多本多折戏。其角色分为末、旦、净、杂诸类。每本由一位演员主唱,正末(男主角)主唱者称为末本,正旦(女主角)主唱者称为旦本。动作表情和舞台效果提示,叫做科范,简称为"科"。

元杂剧反映社会生活广阔而深刻,主要可以分为以下五类:通过青年男女对自由爱情的追求体现反封建精神爱情剧;揭露贪官污吏和整个社会制度的不合理的公案剧;正面歌颂敢于"犯上作乱"的造反者的水浒戏;讽刺丑恶现象、赞美被压迫社会阶层的世情剧;讲述历史上的政治、军事斗争的历史剧。元杂剧的成功宣告了戏曲文学开始成为中国文学的主流之一。由于杂剧作家多为社会地位低下的文人、演员等,观众更是遍及各个阶层,形成了元杂剧以郁勃和反抗为特征的时代精神。

## 二、元散曲

元散曲是在金代"俗谣俚曲"的基础上发展起来的,是一种配乐的长短句。语言上它吸收了大量民间口语,不避俗词俚语,因此特别生动活泼,诙谐幽默。体制上一般都比较短小。作为新的诗歌形式,主要流行于北方。散曲包括小令和套数两种形式。小令是独立的只曲,句式长短不齐,通常以一只曲为一首,形式短小,自然活泼。套数又称散套、套曲,由同一宫调两首以上的曲子相联而成的组曲,一般有尾声,且一韵到底。散曲与词都是长短句样式,都是音乐文学,但散曲句式长短更为参差不齐,更自由活泼;而且可以增加衬字(在曲调规定之外自由加添的字),既保持曲调的腔格,又增加语言的生动性,更为酣畅淋漓;一般散曲用韵较密,一韵到底,平仄可以通押,更显活泼流畅,顺口动听,诗词力避字句重复,尤忌重韵,而散曲却以此见长;散曲直露明快,更具民间色彩。散曲是古代韵文史上最后一种形式,也是一种熔大俗大雅于一炉、近于言文一致的新诗体,虽形式自由,但讲究一些特殊的规律和技巧,以尖新生动、说尽道透为尚,追求诙谐灵动的韵味。

散曲在元代数量众多,作家可考者二百余人。元散曲的创作以元仁宗延祐年间为界,分为前后两期。前期的创作中心在北方,后期则向南方转移。前期散曲多表现对功名利禄的鄙薄,对封建礼教的藐视,对山林隐逸生活的赞颂,对男女爱情的歌唱,对自然风光的神往,同时也不同程度地流露出逃避现实的情绪。艺术上富有通俗化、口语化特点,饱含北方民歌犷放爽朗、质朴自然的情调。代表作家是关汉卿、王和卿、马致远和白朴等。后期散曲缺少前期作家那种横溢于作品中的牢骚和不平,在艺术上刻意求工,用词典雅华美且追求格律严整,创作风格从前期以豪放为主转变为以清丽为主。代表作家是张可久、乔吉,比较重要的作家还有张养浩、睢景臣和刘时中等。

### 三、《西厢记》与《般涉调·哨遍》

王实甫,名德信,字实甫,大都(今北京市)人。其生卒年不详,主要活动在元贞、大德年间,是元代剧坛最有才华的杰出作家之一。据贾仲明吊词《凌波仙》的介绍,王实甫在当时就享有盛名,又尝混际于青楼,多与演员、歌妓往来。他的剧作有 14 种,完整传下来的有《西厢记》、《丽堂春》和《破窑记》3 种,仅存一折曲文的有《芙蓉亭》和《贩茶船》2 种。其代表作是著名的《西厢记》。

《西厢记》故事最早出于唐代著名诗人元稹所写的传奇小说《莺莺传》。小说写张生与崔莺莺之间的一段爱情故事,结局是张生遗弃了莺莺。《莺莺传》的作者意图非常明显,作者通过“时人”之口称赞张生“善补过”,以维护封建礼教为借口,为“始乱终弃”的张生辩护。但在客观上它所显示的是情与礼的矛盾。

在张生与莺莺故事流传的过程中,宋金时期董解元的《西厢记诸宫调》是其中的一个重要环节。董西厢从根本上改变了《莺莺传》中始乱终弃的故事格局,改变了崔、张的性格。张生既风流倜傥而又朴质可爱;莺莺既是大家闺秀,又自觉追求纯洁爱情和幸福生活。

王实甫的《西厢记》尖锐地批判了以“门当户对”和父母包办为特点的封建婚姻制度,揭露了封建礼制的冷酷,歌颂了敢于冲破樊篱,追求爱情自由和婚姻自主的斗争精神,鲜明地表达了“愿天下有情的都成了眷属”的美好愿望。

作为戏曲体,王西厢有着自己的特点。它突破了元剧"一本四折"剧本构成,有五本二十折;主唱者也出现了明显的变化,不再是一人主唱,而根据剧情需要由不同人物来唱。这就提高了戏曲体的表现能力。王西厢在剧情安排上颇为讲究,它设计了两条矛盾线索,一条是老夫人与莺莺、张生、红娘之间的矛盾,实质是封建势力和礼教叛逆者的矛盾;另一条是莺莺、张生、红娘之间的矛盾,实质是人物性格之间的矛盾。这两组矛盾,形成了一主一辅两条线索,它们相互制约,起伏交错,推动着情节的发展。王西厢的语言既华美又泼辣,被奉为元杂剧"文采派"的代表作。

睢景臣,一作舜臣,字景贤,扬州人,生卒年不详。著有杂剧《屈原投江》等3种,今已失传。散曲尚存3套,其中《高祖还乡》是历来传诵的元曲名篇。钟嗣成在《录鬼簿》里特别提到说:"维扬诸公俱作《高祖还乡》套数,惟公【哨遍】制作新奇,诸公者皆出其下。"它的"新奇"就奇在处于君道尊严的封建时代,能够不从歌功颂德的角度来写汉高祖"威加海内兮归故乡"的盛况,而从一个与他过去有瓜葛的农民的眼中,写出他装腔作势的可笑嘴脸。构思的巧妙决定了作品嬉笑怒骂的基调。唯其是乡下人的眼中所见,心中所想,因而乡官的忙乱,皇帝仪仗的稀奇古怪,处处都显得莫名其妙和好笑。这对于那些炫耀"天威显赫"的封建皇帝来说,是极有嘲讽味道的。"三煞"以下,认出了这位"觑得人如无物"的"大汉"的本来面目,曲辞急转直下,变为愤怒的揭露与斥责,指名道姓,把他过去耽酒、欠借、暗偷、明抢的底细——细数,虽然夹有一点轻视农业劳动的思想,但主要还是破除了套在皇帝头上的"神圣"的光环。这样的作品,在封建时代是不可多得的。作为诗体的一种形式,元散曲与其他诗体如诗、词相比,不求含蓄蕴藉,但更具有酣畅淋漓之美,这组散曲正表现出这种风格。

## 西厢记

王实甫

### 第三本　张君瑞害相思
#### 第二折

〔旦上云〕红娘伏侍老夫人,不得空便,俺[1]早晚敢待来也。起得早了些儿,困思上来,我再睡些儿咱。〔睡科〕〔红上云〕奉小姐言语,去看张生,因伏侍老夫人,未曾回小姐话去。不听得声音,敢又睡哩,我入去看一遭。〔红唱〕

【中吕】【粉蝶儿】风静帘闲,透纱窗麝兰香散,启朱扉摇响双环。绛台高[2],金荷小[3],银釭犹灿[4]。比及将煖帐轻弹[5],先揭起这梅红罗软帘偷看[6]。

【醉春风】则见他钗軃玉斜横[7],鬓偏云乱挽。日高犹自不明眸[8],畅好是懒、懒[9]〔旦做起身长叹科〕〔红唱〕半晌抬身,几回搔耳,一声长叹。

（红云）我待便将简帖儿与他[10],恐俺小姐有许多假处哩[11]。我则将这简帖儿放在妆盒儿上,看他见了说甚么。〔旦做照镜科,见帖看科〕〔红唱〕

【普天乐】晚妆残，乌云鬏，轻匀了粉脸，乱挽起云鬟。将简帖儿拈，把妆盒儿按，开拆封皮孜孜看[12]，颠来倒去不害心烦。〔旦怒叫〕红娘！〔红做意云〕呀，决撒了也[13]！〔红唱〕俺厌的早扢皱了黛眉[14]。〔旦云〕小贱人，不来怎么！〔红唱〕忽的波低垂了粉颈[15]，氲的呵改变了朱颜[16]。

〔旦云〕小贱人，这东西那里将来的？我是相国的小姐，谁敢将这简帖来戏弄我？我几曾惯看这等东西？告过夫人，打下你个小贱人下截来。〔红云〕小姐使将我去，他着我将来，我不识字，知他写着甚么？〔红唱〕

【快活三】分明是你过犯[17]，没来由把我摧残；使别人颠倒恶心烦。你不"惯"，谁曾"惯"？

〔红云〕姐姐休闹，比及你对夫人说呵，我将这简帖儿，去夫人行出首去来！〔旦做揪住科〕我逗你要来。〔红云〕放手，看打下下截来！〔旦云〕张生近日如何？〔红云〕我则不说。〔旦云〕好姐姐，你说与我听咱！〔红唱〕

【朝天子】张生近间、面颜，瘦得来实难看。不思量茶饭，怕见动弹；晓夜将佳期盼，废寝忘餐。黄昏清旦，望东墙淹泪眼。〔旦云〕唤个好太医看他证候咱[18]。〔红云〕他证候吃药不济。〔红唱〕病患要安，则除是出几点风流汗。

【四边静】怕人家调犯[19]，"早共晚夫人见些破绽，你我何安[20]。"问甚么他遭危难？口岔撺断、得上竿，掇了梯儿看[21]。

〔旦云〕红娘，不看你面呵，我将与夫人，看他有什么面颜见夫人？虽然我家亏他，只是兄妹之情，焉有外事。红娘，早是你口稳哩，若别人知呵，甚么模样！将描笔儿过来[22]，我写将去回他，着他下次休是这般。〔旦做写科，起身科，云〕红娘，你带将去说："小姐看望先生，相待兄妹之礼[23]，如此非有他意。"再一遭儿是这般呵，必告夫人知道。和你个小贱人都有说话。和你个小贱人都有说话！〔旦掷书下〕〔红唱〕

【脱布衫】小孩儿家口没遮拦，一迷的将言语摧残[24]。把似你使性子[25]，休思量秀才，做多少好人家风范[26]。〔红做拾书科〕

【小梁州】他为你梦里成双觉后单，废寝忘餐。罗衣不奈五更寒[27]，愁无限，寂寞泪阑干[28]。

【幺篇】似这等辰勾空把佳期盼[29]，我将这角门儿世不曾牢拴[30]，则愿你做夫妻无危难。我向这筵席头上整扮，做一个缝了口的撮合山[31]。

〔红云〕我若不去来，道我违拗他，那生又等我回报，我须索走一遭。〔下〕〔末上云〕那诗情红娘将去，未见回话。我这封书去，必定成事。这早晚敢侍来也。〔红上云〕须索回张生话去。小姐，你性儿忒惯得娇了！有前日的心，那得今日的心来？〔红唱〕

【石榴花】当日个晚妆楼上杏花残，犹自怯衣单；那一片听琴心，清露月明间。昨日个向晚，不怕春寒，几乎险被先生馔[32]。那其间岂不胡颜[33]？

为一个不酸不醋风魔汉,隔墙儿险化望夫山。

【斗鹌鹑】你用心儿拨雨撩云[34],我好意儿与他传书寄简。不肯搜自己狂为[35],则待要觅别人破绽。受艾焙权时忍这番[36],畅好是奸!"张生是兄妹之礼,焉敢如此[37]!"对人前巧语花言;没人处便想张生,背地里愁眉泪眼。

〔红见末科〕〔末云〕小娘子来了,擎天柱[38],大事如何了也?〔红云〕不济事了,先生休傻。〔末云〕小生简帖儿,是一道会亲的符箓,则是小娘子不用心,故意如此。〔红云〕我不用心?有天理!你那简帖儿好听!〔红唱〕

【上小楼】这的是先生命悭,须不是红娘违慢。那简帖儿倒做了你的招状,他的勾头[39],我的公案。若不是觑面颜,厮顾盼[40],担饶轻慢[41]。〔红云〕先生受罪,礼之当然。贱妾何辜?争些儿把你娘拖犯[42]!

【幺篇】从今后相会少,见面难。月暗西厢,凤去秦楼[43],云敛巫山[44]。你也趄,我也趄,请先生休讪[45],早寻个酒阑人散。

〔红云〕只此再不必申诉足下肺腑,怕夫人寻,我回去也。〔末云〕小娘子此一遭去,再着谁与小生分剖?必索做一个道理,方可救得小生一命。〔末跪下揪住红科〕〔红云〕张生是读书人,岂不知此意,其事可知矣。〔红唱〕

【满庭芳】你休要呆里撒奸[46]。你待要风情美满,却教我骨肉摧残[47]。老夫人手执着棍儿摩娑看,粗麻线怎透得针关?直待我挂着拐帮闲钻懒,缝合唇送暖偷寒[48]。〔红云〕待去呵,小姐性儿撮盐入火[49]。〔红唱〕消息儿踏着泛[50];〔红云〕待不去呵,〔末跪哭云〕小生这一个性命,都在小娘子身上。〔红唱〕禁不得你甜话儿热趱[51],好着我两下里难人做。

〔红云〕我没来由分说,小姐回与你的书,你自看。〔末接科,开读科〕呀,有这场喜事!撮土焚香,三拜礼毕。早知小姐简至,理合远接;接待不及,勿令见罪。小娘子,和你也欢喜[52]。〔红云〕怎么?〔末云〕小姐骂我都是假,书中之意,着我今夜花园里来,和他哩,也波哩,也啰哩。"[53]!〔红云〕你读书我听。〔末云〕"待月西厢下,迎风户半开。隔墙花影动,疑是玉人来。"〔红云〕怎见得他着你来?你解与我听咱。〔末云〕"待月西厢下",着我月上来;"迎风户半开",他开门待我;"隔墙花影动,疑是玉人来",着我跳过墙来。〔红笑云〕他着你跳过墙来,你做下来。端的有此说么?〔末云〕俺是个猜诗谜的社家[54],风流隋何,浪子陆贾[55]。我那里有差的勾当?〔红云〕你看我姐姐,在我行也使这般道儿[56]。〔红唱〕

【耍孩儿】几曾见寄书的颠倒瞒着鱼雁[57],小则小心肠儿转关[58]。写着道西厢待月等得更阑,着你跳东墙"女"字边"干"[59]。原来那诗句儿里包笼着三更枣[60],简帖儿里埋伏着九里山[61]。他着紧处将人慢[62],怎会云雨闹中取静,我寄音书忙里偷闲。

【四煞】纸光明玉板[63],字香喷麝兰,行儿边湮透的非是春汗?一缄情泪红犹湿，满纸春心墨未干。从今后休疑难，放心波玉堂学士，稳情取金雀丫鬟[64]。

【三煞】他人行别样的亲[65]，俺根前取次看[66]，更做道孟光接了梁鸿案[67]。别人行甜言美语三冬暖，我根前恶语伤人六月寒[68]。我为头儿看：看你个离魂倩女[69]，怎发付掷果潘安[70]。

〔末云〕小生读书人，怎跳得那花园过也。〔红唱〕

【二煞】隔墙花又低，迎风户半拴，偷香手段今番按[71]。怕墙高怎把龙门跳[72]？嫌花密难将仙桂攀。放心去，休辞惮。你若不去呵，望穿他盈盈秋水[73]，蹙损了淡淡春山[74]。

〔末云〕小生曾到那花园里，已经两遭，不见那好处。这一遭，知他又怎么？〔红云〕如今不比往常。

【煞尾】你虽是去了两遭[75]，我敢道不如这番。你那隔墙酬和都胡侃[76]，证果的是今番这一简[77]。

〔红下〕〔末云〕万事自有分定，谁想小姐有此一场好处。小生是猜诗谜的社家，风流隋何，浪子陆贾，到那里扢絮帮便倒地[78]。今日颏天百般的难得晚。天，你有万物于人，何故争此一日？疾下去波！读书继晷怕黄昏，不觉西沉强掩门。欲赴海棠花下约，太阳何苦又生根？〔看天云〕呀，才晌午也，再等一等。〔又看科〕今日万般的难得下去也呵！碧天万里无云，空劳倦客身心。恨杀鲁阳贪战[79]，不觉红日西沉。呀，却早倒西也，再等一等咱。无端三足乌[80]，团团光烁烁。安得后羿弓，射此一轮落！谢天地，却早日下去也。呀，却早发擂也[81]！呀，却早撞钟也！拽上书房门，到得那里，手挽着垂杨，滴流扑跳过墙去[82]。〔下〕

## 【注释】

本篇节选自《西厢记》第三本第二折（选自朱东润主编《中国历代文学作品选》，上海古籍出版社1980年版）。本折集中笔墨描写崔莺莺、张生和红娘之间的矛盾，表现了崔莺莺、张生和红娘的性格特点。本折是全文中重要的一个情节，三人之间的冲突形成了全篇中又一个高潮。

[1]偌，犹言"这"，偌早晚即"这时候"。

[2]绛台，绛，赤色；绛台指红色的砚台。

[3]金荷，砚台上盛烟泪的铜盘。

[4]银釭，灯烛。宋晏几道《鹧鸪天》词："今宵剩把银釭照，犹恐相逢在梦中！"

[5]煖，同"暖"。

[6]梅红罗，深红色的绫罗。

[7]觯：斜坠。

[8]不明睁：不肯睁开眼睛。

[9]畅好是：正是。

［10］简帖儿:书信。

［11］假处:装模作样。

［12］孜孜:专心注神的样子。

［13］决撒:拆穿。

［14］扢皱了黛眉:皱起了眉头。

［15］波:衬字,无义。

［16］氲的:同"晕的"。

［17］过犯:过失。

［18］证候:症候。

［19］调犯:说闲话。

［20］"早共晚夫人见些破绽,你我何安":这是红娘模仿莺莺装腔作势的口吻。

［21］撺断:怂恿之意。

［22］描笔儿:女孩家用以描图刺绣之笔。

［23］相:原本作"可",据王季思校注本改。

［24］没遮拦:说话不顾轻重。

［25］把似:与其。

［26］风范:模样。

［27］奈:同"耐"。

［28］阑干:纵横散乱的样子。

［29］辰勾:水星,肉眼不容易观察到。喻指盼佳期如等待看到星辰一样困难。

［30］世:长时间。

［31］撮合山:媒人。

［32］先生馔:原意是指学生应取酒食奉养老师,此处借作调侃。

［33］胡颜:羞愧无颜。

［34］拨雨撩云:指挑动莺莺的感情。

［35］搜:检查。

［36］艾焙:以艾草熏灼患处。

［37］"张生是兄妹之礼,焉敢如此":此是红娘模仿莺莺的口吻。

［38］擎天柱:张生对红娘的称呼。

［39］勾头:逮捕罪犯的拘票。

［40］厮:作"相"解。

［41］担饶:宽恕。

［42］争些儿:差点。

［43］凤去秦楼:指弄玉和箫史乘凤仙去的传说。

［44］巫山:巫山云雨。

［45］赸:跳跃。讪:羞愧。

[46]呆里撒奸:外作痴呆,内怀奸诈。

[47]却:原本作"都",今据王季思校注本改。

[48]直待我:简直要我。

[49]撮盐入火:盐着火即爆,喻指性子急躁。

[50]消息:机关的枢纽。

[51]趱:快走。

[52]和:连。

[53]也波哩:也啰哩,此处隐指男女之事。

[54]社家:宋元时代掌握专技艺的高手。

[55]隋何、陆贾:汉初谋士,多才而善辩。

[56]道儿:诡计。

[57]鱼雁:此书指传递书信的人。

[58]转关:打埋伏。

[59]女字边干:合之为奸。

[60]三更枣:佛教故事,此处指莺莺以诗句藏迷,暗约张生。

[61]九里山:原是韩信设埋伏布阵击破项羽之处,此处指莺莺骗过红娘。

[62]着紧处:紧要关头。

[63]玉板:光洁坚硬的纸。

[64]稳情:十拿九稳靠得住。

[65]他人行:在别人面前。

[66]取次:轻视。

[67]孟光接了梁鸿案:孟光,东汉梁鸿之妻,夫妻感情融洽,相敬如宾。孟光常于吃饭
　　　　时把盛食具的托盘高举齐眉,以表示对丈夫的敬爱。后人多以此比喻和睦夫妻。

[68]别人行二句,谓莺莺对张生温言婉语,对红娘则态度粗暴。

[69]离魂倩女:故事见《离魂记》。

[70]潘安:传说晋代潘安容貌出众,每乘车出,路旁的妇女为表爱慕,争以果掷之。

[71]按:实行。

[72]龙门:旧说黄河鲤鱼倘能跳过湍急的龙门,就能成龙。后人遂以跳龙门比喻士子
　　考试及第,飞黄腾达。

[73]秋水:指眼睛。

[74]春山:指眉毛。

[75]虽:原本作"须",据王季思校注本改。

[76]胡侃:扯淡。

[77]证果:佛教语,证:证实。

[78]抟絮帮:形容动作迅速。

[79]鲁阳贪战:《淮南子·览冥》:"鲁阳公与韩构难,战酣日暮,援戈而挥之,日为之退

三舍。"此处谓太阳迟迟不落。

[80]三足乌:指太阳。

[81]发擂:击鼓。

[82]滴流扑:跌倒的声音。

## 牡丹亭

汤显祖

### 第十出 惊梦(节选)

【绕池游】(旦上)梦回莺啭,乱煞年光遍[1]。人立小庭深院。(贴)炷尽沉烟[2],抛残绣线,恁今春关情似去年?

【乌夜啼】(旦)晓来望断梅关[3],宿妆残[4]。(贴)你侧着宜春髻子恰凭兰[5]。(旦)剪不断,理还乱[6],闷无端。(贴)已分付催花莺燕借春看。(旦)春香,可曾叫人扫除花径?(贴)分付了。(旦)取镜台衣服来。(贴取镜台衣服上)"云髻罗梳还对镜,罗衣欲换更添香。"[7]镜台衣服在此。

【步步娇】(旦)袅晴丝,吹来闲庭院[8],摇漾春如线。停半晌,整花钿。没揣菱花[9],偷人半面,迤逗的彩云偏[10]。(行介)步香闺怎便把全身现!

(贴)今日穿插的好。

【醉扶归】(旦)你道翠生生出落的裙衫儿茜[11],艳晶晶花簪八宝填[12],可知我常一生儿爱好是天然[13]。恰三春好处无人见[14]。不提防沉鱼落雁鸟惊喧[15],则怕的羞花闭月花愁颤。

(贴)早茶时了,请行。(行介)你看:"画廊金粉半零星,池馆苍苔一片青。踏草怕泥新绣袜[16],惜花疼煞小金铃[17]。"(旦)不到园林,怎知春色如许!

【皂罗袍】原来姹紫嫣红开遍[18],似这般都付与断井颓垣。良辰美景奈何天,赏心乐事谁家院[19]!恁般景致,我老爷和奶奶,再不提起。(合)朝飞暮卷[20],云霞翠轩;雨丝风片,烟波画船——锦屏人忒看的这韶光贱[21]!

(贴)是花都放了[22],那牡丹还早。

【好姐姐】(旦)遍青山啼红了杜鹃[23],荼蘼外烟丝醉软[24]。春香呵,牡丹虽好,他春归怎占的先[25]!(贴)成对儿莺燕呵。(合)闲凝眄,生生燕语明如翦,呖呖莺歌溜的圆。

(旦)去罢。(贴)这园子委是观之不足也[26]。(旦)提他怎的!(行介)

【隔尾】观之不足由他缱[27],便赏遍了十二亭台是枉然。到不如兴尽回家闲过遣。

(作到介)(贴)开我西阁门,展我东阁床[28]。瓶插映山紫[29],炉添沉水香。小姐,你歇息片时,俺瞧老夫人去也。(下)

**【注释】**

本篇节选自《牡丹亭》第十出(选自徐朔方、杨笑梅校注《牡丹亭》,人民文学出版社1963年版)。

[1]乱煞年光遍:使人眼花缭乱的春光到处都是。

[2]炷尽:烧尽。沉烟:沉香,名贵的香料。

[3]梅关:即大庾岭。在本剧中杜丽娘住在江西省南安府,地处梅关之北,柳梦梅则居于岭南。

[4]宿妆:隔夜的残妆。

[5]宜春髻子:相传立春那天,妇女剪彩作燕子状,戴在发髻上,上贴"宜春"二字。见《荆楚岁时记》。

[6]剪不断,理还乱:南唐后主李煜《相见欢》中的词句。

[7]"云髻"二句:借用薛逢诗《宫词》中的两句,见《全唐诗》卷二十。

[8]晴丝:游丝、飞丝,也即后文所说的烟丝,在空中飘动的游丝,在春天晴朗的日子最易看见。

[9]没揣:不意,不料。菱花:镜子。古时用铜镜,背面所铸花纹一般为菱花,因此称菱花镜,或用菱花作镜子的代称。

[10]迤逗:引惹,挑逗。彩云:美丽的发卷的代称。意思是说看到镜子中的自己的面容,羞答答地把发卷也弄歪了。这几句写出一个少女的含情脉脉的微妙心理,她是连看见镜子里的自己的影子也有些不好意思的。

[11]翠生生:极言彩色鲜艳。出落的:显出,衬托出。茜:茜红色。

[12]艳晶晶:光彩绚丽灿烂。花簪八宝填:镶嵌着多种宝石的簪子。

[13]天然:天性使然。

[14]三春好处:比喻自己的青春美貌。

[15]沉鱼落雁:古代小说戏曲用来形容女人的美貌。意思说,鱼见她的美色,自愧不如而下沉;雁则为看她的美色而停落下来。下文羞花闭月同。

[16]泥:沾污,这里做动词用。

[17]"惜花"句:《开元天宝遗事》:"天宝初,宁王……于后园中纫红丝为绳,密缀金铃,系于花梢之上。每有鸟鹊翔集,则令园吏掣铃索以惊之。盖惜花之故也。"疼:为惜花常常掣铃,连小金铃都被拉得疼煞了。

[18]姹紫嫣红:形容花色鲜艳美丽的样子。

[19]谁家:哪一家。语出谢灵运《拟魏太子邺中集诗序》:"天下良辰美景、赏心乐事,四者难并。"

[20]朝飞暮卷:借用唐王勃《滕王阁》诗:"画栋朝飞南浦云,珠帘暮卷西山雨。"描写楼台亭阁的壮丽。

[21]锦屏人:深闺中人。

[22]是:凡是、所有的。

[23]啼红了杜鹃：形容杜鹃花开得艳丽。这是由杜鹃啼血的故事生发的，有双关意。

[24]荼蘼：花名，晚春时开放。

[25]"牡丹虽好"二句：牡丹虽好，但开花太迟，怎能占春花中的第一呢。这里借以自我感伤。

[26]观之不足：看不厌。

[27]缱：留恋、牵绾。

[28]"开我"二句：用《木兰诗》"开我东阁门，坐我西阁床"两句。

[29]映山紫：映山红的一种。

## 般涉调·哨遍

### 高祖还乡[1]

#### 睢景臣

社长排门告示[2]，但有的差使无推故[3]。这差使不寻俗，一壁厢纳草也根[4]，一边又要差夫，索应付[5]。又言是车驾，都说是銮舆[6]，今日还乡故。王乡老执定瓦台盘[7]，赵忙郎抱着酒葫芦[8]。新刷来的头巾[9]，恰糨来的绸衫[10]，畅好是妆幺大户[11]。

〔耍孩儿〕瞎王留引定火乔男女[12]，胡踢蹬吹笛擂鼓[13]。见一彪人马到庄门，劈头里几面旗舒。一面旗白胡阑套住个迎霜兔[14]，一面旗红曲连打着个毕月乌[15]，一面旗鸡学舞[16]，一面旗狗生双翅[17]，一面旗蛇缠葫芦[18]。

〔五煞〕红漆了叉，银铮了斧[19]，甜瓜苦瓜黄金镀[20]。明晃晃马蹬枪尖上挑[21]，白雪雪鹅毛扇上铺[22]。这几个乔人物，拿着些不曾见的器仗，穿着些大作怪衣服。

〔四煞〕辕条上都是马，套顶上不见驴[23]，黄罗伞柄天生曲。车前八个天曹判[24]，车后若干递送夫[25]。更几个多娇女，一般穿着，一样妆梳。

〔三煞〕那大汉下的车，众人施礼数。那大汉觑得人如无物。众乡老展脚舒腰拜，那大汉挪身着手扶。猛可里抬头觑[26]，觑多时认得，险气破我胸脯！

〔二煞〕你身须姓刘，你妻须姓吕[27]。把你两家儿根脚从头数[28]：你本身做亭长耽几盏酒[29]，你丈人教村学读几卷书。曾在俺庄东住。也曾与我喂牛切草，拽坝扶锄。

〔一煞〕春采了桑，冬借了俺粟，零支了米麦无重数。换田契强秤了麻三秤，还酒债偷量了豆几斛。有甚胡涂处？明标着册历[30]，见放着文书。

〔尾声〕少我的钱，差发内旋拨还[31]；欠我的粟，税粮中私准除[32]。只道刘三，谁肯把你揪捽住，白甚么改了姓，更了名，唤做汉高祖！

**【注释】**

本篇选自《全元散曲》(隋树森编,中华书局1964年版)。这篇散套选取汉高祖刘邦还乡的史实,以愚陋的村人口吻,辛辣地讽刺了至尊无上的封建帝王,还刘邦一个乡里无赖的本来面目。由于本篇采用独特的叙事视角,与表现对象形成极大的反差,在强烈的讽刺中富有浓郁的喜剧意味。

[1]高祖还乡:高祖,汉高帝刘邦。汉十二年十月,刘邦平定淮南王英布后,归途经过故乡沛县,在那里逗留了十几天。曲中所写是他刚回到家乡时的一个场面。

[2]社长排门告示:元代乡村组织,五十家为一社,选年老有地位的人为社长。社长挨家通知。

[3]无推故:不得借故推托。

[4]一壁厢纳草除也根:一壁厢,一边,一方面。纳草,交纳草料。除也根,除去草根。

[5]索:与"须"同。

[6]"又言是车驾"二句:古代有些人对皇帝不敢直接称呼,往往以"车驾"、"銮舆"、"銮驾"等代指。车驾就是车子;舆也是车子;銮是皇帝车上的铃。这是以所坐的车子代指坐这种车的人——皇帝。

[7]瓦台盘:陶制的托盘。

[8]酒葫芦:装酒的葫芦。古代喜用挖空、风干的葫瓜装酒。

[9]刷:洗。

[10]糨:衣服洗净后打一层米汁在上面叫糨。这种糨过的衣服,晒干后可熨得特别平直。

[11]畅好是:真正是。妆幺大户:装模作样的大户,指不是大户而摆出大户的架子。

[12]瞎王留:乡民的诨名。　　　　[13]胡踢蹬:乱七八糟地,瞎闹腾。

[14]白胡阑套住个迎霜兔:这句写月旗。胡阑,"环"的复音。迎霜兔,白色的兔。传说月亮里有白兔捣药,所以用白环套着个兔子代表月亮。这曲和下两曲都是写乡民眼中所见的仪仗,他们叫不出名字,只能凭自己的想法来说。

[15]红曲连打着个毕月乌:这句写日旗。曲连,"圈"的复音。毕月乌,近代星历家以七曜(日月火水木金土)配二十八宿,又以各种鸟兽配二十八宿,如"昴日鸡"、"毕月乌"等,这里"毕月乌"即指乌。传说日中有三足乌,所以用红圈套住乌鸦代表日。

[16]一面旗鸡学舞:这句写飞凤旗。

[17]一面旗狗生双翅:这句写飞虎旗。

[18]一面旗蛇缠葫芦:这句写龙戏珠旗。

[19]银铮了斧:指镀了银的斧,钺斧。

[20]甜瓜苦瓜黄金镀:指金瓜锤。

[21]明晃晃马蹬枪尖上挑:指朝天镫。

[22]白雪雪鹅毛扇上铺:指鹅毛宫扇,障扇。

[23]套顶:套车的绳。

[24]天曹判:天上的判官。这里指侍从人员严肃、无表情。

[25]递送夫:指奔走扶侍的人。　　　　[26]猛可里:突然间。

[27]你妻须姓吕:刘邦的妻子叫吕雉,即历史上的吕后。

[28]根脚:根底。

[29]做亭长耽几杯酒:秦时十里为一亭,十亭为一乡,亭有亭长。耽:嗜好。据《史记》
记载,刘邦年轻时曾做过泗水亭长,喜欢喝酒。

[30]册历:账册。

[31]差发内旋拨还:在官差钱里扣除的意思。差发,当官差。当时人民要被征发当官
差,有钱的人可以出钱雇人代替。

[32]私准除:暗中扣除。

<h2 style="text-align:center">中吕·山坡羊</h2>

潼关怀古[1]

张养浩

峰峦如聚,波涛如怒,山河表里潼关路[2]。望西都[3],意踌躇[4],伤心秦
汉经行处[5],宫阙万间都做了土[6]。兴,百姓苦;亡,百姓苦。

**【注释】**

本篇选自《全元散曲》(版本同上),是一首怀古小令,抒发了作者的历史兴亡之
感。起笔一"聚"一"怒"两字,不但写尽了潼关地势的险峻,而且在"聚"和"怒"的动态
意象中,暗含着一幅千军聚集、万马怒吼的朝代争斗的历史画卷。于是"望西都",引
起怀古之兴;"意踌躇",陷入历史的沉湎之中。群雄逐鹿,朝代迭替,霸秦强汉,转眼
焦土。接下来笔锋一转:"兴,百姓苦;亡,百姓苦"说出了作者要说的话。结句斩截有
力。

[1]潼关:关名,在今陕西省潼关县。

[2]山河表里:《左传》僖公二十八年载,晋楚之战前,子犯劝晋文公决战,说即使打了
败仗,晋国"山河表里,必无害也。"这里用此成语,说潼关形势异常险要。

[3]西都:长安。

[4]意踌躇:心里犹豫不定。

[5]伤心秦汉经行处:伤心的是一路上经过秦汉的历史遗迹。

[6]宫阙万间都做了土:万间宫室都变成了废墟。

**思考题**

1.简答什么是元曲。

2.分析《西厢记》中的人物形象和语言特色。

3.分析《般涉调·哨遍》(高祖还乡)的结构艺术。

# 第二十二讲　中国古代小说的发展与《红楼梦》

## 一、中国古代小说发展简介

"小说"一词最早见于《庄子》杂篇《外物》:"饰小说以干县令,其于大达亦远矣。"当时的"小说",还不是文体概念,"小说"与"大达"对举,表明小说是指那些琐屑的言谈、无关政教的小道理。东汉班固据《七略》撰《汉书·艺文志》时,列小说家于诸子略十家的最后。班固在《七略·辑略》中说:"小说家者流,盖出于稗官。街谈巷语,道听途说者之所造也。孔子曰:'虽小道必有可观焉,致远恐泥,是以君子弗为也。'然亦弗灭也。闾里小知者之所及,亦使缀而不忘。如或一言可采,此亦刍荛狂夫之议也。"小说虽然是小道,但尚有可取之处。在小说理论史上,《汉书·艺文志》是小说见于史家著录的开始,它对小说的评断,也成了早期史家和目录学家对小说所作的具有权威性的解释。

我国古代小说有两个系统:文言小说系统和白话小说系统。文言小说到魏晋南北朝才正式出现,白话小说起步于宋元时期,但是它的形成和发展却有一个漫长的过程,最早可以追溯到古代神话、史传文学以及诸子著作。它们不是小说,但它们影响了小说形式的众多要素,保存神话最多的《山海经》和史传文学《左传》、《国语》、《战国策》以及《论语》、《孟子》、《庄子》等诸子著作,在思想、语言、表达方式上,都为早期小说的产生准备了条件。

魏晋南北朝时期,志怪小说开始大量出现,这与当时的社会背景密切相关,宗教迷信思想的盛行是志怪小说繁荣于时的重要原因。汉代的志怪小说已经比较丰富,但保存下来的却极为少见。《汉书·艺文志》著录的小说 15 家,均已失传。现在所能见到的题为汉人所著的小说,都是魏晋南北朝时期托名汉人的作品。魏晋南北朝时期的志怪小说很多,保存下来的有 30 多种,比较重要的有托名汉东方朔的《神异经》和《十洲纪》,托名班固的《汉武帝故事》、《汉武帝内传》,张华的《博物志》,干宝的《搜神记》,葛洪的《神仙传》及王嘉的《拾遗记》等,其中以干宝的《搜神记》成就最高。这些作品大都以神怪的方式曲折地反映作者的思想,显示出浓厚的浪漫色彩。这个时期的志怪小说与后世相似体裁的小说有很大的不同,最主要的区别是将鬼怪之事等同于实有之事去记载,"发明神道之不诬"。正如鲁迅所说:"其书有出于文人者,有出于教徒者。文人自作,虽非如释道二家,意在自神其教,然亦非有意为小说,盖当时以为幽明虽殊途,而人鬼实乃皆实有,故其叙述异事,与记载人间常事,自视固无诚妄之

别矣。"(《中国小说史略》)

志怪小说的内容主要记载地理博物、鬼神怪异、佛法灵异等现象。志怪小说中最有价值、对后世影响较大的作品,是那些反映现实,寄托理想的佳作。比如《搜神记》中的《吴王小女》:

> 吴王夫差小女,名曰紫玉,年十八,才貌俱美。童子韩重,年十九,有道术。女悦之,私交信问,许为之妻。重学于齐鲁之间,临去,属其父母使求婚。王怒,不与女。玉结气死,葬阊门之外。三年,重归,诘其父母,父母曰:"王大怒,玉结气死,已葬矣。"

> 重哭泣哀恸,具牲币,往吊于墓前。玉魂从墓出,见重流涕,谓曰:"昔尔行之后,令二亲从王相求,度必克从大愿。不图别后遭命,奈何!"玉乃左顾,宛颈而歌曰:"南山有乌,北山张罗。乌既高飞,罗将奈何! 意欲从君,谗言孔多。悲结生疾,没命黄垆。命之不造,冤如之何! 羽族之长,名为凤凰。一日失雄,三年感伤。虽有众鸟,不为匹双。故见鄙姿,逢君辉光。身远心近,何当暂忘!"歌毕,歔欷流涕,邀重还冢。重曰:"死生异路,惧有尤愆,不敢承命。"玉曰:"死生异路,吾亦知之。然今一别,永无后期。子将畏我为鬼而祸子乎? 欲诚所奉,宁不相信?"重感其言,送之还冢。玉与之饮宴,留三日三夜,尽夫妇之礼。临出,取径寸明珠以送重,曰:"既毁其名,又绝其愿,复何言哉! 时节自爱。若至吾家,致敬大王。"

> 重既出,遂诣王自说其事。王大怒曰:"吾女既死,而重造讹言,以玷秽亡灵。此不过发冢取物,托以鬼神。"趣收重。重走脱,至玉墓所诉之。玉曰:"无忧。今归白王。"王妆梳,忽见玉,惊愕悲喜,问曰:"尔缘何生?"玉跪而言曰:"昔诸生韩重来求玉,大王不许,玉名毁义绝,自致身亡。重从远还,闻玉已死,故赍牲币,诣冢吊唁。感其笃,终辄与相见,因以珠遗之。不为发冢,愿勿推治。"夫人闻之,出而抱之,玉如烟然。

在志怪小说出现的同时,纪录人物轶闻琐事的小说也开始出现,我们称之为轶事小说。较早的有托名汉刘歆的《西京杂记》,但它不是纯写人物轶事。纯粹纪录人物轶事的小说最早的要算东晋裴启的《语林》、宋刘义庆的《世说新语》、梁沈约的《俗说》和殷芸的《小说》等。这些著作大都失传,比较完整地流传到现在的只有《世说新语》,它是魏晋轶事小说的集大成者。

《世说新语》受当时士族文人之间品评人物和崇尚清谈风气的影响,主要纪录汉末到东晋的士族阶层的人物轶事,表现他们身上魏晋风流的气度。比如:

> 钟士季精有才理,先不识稽康。钟要于时贤俊之士,俱往寻康。康方大树下锻,向子期为佐鼓排。康扬槌不辍,傍若无人,移时不交一言。钟起去,康曰:"何所闻而来? 何所见而去?"钟曰:"闻所闻而来,见所见而去。"(《简傲》)

《世说新语》在艺术上有较高的成就,鲁迅先生曾概括为"记言则玄远冷隽,记行则高简瑰奇"(《中国小说史略》)。它善于把记言和记事结合起来,是笔记小说的先驱。作品在描写人物形象特点上也独具特色。《世说新语》中大多数篇目的篇幅都比较短,要在有限的篇幅内刻画人物性格,只能采取以简驭繁的写作方法。刻画人性格时,或者描写人物形貌,或者表现人物的才学,或者揭示人物的心理,以点带面,将人的神韵刻画出来,使之跃然纸上。《世说新语》的语言简约含蓄,隽永传神,兼有机智和幽默。正如明胡应麟所说:"读其语言,晋人面目气韵,恍忽生动,而简约玄澹,真致不穷。"(《少室山房笔丛》卷十三)

鲁迅说:"小说亦如诗,到唐代而一变,虽尚不离搜奇记逸,然叙述婉转,文词华艳,与六朝之粗陈梗概者较,演进之迹甚明,而尤显著者乃在是时则始有意为小说。"(《中国小说史略》)后人称唐人小说为"传奇","传奇"一名始自晚唐裴铏的《传奇》一书。唐传奇是我国文言小说的一次兴盛,是唐代城市经济的繁荣和各种文体的发展与相互渗透的结果。鲁迅辑的《唐宋传奇集》收录了唐传奇经典作品。

宋元话本小说是白话小说发展史上的重要一章,它是我国"说话"艺术演变的结果。话本小说的文本结构主要由四部分组成:题目、入话、正话和篇尾。宋元话本小说数量众多,但大多散佚,保存下来的有 40 余种,散见于明代《清平山堂话本》、《京本通俗小说》、《熊龙峰四种小说》和冯梦龙编撰的"三言"。

明清时期文言小说和白话小说获得长足发展,并且都达到了巅峰。明清时期的文言小说虽然数量众多,但艺术价值平平,直至蒲松龄的《聊斋志异》的出现,才创造性地继承了文言小说的传统。作品用传奇法写志怪,既反映了社会生活,又有很高的艺术造诣,达到我国文言短篇小说的巅峰。明清白话小说以长篇章回小说和短篇拟话本小说为代表。章回小说是在宋元讲史话本基础上发展起来的,因为讲史不能一两次把一段历史讲完,必须讲若干次,每讲一次,就等于后来的一回。元末明初出现的《三国演义》不仅是章回小说的开山之作,也是长篇历史小说代表作。三国故事早在晚唐时候就在民间流传,宋元时候三国故事更被大量地搬上舞台。罗贯中在民间传说及民间艺人创作的基础上,结合陈寿的《三国志》和裴松之的"注"等正史材料,写成了影响深远的《三国志通俗演义》。全书结构宏伟而又严密精巧,情节错综复杂而又条理清晰,人物众多而又形象生动,场面广阔而又有历史深度。大约和《三国演义》同时出现的《水浒传》是一部描述农民起义的长篇小说,也是一部在民间流传的基础上经过作家的再创作而成的作品。《水浒传》的结构没有《三国演义》庞大复杂,但《水浒传》塑造人物的艺术却有很大突破。比如,武松、李逵、鲁达等人的性格都很鲁莽,但武松火爆刚烈,李逵直心眼,鲁达粗中有细。明代中叶出现的《西游记》是神怪小说的佼佼者。《金瓶梅》是一部以家庭生活为题材的长篇小说,是我国第一部文人独创的小说,对《红楼梦》的创作影响很大。清代《儒林外史》是长篇讽刺小说开山之作,在我国小说发展史上可以说是独当一面。《儒林外史》集中塑造了大量的批判性人物形象,展现了封建时代儒林文士的种种丑恶现象,是我国文学史上典型的批判现实主义的作品。

如果说明清长篇白话小说是对宋元话本的继承和发展的话,那么"三言"(《喻世明言》、《警世通言》、《醒世恒言》)、"二拍"(《初刻拍案惊奇》、《二刻拍案惊奇》)则是对宋元话本的模拟,所以被称为拟话本。"三言"是冯梦龙选编而成的,"二拍"是凌濛初在"三言"的启示下创作而成的。相比较而言,"三言"的文学价值要比"二拍"高得多,"三言"中写得较好的,要数《杜十娘怒沉百宝箱》、《卖油朗独占花魁》、《玉茭鸳百年长恨》等爱情小说和《沈晓霞相会出师表》、《灌园叟晚逢仙女》等描写善恶斗争的小说。

此外,在清代小说的创作上,《镜花缘》、《醒世姻缘传》、《水浒后传》、《说岳全传》、《隋唐演义》、《说唐演义全传》等也取得较高的艺术成就。

《红楼梦》是我国古典小说创作的高峰,是"前无古人,后无来者"的。

## 二、曹雪芹与《红楼梦》

曹雪芹(1715? —1764?),名霑,字梦阮,号雪芹,又号芹圃、芹溪。祖先原为汉人,后被满族贵族掳走成为家奴,入了满洲正白旗包衣。以后不断升迁,终于成为康熙亲信,祖孙三代四人担任过江宁织造这一要职,其间又兼两淮巡盐御史,共约六十年,成为显赫几代的大家族。雍正皇帝继位后,由于政治斗争,曹家地位一落千丈,到曹雪芹时生活穷苦,已经过的是"举家食粥"也难以为继的生活了。他以坚韧的毅力,专心致志地从事《红楼梦》的创作。

《红楼梦》的版本主要有两大系统:一为 80 回抄本系统,一为 120 回排印本系统。抄本系统均为 80 回,题名为《石头记》,大多附有脂砚斋评语,比较重要的脂评本有甲戌本、己卯本、庚辰本、戚序本等。排印本系统为 120 回,最早是乾隆五十六年(1791年)程伟元、高鹗以活字排印,书名改为《红楼梦》。一般认为,后 40 回是高鹗所补。比较重要的版本有程甲本、程乙本。

《红楼梦》的文学内涵丰富而复杂。作品将广阔的生活画面、深刻的社会认识和动人的爱情故事融合在一起,以贾宝玉、林黛玉、薛宝钗爱情故事为主线,突破才子佳人式的爱情模式,写贾、黛二人的爱情悲剧和二宝之间的婚姻悲剧。作品以贾王史薛四大家族为背景,反映了广阔的社会生活,揭露和批评了封建制度。作品不是孤立地去写爱情悲剧,而是以婚姻悲剧为中心,以贾王史薛四大家族为背景写出了当时广阔的生活画面,让婚姻制度建立在丰富的生活基础之上,从客观上表现了新思想对封建思想的冲击。以十二金钗为中心的一批女子的悲剧,在一定程度上体现出人文主义思想。同时作品中贯穿着色空思想,有一种强烈的形而上的人生感悟。作品有一种极强的"空灵感",它是作者以真诚的人生情感,运用高超的艺术表现力,表达对社会人生的真知灼见。由于作品内涵复杂、题旨模糊,有极大的阐释空间,这也是《红楼梦》巨大魅力所在。

《红楼梦》是百科全书一样的知识"积淀"与完美的小说艺术的高度结合。作品中的药物学、建筑学、神学等多方面的知识令人惊叹不已,作者的高超之处是将这些知识融入作品的建构之中。

《红楼梦》结构宏大而精致。从纵的方面来说,贾宝玉、林黛玉、薛宝钗三人之间的爱情纠葛是贯穿始终的线索;从横的方面来说,《红楼梦》中存在着三个世界:一个是大观园,一个是大观园之外的社会,一个是隐约虚幻的神话世界。小说通过爱情主线将三个世界串连在一起,井然有序,丝毫不乱。书中的每个事件都有它的来龙去脉,而且相互贯通,一个事件与另一个事件互为因果,连环勾牵,毫不间断,交织成一张巨大密实的网,令《红楼梦》所展示的生活画面,如同生活本身那样错综复杂、丰富多彩。《红楼梦》的人物塑造具有突出的成就,精心刻画的主要人物如贾宝玉、林黛玉、薛宝钗、王熙凤、贾母、贾政、探春、晴雯、袭人等,跃然纸上,呼之欲出,具有极其鲜明的性格特征,成了中国文学中不朽的艺术形象。《红楼梦》的语言有极高的造诣,不仅极具个性化,而且语汇丰富,简洁文雅,准确生动,是一种具有生活气息和强烈感染力的文学语言。

《红楼梦》的出现,标志着中国古典长篇小说的创作达到了高峰。

### 三、《红楼梦》中的"宝玉挨打"

"宝玉挨打"选自于《红楼梦》第 33 回和第 34 回的一部分。这些内容构成相对独立的一个情节,以"宝玉挨打"为中心事件,作者描写了《红楼梦》中各个重要人物的反应,揭示了这些人物的身份和性格。

这个情节可以分为三个部分:"宝玉挨打"的原因,"宝玉挨打"的经过及众人对宝玉的探望。第一部分,从开头到"老早的完了,太太又赏了银子,怎么不了事呢",第二部分,到"袭人方才进来,经心服侍细问",其余至末尾属第三部分。第一部分写了"宝玉挨打"三个原因:第一,宝玉不热衷功名利禄使贾政深为不满,这是宝玉挨打的根本原因,是两种人生观、两种生活方式的冲突,是宝玉的叛逆性格和封建的传统思想的冲突。第二,是蒋玉菡事件。宝玉和蒋玉菡之间的关系只不过是意气相投、互赠礼物而已。而在贾政看来,宝玉不务正业,和戏子鬼混,有失身份;况且得罪了忠顺王府,忠顺王府比贾府显赫,使贾政感到"祸及予我";再者忠顺府以势压人,长史官表面上彬彬有礼,内里却是柔中有硬,盛气凌人,这也使贾政很窝火。第三,是金钏儿事件。加之贾环从中作祟,最终导致贾宝玉被毒打。旧说贾政是欲置宝玉于死地而后快,这是有失偏颇的。贾政虽然极不满意宝玉的行为,但也有着父子之情,他对宝玉的恨在很大程度上是"恨铁不成钢",是由爱而导致的恨,是天下父母共同的心理,这种心理是从父爱的基础上出发的。

"宝玉挨打"的第二部分也包括三个层次。第一层,包括第二部分开头的两个自然段到王夫人到来,集中写贾政的愤怒心理和打宝玉时的狠毒心情。第二层,从王夫人出场至贾母到来,这一层主要描写王夫人的心情和贾政的思想。王夫人深爱着宝玉,一则宝玉是出于骨肉之情,二则宝玉深得贾母的喜欢,又给自己带来了荣耀,从而巩固了自己在贾府中的地位,同时,王夫人和贾政一样,也对宝玉的行为不满。第三层,也就是贾母到来以后"贾政听说,方诺诺的退了出去"。这一层,主要的描写对象是贾母——这个贾府中说一不二的人物,表现了封建家庭礼教。贾母对宝玉的爱基本是出于老人对儿孙的爱,"隔辈亲",多少带着些溺爱的成分。在这一层里,作者对王熙凤的描写只有几句,但王熙凤的那种极会巴结逢迎,极会讨贾母喜欢对下人又极为刻毒的性格就跃然纸上。这一部分的最后两个自然段是描写花袭人的。她在贾母、贾政、王夫人、王熙凤等主子跟前是没有地位的,但她在宝玉跟前却有着特殊的下人的地位,对于很有心计的袭人来说,宝玉获罪,她也有很大的干系,所以她得弄清原因,做到心中有底,一旦上面怪罪下来,她也有话说。文中一系列的描写,画出了她温顺而又工于心计的性格。

第三部分,作者写众人看望宝玉的情景,主要写的是薛宝钗和林黛玉,并在性格行为、出场方式和描写特点上形成鲜明对比。从情和理的角度来分析宝钗和黛玉,黛玉是感情型的人,而宝钗是理智型的人。因此黛玉对宝玉的爱情就显得可爱动人,真挚一些;而宝钗对宝玉的感情就显得有些隐晦和圆滑。宝钗出场是堂而皇之的,符合封建礼仪、人之常情,更符合贾母王夫人的心意,同时又可以向宝玉表达自己的感情,趁机劝说宝玉。林黛玉的出场是以情动人的,作者先给林黛玉出场安排了个环境,以便让二人有足够的空间进行心灵的交流。在描写方法上,作者采用心理剖析和人物对话的手法直接描写宝钗,表现了宝钗丰富的个性。作者在对黛玉的描写中,采用的是"此时无声胜有声"的描写手法,通过包含千言万语在言外的写法,寥寥几笔,便把黛玉的心情、个性和对宝玉的感情痛快淋漓地表现了出来。和对宝钗的描写比起来,更加动人和感人。由此看来,作者在描写宝玉挨打时黛玉没有去看,挨打后把她的看望放到宝钗后边,而且描写篇幅大大小于宝钗,是有深意的。

通过"宝玉挨打"这个事件,将各个人物都置于一个矛盾的焦点上,便于突出表现他们的性格特点,同时叙写起来也易层次清楚,条理分明。作者先从宝玉挨打的原因写起,写到挨打的经过、众人的探望,作者每将故事向前发展一步,就会有一批新的人物出现,如写挨打的原因时,描写了宝玉、贾政、贾环、忠顺府的长史官等;在写挨打的经过时,又引出贾母、王夫人、凤姐等人;在写探望时,又出现了宝钗、黛玉等人,就好像戏台上一样,一批人表演完了,就上来另一批人。主要人物性格分明,传神如画,次要人物用墨不多,也是形象逼真,如王熙凤的善于逢迎,花袭人的温顺世故,贾环的奸诈阴险,长府官员的仗势逼人等等,个个独领风骚。

## 宝玉挨打[①]

却说王夫人唤他母亲上来,拿几件簪环当面赏与,又吩咐请几位僧人念经超度。他母亲磕头谢了出去。

原来宝玉会过雨村回来听见了,便知金钏儿含羞赌气自尽,心中早又五内摧伤,进来被王夫人数落教训,也无可回说。见宝钗进来,方得便出来,茫然不知何往;背着手,低头一面感叹,一面慢慢的走着,信步来至厅上。刚转过屏门,不想对面来了一人正往里走,可巧儿撞了个满怀。只听那人喝了一

---

① 《宝玉挨打》选自于《红楼梦》(山东文艺出版社1993年版)第33回和第34回的一部分,题目为编者所加。

声"站住!"宝玉唬了一跳,抬头一看,不是别人,却是他父亲,不觉的倒抽了一口气,只得垂手一旁站着。贾政道:"好端端的,你垂头丧气咳些什么?方才雨村来了要见你,叫你那半天你才出来;既出来了,全无一点慷慨挥洒谈吐,仍是葳葳蕤蕤。我看你脸上一团思欲愁闷气色,这会子又咳声叹气。你那些还不足,还不自在?无故这样,却是为何?"宝玉素日虽是口角伶俐,只是此时一心却为金钏儿感伤,恨不得此时也身亡命殒,跟了金钏儿去。如今见了他父亲说这些话,究竟不曾听见,只是怔呵呵的站着。

贾政见他惶悚,应对不似往日,原本无气的,这一来倒生了三分气。方欲说话,忽有回事人来回:"忠顺亲王府里有人来,要见老爷。"贾政听了,心下疑惑,暗暗思忖道:"素日并不和忠顺府来往,为什么今日打发人来?"一面想,一面令"快请",急走出来看时,却是忠顺府长史官,忙接进厅上坐了献茶。未及叙谈,那长史官先就说道:"下官此来,并非擅造潭府,皆因奉王命而来,有一件事相求。看王爷面上,敢烦老先生作主,不但王爷知情,且连下官辈亦感谢不尽。"贾政听了这话,抓不住头脑,忙陪笑起身问道:"大人既奉王命而来,不知有何见谕?望大人宣明,学生好遵谕承办。"那长史官便冷笑道:"也不必承办,只用大人一句话就完了。我们府里有一个做小旦的琪官,一向好好在府里,如今竟三五日不见回来;各处去找,又摸不着他的道路,因此各处访察。这一城内,十停人倒有八停人都说,他近日和衔玉的那位令郎相与甚厚。下官辈听了,尊府不比别家,可以擅入索取,因此启明王爷。王爷亦云:'若是别的戏子呢,一百个也罢了;只是这琪官随机应答,谨慎老诚,甚合我老人家的心,竟断断少不得此人。'故此求老大人转谕令郎,请将琪官放回,一则可慰王爷谆谆奉恳,二则下官辈也可免操劳求觅之苦。"说毕,忙打一躬。

贾政听了这话,又惊又气,即命唤宝玉来。宝玉也不知是何原故,忙赶来时,贾政便问:"该死的奴才!你在家不读书也罢了,怎么又做出这些无法无天的事来!那琪官现是忠顺王爷驾前承奉的人,你是何等草芥,无故引逗他出来,如今祸及于我!"宝玉听了唬了一跳,忙回道:"实在不知此事。究竟连'琪官'两个字不知为何物,岂更又加'引逗'二字!"说着便哭了。贾政未及开言,只见那长史官冷笑道:"公子也不必掩饰。或隐藏在家,或知其下落,早说了出来,我们也少受些辛苦,岂不念公子之德?"宝玉连说不知,"恐是讹传,也未见得。"那长史官冷笑道:"现有据证,何必还赖?必定当着老大人说了出来,公子岂不吃亏?既云不知此人,那红汗巾子怎么到了公子腰里?"宝玉听了这话,不觉轰去魂魄,目瞪口呆,心下自思:"这话他如何得知!他既连这样机密事都知道了,大约别的瞒他不过,不如打发他去了,免的再说出别的事来。"因说道:"大人既知他的底细,如何连他置买房舍这样大事倒不晓得了?听得说他如今在东郊离城二十里有个什么紫檀堡,他在那里置了几亩田地几间房舍。想是在那里也未可知。"那长史官听了,笑道:"这样说，一定是在那里。我且去找一回，若有了便罢；若没有，还要来请教。"说着，便忙忙的走了。

贾政此时气的目瞪口歪，一面送那长史官，一面回头命宝玉"不许动！回来有话问你！"一直送那官员去了。才回身，忽见贾环带着几个小厮一阵乱跑。贾政喝令小厮"快打，快打！"贾环见了他父亲，唬的骨软筋酥，忙低头站住。贾政便问："你跑什么？带着你的那些人都不管你，不知往那里逛去，由你野马一般！"喝令叫跟上学的人来。贾环见他父亲盛怒，便乘机说道："方才原不曾跑，只因从那井边一过，那井里淹死了一个丫头，我看见人头这样大，身子这样粗，泡的实在可怕，所以才赶着跑了过来。"贾政听了惊疑，问道："好端端的，谁去跳井？我家从无这样事情，自祖宗以来，皆是宽柔以待下人。大约我近年于家务疏懒，自然执事人操克夺之权，致使生出这暴殄轻生的祸患。若外人知道，祖宗颜面何在！"喝令快叫贾琏、赖大、来兴。小厮们答应了一声，方欲叫去，贾环忙上前拉住贾政的袍襟，贴膝跪下道："父亲不用生气。此事除太太房里的人，别人一点也不知道。我听见我母亲说……"说到这里，便回头四顾一看。贾政知意，将眼一看众小厮，小厮们明白，都往两边后面退去。贾环便悄悄说道："我母亲告诉我说，宝玉哥哥前日在太太屋里，拉着太太的丫头金钏儿强奸不遂，打了一顿。那金钏儿便赌气投井死了。"话未说完，把个贾政气的面如金纸，大喝："快拿宝玉来！"一面说，一面便往里边书房里去，喝令："今日再有人劝我，我把这冠带家私一应交与他与宝玉过去！我免不得做个罪人，把这几根烦恼鬓毛剃去，寻个干净去处自了，也免得上辱先人下生逆子之罪！"众门客、仆从见贾政这个形景，便知又是为宝玉了，一个个都是咂指咬舌，连忙退出。那贾政喘吁吁直挺挺坐在椅子上，满面泪痕，一叠声："拿宝玉！拿大棍！拿索子捆上！把各门都关上！有人传信往里头去，立刻打死！"众小厮们只得齐声答应，有几个来找宝玉。

那宝玉听见贾政吩咐他"不许动"，早知多凶少吉，那里承望贾环又添了许多的话。正在厅上干转，怎得个人来往里头去捎信，偏生没个人，连焙茗也不知在那里。正盼望时，只见一个老姆姆出来。宝玉如得了珍宝，便赶上来拉他，说道："快进去告诉：老爷要打我呢！快去，快去！要紧，要紧！"宝玉一则急了，说话不明白；二则老婆子偏生又聋，竟不曾听见是什么话，把"要紧"二字只听作"跳井"二字，便笑道："跳井让他跳去，二爷怕什么？"宝玉见是个聋子，便着急道："你出去叫我的小厮来罢。"那婆子道："有什么不了的事？老早的完了。太太又赏了衣服，又赏了银子，怎么不了事的！"

宝玉急的跺脚，正没抓寻处，只见贾政的小厮走来，逼着他出去了。贾政一见，眼都红紫了，也不暇问他在外流荡优伶，表赠私物，在家荒疏学业，淫辱母婢等语，只喝令："堵起嘴来，着实打死！"小厮们不敢违拗，只得将宝玉按在凳上，举起大板打了十来下。贾政犹嫌打轻了，一脚踢开掌板的，自已夺过来,咬着牙狠命盖了三四十下。众门客见打的不祥了,忙上前夺劝,贾政那里肯听,说道:"你们问问他,干的勾当可饶不可饶! 素日皆是你们这些人把他酿坏了,到这步田地还来解劝! 明日酿到他弑君杀父,你们才不劝不成!"

众人听这话不好听,知道气急了,忙乱退出,只得觅人进去给信。王夫人不敢先回贾母,只得忙穿衣出来,也不顾有人没人,忙忙赶往书房中来,慌的众门客、小厮等避之不及。王夫人一进房来,贾政更如火上浇油一般,那板子越发下去的又狠又快。按宝玉的两个小厮忙松了手走开,宝玉早已动弹不得了。贾政还欲打时,早被王夫人抱住板子。贾政道:"罢了,罢了! 今日必定要气死我才罢!"王夫人哭道:"宝玉虽然该打,老爷也要自重。况且炎天暑日的,老太太身上也不大好,打死宝玉事小,倘或老太太一时不自在了,岂不事大!"贾政冷笑道:"倒休提这话。我养了这不肖的孽障,已不孝;教训他一番,又有众人护持,不如趁今日一发勒死了,以绝将来之患!"说着,便要绳索来勒死。王夫人连忙抱住哭道:"老爷虽然应当管教儿子,也要看夫妻分上。我如今已将五十岁的人,只有这个孽障,必定苦苦的以他为法,我也不敢深劝。今日越发要他死,岂不是有意绝我。既要勒死他,快拿绳子来先勒死我,再勒死他。我们娘儿们不敢含怨,到底在阴司里得个依靠。"说毕,爬在宝玉身上大哭起来。贾政听了此话,不觉长叹一声,向椅上坐了,泪如雨下。王夫人抱着宝玉,只见他面白气弱,底下穿着一条绿纱小衣皆是血渍,禁不住解下汗巾看,由臀至胫,或青或紫,或整或破,竟无一点好处,不觉失声大哭起来:"苦命的儿吓!"因哭出"苦命儿"来,忽又想起贾珠来,便叫着贾珠哭道:"若有你活着,便死一百个我也不管了。"此时里面的人闻得王夫人出来,那李宫裁、王熙凤与迎春姊妹早已出来了。王夫人哭着贾珠的名字,别人还可,惟有宫裁禁不住也放声哭了。贾政听了,那泪珠更似滚瓜一般滚了下来。

正没开交处,忽听丫鬟来说:"老太太来了。"一句话未了,只听窗外颤巍巍的声气说道:"先打死我,再打死他,岂不干净了!"贾政见他母亲来了,又急又痛,连忙迎接出来,只见贾母扶着丫头,喘吁吁的走来。贾政上前躬身陪笑道:"大暑热的天,母亲有何生气,亲自走来? 有话只该叫了儿子进去吩咐。"贾母听说,便止住步喘息一回,厉声说道:"你原来是和我说话! 我倒有话吩咐,只是可怜我一生没养个好儿子,却教我和谁说去!"贾政听这话不像,忙跪下含泪说道:"为儿的教训儿子,也为的是光宗耀祖。母亲这话,我做儿的如何禁得起?"贾母听说,便啐了一口,说道:"我说一句话,你就禁不起;你那样下死手的板子,难道宝玉就禁得起了? 你说教训儿子是光宗耀祖,当初你父亲怎么教训你来!"说着,不觉就滚下泪来。贾政陪笑道:"母亲也不必伤感,皆是做儿的一时性起,从此以后再不打他了。"贾母便冷笑道:"你也不必和我使性子赌气的。你的儿子,我也不该管你打不打。我猜着你也厌烦我们娘儿们。不如我们赶早儿离了你,大家干净!"说着便令人去看轿马,"我和你太太、宝玉立刻回南京去!"家下人只得干答应着。贾母又叫王夫人道:"你也不必哭了。如今宝玉年纪小你疼他,他将来长大成人为官作宰的,也未必想着你是他母亲。你如今倒不要疼他,只怕将来还少生一口气呢。"贾政听说,忙叩头哭道:"母亲如此说,贾政无立足之地。"贾母冷笑道:"你分明使我无立足之地,你反说起你来!只是我们回去了,你心里干净,看有谁来许你打。"一面说,一面只令快打点行李车轿回去。贾政苦苦叩求认罪。

贾母一面说话,一面又记挂宝玉,忙进来看时,只见今日这顿打不比往日,又是心疼,又是生气,也抱着哭个不了。王夫人与凤姐等解劝了一会,方渐渐的止住。早有丫鬟、媳妇等上来,要换宝玉,凤姐便骂:"糊涂东西,也不睁开眼瞧瞧!打的这么个样儿,还要换着走!还不快进去把那藤屉子春凳抬出来呢!"众人听说连忙进去,果然抬出春凳来,将宝玉抬放凳上,随着贾母、王夫人等进去,送至贾母房中。

彼时贾政见贾母气未全消,不敢自便,也跟了进去。看看宝玉,果然打重了。再看看王夫人,"儿"一声"肉"一声,"你替珠儿早死了,留着珠儿,免你父亲生气,我也不白操这半世的心了。这会子你倘或有个好歹,丢下我,叫我靠那一个!"数落一场,又哭"不争气的儿"。贾政听了,也就灰心,自悔不该下毒手打到如此地步。先劝贾母,贾母含泪说道:"你不出去,还在这里做什么!难道于心不足,还要眼看着他死了才去不成!"贾政听说,方退了出来。

此时薛姨妈同宝钗、香菱、袭人、史湘云也都在这里。袭人满心委屈,只不好十分使出来,见众人围着,灌水的灌水,打扇的打扇,自己插不下手去,便越性走出来到二门前,令小厮们找了焙茗来细问:"方才好端端的,为什么打起来?你也不早来透个信儿!要你们跟着作什么?"焙茗急的说:"偏生我没在跟前,打到半中间我才听见。忙打听原故,却是为琪官和金钏姐姐的事。"袭人道:"老爷怎么知道的?"焙茗道:"那琪官的事,多半是薛大爷素日吃醋,没法儿出气,不知在外头挑唆了谁来,在老爷跟前下的火。那金钏儿的事是三爷说的,我也是听跟老爷的人说的。"袭人听了这两件事都对景,心中也就信了八九分。然后回来,只见众人都替宝玉疗治。调停完备,贾母令"好生抬到他房内去"。众人答应,七手八脚,忙把宝玉送入怡红院内自己床上卧好。又乱了半日,众人渐渐散去,袭人方进前来经心服侍,问他端的。

袭人见贾母、王夫人等去后,便走来宝玉身边坐下,含泪问他:"怎么就打到这步田地?"宝玉叹气说道:"不过为那些事,问他作什么!只是下半截疼的很,你瞧瞧打坏了那里。"袭人听说,便轻轻的伸手进去,将中衣褪下。宝玉略动一动,便咬着牙叫"嗳哟",袭人连忙停住手,如此三四次才褪了下来。袭人看时,只见腿上半段青紫,都有四指宽的僵痕高了起来。袭人咬着牙说道:"我的娘,怎么下这般的狠手!你但凡听我一句话,也不得到这步地位。幸而没动筋骨,倘或打出个残疾来,可叫人怎么样呢!"

　　正说着,只听丫鬟们说:"宝姑娘来了。"袭人听见,知道穿不及中衣,便拿了一床袷纱被替宝玉盖了。只见宝钗手里托着一丸药走进来,向袭人说道:"晚上把这药用酒研开,替他敷上,把那淤血的热毒散开,可以就好了。"说毕,递与袭人。又问道:"这会子可好些?"宝玉一面道谢说:"好了。"又让坐。宝钗见他睁开眼说话,不象先时,心中也宽慰了好些,便点头叹道:"早听人一句话,也不至今日!别说老太太、太太心疼,就是我们看着,心里也疼。"刚说了半句又忙咽住,自悔说的话急了,不觉得就红了脸,低下头来。宝玉听得这话如此亲切稠密,大有深意,忽见他又咽住不往下说,红了脸,低下头只管弄衣带,那一种娇羞怯怯,非可形容得出者,不觉心中大畅,将疼痛早丢在九霄云外,心中自思:"我不过捱了几下打,他们一个个就有这些怜惜悲感之态露出,令人可玩可观,可怜可敬。假若我一时竟遭殃横死,他们还不知是何等悲感呢!既是他们这样,我便一时死了,得他们如此,一生事业纵然尽付东流,亦无足叹惜,冥冥之中若不怡然自得,亦可谓糊涂鬼祟矣。"正想着,只听宝钗问袭人道:"怎么好好的动了气,就打起来了?"袭人便把焙茗的话说了出来。宝玉原来还不知道贾环的话,见袭人说出方才知道,因又拉上薛蟠,惟恐宝钗沉心,忙又止住袭人道:"薛大哥哥从来不这样的,你们不可混猜度。"宝钗听说,便知道是怕他多心,用话相拦袭人,因心中暗暗想道:"打的这个形象,疼还顾不过来,还是这样细心,怕得罪了人,可见在我们身上也算是用心了。你既这样用心。何不在外头大事上作工夫,老爷也喜欢了,也不能吃这样亏。但你固然怕我沉心,所以拦袭人的话,难道我就不知我的哥哥素日恣心纵欲,毫无防范的那种心性。当日为一个秦钟,还闹的天翻地覆,自然如今比先又更利害了。"想毕,因笑道:"你们也不必怨这个,怨那个。据我想,到底宝兄弟素日不正,肯和那些人来往,老爷才生气。就是我哥哥说话不防头,一时说出宝兄弟,也不是有心调唆:一则也是本来的实话,二则他原不理论这些防嫌小事。袭姑娘从小儿只见宝兄弟这样细心的人,你何尝见过我那哥哥天不怕地不怕、心里有什么口里就说什么的人。"袭人因说出薛蟠来,见宝玉拦他的话,早已明白自己说造次了,恐宝钗没意思,听宝钗如此说,更觉羞愧无言。宝玉又听宝钗这番话,一半是堂皇正大,一半是去己疑心,更觉比先畅快了。方欲说话时,只见宝钗起身说道:"明儿再来看你,你好生养着罢。方才我拿了药来交给袭人,晚上敷上管就好了。"说着便走出门去。袭人赶着送出院外,说:"姑娘倒费心了。改日宝二爷好了,亲自来谢。"宝钗回头笑道:"有什么谢处。你只劝他好生静养,别胡思乱想的就好了。不必惊动老太太、太太众人,倘或吹到老爷耳朵里,虽然彼时不怎么样,将来对景,终是要吃亏的。"说着,一面去了。

　　袭人抽身回来,心内着实感激宝钗。进来见宝玉沉思默默似睡非睡的模样，因而退出房外，自去栉沐。宝玉默默的躺在床上，无奈臀上作痛，如针挑刀挖一般；更又热如火炙，略展转时，禁不住"嗳哟"之声。那时天色将晚，因见袭人去了，却有两三个丫鬟伺候，此时并无呼唤之事，因说道："你们且去梳洗，等我叫时再来。"众人听了，也都退出。

这里宝玉昏昏默默，只见蒋玉菡走了进来，诉说忠顺府拿他之事，又见金钏儿进来哭说为他投井之情。宝玉半梦半醒，都不在意。忽又觉有人推他，恍恍忽忽听得有人悲戚之声。宝玉从梦中惊醒，睁眼一看不是别人，却是林黛玉。宝玉犹恐是梦，忙又将身子欠起来，向脸上细细一认，只见两个眼睛肿的桃儿一般，满面泪光，不是黛玉却是那个？宝玉还欲看时，怎奈下半截疼痛难忍，支持不住，便"嗳哟"一声，仍就倒下，叹了一声说道："你又做什么跑来！虽说太阳落下去，那地上的余热未散，走两趟又要受了暑。我虽然捱了打，并不觉疼痛。我这个样儿，只装出来哄他们，好在外头布散与老爷听，其实是假的。你不可认真。"此时林黛玉虽不是嚎啕大哭，然越是这等无声之泣，气噎喉堵，更觉得利害。听了宝玉这番话，心中虽然有万句言词，只是不能说得，半日，方抽抽噎噎的说道："你从此可都改了罢！"宝玉听说，便长叹一声，道："你放心，别说这样话。就便为这些人死了，也是情愿的！况已是活过来。"一句话未了，只见院外人说："二奶奶来了。"林黛玉便知是凤姐来了，连忙立起身说道："我从后院子去罢，回来再来。"宝玉一把拉住道："这可奇了，好好的怎么怕起他来。"林黛玉急的跺脚，悄悄的说道："你瞧瞧我的眼睛，若被他看见，又该他取笑开心呢。"宝玉听说赶忙的放手。黛玉三步两步转过床后，出后院而去。凤姐从前头已进来了，问宝玉："可好些了？想什么吃，叫人往我那里取去。"接着，薛姨妈又来了。一时贾母又打发了人来。

至掌灯时分，宝玉只喝了两口汤，便昏昏沉沉的睡去。接着，周瑞媳妇、吴新登媳妇、郑好时媳妇这几个有年纪常往来的，听见宝玉捱了打，也都进来。袭人忙迎出来，悄悄的笑道："婶婶们来迟了一步，二爷才睡着了。"说着，一面带他们到那边房里坐了，倒茶与他们吃。那几个媳妇子都悄悄的坐了一回，向袭人说："等二爷醒了，你替我们说罢。"

袭人答应了，送他们出去。

**思考题**

1.分析作者对黛玉和宝钗不同的描写方法。

2.简析贾政性格变化的几个层次。

# 第二十三讲　郭沫若与《天狗》

## 一、文学革命的发生和发展

1917年初发生的文学革命,在中国文学史上树起一个鲜明的界碑,标志着古典文学的结束,现代文学的起始。1917年,胡适在《新青年》上发表了《文学改良刍议》,初步阐明了新文学的要求与推行白话语体文的立场。在同年2月号《新青年》上,陈独秀发表了措辞强烈的《文学革命论》,表明了更坚定的文学革命的立场。"五四"文学革命在创作实践上是以新诗为突破口,而新诗运动则从诗形式上的解放入手,这是总结了晚清文学改良运动与诗界革命的历史经验而做出的战略选择。在胡适等人"作诗如作文"的主张背后,蕴涵着时代所要求的诗歌观念的深刻变化。现代新诗是适应时代的要求,以接近群众的白话语言反映现实生活,表现科学民主的革命内容,以打破旧诗词格律形式束缚为主要标志的新体诗。

胡适、刘半农、沈尹默在《新青年》上发表了第一批白话诗,胡适的《尝试集》是五四运动时期的第一本白话诗集,也颇能显示当时新诗的主要特点和倾向。1921年出版的郭沫若的诗集《女神》代表了新诗创造的最高成就,表现了"五四"时期狂飙突进的时代精神,具有典型的浪漫主义风格。提倡浪漫主义诗歌的,还有创造社的成仿吾、柯仲平和后来组织太阳社的蒋光慈等。湖畔诗社汪静之、冯雪峰、潘漠华、应修人的合集《湖畔》、《春的歌集》为世人注目。汪静之著有《蕙的风》和《寂寞的国》。这些作品显示出争取婚姻自由,反对封建主义的勇气和激情。

## 二、郭沫若与《天狗》

郭沫若(1892—1978),原名郭开贞,著名诗人、剧作家、历史学家、古文字学家。他与成仿吾、郁达夫、张资平等人于1921年成立创造社,1922年《创造季刊》问世。出版的诗集有《女神》(1921)、《瓶》(1927)、《前茅》(1928)、《战声》(1938)、《凤凰》(1944)等。1928年起,著有《中国古代社会研究》、《甲骨文字研究》等著作,成绩卓著,开辟了史学研究的新天地。著有历史剧《棠棣之花》、《屈原》、《蔡文姬》、《武则天》等,诗集《新华颂》、《百花齐放》、《骆驼集》,文艺论著《读〈随园诗话〉札记》、《李白与杜甫》等。著作结集为《沫若文集》17卷本(1957～1963)。新编《郭沫若全集》分文学(20卷)、历史、考古三编,1982年起陆续出版发行。许多作品已被译成日、俄、英、德、意、法等多种文字。

郭沫若的代表作《女神》是中国现代新诗的奠基之作。《女神》共收诗歌56首,于

1921 年 8 月出版。《女神》所表达的思想内容,首先是"五四"狂飙突进时代改造旧世界、冲击封建藩篱的要求。主人公以一个追求个性解放的叛逆者形象出现,要求打破一切封建枷锁,歌唱一切破坏者,处处洋溢着积极进取的欲望。《女神》在艺术上取得了新诗最辉煌的成就,它是"五四"时期浪漫主义的瑰丽奇峰。《女神》的格式追求"绝对自由,绝对自主",而不受任何一种格式的束缚。它的形式自由多变,依感情的变化自然地形成"情绪的节奏"。

而《天狗》则是郭沫若借助天狗的威力与欲望表达自由的思想,从"我剥我的皮,我食我的肉,我吸我的血……"可以看出他的个性解放思想与绝对肯定自我的个性主义者是不同的,他在表明自我的力量是无穷的同时,又认定自我也需要改造、完善,新生。"我"既吞食了日月星球,又吞食了自己;既毁坏一切又毁坏自己,在吞食和毁坏一切的同时,也吞食和毁坏自己,这才是大无畏的彻底的革命精神,而吞食和毁坏自己正是为了求得个人和民族的真正的新生! 它表现了"五四"时代强烈的个性解放思想,冲破封建束缚、追求个性自由的思想,"自我"要把日月星辰和全宇宙来吞了的非凡罕有的气魄,飞奔、狂叫、燃烧、爆炸的暴躁凌厉之气。

**思考题**

1.《女神》在中国新诗史上的意义。

2.《天狗》表现的是一种什么精神?

# 第二十四讲　新月派诗歌

## 一、新月派诗歌

随着自由体新诗的勃兴,新诗体式因不加节制而趋于散漫,便转而要求便于吟诵的格律化。新月派的出现顺应了这种潮流。1926 年北京《晨报》创办《诗镌》,由闻一多、徐志摩、朱湘、饶孟侃、刘梦苇、于赓虞诸人主办。随后又创办《新月》和《诗刊》。在刊物的发展沿革中培养、集合了一批艺术主张相近的诗人,新月派即由此得名。这是一批立志要为新诗创格的诗人。其中闻一多的理论最为完整明确,他认为诗应有音乐的美、绘画的美、建筑的美。他们创造的新诗格律体,不同于自由体的毫无拘束,又不是古典诗词那种模式,而是在自由体新诗基础上建立起来的没有统一格律要求的格律诗。徐志摩是新月派中最具代表性的诗人。他致力于诗体的输入与试验,尝试的诗体最多,著有诗集《志摩的诗》、《翡冷翠的一夜》等。他的诗语言鲜明,色彩清丽,具有流动的质感,让人觉得世上一切都鲜明、灵动。闻一多是新月派创作和理论全面发展的诗人,是一位呕出一颗心来、怀着火一般激情唱着悲愤诗句的爱国主义者,著有诗集《红烛》、《死水》。

## 二、徐志摩与《再别康桥》

徐志摩(1897—1931),现代诗人、散文家,浙江海宁人。1915 年毕业于杭州一中,先后就读于上海沪江大学、天津北洋大学和北京大学。1918 年赴美国学习银行学。1921 年赴英国留学,入伦敦剑桥大学当特别生,研究政治经济学。在剑桥两年深受西方教育的熏陶及欧美浪漫主义和唯美派诗人的影响。1921 年开始创作新诗。1922 年返国后在报刊上发表大量诗文。1923 年,参与发起成立新月社,加入文学研究会。1924 年与胡适、陈西滢等创办《现代评论》周刊,任北京大学教授。印度大诗人泰戈尔访华时任翻译。1925 年赴欧洲,游历苏、德、意、法等国。1926 年在北京主编《晨报》副刊《诗镌》,与闻一多、朱湘等人开展新诗格律化运动,影响到新诗艺术的发展。同年移居上海,任光华大学、大夏大学和南京中央大学教授。1927 年参加创办新月书店。次年《新月》月刊创刊后任主编。并出国游历英、美、日、印诸国。1930 年任中华文化基金委员会委员,被选为英国诗社社员。同年冬到北京大学与北京女子大学任教。1931 年初,与陈梦家、方玮德创办《诗刊》季刊,被推选为笔会中国分会理事。同年 11 月 19 日,由南京乘飞机到北平,因遇雾飞机在济南附近触山,机坠身亡。著有诗集《志摩的诗》、《翡冷翠的一夜》、《猛虎集》、《云游》,散文集《落叶》、《巴黎的鳞爪》《自剖》《秋》,小说散文集《轮盘》,戏剧《卞昆冈》(与陆小曼合写),日记《爱眉小札》《志摩日记》,译著《曼殊斐尔小说集》等。他的作品现已编为《徐志摩文集》出版。徐诗字句清新,韵律谐和,比喻新奇,想象丰富,意境优美,神思飘逸,富于变化,并追求艺术形式的整饬、华美,具有鲜明的艺术个性,为新月派的代表诗人。他的散文也自成一格,取得了不亚于诗歌的成就,其中《自剖》《想飞》《我所知道的康桥》《翡冷翠山居闲话》等都是传世的名篇。

康桥时期是徐志摩一生的转折点。诗人在《猛虎集·序文》中曾经自陈道:在24岁以前,他对于诗的兴味远不如对于相对论或民约论的兴味。正是康河的水,开启了诗人的性灵,唤醒了久蛰在他心中的诗人的天命。因此他后来曾满怀深情地说:"我的眼是康桥教我睁的,我的求知欲是康桥给我拨动的,我的自我意识是康桥给我胚胎的。"(《吸烟与文化》)1928年,诗人故地重游。11月6日,在归途的南中国海上,他吟成了《再别康桥》这首传世之作。这首诗最初刊登在1928年12月10日《新月》月刊第1卷第10号上,后收入《猛虎集》。可以说,"康桥情结"贯穿在徐志摩一生的诗文中;而《再别康桥》无疑是其中最有名的一篇。

《再别康桥》是一首优美的抒情诗,宛如一曲优雅动听的轻音乐。作者将自己的生活体验化作缕缕情思,融汇在所抒写的康桥美丽的景色里,也驰骋在诗人的想象之中。

全诗以"轻轻的""走""来""招手""作别云彩"起笔,接着用虚实相间的手法,描绘了一幅幅流动的画面,构成了一处处美妙的意境,细致入微地将诗人对康桥的爱恋,对往昔生活的憧憬,对眼前的无可奈何的离愁,表现得真挚、浓郁、隽永。

这首诗表现出诗人高度的艺术技巧。诗人将具体景物与想象糅合在一起构成诗的鲜明生动的艺术形象,巧妙地把气氛、感情、景象融汇为意境,达到景中有情,情中有景。诗的结构形式严谨整齐,错落有致。全诗7节,每节4行,组成两个平行台阶;1、3行稍短,2、4行稍长,每行6至8字不等,诗人似乎有意把格律诗与自由诗二者的形式糅合起来,使之成为一种新的诗歌形式,富有民族化、现代化的建筑美。诗的语言清新秀丽,节奏轻柔委婉,和谐自然,伴随着情感的起伏跳跃,犹如一曲悦耳徐缓的散板,轻盈婉转,拨动着读者的心弦。新月派代表诗人闻一多20世纪20年代曾提倡现代诗歌的"音乐的美"、"绘画的美"和"建筑的美",《再别康桥》一诗,可以说是"三美"俱备,堪称徐志摩诗作中的绝唱。

### 三、闻一多与《死水》

闻一多(1899—1946),字友三,本名家骅,学者、诗人。湖北浠水人。1913年秋,14岁的闻一多以湖北省籍正取第二名的成绩考入北京清华学校。1914年开始担任《清华周刊》编辑,1916年开始发表作品,1917年中等科毕业,是校内文学、美术、戏剧诸项活动的骨干之一。1919年五四运动爆发,闻一多组织学生积极参加。1920年4月,他写了第一篇白话杂文《旅客式的学生》,批评清华师生的腐化气息,呼吁改良学校。9月他发表第一首白话新诗《西岸》,始署名闻一多。1922年7月,闻一多赴美国留学,先入芝加哥美术学院,后转学到珂泉科罗拉多大学。1925年5月回国后,赴北平任北京艺术专科学校教务长,并与友人创办艺专戏剧系。1926年闻一多辞去艺专职务后,先后任上海吴淞国立政治大学训导长、武汉国民革命军总政治部艺术股股长、南京国立第四中山大学(后改名中央大学)外文系主任、国立政治大学外文系教授等职,从事外国文学教学与研究,兼及唐诗研究和诗歌创作,出版有《红烛》、《死水》诗集,在全国有很大影响。

1930年秋,闻一多受聘于国立青岛大学,任文学院院长兼国文系主任。1932年闻一多离开青岛,回到母校清华大学任中文系教授。除任清华教授外,闻一多还在燕京大学、北京大学等校兼课,学术上也从唐诗的研究上溯到先秦两汉诗歌的研究,重点开拓了《诗经》与《楚辞》的研究领域。抗日战争爆发后赴西南联大任教授,积极参加爱国民主斗争。1946年6月,反内战运动在全国形成热潮,闻一多和昆明进步人士组织了"争取和平联络会",发起反内战签名运动,声势浩大,国民党当局闻而胆战心惊。1946年7月15日,闻一多被国民党特务杀害。闻一多的文章辑有《闻一多全集》共八卷四册,1948年由上海天明书店出版。1955年,人民文学出版社出版了《闻一多诗文选集》。

《死水》是闻一多的杰作。诗人把黑暗腐败的旧中国现实,比喻为"一沟绝望的死水",表达了对丑恶势力的憎恨和对祖国深沉的挚爱。诗的最后一节,表明他一方面对死水,也就是对黑暗,不存幻想,坚信丑恶断然产生不了美;另一方面,他没有真的绝望,并非心如死灰,而是痛恨这沟死水,要让它死亡。"不如让给丑恶来开垦",是愤激之言。朱自清说:"是索性让'丑恶'早些'恶贯满盈','绝望'里才有希望。"(《闻一多全集·序》)在绝望中饱含着希望,在冷峻里灌注着一腔爱国主义的热情之火,是这首诗的思想特色。《死水》这首诗,以一沟死水来比喻那个停滞不动的、污臭至极的、完全丧失了生命力的社会现实,诗人希望"多扔些破铜烂铁""泼你的剩菜残羹",加速它的灭亡,再创造一个新中国,充分体现了诗人的战斗精神和爱国主义精神。

《死水》是最能体现闻一多"三美"主张的一首爱国主义诗歌。闻一多在著名论文《诗的格律》一文中曾提出过新诗要有"三美"的主张。他认为新诗的格律应包括"音乐的美(音节)"、"绘画的美(词藻)"和"建筑的美(节的匀称和句的均齐)"。所谓"音乐的美",主要指音节的美,即对"音尺"的有规律的排列组合。音尺由音节组合而成,又称"音组"。由两个字组成的音尺叫"二音尺",由三个字组成的音尺叫"三音尺",在音尺的讲究上,《死水》一诗最为典范。所谓"绘画的美",主要是指词藻的美,诗人善于运用富有色彩的词藻,利用通感,把视听艺术结合在一起,创造出诗中有画的效果。《死水》这首诗,诗人以画家的目光观察这个斑驳陆离的世界,又以画家的技法铺彩行文。整首诗富有色彩感,并将感情融入了色彩之中。所谓"建筑的美",即"节的匀称和句的均齐",诗句的排列形式要有整齐之感。闻一多在《死水》中学习和借鉴了西方现代诗的反讽方法和"以丑为美"的艺术原则,美与丑的交织反差,造成令人耳目一新的艺术效果。

## 再别康桥

徐志摩

轻轻的我走了，
　　正如我轻轻的来；
我轻轻的招手，
　　作别西天的云彩。

那河畔的金柳，
　　是夕阳中的新娘；
波光里的艳影，
　　在我的心头荡漾。

软泥上的青荇，
　　油油的在水底招摇；
在康河的柔波里，
　　我甘心做一条水草！

那榆荫下的一潭，
　　不是清泉，是天上虹；

揉碎在浮藻间，
　　沉淀着彩虹似的梦。

寻梦？撑一支长篙，
　　向青草更青处漫溯；
满载一船星辉，
　　在星辉斑斓里放歌。

但我不能放歌，
　　悄悄是别离的笙箫；
夏虫也为我沉默，
　　沉默是今晚的康桥！

悄悄的我走了，
　　正如我悄悄的来；
我挥一挥衣袖，
　　不带走一片云彩。

**【注释】**

　　本篇选自《新诗选》（第 1 册，上海教育出版社 1979 年版）。本诗写于 1928 年 11 月 6 日，初载 1928 年 12 月 10 日《新月》月刊第 1 卷第 10 号，署名徐志摩。康桥，即英国著名的剑桥大学所在地。1920 年 10 月到 1922 年 8 月，诗人曾游学于此。

## 死　水

闻一多

这是一沟绝望的死水，
清风吹不起半点漪沦。
不如多扔些破铜烂铁，
爽性泼你的剩菜残羹。

也许铜的要绿成翡翠，
铁罐上锈出几瓣桃花；
再让油腻织一层罗绮，
霉菌给他蒸出些云霞。

让死水酵成一沟绿酒，
漂满了珍珠似的白沫；
小珠笑一声变成大珠，
又被偷酒的花蚊咬破。

那么一沟绝望的死水，
也就夸得上几分鲜明。
如果青蛙耐不住寂寞，
又算死水叫出了歌声。

这是一沟绝望的死水，
这里断不是美的所在，
不如让给丑恶来开垦，
看他造出个什么世界。

一九二五年四月

【注释】

本篇选自《新诗选》(第1册,上海教育出版社1979年版)。

思考题

1.仔细体会徐志摩诗歌中的音乐美。
2."三美"理论是怎样在《死水》中体现的?

# 第二十五讲　现代派诗歌

## 一、现代派诗歌

20 年代后期，象征派诗风兴起，李金发以法国象征主义诗歌为模式，试验把西方象征主义创作方法引进自己诗中，有诗集《微雨》等。同样受到法国象征派影响的戴望舒，创作始于 20 年代中期。他因发表《雨巷》一诗而被称为"雨巷诗人"。1932 年《现代》杂志出版，在刊物周围聚集了一批诗人，被称为"现代派"。其实"现代派"之称只是一种借用，他们的作品多数借重于象征派。只是较之李金发，他们的诗风趋于明快，舍弃了语言的欧化。他们扬弃了从新月派到象征派的明显局限，转为内向性的自我开掘，擅长表达人生的忧郁和欣慰，以暗喻的手法抒写内心的隐曲。他们敏感地抒发对于城市生活的厌恶，展示自我灵魂在日益发达的工业社会面前的悲哀。《汉园集》三作者何其芳、卞之琳、李广田，其中何其芳、卞之琳的作品既有"新月"的余波，又带象征派诗的色彩，他们的诗有独特艺术个性而又以曲折的方式面向人生。

## 二、戴望舒与《雨巷》

戴望舒(1905—1950)，笔名有戴梦鸥、江恩、艾昂甫等，生于浙江杭州，中国现代著名诗人。1923 年，考入上海大学文学系。1925 年，转入震旦大学法文班。1926 年同施蛰存、杜衡创办《璎珞》旬刊，在创刊号上发表处女诗作《凝泪出门》和翻译的魏尔伦的诗。1928 年与施蛰存、杜衡、冯雪峰一起创办《文学工场》。1929 年 4 月，第一本诗集《我的记忆》出版，其中《雨巷》成为传诵一时的名作，他因此被称为"雨巷诗人"。1932 年参加施蛰存主编的《现代》杂志的编辑工作。11 月初赴法留学，入里昂中法大学。1935 年春回国。1936 年 10 月，与卞之琳、孙大雨、梁宗岱、冯至等创办《新诗》月刊。抗战爆发后，在香港主编《大公报》文艺副刊，发起出版《耕耘》杂志。1938 年春在香港主编《星岛日报·星岛》副刊。1939 年和艾青主编《顶点》。1941 年底被捕入狱。在狱中写下了《狱中题壁》、《我用残损的手掌》、《心愿》、《等待》等诗篇。1949 年 6 月，在北平出席了中华文学艺术工作代表大会。建国后，在新闻总署从事编译工作。

戴望舒是我国现代派象征主义诗歌代表人物，他追求诗风的朴素自然，以"新的诗应该有新的情绪和表现这种情绪的形式"，形成他独特的抒情诗艺术风格。《雨巷》是戴望舒的成名作和前期的代表作，他曾因此而赢得了"雨巷诗人"的雅号。这首诗写于 1927 年夏天。当时全国处于白色恐怖之中，戴望舒因曾参加进步活动而不得不避居于松江的友人家中,在孤寂中咀嚼着大革命失败后的幻灭与痛苦,心中充满了迷惘的情绪和朦胧的希望。《雨巷》一诗就是他的这种心情的表现,其中交织着失望和希望、幻灭和追求的双重情调。这种情怀在当时是有一定的普遍性的。《雨巷》运用了象征性的抒情手法。诗中那狭窄阴沉的雨巷,在雨巷中徘徊的独行者,以及那个像丁香一样结着愁怨的姑娘,都是象征性的意象。这些意象又共同构成了一种象征性的意境,含蓄地暗示出作者既迷惘感伤又有期待的情怀,并给人一种朦胧而又幽深的美感。富于音乐性是《雨巷》的另一个突出的艺术特色。诗中运用了复沓、叠句、重唱等手法,造成了回环往复的旋律和宛转悦耳的乐感。因此叶圣陶先生称赞这首诗为中国新诗的音节开了一个“新纪元”。在构成《雨巷》的意境和形象时,诗人既吸取了前人的果汁,又有了自己的创造。古人在诗里以丁香结本身象征愁心,《雨巷》则想象了一个如丁香一样结着愁怨的姑娘。她有丁香瞬忽即失的形象,表现了更多的新时代气息。“丁香空结雨中愁”没有“丁香一样的结着愁怨的姑娘”更能唤起人们希望和幻灭的情绪,在表现时代忧愁的领域里,这个形象是一个难得的创造。诗人依据生活的经验而又加上了自己想象的创造。它是比生活更美的艺术想象的产物。

## 雨巷

戴望舒

撑着油纸伞,独自
彷徨在悠长、悠长
又寂寥的雨巷,
我希望逢着
一个丁香一样地
结着愁怨的姑娘。

她是有
丁香一样的颜色,
丁香一样的芬芳,
丁香一样的忧愁,
在雨中哀怨,
哀怨又彷徨。

她彷徨在这寂寥的雨巷,
撑着油纸伞
像我一样,
像我一样地
默默行着,
冷漠、凄清,又惆怅。

她默默地走近，
走近又投出
太息一般的眼光
她飘过
像梦一般地，
像梦一般地凄婉迷茫。

像梦中飘过
一枝丁香地，
我身旁飘过这个女郎；
她默默地远了，远了，
到了颓圮的篱墙，
走这雨巷。

在雨的哀曲里，
消了她的颜色，
散了她的芬芳，
消散了，甚至她的
太息般的眼光
丁香般的惆怅。

撑着油纸伞，独自
彷徨在悠长、悠长
又寂寥的雨巷，
我希望飘过
一个丁香一样地
结着愁怨的姑娘。

**【注释】**

本篇选自《新诗选》(第 1 册，上海教育出版社 1979 年版)。

**思考题**

1.这首诗在艺术上有什么特点?

2.这首诗的写作背景是什么?

# 第二十六讲　艾青与《我爱这土地》

## 一、新诗现实主义传统的发展

新诗的现实主义传统由于 1930 年中国左翼作家联盟的成立和无产阶级文学运动的发展，进一步得到发扬。"左联"开展了新诗歌运动，强调诗歌大众化和为社会进步负起解放斗争的使命。《拓荒者》、《萌芽月刊》、《北斗》等刊物发表了不少以战斗号召为主要形式的革命诗歌。从冯乃超、蒋光慈、钱杏邨、胡也频、洪灵菲到殷夫，都以极大的热情讴歌了无产者的形象。

抗战期间诗歌创作有了很大发展，在重庆、桂林、成都等内地出现了《诗创作》、《诗垦地》、《诗星》等诗歌专刊和《七月》、《抗战文艺》、《文艺阵地》等大量发表诗作的文学杂志。在解放区，作为延安文艺座谈会的直接产物，出现了形式是民间和民族的长篇叙事诗的高潮。为配合人民解放运动的开展和人民战争的进行，解放区诗歌以长歌的形式，记载了人民受苦、抗争和胜利的艰难历程。代表作品有李季的《王贵与李香香》，田间的《赶车传》（第一部），阮章竞的《圈套》，张志民的《死不着》、《王九诉苦》，李冰的《赵巧儿》，以及阮章竞的定稿于战争年间、出版于新中国诞生以后的《漳河水》。

在国民党统治区，诗歌的直接社会功能表现在对于腐朽没落事物的揭露与抨击。团结在胡风主编的《七月》、《希望》、《七月诗丛》周围的七月派诗人，主要成员有绿原、阿垅、曾卓、鲁藜、牛汉等。他们大多受到艾青的影响，肯定诗的战斗作用，并将诗所体现的美学上的斗争和人所意识到的社会责任统一起来，用朴素、自然、明朗、真诚且有独立个性的声音为人民的今天和明天歌唱。后者以《中国新诗》、《诗创造》、《森林诗丛》为中心，代表诗人是辛笛、穆旦、郑敏、杜运燮、陈敬容、杭约赫（曹辛之）、唐祈、袁可嘉等。

艾青、田间、臧克家在 20 世纪 30 年代的出现，是中国新诗成熟的重要体现。臧克家是其中写诗最早的一人。他的《烙印》于 1933 年出版即引起社会注目。他的诗既不逃避也不粉饰现实，而是以扎实纯朴的作风，严谨缜密的布局，充满底层生活气息的描绘，写出了那个时代的痛苦。他们以传达日益加深的民族危难中的抗争意识为共同特点，又以各不相同的艺术个性显示了各自的才华。艾青以在狱中创作的《大堰河——我的保姆》成名。诗中站起的是一位叛逆者的形象，把仇恨的诅咒投给不公道的世界。在全民奋起抗战的年代里，艾青写了《雪落在中国的土地上》、《北方》、《吹号者》、《向太阳》、《火把》等充满激情的战斗乐章。他的诗全然摒弃以往革命诗歌常见的浮泛的喊叫，而在"给思想以翅膀，给情感以衣裳，给声音以彩色，给颜色以声音；使流逝幻变者凝形"（艾青《诗论·诗人论》）的追求中，以内在的律动传达出整个时代和民族的情绪要求。他的作品中饱满的进取精神和丰沛的审美经验，伴之新奇的联想、想象、意象、象征而来，以不受格律拘束、自由流动的诗行，表现人们的情绪并给读者以暗示与启迪。

### 二、艾青与《我爱这土地》

艾青(1910—1996)，原名蒋海澄，浙江金华人。1928 年就读于杭州西湖艺术学院，次年留学法国。1932 年参加中国左翼美术家联盟，不久被捕，在狱中开始写诗，以《大堰河——我的保姆》一诗成名。1937 年后辗转于武汉、山西、桂林、重庆等地，参加抗日救亡活动。1941 年到延安，参加延安文艺座谈会，主编《诗刊》。1949 年后任《人民文学》副主编等职。1957 年被错划为右派，到黑龙江、新疆等地劳动。"文化大革命"中一再遭到批判。1976 年 10 月后重新获得写作权利，任中国作家协会副主席、国际笔会中国中心副会长，被法国授予文学艺术最高勋章。著有诗集《大堰河》、《北方》、《向太阳》、《归来的歌》等，论文集有《诗论》、《艾青谈诗》等。

太阳与土地是最能概括艾青诗歌特色的两个概念。诗人对于光明、理想和美好生活的热烈追求，常常借助太阳这一意象得以表现，另一面，与诗人血脉相连的土地也是他一生一世都无法割舍的眷恋。艾青对土地的关注，就是对农民、民族、祖国的挚爱。写于抗战爆发后 1938 年的《我爱这土地》就是艾青这种特有的土地情结的代表作。在国土沦丧、民族危亡的紧急关头，艾青向祖国捧出一颗赤子之心，爱国深情抒发，波澜起伏，层层推进。"嘶哑"的歌声正能抒发对土地的义无反顾的真诚和执著，于是土地情结的激越歌声由此响起。"暴风雨"、"悲愤的河流"这些意象告诉我们，艾青魂牵梦绕地爱着的土地，是布满痛苦、躯体上有太多凝结成块的流不动的悲愤的土地。当时日寇连续攻占了华北、华东、华南等广大地区，所到之处疯狂肆虐，草菅人命。而"暴风雨"、"悲愤的河流"这些意象都表现出诗人对人民苦难的深情关注。"这无止息地吹刮着的激怒的风"一句象征着中华民族不屈不挠的反抗精神，神州土地养育了中华民族，也养育了一种坚韧不屈的民族精神。"无止息"暗寓反抗精神的传承，"刮"、"激怒"表示力量的强大，由悲土地之苦难转入赞土地的抗争，诗人的土地情结深了一层；"那来自林间的无比温柔的黎明"一句可以看作斗争前景的象征，也可以更"实"一点，看作充满生机的解放区的象征，伟大的民族解放战争的象征。总之，诗人的情思已由悲愤、称颂进入憧憬，表现出坚定的必胜信念，构思又进一层："——然后我死了，连羽毛也腐烂在土地里面。"诗人没有沉溺于对"温柔"恬静的"黎明"的欣赏中，为了自己的爱永远留给土地，他作出了上述郑重庄严的抉择。第二节的一问一答，诗人由借鸟抒情转入直抒胸臆："为什么我的眼里常含泪水？因为我对这土地爱得深沉",太"深沉"太强烈的土地之爱,已使诗人难以诉诸语言,只能凝成晶莹的泪水。"深沉"一词也许达不到与实际感情相应的表达强度,于是,其后紧跟的六个沉重的省略,似乎涌动着潜流地火般的激情,那炽热、真挚的爱国情怀,更为沉重地叩击着读者的心房,激起读者持续的共鸣。诗作者把个人的悲欢融合到民族和人民的苦难与命运之中,表现出对光明的热烈向往与追求,富有强烈的时代感和现实性,感情深挚,风格独特,是继郭沫若、闻一多等人之后推动一代诗风的重要诗人。

**思考题**

1.艾青在中国诗歌史上的地位和贡献。

2.艾青诗歌的艺术特色。

# 第二十七讲　现代散文

## 一、现代散文发展概况

　　"五四"新文学运动期间,长期以来被排斥于正宗之外的小说与戏剧创作受到了充分的重视,随着西方近代文艺理论的介绍,散文的概念也得到了新的确定,成为与诗歌、小说、话剧并列的一种文学形式。在"五四"以来的现代散文创作中,最早发端和得到发展的是议论性散文。当时除有很多政治性、社会性的论文之外,也出现了一些具有文学色彩的议论文字,像《新青年》杂志刊登的李大钊的《青春》、《今》和陈独秀的《偶像破坏论》、《克林德碑》就是这样的作品。《新青年》杂志从第 4 卷第 4 号起,还增设了"随感录"这个栏目,陆续发表陈独秀、刘半农、钱玄同等人撰写的短小精悍的议论文字,猛烈地攻击了封建主义的痼疾。在《新青年》"随感录"中最精辟的文字,是由鲁迅所撰写的。鲁迅还发表了不少篇幅略长的议论性散文,对封建专制制度和它所造成的腐化与愚昧,进行了鞭辟入里的剖析。这些作品充满了深沉而炽热的感情,不仅思想深刻,在艺术上也很有魅力,将议论性散文提到了前所未有的境界。

　　抒情性散文在"五四"时期常被称为"美文",它的出现和成长,对于保卫和繁荣新文学创作有着重要的意义。证明"旧文学的示威,在表示旧文学之自以为特长者,白话文学也并非做不到"(鲁迅《小品文的危机》)。它的出现稍晚于杂文,然而在后来获得了很大的发展。冰心是较早撰写抒情性散文的作者,她的《笑》、《往事》与《寄小读者》,奠定了她在散文创作中的地位。周作人是"五四"时期提倡抒情性散文最有力的作者,他的《美文》一文对于此类散文的创作起了推波助澜的作用。在文学研究会的作家中,朱自清也是一个重要的散文作家。他具有多种文字风格,语言清幽细密,"谈话风"散文的影响尤其广泛,在思想和艺术上作了严肃认真的探索,写出过不少出色的小品散文,为中国现代散文的发展和繁荣作出了贡献。

　　"五四"新文化运动统一战线开始分化以后,坚持反封建斗争的杂文创作依旧在前进着,1924 年创刊的《语丝》(见语丝社)周刊,登载的文字就"大抵以简短的感想和批评为主"(《发刊词》),1925 年创刊的《莽原》周刊,也是为了进行"'文明批评'和'社会批评'","继续撕去旧社会的假面"(鲁迅《两地书·一七》)。除了鲁迅之外,周作人和林语堂也是《语丝》的重要作者,围绕着"三·一八"惨案等事件,他们也曾写过一些很有思想锋芒的杂文。但是与此同时,两人也开始表现出妥协和自由主义的消极情绪。在散文创作获得丰收的时候,林语堂于 1932 年创办《论语》(见论语派),1934 年出版《人间世》,1935 年刊印《宇宙风》,提倡离开现实斗争的"幽默"、"性灵"和"闲适"

的小品文,形成一时的风尚。

20 年代中期到 30 年代之间,出现了一批具有自己独特风格的抒情小品。丰子恺的《缘缘堂随笔》、《车厢社会》,洗练流畅,颇具神韵;梁遇春的《春醪集》、《泪与笑》,娓娓而谈,吟味人生;李广田的《画廊集》,散发出泥土的芳香,显得绚丽而又浑厚;何其芳的《画梦录》,以炫目的色彩,勾画着朦胧和缥缈的图景;陆蠡的《竹刀》,时时在美丽动人的景色中,编织着令人悲愤的故事;吴伯箫的《羽书》,善于从生动的形象中,展开海阔天空的遐想。还有钟敬文、靳以、丽尼、缪崇群等,也都各具自己的风格。郁达夫的散文《还乡记》、《还乡后记》、《日记九种》等篇章,诅咒丑恶的社会,渴望真挚的情爱,坦率地剖析着内心的苦闷与愤慨,写得清新流畅和富有激情。他写于 30 年代的《屐痕处处》、《达夫游记》等作品,则又俊秀圆润,富有神韵和气势,而且还表达出憎恶黑暗现实的沉痛和愤激的感情。以"新月派"诗人闻名的徐志摩,他的散文在 20 年代也产生过不小的影响。这些作品直抒胸臆,较多表达了他作为自由主义者的思想情趣,艺术上刻意追求,注重锤炼字句。

由于时代的需要,叙事性散文也在 20 年代应运而生,并迅速地产生了比较成熟的作品,叙事性散文进一步繁荣的标志,是 30 年代出现了大量报告文学作品。1936年是报告文学的丰收年,在当时涌现出来的大量作品中,《包身工》(夏衍)和《一九三六年春在太原》(宋之的)是尤为出色的篇章。抗日战争时期至解放战争时期的散文创作,从抗战爆发直到解放战争时期,随着社会的动荡和时代脉搏的变化,散文创作的面貌也发生了变化。虽然整个说来,这个时期散文创作的成绩较二三十年代要逊色一些,但仍然有自己的特点。杂文创作继续取得了新的收获。相形之下,这一时期的抒情诗与记叙散文数量较少,但很多有成就的作者依旧写出了一些佳作。茅盾是这方面收获最丰富的作者。他的《白杨礼赞》、《风景谈》,就是激荡着时代风云,蕴涵着哲理意味的作品。这一时期,由于时局的动荡和客观形势的急遽变化,为读者所关心的报告文学得到了迅速的发展,成为散文创作中最为重要的样式。

30 年代散文中尤其值得一提的是沈从文的创作,无论是描写自然景物,还是勾勒人物言行,都表现了作者独到的艺术表现手段和美学追求,语言质朴生动,自然流溢出诗意的潜流,具有很强的表现力。

## 二、鲁迅与《影的告别》

鲁迅(1881—1936),原名樟寿,后改名树人,字豫才,出生于浙江省绍兴城里一个破落的封建士大夫家庭,"鲁迅"是发表《狂人日记》时开始用的笔名。鲁迅是中国现代伟大的文学家,新文学运动的奠基人。鲁迅著作 20 卷,继往开来,博大精深。《狂人日记》、《孔乙己》、《药》等显示了文学革命的实绩,奠定了新文学的基础;《阿 Q 正传》的发表,为新文学史树立了一面丰碑,对中国作家和世界作家产生了巨大影响;《热风》、《二心集》、《而已集》等杂文,精悍犀利,独树一帜,开创了中国现代文学的新领域。他卓越的文学成就,不仅丰富了中华民族的新文化艺术宝库,而且也是对世界文学的巨大贡献。

在散文集《野草》里,有些作品的思想内容交织着积极斗争的一面和苦闷彷徨的一面,有些作品更表露了空虚寂寞的情绪,艺术表现上也更隐晦曲折。《影的告别》就是这类作品中具有代表性的一篇。

《影的告别》写于 1924 年 9 月 24 日,在《野草》里,是列于《秋夜》之后的第二篇作品。它与《秋夜》不同,《秋夜》固然是内心抒发,但是抒发的是作家对客观世界,对社会生活和社会矛盾的感触和思索,而《影的告别》则转向了解剖自己,是对主观世界,对作家自身思想矛盾的严肃剖析。《影的告别》新奇独特的艺术构思,显示了作家丰富的想象力。作品全篇写的是人在熟睡中,他的"影"来向他的"形"告别的情景。在这里"影"就是作家内心彷徨空虚情绪的象征。作品中人的"影"用幽深隐晦的语言所做的自我表白,写出了"影"由于虚无主义而陷入了寂寞与彷徨,他不愿上天堂,不愿入地狱,也不愿去"将来的黄金世界",甚至这人的"影"竟然不愿意再跟随人的"形",而这正是作家当时内心矛盾的一种披露。在写作《影的告别》的 1924 年,鲁迅的思想发展正处在激烈的矛盾斗争之中:在理论上,一方面他已感到长期以来被当作精神支柱和战斗武器的进化论和个性主义思想的无力;另一方面,他虽然受到马克思主义的影响,但是还没有真正走向历史唯物主义。在实践上,他在向旧世界作持久不断的英勇斗争的同时,还看不清未来的前景和通向未来的正确道路,"影"的话里所坦露的正是作家当时虚无彷徨的心境。

## 影 的 告 别

鲁 迅

人睡到不知道时候的时候,就会有影来告别,说出那些话———

有我所不乐意的在天堂里,我不愿去;有我所不乐意的在地狱里,我不愿去;有我所不乐意的在你们将来的黄金世界里,我不愿去。

然而你就是我所不乐意的。

朋友,我不想跟随你了,我不愿住。

我不愿意!

呜乎呜乎,我不愿意,我不如彷徨于无地。

我不过一个影,要别你而沉没在黑暗里了。然而黑暗又会吞并我,然而光明又会使我消失。

然而我不愿彷徨于明暗之间,我不如在黑暗里沉没。

然而我终于彷徨于明暗之间,我不知道是黄昏还是黎明。我姑且举灰黑的手装作喝干一杯酒,我将在不知道时候的时候独自远行。

呜乎呜乎，倘是黄昏，黑夜自然会来沉没我，否则我要被白天消失，如果现是黎明。

朋友，时候近了。

我将向黑暗里彷徨于无地。

你还想我的赠品。我能献你甚么呢？无已，则仍是黑暗和虚空而已。但是，我愿意只是黑暗，或者会消失于你的白天；我愿意只是虚空，决不占你的心地。

我愿意这样，朋友——

我独自远行，不但没有你，并且再没有别的影在黑暗里。只有我被黑暗沉没，那世界全属于我自己。

一九二四年九月二十四日。

【注释】

本篇选自《野草》（人民文学出版社 1973 年版）。

## 三、朱自清与《儿女》

朱自清（1898—1948），原名自华，字佩弦，号秋实，江苏扬州人。现代散文家、诗人、教授。1920 年毕业于北京大学哲学系，学生时代即创作新诗，后又从事散文写作。1920 年秋，创办《诗刊》。1925 年到北京清华大学中国文学系任教，不久任系主任。抗日战争时期，任西南联合大学教授。抗战胜利后，仍在清华大学任教，并积极支持反对国民党独裁统治的学生运动。1947 年，朱自清在《十三教授宣言》上签名。抗议当局任意逮捕群众。1948 年 6 月，在京参加了反对美国扶持日本的游行，并在《抗议美国扶日政策并拒绝领取美国面粉宣言》上签名。1948 年 8 月 20 日，因贫病在北平逝世，著有诗歌散文集《踪迹》，散文集《背影》、《欧游杂记》、《你我》、《伦敦杂记》，文艺论著《诗言志辨》、《记雅俗共赏》等。

朱自清的散文主要是叙事性和抒情性的小品文。其作品的题材可分为三个系列：一是以写社会生活抨击黑暗现实为主要内容的一组散文，代表作品有《生命的价格——七毛钱》、《白种人——上帝的骄子》和《执政府大屠杀记》。二是以《背影》、《儿女》、《悼亡妇》为代表的一组散文，主要描写个人和家庭生活，表现父子、夫妻、朋友间的人伦之情，具有浓厚的人情味。第三，以写自然景物为主的一组借景抒情的小品，《绿》、《春》、《桨声灯影里的秦淮河》、《荷塘月色》等，是其代表作。后两类散文，是朱自清写得最出色的，其中《背影》、《荷塘月色》更是脍炙人口的名篇。其散文素朴缜密、清隽沉郁，以语言洗练、文笔清丽著称，极富有真情实感。

# 儿　女

朱自清

　　我现在已是五个儿女的父亲了。想起圣陶喜欢用的"蜗牛背了壳"的比喻，便觉得不自在。新近一位亲戚嘲笑我说，"要剥层皮呢！"更有些悚然了。十年前刚结婚的时候，在胡适之先生的《藏晖室札记》里，见过一条，说世界上有许多伟大的人物是不结婚的；文中并引培根的话，"有妻子者，其命定矣。"当时确吃了一惊，仿佛梦醒一般；但是家里已是不由分说给娶了媳妇，又有甚么可说？现在是一个媳妇，跟着来了五个孩子；两个肩头上，加上这么重一副担子，真不知怎样走才好。"命定"是不用说了；从孩子们那一面说，他们该怎样长大，也正是可以忧虑的事。我是个彻头彻尾自私的人，做丈夫已是勉强，做父亲更是不成。自然，"子孙崇拜"，"儿童本位"的哲理或伦理，我也有些知道；既做着父亲，闭了眼抹杀孩子们的权利，知道是不行的。可惜这只是理论，实际上我是仍旧按照古老的传统，在野蛮地对付着，和普通的父亲一样。近来差不多是中年的人了，才渐渐觉得自己的残酷；想着孩子们受过的体罚和叱责，始终不能辩解——像抚摩着旧创痕那样，我的心酸溜溜的。有一回，读了有岛武郎《与幼小者》的译文，对了那种伟大的，沉挚的态度，我竟流下泪来了。去年父亲来信，问起阿九，那时阿九还在白马湖呢；信上说，"我没有耽误你，你也不要耽误他才好。"我为这句话哭了一场；我为什么不像父亲的仁慈？我不该忘记，父亲怎样待我们来着！人性许真是二元的，我是这样地矛盾；我的心像钟摆似的来去。

　　你读过鲁迅先生的《幸福的家庭》么？我的便是那一类的"幸福的家庭"！每天午饭和晚饭，就如两次潮水一般。先是孩子们你来他去地在厨房与饭间里查看，一面催我或妻发"开饭"的命令。急促繁碎的脚步，夹着笑和嚷，一阵阵袭来，直到命令发出为止。他们一递一个地跑着喊着，将命令传给厨房里佣人；便立刻抢着回来搬凳子。于是这个说，"我坐这儿！"那个说，"大哥不让我！"大哥却说，"小妹打我！"我给他们调解，说好话。但是他们有时候很固执，我有时候也不耐烦，这便用着叱责了；叱责还不行，不由自主地，我的沉重的手掌便到他们身上了。于是哭的哭，坐的坐，局面才算定了。接着可又你要大碗，他要小碗，你说红筷子好，他说黑筷子好；这个要干饭，那个要稀饭，要茶要汤，要鱼要肉，要豆腐，要萝卜；你说他菜多，他说你菜好。妻是照例安慰着他们，但这显然是太迂缓了。我是个暴躁的人，怎么等得及？不用说，用老法子将他们立刻征服了；虽然有哭的，不久也就抹着吃完了，纷纷爬下凳子，桌上是饭粒呀，汤汁呀，骨头呀，渣滓呀，加上纵横的筷子，欹斜的匙子，就如一块花花绿绿的地图模型。吃饭而外，他们的大事便是游戏。游戏时，大的有大主意，小的有小主意，各自坚持不下，于是争执起来；或者大的欺负了小的，或者小的竟欺负了大的，被欺负的哭着嚷着，到我或妻的面前诉苦；我大抵仍旧要用老法子来判断的，但不理的时候也有。最为难的，是争夺玩具的时候：这一个的与那一个的是同样的东西，却偏要那一个的；而那一个便偏不答应。在这种情形之下，不论如何，终于是非哭了不可的。这些事件自然不至于天天全有，但大致总有好些起。我若坐在家里看书或写什么东西，管保一点钟里要分几回心，或站起来一两次的。若是雨天或礼拜日，孩子们在家的多，那么，摊开书竟看不下一行，提起笔也写不出一个字的事，也有过的。我常和妻说，"我们家真是成日的千军万马呀！"有时是不但"成日"，连夜里也有兵马在进行着，在有吃乳或生病的孩子的时候！

我结婚那一年，才十九岁。二十一岁，有了阿九；二十三岁，又有了阿菜。那时我正像一匹野马，哪能容忍这些累赘的鞍鞯，辔头，和缰绳？摆脱也知是不行的，但不自觉地时时在摆脱着。现在回想起来，那些日子，真苦了这两个孩子；真是难以宽宥的种种暴行呢！阿九才两岁半的样子，我们住在杭州的学校里。不知怎地，这孩子特别爱哭，又特别怕生人。一不见了母亲，或来了客，就哇哇地哭起来了。学校里住着许多人，我不能让他扰着他们，而客人也总是常有的；我懊恼极了，有一回，特地骗出了妻，关了门，将他按在地下打了一顿。这件事，妻到现在说起来，还觉得有些不忍；她说我的手太辣了，到底还是两岁半的孩子！我近年常想着那时的光景，也觉黯然。阿菜在台州，那是更小了；才过了周岁，还不大会走路。也是为了缠着母亲的缘故吧，我将她紧紧地按在墙角里，直哭喊了三四分钟；因此生了好几天病。妻说，那时真寒心呢！但我的苦痛也是真的。我曾给圣陶写信，说孩子们的折磨，实在无法奈何；有时竟觉着还是自杀的好。这虽是气愤的话，但这样的心情，确也有过的。后来孩子是多起来了，磨折也磨折得久了，少年的锋棱渐渐地钝起来了；加以增长的年岁增长了理性的裁制力，我能够忍耐了——觉得从前真是一个"不成材的父亲"，如我给另一个朋友信里所说。但我的孩子们在幼小时，确比别人的特别不安静，我至今还觉如此。我想这大约还是由于我们抚育不得法；从前只一味地责备孩子，让他们代我们负起责任，却未免是可耻的残酷了！

正面意义的"幸福"，其实也未尝没有。正如谁所说，小的总是可爱，孩子们的小模样，小心眼儿，确有些教人舍不得的。阿毛现在五个月了，你用手指去拨弄她的下巴，或向她做趣脸，她便会张开没牙的嘴格格地笑，笑得像一朵正开的花。她不愿在屋里待着；待久了，便大声儿嚷。妻常说，"姑娘又要出去溜达了。"她说她像鸟儿般，每天总得到外面溜一些时候。闰儿上个月刚过了三岁，笨得很，话还没有学好呢。他只能说三四个字的短语或句子，文法错误，发音模糊，又得费气力说出；我们老是要笑他的。他说"好"字，总变成"小"字；问他"好不好？"他便说"小"，或"不小"。我们常常逗着他说这个字玩儿；他似乎有些觉得，近来偶然也能说出正确的"好"字了——特别在我们故意说成"小"字的时候。他有一只搪瓷碗，是一毛来钱买的；买来时，老妈子教给他，"这是一毛钱。"他便记住"一毛"两个字，管那只碗叫"一毛"，有时竟省称为"毛"。这在新来的老妈子，是必需翻译了才懂的。他不好意思，或见着生客时，便咧着嘴痴笑；我们常用了土话，叫他做"呆瓜"。他是个小胖子，短短的腿，走起路来，蹒跚可笑；若快走或跑，便更"好看"了。他有时学我，将两手叠在背后，一摇一摆的；那是他自己和我们都要乐的。他的大姊便是阿菜，已是七岁多了，在小学校里念着书。在饭桌上，一定得啰啰唆唆地报告些同学或他们父母的事情；气喘喘地说着，不管你爱听不爱听。说完了总问我："爸爸认识么？""爸爸知道么？"妻常禁止她吃饭时说话，所以她总是问我。她的问题真多：看电影便问电影里的是不是人？是不是真人？怎么不说话？看照相也是一样。不知谁告诉她，兵是要打人的。她回来便问，兵是人么？为什么打人？近来大约听了先生的话，回来又问张作霖的兵是帮谁的？蒋介石的兵是不是帮我们的？诸如此类的问题，每天短不了，常常闹得我不知怎样答才行。她和闰儿在一处玩儿，一大一小，不很合式，老是吵着哭着。但合式的时候也有：譬如这个往床底下躲，那个便钻进去追着；这个钻出来，那个也跟着——从这个床到那个床，只听见笑着，嚷着，喘着，真如妻所说，像小狗似的。现在在京的，便只有这三个孩子；阿九和转儿是去年北来时，让母亲暂时带回扬州去了。

阿九是欢喜书的孩子。他爱看《水浒》，《西游记》，《三侠五义》，《小朋友》等；没有事便捧着书坐着或躺着看。只不欢喜《红楼梦》，说是没有味儿。是的，《红楼梦》的味儿，一个十岁的孩子，哪里能领略呢？去年我们事实上只能带两个孩子来；因为他大些，而转儿是一直跟着祖母的，便在上海将他俩丢下。我清清楚楚记得那分别的一个早上。我领着阿九从二洋泾桥的旅馆出来，送他到母亲和转儿住着的亲戚家去。妻嘱咐说，"买点吃的给他们吧。"我们走过四马路，到一家茶食铺里。阿九说要熏鱼，我给买了；又买了饼干，是给转儿的。便乘电车到海宁路。下车时，看着他的害怕与累赘，很觉恻然。到亲戚家，因为就要回旅馆收拾上船，只说了一两句话便出来；转儿望望我，没说什么，阿九是和祖母说什么去了。我回头看了他们一眼，硬着头皮走了。后来妻告诉我，阿九背地里向她说："我知道爸爸欢喜小妹，不带我上北京去。"其实这是冤枉的。他又曾和我们说，"暑假时一定来接我啊！"我们当时答应着；但现在已是第二个暑假了，他们还在迢迢的扬州待着。他们是恨着我们呢？还是惦着我们呢？妻是一年来老放不下这两个，常常独自暗中流泪；但我有什么法子呢！想到"只为家贫成聚散"一句无名的诗，不禁有些凄然。转儿与我较生疏些。但去年离开白马湖时，她也曾用了生硬的扬州话（那时她还没有到过扬州呢），和那特别尖的小嗓子向着我：

"我要到北京去。"她晓得什么北京，只跟着大孩子们说罢了；但当时听着，现在想着的我，却真是抱歉呢。这兄妹俩离开我，原是常事，离开母亲，虽也有过一回，这回可是太长了；小小的心儿，知道是怎样忍耐那寂寞来着！

我的朋友大概都是爱孩子的。少谷有一回写信责备我，说儿女的吵闹，也是很有趣的，何至可厌到如我所说；他说他真不解。子恺为他家华瞻写的文章，真是"蔼然仁者之言"。圣陶也常常为孩子操心：小学毕业了，到什么中学好呢？——这样的话，他和我说过两三回了。我对他们只有惭愧！可是近来我也渐渐觉着自己的责任。我想，第一该将孩子们团聚起来，其次便该给他们些力量。我亲眼见过一个爱儿女的人，因为不曾好好地教育他们，便将他们荒废了。他并不是溺爱，只是没有耐心去料理他们，他们便不能成材了。我想我若照现在这样下去，孩子们也便危险了。我得计划着，让他们渐渐知道怎样去做人才行。但是要不要他们像我自己呢？这一层，我在白马湖教初中学生时，也曾从师生的立场上问过丐尊，他毫不踌躇地说，"自然啰。"近来与平伯谈起教子，他却答得妙，"总不希望比自己坏啰。"是的，只要不"比自己坏"就行，"像"不"像"倒是不在乎的。职业，人生观等，还是由他们自己去定的好；自己顶可贵，只要指导，帮助他们去发展自己，便是极贤明的办法。

予同说，"我们得让子女在大学毕了业，才算尽了责任。"SK 说，"不然，要看我们的经济，他们的材质与志愿；若是中学毕了业，不能或不愿升学，便去做别的事，譬如做工人吧，那也并非不行的。"自然，人的好坏与成败，也不尽靠学校教育；说是非大学毕业不可，也许只是我们的偏见。在这件事上，我现在毫不能有一定的主意；特别是这个变动不居的时代，知道将来怎样？好在孩子们还小，将来的事且等将来吧。目前所能做的，只是培养他们基本的力量——胸襟与眼光；孩子们还是孩子们，自然说不上高的远的，慢慢从近处小处下手便了。这自然也只能先按照我自己的样子："神而明之，存乎其人，"光辉也罢，倒楣也罢，平凡也罢，让他们各尽各的力去。我只希望如我所想的，从此好好地做一回父亲，便自称心满意。——想到那"狂人""救救孩子"的呼声，我怎敢不悚然自勉呢？

一九二八年六月二十四日晚写毕，北京清华园

【注释】

本篇选自《中国现代散文选》（第一卷，人民文学出版社 1982 年版）。

## 四、沈从文与《鸭窠围的夜》

沈从文（1902—1988），原名沈岳焕，苗族，湖南凤凰人。1918 年自家乡小学毕业后，随当地土著部队流徙于湘、川、黔边境与沅水流域一带，后正式参军，当过上士司书。1922 年在"五四"思潮吸引下只身来到北京，升学未成，在郁达夫、徐志摩等人鼓

励下,于艰苦条件下自学写作。1924 年,他的作品最早载于《晨报副刊》,接着又在《现代评论》、《小说月报》上发表。1928 年,与胡也频、丁玲相继来到上海,曾共同创办《红黑》杂志。1929 年在上海中国公学教书。这时期的作品结集为《鸭子》、《旅店及其他》、《蜜柑》等,所描写的湘西乡俗民风和鲜明的生活,引起人们的注目。《萧萧》、《牛》、《柏子》、《阿丽思中国漫游奇境记》显示了他早期小说较成功的乡土抒写和历史文化思考。1930 年后赴青岛大学执教,创作日丰。到抗战前,出版了 20 多个作品集,有《石子船》、《虎雏》、《月下小景》、《八骏图》等,还有重要的选本《从文小说习作选》。中篇小说《边城》于 1934 年问世,标志着他的小说的成熟。

抗战爆发后,经武汉、长沙,取道湘西去云南。途经沅陵时,写作散文《湘西》、长篇小说《长河》(第 1 卷),后至昆明西南联大任教。1945 年后回京,在北京大学教书,同时编《大公报》、《益世报》文艺副刊。1949 年以后,长期从事文物工作。先后在中国历史博物馆、故宫博物院研究中国古代服饰和物质文化史。1960 年发表《龙凤艺术》等文。1978 年调中国社科院历史研究所。他以作家身份被邀参加第三次全国文代会,增补为全国文联委员。1980 年曾赴美国讲学。1981 年出版了历时 15 年写成的《中国古代服饰研究》专著。

本文以清淡舒缓的笔触描写了夜晚来临时鸭窠围的水光山色以及吊角楼这种有湘西特色的水乡建筑。文章无波无澜、淡雅耐读,令人感受到边地特有的景观美和风俗美。

## 鸭窠围的夜(节选)

沈从文

天快黄昏时落了一阵雪子,不久就停了。天气真冷,在寒气中一切都仿佛结了冰。便是空气,也像快要冻结的样子。我包定的那一只小船,在天空大把撒着雪子时已泊了岸,从桃源县沿河而上这已是第五个夜晚。看情形晚上还会有风有雪,故船泊岸边时便从各处挑选好地方。沿岸除了某一处有片沙滩宜于泊船以外,其余地方全是黛色如屋的大岩石。石头既然那么大,船又那么小,我们都希望寻觅得到一个能作小船风雪屏障,同时要上岸又还方便的处所。凡是可以泊船的地方早已被当地渔船占去了。小船上的水手,把船上下各处撑去,钢钻头敲打着沿岸大石头,发出好听的声音,结果这只小船,还是不能不同许多大小船只一样,在正当泊船处插了篙子,把当作锚头用的石碗抛到沙上去,尽那行将来到的风雪,摊派到这只船上。

这地方是个长潭的转折处,两岸是高大壁立千丈的山,山头上长着小小竹子,长年翠色逼人。这时节两山只剩余一抹深黑,赖天空微明为画出一个轮廓。但在黄昏里看来如一种奇迹的,却是两岸高处去水已三十丈上下的吊脚楼。这些房子莫不俨然悬挂在半空中,借着黄昏的金光,还可以把这些希奇的楼房形体,看得出个大略。这些房子同沿河一切房子有个共通相似处，便是从结构上说来，处处显出对于木材的浪费。房屋既在半山上，不用那么多木料，便不能成为房子吗？半山上也用吊脚楼形式，这形式是必须的吗？然而这条河水的大宗出口是木料，木材比石块还不值价。因此，即或是河水永远长不到处，吊脚楼房子依然存在，似乎也不应当有何惹眼惊奇了。但沿河因为有了这些楼房，长年与流水斗争的水手，寄身船中枯闷成疾的旅行者，以及其他过路人，却有了落脚处了。这些人的疲劳与寂寞是从这些房子中可以一律解除的。地方既好看，也好玩。

　　河面大小船只泊定后，莫不点了小小的油灯，拉了篷。各个船上皆在后舱烧了火，用铁鼎罐煮红米饭。饭焖熟后，又换锅子熬油，哗的把菜蔬倒进热锅里去。一切齐全了，各人蹲在舱板上三碗五碗把腹中填满后，天已夜了。水手们怕冷怕动的。收拾碗盏后，就莫不在舱板上摊开了被盖，把身体钻进那个预先卷成一筒又冷又湿的硬棉被里去休息。至于那些想喝一杯的，发了烟瘾得靠靠灯，船上烟灰又翻尽了的，或一无所为，只是不甘寂寞，好事好玩想到岸上去烤烤火谈谈天的，便莫不提了桅灯，或燃一段废缆子，摇晃着从船头跳上了岸，从一堆石头间的小路径，爬到半山上吊脚楼房子那边去，找寻自己的熟人，找寻自己的熟地。陌生人自然也有来到这条河中来到这种吊脚楼房子里的时节，但一到地，在火堆旁小板凳上一坐，便是陌生人，即刻也就可以称为熟人乡亲了。

　　这河边两岸除了停泊有上下行的大小船只三十左右以外，还有无数在日前趁融雪涨水放下形体大小不一的木筏。较小的木筏，上面供给人住宿过夜的棚子也不见，一到了码头，便各自上岸找住处去了。大一些的木筏呢，则有房屋，有船只，有小小菜园与养猪养鸡栅栏，还有女眷和小孩子。

　　黑夜占领了全个河面时，还可以看到木筏上的火光，吊脚楼窗口的灯光，以及上岸下船在河岸大石间飘忽动人的火炬红光。这时节岸上船上都有人说话，吊脚楼上且有妇人在黯淡灯光下唱小曲的声音，每次唱完一支小曲时，就有人笑嚷。什么人家吊脚楼下有匹小羊叫，固执而且柔和的声音，使人听来觉得忧郁。我心中想着，"这一定是从别一处牵来的，另外一个地方，那小畜生的母亲，一定也那么固执的鸣着吧。"算算日子，再过十一天便过年了。"小畜生明不明白只能在这个世界上活过十天八天？"明白也罢，不明白也罢，这小畜生是为了过年而赶来，应在这个地方死去的。此后固执而又柔和的声音，将在我耳边永远不会消失。我觉得忧郁起来了。我仿佛触着了这世界上一点东西，看明白了这世界上一点东西，心里软和得很。

　　但我不能这样子打发这个长夜。我把我的想象，追随了一个唱曲时清中夹沙的妇女声音，到她的身边去了。于是仿佛看到了一个床铺，下面是草荐，上面摊了一床用旧帆布或别的旧货做成脏而又硬的棉被，搁在床正中被单上面的是一个长方木托盘，盘中有一把小茶盏，一个小烟盒，一支烟枪，一块小石头，一盏灯。盘边躺着一个人在烧烟。唱曲子的妇人，或是袖了手捏着自己的膀子站在吃烟者的面前，或是靠在男子对面的床头，为客人烧烟。房子分两进，前面临街，地是土地，后面临河，便是所谓吊脚楼了。这些人房子窗口既一面临河，可以凭了窗口呼喊河下船中人，当船上人过了瘾，胡闹已够，下船时，或者尚有些事情嘱托，或有其他原因，一个晃着火炬停顿在大石间，一个便凭立在窗口，"大老你记着，船下行时又来。""好，我来的，我记着的。""你见了顺顺就说：会呢，完了；孩子大牛呢，脚膝骨好了。细粉带三斤，冰糖或片糖带三斤。""记得到，记得到，大娘你放心，我见了顺顺大爷就说：会呢，完了。大牛呢，好了。细粉来三斤，冰糖来三斤。""杨氏，杨氏，一共四吊七，莫错账！""是的，放心呵，你说四吊七就四吊七，年三十夜莫会要你多的！你自己记着就是了！"这样那样的说着，我一一都可听到，而且一面还可以听着在黑暗中某一处咩咩的羊鸣。

我明白这些回船的人是上岸吃过"荤烟"了的。我还估计得出，这些人不吃"荤烟"，上岸时只去烤烤火的，到了那些屋子里时，便多数只在临街那一面铺子里。这时节天气太冷，大门必已上好了，屋里一隅或点了小小油灯，屋中土地上必就地掘了浅凹火炉膛，烧了些树根柴块。火光煜煜，且时时刻刻爆炸着一种难于形容的声音。火旁矮板凳上坐有船上人，木筏上人，有对河住家的熟人。且有虽为天所厌弃还不自弃年过七十的老妇人，闭着眼睛蜷成一团蹲在火边，悄悄的从大袖筒里取出一片薯干或一枚红枣，塞到嘴里去咀嚼。有穿着肮脏身体瘦弱的孩子，手擦着眼睛傍着火旁的母亲打盹。屋主人有为退伍的老军人，有翻船背运的老水手，有单身寡妇，借着火光灯光，可以看得出这屋中的大略情形，三堵木板壁上，一面必有个供奉祖宗的神龛，神龛下空处或另一面，必贴了一些大小不一的红白名片。这些名片倘若有那些好事者加以注意，用小油灯照着，去仔细检查检查，便可以发现许多动人的名衔，军队上的连副，上士，一等兵，商号中的管事，当地的团总，保正，催租吏，以及照例姓滕的船主，洪江的木簰商人，与其他各行各业人物，无所不有。这是近一二十年来经过此地若干人中一小部分的题名录。这些人各用一种不同的生活，来到这个地方，且同样的来到这些屋子里，坐在火边或靠近床边，逗留过若干时间。这些人离开了此地后，在另一世界里还是继续活下去，但除了同自己的生活圈子中人发生关系以外，与一同在这个世界上其他的人，却仿佛便毫无关系可言了。他们如今也许早已死掉了；水淹死的，枪打死的，被外妻用砒霜谋杀的，然而这些名片却依然将好好的保留下去。也许有些人已成了富人名人，成了当地的小军阀，这些名片却仍然写着催租人，上士等等的衔头。……除了这些名片，那屋子里是不是还有比它更引人注意的东西呢？锯子，小捞兜，香烟大画片，装干栗子的口袋，……提起这些问题时使人心中很激动。我到船头上去眺望了一阵。河面静静的,木筏上火光小了,船上的灯光已很少了,远近一切只能借着水面微光看出个大略情形。另外一处的吊脚楼上,又有了妇人唱小曲的声音,灯光摇摇不定,且有猜拳声音。我估计那些灯光同声音所在处,不是木筏上的簰头在取乐,就是水手们小商人在喝酒。妇人手指上说不定还戴了水手特别为从常德府捎带来的镀金戒指,一面唱曲一面把那只手理着鬓角,多动人的一幅画图! 我认识他们的哀乐,这一切我也有份。看他们在那里把每个日子打发下去,也是眼泪也是笑,离我虽那么远,同时又与我那么相近。这正是同读一篇描写西伯利亚的农人生活动人作品一样,使人掩卷引起无言的哀戚。我如今只用想象去领味这些人生活的表面姿态,却用过去一分经验,接触着了这种人的灵魂。

**【注释】**

　　本篇节选自《中国现代散文选·鸭窠围的夜》(第二卷,人民文学出版社1982年版)。写于1934年,是1936年出版的作者连续性长篇散文《湘行散记》中的一篇。鸭窠围:湖南沅水流域的一个地名。

　　思考题

1.《野草》的艺术特色。

2.结合自己的阅读,体会朱自清散文"谈话风"的特点。

3.简析《鸭窠围的夜》的写作特色。

# 第二十八讲  现代小说

## 一、现代小说概况

现代的中国小说,其主体是"五四"文学革命中诞生的一种用白话文写作的新体小说。中国小说从"五四"时期起,跨进了一个与世界现代小说有共同"语言"的崭新阶段。提倡"文学革命"的《新青年》和最早成立的新文学团体文学研究会,既反对封建的"载道"文学,也反对鸳鸯蝴蝶派的游戏文学,他们从启蒙主义的思想立场出发,主张文学"为人生"。"问题小说"在"五四"时期的风行,便是这种潮流的一个突出标志。

真正显示了"五四"到大革命时期小说创作的现实主义特色的,是鲁迅以及在鲁迅影响下的文学研究会、语丝社、未名社一部分青年作家。现代小说的第一篇作品——鲁迅的《狂人日记》,就提出了家族制度和封建礼教"吃人"这个重大问题。其中鲁迅的《呐喊》《彷徨》,更以圆熟单纯而又丰富多样的手法,通过一系列典型形象的成功塑造,概括了异常深广的时代历史内容,真实地再现了中国人民特别是农民在获得无产阶级领导前的极度痛苦,展示了乡土气息与地方色彩颇为浓郁的风俗画,代表了"五四"现实主义的高度水平。正是在鲁迅的开拓与带动下,新文学第一个十年的后期出现了一批乡土文学作者,如潘训、叶绍钧、骞先艾、许杰、鲁彦、彭家煌、废名、许钦文、台静农等,使这类小说获得很大的发展。新体小说从最初比较单纯地提出问题到出现大批真实再现村镇生活的乡土文学作品,标志着小说领域里现实主义的逐步成熟。

创造社主要作家的小说创作,兼有浪漫主义和现代主义的特征。由郁达夫所代表的创造社这个流派的小说,带有浓重的主观抒情色彩,从郁达夫的《沉沦》起,与叶绍钧、许杰、彭家煌以及稍后的鲁彦等作家对现实本身所作的冷静描写和细密剖析迥然相异。郁达夫的小说自《薄奠》以后,也逐渐增多了现实主义成分。无产阶级革命文学在 1928 年被作为口号提出而且形成运动,一部分作家开始自觉地把文学作为无产阶级革命斗争的武器,使小说的题材、主题都发生重大的变化。革命斗争生活和革命工农形象开始进入小说创作,在以蒋光慈为代表的后期创造社和太阳社的小说中得到了明显的反映。

1930 年,中国左翼作家联盟的成立促进了小说创作的发展。丁玲、张天翼、柔石、胡也频等给文坛带来了新鲜气息的作者,正是在这种情况下受到了重视。革命乐观主义精神在有些青年作家的作品中也得到发扬。茅盾的《子夜》以民族资本家吴荪甫的形象为中心,在较大规模上真实地描画出 20 世纪 30 年代初期上海的社会面貌,准确地剖析了中国社会的性质,这是作者运用革命现实主义方法再现生活的出色成果。《子夜》的成功,开辟了用科学世界观剖析社会现实的新的创作道路,对吴组缃、沙汀、艾芜等创作的发展和一个新的小说流派——社会剖析派的形成起了重要的推动作用。在"左联"的关怀、帮助下,涌现出蒋牧良、周文、萧军、萧红、舒群、端木蕻良、欧阳山、草明、芦焚、黑丁、荒煤、奚如、彭柏山等一大批新的小说作者。尽管左翼小说创作也还掺杂着某些旧现实主义乃至自然主义的因素,塑造革命者和工农形象时较普遍地存在苍白、不够真实等缺点,总的说来,却还是向着社会主义现实主义前进了一大步。

　　"左联"以外的进步作家,也在小说创作上作出了重要的贡献:巴金的《家》通过封建大家庭的没落崩溃与青年一代的觉醒成长,在相当宽广的背景上表现了"五四"以后时代潮流的激荡;老舍的《骆驼祥子》描述了勤劳本分的人力车夫祥子从奋斗、挣扎到毁灭的悲剧性一生,对旧社会、旧制度做出深沉有力的控诉;它们与《子夜》等左翼作品一起,将中国长篇小说艺术提高到一个新的水平。在上海,以施蛰存主编的《现代》杂志为中心,还聚集着杜衡、穆时英、刘呐鸥、叶灵凤等一批作家。他们中,有的从事着现实主义的小说创作,有的则以日本新感觉派或欧美其他现代派小说为楷模,尝试着现代主义的创作道路,其中一部分作品在运用快速的节奏以表现现代都市生活、探索现代心理分析方法、吸取意识流手法以丰富小说技巧等方面,起了一定的开拓作用。此外,30 年代的"京派"作家如沈从文、废名、凌叔华、萧乾等,也写出了一些内容恬淡、各具特色的小说,像沈从文的中篇《边城》、长篇《长河》,则是艺术上相当圆熟的作品。

　　抗战的炮火激发了广大作家的创作热情。《七月》杂志上出现了丘东平的《一个连长的战斗遭遇》等小说。稍后出现的路翎,也是"七月派"的小说作家,从《饥饿的郭素娥》到《财主底儿女们》,同样表现了他对现实主义艺术的独到追求。随着抗战进入相持阶段,国民党统治的黑暗、腐朽、反动逐渐暴露得愈益充分,国民党统治区的小说也愈益向着深入揭露阴暗面方面发展。从张天翼的《华威先生》到沙汀的《淘金记》、茅盾的《腐蚀》、巴金的《寒夜》,便是这类作品中的杰出代表。到 1944 年民主运动高涨后国民党统治区产生的一些作品,像张恨水的《八十一梦》、沙汀的《还乡记》、艾芜的《山野》、黄谷柳的《虾球传》,在暴露讽刺方面则已具有直接痛快、淋漓尽致的特点,有的还显示着人民斗争终将胜利的曙光。战后出版的长篇,如钱钟书的《围城》、姚雪垠的《长夜》,或写抗战以来的现实,或写 20 年代的历史,或者表现人性微妙的张爱玲的《金锁记》等都以独特的艺术成就,赢得了读者的喜爱。

　　在抗日民主根据地和后来的解放区,由于作家同人民群众的逐步结合,从思想感情到语言形式都大大群众化了,还出现了一批用传统的章回体写法表现新生活内容的比较成功的长篇(如《吕梁英雄传》、《新儿女英雄传》等)。延安文艺座谈会后,短短七八年内,不仅有柳青、孙犁、康濯等一批新的小说作者雨后春笋般成长起来,而且还涌现了《太阳照在桑干河上》、《暴风骤雨》、《种谷记》等一批优秀或比较优秀的长篇。赵树理更是解放区小说作家的突出代表。他的《小二黑结婚》、《李有才板话》、《李家庄的变迁》等作品，不仅语言形式群众化，而且感情内容也浸透着来自农民的朴实、亲切、幽默、乐观的气息。孙犁、康濯等人的短篇小说，则洋溢着真正从群众生活和斗争中得来的诗情画意。他们的小说为后来的一些创作流派开了先河。在反映革命部队的战斗生活方面，刘白羽等人的中短篇小说，也都取得了显著的成绩。

## 二、鲁迅与《风波》

辫子曾是清王朝统治建立和消亡的标志之一，在鲁迅眼里，又是传统文化和国民精神枷锁的一种象征，是国民革命与危机的一种征兆。这篇小说通过对江南水乡中一场辫子风波的描述，展示了辛亥革命后中国农村的真实面貌，揭示了缺乏精神信仰和追求的"无特操"的国民性弱点。小说描写1917张勋复辟事件在江南某水乡所引起的一场关于辫子的风波，以小见大，展示了辛亥革命后中国农村的封闭、愚昧、保守的沉重氛围，帝制余孽还在向农民肆虐，农民还处于封建势力和封建思想的统治和控制之下，揭示了缺乏精神信仰的追求而陷于自私、苟活、麻木、冷漠、盲从状态的"无特操"的国民性的弱点，说明辛亥革命并没有给封建统治下的中国农村带来真正的变革，今后的社会革命，若不能唤醒民众是难以成功的。

七斤是当地著名的见过世面的"出场人物"，甚至于受到众人尊敬，有"相当的待遇"的。然而他听到皇帝坐龙廷的消息后的垂头丧气，对妻子责骂时的隐忍，迁怒于女儿时的内心郁闷，实际上却显示着他是一个麻木胆怯、愚昧鄙俗、毫无民主主义觉悟的落后农民的典型。作品通过这样的人物形象地表明，辛亥革命后的中国缺乏坚执信仰和殉道精神的民众，与革命仍然极其隔膜，离革命实在还很遥远，民众这样不觉悟是辛亥革命及其他一切变革终将失败的根本原因，也是类似辫子风波的悲剧不断上演的现实基础。

赵七爷是一个不学无术、精神贫乏、空虚、善于韬晦且阴险凶狠、时刻梦想复辟的封建遗老。他虽与七斤等人处于不同的社会阶层，但在一定意义上，他与七斤等人一样，同是专制统治下无信仰、无特操的子民，他的被人尊敬，从另一个角度说明了辛亥革命的不彻底性。七斤嫂与八一嫂、九斤老太等其他人物一样，依然自私落后、愚昧麻木，生活在浑浑噩噩的不觉悟状态之中。

## 风 波[1]

鲁 迅

临河的土场上，太阳渐渐的收了他通黄的光线了。场边靠河的乌桕树叶，干巴巴的才喘过气来，几个花脚蚊子在下面哼着飞舞。面河的农家的烟突里，逐渐减少了炊烟，女人孩子们都在自己门口的土场上泼些水，放下小桌子和矮凳；人知道，这已经是晚饭的时候了。

老人男人坐在矮凳上，摇着大芭蕉扇闲谈，孩子飞也似的跑，或者蹲在乌桕树下赌玩石子。女人端出乌黑的蒸干菜和松花黄的米饭，热蓬蓬冒烟。河里驶过文人的酒船，文豪见了，大发诗兴，说，"无思无虑，这真是田家乐呵！"

但文豪的话有些不合事实，就因为他们没有听到九斤老太的话。这时候，九斤老太正在大怒，拿破芭蕉扇敲着凳脚说：

"我活到七十九岁了，活够了，不愿意眼见这些败家相，——还是死的好。立刻就要吃饭了，还吃炒豆子，吃穷了一家子！"

伊的曾孙女儿六斤捏着一把豆，正从对面跑来，见这情形，便直奔河边，藏在乌桕树后，伸出双丫角的小头，大声说，"这老不死的！"

九斤老太虽然高寿，耳朵却还不很聋，但也没有听到孩子的话，仍旧自己说，"这真是一代不如一代！"

这村庄的习惯有点特别，女人生下孩子，多喜欢用秤称了轻重，便用斤数当作小名。九斤老太自从庆祝了五十大寿以后，便渐渐的变了不平家，常说伊年青的时候，天气没有现在这般热，豆子也没有现在这般硬；总之现在的时世是不对了。何况六斤比伊的曾祖，少了三斤，比伊父亲七斤，又少了一斤，这真是一条颠扑不破的实例。所以伊又用劲说，"这真是一代不如一代！"

伊的儿媳[2]七斤嫂子正捧着饭篮走到桌边，便将饭篮在桌上一摔，愤愤的说，"你老人家又这么说了。六斤生下来的时候，不是六斤五两么？你家的秤又是私秤，加重称，十八两秤；用了准十六，我们的六斤该有七斤多哩。我想便是太公和公公，也不见得正是九斤八斤十足，用的秤也许是十四两……"

"一代不如一代！"

七斤嫂还没有答话，忽然看见七斤从小巷口转出，便移了方向，对他嚷道，"你这死尸怎么这时候才回来，死到哪里去了！不管人家等着你开饭！"

七斤虽然住在农村，却早有些飞黄腾达的意思。从他的祖父到他，三代不捏锄头柄了；他也照例的帮人撑着航船，每日一回，早晨从鲁镇进城，傍晚又回到鲁镇，因此很知道些时事：例如什么地方，雷公劈死了蜈蚣精；什么地方，闺女生了一个夜叉之类。他在村人里面，的确已经是一名出场人物了。但夏天吃饭不点灯，却还守着农家习惯，所以回家太迟，是该骂的。

七斤一手捏着象牙嘴白铜斗六尺多长的湘妃竹烟管，低着头，慢慢地走来，坐在矮凳上。六斤也趁势溜出，坐在他身边，叫他爹爹。七斤没有应。

"一代不如一代！"九斤老太说。

七斤慢慢地抬起头来，叹一口气说，"皇帝坐了龙廷了。"

七斤嫂呆了一刻，忽而恍然大悟的道，"这可好了，这不是又要皇恩大赦了么！"

七斤又叹一口气，说，"我没有辫子。"

"皇帝要辫子么？"

"皇帝要辫子。"

"你怎么知道呢？"七斤嫂有些着急，赶忙的问。

"咸亨酒店里的人，都说要的。"

七斤嫂这时从直觉上觉得事情似乎有些不妙了，因为咸亨酒店是消息灵通的所在。伊一转眼瞥见七斤的光头，便忍不住动怒，怪他恨他怨他；忽然又绝望起来，装好一碗饭，搡在七斤的面前道，"还是赶快吃你的饭罢！哭丧着脸，就会长出辫子来么？"

太阳收尽了它最末的光线了，水面暗暗地回复过凉气来；土场上一片碗筷声响，人人的脊梁上又都吐出汗粒。七斤嫂吃完三碗饭，偶然抬起头，心坎里便禁不住突突地发跳。伊透过乌桕叶，看见又矮又胖的赵七爷正从独木桥上走来，而且穿着宝蓝色竹布的长衫。

赵七爷是邻村茂源酒店的主人，又是这三十里方圆以内的唯一的出色人物兼学问家；因为有学问，所以又有些遗老的臭味。他有十多本金圣叹批评的《三国志》[3]，时常坐着一个字一个字的读；他不但能说出五虎将姓名，甚而至于还知道黄忠表字汉升和马超表字孟起。革命以后，他便将辫子盘在顶上，像道士一般；常常叹息说，倘若赵子龙在世，天下便不会乱到这地步了。七斤嫂眼睛好，早望见今天的赵七爷已经不是道士，却变成光滑头皮，乌黑发顶；伊便知道这一定是皇帝坐了龙廷，而且一定须有辫子，而且七斤一定是非常危险。因为赵七爷的这件竹布长衫，轻易是不常穿的，三年以来，只穿过两次：一次是和他怄气的麻子阿四病了的时候，一次是曾经砸烂他酒店的鲁大爷死了的时候；现在是第三次了，这一定又是于他有庆，于他的仇家有殃了。

七斤嫂记得，两年前七斤喝醉了酒，曾经骂过赵七爷是"贱胎"，所以这时便立刻直觉到七斤的危险，心坎里突突地发起跳来。

赵七爷一路走来，坐着吃饭的人都站起身，拿筷子点着自己的饭碗说，"七爷，请在我们这里用饭！"七爷也一路点头，说道"请请"，却一径走到七斤家的桌旁。七斤们连忙招呼，七爷也微笑着说"请请"，一面细细的研究他们的饭菜。

"好香的菜干，——听到了风声了么？"赵七爷站在七斤的后面七斤嫂的对面说。

"皇帝坐了龙廷了。"七斤说。

七斤嫂看着七爷的脸，竭力陪笑道，"皇帝已经坐了龙廷，几时皇恩大赦呢？"

"皇恩大赦？——大赦是慢慢的总要大赦罢。"七爷说到这里，声色忽然严厉起来，"但是你家七斤的辫子呢，辫子？这倒是要紧的事。你们知道：长毛时候，留发不留头，留头不留发，……"

七斤和他的女人没有读过书，不很懂得这古典的奥妙，但觉得有学问的七爷这么说，事情自然非常重大，无可挽回，便仿佛受了死刑宣告似的，耳朵里嗡的一声，再也说不出一句话。

"一代不如一代，——"九斤老太正在不平，趁这机会，便对赵七爷说，"现在的长毛，只是剪人家的辫子，僧不僧，道不道的。从前的长毛，这样的么？我活到七十九岁了，活够了。从前的长毛是——整匹的红缎子裹头，拖下去，拖下去，一直拖到脚跟；王爷是黄缎子，拖下去，黄缎子；红缎子，黄缎子，——我活够了，七十九岁了。"

七斤嫂站起身，自言自语的说，"这怎么好呢？这样的一班老小，都靠他养活的人，……"

赵七爷摇头道，"那也没法。没有辫子，该当何罪，书上都一条一条明明白白写着的。不管他家里有些什么人。"

七斤嫂听到书上写着，可真是完全绝望了；自己急得没法，便忽然又恨到七斤。伊用筷子指着他的鼻尖说，"这死尸自作自受！造反的时候，我本来说，不要撑船了，不要上城了。他偏要死进城去，滚进城去，进城便被人剪去了辫子。从前是绢光乌黑的辫子，现在弄得僧不僧道不道的。这囚徒自作自受，带累了我们又怎么说呢？这活死尸的囚徒……"

村人看见赵七爷到村，都赶紧吃完饭，聚在七斤家饭桌的周围。七斤自己知道是出场人物，被女人当大众这样辱骂，很不雅观，便只得抬起头，慢慢地说道：

"你今天说现成话，那时你……"

"你这活死尸的囚徒……"

看客中间，八一嫂是心肠最好的人，抱着伊的两周岁的遗腹子，正在七斤嫂身边看热闹；这时过意不去，连忙解劝说，"七斤嫂，算了罢。人不是神仙，谁知道未来事呢？便是七斤嫂，那时不也说，没有辫子倒也没有什么丑么？况且衙门里的大老爷也还没有告示。……"

七斤嫂没有听完，两个耳朵早通红了；便将筷子转过向来，指着八一嫂的鼻子，说，"阿呀，这是什么话呵！八一嫂，我自己看来倒还是一个人，会说出这样昏诞胡涂话么？那时我是，整整哭了三天，谁都看见；连六斤这小鬼也都哭，……"六斤刚吃完一大碗饭，拿了空碗，伸手去嚷着要添。七斤嫂正没好气，便用筷子在伊的双丫角中间，直扎下去，大喝道，"谁要你来多嘴！你这偷汉的小寡妇！"

扑的一声，六斤手里的空碗落在地上了，恰巧又碰着一块砖角，立刻破成一个很大的缺口。七斤直跳起来，捡起破碗，合上检查一回，也喝道，"入娘的！"一巴掌打倒了六斤。六斤躺着哭，九斤老太拉了伊的手，连说着"一代不如一代"，一同走了。

八一嫂也发怒，大声说，"七斤嫂，你'恨棒打人'……"

赵七爷本来是笑着旁观的；但自从八一嫂说了"衙门里的大老爷没有告示"这话以后，却有些生气了。这时他已经绕出桌旁，接着说，"'恨棒打人'，算什么呢。大兵是就要到的。你可知道，这回保驾的是张大帅[4]，张大帅就是燕人张翼德的后代，他一支丈八蛇矛，就有万夫不当之勇，谁能抵挡他，"他两手同时捏起空拳，仿佛握着无形的蛇矛模样，向八一嫂抢进几步道，"你能抵挡他么！"

八一嫂正气得抱着孩子发抖，忽然见赵七爷满脸油汗，瞪着眼，准对伊冲过来，便十分害怕，不敢说完话，回身走了。赵七爷也跟着走去，众人一面怪八一嫂多事，一面让开路，几个剪过辫子重新留起的便赶快躲在人丛后面，怕他看见。赵七爷也不细心察访，通过人丛，忽然转入乌柏树后，说道"你能抵挡他么！"跨上独木桥，扬长去了。

村人们呆呆站着，心里计算，都觉得自己确乎抵不住张翼德，因此也决定七斤便要没有性命。七斤既然犯了皇法，想起他往常对人谈论城中的新闻的时候，就不该含着长烟管显出那般骄傲模样，所以对于七斤的犯法，也觉得有些畅快。他们也仿佛想发些议论，却又觉得没有什么议论可发。嗡嗡的一阵乱嚷，蚊子都撞过赤膊身子，闯到乌柏树下去做市；他们也就慢慢地走散回家，关上门去睡觉。七斤嫂咕哝着，也收了家伙和桌子矮凳回家，关上门睡觉了。

七斤将破碗拿回家里，坐在门槛上吸烟；但非常忧愁，忘却了吸烟，象牙嘴六尺多长湘妃竹烟管的白铜斗里的火光，渐渐发黑了。他心里但觉得事情似乎十分危急，也想想些方法，想些计画，但总是非常模糊，贯穿不得："辫子呢辫子？丈八蛇矛。一代不如一代！皇帝坐龙廷。破的碗须得上城去钉好。谁能抵挡他？书上一条一条写着。入娘的！……"

第二日清晨，七斤依旧从鲁镇撑航船进城，傍晚回到鲁镇，又拿着六尺多长的湘妃竹烟管和一个饭碗回村。他在晚饭席上，对九斤老太说，这碗是在城内钉合的，因为缺口大，所以要十六个铜钉，三文一个，一总用了四十八文小钱。

九斤老太很不高兴的说，"一代不如一代，我是活够了。三文钱一个钉；从前的钉，这样的么？从前的钉是……我活了七十九岁了，——"

此后七斤虽然是照例日日进城，但家景总有些黯淡，村人大抵回避着，不再来听他从城内得来的新闻。七斤嫂也没有好声气，还时常叫他"囚徒"。

过了十多日，七斤从城内回家，看见他的女人非常高兴，问他说，"你在城里可听到些什么?"

"没有听到些什么。"

"皇帝坐了龙廷没有呢?"

"他们没有说。"

"咸亨酒店里也没有人说么?"

"也没人说。"

"我想皇帝一定是不坐龙廷了。我今天走过赵七爷的店前,看见他又坐着念书了,辫子又盘在顶上了,也没有穿长衫。"

"……"

"你想,不坐龙廷了罢?"

"我想,不坐了罢。"

现在的七斤,是七斤嫂和村人又都早给他相当的尊敬,相当的待遇了。到夏天,他们仍旧在自家门口的土场上吃饭;大家见了,都笑嘻嘻的招呼。九斤老太早已做过八十大寿,仍然不平而且康健。六斤的双丫角,已经变成一支大辫子了;伊虽然新近裹脚,却还能帮同七斤嫂做事,捧着十八个铜钉[5]的饭碗,在土场上一瘸一拐的往来。

一九二〇年十月

## 【注释】

本篇选自《呐喊》(人民文学出版社 1973 年版)。

[1]最初发表于 1920 年 9 月《新青年》第八卷第一号。

[2]伊的儿媳:从上下文看,这里的"儿媳"应是"孙媳"。

[3]金圣叹批评的《三国志》:指小说《三国演义》。金圣叹(1609—1661),明末清初文人,曾批注《水浒》、《西厢记》等书,他把所加的序文、读法和评语等称为"圣叹外书"。《三国演义》是元末明初罗贯中所著,后经清代毛宗岗改编,附加评语,卷首有假托为金圣叹所作的序,首回前亦有"圣叹外书"字样,通常就都把这评语认为金圣叹所作。

[4]张大帅:指张勋(1854—1923),江西奉新人,北洋军阀之一。原为清朝军官,辛亥革命后,他和所部官兵仍留着辫子,表示忠于清王朝,被称为辫子军。1917 年 7月 1 日他在北京扶持清废帝溥仪复辟,7 月 12 日即告失败。

[5]十八个铜钉:据上文应是"十六个"。作者在 1926 年 11 月 23 日致李霁野的信中曾说:"六斤家只有这一个钉过的碗,钉是十六或十八,我也记不清了。总之两数之一是错的,请改成一律。"

## 三、沈从文与《萧萧》

1928 年至 1930 年,是沈从文创作走向成熟的过渡阶段。这一时期的创作开始逐渐消褪了早期创作单纯印象式的色彩,注意到题材的开拓和人物的刻画。《萧萧》

的形象就显得生动、丰满,不仅展示了湘西一小角隅童养媳独特的生活形态和道德风貌,也写出了他们不只是日复一日,而且世代相因(如萧萧)的悲凉人生。作为小说,《萧萧》是与众不同的。它的着重点不在于冲突、矛盾以及应之而生的高潮,它描写人性,态度宽和,笔致从容,情节是舒缓的,细节却丰富而微妙——这里体现出一个艺术家的感受,这种感受本身就可以突破某种固有的思想的藩篱,而带给人新的启示。在《萧萧》中,种田的庄子里闻得到草料的香,听得到山歌在唱,农人们的生活是勤苦而狭隘的,但却又有质朴的生机。沈从文用《萧萧》谱出了一曲牧歌,虽然调子中也有沉痛与疑问,但总体却是明朗的、优美的,在湘西那方自然的土地上回响。

## 萧　萧（节选）

沈从文

　　乡下人吹唢呐接媳妇,到了十二月是成天会有的事情。

　　唢呐后面一顶花轿,两个夫子平平稳稳的抬着。轿中人被铜锁锁在里面,虽穿了平时没上过身的体面红绿衣裳,也仍然得荷荷大哭。在这些小女人心中,做新娘子,从母亲身边离开,且准备做他人的母亲,从此必然有许多新事情等待发生。像做梦一样,将同一个陌生男子汉在一个床上睡觉,做这承宗接祖的事情。这些事想起来,当然有些害怕,所以照例觉得要哭哭,于是就哭了。

　　也有做媳妇不哭的人,萧萧做媳妇就不哭。这小女子没有母亲,从小寄养到伯父种田的庄子上,终日提着个小竹兜笋,在路旁田坎捡狗屎挑野菜。出嫁只是从这家转到那家。因此到那一天,这女人还只是笑。她又不害羞,又不怕。她是什么事也不知道,就做了人家的新媳妇了。

　　萧萧做媳妇时年纪十二岁,有一个小丈夫,年纪还不到三岁。丈夫比她年少九岁,断奶还不多久。按地方规矩,过了门,她喊他作弟弟。她每天应做的事是抱弟弟到村前柳树下去玩,到溪边去玩,饿了,喂东西吃,哭了,就哄他,摘南瓜花或狗尾草戴到小丈夫头上,或者亲嘴,一面说:"弟弟,哪,啵再来,啵。"在那肮脏的小脸上亲了又亲,孩子于是便笑了。孩子一欢喜兴奋,行动粗野起来,会用短短的小手乱抓萧萧的头发。那是平时不太能收拾蓬蓬松松在头上的黄发。有时候,垂到脑后那条小辫儿被拉得太久,把红绒线结也弄松了,生了气,就打那弟弟几下,弟弟自然哇的哭出声来。萧萧于是也装成要哭的样子,用手指这弟弟的哭脸,说:"哪,人不讲理,可不行! 哪能这样动手动脚,长大了不是要杀人放火!"

　　天晴落雨日子混下去,每日抱抱丈夫,也帮家中做点杂事,能动手就动手,又时常到溪沟里去洗衣,搓尿片,一面还捡拾有花纹的田螺给坐在身边的小丈夫玩。到了夜里睡觉,便常常做这种年龄的人做的梦,梦到后门角落或别的什么地方捡得大把大把铜钱,吃好东西,爬树,自己变成鱼到水中各处溜。或一时仿佛身子很轻,飞到天上众星中,没有一个人,只是一片白,一片金光,于是大喊"妈!"人就吓醒了。醒来心还只是跳。吵了隔壁的人,不免骂着:"疯子,你想什么! 白天玩得疯,晚上就做梦!"萧萧听着却不作声,只是咕咕的笑。也有很好很爽快的梦,为丈夫哭醒的事情。那丈夫本来晚上在自己母亲身边睡,有时吃多了,或因另外情形,半夜大哭,起来放水拉稀是常有的事。丈夫哭得婆婆无可奈何,于是萧萧轻手轻脚爬起床来,睡眼曚昽走到床边,把人抱起,给他看月亮,看星光;或者互相觑着,孩子气"嗨嗨,看猫呵"那样喊着哄着,于是丈夫笑了。玩一会会,困倦起来,慢慢的合上眼。人睡定后,放上床,站在床边看着,听远处一传一递的鸡叫,知道天快到什么时候了,于是仍蜷到小床上睡去。天亮后,虽不做梦,却可以无意中闭眼开眼,看一阵在面前空中变幻无端的黄边紫心葵花,那是一种真正的享受。

萧萧嫁过了门,做了拳头大丈夫的小媳妇,一切并不比先前受苦,这只看她一年来身体的发育就可明白。风里雨里过日子,像一株长在园角落不为人注意的蓖麻,大叶大枝,日增茂盛。这小女人简直是全不为丈夫设想那么似的,一天比一天长大起来了。

夏夜光景说来如做梦。大家饭后坐到院中心歇凉,挥摇蒲扇,看天上的星同屋角的萤,听南瓜棚上纺织娘子咯咯咯拖长声音纺车,远近声音繁密如落雨。禾花风悠悠吹到脸上,正是让人在各种方便中说笑话的时候。

萧萧好高,一个人常常爬到草料堆上去,抱了已经熟睡的丈夫在怀里,轻轻的轻轻的随意唱着自编的四句头山歌。唱来唱去却把自己也催眠起来,快要睡去了。

在院坝中,公公婆婆,祖父祖母,另外还有帮工汉子两个,散乱的坐在小板凳上,摆龙门阵学古,轮流下去打发上半夜。

祖父身边有个烟包,在黑暗中放光。这用艾蒿做成的烟包,是驱逐长脚蚊得力东西,蜷在祖父脚边,犹如一条乌梢蛇。间或又拿起来晃那么几下。

想起白天场上的事情,祖父开口说话:

"我听三金说,前天又有女学生过身。"

大家就哄然大笑了。

这笑的意义何在? 只因为大家印象中,都知道女学生没有辫子,留个鹌鹑尾巴,像个尼姑,又不完全像。穿的衣服象洋人,又不是洋人。吃的,用的……总而言之,事事不同,一想起来就觉得怪可笑!

萧萧不大明白,她不笑。所以老祖父又说话了。他说:

"萧萧,你长大了,将来也会做女学生!"

大家于是更哄然大笑起来。

萧萧为人并不愚蠢,觉得这一定是不利于己的一件事,所以接口便说:
"爷爷,我不做女学生。"

"你像个女学生,不做可不行。"

"我不做。"

众人有意取笑,异口同声说:"萧萧,爷爷说得对,你非做女学生不行!"

萧萧急得无可如何,"做就做,我不怕。"其实做女学生有什么不好,萧萧全不知道。

女学生这东西,在乡下的确永远是奇闻。每年一到六月天,据说放"水假"日子一到,照例便有三三五五女学生,由一个荒谬不经的热闹地方来,到另一个远地方去,取道从本地过身。从乡下人眼中看来,这些人都近于另一世界中活下的人,装扮奇奇怪怪,行为更不可思议。这种女学生过身时,使一村人都可以说一整天的笑话。

祖父是当地一个人物,因为想起所知道的女学生在大城中的生活情形,所以说笑话要萧萧去做女学生。一面听到这话,就感觉一种打哈哈的趣味,一面还有那被说的萧萧感觉一种惶恐,说这话的不为无意义了。

女学生由祖父方面所知道的是这样的一种人:她们穿衣服不管天气冷热,吃东西不问饥饱,晚上交到子时才睡觉,白天正经事全不做,只知唱歌打球,读洋书。她们会花钱,一年用的钱可以买十六只水牛。她们在省里京里想往什么地方去时,不比走路,只要钻进一个大匣子中,那匣子就可以带她到地。城市中还有各种各样大小不同匣子,都用机器开动。她们在学校,男女在一处上课读书,人熟了,就随意同那男子睡觉,也不要媒人,也不要财礼,名叫"自由"。她们也做做州县官,带家眷上任,男子仍喊作"老爷"。小孩子叫"少爷"。她们自己不养牛,却吃牛奶羊奶,如小牛小羊;买那奶时是用铁罐子盛的。她们无事时到一个唱戏地方去,那地方完全像个大庙,从衣袋中取出一块洋钱来(那洋钱在乡下可买五只母鸡),买了一小方纸片儿,拿了那纸片到里面去,就可以坐下看洋人扮演影子戏。她们被冤了,不赌咒,不哭。她们年纪有老到二十四岁还不肯嫁人的,有老到三十四十居然还好意思嫁人的。她们不怕男子,男子不能使她们受委屈,一受委屈就上衙门打官司,要官罚男子的款,这笔钱她有时独占自己花用,有时和官平分。她们不洗衣煮饭,也不养猪喂鸡;有了小孩子,也只花五块钱或十块钱一月,雇个人专管小孩,自己仍然整天看戏打牌,或者读那些没有用处的闲书。……

总而言之,说来事事都稀奇古怪,和庄稼人不同,有的简直还可说岂有此理。这时经祖父一为说明,听过这话的萧萧,心中却忽然有了一种模模糊糊的愿望,以为倘若她也是个女学生,她是不是照祖父说的女学生一个样子去做那些事情?不管好歹,女学生并不可怕,因此一来却已为这乡下姑娘初次体念到了。

因为听祖父说起女学生是怎样的人物,到后萧萧独自笑得特别久。笑够了时,她说:

"爷爷,明天有女学生过路,你喊我,我要看看。"

"你看,她们捉你去做丫头。"

"我不怕她们。"

"她们读样书念经你也不怕?"

"念观音菩萨消灾经,念紧箍咒,我都不怕。"

"她们咬人,和做官的一样,专吃乡下人,吃人骨头渣渣也不吐,你不怕?"

萧萧肯定的回答说:"也不怕。"

可是这时节萧萧手上所抱的丈夫,不知为甚么,在睡梦中哭了,媳妇于是用做母亲的声势,半哄半吓的说:

"弟弟,弟弟,不许哭,女学生咬人来了。"

丈夫仍然哭着,得抱起到处走走。萧萧抱着丈夫离开了祖父,祖父同人说另外一样古话去了。

萧萧从此以后心中有个"女学生"。做梦也便常常梦到女学生,且梦到同这些人并排走路。仿佛也坐过那种会走路的匣子,她又觉得这匣子不比自己跑路更快。在梦中那匣子的形体同谷仓差不多,里面有小小灰色老鼠,眼珠子红红的,各处乱跑,有时钻到门缝里去,把个小尾巴露在外边。

因为有这样一段经过,祖父从此喊萧萧不喊"小丫头",不喊"萧萧",却唤作"女学生"。在不经意中萧萧答应得很好。


乡下的日子也如世界上一般日子,时时不同。世界上人把日子糟蹋,和萧萧一类人家把日子吝惜是同样的,各有所得,各属分定。许多城市中文明人,把一个夏天完全消磨到软绸衣服、精美饮料以及种种好事情上面。萧萧的一家,因为一个夏天的劳作,却得了十多斤细麻,二三十担瓜。

做小媳妇的萧萧,一个夏天中,一面照料丈夫,一面还绩了细麻四斤。到秋八月工人摘瓜,在瓜间玩,看硕大如盆、上面满是灰粉的大南瓜,成排成堆摆到地上,很有趣味。时间到摘瓜,秋天真的已来了,院子中各处有从屋后林子里树上吹来的大红大黄木叶。萧萧在瓜旁站定,手拿木叶一束,为丈夫编小小笠帽玩。

工人中有个名叫花狗,年纪二十三岁,抱了萧萧的丈夫到枣树下去打枣子。小小竹竿打在枣树上,落枣满地。

"花狗大,莫打了,太多了吃不完。"

虽听到这样喊,还不歇手。到后,仿佛完全因为丈夫要枣子,花狗才不听话。萧萧于是又警告她那小丈夫:

"弟弟,弟弟,来,不许捡了。吃多了生东西肚子痛!"

丈夫听话,兜了大堆枣子向萧萧身边走来,请萧萧吃枣子。

"姐姐吃,这是大的。"

"我不吃。"

"要吃一颗!"

她两手哪里有空! 木叶帽正在制边,工夫要紧,还正要个人帮忙!

"弟弟,把枣子喂我口里。"

丈夫照她的命令做事,作完了觉得有趣,哈哈大笑。

她要他放下枣子帮忙捏紧帽边,便于添新木叶。

丈夫照她吩咐作事,但老是顽皮的摇动,口中唱歌。这孩子原来像一只猫,欢喜时就得捣乱。

"弟弟,你唱的是什么?"

"我唱花狗大告我的山歌。"

"好好的唱一个给我听。"

丈夫于是帮忙拉着帽边,一面就唱下去,照所记到的歌唱:

> 天上起云云起花,
>
> 包谷林里种豆荚,
>
> 豆荚缠坏包谷树,
>
> 娇妹缠坏后生家。
>
> 天上起云云重云,
>
> 地下埋坟坟重坟,
>
> 娇妹洗碗碗重碗,
>
> 娇妹床上人重人。

歌中的意义丈夫全不明白,唱完了就问萧萧好不好。萧萧说好,并且问跟谁学来的。她知道是花狗教他的,却故意盘问他。

"花狗大告我,他说还有好多歌,长大了再教我唱。"

听说花狗会唱歌,萧萧说:

"花狗大,花狗大,你唱一个好听的歌我听听。"

那花狗,面如其心,生长得不很整齐,知道萧萧要听歌,人也快到听歌的年龄了,就给她唱"十岁娘子一岁夫"。那故事说的是妻年大,可以随便到外面做一点不规矩的事;丈夫年纪小,只知吃奶,让他吃奶。这歌丈夫完全不懂,懂到一点儿的是萧萧。把歌听过后,萧萧装成"我全明白"那种神气,她用生气的样子,对花狗说:

"花狗大,这个不行,这是骂人的歌!"

花狗分辩说:"不是骂人的歌。"

"我明白,是骂人的歌。"

花狗难得说多话，歌已经唱过了，错了赔礼，只有不再唱。他看她已经有点懂事了，怕她回头告祖父，会挨顿臭骂，就把话支吾开，扯到"女学生"上头去。他问萧萧，看没看过女学生习体操唱洋歌的事情。

若不是花狗提起，萧萧几乎忘却了这事情。这时又提到女学生，她问花狗近来有没有女学生过路，她想看看。

花狗一面把南瓜从棚架边抱到墙角去，告她女学生唱歌的事，这些事的来源还是萧萧的那个祖父，他在萧萧面前说了点大话，说他曾经到官路上见过四个女学生，她们都拿得有旗子，走长路流汗喘气中仍然唱歌，同军人所唱的一模一样。不消说，这自然完全是胡诌的。可是那故事把萧萧可乐坏了。因为花狗说这个就叫作"自由"。

花狗是起眼动眉毛、一打两头翘、会说会笑的一个人。听萧萧带着歆羡口气说："花狗大，你膀子真大，"他就说："我不止膀子大。"

"你身个子也大。"

"我全身无处不大。"

萧萧还不大懂得这个话的意思，只觉得憨而好笑。

到萧萧抱了她丈夫走去以后，同花狗一起摘瓜，取名字叫哑巴的，开了平时不常开的口。

"花狗，你少坏点。人家是十三岁黄花女，还要等十年才圆房！"

花狗不做声，打了那伙计一巴掌，走到枣树下捡落地枣去了。

到摘瓜的秋天，日子计算起来，萧萧过丈夫家有一年半了。


几次降霜落雪，几次清明谷雨，一家中人都说萧萧是大人了。天保佑，喝冷水，吃粗粝饭，四季无疾病，倒发育得这样快。婆婆虽生来像一把剪子，把凡是给萧萧暴长的机会都剪去了，但乡下的日头同空气都帮助人长大，却不是折磨可以阻拦得住。

萧萧十五岁时已高如成人，心却还是一颗糊糊涂涂的心。

人大了一点，家中做的事也多了一点。绩麻、纺车、洗衣、照料丈夫以外，打猪草推磨一些事情也要做，还有浆纱织布。凡事都学，学学就会了。乡下习惯凡是行有余力的都可以从劳作中攒点本分私房，两三年来仅仅萧萧个人份上所聚集的粗细麻和纺就的棉纱，也够萧萧坐到土机上抛三个月的梭子了。

丈夫早断了奶。婆婆有了新儿子，这五岁的儿子就像归萧萧独有了。不论做什么，走到什么地方去，丈夫总跟在身边。丈夫有些方面很怕她，当她如母亲，不敢多事。他们俩实在感情不坏。

地方稍有进步，祖父的笑话转到"萧萧你也把辫子剪去好自由"那一类事上去了。听着这话的萧萧，某个夏天也看过一次女学生，虽不把祖父笑话认真,可是每一次在祖父说过这个笑话以后,她到水边去,必不自觉的用手捏着辫子末梢,设想着没有辫子的人的那种神气,那点趣味。

打猪草,带丈夫上螺狮山的山阴是常有的事。

小孩子不知事,听别人唱歌也唱歌。一开腔唱歌,就把花狗引来了。

花狗对萧萧生了另外一种心,萧萧有点明白了,常常觉得惶恐不安。但花狗是男子,凡是男子的美德恶德都不缺少,劳动力强,手脚勤快,又会玩会说,所以一面使萧萧的丈夫非常喜欢同他玩,一面一有机会即缠在萧萧身边,且总是想方设法把萧萧那点惶恐减去。

山大人小,到处是树林蒙茸,平时不知道萧萧所在,花狗就站在高处唱歌逗萧萧身边的丈夫;丈夫小口一开,花狗穿山越岭就来到萧萧面前了。

见了花狗,小孩子只有欢喜,不知其他。他原要花狗为他编草虫玩,做竹箫哨子玩,花狗想方法支使他到一个远处去找材料,便坐到萧萧身边来,要萧萧听他唱那使人开心脸红的歌。她有时觉得害怕,不许丈夫走开;有时又像有了花狗在身边,打发丈夫走去反倒好一点。终于有一天,萧萧就这样给花狗把心窍子唱开,变成妇人了。

那时节,丈夫走到山下采刺莓去了,花狗唱了许多歌,到后却向萧萧唱:

> 娇家门前一重坡,
>
> 别人走少郎走多,
>
> 铁打草鞋穿烂了,
>
> 不是为你为那个?

末了却向萧萧说:"我为你睡不着觉。"他又说他赌咒不把这事情告给人。听了这些话仍然不懂什么的萧萧,眼睛只注意到他那一对粗粗的手膀子,耳朵只注意到他最后一句话。末了花狗大便又唱了许多歌给她听。她心里乱了。她要他当真对天赌咒,赌过了咒,一切好像有了保障,她就一切尽他了。到丈夫返身时,手被毛毛虫螫伤,肿了一大片,走到萧萧身边。萧萧捏紧这一只小手,且用口去呵它,吮它,想起刚才的糊涂,才仿佛明白自己做了一点不大好的糊涂事。

花狗诱她做坏事是麦黄四月,到六月,李子熟了,她欢喜吃生李子。她觉得身体有点特别,在山上碰到花狗,就将这事情告给他,问他怎么办。

讨论了多久,花狗全无主意。虽以前自己当天赌得有咒,也仍然无主意。原来这家伙个子大,胆量小。个子大容易做错事,胆量小做了错事就想不出办法。

到后,萧萧捏着自己那条乌梢蛇似的大辫子,想起城里了,她说:

"花狗大,我们到城里去自由,帮帮人过日子,不好么?"

"那怎么行? 到城里去做什么?"

"我肚子大了。"

"我们找药去。场上有郎中卖药。"

"你赶快找药来,我想……"

"你想逃到城里去自由,不成的。人生面不熟,讨饭也有规矩,不能随便!"

"你这没有良心的,你害了我,我想死!"

"我赌咒不辜负你。"

"负不负我有什么用,帮我个忙,赶快拿去肚子里这块肉吧。我害怕!"

花狗不再做声,过了一会,便走开了。不久丈夫从他处拿了大把山里红果子回来,见萧萧一个人坐在草地上眼睛红红的。丈夫心中纳罕。看了一会,问萧萧:

"姐姐,为甚么哭?"

"不为甚,灰尘落到眼睛窝里,痛。"

"我吹吹吧。"

"不要吹。"

"你瞧我,得这些这些。"

他把手中拿的和从溪中捡来放在衣口袋里的小蚌、小石头全部陈列到萧萧面前,萧萧泪眼婆娑看了一会,勉强笑着说:"弟弟,我们要好,我哭你莫告家中。告家中我可要生气!"到后这事情家中当真就无人知道。

【注释】

本篇节选自《乡土小说·萧萧》(上海文艺出版社 1993 年版)。

## 四、张爱玲与《封锁》

张爱玲(1920—1995),原名张煐。原籍河北丰润,生于上海。童年在北京、天津度过,1929 年迁回上海。1930 改名张爱玲。中学毕业后到香港读书。1942 年香港沦陷,未毕业即回上海,给英文《泰晤士报》写剧评、影评,也替德国人办的英文杂志《二十世纪》写"中国的生活与服装"一类的文章。1942 年应《西风》杂志《我的生活》征文写散文《我的天才梦》得名誉奖。1943 年她的小说处女作《沉香屑》(第一、二炉香)被周瘦鹃发在《紫罗兰》杂志上。随后接连发表《倾城之恋》、《金锁记》等代表作。此后三四年是她创作的丰收期,作品多发表于《天地》、《万象》等杂志。1949 年上海解放后以梁京为笔名在上海《亦报》上发表小说。1950 年参加上海第一届文代会。1952 年移居香港,在美国新闻处工作,曾发表小说《赤地之恋》和《秧歌》。1955 年旅居美国,后在加州大学中文研究中心从事翻译和小说考证。

她的创作大多取材于上海、香港的中上层社会,开拓了现代文学的题材领域。这些作品,既以中国古典小说为根柢,又突出运用了西方现代派心理描写技巧,并将两者融合于一体,形成颇具特色的个人风格。主要作品有小说集《传奇》和散文集《流言》,随后,又写有中篇小说《小艾》,长篇小说《十八春》、《秧歌》、《赤地之恋》、《怨女》

和评论集《红楼梦魇》等。

张爱玲的小说《封锁》就这样描写出两个在平淡、疲乏都市生活中的世俗男女,在某一短暂而特定的环境允许的情势之下,表现出对各自常规生活的不至于引起后果的瞬间反叛。《封锁》的内容实质和旨意就在于此。整个作品中的人物、故事,表面看来都显得漫不经心、简简单单,这样的"封锁"状态常常出现于 20 世纪的任何年代以及任何都市。作家深具敏锐的社会洞察力,人们以为高雅的,她能一针见血地指出其俗;人们以为世俗的,她能欣赏俗气后面扑面而来的无限风情,以及无法逃避的众生世态。

# 封　锁

## 张爱玲

　　开电车的人开电车。在大太阳底下,电车轨道像两条光莹莹的,水里钻出来的曲蟮,抽长了,又缩短了;抽长了,又缩短了,就这么样往前移——柔滑的,老长老长的曲蟮,没有完,没有完……开电车的人眼睛盯住了这两条蠕蠕的车轨,然而他不发疯。

　　如果不碰到封锁,电车的进行是永远不会断的。封锁了。摇铃了。"叮玲玲玲玲玲",每一个"玲"字是冷冷的一小点,一点一点连成了一条虚线,切断了时间与空间。

　　电车停了,马路上的人却开始奔跑,在街的左面的人们奔到街的右面,在右面的人们奔到左面。商店一律地沙啦啦拉上铁门。女太太们发狂一般扯动铁栅栏,叫道:"让我们进来一会儿! 我这儿有孩子哪,有年纪大的人!"然而门还是关得紧腾腾的。铁门里的人和铁门外的人眼睁睁对看着,互相惧怕着。

　　电车里的人相当镇静。他们有座位可坐,虽然设备简陋一点,和多数乘客的家里的情形比较起来,还是略胜一筹。街上渐渐的也安静下来,并不是绝对的寂静,但是人声逐渐渺茫,像睡梦里所听到的芦花枕头里的綷縩。这庞大的城市在阳光里盹着了,重重地把头搁在人们的肩上,口涎顺着人们的衣服缓缓流下去,不能想象的巨大的重量压住了每一个人。上海似乎从来没有这么静过——大白天里! 一个乞丐趁着鸦雀无声的时候,提高了喉咙唱将起来:"阿有老爷太太先生小姐做做好事救救我可怜人哇? 阿有老爷太太……"然而他不久就停了下来,被这不经见的沉寂吓噤住了。

　　还有一个较有勇气的山东乞丐,毅然打破了这静默。他的嗓子浑圆嘹亮:"可怜啊可怜! 一个人啊没钱!"悠久的歌,从一个世纪唱到下一个世纪。音乐性的节奏传染上了开电车的。开车的也是山东人。他长长地叹了一口气,抱着胳膊,向车门上一靠,跟着唱了起来:"可怜啊可怜! 一个人啊没钱!"

电车里，一部分的乘客下去了。剩下的一群中，零零落落也有人说句把话。靠近门口的几个公事房里回来的人继续谈讲下去。一个人撒喇一声抖开了扇子，下了结论道："总而言之，他别的毛病没有，就吃亏在不会做人。"另一个鼻子里哼了一声，冷笑道："说他不会做人，他把上头敷衍得挺好的呢！"

一对长得颇像兄妹的中年夫妇把手吊在皮圈上，双双站在电车的正中。她突然叫道："当心别把裤子弄脏了！"他吃了一惊，抬起他的手，手里拎着一包熏鱼。他小心翼翼使那油汪汪的纸口袋与他的西装裤子维持二寸远的距离。他太太兀自絮叨道："现在干洗是什么价钱？做一条裤子是什么价钱？"

坐在角落里的吕宗桢，华茂银行的会计师，看见了那熏鱼，就联想到他夫人托他在银行附近一家面食摊子上买的菠菜包子。女人就是这样！弯弯扭扭最难找的小胡同里买来的包子必定是价廉物美的！她一点也不为他着想——一个齐齐整整穿着西装戴着玳瑁边眼镜提着公事皮包的人，抱着报纸里的热腾腾的包子满街跑，实在是不像话！然而无论如何，假使这封锁延长下去，耽误了他的晚饭，至少这包子可以派用场。他看了看手表，才四点半。该是心理作用罢？他已经觉得饿了。他轻轻揭开报纸的一角，向里面张了一张。一个个雪白的，喷出淡淡的麻油气味。一部分的报纸粘住了包子，他谨慎地把报纸撕了下来，包子上印了铅字，字都是反的，像镜子里映出来的，然而他有这耐心，低下头去逐个认出来："讣告……申请……华股动态……隆重登场候教……"都是得用的字眼儿，不知道为什么转载到包子上，就带点开玩笑性质。也许因为"吃"是太严重的一件事了，相形之下，其他的一切都成了笑话。吕宗桢看着也觉得不顺眼，可是他并没有笑，他是一个老实人。他从包子上的文章看到报上的文章，把半页旧报纸读完了，若是翻过来看，包子就得跌出来，只得罢了。他在这里看报，全车的人都学了样，有报的看报，没有报的看发票，看章程，看名片。任何印刷物都没有的人，就看街上的市招。他们不能不填满这可怕的空虚——不然，他们的脑子也许会活动起来。思想是痛苦的一件事。

只有吕宗桢对面坐着的一个老头子，手心里骨碌碌骨碌碌搓着两只油光水滑的核桃，有板有眼的小动作代替了思想。他剃着光头，红黄皮色，满脸浮油，打着皱，整个的头像一个核桃。他的脑子就像核桃仁，甜的，滋润的，可是没有多大意思。

老头子右首坐着吴翠远，看上去像一个教会派的少奶奶，但是还没有结婚。她穿着一件白洋纱旗袍，滚一道窄窄的蓝边——深蓝与白，很有点讣闻的风味。她携着一把蓝白格子小遮阳伞。头发梳成千篇一律的式样，唯恐唤起公众的注意。然而她实在没有过分触目的危险。她长得不难看，可是她那种美是一种模棱两可的，仿佛怕得罪了谁的美，脸上一切都是淡淡的，松弛的,没有轮廓。连她自己的母亲也形容不出她是长脸还是圆脸。

在家里她是一个好女儿,在学校里她是一个好学生。大学毕了业后,翠远就在母校服务,担任英文助教。她现在打算利用封锁的时间改改卷子。翻开了第一篇,是一个男生做的,大声疾呼抨击都市的罪恶,充满了正义感的愤怒,用不很合文法的,吃吃艾艾的句子,骂着"红嘴唇的卖淫妇……大世界……下等舞场与酒吧间"。翠远略略沉吟了一会,就找出红铅笔来批了一个"A"字。若在平时,批了也就批了,可是今天她有太多的考虑的时间,她不由地要质问自己,为什么她给了他这么好的分数:不问倒也罢了,一问,她竟涨红了脸。她突然明白了:因为这学生是胆敢这么毫无顾忌地对她说这些话的唯一的一个男子。

他拿她当做一个见多识广的人看待;他拿她当做一个男人,一个心腹。他看得起她。翠远在学校里老是觉得谁都看不起她——从校长起,教授、学生、校役……学生们尤其愤慨得厉害"申大越来越糟了! 一天不如一天! 用中国人教英文,照说,已经是不应当,何况是没有出过洋的中国人!"翠远在学校里受气,在家里也受气。吴家是一个新式的,带着宗教背景的模范家庭。家里竭力鼓励女儿用功读书,一步一步往上爬,爬到了顶儿尖儿上——一个二十来岁的女孩子在大学里教书! 打破了女子职业的新纪录。然而家长渐渐对她失掉了兴趣,宁愿她当初在书本上马虎一点,匀出点时间来找一个有钱的女婿。

她是一个好女儿,好学生。她家里都是好人,天天洗澡,看报,听无线电向来不听申曲滑稽京戏什么的,而专听贝多芬瓦格涅的交响乐,听不懂也要听。世界上的好人比真人多……翠远不快乐。

生命像圣经,从希伯莱文译成希腊文,从希腊文译成拉丁文,从拉丁文译成英文,从英文译成国语。翠远读它的时候,国语又在她脑子里译成了上海话。那未免有点隔膜。

翠远搁下了那本卷子,双手捧着脸。太阳滚热地晒在她背脊上。

隔壁坐着个奶妈,怀里躺着小孩,孩子的脚底心紧紧抵在翠远的腿上。小小的老虎头红鞋包着柔软而坚硬的脚……这至少是真的。

电车里,一位医科学生拿出一本图画簿,孜孜修改一张人体骨骼的简图。其他的乘客以为他在那里速写他对面眈着的那个人。大家闲着没事干,一个一个聚拢来,三三两两,撑着腰,背着手,围绕着他,看他写生。拎着熏鱼的丈夫向他妻子低声道:"我就看不惯现在兴的这种立体派,印象派!"他妻子附耳道:"你的裤子!"

那医科学生细细填写每一根骨头,神经,经络的名字。有一个公事房里回来的人将折扇半掩着脸,悄悄向他的同事解释道:"中国画的影响。现在的西洋画也时兴题字了,倒真是'东风西渐'!"

　　吕宗桢没凑热闹，孤零零地坐在原处。他决定他是饿了。大家都走开了，他正好从容地吃他的菠菜包子，偏偏他一抬头，瞥见了三等车厢里有他一个亲戚，是他太太的姨表妹的儿子。他恨透了这董培芝。培芝是一个胸怀大志的清寒子弟，一心只想娶个略具资产的小姐。吕宗桢的大女儿今年方才十三岁，已经被培芝睃在眼里，心里打着如意算盘，脚步儿越发走得勤了。吕宗桢一眼望见了这年青人，暗暗叫声不好，只怕培芝看见了他，要利用这绝好的机会向他进攻。若是在封锁期间和这董培芝困在一间屋子里，这情形一定是不堪设想！他匆匆收拾起公事皮包和包子，一阵风奔到对面一排座位上，坐了下来。现在他恰巧被隔壁的吴翠远挡住了，他表侄绝对不能够看见他。翠远回过头来，微微瞪了他一眼。糟了！这女人准是以为他无缘无故换了一个座位，不怀好意。他认得出那被调戏的女人的脸谱——脸板得纹丝不动，眼睛里没有笑意，嘴角也没有笑意，连鼻洼里都没有笑意，然而不知道什么地方有一点颤巍巍的微笑，随时可以散布开来。觉得自己太可爱了的人，是熬不住要笑的。

　　该死，董培芝毕竟看见了他，向头等车厢走过来了，谦卑地，老远的就躬着腰，红喷喷的长长的面颊，含有僧尼气息的灰布长衫——一个吃苦耐劳，守身如玉的青年，最合理想的乘龙快婿。宗桢迅疾地决定将计就计，顺水推舟，伸出一只手臂来搁在翠远背后的窗台上，不声不响宣布了他的调情的计划。他知道他这么一来，并不能吓退了董培芝，因为培芝眼中的他素来是一个无恶不作的老年人。由培芝看来，过了三十岁的人都是老年人，老年人都是一肚子的坏。培芝今天亲眼看见他这样下流，少不得一五一十要去报告给他太太听——气气他太太也好！谁叫她给他弄上这么一个表侄！气，活该气！

　　他不怎么喜欢身边这女人。她的手臂，白倒是白的，像挤出来的牙膏。她的整个的人像挤出来的牙膏，没有款式。

　　他向她低声笑道："这封锁，几时完哪？真讨厌！"翠远吃了一惊，掉过头来，看见了他搁在她身后的那只胳膊，整个身子就僵了一僵，宗桢无论如何不能容许他自己抽回那只胳膊。他的表侄正在那里双眼灼灼望着他，脸上带着点会心的微笑。如果他夹忙里跟他表侄对一对眼光，也许那小子会怯怯地低下头去——处女风的窘态；也许那小子会向他挤一挤眼睛——谁知道？

　　他咬一咬牙，重新向翠远进攻。他道："您也觉着闷罢？我们说两句话，总没有什么要紧！我们——我们谈谈！"他不由自主的，声音里带着哀恳的调子。翠远重新吃了一惊，又掉回头来看了他一眼。他现在记得了，他瞧见她上车的——非常戏剧化的一刹那，但是那戏剧效果是碰巧得到的，并不能归功于她。他低声道："你知道么？我看见你上车，车前头的玻璃上贴的广告撕破了一块,从这破的地方我看见你的侧面,就只一点下巴。"是乃络维奶粉的广告,画着一胖孩子,孩子的耳朵底下突然出现了这女人的下巴,仔细想起来是有点吓人的。"后来你低下头去从皮包里拿钱,我才看见你的眼睛,眉毛,头发。"拆开来一部分一部分的看,她未尝没有她的一种风韵。

翠远笑了。看不出这人倒也会花言巧语——以为他是个靠得住的生意人模样!她又看了他一眼。太阳光红红地晒穿他鼻尖下的软骨。他搁在报纸包上的那只手,从袖口里出来,黄色的,敏感的——一个真的人!不很诚实,也不很聪明,但是一个真的人!她突然觉得炽热,快乐。她背过脸去,细声道:"这种话,少说些罢!"

宗桢道:"嗯?"他早忘了他说了些什么。他眼睛盯着他表侄的背影——那知趣的青年觉得他在这儿是多余的,他不愿得罪了表叔,以后他们还要见面呢,大家都是快刀斩不断的好亲戚;他竟退回三等车厢去了。董培芝一走,宗桢立刻将他的手臂收回,谈吐也正经起来。他搭讪着望了一望她膝上摊着的练习簿,道:"申光大学……您在申光读书!"

他以为她这么年青?她还是一个学生?她笑了,没做声。

宗桢道:"我是华济毕业的。华济。"她颈子上有一粒小小的棕色的痣,像指甲刻的印子。宗桢下意识地用右手捻了一捻左手的指甲,咳嗽了一声,接下去问道:"您读的是哪一科?"

翠远注意到他的手臂不在那儿了,以为他态度的转变是由于她端凝的人格潜移默化所致。这么一想,倒不能不答话了,便道:"文科。您呢?"宗桢道:"商科。"他忽然觉得他们的对话,道学气太浓了一点,便道:"当初在学校里的时候,忙着运动,出了学校,又忙着混饭吃。书,简直没念多少!"翠远道:"你公事忙么?"宗桢道:"忙得没头没脑。早上乘电车上公事房去,下午又乘电车回来,也不知道为什么去,为什么来!我对于我的工作一点也不感到兴趣。说是为了挣钱罢,也不知道是为谁挣的!"翠远道:"谁都有点家累。"宗桢道:"你不知道——我家里——咳,别提了!"翠远暗道:"来了!他太太一点都不同情他!世上有了太太的男人,似乎都是急切需要别的女人的同情。"宗桢迟疑了一会,方才吞吞吐吐,万分为难地说道:"我太太——一点都不同情我。"

翠远皱着眉毛望着他,表示充分了解。宗桢道:"我简直不懂我为什么天天到了时候就回家去。回到哪儿去?实际上我是无家可归的。"他褪下眼镜来,迎着亮,用手绢予拭去上面的水渍道:"咳!混着也就混下去了,不能想——就是不能想!"近视眼的人当众摘下眼镜子,翠远觉得有点秽亵,仿佛当众脱衣服似的,不成体统。宗桢继续说道:"你——你不知道她是怎么样的一个女人!"翠远道:"那么,你当初……"宗桢道:"当初我也反对来着。她是我母亲给订下的。我自然是愿意让我自己拣,可是……她从前非常的美……我那时又年青……年青的人,你知道……"翠远点点头。

宗桢道:"她后来变成了这么样的一个人——连我母亲都跟她闹翻了,倒过来怪我不该娶了她! 她……她那脾气——她连小学都没有毕业。"翠远不禁微笑道:"你仿佛非常看重那一纸文凭! 其实,女子教育也不过是那么一回事!"她不知道为什么她说出这句话来,伤了她自己的心。宗桢道:"当然哪,你可以在旁边说风凉话,因为你是受过上等教育的。你不知道她是怎么样的一个——"他顿住了口,上气不接下气,刚戴上了眼镜子,又褪下来擦镜片。翠远道:"你说得太过分了一点罢?"宗桢手里捏着眼镜,艰难地做了一个手势道:"你不知道她是——"翠远忙道:"我知道,我知道。"她知道他们夫妇不和,决不能单怪他太太,他自己也是一个思想简单的人。他需要一个原谅他,包涵他的女人。

街上一阵乱,轰隆轰隆来了两辆卡车,载满了兵。翠远与宗桢同时探头出去张望;出其不意地,两人的面庞异常接近。在极短的距离内,任何人的脸都和寻常不同,像银幕上特写镜头一般的紧张。宗桢和翠远突然觉得他们俩还是第一次见面。在宗桢的眼中,她的脸像一朵淡淡几笔的白描牡丹花,额角上两三根吹乱的短发便是风中的花蕊。

他看着她,她红了脸,她一脸红,让他看见了,他显然是很愉快。她的脸就越发红了。

宗桢没有想到他能够使一个女人脸红,使她微笑,使她背过脸去,使她掉过头来。在这里,他是一个男子。平时,他是会计师,他是孩子的父亲,他是家长,他是车上的搭客,他是店里的主顾,他是市民。可是对于这个不知道他的底细的女人,他只是一个单纯的男子。

他们恋爱着了。他告诉她许多话,关于他们银行里,谁跟他最好,谁跟他面和心不和,家里怎样闹口舌,他的秘密的悲哀,他读书时代的志愿……无休无歇的话,可是她并不嫌烦。恋爱着的男子向来是喜欢说,恋爱着的女人向来是喜欢听。恋爱着的女人破例地不大爱说话,因为下意识地她知道:男人彻底地懂得了一个女人之后,是不会爱她的。

宗桢断定了翠远是一个可爱的女人——白,稀薄,温热,像冬天里你自己嘴里呵出来的一口气。你不要她,她就悄悄地飘散了。她是你自己的一部分,她什么都懂,什么都宽宥你。你说真话,她为你心酸;你说假话,她微笑着,仿佛说:"瞧你这张嘴!"

宗桢沉默了一会,忽然说道:"我打算重新结婚。"翠远连忙做出惊慌的神气,叫道:"你要离婚? 那……恐怕不行罢?"宗桢道:"我不能够离婚。我得顾全孩子们的幸福。我大女儿今年十三岁了,才考进了中学,成绩很不错。"翠远暗道:"这跟当前的问题又有什么关系?"她冷冷地道:"哦,你打算娶妾。"宗桢道:"我预备将她当妻子看待。我——我会替她安排好的。我不会让她为难。"翠远道:"可是,如果她是个好人家的女孩子,只怕她未见得肯罢? 种种法律上的麻烦……"宗桢叹了口气道:"是的。你这话对。我没有这权利。我根本不该起这种念头……我年纪也太大了。我已经三十五了。"翠远缓缓地道:"其实,照现在的眼光看来,那倒也不算大。"宗桢默然。半晌方说道:"你……几岁?"翠远低下头去道:"二十五。"宗桢顿了一顿,又道:"你是自由的么?"翠远不答。宗桢道:"你不是自由的。即使你答应了,你的家里人也不会答应的,是不是? ……是不是?"

翠远抿紧了嘴唇。她家里的人——那些一尘不染的好人——她恨他们! 他们哄够了她。他们要她找个有钱的女婿,宗桢没有钱而有太太——气气他们也好! 气,活该气!

车上的人又渐渐多了起来,外面许是有了"封锁行将开放"的谣言,乘客一个一个上来,坐下,宗桢与翠远给他们挤得紧紧的,坐近一点,再坐近一点。

宗桢与翠远奇怪他们刚才怎么这样的糊涂,就想不到自动地坐近一点,宗桢觉得他太快乐了,不能不抗议。他用苦楚的声音向她说:"不行! 这不行! 我不能让你牺牲了你的前程! 你是上等人,你受过这样好的教育……我——我又没有多少钱,我不能坑了你的一生!"可不是,还是钱的问题。他的话有理。翠远想道:"完了。"以后她多半是会嫁人的,可是她的丈夫决不会像一个萍水相逢的人一般的可爱——封锁中的电车上的人……一切再也不会像这样自然。再也不会……呵,这个人,这么笨! 这么笨! 她只要他的生命中的一部分,谁也不希罕的一部分。他白糟蹋了他自己的幸福。多么愚蠢的浪费! 她哭了,可是那不是斯斯文文的,淑女式的哭。她简直把她的眼泪唾到他脸上。他是个好人——世界上的好人又多了一个!

向他解释有什么用? 如果一个女人必须倚仗着她的言语来打动一个男人,她也就太可怜了。

宗桢一急,竟说不出话来,连连用手去摇撼她手里的阳伞。她不理他。他又去摇撼她的手道:"我说——我说——这儿有人哪! 别! 别这样! 待会儿我们在电话上仔细谈。你告诉我你的电话。"翠远不答。他逼着问道:"你无论如何得给我一个电话号码。"翠远飞快地说了一遍道:"七五三六九。"宗桢道:"七五三六九?"她又不做声了。宗桢嘴里喃喃重复着:"七五三六九,伸手在上下的口袋里掏摸自来水笔,越忙越摸不着。翠远皮包里有红铅笔,但是她有意地不拿出来。她的电话号码,他理该记得。记不得,他是不爱她,他们也就用不着往下谈了。

封锁开放了。"叮玲玲玲玲玲"摇着铃,每一个"玲"字是冷冷的一点,一点一点连成一条虚线,切断时间与空间。

一阵欢呼的风刮过这大城市。电车当当当往前开了。宗桢突然站起身来,挤到人丛中,不见了。翠远偏过头去,只做不理会。他走了。对于她,他等于死了。电车加足了速力前进,黄昏的人行道上,卖臭豆腐干的歇下了担子,一个人捧着文王神卦的匣子,闭着眼霍霍地摇。一个大个子的金发女人,背上背着大草帽,露出大牙齿来向一个意大利水兵一笑,说了句玩笑话。翠远的眼睛看到了他们,他们就活了,只活那么一刹那。车往前当当地跑,他们一个个的死去了。

翠远烦恼地合上了眼。他如果打电话给她,她一定管不住她自己的声音,对他分外的热烈,因为他是一个死去了又活过来的人。

电车里点上了灯,她一睁眼望见他遥遥坐在他原先的位子上。她震了一震——原来他并没有下车去!她明白他的意思了:封锁期间的一切,等于没有发生。整个的上海打了个盹,做了个不近情理的梦。

开电车的放声唱道:“可怜啊可怜!一个人啊没钱!可怜啊可……”一个缝穷婆子慌里慌张掠过车头,横穿过马路。开电车的大喝道:“猪猡!”

吕宗桢到家正赶上吃晚饭。他一面吃一面阅读他女儿的成绩报告单,刚寄来的。他还记得电车上那一回事,可是翠远的脸已经有点模糊——那是天生使人忘记的脸。他不记得她说了些什么,可是他自己的话他记得很清楚——温柔地:“你——几岁?”慷慨激昂地:“我不能让你牺牲了你的前程!”

饭后,他接过热手巾,擦着脸,踱到卧室里来,扭开了电灯。一只乌壳虫从房这头爬到房那头,爬了一半,灯一开,它只得伏在地板的正中,一动也不动。在装死么?在思想着么?整天爬来爬去,很少有思想的时间罢?然而思想毕竟是痛苦的。宗桢捻灭了电灯,手按在机括上,手心汗潮了,浑身一滴滴沁出汗来,像小虫子痒痒地在爬。他又开了灯,乌壳虫不见了,爬回窠里去了。

一九四三年八月

**【注释】**

本篇选自《张爱玲文集》(第1卷,安徽文艺出版社1995年版)。

**思考题**

1.简析《风波》的思想内涵和主要人物的性格特征。

2.结合《萧萧》分析沈从文小说的特点。

3.给合《封锁》分析张爱玲小说的艺术追求。

# 第二十九讲　中国现代戏剧

## 一、中国现代戏剧发展概述

中国古典戏剧有悠久的传统。但作为现代戏剧主要剧种的话剧，却发源于欧洲，20世纪初经日本传入中国。1907年春，中国留日学生组织的"春柳社"，演出了法国名剧《茶花女》第三幕和《黑奴吁天录》。其后，上海组织"春阳社"，再次上演《黑奴吁天录》，这是中国话剧的萌芽。辛亥革命后，春柳社社员欧阳予倩、陆镜若等陆续回国，于上海成立"新剧同志会"，大力开展新剧（即文明新戏）演出活动。从此，宣传革命、鼓吹进步的新剧逐渐流行。袁世凯篡权后，新剧团体多被解散，新剧运动也走向衰落。但"五四"以后话剧运动的蓬勃发展，是与新剧的先驱作用分不开的，欧阳予倩也成为中国现代话剧的重要奠基人之一。

五四运动前后开展的声势浩大的文学革命，以对传统旧戏的批判和对西方话剧创作及理论的介绍，推动了现代话剧运动的开展。《新青年》1918年6月出版了"易卜生专号"，同年10月又出版了"戏剧改良专号"。同时，新文化运动大力宣传与引进西方戏剧创作和理论。《新青年》、《新潮》等杂志曾先后译介了易卜生、萧伯纳、斯特林堡、罗曼·罗兰、契诃夫、王尔德等世界名家的剧作和日本的武者小路实笃的作品。这些都对现代话剧的创作和话剧运动的发展产生了积极的影响。

中国现代话剧运动与创作一开始就表现出了与新文化运动倡导的"为人生"的启蒙主义思想相一致的精神特征。反对封建思想传统的束缚，反对以戏剧为游戏人生的工具，坚持戏剧创作与演出同社会人生的密切联系，使现代话剧在它的诞生期就表现出生气勃勃的积极趋向。1921年，陈大悲、沈雁冰、郑振铎、欧阳予倩、熊佛西等人发起成立民众戏剧社，创办了《戏剧》月刊。接着成立了上海戏剧协社，汪仲贤、欧阳予倩、洪深等于1922年后陆续加入，他们重视写实主义的戏剧，积极开展演剧活动，为中国话剧从业余跨向职业化奠定了基础。20年代田汉领导的南国社和朱穰丞领导的辛酉剧社，在"五卅"和北伐时期克服了前期的某些唯美主义色彩，在自己的剧作中大多表现了反帝反封建的战斗精神。

中国话剧史上最早的剧作是胡适于1919年3月发表的《终身大事》（独幕剧），虽明显留有模仿易卜生《娜拉》的痕迹，但其反对父母干涉青年婚姻的主题，是有现实感和针对性的。陈大悲的《英雄与美人》、《幽兰女士》，以闹剧的形式写社会问题，但过分追求用离奇的故事情节刺激观众，反而削弱了作品的社会意义。蒲伯英的《道义之交》揭穿社会现实的黑幕，立意与易卜生的《社会支柱》相仿。汪仲贤的《好儿子》完全从现实生活中取材,描写了上海"经纪小百姓"家破人亡的悲剧,被称为"是那一时期中最有价值的创作"(洪深《〈中国新文学大系〉戏剧集导言》)。欧阳予倩的《泼妇》、《回家以后》两部作品,也由于尖锐批判了腐朽的封建道德、歌颂对于封建礼教和家庭的叛逆精神,鞭挞在资本主义"文明"熏陶下的知识分子的丑恶灵魂,引起了较大的反响。洪深的代表剧作《赵阎王》,把笔触伸进了封建军阀统治对于农民精神和性格的扭曲摧残的领域,在更深的层次上剖示了封建社会的罪恶。郑伯奇发表于1927年的《抗争》,由于较早"显露出直接的明白的反帝意识"而为人们所注视。

1921年以后,田汉、郭沫若等富有诗意的、词句美丽的戏剧,使浪漫主义戏剧在中国现代文学史上的地位得以确立。田汉的出世作《咖啡店之一夜》,在浪漫主义的抒情中流露较重的感伤色彩。独幕剧《午饭之前》,较早描写工人与资本家斗争,为中国话剧史作了新的开拓。他的《获虎之夜》,在一场哀婉美丽的悲剧中塑造了一个农村姑娘的美好形象。诗意葱茏的场景描写、人物对话和浓郁的传奇色彩使这部作品具有较强的艺术感染力量,奠定了田汉在中国剧坛的地位。郭沫若《女神》中《湘累》等诗剧已带有诗人自我表现的强烈个性色彩。此后他的浪漫主义的诗人和剧作家的才能主要朝历史剧的方向发展。他于1923年至1925年所作《卓文君》、《王昭君》、《聂嫈》人物系列历史剧,通过对三个叛逆女性的故事与性格描绘,对封建礼教进行了猛烈攻击,开拓了中国现代话剧中历史剧的独特天地。

中国现代话剧的滥觞时期,在向西方戏剧广搜博采的同时,就注意了对不同艺术流派和多种艺术表现方法的吸收与借鉴。洪深的《赵阎王》不仅有深刻的现实生活的描绘,也有深入的心理描写。田汉早期话剧明显地在浪漫主义的色调中掺杂着唯美主义的感伤成分。丁西林吸取西方话剧中轻快幽默的喜剧手法先后创作的《一只马蜂》和《压迫》,以结构巧妙和委婉的嘲讽见长,在初期话剧中开辟了独创的风格。熊佛西的《洋状元》、《蟋蟀》,过分追求剧作中的生活趣味而冲淡了作品的真实性和感染力。他的另一部现实主义多幕剧《一片爱国心》,寓象征的意义于写实的描写中,通过家庭的矛盾反映了现实的思潮。

中国现代话剧的萌生、发展与新文化运动密切相连。十年之间,从理论倡导到舞台实践,从照搬外国到自行改编、创作;从描写知识分子到同情劳动人民;从一般地反映社会问题到有意识地涉及阶级对立,标志着中国话剧向成长期前进。特别是"五卅"以后,在革命形势激励下,戏剧创作逐渐出现反帝斗争的内容,并在一定程度上提高了艺术水平。这个时期的话剧作品,也自然存在着萌生阶段的技术幼稚和缺乏生活深度的毛病。

从1927年大革命失败到1937年抗日战争全面爆发,民主革命的深入和民族抗战的勃起,促进了中国话剧运动的迅速发展。更密切地为民主革命和抗日斗争服务,是这一时期的戏剧运动的重要特征。在反动压迫日趋严酷的形势下,进步戏剧家们坚持了反帝反封建传统。1929年,在话剧运动中心地上海,话剧团体迅速发展,比较活跃的有南国社(田汉)、复旦剧社(洪深)、上海戏剧协社(应云卫)、辛酉剧社(朱穰丞)、摩登剧社(陈白尘)等影响较大的社团。为适应革命形势,满足广大群众对戏剧的要求,在中国共产党的领导下,夏衍、郑伯奇、钱杏邨等人联合一批革命的、进步的文艺工作者,于 1929 年 10 月成立上海艺术剧社,在中国话剧史上第一次提出了"无产阶级戏剧"的口号。由夏衍等主办专门性戏剧杂志《艺术》、《沙仑》,出版《戏剧论文集》,发表了一批中国话剧史上最初的革命戏剧理论文章,促进了上海各剧团向进步方向发展,对于中国革命戏剧运动具有深远影响。1930 年上海艺术剧社、南国社先后被查禁。左翼戏剧家为加强团结、坚持斗争,组织了中国左翼戏剧家联盟,将主要力量转向移动演剧,面向工、农、学,开展大众化剧运。"九一八"事变后,大众化剧运又推向新的高潮,在爱国宣传方面发挥了巨大作用。1936 年,为建立广泛的抗日民族统一战线,"左翼剧联"自动解散;不久,成立上海剧作者协会,从事抗日救亡戏剧运动。与此同时,革命戏剧运动在中国共产党领导的革命根据地也蓬勃发展。这个阶段戏剧创作队伍更加壮大,作品质量普遍提高。剧坛上除田汉、洪深、欧阳予倩、丁西林之外,又涌现出曹禺、夏衍、阳翰笙、陈白尘、于伶等著名剧作家,一些优秀作品的产生标志着中国现代戏剧文学的日臻成熟。

许多作者以广泛的生活阅历和多样的艺术探索进行创作,使得这一时期的作品同前一阶段相比较,在主题的开掘和题材的扩大方面,都有大幅度的跃进,对中国半殖民地半封建的社会面貌有了更具深度的多侧面的反映。曹禺 1934 年发表了震动剧坛的《雷雨》,翌年又创作了《日出》,通过家庭的悲剧或社会的悲剧,在更加宏观的角度上透视了旧中国上层社会的腐朽与罪恶,下层人民的痛苦与悲惨。曹禺这两个剧本和不久完成的《原野》,不仅显示了剧作家向更深的社会题材开掘的努力,也标志中国话剧创作新阶段的到来。夏衍无论写历史剧《赛金花》、《自由魂》,还是写上海小市民生活命运的著名话剧《上海屋檐下》,都贯注着对社会现实问题的强烈关切。田汉的《梅雨》、《乱钟》、《暴风雨中的七个女性》和《回春之曲》,力图探讨在民族解放斗争中青年男女精神世界的变化,洋溢着时代的战斗气氛。洪深以敏锐的笔触,创作了较早反映农村阶级对立和斗争的系列剧作《农村三部曲》(《五奎桥》、《香稻米》、《青龙潭》),为话剧题材的范围进行了新的拓展。此外,如田汉的《名优之死》,欧阳予倩的《屏风后》、《车夫之家》、《买卖》和《同住的三家人》,则在各类人物命运的悲苦中揭露了中国社会种种黑暗丑恶的侧面。

许多剧作家注意在自己的创作中塑造工人农民反抗者的形象,一些代表进步社会力量的新的人物开始进入话剧舞台。曹禺的《雷雨》中的鲁大海,《日出》幕后唱着劳动号子的工人,《原野》中的仇虎和《五奎桥》中的李全生等青年农民反抗者形象,给话剧舞台和观众带来了新的光亮。田汉的《回春之曲》中的华侨青年高雄汉,也是抗日救国熔炉造就的新人。

七七事变发生,上海戏剧界立即组成中国剧作者协会,于伶、夏衍、洪深、陈白尘、宋之的、阿英等 16 人创作《保卫芦沟桥》,于 8 月 7 日正式公演,获得空前强烈的反响,以此揭开了抗战戏剧之序幕。"八一三"上海战事紧张,上海戏剧界救亡协会集中骨干力量组织 13 个救亡演剧队,由沪杭宁沿线奔往前方、敌后,宣传动员民众,配合武装斗争。1937 年底,在武汉成立了中华全国戏剧界抗敌协会,明确宣告:要让戏剧"走向血肉相搏的民族战场",并从而使"戏剧艺术获得新的生命"。1941 至 1942 年,在重庆等地掀起上演借古证今的历史剧高潮。1944 年 2 月,由田汉、欧阳予倩等于桂林举行了盛况空前的"西南第一次戏剧展览会"。阿英、于伶等参与的上海"孤岛"戏剧运动是抗战剧运的重要组成部分,也为抗战作出了贡献。

曹禺的《蜕变》以雄厚的笔力剖示旧政权的渣滓;夏衍的《心防》、《水乡吟》、《法西斯细菌》和《芳草天涯》,从各个侧面描绘了民族抗战中人们的精神面貌,把揭露敌人的暴行和塑造积极的知识分子形象融汇于剧中;于伶的《夜上海》、《长夜行》,或写逃难的艰辛,或写文化人与敌伪的搏斗,于犀利泼辣的文笔和精致新颖的结构中传达了抗日救国的主题。这时活跃在国统区的作家还有很多作品写出了这一主题的各种变奏,又有自己独特的艺术风格。丁西林的《三块钱国币》,袁俊的《万世师表》,沈浮的《小人物狂想曲》,老舍的《残雾》、《面子问题》等,或落笔幽默,或情节曲折,或穿插风趣,或对话机智,均成为当时人们所熟知的作品。

曹禺的《北京人》以深沉动人的艺术风格,在沉闷窒息的气氛中展现了封建大家庭曾府的内部矛盾及其最后的崩溃,暗示了旧社会必然灭亡的历史趋势。曹禺根据巴金原著改编的《家》,艺术构思有新的开拓,使得控诉封建婚姻制度的思想立意,表现得含蓄深隽而又充满诗意的气氛。青年剧作家吴祖光 1942 年发表的代表剧作《风雪夜归人》,通过京剧名旦与豪门爱妾的恋爱悲剧,展示了作者渴求的"人应当把自己当人"的人生理想。全剧情节紧凑,叙述手法简洁,人物形象质朴真挚,地方色彩鲜明浓烈,突出地表现了吴祖光的艺术风格特色。同样思索现实和人生哲理的李健吾则以轻松喜剧见长。他的《这不过是春天》、《黄花》等,对话俏皮流利,情节富有戏剧性,具有较浓的民族色彩与地方风味。

这一时期不少戏剧家经历了由抗战初期的过分乐观到抗战深入之后的失望与愤懑,对丑恶与黑暗的憎恨使作家寻找新的表现方法,探索戏剧为现实服务的新路。讽刺喜剧创作潮流的产生和大规模历史剧运动的勃起,就是中国话剧与现实生活撞击之后的必然历史现象。丁西林、李健吾已显露了这方面的才能和特色。新起的剧作家陈白尘和宋之的以他们的力作获得了艺术探求的丰收。陈白尘这时期写有十多部多幕剧及独幕剧。他的著名剧作有《乱世男女》、《结婚进行曲》、《岁寒图》等。影响最著的讽刺剧《升官图》描绘了两个强盗为避追捕潜入荒宅,在阴沉昏暗气氛中所作的升官美梦。剧本在荒诞中见真实,于夸张中露本相,使观众在笑声中由沉思而进入愤怒,以独特的艺术力量,在当时起了很大战斗作用。宋之的于 40 年代初先后发表了五幕话剧《鞭》《雾重庆》和《祖国在呼唤》,寓揭露讽刺于人物性格面貌的描写中。他在抗战后发表的讽刺剧作《群猴》,通过竞选"国大代表"的各种丑态,揭露官场黑暗,泼辣尖锐,在喜剧艺术上取得一定成就。

抗战爆发前后,夏衍发表了《赛金花》和《自由魂》(又名《秋瑾传》),陈白尘发表了大型历史剧《太平天国》,阿英以魏如晦的笔名发表了《碧血花》(一名《明末遗恨》)等多部历史剧,都以历史的精神与教训来印证现实斗争,鞭挞腐朽与黑暗的现实,呼唤团结赴敌的民族意识。1941年皖南事变之后,出现了以借古讽今为特征的历史剧创作高潮。郭沫若是这一创作高潮最为杰出的代表。他这时期创作的6部史剧中以《屈原》最为著名。这些史剧构思大胆,结构奇特,诗意浓厚,感情炽烈,个性鲜明,色彩斑斓,形成了独特的浪漫主义风格。此外,如阳翰笙的代表作《天国春秋》,欧阳予倩的大型历史剧《忠王李秀成》,都能在太平天国这一重大历史事件中选择一个侧面,挖掘具有现实针对性的主题。

抗战胜利后,国民党当局加紧镇压,斗争紧张,剧作较少。较重要的有田汉的《丽人行》、茅盾的《清明前后》、于伶等的《清流万里》、瞿白音的《南下列车》等。《清明前后》是茅盾唯一剧作。作家抓住抗战胜利前夕轰动重庆的"黄金案"这一题材,深沉地表现了对黑暗现实的诅咒,是当时一部力作,被称为"《子夜》的续篇"。

革命根据地的戏剧所取得的成绩为中国戏剧发展带来了新的气息。"延安文艺座谈会"后,明确了文艺为工农兵服务的方向,出现了新秧歌剧运动和新歌剧创作的勃兴。先后产生了新歌剧的典范作品《白毛女》,话剧《把眼光放远点》、《同志,你走错了路》、《反"翻把"斗争》等优秀剧作。这些作品从内容到形式,都发生了广泛深刻的变革,在民族抗战和获取人民民主的斗争中产生的英雄人物,普通人民群众在改造历史的斗争中同时也改造自己的艰苦历程,涌进了戏剧表现的中心。许多作品努力吸收民族的、特别是民间文艺的优秀传统,注意学习传统戏曲的艺术方法,运用经过加工洗练的朴素自然、生动活泼的群众语言刻画人物性格,对于新歌剧和话剧的民族化、群众化作了新的探索。

综观30余年的中国现代戏剧——话剧的发展历程,尽管不同历史时期和阶段都有各自的特色,但紧密反映具有普遍意义的社会矛盾,努力表达人民的心声和愿望,从历史潮流中去摄取不同的典型人物及其思想情绪,并在移植的基础上,勇于创新,力求做到这一外来的戏剧品种和形式日益民族化、大众化,使之成为中国人民能够接受和喜闻乐见的一门文学艺术形式,这正是自"五四"时期迄今的中国戏剧家共同的追求。

## 二、曹禺与《雷雨》

曹禺(1910—1996),中国20世纪最优秀的剧作家之一,原名万家宝。祖籍湖北潜江,生于天津一个封建官僚家庭。从小爱好文学和戏剧,读了不少古今中外的文学作品。1922年入天津南开中学,参加南开新剧团,演出中外剧作,显示了表演才能,并广泛涉猎新文学作品,开始写作小说和新诗。1928年考入南开大学政治系。1930年转清华大学西洋文学系,广泛接触欧美文学作品,深为古希腊悲剧作家及莎士比亚、契诃夫等人的剧作所吸引,同时也陶醉于中国的传统戏剧艺术。1933年创作了处女作四幕剧《雷雨》,暴露了具有浓厚封建性的资产阶级家庭的腐朽和罪恶,揭示了旧制度必将灭亡的历史趋势,以高度的艺术成就和现实主义的艺术力量震动了当时的戏剧界,标志着中国话剧艺术开始走向成熟,几十年来成为最受观众欢迎的话剧之一。1933 年大学毕业后,曹禺入清华研究院当研究生,专事戏剧研究。翌年到天津河北女子师范学校任教。1935 年写成剧本《日出》,深刻解剖了 30 年代中国的都市生活,批判了那个"损不足以奉有余"的罪恶社会,曾获《大公报》文艺奖。它与《雷雨》前后辉映于剧坛,奠定了曹禺在中国话剧史上的地位。1936 年曹禺任教于南京戏剧专科学校,写了他唯一的涉及农村阶级斗争的剧作《原野》。抗日战争爆发后,曹禺随校迁至四川,编辑戏剧刊物,任中华全国文艺界抗敌协会理事和电影厂编剧等职。著有《全民总动员》(合写)、《正在想》、《蜕变》、《镀金》等剧本,创作有淳厚清新、深沉动人的优秀剧作《北京人》,并将巴金的小说《家》改编成剧本,还译有《罗密欧与朱丽叶》等。1946 年赴美国讲学,翌年初回国,任上海文华影业公司编导,发表剧本《桥》,写了电影剧本《艳阳天》,由他导演拍摄成影片上映。

中华人民共和国成立后,他创作了话剧《明朗的天》、历史剧《胆剑篇》和《王昭君》,出版有散文集《迎春集》及《曹禺选集》、《曹禺论创作》、《曹禺戏剧集》等。他的一些剧作已被译成日、俄、英等国文字出版。

《雷雨》是四幕悲剧(初版本有"序幕"和"尾声")。它通过周、鲁两个家庭,8 个人物,前后 30 年间复杂的纠葛,写出旧家庭的悲剧和罪恶。在作者看来,这场悲剧和罪恶的制造者正是那些威严体面、道貌岸然的封建阶级和资产阶级。当时作者虽还不能从理论上清楚认识他的人物的阶级属性和特性,但具体描写上,已经接触到了现实阶级关系的某些本质方面。周朴园与侍萍的矛盾分明带有阶级对立的性质,周朴园与鲁大海的冲突,更可看出社会阶级斗争对作者的直接影响。剧本虽然从性爱血缘关系的角度写了一出家庭的悲剧,但客观上也反映出中国半封建半殖民地社会的某些侧面。充满不义和邪恶的旧家庭正是整个旧社会旧制度的缩影。《雷雨》在艺术上达到了很高的成就。作者对旧家庭的生活非常熟悉,对所塑造的人物有着深切的了解,对人物性格的把握相当准确。周朴园的专横伪善,繁漪的乖戾不驯,都给人以鲜明的印象。《雷雨》接受了希腊命运悲剧的影响,洋溢着一种不可名状的悲剧气氛。作者善于把众多的人物纳入统一的情节结构之中,制造出一个又一个紧张的场面和强烈的戏剧冲突,再加上语言的活泼和生动,使《雷雨》获得空前的成功。1935 年 4 月《雷雨》首次在日本东京演出,同年秋在国内上演;从此,《雷雨》成了最受群众欢迎的话剧之一,一直保持着旺盛的艺术生命力。

## 雷雨(第二幕)(节选)

### 曹　禺

〔午饭后,天气很阴沉,更郁热,潮湿的空气,低压着在屋内的人,使人成为烦躁的了。周萍一个人由饭厅走上来,望望花园,冷清清的,没有一个人。偷偷走到书房门口,书房里是空的,也没有人。忽然想起父亲在别的地方会客,他放下心,又走到窗户前开窗门,看着外面绿荫荫的树丛。低低地吹出一种奇怪的哨声,中间他低沉地叫了两三声"四凤!"不一时,好像听见远处有哨声在回应,渐移渐近,他有缓缓地叫了一声"凤儿!"门外有一个女人的声音,"萍,是你么?"萍就把窗门关上。

四凤由外面轻轻地跑进来。]

周　萍　（回头,望着中门,四凤正从中门进,低声,热烈地）凤儿!（走近,拉着她的手。）

鲁四凤　不,（推开他）不,不。（谛听,四面望）看看,有人!

周　萍　没有,凤,你坐下。（推她到沙发坐下。）

鲁四凤　（不安地）老爷呢?

周　萍　在大客厅会客呢。

鲁四凤　（坐下,叹一口长气。望着）总是这样偷偷摸摸的。

周　萍　哦。

鲁四凤　你连叫我都不敢叫。

周　萍　所以我要离开这儿哪。

鲁四凤　（想一下）哦,太太怪可怜的。为什么老爷回来,头一次见太太就发这么大的脾气?

周　萍　父亲就是这样,他的话,向来不能改的。他的意见就是法律。

鲁四凤　（怯懦地）我——我怕得很。

周　萍　怕什么?

鲁四凤　我怕万一老爷知道了,我怕。有一天,你说过,要把我们的事告诉老爷的。

周　萍　（摇头,深沉地）可怕的事不在这儿。

鲁四凤　还有什么?

周　萍　（忽然地）你没有听见什么话?

鲁四凤　什么?（停）没有。

周　萍　关于我,你没有听见什么?

鲁四凤　没有。

周　萍　从来没听见过什么?

鲁四凤　（不愿提）没有——你说什么?

周　萍　那——没什么! 没什么。

鲁四凤　（真挚地）我信你,我相信你以后永远不会骗我。这我就够了。——刚才,我听你说,你明天就要到矿上去。

周　萍　我昨天晚上已经跟你说过了。

鲁四凤　（爽直地）你为什么不带我去?

周　萍　因为——（笑）因为我不想带你去。

鲁四凤　这边的事我早晚是要走的。——太太,说不定今天要辞掉我。

周　萍　（没想到）她要辞掉你，——为什么？

鲁四凤　你不要问。

周　萍　不，我要知道。

鲁四凤　自然因为我做错了事。我想，太太大概没有这个意思。也许是我瞎猜。（停）周萍，你带我去好不好？

周　萍　不。

鲁四凤　（温柔地）萍，我好好地侍候你，你要么一个人。我跟你拣东西，缝衣服，烧饭做菜，我都做得好，只要你叫我跟你在一块儿。

周　萍　哦，我还要一个女人，跟着我，侍候我，叫我享福？难道，这些年，在家里，这种生活我还不够么？

鲁四凤　我知道你一个人在外头是不成的。

周　萍　凤，你看不出来，现在我怎么能带你出去？——你这不是孩子话吗？

鲁四凤　萍，你带我走！我不连累你，要是外面因为我，说你的坏话，我立刻就走。你——你不要怕。

周　萍　（急躁地）凤，你以为我这么自私自利么？你不应该这么想我。——哼，我怕，我怕什么？（管不住自己）这些年，我做出这许多的……哼，我的心都死了，我恨极了我自己。现在我的心刚刚有点生气了，我能放开胆子喜欢一个女人，我反而怕人家骂？哼，让大家说吧，周家大少爷看上他家里面的女下人，怕什么，我喜欢她。

鲁四凤　（安慰他）萍，不要离开。你做了什么，我也不怨你的。（想）

周　萍　（平静下来）你现在想什么？

鲁四凤　我想，你走了以后，我怎么样。

周　萍　你等着我。

鲁四凤　（苦笑）可是你忘了一个人。

周　萍　谁？

鲁四凤　他总不放过我。

周　萍　哦，他呀——他又怎么样？

鲁四凤　他又把前一个月的话跟我提了。

周　萍　他说，他要你？

鲁四凤　不，他问我肯嫁他不肯。

周　萍　你呢？

鲁四凤　我先没有说什么，后来他逼着问我，我只好告诉他实话。

周　萍　实话？

鲁四凤　我没有说旁的，我只提我已经许了人家。

周　萍　他没有问旁的？

**鲁四凤**　没有,他倒说,他要供给我上学。

**周　萍**　上学?(笑)他真呆气!——可是,谁知道,你听了他的话,也许很喜欢的。

**鲁四凤**　你知道我不喜欢,我愿意老陪着你。

**周　萍**　可是我已经快三十了,你才十八,我也不比他的将来有希望,并且我做过许多见不得人的事。

**鲁四凤**　萍,你不要同我瞎扯,我现在心里很难过。你得想出法子,他是个孩子,老是这样装着腔,对付他,我实在不喜欢。你又不许我跟他说明白。

**周　萍**　我没有叫你不跟他说。

**鲁四凤**　可是你每次见我跟他在一块儿,你的神气,偏偏——

**周　萍**　我的神气那自然是不快活的。我看见我最喜欢的女人时常跟别人在一块儿。哪怕他是我的弟弟,我也不情愿的。

**鲁四凤**　你看你又扯到别处。萍,你不要扯,你现在到底对我怎么样?你要跟我说明白。

**周　萍**　我对你怎么样?(他笑了。他不愿意说,他觉得女人们都有些呆气,这一句话似乎有一个女人也这样问过他,他心里隐隐有些痛)要我说出来?(笑)那么,你要我怎么说呢?

**鲁四凤**　(苦恼地)萍,你别这样待我好不好?你明明知道我现在什么都是你的,你还——你还这样欺负人。

**周　萍**　(他不喜欢这样,同时又以为她究竟有些不明白)哦!(叹一口气)天哪!

**鲁四凤**　萍,我父亲只会跟人要钱,我哥哥瞧不起我,说我没有志气,我母亲如果知道了这件事,她一定恨我。哦,萍,没有你就没有我。我父亲,我哥哥,我母亲,他们也许有一天会不理我,你不能够的,你不能够的。(抽咽)

**周　萍**　四凤,不,不,别这样,你让我好好地想一想。

**鲁四凤**　我的妈最疼我,我的妈不愿意我在公馆里做事,我怕她万一看出我的谎话,知道我在这里做了事,并且同你……如果你又不是真心的,……那我——那我就伤了我妈的心了。(哭)还有……

**周　萍**　不,凤,你不该这样疑心我。我告诉你,今天晚上我预备到你那里去。

**鲁四凤**　不,我妈今天回来。

**周　萍**　那么,我们在外面会一会好么?

**鲁四凤**　不成,我妈晚上一定会跟我谈话的。

**周　萍**　不过,明天早车我就要走了。

**鲁四凤**　你真不预备带我走么?

**周　萍**　孩子!那怎么成?

**鲁四凤**　那么,你——你叫我想想。

**周　萍**　我先要一个人离开家,过后,再想法子,跟父亲说明白,把你接出来。

**鲁四凤**　(看着他)也好,那么今天晚上你只好到我家里来。我想,那两间房子,爸爸跟妈一定在外房睡,哥哥总是不在家睡觉,我的房子在半夜里一定是空的。

**周　萍**　那么,我来还是先吹哨;(吹一声)你听得清楚吧?

**鲁四凤**　嗯,我要是叫你来,我的窗上一定有个红灯,要是没有灯,那你千万不要来。

**周　萍**　不要来?

**鲁四凤**　那就是我改了主意,家里一定有许多人。

**周　萍**　好,就这样。十一点钟。

**鲁四凤**　嗯,十一点。

[鲁贵由中门上,见四凤和周萍在这里,突然停止,故意地做出懂事的假笑。]

**鲁　贵**　哦!(向四凤)我正要找你。(向萍)大少爷,您刚吃完饭。

**鲁四凤**　找我有什么事?

**鲁　贵**　你妈来了。

**鲁四凤**　(喜形于色)妈来了,在哪儿?

**鲁　贵**　在门房,跟你哥哥刚见面,说着话呢。

[四凤跑向中门。]

**周　萍**　四凤,见着你妈,跟我问问好。

**鲁四凤**　谢谢您,回头见。(凤下)

**鲁　贵**　大少爷,您是明天起身么?

**周　萍**　嗯。

**鲁　贵**　让我送送您。

**周　萍**　不用,谢谢你。

**鲁　贵**　平时总是你心好,照顾着我们。您这一走,我同这丫头都得惦记着您了。

**周　萍**　(笑)你又没有钱了吧?

**鲁　贵**　(好笑)大少爷,您这可是开玩笑了。——我说的是实话,四凤知道,我总是背后说大少爷好的。

**周　萍**　好吧。——你没有事么?

**鲁　贵**　没事,没事,我只跟您商量点闲拌儿。您知道,四凤的妈来了,楼上的太太要见她,……

[繁漪由饭厅上,鲁贵一眼看见她,话说成一半,又吞进去。]

**鲁　贵**　哦,太太下来了! 太太,您病完全好啦? (繁漪点一点头)鲁贵直惦记着。

**周繁漪**　好,你下去吧。

[鲁贵鞠躬由中门下。]

**周繁漪**　(向萍)他上哪去了?

**周　萍**　(莫明其妙)谁?

**周繁漪**　你父亲。

**周　萍**　他有事情,见客,一会儿就回来。弟弟呢?

**周繁漪**　他只会哭,他走了。

**周　萍**　(怕和她一同在这间屋里)哦。(停)我要走了,我现在要收拾东西去。(走向饭厅)

**周繁漪**　回来,(萍停步)我请你略微坐一坐。

**周　萍**　什么事?

**周繁漪**　(阴沉地)有话说。

**周　萍**　(看出她的神色)你像是有很重要的话跟我谈似的。

**周繁漪**　嗯。

**周　萍**　说吧。

**周繁漪**　我希望你明白方才的情景。这不是一天的事情。

**周　萍**　(躲避地)父亲一向是那样,他说一句就是一句的。

**周繁漪**　可是人家说一句,我就要听一句,那是违背我的本性的。

**周　萍**　我明白你。(强笑)那么你顶好不听他的话就得了。

**周繁漪**　萍,我盼望你还是从前那样诚恳的人。顶好不要学着现在一般青年人玩世不恭的态度。你知道我没有你在我面前,这样,我已经很苦了。

**周　萍**　所以我就要走了。不要叫我们见着,互相提醒我们最后悔的事情。

**周繁漪**　我不后悔,我向来做事没有后悔过。

**周　萍**　(不得已地)我想,我很明白地对你表示过。这些日子我没有见你,我想你很明白。

**周繁漪**　很明白。

**周　萍**　那么,我是个最糊涂,最不明白的人。我后悔,我认为我生平做错一件大事。我对不起自己,对不起弟弟,更对不起父亲。

**周繁漪**　(低沉地)但是最对不起的人有一个,你反而轻轻地忘了。

**周　萍**　我最对不起的人,自然也有,但是我不必同你说。

**周繁漪**　(冷笑)那不是她! 你最对不起的是我,是你曾经引诱的后母!

**周　萍**　(有些怕她)你疯了。

**周繁漪**　你欠了我一笔债,你对我负着责任;你不能看见了新的世界,就一个人跑。

　　**周　萍**　我认为你用的这些字眼,简直可怕。这种字句不是在父亲这样——这样体面的家庭里说的。

　　**周繁漪**　(气极)父亲,父亲,你撇开你的父亲吧! 体面? 你也说体面? (冷笑)我在这样的体面家庭已经十八年啦。周家家庭里做出的罪恶,我听过,我见过,我做过。我始终不是你们周家的人。我做的事,我自己负责任。不像你们的祖父,叔祖,同你们的好父亲,偷偷做出许多可怕的事情,祸移在别人身上,外面还是一副道德面孔,慈善家,社会上的好人物。

　　**周　萍**　繁漪,大家庭自然免不了不良分子,不过我们这一支,除了我,……

　　**周繁漪**　都一样,你父亲是第一个伪君子,他从前就引诱过一个良家的姑娘。

　　**周　萍**　你不要乱说话。

　　**周繁漪**　萍,你再听清楚点,你就是你父亲的私生子!

　　**周　萍**　(惊异而无主地)你瞎说,你有什么证据?

　　**周繁漪**　请你问你的体面父亲,这是他十五年前喝醉了的时候告诉我的。(指桌上相片)你就是这年轻的姑娘生的小孩。她因为你父亲又不要她,就自己投河死了。

　　**周　萍**　你,你,你简直……——好,好,(强笑)我都承认。你预备怎么样? 你要跟我说什么?

　　**周繁漪**　你父亲对不起我,他用同样手段把我骗到你们家来,我逃不开,生了冲儿。十几年来像刚才一样的凶横,把我渐渐地磨成了石头样的死人。你突然从家乡出来,是你,是你把我引到一条母亲不像母亲,情妇不像情妇的路上去。是你引诱的我!

　　**周　萍**　引诱! 我请你不要用这两个字好不好? 你知道当时的情形怎么样?

　　**周繁漪**　你忘记了在这屋子里,半夜,我哭的时候,你叹息着说的话么? 你说你恨你的父亲,你说过,你愿他死,就是犯了灭伦的罪也干。

　　**周　萍**　你忘了。那时我年青,我的热叫我说出来这样糊涂的话。

　　**周繁漪**　你忘了,我虽然只比你大几岁,那时,我总还是你的母亲,你知道你不该对我说这种话么?

　　**周　萍**　哦——(叹一口气)总之,你不该嫁到周家来,周家的空气满是罪恶。

　　**周繁漪**　对了,罪恶,罪恶。你的祖宗就不曾清白过,你们家里永远是不干净。

　　**周　萍**　年青人一时糊涂,做错了的事,你就不肯原谅么? (苦恼地皱

着眉)

**周繁漪** 这不是原谅不原谅的问题,我已预备好棺材,安安静静地等死,一个人偏把我救活了又不理我,撇得我枯死,慢慢地渴死。让你说,我该怎么办?

**周　萍** 那,那我也不知道,你来说吧!

**周繁漪** (一字一字地)我希望你不要走。

**周　萍** 怎么,你要我陪着你,在这样的家庭,每天想着过去的罪恶,这样活活地闷死么?

**周繁漪** 你既知道这家庭可以闷死人,你怎么肯一个人走,把我放在家里?

**周　萍** 你没有权利说这种话,你是冲弟弟的母亲。

**周繁漪** 我不是!我不是!自从我把我的性命,名誉,交给你,我什么都不顾了。我不是他的母亲。不是,不是,我也不是周朴园的妻子。

**周　萍** (冷冷地)如果你以为你不是父亲的妻子,我自己还承认我是我父亲的儿子。

**周繁漪** (不曾想到他会说这一句话,呆了一下)哦,你是你父亲的儿子。——这些月,你特别不来看我,是怕你的父亲?

**周　萍** 也可以说是怕他,才这样的吧。

**周繁漪** 你这一次到矿上去,也是学着你父亲的英雄榜样,把一个真正明白你,爱你的人丢开不管么?

**周　萍** 这么解释也未尝不可。

**周繁漪** (冷冷地)怎么说,你到底是你父亲的儿子。(笑)父亲的儿子?(狂笑)父亲的儿子?(狂笑,忽然严厉地冷静)哼,都是没有用,胆小怕事,不值得人为他牺牲的东西!我恨着我早没有知道你!

**周　萍** 那么你现在知道了!我对不起你,我已经同你详细解释过,我厌恶这种不自然的关系。我告诉你,我厌恶。我负起我的责任,我承认我那时的错,然而叫我犯了那样的错,你也不能完全没有责任。你是我认为最聪明,最能了解的女子,所以我想,你最后会原谅我。我的态度,你现在骂我玩世不恭也好,不负责任也好,我告诉你,我盼望这一次的谈话是我们最末一次谈话了。(走向饭厅门)

**周繁漪** (沉重地语气)站着。(萍立住)我希望你明白我刚才说的话,我不是请求你。我盼望你用你的心,想一想,过去我们在这屋子里说的,(停,难过)许多,许多的话。一个女子,你记着,不能受两代的欺侮,你可以想一想。

**周　萍** 我已经想得很透彻,我自己这些天的痛苦,我想你不是不知道,好,请你让我走吧。

〔周萍由饭厅下,繁漪的眼泪一颗颗地流在腮上,她走到镜台前,照着自己苍白的有皱纹的脸,便嘤嘤地扑在镜台上哭起来。〕

〔鲁贵偷偷地由中门走进来,看见太太在哭。〕

**鲁　贵**　(低声)太太!

**周繁漪**　(突然抬起)你来干什么?

**鲁　贵**　鲁妈来了好半天啦!

**周繁漪**　谁? 谁来了好半天啦?

**鲁　贵**　我家里的,太太不是说过要我叫她来见么?

**周繁漪**　你为什么不早点来告诉我?

**鲁　贵**　(假笑)我倒是想着,可是我(低声)刚才瞧见太太跟大少爷说话,所以就没有敢惊动您。

**周繁漪**　啊你,你刚才在——

**鲁　贵**　我? 我在大客厅里伺候老爷见客呢!(故意地不明白)太太有什么事么?

**周繁漪**　没什么,那么你叫鲁妈进来吧。

**鲁　贵**　(谄笑)我们家里是个下等人,说话粗里粗气,您可别见怪。

**周繁漪**　都是一样的人。我不过想见一见,跟她谈谈闲话。

**鲁　贵**　是,那是太太的恩典。对了,老爷刚才跟我说,怕明天要下大雨,请太太把老爷的那一件旧雨衣拿出来,说不定老爷就要出去。

**周繁漪**　四凤跟老爷检的衣裳,四凤不会拿么?

**鲁　贵**　我也是这么说啊,您不是不舒服么? 可是老爷吩咐,不要四凤,还是要太太自己拿。

**周繁漪**　那么,我一会儿拿来。

**鲁　贵**　不,是老爷吩咐,说现在就要拿出来。

**周繁漪**　哦,好,我就去吧。——你现在叫鲁妈进来,叫她在这房里等一等。

**鲁　贵**　是,太太。

〔鲁贵下,繁漪的脸更显得苍白,她在极力压制自己的烦郁。〕

**周繁漪**　(把窗户打开吸一口气,自语)热极了,闷极了,这里真是再也不能住的。我希望我今天变成火山的口,热烈烈地冒一次,什么我都烧个干净,当时我就再掉在冰川里,冻成死灰,一生只热热烈烈地烧一次,也就算够了。我过去的是完了,希望大概也是死了的。哼,什么我都预备好了,来吧,恨我的人,来吧。叫我失望的人,叫我忌妒的人,都来吧,我在等候着你们。(望着空空的前面,继而垂下头去,鲁贵上。)

**鲁　贵**　刚才小当差进来,说老爷催着要。

**周繁漪**　(抬头)好,你先去吧。我叫陈妈送去。

[繁漪由饭厅下,贵由中门下。移时鲁妈——即鲁侍萍——与四凤上。鲁妈的年纪约有四十七岁的光景,鬓发已经有点斑白,面貌白净,看上去也只有三十八九岁的样子。她的眼有些呆滞,时而呆呆地望着前面,但是在那修长的睫毛,和她圆大的眸子间,还寻得出她少年时静慧的神韵。她的衣服朴素而有身份,旧蓝布裤褂,很洁净地穿在身上。远远地看着,依然像大家户里落迫的妇人。她的高贵的气质和她的丈夫的鄙俗,奸小,恰成一个强烈的对比。]

[她的头还包着一条白布手巾,怕是坐火车围着避土的,她说话总爱微微地笑,尤其因为刚刚见着两年未见的亲儿女,神色还是快慰地闪着快乐的光彩。她的声音很低,很沉稳,语音像一个南方人曾经和北方人相处很久,夹杂着许多模糊,轻快的南方音,但是她的字句说得很清楚。她的牙齿非常整齐,笑的时候在嘴角旁露出一对深深的笑涡,叫我们想起来四凤笑时口旁一对浅浅的涡影。]

[鲁妈拉着女儿的手,四凤就像个小鸟偎在她身边走进来。后面跟着鲁贵,提着一个旧包袱。他骄傲地笑着,比起来,这母女的单纯的欢欣,他更是粗鄙了。]

**鲁四凤**　太太呢?

**鲁　贵**　就下来。

**鲁四凤**　妈,您坐下。(鲁妈坐)您累么?

**鲁　妈**　不累。

**鲁四凤**　(高兴地)妈,您坐一坐。我给您倒一杯冰镇的凉水。

**鲁　妈**　不,不要走,我不热。

**鲁　贵**　凤儿,你跟你妈拿一瓶汽水来(向鲁妈),这公馆什么没有?一到夏天,柠檬水,果子露,西瓜汤,橘子,香蕉,鲜荔枝,你要什么,就有什么。

**鲁　妈**　不,不,你别听你爸爸的话。这是人家的东西。你在我身旁跟我多坐一回,回头跟我同——同这位周太太谈谈,比喝什么都强。

**鲁　贵**　太太就会下来,你看你,那块白包头,总舍不得拿下来。

**鲁　妈**　(和蔼地笑着)真的,说了那么半天。(笑望着四凤)连我在火车上搭的白手巾都忘了解啦。(要解它)

**鲁四凤**　(笑着)妈,您让我替您解开吧。(走过去解。这里,鲁贵走到小茶几旁,又偷偷地把烟放在自己的烟盒里。)

**鲁　妈**　(解下白手巾)你看我的脸脏么?火车上尽是土,你看我的头发,不要叫人家笑。

**鲁四凤**　不,不,一点都不脏。两年没见您,您还是那个样。

**鲁　妈**　哦,凤儿,你看我的记性。谈了这半天,我忘记把你顶喜欢的东西跟你拿出来啦。

**鲁四凤**　什么？妈。

**鲁　妈**　（由身上拿出一个小包来）你看，你一定喜欢的。

**鲁四凤**　不，您先别给我看，让我猜猜。

**鲁　妈**　好，你猜吧。

**鲁四凤**　小石娃娃？

**鲁　妈**　（摇头）不对，你太大了。

**鲁四凤**　小粉扑子。

**鲁　妈**　（摇头）给你那个有什么用？

**鲁四凤**　哦，那一定是小针线盒。

**鲁　妈**　（笑）差不多。

**鲁四凤**　那您叫我打开吧。（忙打开纸包）哦！妈！顶针！银顶针！爸，您看，您看！（给鲁贵看）。

**鲁　贵**　（随声说）好！好！

**鲁四凤**　这顶针太好看了，上面还镶着宝石。

**鲁　贵**　什么？（走两步，拿来细看）给我看看。

**鲁　妈**　这是学校校长的太太送给我的。校长丢了个要紧的钱包，叫我拾着了，还给他。校长的太太就非要送给我东西，拿出一大堆小手饰叫我挑，送给我的女儿。我就捡出这一件，拿来送给你，你看好不好？

**鲁四凤**　好，妈，我正要这个呢。

**鲁　贵**　嗖，哼，（把顶针交给四凤）得了吧，这宝石是假的，你挑得真好。

**鲁四凤**　（见着母亲特别欢喜说话，轻蔑地）哼，您呀，真宝石到了您的手里也是假的。

**鲁　妈**　凤儿，不许这样跟爸爸说话。

**鲁四凤**　（撒娇）妈您不知道，您不在这儿，爸爸就拿我一个人撒气，尽欺负我。

**鲁　贵**　（看不惯他妻女这样"乡气"，于是轻蔑地）你看你们这点穷相，走到大家公馆，不来看看人家的阔排场，尽在一边闲扯。四凤，你先把你这两年的衣裳给你妈看看。

**鲁四凤**　（白眼）妈不稀罕这个。

**鲁　贵**　你不也有点首饰么？你拿出来给你妈开开眼。看看还是我对，还是把女儿关在家里对？

**鲁　妈**　（想鲁贵）我走的时候嘱咐过你，这两年写信的时候也总不断地提醒你，我说过我不愿意把我的女儿送到一个阔公馆，叫人家使唤。你偏——（忽然觉得这不是谈家事的地方，回头向四凤）你哥哥呢？

**鲁四凤**　不是在门房里等着我们么？

**鲁　贵**　不是等着你们，人家等着见老爷呢。（向鲁妈）去年我叫人跟你捎个信,告诉你大海也当了矿上的工头,那都是我在这儿嘀咕上的。

**鲁四凤** (厌恶她父亲又表白自己的本领)爸爸,您看哥哥去吧。他的脾气有点不好,怕他等急了,跟张爷刘爷们闹起来。

**鲁 贵** 真他妈的。这孩子的狗脾气我倒忘了,(走向中门,回头)你们好好在这屋子里坐一会,别乱动,太太一会儿就下来。

〔鲁贵下。母女见鲁贵走后,如同犯人望见看守走了一样,舒展地吐出一口气来。母女二人相对默然地笑了一笑,刹那间,她们脸上又浮出欢欣,这次是由衷心升起来愉快的笑。〕

**鲁 妈** (伸出手来,向四凤)哦,孩子,让我看看你。

〔四凤走到母亲前,跪下。〕

**鲁四凤** 妈,您不怪我吧?您不怪我这次没听您的话,跑到周公馆做事吧?

**鲁 妈** 不,不,做了就做了。——不过为什么这两年你一个字也不告诉我,我下车走到家里,才听见张大婶告诉我,说我的女儿在这儿。

**鲁四凤** 妈,我怕您生气,我怕您难过,我不敢告诉您。——其实,妈,我们也不是什么富贵人家,就是像我这样帮人,我想也没有什么关系。

**鲁 妈** 不,你以为妈怕穷么?怕人家笑我们穷么?不,孩子,妈最知道认命,妈最看得开,不过,孩子,我怕你太年轻,容易一阵子犯糊涂,妈受过苦妈知道的。你不懂,你不知道这世界太——人的心太——。(叹一口气)好,我先不提这个。(站起来)这家的太太真怪!她要见我干什么?

**鲁四凤** 嗯,嗯,是啊(她的恐惧来了,但是她愿意向好的一面想)不,妈,这边太太没有多少朋友,她听说妈也会写字,念书,也许觉着很相近,所以想请妈来谈谈。

**鲁 妈** (不信地)哦?(慢慢看这屋子的摆设,指着有镜台的柜)这屋子倒是很雅致的。就是家具太旧了点。这是——?

**鲁四凤** 这是老爷用的红木书桌,现在做摆饰用了。听说这是三十年前的老东西,老爷偏偏喜欢用,到哪儿带到哪儿。

**鲁 妈** 那个(指着有镜台的柜)是什么?

**鲁四凤** 那也是件老东西,从前的第一个太太,就是大少爷的母亲,顶爱的东西。您看,从前的家具多笨哪。

**鲁 妈** 咦,奇怪。——为什么窗户还关上呢?

**鲁四凤** 您也觉得奇怪不是?这是我们老爷的怪脾气,夏天反而要关窗户。

**鲁 妈** (回想)凤儿,这屋子我像是在哪儿见过似的。

**鲁四凤** (笑)真的?您大概是想我想的,梦里到过这儿。

**鲁 妈** 对了,梦似的。——奇怪,这地方怪得很,这地方忽然叫我想

起了许多许多事情。(低下头坐下)

　　**鲁四凤**　(慌)妈,您怎么脸上发白? 您别是受了暑,我给您拿一杯冷水吧。

　　**鲁　妈**　不,不是,你别去,——我怕得很,这屋子有点怪!

　　**鲁四凤**　妈,您怎么啦?

　　**鲁　妈**　我怕得很,忽然我把三十年前的事情一件一件地都想起来了,已经忘了许多年的人又在我心里转。四凤,你摸摸我的手。

　　**鲁四凤**　(摸鲁妈的手)冰凉,妈,您可别吓坏我。我胆子小,妈,妈,——这屋子从前可闹过鬼的!

　　**鲁　妈**　孩子,你别怕,妈不怎么样。不过,四凤,我好像我的魂来过这儿似的。

　　**鲁四凤**　妈,您别瞎说啦,您怎么来过? 他们二十年前才搬到这儿北方来,那时候,您不是这在南方么?

　　**鲁　妈**　不,不,我来过。这些家具,我想不起来——我在哪见过。

　　**鲁四凤**　妈,您的眼不要直瞪瞪地望着,我怕。

　　**鲁　妈**　别怕,孩子,别怕,孩子。(声音愈低,她用力地想,她整个的人,缩,缩到记忆的最下层深处。)

　　**鲁四凤**　妈,您看那个柜干什么? 那就是从前死了的第一个太太的东西。

　　**鲁　妈**　(突然低声颤颤地向四凤)凤儿,你去看,你去看,那柜子靠右第三个抽屉里,有没有一只小孩穿的绣花虎头鞋。

　　**鲁四凤**　妈,您怎么拉? 不要这样疑神疑鬼地。

　　**鲁　妈**　凤儿,你去,你去看一看。我心里有点怯,我有点走不动,你去!

　　**鲁四凤**　好,我去看。

　　〔她有到柜前,拉开抽斗,看。〕

　　**鲁　妈**　(急问)有没有?

　　**鲁四凤**　没有,妈。

　　**鲁　妈**　你看清楚了?

　　**鲁四凤**　没有,里面空空地就是些茶碗。

　　**鲁　妈**　哦,那大概是我在做梦了。

　　**鲁四凤**　(怜惜她的母亲)别多说话了,妈,静一静吧,妈,您在外受了委屈了,(落泪)从前,您不是这样神魂颠倒的。可怜的妈呀。(抱着她)好一点了么?

　　**鲁　妈**　不要紧的。——刚才我在门房听见这家里还有两位少爷?

　　**鲁四凤**　嗯! 妈,都很好,都很和气的。

　　**鲁　妈**　(自言自语地)不,我的女儿说什么也不能在这儿多呆。不成。不成。

**鲁四凤** 妈，您说什么？这儿上上下下都待我很好。妈，这里老爷太太向来不骂底下人，两位少爷都很和气的。这周家不但是活着的人心好，就是死了的人样子也是挺厚道的。

**鲁　妈** 周？这家里姓周？

**鲁四凤** 妈，您看您，您刚才不是问着周家的门进来的么？怎么会忘了？（笑）妈，我明白了，您还是路上受热了。我先跟你拿着周家第一个太太的相片，给您看。我再跟你拿点水来喝。

〔四凤在镜台上拿了像片过来，站在鲁妈背后，给她看。〕

**鲁　妈** （拿着像片，看）哦！（惊愕地说不出话来，手发颤。）

**鲁四凤** （站在鲁妈背后）您看她多好看，这就是大少爷的母亲，笑得多美，他们并说还有点像我呢。可惜，她死了，要不然，——（觉得鲁妈头向前倒）哦，妈，您怎么啦？您怎么？

**鲁　妈** 不，不，我头晕，我想喝水。

**鲁四凤** （慌，掐着鲁妈的手指，搓着她的头）妈，您到这边来！（扶鲁妈到一个大的沙发前，鲁妈手里还紧紧地拿着相片）妈，您在这儿躺一躺。我跟您拿水去。

〔四凤由饭厅门忙跑下。〕

**鲁　妈** 哦，天哪。我是死了的人！这是真的么？这张相片？这些家具？怎么会？——哦，天底下地方大得很，怎么？熬过这几十年偏偏又把我这个可怜的孩子，放回到他——他的家里？哦，好不公平的天哪！（哭泣）

〔四凤拿水上，鲁妈忙擦眼泪。〕

**鲁四凤** （持水杯，向鲁妈）妈，您喝一口，不，再喝几口。（鲁妈饮）好一点了么？

**鲁　妈** 嗯，好，好啦。孩子，你现在就跟我回家。

**鲁四凤** （惊讶）妈，您怎么啦？

〔由饭厅传出繁漪喊"四凤"的声音。〕

**鲁　妈** 谁喊你？

**鲁四凤** 太太。

**繁漪声** 四凤！

**鲁四凤** 唉。

**繁漪声** 四凤，你来，老爷的雨衣你给放在哪儿啦？

**鲁四凤** （喊）我就来。（向鲁妈）您等一等，我就回来。

**鲁　妈** 好，你去吧。

〔四凤下。鲁妈周围望望，走到柜前，抚摸着她从前的家具，低头沉思。忽然听见屋外花园里走路的声音。她转过身来，等候着。〕

〔鲁贵由中门上。〕

鲁　贵　四凤呢？

鲁　妈　这儿的太太叫了去啦。

鲁　贵　你回头告诉太太，说找着雨衣，老爷自己到这儿来穿，还要跟太太说几句话。

鲁　妈　老爷要到这屋里来？

鲁　贵　嗯，你告诉清楚了，别回头老爷来到这儿，太太不在，老头儿又发脾气了。

鲁　妈　你跟太太说吧。

鲁　贵　这上上下下许多底下人都得我支派，我忙不开，我可不能等。

鲁　妈　我要回家去，我不见太太了。

鲁　贵　为什么？这次太太叫你来，我告诉你，就许有点什么很要紧的事跟你谈谈。

鲁　妈　我预备带着凤儿回去，叫她辞了这儿的事。

鲁　贵　什么？你看你这点——

［周繁漪由饭厅上。］

鲁　贵　太太。

周繁漪　（向门内）四凤，你先把那两套也拿出来，问问老爷要哪一件。（里面答应）哦，（吐出一口气，向鲁妈）这就是四凤的妈吧？叫你久等了。

鲁　贵　等太太是应当的。太太准她来跟您请安就是老大的面子。（四凤由饭厅出，拿雨衣进。）

周繁漪　请坐！你来了好半天啦。（鲁妈只在打量着，没有坐下。）

鲁　妈　不多一会，太太。

鲁四凤　太太。把这三件雨衣都送给老爷那边去么？

鲁　贵　老爷说放在这儿，老爷自己来拿，还请太太等一会，老爷见您有话说呢。

周繁漪　知道了。（向四凤）你先到厨房，把晚饭的菜看看，告诉厨房一下。

鲁四凤　是，太太。（望着鲁贵，又疑惧地望着繁漪由中门下。）

周繁漪　鲁贵，告诉老爷，说我同四凤的母亲谈话，回头再请他到这儿来。

鲁　贵　是，太太。（但不走）

周繁漪　（见鲁贵不走）你有什么事么？

鲁　贵　太太，今天早上老爷吩咐德国克大夫来。

周繁漪　二少爷告诉过我了。

鲁　贵　老爷刚才吩咐，说来了就请太太去看。

周繁漪　我知道了。好，你去吧。

［鲁贵由中门下。］

**周繁漪** （向鲁妈）坐下谈,不要客气。（自己坐在沙发上）

**鲁　妈** （坐在旁边一张椅子上）我刚下火车,就听见太太这边吩咐,要我来见见您。

**周繁漪** 我常听四凤提到你,说你念过书,从前也是很好的门第。

**鲁　妈** （不愿提到从前的事）四凤这孩子很傻,不懂规矩,这两年叫您多生气啦。

**周繁漪** 不,她非常聪明,我也很喜欢她。这孩子不应当叫她伺候人,应当替她找一个正当的出路。

**鲁　妈** 太太多夸奖她了。我倒是不愿意这孩子帮人。

**周繁漪** 这一点我很明白。我知道你是个知书达礼的人,一见面,彼此都觉得性情是直爽的,所以我就不妨把请你来的原因现在跟你说一说。

**鲁　妈** （忍不住）太太,是不是我这小孩平时的举动有点叫人说闲话?

**周繁漪** （笑着,故为很肯定地说）不,不是。

［鲁贵由中门上。］

**鲁　贵** 太太。

**周繁漪** 什么事?

**鲁　贵** 克大夫已经来了,刚才汽车夫接来的,现时在小客厅等着呢。

**周繁漪** 我有客。

**鲁　贵** 客?——老爷说请太太就去。

**周繁漪** 我知道,你先去吧。

［鲁贵下。］

**周繁漪** （向鲁妈）我先把我家里的情形说一说。第一我家里的女人很少。

**鲁　妈** 是,太太。

**周繁漪** 我一个人是个女人,两个少爷,一位老爷,除了一两个老妈子以外,其余用的都是男下人。

**鲁　妈** 是,太太,我明白。

**周繁漪** 四凤的年纪很轻,哦,她才十九岁,是不是?

**鲁　妈** 不,十八。

**周繁漪** 那就对了,我记得好像比我的孩子是大一岁的样子。这样年青的孩子,在外边做事,又生得很秀气的。

**鲁　妈** 太太,如果四凤有不检点的地方,请您千万不要瞒我。

**周繁漪** 不,不,（又笑了）她很好的。我只是说说这个情形。我自己有一个孩子,他才十七岁,——恐怕刚才你在花园见过——一个不十分懂事的孩子。

［鲁贵自书房门上。］

**鲁　贵**　老爷催着太太去看病。

**周繁漪**　没有人陪着克大夫么?

**鲁　贵**　王局长刚走,老爷自己在陪着呢。

**鲁　妈**　太太,您先看去。我在这儿等着不要紧。

**周繁漪**　不,我话还没有说完。(向鲁贵)你跟老爷说,说我没有病,我自己并没有要请医生来。

**鲁　贵**　是,太太。(但不走)

**周繁漪**　(看鲁贵)你在干什么?

**鲁　贵**　我等太太还有什么旁的事情要吩咐。

**周繁漪**　(忽然想起来)有,你跟老爷回完话之后,你出去叫一个电灯匠,刚才我听说花园藤萝架上的旧电线落下来了,走电,叫他赶快收拾一下,不要电了人。

**鲁　贵**　是,太太。

［鲁贵由中门下。］

**周繁漪**　(见鲁妈立起)鲁奶奶,你还是坐呀。哦,这屋子又闷起来啦。(走到窗户,把窗户打开,回来,坐)这些天我就看着我这孩子奇怪,谁知这两天,他忽然跟我说他很喜欢四凤。

**鲁　妈**　什么?

**周繁漪**　也许预备要帮助她学费,叫她上学。

**鲁　妈**　太太,这是笑话。

**周繁漪**　我这孩子还想四凤嫁给他。

**鲁　妈**　太太,请您不必往下说,我都明白了。

**周繁漪**　(追一步)四凤比我的孩子大,四凤又是很聪明的女孩子,这种情形——

**鲁　妈**　(不喜欢繁漪的暧昧的口气)我的女儿,我总相信是个懂事,明白大体的孩子。我向来不愿意她到大公馆帮人,可是我信得过,我的女儿就帮这儿两年,她总不会做出一点糊涂事的。

**周繁漪**　鲁奶奶,我也知道四凤是个明白的孩子,不过有了这种不幸的情形,我的意思,是非常容易叫人发生误会的。

**鲁　妈**　(叹气)今天我到这儿来是万没想到的事,回头我就预备把她带走,现在我就请太太准了她的长假。

**周繁漪**　哦,哦,——如果你以为这样办好,我也觉得很受当的,不过有一层,我怕,我的孩子有点傻气,他还是会找到你家里见四凤的。

**鲁　妈**　您放心。我后悔得很,我不该把这个孩子一个人交给她的父亲管的,明天,我准离开此地,我会远远地带她走,不会见着周家的人。太太,我想现在带着我的女儿走。

**周繁漪** 那么,也好。回头我叫账房把工钱算出来。她自己的东西我可以派人送去,我有一箱子旧衣服,也可以带去,留着她以后在家里穿。

**鲁 妈** (自语)凤儿,我的可怜的孩子!(坐在沙发上,落泪)天哪。

**周繁漪** (走到鲁妈面前)不要伤心,鲁奶奶。如果钱上有什么问题,尽管到我这儿来,一定有办法。好好地带她回去,有你这样一个母亲教育她,自然比这儿好的。

〔朴园由书房上。〕

**周朴园** 繁漪!(繁漪抬头。鲁妈站起,忙躲在一旁,神色大变,观察他。)你怎么还不去?

**周繁漪** (故意地)上哪儿?

**周朴园** 克大夫在等你,你不知道么?

**周繁漪** 克大夫,谁是克大夫?

**周朴园** 跟你从前看病的克大夫。

**周繁漪** 我的药吃够了,我不预备再吃了。

**周朴园** 那么你的病……

**周繁漪** 我没有病。

**周朴园** (忍耐)克大夫是我在德国的好朋友,对于妇科很有研究。你的神经有点失常,他一定治得好。

**周繁漪** 谁说我的神经失常? 你们为什么这样咒我? 我没有病,我没有病,我告诉你,我没有病!

**周朴园** (冷厉地)你当着人这样胡喊乱闹,你自己有病,偏偏要讳疾忌医,不肯叫医生治,这不就是神经上的病态么?

**周繁漪** 哼,我假若是有病,也不是医生治得好的。(向饭厅门走)

**周朴园** (大声喊)站住! 你上哪儿去?

**周繁漪** (不在意地)到楼上去。

**周朴园** (命令地)你应当听话。

**周繁漪** (好像不明白地)哦!(停,不经意地打量他)你看你!(尖声笑两声)你简直叫我想笑。(轻蔑地笑)你忘了你自己是怎么样一个人啦!(又大笑,由饭厅跑下,重重地关上门。)

**周朴园** 来人!

〔仆人上。〕

**仆 人** 老爷!

**周朴园** 太太现在在楼上。你叫大少爷陪着克大夫到楼上去跟太太看病。

**仆 人** 是,老爷。

　　**周朴园**　你告诉大少爷，太太现在神经病很重，叫他小心点，叫楼上老妈子好好地看着太太。

　　**仆　人**　是，老爷。

　　**周朴园**　还有，叫大少爷告诉克大夫，说我有点累，不陪他了。

　　**仆　人**　是，老爷。

　　［仆人下。朴园点着一枝吕宋烟，看见桌上的雨衣。］

　　**周朴园**　（向朴园）这是太太找出来的雨衣吗？

　　**鲁　妈**　（看着他）大概是的。

　　**周朴园**　（拿起看看）不对，不对，这都是新的。我要我的旧雨衣，你回头跟太太说。

　　**鲁　妈**　嗯。

　　**周朴园**　（看她不走）你不知道这间房子底下人不准随便进来么？

　　**鲁　妈**　（看着他）不知道，老爷。

　　**周朴园**　你是新来的下人？

　　**鲁　妈**　不是的，我找我的女儿来的。

　　**周朴园**　你的女儿？

　　**鲁　妈**　四凤是我的女儿。

　　**周朴园**　那你走错屋子了。

　　**鲁　妈**　哦。——老爷没有事了？

　　**周朴园**　（指窗）窗户谁叫打开的？

　　**鲁　妈**　哦。（很自然地走到窗户，关上窗户，慢慢地走向中门。）

　　**周朴园**　（看她关好窗门，忽然觉得她很奇怪）你站一站，（鲁妈停）你——你贵姓？

　　**鲁　妈**　我姓鲁。

　　**周朴园**　姓鲁。你的口音不像北方人。

　　**鲁　妈**　对了，我不是，我是江苏的。

　　**周朴园**　你好像有点无锡口音。

　　**鲁　妈**　我自小就在无锡长大的。

　　**周朴园**　（沉思）无锡？嗯，无锡（忽而）你在无锡是什么时候？

　　**鲁　妈**　光绪二十年，离现在有三十多年了。

　　**周朴园**　哦，三十年前你在无锡？

　　**鲁　妈**　是的，三十多年前呢，那时候我记得我们还没有用洋火呢。

　　**周朴园**　（沉思）三十多年前，是的，很远啦，我想想，我大概是二十多岁的时候。那时候我还在无锡呢。

　　**鲁　妈**　老爷是那个地方的人？

　　**周朴园**　嗯，（沉吟）无锡是个好地方。

鲁　妈　哦,好地方。

周朴园　你三十年前在无锡么?

鲁　妈　是,老爷。

周朴园　三十年前,在无锡有一件很出名的事情——

鲁　妈　哦。

周朴园　你知道么?

鲁　妈　也许记得,不知道老爷说的是哪一件?

周朴园　哦,很远的,提起来大家都忘了。

鲁　妈　说不定,也许记得的。

周朴园　我问过许多那个时候到过无锡的人,我想打听打听。可是那个时候在无锡的人,到现在不是老了就是死了,活着的多半是不知道的,或者忘了。

鲁　妈　如若老爷想打听的话,无论什么事,无锡那边我还有认识的人,虽然许久不通音信,托他们打听点事情总还可以的。

周朴园　我派人到无锡打听过。——不过也许凑巧你会知道。三十年前在无锡有一家姓梅的。

鲁　妈　姓梅的?

周朴园　梅家的一个年轻小姐,很贤慧,也很规矩,有一天夜里,忽然地投水死了,后来,后来,——你知道么?

鲁　妈　不敢说。

周朴园　哦。

鲁　妈　我倒认识一个年轻的姑娘姓梅的。

周朴园　哦?你说说看。

鲁　妈　可是她不是小姐,她也不贤慧,并且听说是不大规矩的。

周朴园　也许,也许你弄错了,不过你不妨说说看。

鲁　妈　这个梅姑娘倒是有一天晚上跳的河,可是不是一个,她手里抱着一个刚生下三天的男孩。听人说她生前是不规矩的。

周朴园　(苦痛)哦!

鲁　妈　这是个下等人,不很守本分的。听说她跟那时周公馆的少爷有点不清白,生了两个儿子。生了第二个,才过三天,忽然周少爷不要了她,大孩子就放在周公馆,刚生的孩子抱在怀里,在年三十夜里投河死的。

周朴园　(汗涔涔地)哦。

鲁　妈　她不是小姐,她是无锡周公馆梅妈的女儿,她叫侍萍。

周朴园　(抬起头来)你姓什么?

鲁　妈　我姓鲁,老爷。

周朴园　(喘出一口气,沉思地)侍萍,侍萍,对了。这个女孩子的尸首,说是有一个穷人见着埋了。你可以打听得她的坟在哪儿么？

　　**鲁　妈**　老爷问这些闲事干什么？

　　**周朴园**　这个人跟我们有点亲戚。

　　**鲁　妈**　亲戚？

　　**周朴园**　嗯，——我们想把她的坟墓修一修。

　　**鲁　妈**　哦——那用不着了。

　　**周朴园**　怎么？

　　**鲁　妈**　这个人现在还活着。

　　**周朴园**　（惊愕）什么？

　　**鲁　妈**　她没有死。

　　**周朴园**　她还在？不会吧？我看见她河边上的衣服，里面有她的绝命书。

　　**鲁　妈**　不过她被一个慈善的人救活了。

　　**周朴园**　哦，救活啦？

　　**鲁　妈**　以后无锡的人是没见着她，以为她那夜晚死了。

　　**周朴园**　那么，她呢？

　　**鲁　妈**　一个人在外乡活着。

　　**周朴园**　那个小孩呢？

　　**鲁　妈**　也活着。

　　**周朴园**　（忽然立起）你是谁？

　　**鲁　妈**　我是这儿四凤的妈，老爷。

　　**周朴园**　哦。

　　**鲁　妈**　她现在老了，嫁给一个下等人，又生了个女孩，境况很不好。

　　**周朴园**　你知道她现在在哪儿？

　　**鲁　妈**　我前几天还见着她！

　　**周朴园**　什么？她就在这儿？此地？

　　**鲁　妈**　嗯，就在此地。

　　**周朴园**　哦！

　　**鲁　妈**　老爷，你想见一见她么？

　　**周朴园**　不，不，谢谢你。

　　**鲁　妈**　她的命很苦。离开了周家，周家少爷就娶了一位有钱有门第的小姐。她一个单身人，无亲无故，带着一个孩子在外乡什么事都做，讨饭，缝衣服，当老妈子，在学校里伺候人。

　　**周朴园**　她为什么不再找到周家？

　　**鲁　妈**　大概她是不愿意吧？为着她自己的孩子，她嫁过两次。

　　**周朴园**　以后她又嫁过两次？

鲁　妈　嗯，都是很下等的人。她遇人都很不如意，老爷想帮一帮她么？

周朴园　好，你先下去。让我想一想。

鲁　妈　老爷，没有事了？（望着朴园，眼泪要涌出）老爷，您那雨衣，我怎么说？

周朴园　你去告诉四凤，叫她把我樟木箱子里那件旧雨衣拿出来，顺便把那箱子里的几件旧衬衣也捡出来。

鲁　妈　旧衬衣？

周朴园　你告诉她在我那顶老的箱子里，纺绸的衬衣，没有领子的。

鲁　妈　老爷那种纺绸衬衣不是一共有五件？您要哪一件？

周朴园　要哪一件？

鲁　妈　不是有一件，在右袖襟上有个烧破的窟窿，后来用丝线绣成一朵梅花补上的？还有一件，——

周朴园　（惊愕）梅花？

鲁　妈　还有一件绸衬衣，左袖襟也绣着一朵梅花，旁边还绣着一个萍字。还有一件，——

周朴园　（徐徐立起）哦，你，你，你是——

鲁　妈　我是从前伺候过老爷的下人。

周朴园　哦，侍萍！（低声）怎么，是你？

鲁　妈　你自然想不到，侍萍的相貌有一天也会老得连你都不认识了。

周朴园　你——侍萍？（不觉地望望柜上的相片，又望鲁妈。）

鲁　妈　朴园，你找侍萍么？侍萍在这儿。

周朴园　（忽然严厉地）你来干什么？

鲁　妈　不是我要来的。

周朴园　谁指使你来的？

鲁　妈　（悲愤）命！不公平的命指使我来的。

周朴园　（冷冷地）三十年的工夫你还是找到这儿来了。

鲁　妈　（愤怨）我没有找你，我没有找你，我以为你早死了。我今天没想到到这儿来，这是天要我在这儿又碰见你。

周朴园　你可以冷静点。现在你我都是有子女的人，如果你觉得心里有委屈，这么大年纪，我们先可以不必哭哭啼啼的。

鲁　妈　哭？哼，我的眼泪早哭干了，我没有委屈，我有的是恨，是悔，是三十年一天一天我自己受的苦。你大概已经忘了你做的事了！三十年前，过年三十的晚上我生下你的第二个儿子才三天，你为了要赶紧娶那位有钱有门第的小姐，你们逼着我冒着大雪出去，要我离开你们周家的门。

周朴园　从前的恩怨，过了几十年，又何必再提呢？

鲁　妈　那是因为周大少爷一帆风顺，现在也是社会上的好人物。可是自从我被你们家赶出来以后,我没有死成,我把我的母亲可给气死了,我亲生的两个孩子你们家里逼着我留在你们家里。

**周朴园**　你的第二个孩子你不是已经抱走了么?

**鲁　妈**　那是你们老太太看着孩子快死了,才叫我抱走的。(自语)哦,天哪,我觉得我像在做梦。

**周朴园**　我看过去的事不必再提起来吧。

**鲁　妈**　我要提,我要提,我闷了三十年了! 你结了婚,就搬了家,我以为这一辈子也见不着你了;谁知道我自己的孩子偏偏命定要跑到周家来,又做我从前在你们家做过的事。

**周朴园**　怪不得四凤这样像你。

**鲁　妈**　我伺候你,我的孩子再伺候你生的少爷们。这是我的报应,我的报应。

**周朴园**　你静一静。把脑子放清醒点。你不要以为我的心是死了,你以为一个人做了一件于心不忍的是就会忘了么? 你看这些家具都是你从前顶喜欢的东西,多少年我总是留着,为着纪念你。

**鲁　妈**　(低头)哦。

**周朴园**　你的生日——四月十八——每年我总记得。一切都照着你是正式嫁过周家的人看,甚至于你因为生萍儿,受了病,总要关窗户,这些习惯我都保留着,为的是不忘你,弥补我的罪过。

**鲁　妈**　(叹一口气)现在我们都是上了年纪的人,这些傻话请你不必说了。

**周朴园**　那更好了。那么我们可以明明白白地谈一谈。

**鲁　妈**　不过我觉得没有什么可谈的。

**周朴园**　话很多。我看你的性情好像没有大改,——鲁贵像是个很不老实的人。

**鲁　妈**　你不要怕。他永远不会知道的。

**周朴园**　那双方面都好。再有,我要问你的,你自己带走的儿子在哪儿?

**鲁　妈**　他在你的矿上做工。

**周朴园**　我问,他现在在哪儿?

**鲁　妈**　就在门房等着见你呢。

**周朴园**　什么? 鲁大海? 他! 我的儿子?

**鲁　妈**　他的脚趾头因为你的不小心,现在还是少一个的。

**周朴园**　(冷笑)这么说,我自己的骨肉在矿上鼓励罢工,反对我!

**鲁　妈**　他跟你现在完完全全是两样的人。

**周朴园**　(沉静)他还是我的儿子。

**鲁　妈**　你不要以为他还会认你做父亲。

周朴园　（忽然）好！痛痛快快地！你现在要多少钱吧？

鲁　妈　什么？

周朴园　留着你养老。

鲁　妈　（苦笑）哼，你还以为我是故意来敲诈你，才来的么？

周朴园　也好，我们暂且不提这一层。那么，我先说我的意思。你听着，鲁贵我现在要辞退的，四凤也要回家。不过——

鲁　妈　你不要怕，你以为我会用这种关系来敲诈你么？你放心，我不会的。大后天我就会带四凤回到我原来的地方。这是一场梦，这地方我绝对不会再住下去。

周朴园　好得很，那么一切路费，用费，都归我担负。

鲁　妈　什么？

周朴园　这于我的心也安一点。

鲁　妈　你？（笑）三十年我一个人都过了，现在我反而要你的钱？

周朴园　好，好，好，那么你现在要什么？

鲁　妈　（停一停）我，我要点东西。

周朴园　什么？说吧？

鲁　妈　（泪满眼）我——我只要见见我的萍儿。

周朴园　你想见他？

鲁　妈　嗯，他在哪儿？

周朴园　他现在在楼上陪着他的母亲看病。我叫他，他就可以下来见你。不过是——

鲁　妈　不过是什么？

周朴园　他很大了。

鲁　妈　（追忆）他大概是二十八了吧？我记得他比大海只大一岁。

周朴园　并且他以为他母亲早就死了的。

鲁　妈　哦，你以为我会哭哭啼啼地叫他认母亲么？我不会那么傻的。我难道不知道这样的母亲只给自己的儿子丢人么？我明白他的地位，他的教育，不容他承认这样的母亲。这些年我也学乖了，我只想看看他，他究竟是我生的孩子。你不要怕，我就是告诉他，白白地增加他的烦恼，他自己也不愿意认我的。

周朴园　那么，我们就这样解决了。我叫他下来，你看一看他，以后鲁家的人永远不许再到周家来。

鲁　妈　好，希望这一生不至于再见你。

周朴园　（由衣内取出皮夹的支票签好）很好，这是一张五千块钱的支票，你可以先拿去用。算是弥补我一点罪过。

鲁　妈　（接过支票）谢谢你。（慢慢撕碎支票）

周朴园　侍萍。

鲁　妈　我这些年的苦不是你那钱就算得清的。

周朴园　可是你——

〔外面争吵声。鲁大海的声音："放开我，我要进去。"三四个男仆声："不成，不成，老爷睡觉呢。"门外有男仆等与大海的挣扎声。〕

周朴园　（走至中门）来人！（仆人由中门进）谁在吵？

仆　人　就是那个工人鲁妈大海！他不讲理，非见老爷不可。

周朴园　哦。（沉吟）那你叫他进来吧。等一等，叫人到楼上请大少爷下楼，我有话问他。

仆　人　是，老爷。

〔仆人由中门下。〕

周朴园　（向鲁妈）侍萍，你不要太固执。这一点钱你不收下，将来你会后悔的。

鲁　妈　（望着他，一句话也不说。）

〔仆人领着大海进，大海站在左边，三四仆人立一旁。〕

鲁大海　（见鲁妈）妈，您还在这儿？

周朴园　（打量鲁大海）你叫什么名字？

鲁大海　（大笑）董事长，您不要向我摆架子，您难道不知道我是谁么？

周朴园　你？我只知道你是罢工闹得最凶的工人代表。

鲁大海　对了，一点儿也不错，所以才来拜望拜望您。

周朴园　你有什么事吧？

鲁大海　董事长当然知道我是为什么来的。

周朴园　（摇头）我不知道。

鲁大海　我们老远从矿上来，今天我又在您府上大门房里从早上六点钟一直等到现在，我就是要问问董事长，对于我们工人的条件，究竟是允许不允许？

周朴园　哦，那么——那么，那三个代表呢？

鲁大海　我跟你说吧，他们现在正在联络旁的工会呢。

周朴园　哦，——他们没告诉旁的事情么？

鲁大海　告诉不告诉于你没有关系。——我问你，你的意思，忽而软，忽而硬，究竟是怎么回子事？

〔周萍由饭厅上，见有人，即想退回。〕

周朴园　（看萍）不要走，萍儿！（视鲁妈，鲁妈知萍为其子，眼泪汪汪地望着他。）

周　萍　是，爸爸。

周朴园　（指身侧）萍儿，你站在这儿。（向大海）你这么只凭意气是不能交涉事情的。

　　**鲁大海**　哼，你们的手段，我都明白。你们这样拖延时候不过是想去花钱收买少数不要脸的败类，暂时把我们骗在这儿。

　　**周朴园**　你的见地也不是没有道理。

　　**鲁大海**　可是你完全错了。我们这次罢工是有团结的，有组织的。我们代表这次来并不是来求你们。你听清楚，不求你们。你们允许就允许；不允许，我们一直罢工到底，我们知道你们不到两个月整个地就要关门的。

　　**周朴园**　你以为你们那些代表们，那些领袖们都可靠吗？

　　**鲁大海**　至少比你们只认识洋钱的结合要可靠得多。

　　**周朴园**　那么我给你一件东西看。

　　〔朴园在桌上找电报，仆人递给他；此时周冲偷偷由左书房进，在旁偷听。〕

　　**周朴园**　（给大海电报）这是昨天从矿上来的电报。

　　**鲁大海**　（拿过去看）什么？他们又上工了。（放下电报）不会，不会。

　　**周朴园**　矿上的工人已经在昨天早上复工，你当代表的反而不知道么？

　　**鲁大海**　（惊，怒）怎么矿上警察开枪打死三十个工人就白打了么？（又看电报，忽然笑起来）哼，这是假的。你们自己假作的电报来离间我们的。（笑）哼，你们这种卑鄙无赖的行为！

　　**周　萍**　（忍不住）你是谁？敢在这儿胡说？

　　**周朴园**　萍儿！没有你的话。（低声向大海）你就这样相信你那同来的代表么？

　　**鲁大海**　你不用多说，我明白你这些话的用意。

　　**周朴园**　好，那我把那复工的合同给你瞧瞧。

　　**鲁大海**　（笑）你不要骗小孩子，复工的合同没有我们代表的签字是不生效力的。

　　**周朴园**　哦，（向仆）合同！（仆由桌上拿合同递他）你看，这是他们三个人签字的合同。

　　**鲁大海**　（看合同）什么？（慢慢地，低声）他们三个人签了字。他们怎么会不告诉我就签了字呢？他们就这样把我不理啦？

　　**周朴园**　对了，傻小子，没有经验只会胡喊是不成的。

　　**鲁大海**　那三个代表呢？

　　**周朴园**　昨天晚车就回去了。

　　**鲁大海**　（如梦初醒）他们三个就骗了我了，这三个没有骨头的东西，他们就把矿上的工人们卖了。哼，你们这些不要脸的董事长，你们的钱这次又灵了。

　　**周　萍**　（怒）你混账！

**周朴园**　不许多说话。(回头向大海)鲁大海,你现在没有资格跟我说话——矿上已经把你开除了。

**鲁大海**　开除了?

**周　冲**　爸爸,这是不公平的。

**周朴园**　(向冲)你少多嘴,出去!(冲由中门走下)

**鲁大海**　哦,好,好,(切齿)你的手段我早就领教过,只要你能弄钱,你什么都做得出来。你叫警察杀了矿上许多工人,你还——

**周朴园**　你胡说!

**鲁　妈**　(至大海前)别说了,走吧。

**鲁大海**　哼,你的来历我都知道,你从前在哈尔滨包修江桥,故意在叫江堤出险——

**周朴园**　(低声)下去!

[仆人等拉他,说"走!走!"]

**鲁大海**　(对仆人)你们这些混账东西,放开我。我要说,你故意淹死了两千二百个小工,每一个小工的性命你扣三百块钱!姓周的,你发的是绝子绝孙的昧心财!你现在还——

**周　萍**　(忍不住气,走到大海面前,重重地大他两个嘴巴。)你这种混账东西!(大海立刻要还手,但是被周宅的仆人们拉住。)打他。

**鲁大海**　(向萍高声)你,你(正要骂,仆人一起打大海。大海头流血。鲁妈哭喊着护大海。)

**周朴园**　(厉声)不要打人!(仆人们停止打大海,仍拉着大海的手。)

**鲁大海**　放开我,你们这一群强盗!

**周　萍**　(向仆人)把他拉下去。

**鲁　妈**　(大哭起来)哦,这真是一群强盗!(走至萍前,抽咽)你是萍,——凭,——凭什么打我的儿子?

**周　萍**　你是谁?

**鲁　妈**　我是你的——你打的这个人的妈。

**鲁大海**　妈,别理这东西,您小心吃了他们的亏。

**鲁　妈**　(呆呆地看着萍的脸,忽而又大哭起来)大海,走吧,我们走吧。(抱着大海受伤的头哭。)

**【注释】**

本篇节选自《雷雨·第二幕》(人民文学出版社1994年版)。


**思考题**

1.分析《雷雨》的主要人物性格特点。

2.结合《雷雨》分析现代戏剧的艺术特点。

# 第三十讲　西方文学的起源:古希腊文学

## 一、概述

西方文学的源头可以追溯至公元前 12 世纪到公元前 2 世纪的古希腊文学。

古希腊位于欧洲南部、地中海的东北部,包括今巴尔干半岛南部、小亚细亚半岛西岸和爱琴海中的许多小岛。特定的地理条件和生存环境造就了古希腊人自由奔放、富于想象力、充满原始欲望、崇尚智慧和力量的民族性格,也培育了古希腊人追求现世生命价值、注重个人地位和个人尊严的文化价值观念。因此,古希腊文学和艺术具有丰富多彩、雄大活泼的特征,具有人类社会童年时代天真烂漫的特征。

古希腊文学的主要成就包括神话、史诗、抒情诗、戏剧和文艺理论等。

希腊神话,以口头文学的形式在各部落流传了几百年。它并不是一部完整的作品,而是散见在荷马史诗、赫希俄德的《神谱》以及奴隶制古典时期的文学、历史和哲学等著作中。现在通常所见的希腊神话故事集都是后人根据古籍整理编写的。

希腊神话主要包括神的故事和英雄传说两部分。神的故事主要是包括关于开天辟地、神的产生、神的谱系、天上的改朝换代、人类的起源和神的日常活动的故事。古希腊人创造了庞大的神的家族。宙斯是众神之首,波塞冬是海神,哈得斯是幽冥神,阿波罗是太阳神,阿耳忒弥斯是猎神,阿瑞斯是战神,赫淮斯托斯是火神,赫尔墨斯是司商业的神,九个缪斯是文艺女神,三个摩伊拉是命运女神。众神居住在希腊最高的奥林匹斯山上。希腊神话中的神和其他比较发达的宗教中的神不同,他们和世俗生活很接近。多数的神很像氏族中的贵族,他们很任性,爱享乐,虚荣心、嫉妒心和复仇心都很强,好争权夺利,还不时溜下山来和人间的美貌男女偷情。以宙斯为代表的大多数神都喜欢捉弄人类,甚至三番五次打算毁掉人类,古希腊人常在神话中嘲笑神的邪恶,指责神的不公正。但是,也有像普罗米修斯这样造福人类的伟大的神。普罗米修斯把天火盗到人间,使人类有了划时代的进步,宙斯把他钉在高加索山上,每天放出恶鹰,来啄食他的肝脏。英雄传说是对于远古的历史、社会生活和人向自然作斗争等事件的回忆。英雄被当作神和人所生的后代,实际上是集体的力量和智慧的代表。英雄传说以不同的家族为中心形成了许多系统,主要有赫拉克勒斯的十二件大功,忒修斯为民除害,伊阿宋取金羊毛和特洛伊战争等系统。神话中还包括一部分关于生产知识的传说,例如普罗米修斯教人如何造屋、航海和治病的故事。也有一大部分神话描述了日常生活中的欢乐和愁苦。有一则神话说,司掌农耕的女神得墨忒耳的爱女被冥王抢到地府,她悲怆欲绝,以致大地上不再生长草木。由于宙斯的安排,她每年能和女儿相会一次。她们在一处时,大地温暖和煦,万物滋长繁茂,就有了春;女儿归去以后,大地复归于寒冷肃杀,就有了冬。这则解释时序的神话反映了人间的悲欢离合。从许多神话中还可以看出希腊人好客的风俗和对于音乐、舞蹈及竞技等活动的爱好。神话是古希腊文学的土壤,此后的诗歌、悲剧等大都以神话和英雄传说为题材,它对于后代作家也有重要的影响。

《荷马史诗》(分为《伊利昂纪》和《奥德修纪》两部)是欧洲文学史中最早的重要作品,相传是公元前9至公元前8世纪由一个名叫荷马的盲诗人根据在小亚细亚口头流传的史诗短歌综合编成的,因而被称为"荷马史诗"。由于史诗形成的时间很长,诗中包括了不同时代的成分,在行吟诗人被迎入宫廷后,又有符合贵族利益的倾向。公元前6世纪,两部史诗正式写成文字,到公元前3至公元前2世纪,又由亚历山大城学者编订,每部各分为24卷。

《伊利昂纪》描写特洛伊战争的故事。这次战争已为考古发掘所证实。特洛伊位于小亚细亚西北海岸,商业繁荣,史诗称它为"富丽的伊利昂","有神话般的财富"。公元前12世纪初期,希腊半岛上的一些部落联合进攻特洛伊,毁灭了这座城市。《伊利昂纪》的原意是"伊利昂之歌",它本身是一部神的故事和英雄传说。史诗集中描写了战争结束前几十天发生的事。联军统帅阿伽门农专横地夺取了阿喀琉斯的女俘,并使他当众受辱。阿喀琉斯是希腊军中武艺最高强的将领,他拒绝参战,并祈求宙斯降灾给希腊人,希腊人因此屡遭败绩,阿伽门农赔礼谢罪,也遭拒绝。在危急的情势下,阿喀琉斯的好友借他的甲胄上阵,被特洛伊英雄赫克托耳杀死。阿喀琉斯悲痛欲狂,宿怨顿消,上阵报仇,他杀死了赫克托耳,把他的尸体拖在战车后面泄恨。随后,特洛伊老王跪求尸体,史诗写到赫克托耳的葬礼为止。全诗共15693行。《奥德修纪》写希腊将领奥德修斯返乡的漂泊旅程。他自特洛伊战场渡海返家,途中历经千难万险、九死一生,终于返回故国,重登王位,一家团聚。《奥德修纪》有两条情节线索:一是众多的求婚者吃住在奥德修斯家,任意挥霍他的财产;珀涅罗珀尽力拖延时间;忒勒玛科斯外出寻父。二是奥德修斯的海上漂泊。两部长诗分别选择了两个基本题材:战争和航海。对于地中海沿岸诸民族来说,这也是他们最基本的生存活动。再抽象一些来观察,就会发现两者之中一个代表激烈冲突,一个代表不断探索追求的生命旅程,两个方面都是人类历史活动的基本样式。荷马史诗精彩地表达了这两个方面,这就决定了它在文学史上的奠基性意义。

古希腊戏剧起源于民间庆祝葡萄丰收时的酒神祭奠。悲剧起源于酒神颂歌,其含义是"山羊之歌";喜剧起源于狂欢歌舞与滑稽戏,其含义是"狂欢之歌"。古希腊戏剧的成就主要表现为三大悲剧诗人和"喜剧之父"阿里斯托芬的创作。

古希腊文学表现了古希腊人对宇宙、自然与人生的理解与思考,其中蕴涵着他们较为原始的精神、心理、情感和文化的内容。外部世界的神秘莫测,大自然不可驾驭,人生的变幻无常,使他们形成了带有宗教宿命论色彩的"命运观"。体现在文学中,命运对人具有绝对的控制性和不可改变性,人必须服从命运的安排,但人又可以在命定的范围内发挥最大的才干与潜能,随心所欲地去做自己的事。古希腊文学中的神和人都具有自由奔放、独立不羁、狂欢取乐、享受人生的个体本位意识,而在困难面前又表现出艰苦卓绝、百折不挠的精神。威力无穷的命运给古希腊人带来了困惑与恐惧,也培养了他们的自我意识和个体精神。此外,他们在与命运抗争中激发出了蓬勃的生命活力。古希腊文学正是在描写人对现世价值的追寻、人与命运的矛盾和抗争中展示了人性的活泼与美丽,表现了人类童年时期的自由、乐观与浪漫。生命意识、人本意识和自由观念是古希腊文学的基本精神,以后也成了西方文学与文化的基本内核。

古希腊文学内容丰富深刻,体裁多样,表现了希腊先民天马行空般的想象力和他们的创造精神、开拓精神。无论是思想内容方面,还是艺术形式方面,希腊文学都对后世文学起着范本的作用,影响深刻久远。

## 二、索福克勒斯与《俄狄浦斯王》

索福克勒斯是雅典奴隶主民主国家繁荣时期的悲剧作家,出生于手工业主家庭,与雅典首席执政官、工商业民主派领袖伯里克利过从甚密,曾被选为雅典十将军之一。28 岁时,在戏剧比赛中击败"悲剧之父"埃斯库罗斯,此后共得头奖、次奖 24 次,是得奖最多的诗人,并对悲剧的发展作出了卓越的贡献,被誉为"戏剧艺术中的荷马"。55 岁时败给欧里庇得斯。一生创作 130 多部悲剧和"萨堤洛斯剧",流传下来 7 部。索福克勒斯的剧作不写神而写人,写英雄,强调个人可以反抗命运。剧作充满反对僭主专制,提倡民主的精神。

古希腊悲剧诗人索福克勒斯的代表作之一,取材于希腊神话传说中关于俄狄浦斯杀父娶母的故事。

忒拜国瘟疫盛行,天神宣告,只有杀害前王拉伊俄斯的凶手伏法,才能消灾祛祸。前王外出,与卫兵一起遇害,不知凶手是谁。国王俄狄浦斯严厉诅咒凶手,并号令全国追查。先知却说,凶手就是俄狄浦斯本人。俄狄浦斯出生时有神谕,说他将来会杀父娶母,于是他被抛弃在荒山上,辗转成了科任托斯国王之子。成年后他得知神谕,为了躲避杀父娶母的预言,逃出科任托斯国,在途中与人抢道,将主仆数人打死。他来到忒拜国,制服了狮身人面怪,被拥立为王,并娶寡后为妻。俄狄浦斯这些经历恰好符合当初神谕所说的杀父娶母。经过一番追查,事实俱在,俄狄浦斯正是凶手。王后羞愤自尽,俄狄浦斯刺瞎双眼,自我放逐。

作品展示了富有典型意义的希腊悲剧冲突——人跟命运的冲突。剧作家无法摆脱当时浓重的命运观念,使俄狄浦斯逃脱不了体现命运的太阳神"神示"的罗网。但他对命运抱有强烈的不满情绪,认为俄狄浦斯并不是有意杀父娶母,本人非但没有罪,反而是一个为民除害的英雄、受人爱戴的君王。俄狄浦斯智慧超群,热爱邦国,大公无私。在命运面前,他不是俯首帖耳或苦苦哀求,而是奋起抗争,设法逃离"神示"的预言。继而,他猜破女妖的谜语,为民除了害。最后,为了解救人民的瘟疫灾难,他不顾一切地追查杀害前王的凶手,一旦真相大白,又勇于承担责任,主动请求将他放逐。对于这样一个为人民、为国家做了无数好事的英雄所遭受的厄运,剧作家深感愤慨,发出了对神的正义性的怀疑,控诉命运的不公和残酷,赞扬主人公在跟命运斗争中所表现出来的坚强意志和英雄行为。因此,尽管结局是悲惨的,但这种明知"神示"不可违而违之的精神,正是对个人自主精神的肯定,是雅典奴隶主民主派先进思想意识的反映。

《俄狄浦斯王》有很高的艺术成就,特别是在情节的整一、结构的严密、布局的巧妙等方面,堪称希腊悲剧的典范。故事集中写俄狄浦斯追查杀害前王凶手这一中心事件。究竟谁是凶手? 形成戏剧的"悬念"。接着通过一环扣一环的"发现"、"突破",使矛盾一个个地揭开,一步步把戏剧冲突推向惊心动魄的结局,紧凑生动,悬念迭起,扣人心弦。索福克勒斯不写神而写理想化的人,而且把人放在尖锐的矛盾冲突中加以刻画,使之动作性强,性格鲜明。他把演员从两个增加到三个,这样可以根据剧情的需要扮演各种人物,表现人物的多方面性格。他又以对白代替合唱成为戏剧的主要成分,使悲剧成熟为真正的戏剧艺术。

## 九　第四场

......

**俄狄浦斯**:啊,科任托斯客人,我先问你,你指的是不是他?

**报 信 人**:我指的正是你看见的人。

**俄狄浦斯**:喂,老头儿,朝这边看,回答我问你的话。你是拉伊俄斯家里的人吗?

**牧　　人**:我是他家养大的奴隶,不是买来的。

**俄狄浦斯**:你干的什么工作,过的什么生活?

**牧　　人**:大半辈子牧羊。

**俄狄浦斯**:你通常在什么地方住羊棚?

**牧　　人**:有时候在喀泰戎山上,有时候在那附近。

**俄狄浦斯**:还记得你在那地方见过这人吗?

**牧　　人**:见过什么? 你指的是哪个?

**俄狄浦斯**:我指的是眼前的人;你碰见过他没有?

**牧　　人**:我一下子想不起来,不敢说碰见过。

**报 信 人**:主上啊,一点也不奇怪。我能使他清清楚楚回想起那些已经忘记了的事。我相信他记得他带着两群羊,我带着一群羊,我们在喀泰戎山上从春天到阿耳克图洛斯初升的时候作过三个半年朋友[1]。到了冬天,我赶着羊回我的羊圈,他赶着羊回拉伊俄斯的羊圈。(向牧人)我说的是不是真事?

**牧　　人**:你说的是真事。虽是老早的事了。

报 信 人：喂，告诉我，还记得那时候你给了我一个婴儿，叫我当自己的儿子养着吗？

牧　　人：你是什么意思？干吗问这句话？

报 信 人：好朋友，这就是他，那时候是个婴儿。

牧　　人：该死的家伙！还不快住嘴！

俄狄浦斯：啊，老头儿，不要骂他，你说这话倒是更该挨骂！

牧　　人：好主上啊，我有什么错呢？

俄狄浦斯：因为你不回答他问你的关于那孩子的事。

牧　　人：他什么都不晓得，却要多嘴，简直是白搭。

俄狄浦斯：你不痛痛快快回答，要挨了打哭着回答！

牧　　人：看在天神面上，不要拷打一个老头子。

俄狄浦斯：（向侍众）还不快把他的手反绑起来？

牧　　人：哎呀，为什么呢？你还要打听什么呢？

俄狄浦斯：你是不是把他所问的那孩子给了他？

牧　　人：我给了他；愿我在那一天就瞎了眼！

俄狄浦斯：你会死的，要是你不说真话。

牧　　人：我说了真话，更该死了。

俄狄浦斯：这家伙好像还想拖延时间。

牧　　人：我不想拖延时间，我刚才已经说过我给了他。

俄狄浦斯：哪里来的？是你自己的，还是从别人那里得来的？

牧　　人：这孩子不是我自己的，是别人给我的。

俄狄浦斯：哪个公民，哪家给你的？

牧　　人：看在天神面上，不要，主人啊，不要再问了！

俄狄浦斯：如果我再追问，你就活不成了。

牧　　人：他是拉伊俄斯家里的孩子。

俄狄浦斯：是个奴隶，还是个亲属？

牧　　人：哎呀，我要讲那怕人的事了！

俄狄浦斯：我要听那怕人的事了！也只好听下去。

牧　　人：人家说是他的儿子，但是里面的娘娘，主上家的，最能告诉你是怎么回事。

俄狄浦斯：是她交给你的吗？

牧　　人：是，主上。

俄狄浦斯：是什么用意呢？

牧　　人：叫我把他弄死。

俄狄浦斯：作母亲的这样狠心呢？

牧　　人：因为她害怕那不吉利的神示。

俄狄浦斯:什么神示?

牧　　人:人家说他会杀他父亲。

俄狄浦斯:你为什么又把他送给了这老人呢?

牧　　人:主上啊,我可怜他,我心想他会把他带到别的地方——他的家里去;哪知他救了他,反而闯了大祸。如果你就是他所说的人,我说,你生来是个受苦的人啊!

俄狄浦斯:哎呀! 哎呀! 一切都应验了! 天光呀,我现在向你看最后一眼[2]! 我成了不应当生我的父母的儿子,娶了不应当娶的母亲,杀了不应当杀的父亲。

## 【注释】

本篇节选自《索福克勒斯悲剧二种》罗念生译(人民文学出版社1961年版)。

[1]阿耳克图洛斯是北极上空农夫星座最亮的星(即大角星),在秋分前几天出现叫作晨星,又在春分前几天出现,叫作晚星。波吕玻斯的牧人于3月间从科任托斯赶羊上喀泰戎山,在那里遇见拉伊俄斯的牧人,后者是从忒拜平原来的。他们在山上住了6个月,直至9月中晨星出现时,他们才各自赶着羊回家。

[2]这不仅暗示他弄瞎眼睛,并且暗示他要自杀。

**思考题**

1.简答古希腊文学的主要成就。

2.简答《荷马史诗》的奠基性意义。

3.简析《俄狄浦斯王》的艺术形式特点。

# 第三十一讲 人性的张扬:文艺复兴文学

## 一、文艺复兴运动概述

文艺复兴是14～17世纪初,欧洲新兴资产阶级开展的一场反封建、反教会的政治思想文化革命运动。文艺复兴时期的文学是欧洲文学史上的重要转折点,它结束了中世纪文学发展的落后状况,开拓了欧洲近代文学的发展历程。

文艺复兴时期所形成的资产阶级思想体系被称为人文主义。它是新兴资产阶级反封建、反教会斗争的思想武器,也是这一时期资产阶级进步文学的中心思想。教会以"神"为宇宙的中心,人文主义者则提出人是宇宙的中心来与之对抗,对"人"的肯定,成了资产阶级思想的核心。人文主义者主张一切以"人"为本,来反对神的权威。这是因为中世纪把意识形态的其他一切形式都合并到神学中,从而针对封建制度发出的一切攻击必然首先就是对教会的攻击。资产阶级要把阻碍它发展的宗教信条以及其他封建观念重新予以估价。作为文艺复兴思想基础的人文主义的主要内容有:

以人性反对神性,以人权抗拒神权。人文主义者不承认人只有赎罪的义务,而是明确提出人的尊严、人的价值、人的权利,肯定人性的可贵,歌颂人的力量。"人性"既包括人的自然属性,也包括人认识自我、探索自然和社会的"理性"。因此,人有权利追求美好的人生幸福,有权利拥有自由的思想和科学知识。

肯定现世享受,反对禁欲主义。人文主义者提出个性解放的口号,公开反对教会禁欲主义的说教,认为现世幸福高于一切,人生的目的就是追求个人的自由与幸福,肯定人有追求财富和个人幸福的权利,歌颂爱情。

讴歌理性才智,反对蒙昧主义,提倡科学精神。中世纪神学处处压抑、麻醉、扼杀着人们的理性与才智,一切自由、进步的思想和科学都被斥为异端邪说,人文主义者则肯定人的理性,认为人是有理性的动物,应该去追求知识,探索自然,研究科学和唯物哲学,把科学精神和知识看作正确认识世界和人生、实现个人幸福的必备条件,人之所以高贵就在于理性的力量,宣称"理性是人的天性","知识是快乐的源泉","知识就是力量"。

要求国家统一,反对封建割据。欧洲封建统治的政权形式是分封制,其结果是导致有势力的封建主各霸一方,彼此还会争战不休,国中之国又使关卡林立,赋税重叠,商品流通受阻,统一市场难以形成,直接影响了资本主义的发展。人文主义者作为资产阶级的代言人,抨击封建割据,主张中央集权,要求实行自由贸易,保护工商业,开拓海外殖民地。因此,在政治上,建立一个中央集权的、以民族为基础的统一国家,是人文主义者的迫切愿望。

此外,在进步的人文主义作家中,还有的看到了当时社会罪恶的根源是私有财产,提出了"乌托邦"思想。

文艺复兴时代是一个人性颠覆神性的时代,是一个文化巨人辈出的时代,人文主义思想的哺育,使欧洲的人文科学、自然科学、社会科学得到了全面繁荣。

人文主义思想对欧洲的社会进步起到了巨大的推动作用,但是其消极的一面也显而易见。人文主义者所想到、所推崇的"人",实质上是指资产阶级自身和本阶级的人,是建立在个人主义之上的。他们把资产阶级和个人的要求合理化,个人主义被视为天经地义的准则,这就催生了个人至上、极端利己主义的思想。在提倡发挥个人才智和事业心的同时,资产阶级表现了它的弱肉强食的掠夺本质;在反对贵族血统的同时,又看不起下层人民。个别人文主义者如马基雅维里为了夺取并维护权力主张使用诈术,不受任何道德的约束。此外,人文主义在推进世俗文化的同时,也滋生出放纵个人欲望、过分追求人生享乐的不良倾向,这在当时和以后的社会生活、文艺创作中都有明显的反映。

## 二、人文主义文学发展概况

文艺复兴时期西欧的新文学是以人文主义思想为内容的。这是欧洲资产阶级文学的开端。这时文学更加具有民族特点,更富于民族历史内容;优秀作家提出有关国家命运的问题,充满着爱国情绪。人文主义文学取得了新的成就。在反封建、反教会的斗争中,作家的创作更为自觉。他们热爱生活,要求了解现实,反映现实,抛弃了中古的象征的梦幻文学的手法,注重写实。当时的杰出作家都具有时代感和历史感,他们的反封建意识使他们的作品带有强烈的讽刺性质,某些人甚至对资本主义关系作过敏锐的观察,并予以批判,间接地反映了劳动人民的愿望。人文主义作家描述了广阔的社会生活,创造了一系列不朽的艺术形象,丰富了欧洲文学的现实主义传统。他们对人类发展具有信心,优秀的作品不仅健康、乐观,并且富有浪漫主义的热情和幻想。他们笔下的人物也往往体现了他们的理想。

近代欧洲文学中的许多体裁都在文艺复兴时期奠定了基础,如抒情诗中的十四行诗体等,初步具有近代特点的短篇小说,围绕着一个或几个主人公的经历并以广阔的现实社会为背景的长篇小说,打破悲剧和喜剧界限的戏剧,随笔式的散文等等。

各国文学由于历史条件不同,成就的方面也各有不同。意大利的新文学诞生最早,彼特拉克歌颂个人爱情的抒情诗为西欧其他各国开了风气;卜伽丘的短篇小说发展了中古的民间故事,辛辣地讽刺了僧侣阶级。一些学者对古代学术的研究促进了文艺理论的繁荣,推动了西欧其他各国来建立适合资产阶级需要的新诗学。德国资产阶级的兴起主要体现为宗教改革和农民运动,人文主义运动只局限于少数研究古代语言的知识分子,但民间文学和讽刺文学比较发达。法国的文艺复兴运动有和宫廷相结合的一面,在文学上出现了七星诗社的带有贵族色彩的诗歌流派,但也出现过拉伯雷的充满人文主义者反封建热情的小说。稍后,人文主义者反对盲目信仰的思想表现在蒙田的散文里。在封建势力强大的西班牙,贵族和教会的文学仍有很大影响。但西班牙在中古民间戏剧的基础上发展了具有民族特点的戏剧,也产生过独特的流浪汉小说,人文主义思想主要体现在塞万提斯的小说《堂吉诃德》和维加的一部分戏剧中。英国资产阶级在16世纪获得迅速发展,阶级矛盾尖锐。英国的特殊条件使得这时期英国文学具有深刻的思想性。英国的新文学诞生于意大利和法国之后,吸取了它们的创作经验,在艺术上成就最大。优秀作品的数量和种类也极可观,而以戏剧最为繁荣,成为文艺复兴时期欧洲文学中的高峰。

人文主义文学以深刻的思想内容、高度的艺术概括、自由的结构、包罗万象的人物、生动有力的语言,反映了这一时期的历史真实,表达了新兴阶级的理想和广大人民的愿望,推动了欧洲文学的发展,为近代欧洲资产阶级文学奠定了基础,对人类文化作出了贡献。

## 三、塞万提斯与《堂吉诃德》

米盖尔·德·塞万提斯·萨阿维德拉(1547—1616),西班牙伟大的作家、戏剧家和诗人。出生于马德里近郊的一个潦倒的外科医生家庭。只上过中学,曾当过红衣主教的随从,参军抗击土耳其军队时左手残废,后又被海盗俘虏,在任军需员和税吏时还曾数次被诬入狱,终身穷困潦倒。1577年他开始文学创作,写过哀歌、诗简、14行诗、长诗、悲剧、喜剧、幕间短剧、田园牧歌体小说、短篇小说、长篇小说。作品从不同角度深刻地反映了16世纪末西班牙王国走向衰落时期的社会现实,塑造了上至王公贵族下至流氓妓女的各阶层人物形象,暴露了封建制度的黑暗,宣扬了人文主义思想。

《堂吉诃德》是塞万提斯的代表作,也是西班牙文学史上最伟大的叙事作品。小说主人公堂吉诃德原名吉哈达,是拉曼却地方的穷乡绅,因读骑士小说入了迷,认为要实现公平和正义,唯一的办法就是恢复古代的骑士道。于是他给自己取名堂吉诃德·德·拉·曼却,模仿古代骑士选了邻村的牧猪女杜尔西内娅为意中人,骑上一匹瘦马,戴上破旧的盔甲,去做"游侠"。小说就是以堂吉诃德的3次出游为主线组织情节的。

第一次出游就不顺利,被人打得"像干尸一样",被邻居横在驴背上送回家。第二次,他说服一个农民桑丘·潘沙做随从,一同出游,答应将来做了皇帝以后封他当总督。这次又做了很多蠢事,被他的朋友——神甫和理发师装在牛车里送回家。第三次出游倒是比前两次"幸运"些:堂吉诃德得到一对公爵夫妇的招待,桑丘也当上了"海岛总督"以实践堂吉诃德的理想。但堂吉诃德这次被他的朋友加尔拉斯果学士假扮的白月骑士打败,被迫依骑士规矩,听从胜利者的命令回家,终生不得出游。堂吉诃德从此卧床不起,临终前才意识到骑士小说的有害,嘱咐唯一的遗产继承人(侄女)不得嫁给读骑士小说的人。

作者自称写作《堂吉诃德》的目的是扫荡骑士小说,但其实际价值远远超出了这一点。《堂吉诃德》是一座内容丰富的艺术宝库。伴随着堂吉诃德的冒险生涯,读者似乎亲身走遍了西班牙大地:从乡村到城镇,从平原到深山,从贵族城堡到小客店;读者也由此认识了各个阶层的众多人物:贵族、教士、地主、市民、农民、囚徒、强盗、妓女等。这些人物或附庸风雅,或横行霸道,或发出痛苦的呻吟和哀号,抑或仅仅作为一个笑料,但却同时向我们展现了一个真实的世界。小说是17世纪初西班牙社会生活的百科全书。小说广泛运用了对比手法,并善于把各种对立因素融合起来。堂吉诃德与他的随从桑丘处处形成对立。堂吉诃德耽于幻想,满口骑士道的昏话;桑丘处处从实际出发,满口土语俗话。小说中既有平凡的琐事,也有奇特的想象;既有朴实无华的真实,也有滑稽夸张的虚构;既有发人深思的悲剧因素,也有引人发笑的喜剧成分。可以说,《堂吉诃德》是将严肃与滑稽、悲剧性与喜剧性、琐屑庸俗与伟大美丽有机交融的光辉范例。

## 第四章 我们的骑士离开客店后的遭遇

......

这时他来到了一个十字路口,忽然想起游侠骑士常在交叉路口考虑该走哪条路。于是他也装模作样地站了一会儿,最后才考虑成熟了。他放开了罗西南多的缰绳,任它选择。马凭着它的第一感觉,朝着有马群的方向走。走了大约两英里,堂吉诃德看到一大群人,后来才知道,是托莱多的商人去穆尔西亚买丝织品。有六个人打着阳伞,四个佣人骑着马,还有三个骡夫步行。刚从远处发现他们,堂吉诃德就想到又遇上了新的冒险行动。他尽力模仿书上的情节,只要有可能,他就模仿。他觉得又有了一次机会。于是他风度翩翩,威风凛凛地在马上坐定,握紧长矛,把皮盾放在胸前,停在路当中,等待那些游侠骑士到来。他觉得那些人就是游侠骑士。待那些人走到跟他可以互相看得见、听得着的距离时,他傲慢地打了个手势,提高声音,说道:

"如果你们这些人不承认世界上没有谁比曼查的女皇、托博索的杜尔西内亚更漂亮,就休想过去。"

听到这番话,商人们都停了下来。看到说话人的奇怪样子,再听他那番话,商人们立刻意识到这是个疯子。不过他们不慌不忙,还想看看他这番话的下文。其中一个人爱开玩笑却又很谨慎,对他说:

"骑士大人,我们不知道谁是您说的那位美丽夫人,让我们见见她吧。如果她真像您说的那么漂亮,我们诚心诚意地自愿接受您的要求。"

"你们见到了她,才能承认这样一个明显的事实吗?"堂吉诃德说,"不管你们是否见过,重要的是你们得相信、承认、肯定、发誓并坚持说她是最漂亮的。否则,你们这些高傲自大的人就得同我兵戎相见。现在,你们或者按照骑士规则一个个来，或者按照你们的习惯和陋习一起上，我都在这里等着你们。我相信正义在我一边。"

"骑士大人，"那个商人说，"我以在场所有王子的名义请求您，让我们承认我们前所未见、前所未闻的事情，实在于心不安，而且，这会严重伤害阿尔卡利亚和埃斯特雷马杜拉的那些女皇和王后们。烦请您让我们看看那位夫人的画像吧，哪怕它只像麦粒一般微小。这样一了百了，我们满意了，放心了，您也高兴了，满足了。我们渴望瞻仰她的芳容。即使她在画像上是个独眼，另一只眼流朱砂和硫磺石，为了让您高兴，我们也会按照您的意愿夸奖她。"

"无耻的恶棍，"堂吉诃德怒气冲天地说，"她眼里流出的不是你说的那些东西，而是珍贵的琥珀和麝香。她也不是独眼或驼背，而且身子比瓜达拉马的纱锭还直。你们亵渎我如此美丽的夫人，该受到惩罚。"

说罢，他抓起长矛向刚才说那些话的人刺去。他愤怒至极，要不是幸好罗西南多失蹄跌倒在路上，那位大胆的商人就遭殃了。罗西南多一倒地，它的主人也摔得滚了很远。他想站起来，可是长矛、皮盾、马刺、头盔和沉重的盔甲碍手碍脚，就是站不起来。他挣扎了一番还是站不起来，嘴里仍在说：

"别跑，胆小鬼，卑贱的人，你们等着。我站不起来，这不怨我，是马的错。"

其中一个骡夫，也许人不太好，见他倒在地上还如此狂妄，忍不住要把他痛打一顿。那骡夫走过去，抓住长矛，撅成几截，拿起一截抽打堂吉诃德。虽然堂吉诃德身着甲胄，可还是被打得遍体鳞伤，商人们直喊骡夫别打得那么厉害，赶快放了他。可骡夫已经怒不可遏，直打到怒气全消才住手。然后，骡夫捡起其余几截断矛，扔在堂吉诃德身上。堂吉诃德虽然见到乱棍如雨般打在他身上，却仍然不住嘴地吓天吓地，吓唬那些他认为是坏蛋的人。

骡夫打累了，商人一行又继续赶路，一路上一直谈论这个被打的可怜虫。堂吉诃德看到只剩自己一人了，又试图站起来。可是他身体无恙时都站不起来，现在被打得遍体鳞伤，又怎能站起来呢？他暗自解脱，认为这是游侠骑士必遭之祸，而且全是马的错。他浑身灼痛，自己根本站不起来。

**【注释】**

本篇节选自《堂吉诃德》，塞万提斯著，刘京胜译（北京燕山出版社 2004 年版）。

**思考题**

1. 简答人文主义的主要内容。
2. 简答人文主义文学的主要贡献。
3. 简析《堂吉诃德》人物形象及艺术成就。

# 第三十二讲　自由的艺术精灵：
# 19世纪浪漫主义文学

## 一、浪漫主义文学运动概述

浪漫主义，文学的基本创作方法之一，与现实主义同为文学艺术上的两大主要思潮。作为创作方法，它在反映客观上侧重于从主观内心世界出发，抒发对理想世界的热烈追求，常用热情奔放的语言、瑰丽的想象和夸张的手法来塑造形象。浪漫主义的创作倾向由来已久，早在人类的文学艺术处于口头时期，一些作品就不同程度地带有浪漫主义因素。但这时的浪漫主义既未形成思潮，也不是自觉为人们掌握的创作方法。浪漫主义作为思潮，是从18世纪后半叶到19世纪上半期盛行于欧洲并表现于文化和艺术的各个部门。

浪漫主义（romanticism）一词来源于中世纪各国用拉丁文演变的方言（roman）所写的"浪漫传奇"（romance），即英雄史诗和骑士传奇、骑士抒情诗。

后来浪漫主义运动开始奉这些富于幻想、传奇色彩的文学题材和风格形式为典范。首先提出的是席勒，他在《论素朴的诗和感伤的诗》中探讨了古典主义与浪漫主义的区别，认为浪漫主义，即感伤的诗，是"把现实提升到理想"，或者说"理想的表现"。

浪漫主义文学的基本特征主要有：主观性和抒情性。一般不喜欢如实地描写现实生活，偏重表现作家的主观世界，抒发强烈的个人感情，强调创作自由，把情感和想象提到首位，所以又有"理想主义"、"自由主义"、"表现主义"等提法，向往和歌颂大自然。响应卢梭"返回自然"的口号，注重人与自然的诗意的统一。对抗工业文明，将自然视为精神上的避难所。重视中世纪民间文学的传统。提出"回到中世纪"的口号，对民间文学进行整理加工，创作上采用民间文学的题材、语言和表现手法。善于运用对比和夸张。在艺术形式和表现方法上，采用具有强烈感情色彩的体裁，运用夸张，追求强烈的美丑对比，充满异常的情节，神秘的色彩和奇特的异域情调。

## 二、浪漫主义文学发展概况

德国是欧洲浪漫主义思潮的诞生地。18世纪末在德国出现了以施莱格尔兄弟为代表的"耶拿派"，他们被称为早期浪漫派，其主要作家是诺瓦利斯，代表作《夜的颂歌》。19世纪德国浪漫主义的重要人物有布伦塔诺和阿尔尼姆等，被称为后期浪漫派或"海德堡派"。他们合编的民歌集《儿童的奇异的号角》以及格林兄弟搜集和编写的《儿童与家庭童话集》都很有名。浪漫主义向现实主义过渡时期,重要作家有霍夫曼、沙米索和海涅。

英国的浪漫主义运动开始于18世纪末,最早出现的是以华兹华斯、柯尔律治和骚塞为代表的"湖畔派"诗人。因曾在英国西北部的湖区隐居而得名。他们对资本主义文明及人与人之间的现金交易关系极为反感,向往中古时期的封建社会。他们的诗作或讴歌宗法式的农村生活和自然风景,或描写奇异神秘的故事和异国风光,一般都是远离社会斗争的题材。他们常常通过缅怀中古时代的"纯朴"来否定丑恶的城市文明。华兹华斯是"湖畔派"诗人中成就最高的,1798年他和柯尔律治合著《抒情歌谣集》出版。当《抒情歌谣集》两年后再版时,华兹华斯为诗集写的一篇序言成了英国浪漫主义的宣言书。

进入19世纪,以拜伦、雪莱和济慈为代表的英国第二代浪漫主义诗人崛起。雪莱是英国文学史上与拜伦齐名的杰出的浪漫主义诗人,主要诗剧有《解放了的普罗米修斯》,抒情诗《西风颂》、《致云雀》等。济慈是英国文学史上最杰出的抒情诗人之一。他热爱古希腊文化,对资产阶级现实抱厌恶态度,具有进步的思想倾向。他的抒情诗真切自然,优美细腻,想象丰富,表达了对美好理想的追求,其代表作有《夜莺颂》、《秋颂》、《希腊古瓮颂》、《忧郁颂》等。司各特是欧洲历史小说的创始人,其代表作《艾凡赫》以12世纪末的英国为背景,描写"狮心王"理查消除国内战争的故事。

1830年以前,法国的浪漫主义文学被称为早期浪漫主义,1801年夏多布里昂的《阿达拉》问世,标志着法国浪漫主义文学的开端。小说以北美洲为故事背景,描写一对异族青年因宗教信仰不同而酿成的爱情悲剧,歌颂了基督教的崇高和伟大。法国早期浪漫主义文学以抒情诗的成就最高,代表人物是拉马丁和维尼。他们的诗作都反映了没落贵族对自己命运感到悲观绝望的情绪。20年代中期,雨果、缪塞、大仲马、乔治·桑、梅里美等一批具有进步倾向的浪漫主义作家开始走上文坛。雨果是法国浪漫主义文学的杰出代表,他在1827年发表的《克伦威尔·序言》,成为浪漫主义的理论纲领。雨果、缪塞以及接近浪漫主义的梅里美都相继发表破坏古典主义戏剧规范的作品。特别是1830年雨果的悲剧《艾尔那尼》的演出,标志着浪漫主义对古典主义斗争的胜利。30年代以后,法国的浪漫主义文学继续发展,形成了同现实主义文学并驾齐驱的局面,这时上述作家都进入了自己创作的繁荣期。

19世纪以前,俄国文学相对来说是贫弱的,这种情况直至19世纪初期才发生变化。俄国第一个浪漫主义诗人茹科夫斯基思想比较保守,代表作故事诗《斯维特兰娜》宣传顺从天命的思想,充满颓丧、朦胧的色彩和神秘主义的倾向。十二月党人雷列耶夫和普希金的浪漫主义诗歌渗透着反专制暴政的革命热情和为祖国献身的公民精神。亚·谢尔盖耶维奇·普希金(1799—1837)是现代标准俄语的创始人。他的作品是俄国民族意识高涨以及贵族革命运动在文学上的反映。普希金抒情诗内容之广泛在俄国诗歌史上前无古人,既有政治抒情诗,也有大量爱情诗和田园诗,还有12部叙事长诗、诗体小说、散文体小说、长篇小说及历史剧、童话作品。普希金在自己的作品中提出了时代的重大问题,即专制制度与民众的关系问题,贵族的生活道路问题、农民问题;塑造了有高度概括意义的典型形象即"多余人"、"小人物"。这些问题的提出和文学形象的产生,大大促进了俄国社会思想的前进,有利于唤醒人民,有利于俄国解放运动的发展。普希金的优秀作品达到了内容与形式的高度统一,他的抒情诗内容丰富、感情深挚、形式灵活、结构精巧、韵律优美。他的散文及小说情节集中、结构严整、描写生动简练。

### 三、拜伦与《唐璜》

乔治·戈登·拜伦(1788—1824)是英国杰出的诗人,也是欧洲浪漫主义文学的重要代表作家之一。他的诗歌以辛辣的社会讽刺和批评以及对自由、民主的讴歌,极大地鼓舞了欧洲的民族民主运动,在世界各国的革命志士心中引起了强烈共鸣。

《唐璜》是拜伦的代表作,也是欧洲浪漫主义文学的代表作品。这部以社会讽刺为基调的诗体小说约 16000 行,共 16 章,虽未最后完成,但因其深刻的思想内容、广阔的生活容量和独特的艺术风格,被歌德称为"绝顶天才之作"。

主人公唐璜是西班牙贵族青年,16 岁时与一贵族少妇发生爱情纠葛,母亲为了避免丑事远扬,迫使他出海远航。于是,通过唐璜的冒险、艳遇和各种经历,广泛地描绘了 18 世纪末 19 世纪初欧洲社会的现实生活。唐璜在海上遇到风暴,船沉后游抵希腊一小岛,得到海盗女儿海蒂的相救。诗歌歌颂了他们牧歌式的真诚爱情。但是海盗归来,摧毁了这段爱情。此后,唐璜被当作奴隶送到土耳其市场出卖。又被卖入土耳其苏丹的后宫为奴,逃出后参加了俄国围攻伊斯迈城的战争,立下战功后被派往彼得堡向女皇叶卡捷琳娜报捷,得到女皇的青睐,成为宠臣。诗歌中一个场景接着一个场景呈现在读者的眼前。

《唐璜》的主题是对英国和欧洲贵族社会、贵族政治的讽刺。情节发生在 18 世纪末,但是,描绘的却是 18 世纪末至 19 世纪初欧洲社会的现实生活。诗人是用过去的革命经验和当时的现实相比,鞭挞了"神圣同盟"和欧洲反动势力,号召人民争取自由、打倒暴君。

诗歌对英国贵族和资产阶级的拜金主义作了淋漓尽致的揭露和讽刺。英国统治阶级夸耀"自由"和"权利",但是唐璜初次来到伦敦,就遭到了强盗的袭击。诗歌痛斥英国贵族卡斯尔累爵士为"恶棍"和"奴隶制造商",谴责当时备受统治阶级称赞的惠灵顿为"第一流的刽子手"。英国上流社会外表华丽,内部却糜烂透顶,丑陋不堪。

《唐璜》中的主人公唐璜源自西班牙传说中的人物,他的故事多次成为文学作品的题材。传统的唐璜形象是个玩弄女性,没有道德观念的花花公子。但在拜伦笔下,这个人物在多数情况下却以被勾引的角色出现。他的被迫出走,就是因为他或多或少地是那个有夫之妇的牺牲品。唐璜不同于拜伦其他诗歌中的英雄人物,作者无意将他塑造成"拜伦式的英雄",其中却不乏诗人自传的成分。唐璜热情、勇敢、拒绝虚伪的道德信条。在面临饿死的危险时,他拒绝吃人,其中不乏象征意义。在士兵中间,只有他表现出对一个土耳其小姑娘的命运真正的关心。他没有忧郁绝望的天性,但也没有掌握自己命运的能力。他的爱情故事大多是对上流社会虚伪道德的讽刺,而他和海盗女儿海黛的经历,更多的是体现一种充满诗意的理想。

诗歌的叙事者承担起了思考和评论的重任。故事之中或故事之外不断出现的议论、感慨、回忆、憧憬,拉近了作品与读者的距离。叙事者大量的富有抒情性议论,充满哲理和深刻的思想,以及淋漓尽致的嘲讽,具有很强的艺术感染力。作品在揭露现实时真实深刻,想象丰富奇特。它描写的风暴、沉舟、战火的场景等,十分精彩。对大自然壮丽景色的抒情描写非常出色。《唐璜》通过主人公的种种浪漫奇遇,描写了欧洲社会的人物百态、山水名城和社会风情,画面广阔,内容丰富,堪称一座艺术宝库。

拜伦善于用各种诗体创作,语言幽默洗练,在英语口语入诗方面无人可与之匹敌。

## 哀希腊

### 一

希腊群岛呵,美丽的希腊群岛!
　火热的莎弗在这里唱过恋歌,
在这里,战争与和平的艺术并兴,
　狄洛斯崛起,阿波罗跃出海波!
永恒的夏天还把海岛镀成金,
可是除了太阳,一切已经消沉。

### 二

开奥的缪斯和蒂奥的缪斯,
　那英雄的竖琴,恋人的琵琶,
原在你的岸上博得了声誉,
　而今在这发源地反倒喑哑——
呵,那歌声已远远向西流传,
远超过你祖先的海岛乐园。

### 三

起伏的山峦望着马拉松,
　马拉松望着茫茫的海波;
我独自在那里冥想了一时,
　梦想希腊仍旧自由而欢乐;
因为当我在波斯墓上站立,
我不能想象自己是个奴隶。

### 四

一个国王高高坐在石山顶,
　瞭望着萨拉密挺立于海外,
千万只战船停靠在山脚下,
　还有多少队伍——全由他统率!
他在天亮时把他们数了数,
但在日落时他们到了何处?

### 五

呵,他们而今安在? 还有你呢,
　　我的祖国? 在无声的土地上
英雄的颂歌如今暗哑了,
　　那英雄的心也不再激荡!
难道你一向庄严的竖琴
竟至沦落到我的手里弹弄?

### 六

也好,置身在奴隶民族里,
　　尽管荣誉都已在沦丧中,
至少,一个爱国志士的忧思,
　　还使我的作歌时感到脸红;
因为,诗人在这儿有什么能为?
为希腊人含羞,对希腊国落泪。

### 七

我们难道只对好日子哭泣
　　和惭愧? ——我们的祖先却流血。
大地呵! 把斯巴达人的遗骨
　　从你的怀抱里送回来一些!
哪怕给我们三百勇士的三个,
让德魔比利的决死战复活!

### 八

怎么,还是无声? 一切都沉寂?
　　不是的! 你听那古代的英魂
正像远方的瀑布一样喧哗,
　　他们回答:"只要有一个活人
登高一呼,我们就来,就来!"
噫! 倒只是活人不理不睬。

### 九

算了,算了:试试别的调子;
　　斟满一杯萨摩斯的美酒!
把战争留给土耳其野番吧,
　　让开奥的葡萄的血汁倾流!
听呵,每一个酒鬼多么踊跃
响应这一个不荣誉的号召!

### 一〇

你们还保有庇瑞克的舞艺,
　　但庇瑞克的方阵哪里去了?
这是两课:为什么你们偏把
　　那高尚而刚强的一课忘掉?
凯德谟斯给你们造了字体——
难道他是为了传授给奴隶?

### 一一

斟满一杯萨摩斯的美酒!
　　让我们且抛开这样的话题!
这美酒曾使阿纳克瑞翁
　　发为神圣的歌:是的,他屈于
波里克瑞底斯,一个暴君,
但这暴君至少是我们国人。

### 一二

克索尼萨斯的一个暴君
　　是自由的最忠勇的朋友:
那暴君是密尔蒂阿底斯!
　　呵,但愿现在我们能够有
一个暴君和他一样精明,
他会团结我们不受人欺凌!

一三

斟满一杯萨摩斯的美酒!

在苏里的山岩,巴加的岸上,
住着一族人的勇敢的子孙,

不愧是斯巴达的母亲所养;
在那里,也许种子已经散播,
是赫剌克勒斯血统的真传。

一四

别相信西方人会带来自由

他们有一个做买卖的国王;
本土的利剑,本土的士兵,

是冲锋陷阵的唯一希望;
但在御敌时,拉丁的欺骗
比土耳其的武力还更危险。

一五

呵,斟满一杯萨摩斯的美酒!

树荫下舞蹈着我们的姑娘,
我看见她们的黑眼睛闪耀;

但是,望着每个鲜艳的女郎
我的眼就为火热的泪所迷:
这乳房难道也要哺育奴隶?

一六

让我登上苏尼阿的悬崖,

在那里,将只有我和那海浪
可以听见彼此的低语飘送,

让我像天鹅一样歌尽而亡;
我不要奴隶的国度属于我——
干脆把那萨摩斯酒杯打破!

**【注释】**

本篇节选自《唐璜》第 3 章,查良铮译(人民文学出版社 1980 年版)。

**思考题**
1.简答浪漫主义文学的主要特征。
2.简答普希金对俄国文学的主要贡献。
3.简析《唐璜》主人公人形象。

# 第三十三讲　直面现实的精神救赎：19世纪现实主义文学

## 一、现实主义文学概述

19世纪现实主义文学是随着近代城市、市民阶层的兴起和针对古典主义的贵族艺术而出现的一种"普通人"艺术，它产生在资本主义确立和发展时期，是城市文明的产物。它的一个突出特点是对城市生活现象与心理的描绘。城市文明是由工业化带来的，现实主义的产生，深受工业化的影响。工业化给现实主义打上了时代烙印。工业化带来的后果，对现实主义作家产生了很大的影响。他们在自己的作品中，如实地把这些现象反映出来，从而有了现实主义文学的主要表现内容。例如，巴尔扎克终生为债务所迫，他的《人间喜剧》描写了法国社会的各种贪欲。狄更斯从小当过童工，他的一系列小说描写了城市下层人的贫困和悲惨生活。左拉反映了法国工人的生活。哈代表现了英国宗法制社会在工业化过程中的衰落。陀思妥耶夫斯基刻画了城市小人物的病态心理和双重人格等。

欧洲文学史上的现实主义的渊源可以追溯到古希腊、罗马，但18世纪英国小说、法国启蒙运动文学和俄国讽刺文学等，则是现实主义在艺术方法上的直接先驱。从反映现实的基本方法看，现实主义和浪漫主义是颇不相同的，但现实主义也借鉴了19世纪浪漫主义的艺术经验，如浪漫主义者表现历史题材时注重风俗画面的描绘，他们在心理描写上的某些技巧，等等。

现实主义作家的政治态度不尽相同。就他们的主要倾向而言，有的站在自由主义贵族立场，有的代表资产阶级民主派或小资产阶级的利益，有的从革命民主主义的观点出发，反映了当时农民的某些情绪和要求。一般说来，现实主义作家受到启蒙思想、空想社会主义和基督教博爱思想的影响，他们的世界观的核心是资产阶级人道主义和个人主义。他们从各自的阶级利益出发，对资本主义和封建社会冷酷的现实，尤其是资产阶级金钱统治提出指责，对社会下层的贫困生活表示同情。现实主义作家塑造了出色的社会的反面典型，如保守顽固的贵族、穷凶极恶的地主、冷酷无情的资本家、贪婪的高利贷者、守财奴、自由主义伪君子、个人野心家和庸俗的小市民等。巴尔扎克的《人间喜剧》描绘了法国社会许多阶层的生活和风貌，写下了资产阶级丑恶的发家史。狄更斯的作品批判了英国资产阶级政治、教育和伪善的慈善机构等等。在俄国，专制农奴制进入最腐朽反动的阶段，资本主义迅速发展，广大人民身受双重剥削和压迫，阶级斗争尖锐异常。果戈理、屠格涅夫和车尔尼雪夫斯基等人的创作反映了俄国的社会面貌。现实主义是封建制度溃灭、资产阶级上升和走向衰落过程的珍贵的艺术文献。它对于封建社会的腐朽生活的指责,对于资本主义及其上层建筑的揭露和批判,曾使人们对旧秩序产生怀疑,在历史上具有一定的进步作用。

现实主义作家有着不可克服的历史的和阶级的局限。他们作品中所反映的生活是不全面的,大部分作家只描写了统治阶级内部的矛盾,以及中小资产阶级同大资产阶级、贵族的矛盾。这种矛盾在作品中往往借助个人同社会的冲突表现出来,资产阶级个人主义者被渲染成时代的"英雄"。劳动群众反抗剥削者的斗争没有得到反映,有的作家即使涉及这个题材,也只是作了零星、局部的描写,甚至加以歪曲。作家对劳动人民往往止于怜悯同情,工人和农民大都被表现为消极的受难者。现实主义在揭发社会罪恶时,往往通过伦理道德的途径来解决问题,即或提出一些社会改革方案,也大都未触及统治阶级的根本利益,不能给社会指明真正的出路。无论西欧或俄国的多数作家,都自觉或不自觉地表现改良主义思想,并由于或多或少地意识到社会改良的不可能,产生了不同程度的彷徨悲观情绪。俄国革命民主主义作家虽然强调用革命手段摧毁沙皇制度,但他们对未来的设想是空幻的,看不见通向"理想世界"的具体道路,因而他们的乐观精神也只能给人以空泛的印象。现实主义作家宣扬的是资产阶级的自由、平等、博爱。他们塑造的正面人物多数是脱离人民的个人主义"英雄"、忏悔的贵族、"改好了的"资产者、好心肠的资产阶级知识分子、社会上的"多余的人",以及温和驯良的"小人物"等。

## 二、现实主义文学的特征

(一)思想内容方面。首先,现实主义把文学作为分析和研究社会的手段,为人们提供了特定时代丰富多彩的社会历史画面,具有很高的认识价值。其次,现实主义以人道主义思想为武器,深刻地揭露与批判社会的黑暗,同情下层人民的苦难,提倡社会改良。第三,现实主义文学普遍关心社会文明发展进程中人的生存处境问题,表现出作家们对人的命运与前途的深切关怀。

(二)艺术形式方面。首先,追求艺术真实,强调客观真实地反映生活。其次,重视人与社会环境的关系的描写,塑造典型环境中的典型性格。第三,现实主义以叙事文学为主,小说创作特别是长篇小说走向了成熟与繁荣。

## 三、哈代与《德伯家的苔丝》

托马斯·哈代(1840—1928)是19世纪英国杰出的现实主义作家,同时也是一位造诣非凡的诗人。哈代一生对希腊悲剧,莎士比亚悲剧研读不已,并受叔本华悲剧意识影响,认同近代科学思想上的怀疑派论调,致使他对人生的见解悲观宿命。他认为人类文明无论发展到何种地步,人类终是无法摆脱宿命的捉弄。

哈代的作品反映了英国农村被资本主义渗透前后的不同场景,真实地表现了哈代对农村由幻想到失望的感情变化过程。如果说他最初的作品中还讴歌世外桃源式的农村生活的话,那么他后来的小说则抛弃了对田园生活的幻想,用失望和悲怆的笔调描写了农村的破产和资产阶级道德、宗教、法律的虚伪。

《德伯家的苔丝》是哈代的代表作,它描写了一位农村姑娘的悲惨命运。哈代在小说的副标题中称女主人公为"一个纯洁的女人",公开地向维多利亚时代虚伪的社会道德挑战。

女主人公苔丝是一个勤劳善良、美丽纯朴的农家姑娘,同时在她身上又有着可贵的坚强、自尊和大胆反抗厄运的品格。为了摆脱穷困,她的母亲打发她去有钱的"本家"亚雷家做工,结果遭到亚雷的蹂躏,失去了"清白"。此时的她不仅要面对生活的贫困,还要抵御"道德"的压力。她来到牛奶场当女工,和来自城里的具有"自由思想"的安玑·克莱真心相爱了。新婚之夜,苔丝为了忠实自己的丈夫,向安玑讲述了自己以往的"过失"。表现了很高的道德勇气。当丈夫不能谅解,幸福已经破灭时,她又忍住痛苦,咬紧牙关,毅然地独立谋生。在对待亚雷的态度上,苔丝也充分体现了自己的人格尊严。亚雷百般引诱,她不为之所动,并明确表示厌恶。最后,她在忍无可忍的情况下,杀死了这个毁了她一生的仇人。在与丈夫短暂欢聚后,走上了绞刑台。

《苔丝》作为哈代小说的代表作,正是他作品思想艺术上的集大成者。这部小说的人物塑造,心理刻画,情节构思,风物描绘都高超妙远,从而使整个作品具有强烈的艺术感染力;特别是苔丝这个女性人物形象,已经成为世界文学画廊中耀眼的一员。

## 五十八

……

"哦,安玑呀,我恐怕,你这就是说不能的意思吧!"她说,同时极力把哽咽忍住。"我很想再跟你见面——想得厉害——实在想得厉害! 怎么,安玑,像咱们两个这样的爱情,死后都不能见面吗?"

安玑也像一个比他更伟大的人物[1]一个更伟大的人物,指耶稣而言。耶稣被带到彼拉多跟前时,被拉多曾问耶稣:"你是哪里来的?"耶稣不答。一样,在紧关节要的时候,对于紧关节要的问题,不加回答;因此他们两个又都默默无言起来。待了一两分钟以后,苔丝喘的气渐渐地匀和了,她握着克莱的那只手也软软地松开了,原来她睡着了。那时候,东方天边上一道银灰的白光,使得大平原离得远的那些部分,都显得昏沉黑暗,好像就在跟前;而广大景物的全体,却露出一种嗫嚅不言。趑趄不前的神情,这是曙光就要来临的光景。东面的竖柱和横梁,它们外面的焰形太阳石和正在中央的牺牲石,全都黑沉沉地背着亮光顶天矗立。夜里刮的风一会儿就住了,石上杯形的石窝里颤抖的小水潭也都静止了。同时,东方斜坡的边儿上,好像有一件东西——一个小点儿,慢慢蠕动起来。原来太阳石外的低地上,有一个人,只露着头,正朝着他们越走越近。克莱见了这样,心里后悔不该原先停在这儿,但是已经事到跟前,只得硬着头皮静坐不动。那个人朝着他们所待的那一圈石柱,一直走来。

同时,克莱听得自己身后也有声音,也有沙沙的脚步。他回头一见,只见横卧地上的石头柱子外面,也有一个人走来;转眼之间,还没来得及留神,就又看见右边牌坊底下有一个人,左边也有一个人,都来到跟前。曙光一直射到西边那个人身上,只见他身材高大,步伐整齐。看他们那样子,显然是从四面拢来,向中央包围。那么苔丝说的话,果然应验了。克莱一跳而起,四外看去,想要找到一样武器,找一块石头,看一看逃走的道路,看一看应急的办法。那时候,离他最近的那一个人,已经到了他跟前了。

"先生,你不必动啦,没有用处,"那个人说。"我们在这块平原上,一共有十六个人。并且全国都发动起来啦。"

"你们让她睡完了觉成不成?"他低声对那些四外拢来的人恳求说。

顶到那个时候,他们一直没看见她在什么地方,现在看见了她躺在那儿,可就对克莱的请求没表示反对,只站住了守候,一动不动,跟四围那些石头柱子一样。他走到石板旁边,把身子在她上面弯着,把手握着她一只可怜的小手;那时她喘的气,短促,微弱,仿佛她只是一个比女人还弱小的动物。所有的人都在越来越亮的曙色里等候,他们的手和脸都好像是涂了一层银色,他们形体上别的部分,却是黑乌乌的。石头柱子闪出绿灰色,大平原却仍旧是一片昏沉。待了不大的一会儿,亮光强烈起来,一道光线射到苔丝没有知觉的身上,透过她的眼皮,使她醒来。

"这是怎么回事,安玑?"苔丝一下坐起来说。"他们已经都来啦吗?"

"正是,我的最亲爱的,"克莱说。"他们已经都来啦。"

"这本是必有的事,"她嘟囔着说,"安玑,我总得算趁心——不错,得算很趁心!咱们这种幸福不会长久。这种幸福太过分了。我已经享够了;现在我不会亲眼看见你看不起我了!"

她站起来,把身上抖了一抖,往前走去,那时候其余的人却都还没有动弹的。

"我停当啦,走吧!"她安安静静地说。

## 【注释】

本篇节选自《德伯家的苔丝》(张若谷译,人民文学出版社1980年版)。

[1]见《新约·约翰福音》第十九章第九节。又《马太福音》第二十七章第十一节,耶稣被祭司长和长老控告时,甚么都不回答。又《马可福音》第十四章第六十节及第六十一节,亦有同样记叙。


思考题

1. 简答现实主义文学的主要特征。

2. 简述现实主义文学主要作家作品。

3. 简析《德伯家的苔丝》主人公形象。

# 备讲作品

## 秋声赋

欧阳修

　　欧阳子方夜读书，闻有声自西南来者，悚然而听之[1]，曰："异哉！"初淅沥以萧飒[2]，忽奔腾而砰湃[3]，如波涛夜惊，风雨骤至。其触于物也，铮铮铮铮[4]，金铁皆鸣，又如赴敌之兵，衔枚疾走[5]，不闻号令，但闻人马之行声。余谓童子："此何声也？汝出视之。"童子曰："星月皎洁，明河在天[6]，四无人声，声在树间。"

　　余曰："噫嘻悲哉！此秋声也，胡为而来哉？盖夫秋之为状也，其色惨淡[7]，烟霏云敛[8]；其容清明，天高日晶；其气慄冽[9]，砭人肌骨[10]；其意萧条，山川寂寥。故其为声也，凄凄切切，呼号愤发。丰草绿缛而争茂[11]，佳木葱茏百可悦[12]；草拂之而色变，木遭之而叶脱；其所以摧败零落者，乃其一气之馀烈[13]。夫秋，刑官也[14]，于时为阴[15]；又兵象也[16]，于行用金[17]；是谓天地之义气[18]，常以肃杀而为心。天之于物，春生秋实。故其在乐也，商声主西方之音[19]，夷则为七月之律[20]。商，伤也，物既老而悲伤；夷，戮也，物过盛而当杀。嗟乎！草木无情，有时飘零。人为动物，惟物之灵，百忧感其心，万事劳其形，有动于中，必摇其精[21]。而况思其力之所不及，忧其智之所不能，宜其渥然丹者为槁木[22]，黟然黑者为星星[23]，奈何以非金石之质，欲与草木而争荣？念谁为之戕贼[24]，亦何恨乎秋声！"

　　童子莫对，垂头而睡，但闻四壁虫声唧唧，如助余之叹息。

## 【注释】

本篇选自《欧阳修全集》李逸安点校（中华书局2001年版）。

[1]悚：惊惧。

[2]淅沥：雨声。萧飒：风声。

[3]砰湃：通"澎湃"，浪涛撞击声。

[4]铮铮铮铮：金属相击声。

[5]衔枚：古代行军时为了防止喧哗，士兵在嘴里衔着一根筷子似的小棍，称"衔枚"。

[6]明河：指银河。

[7]惨淡：阴暗昏惨。

[8]霏：烟飞貌。敛：聚。

[9]慄冽:寒冷。

[10]砭:石针,动词,刺。

[11]缛:繁茂。

[12]葱茏:树木青翠而茂盛。

[13]一气:指秋气。馀烈:馀威。

[14]刑官:周时以天地四时之名命官,司寇为秋官,掌管刑法、狱讼。

[15]于时为阴:古以阴阳配合四时,春夏属阳,秋冬为阴。

[16]兵象:古代征伐,多在秋季,故言。

[17]于行用金:古以五行分配四时,秋季属金。

[18]天地之义气:天地形成的尊严之气。

[19]"商声"句:古以五声分配四时,秋天为商声。西方:秋天的方位。

[20]夷则为七月之律:古以十二律分配十二月,七月为夷则。

[21]精:人的精神。

[22]渥然:湿润的样子。

[23]黟:黑色的样子。

[24]戕贼:戕害。

# 西湖七月半[1]

张　岱

　　西湖七月半,一无可看,只可看看七月半之人[2]。看七月半之人,以五类看之[3]。其一,楼船箫鼓[4],峨冠盛筵[5],灯火优傒[6],声光相乱,名为看月而实不见月者,看之[7]。其一,亦船亦楼,名娃闺秀[8],携及童娈[9],笑啼杂之,环坐露台[10],左右盼望[11],身在月下而实不看月者,看之。其一,亦船亦声歌,名妓闲僧,浅斟低唱[12],弱管轻丝[13],竹肉相发[14],亦在月下,亦看月,而欲人看其看月者,看之。其一,不舟不车,不衫不帻[15],酒醉饭饱,呼群三五[16],跻入人丛[17],昭庆、断桥[18],嚣呼嘈杂[19],装假醉,唱无腔曲[20],月亦看,看月者亦看,不看月者亦看,而实无一看者,看之。其一,小船轻幌[21],净几暖炉,茶铛旋煮[22],素瓷静递[23],好友佳人,邀月同坐,或匿影树下[24],或逃嚣里湖[25],看月而人不见其看月之态,亦不作意看月者[26],看之。

　　杭人游湖[27],巳出酉归[28],避月如仇。是夕好名[29],逐队争出,多犒门军酒钱[30],轿夫擎燎[31],列俟岸上[32]。一入舟,速舟子急放断桥[33],赶入胜会。以故二鼓以前[34],人声鼓吹[35],如沸如撼[36],如魇如呓[37],如聋如哑[38]。大船小船一齐凑岸,一无所见,止见篙击篙[39],舟触舟,肩摩肩[40],面看面而已。少刻兴尽,官府席散,皂隶喝道去[41]。轿夫叫船上人,怖以关门[42],灯笼火把如列星[43],一一簇拥而去。岸上人亦逐队赶门,渐稀渐薄,顷刻散尽矣。

吾辈始舣舟近岸[44]。断桥石磴始凉[45]，席其上[46]，呼客纵饮[47]。此时月如镜新磨[48]，山复整妆，湖复颒面[49]，向之浅斟低唱者出[50]，匿影树下者亦出。吾辈往通声气[51]，拉与同坐。韵友来[52]，名妓至，杯箸安[53]，竹肉发。月色苍凉，东方将白，客方散去。吾辈纵舟[54]，酣睡于十里荷花之中，香气拍人[55]，清梦甚惬[56]。

**【注释】**

本篇选自《陶庵梦忆·西湖寻梦》（马兴荣点校，中华书局 2007 年版）。

[1]西湖：即今杭州西湖。七月半：农历七月十五，又称中元节。

[2]"只可看"句：谓只可看那些来看七月半景致的人。

[3]以五类看之：把看七月半的人分作五类来看。

[4]楼船：指考究的有楼的大船。箫鼓：指吹打音乐。

[5]峨冠：头戴高冠，指士大夫。盛筵：摆着丰盛的酒筵。

[6]优僮：优伶和仆役。

[7]看之：看这一类人。下四类叙述末尾的"看之"同。

[8]名娃：美女。闺秀：有才德的女子。

[9]童娈：容貌美好的家僮。

[10]露台：船上露天的平台。

[11]盼望：环顾而看的意思。

[12]浅斟：慢慢地喝酒。低唱：轻声地吟哦。

[13]管：管乐。丝：弦乐。

[14]竹肉：指管乐和歌喉。

[15]帻：头巾。

[16]呼群三五：呼唤朋友，三五成群。

[17]跻：通"挤"。

[18]昭庆：寺名。断桥：西湖名胜之一，在苏堤上。

[19]嗃：呼叫。

[20]无腔曲：没有腔调的歌曲。

[21]幔：帘幔。

[22]铛：温茶、酒的器具。旋：频繁。

[23]素瓷：雅洁的瓷杯。

[24]匿影：藏身。

[25]逃嚣：躲避喧闹。里湖：西湖的白堤以北部分。

[26]作意：故意，作出某种姿态。

[27]杭人：杭州人。

[28]巳：巳时，约为上午九时至十一时。酉：酉时，约为下午五时至七时。

[29]是夕:七月十五这天夜晚。

[30]犒:用酒食或财物慰劳。门军:守城门的军士。

[31]擎:举。燎:火把。

[32]列俟:排着队等候。

[33]速:催促。舟子:船夫。

[34]二鼓:二更,约为夜里九到十点。

[35]鼓吹:指鼓、钲、箫、笳等打击乐器、管弦乐器奏出的乐曲。

[36]如沸如撼:像水沸腾,像物体震撼,形容喧嚷。

[37]魇:梦中惊叫。呓:说梦话。

[38]如聋如哑:指喧闹中震耳欲聋。

[39]篙:用竹竿或杉木做成的撑船的工具。

[40]摩:碰,触。

[41]皂隶:官署的差役。喝道:官员出行,差役在前边吆喝开道。

[42]怖以关门:用关城门恐吓,使游人早归。

[43]列星:分布在天空的星星。

[44]舣:停船靠岸。

[45]磴:石头台阶。

[46]席其上:在石磴上摆设酒筵。

[47]纵饮:尽情喝。

[48]镜新磨:刚磨制成的镜子。古代以铜为镜,磨制而成。

[49]颒面:洗面。此处形容湖面恢复了平静。

[50]向:方才,先前。

[51]往通声气:过去打招呼。

[52]韵友:风雅的朋友,诗友。

[53]箸:筷子。安:放好。

[54]纵舟:放开船。

[55]拍:扑。

[56]惬(qiè):快意。

## 秋　夜①

鲁　迅

在我的后园,可以看见墙外有两株树,一株是枣树,还有一株也是枣树。

这上面的夜的天空,奇怪而高,我生平没有见过这样奇怪而高的天空。

---

① 选自《鲁迅全集》,人民文学出版社 1973 年版。

他仿佛要离开人间而去,使人们仰面不再看见。然而现在却非常之蓝,闪闪地映着几十个星星的眼,冷眼。他的口角上现出微笑,似乎自以为大有深意,而将繁霜洒在我的园里的野花上。

我不知道那些花草真叫什么名字,人们叫他们什么名字。我记得有一种开过极细小的粉红花,现在还开着,但是更极细小了,她在冷的夜气中,瑟缩地做梦,梦见春的到来,梦见秋的到来,梦见瘦的诗人将眼泪擦在她最末的花瓣上,告诉她秋虽然来,冬虽然来,而此后接着还是春,蝴蝶乱飞,蜜蜂都唱起春词来了。她于是一笑,虽然颜色冻得红惨惨地,仍然瑟缩着。

枣树,他们简直落尽了叶子。先前,还有一两个孩子来打他们别人打剩的枣子,现在是一个也不剩了,连叶子也落尽了。他知道小粉红花的梦,秋后要有春;他也知道落叶的梦,春后还是秋。他简直落尽叶子,单剩干子,然而脱了当初满树是果实和叶子时候的弧形,欠伸得很舒服。但是,有几枝还低桠着,护定他从打枣的竿梢所得的皮伤,而最直最长的几枝,却已默默地铁似的直刺着奇怪而高的天空,使天空闪闪地鬼睒眼;直刺着天空中圆满的月亮,使月亮窘得发白。

鬼睒眼的天空越加非常之蓝,不安了,仿佛想离去人间,避开枣树,只将月亮剩下。然而月亮也暗暗地躲到东边去了。而一无所有的干子,却仍然默默地铁似的直刺着奇怪而高的天空,一意要制他的死命,不管他各式各样地映着许多蛊惑的眼睛。

哇的一声,夜游的恶鸟飞过了。

我忽而听到夜半的笑声,吃吃地,似乎不愿意惊动睡着的人,然而四围的空气都应和着笑。夜半,没有别的人,我即刻听出这声音就在我嘴里,我也即刻被这笑声所驱逐,回进自己的房。灯火的带子也即刻被我旋高了。

后窗的玻璃上丁丁地响,还有许多小飞虫乱撞。不多久,几个进来了,许是从窗纸的破孔进来的。他们一进来,又在玻璃的灯罩上撞得丁丁地响。一个从上面撞进去了,他于是遇到火,而且我以为这火是真的。两三个却休息在灯的纸罩上喘气。那罩是昨晚新换的罩,雪白的纸,折出波浪纹的叠痕,一角还画出一枝猩红色的栀子。

猩红的栀子开花时,枣树又要做小粉红花的梦,青葱地弯成弧形了。……我又听到夜半的笑声,我赶紧砍断我的心绪,看那老在白纸罩上的小青虫,头大尾小,向日葵子似的,只有半粒小麦那么大,遍身的颜色苍翠得可爱,可怜。

我打一个呵欠,点起一支纸烟,喷出烟来,对着灯默默地敬奠这些苍翠精致的英雄们。

一九二四年九月十五日

# 翡冷翠山居闲话①

徐志摩

在这里出门散步去，上山或是下山，在一个晴好的五月的向晚，正像是去赴一个美的宴会，比如去一果子园，那边每株树上都是满挂着诗情最秀逸的果实，假如你单是站着看还不满意时，只要你一伸手就可以采取，可以恣尝鲜味，足够你性灵的迷醉。阳光正好暖和，决不过暖；风息是温驯的，而且往往因为他是从繁花的山林里吹度过来，他带来一股幽远的淡香，连着一息滋润的水气，摩挲着你的颜面，轻绕着你的肩腰，就这单纯的呼吸已是无穷的愉快；空气总是明净的，近谷内不生烟，远山上不起霭，那美秀风景的全部正像画片似的展露在你的眼前，供你闲暇的鉴赏。

作客山中的妙处，尤在你永不须踌躇你的服色与体态；你不妨摇曳着一头的蓬草，不妨纵容你满腮的苔藓；你爱穿什么就穿什么；扮一个牧童，扮一个渔翁，装一个农夫，装一个走江湖的桀卜闪，装一个猎户；你再不必担心整理你的领结，你尽可以不用领结，给你的颈根与胸膛一半日的自由，你可以拿一条这边颜色的长巾包在你的头上，学一个太平军的头目，或是拜伦那埃及装的姿态；但最要紧的是穿上你最旧的旧鞋，别管他模样不佳，他们是顶可爱的好友，他们承着你的体重却不叫你记起你还有一双脚在你的底下。

这样的玩顶好是不要约伴，我竟想严格的取缔，只许你独身；因为有了伴多少总得叫你分心，尤其是年轻的女伴，那是最危险最专制不过的旅伴，你应得躲避她像你躲避青草里一条美丽的花蛇！平常我们从自己家里走到朋友的家里，或是我们执事的地方，那无非是在同一个大牢里从一间狱室移到另一间狱室去，拘束永远跟着我们，自由永远寻不到我们；但在这春夏间美秀的山中或乡间你要是有机会独身闲逛时，那才是你福星高照的时候，那才是你实际领受，亲口尝味，自由与自在的时候，那才是你肉体与灵魂行动一致的时候；朋友们，我们多长一岁年纪往往只是加重我们头上的枷，加紧我们脚胫上的链，我们见小孩子在草里在沙堆里在浅水里打滚作乐，或是看见小猫追他自己的尾巴，何尝没有羡慕的时候，但我们的枷，我们的链永远是制定我们行动的上司！所以只有你单身奔赴大自然的怀抱时，像一个裸体的小孩扑入他母亲的怀抱时，你才知道灵魂的愉快是怎样的，单是活着的快乐是怎样的，单就呼吸单就走道单就张眼看耸耳听的幸福是怎样的。因此你得严格的为己，极端的自私，只许你体魄与性灵，与自然同在一个脉搏里跳动，同在一个音波里起伏，同在一个神奇的宇宙里自得。我们浑朴的天

---

① 选自《巴黎的鳞爪》，上海新月书店1927年版。

真是像含羞草似的娇柔,一经同伴的抵触,他就卷了起来,但在澄静的日光下,和风中,他的姿态是自然的,他的生活是无阻碍的。

你一个人漫游的时候,你就会在青草里坐地仰卧,甚至有时打滚,因为草的和暖的颜色自然的唤起你童稚的活泼;在静僻的道上你就会不自主的狂舞,看着你自己的身影幻出种种诡异的变相,因为道旁树木的阴影在他们纤徐的婆娑里暗示你舞蹈的快乐;你也会得信口的歌唱,偶尔记起断片的音调,与你自己随口的小曲,因为树林中的莺燕告诉你春光是应得赞美的;更不必说你的胸襟自然会跟着漫长的山径开拓,你的心地会看着澄蓝的天空静定,你的思想和着山壑间的水声,山罅里的泉响,有时一澄到底的清澈,有时激起成章的波动,流,流,流入凉爽的橄榄林中,流入妩媚的阿诺河去……

并且你不但不须应伴,每逢这样的游行,你也不必带书。书是理想的伴侣,但你应得带书,是在火车上,在你住处的客室里,不是在你独身漫步的时候。什么伟大的深沉的鼓舞的清明的优美的思想的根源不是可以在风籁中,云彩里,山势与地形的起伏里,花草的颜色与香息里寻得? 自然是最伟大的一部书,葛德说,在他每一页的字句里我们读得最深奥的消息。并且这书上的文字是人人懂得的;阿尔帕斯与五老峰,雪西里与普陀山,来因河与扬子江,梨梦湖与西子湖,建兰与琼花,杭州西溪的芦雪与威尼市夕照的红潮,百灵与夜莺,更不提一般黄的黄麦,一般紫的紫藤,一般青的青草同在大地上生长,同在和风中波动——他们应用的符号是永远一致的,他们的意义是永远明显的,只要你自己心灵上不长疮瘢,眼不盲,耳不塞,这无形迹的最高等教育便永远是你的名分,这不取费的最珍贵的补剂便永远供你的受用;只要你认识了这一部书,你在这世界上寂寞时便不寂寞,穷困时不穷困,苦恼时有安慰,挫折时有鼓励,软弱时有督责,迷失时有南针。

一九二五年七月

## 麻 雀[①]

屠格涅夫

我打猎归来,沿着花园的林荫路走着。狗跑在我前边。突然,狗放慢脚步,蹑足潜行,好像嗅到了前边有什么野物。我顺着林荫路望去,看见了一只嘴边还带黄色、头上生着柔毛的小麻雀,它从巢里跌落下来(风猛烈地吹动着林荫路上的白桦树),呆呆地伏在地上,孤苦无援地张开两只刚刚长出羽毛的小翅膀。我的狗慢慢地逼近它。忽然,从附近一棵树上扑下一只黑胸脯的老麻雀,像一颗石子似的落在狗的嘴脸眼前——它全身倒竖着羽毛,

---

① 选自《屠格涅夫文集》,丰子恺等译,人民文学出版社 2001 年版。

惊惶万状,发出绝望、凄惨的吱吱喳喳叫声,两次向露出牙齿、大张着的狗嘴边跳扑前去。它是猛扑下来救护的,它以自己的躯体掩护着自己的幼儿……可是,由于恐怖,它整个小小的躯体都在颤抖,它那小小的叫声变得粗暴嘶哑了,它吓呆了,它在牺牲自己了!在它看来,狗该是个多么庞大的怪物啊!然而,它还是不愿站定在自己高高的、安全的树枝上……一种比它的意志更强大的力量,使它从那儿扑下身来。我的特列左尔站住了,向后退下来……看来,它也承认了这种力量。我赶紧叫开受窘的狗——于是,我怀着极恭敬的心情,走开了。是啊,请不要见笑。我崇敬那只小小的、英勇的鸟儿,我崇敬它那爱的冲动。爱,我想,比死和死的恐惧更加强大。只有依靠它,依靠这种爱,生命才能维持下去,发展下去。

一八七八年四月

## 泰戈尔散文诗二首①

### 一

当她用急步走过我的身旁,她的裙缘触到了我。

从一颗心的无名小岛上忽然吹来了一阵春天的温馨。

一霎飞触的撩乱扫拂过我,立刻又消失了,像扯落了的花瓣在和风中飘扬。

它落在我的心上,像她的身躯的叹息和她心灵的低语。

### 二

你是一朵夜云,在我梦幻中的天空浮泛。

我永远用爱恋的渴想来描画你。

你是我一个人的,我一个人的,我无尽的梦幻中的居住者!

你的双脚被我心切望的热光染得绯红,我的落日之歌的搜集者!

我的痛苦之酒使你的唇儿苦甜。

你是我一个人的,我一个人的,我寂寥的梦幻中的居住者!

我用热情的浓影染黑了你的眼睛;我的凝视深处的祟魂!

我捉住了你,缠住了你,我爱,在我音乐的罗网里。

你是我一个人的,我一个人的,我永生的梦幻中居住者!

---

① 选自《园丁集》,(印度)泰戈尔著,冰心译,译林出版社 2003 年版。题目为编者所加。

# 任氏传①

沈既济

任氏，女妖也。有韦使君者，名崟，第九，信安王祎之外孙。少落拓，好饮酒。其从父妹婿曰郑六，不记其名。早习武艺，亦好酒色，贫无家，托身于妻族。与崟相得，游处不间。

天宝九年夏六月，崟与郑子偕行于长安陌中，将会饮于新昌里。至宣平之南，郑子辞有故，请间去，继至饮所。崟乘白马而东。

郑子乘驴而南，入升平之北门。偶值三妇人行于道中，中有白衣者，容色姝丽。郑子见之惊悦，策其驴，忽先之，忽后之，将挑而未敢。白衣时时盼睐，意有所受。郑子戏之曰："美艳若此，而徒行，何也？"白衣笑曰："有乘不解相假，不徒行何为？"郑子曰："劣乘不足以代佳人之步，今辄以相奉。某得步从，足矣。"相视大笑。同行者更相眩诱，稍已狎昵。郑子随之东，至乐游园，已昏黑矣。见一宅，土垣车门，室宇甚严。白衣将入，顾曰："愿少踟蹰。"而入。女奴从者一人，留于门屏间，问其姓第。郑子既告，亦问之。对曰："姓任氏，第二十。"少顷，延入。郑絷驴于门，置帽于鞍。始见妇人年三十余，与之承迎，即任氏姊也。列烛置膳，举酒数觞。任氏更妆而出，酣饮极欢。夜久而寝，其妍姿美质，歌笑态度，举措皆艳，殆非人世所有。将晓，任氏曰："可去矣。某兄弟名系教坊，职属南衙，晨兴将出，不可淹留。"乃约后期而去。既行，乃里门，门扃未发。门旁有胡人鬻饼之舍，方张灯炽炉。郑子憩其帘下，坐以候鼓，因与主人言。郑子指宿所以问之曰："自此东转，有门者，谁氏之宅？"主人曰："此隤墉弃地，无第宅也。"郑子曰："适过之，曷以云无？"与之固争。主人适悟，乃曰："吁！我知之矣。此中有一狐，多诱男子偶宿，尝三见矣。今子亦遇乎？"郑子赧而隐曰："无。"质明，复视其所，见土垣车门如故。窥其中，皆蓁荒及废圃耳。

既归，见崟。崟责以失期。郑子不泄，以他事对。然想其艳冶，愿复一见之心，尝存之不忘。

经十许日，郑子游，入西市衣肆，瞥然见之，襄女奴从。郑子遽呼之。任氏侧身周旋于稠人中以避焉。郑子连呼前迫，方背立，以扇障其后，曰："公知之，何相近焉？"郑子曰："虽知之，何患？"对曰："事可愧耻。难施面目。"郑子曰："勤想如是，忍相弃乎？"对曰："安敢弃也，惧公之见恶耳。"郑子发誓，词旨益切。任氏乃回眸去扇，光彩艳丽如初，谓郑子曰："人间如某之比者非一，公自不识耳，无独怪也。"郑子请之与叙欢。对曰："凡某之流，为人恶忌

① 选自《唐宋传奇集》，鲁迅校录，齐鲁书社1997年版。

者,非他,为其伤人耳。某则不然。若公未见恶,愿终己以奉巾栉。"郑子许与谋栖止。任氏曰:"从此而东,大树出于栋间者,门巷幽静,可税以居。前时自宣平之南,白马而东者,非君妻之昆弟乎?其家多什器,可以假用。"

是时鉴伯叔从役于四方,三院什器,皆贮藏之。郑子如言访其舍,而诣鉴假什器。问其所用。郑子曰:"新获一丽人,已税得其舍,假具以备用。"鉴笑曰:"观子之貌,必获诡陋。何丽之绝也?"鉴乃悉假帷帐榻席之具,使家僮之惠黠者,随以觇之。俄而奔走返命,气吁汗洽。鉴迎问之:"有乎?"又问:"容若何?"曰:"奇怪也! 天下未尝见之矣。"鉴姻族广茂,且夙从逸游,多识美丽。乃问曰:"孰若某美?"僮曰:"非其伦也!"鉴遍比其佳者四五人,皆曰:"非其伦。"是时吴王之女有第六者,则鉴之内妹,秾艳如神仙,中表素推第一。鉴问曰:"孰与吴王家第六女美?"又曰:"非其伦也。"鉴抚手大骇曰:"天下岂有斯人乎?"遽命汲水澡颈,巾首膏唇而往。既至,郑子适出。鉴入门,见小僮拥彗方扫,有一女奴在其门,他无所见。征于小僮。小僮笑曰:"无之。"鉴周视室内,见红裳出于户下。迫而察焉,见任氏戢身匿于扇间。鉴引出就明而观之,殆过于所传矣。鉴爱之发狂,乃拥而凌之,不服。鉴以力制之,方急,则曰:"服矣。请少回旋。"既从,则捍御如初,如是者数四。鉴乃悉力急持之。任氏力竭,汗若濡雨。自度不免,乃纵体不复拒抗,而神色惨变。鉴问曰:"何色之不悦?"任氏长叹息曰:"郑六之可哀也!"鉴曰:"何谓?"对曰:"郑生有六尺之躯,而不能庇一妇人,岂丈夫哉! 且公少豪侈,多获佳丽,遇某之比者众矣。而郑生,穷贱耳。所称惬者,唯某而已。忍以有余之心,而夺人之不足乎? 哀其穷馁,不能自立,衣公之衣,食公之食,故为公所系耳。若糠糗可给,不当至是。"鉴豪俊有义烈,闻其言,遽置之,敛衽而谢曰:"不敢。"俄而郑子至,与鉴相视咍乐。自是,凡任氏之薪粒牲饩,皆鉴给焉。任氏时有经过,出入或车马舆步,不常所止。鉴日与之游,甚欢。每相狎昵,无所不至,唯不及乱而已。是以鉴爱之重之,无所怪惜,一食一饮,未尝忘焉。

任氏知其爱己,因言以谢曰:"愧公之见爱甚矣。顾以陋质,不足以答厚意。且不能负郑生,故不得遂公欢。某,秦人也,生长秦城;家本伶伦,中表姻族,多为人宠媵,以是长安狭斜,悉与之通。或有姝丽,悦而不得者,为公致之可矣。愿持此以报德。"鉴曰:"幸甚!"中有鬻衣之妇曰张十五娘者,肌体凝结,鉴常悦之。因问任氏识之乎。对曰:"是某表娣妹,致之易耳。"旬余,果致之,数月厌罢。任氏曰:"市人易致,不足以展效。或有幽绝之难谋者,试言之,愿得尽智力焉。"鉴曰:"昨者寒食,与二三子游于千福寺。见刁将军缅张乐于殿堂。有善吹笙者,年二八,双鬟垂耳,娇姿艳绝。当识之乎?"任氏曰:"此宠奴也。其母,即妾之内姊也。求之可也。"鉴拜于席下。任氏许之,乃出入刁家。月馀,鉴促问其计。任氏愿得双缣以为赂。鉴依给焉。后二日,任氏与鉴方食,而缅使苍头控青骊以逆任氏。任氏闻召,笑谓恺曰:"谐矣。"初,任氏加宠奴以病,针饵莫减。其母与缅忧之方甚,将征诸巫。任氏密赂巫者,指其所居,使言从就为吉。及视疾,巫曰:"不利在家,宜出居东南某所,以取生气。"缅与其母详其地,则任氏之第在焉。缅遂请居。任氏谬辞以逼狭,勤请而后许。乃辇服玩,并其母偕送于任氏。至,则疾愈,未数日,任氏密引鉴以通之,经月乃孕。其母惧,遽归以就缅,由是遂绝。

他日,任氏谓郑子曰:"公能致钱五六千乎? 将为谋利。"郑子曰:"可。"遂假求于人,获钱六千。任氏曰:"鬻马于市者,马之股有疵,可买入居之。"郑子如市,果见一人牵马求售者,疵在左股。郑子买归。其妻昆弟皆嗤之,曰:"是弃物也。买将何为?"无何,任氏曰:"马可鬻矣,当获三万。"郑子乃卖之。有酬二万,郑子不与。一市尽曰:"彼何苦而贵卖,此何爱而不鬻?"郑子乘之以归;买者随至其门,累增其估,至二万五千也。不与,曰:"非三万不鬻。"其妻昆弟聚而诟之。郑子不获已,遂卖登三万。既而密伺买者,征其由,乃昭应县之御马疵股者,死三岁矣,斯吏不时除籍。官征其估,计钱六万。设其以半买之,所获尚多矣。若有马以备数,则三年刍粟之估,皆吏得之。且所偿盖寡,是以买耳。任氏又以衣服故弊,乞衣于鉴。鉴将买全彩与之。任氏不欲,曰:"愿得成制者。"鉴召市人张大为买之,使见任氏,问所欲。张大见之,惊谓鉴曰:"此必天人贵戚,为郎所窃。且非人间所宜有者,愿速归之,无及于祸。"其容色之动人也如此。竟买衣之成者而不自纫缝也,不晓其意。

后岁余,郑子武调,授槐里府果毅尉,在金城县。时郑子方有妻室,虽昼游于外,而夜寝于内,多恨不得专其夕。将之官,邀与任氏俱去。任氏不欲往,曰:"旬月同行,不足以为欢。请计给粮饩,端居以迟归。"郑子恳请,任氏愈不可。郑子乃求鉴资助。鉴与更劝勉,且诘其故。任氏良久,曰:"有巫者言某是岁不利西行,故不欲耳。"郑子甚惑也,不思其他,与鉴大笑曰:"明智若此,而为妖惑,何哉!"固请之。任氏曰:"傥巫者言可征,徒为公死,何益?"二子曰:"岂有斯理乎?"恳请如初。任氏不得已,遂行。鉴以马借之,出祖于临皋,挥袂别去。

信宿,至马嵬。任氏乘马居其前,郑子乘驴居其后,女奴别乘,又在其后。是时西门圉人教猎狗于洛川,已旬日矣。适值于道,苍犬腾出于草间。郑子见任氏欻然坠于地,复本形而南驰。苍犬逐之。郑子随走叫呼,不能止。里余,为犬所获。郑子衔涕出囊中钱,赎以瘗之,削木为记。回睹其马,啮草于路隅,衣服悉委于鞍上,履袜犹悬于镫间,若蝉蜕然。唯首饰坠地,余无所见。女奴亦逝矣。

旬馀,郑子还城。鉴见之喜,迎问曰:"任子无恙乎?"郑子泫然对曰:"殁矣。"鉴闻之亦恸,相持于室,尽哀。徐问疾故。答曰:"为犬所害。"鉴曰:"犬虽猛,安能害人?"答曰:"非人。"崟骇曰:"非人,何者?"郑子方述本末。崟惊讶叹息不能已。明日,命驾与郑子俱适马嵬,发瘗视之,长恸而归。追思前事,唯衣不自制,与人颇异焉。其后郑子为总监使,家甚富,有枥马十余匹。年六十五,卒。

大历中,沈既济居钟陵,尝与崟游,屡言其事,故最详悉。后崟为殿中侍御史,兼陇州刺史,送殁而不返。

嗟乎,异物之情也有人道!遇暴不失节,徇人以至死,虽今妇人,有不如者矣。惜郑生非精人,徒悦其色而不征其情性。向使渊识之士,必能揉变化之理,察神人之际,著文章之美,传要妙之情,不止于赏玩风态而已。

惜哉!建中二年,既济自左拾遗于金吴。将军裴冀,京兆少尹孙成,户部郎中崔需,右拾遗陆淳,皆适居东南,自秦徂吴,水陆同道。时前拾遗朱放,因旅游而随焉。浮颖涉淮,方舟沿流,昼宴夜话,各征其异说。众君子闻任氏之事,共深叹骇,因请既济传之,以志异云。沈既济撰。

## 碾玉观音[①]

### 上

山色晴岚景物佳,暖烘回雁起平沙。东郊渐觉花供眼,南陌依稀草吐芽。　　堤上柳,未藏鸦,寻芳趁步到山家。陇头几树红梅落,红杏枝头未着花。

这首《鹧鸪天》说孟春景致,原来又不如《仲春词》做得好:

每日青楼醉梦中,不知城外又春浓。杏花初落疏疏雨,杨柳轻摇淡淡风。　　浮画舫,跃青骢,小桥门外绿阴笼。行人不入神仙地,人在珠帘第几重?

这首词说仲春景致,原来又不如黄夫人做着《季春词》又好:

先自春光似酒浓,时听燕语透帘栊。小桥杨柳飘香絮,山寺绯桃散落红。　　莺渐老,蝶西东,春归难觅恨无穷。侵阶草色迷朝雨,满地梨花逐晓风。

这三首词,都不如王荆公看见花瓣儿片片风吹下地来;原来这春归去,是东风断送的;有诗道:

春日春风有时好,春日春风有时恶。不得春风花不开,花开又被风吹落。

苏东坡道:"不是东风断送春归去,是春雨断送春归去。"有诗道:

雨前初见花间蕊,雨后全无叶底花。　　蜂蝶纷纷过墙去,却疑春色在邻家。

---

① 选自《中国历代文学作品选》,朱东润主编,上海古籍出版社1980年版。

秦少游道："也不干风事，也不干雨事，是柳絮飘将春色去。"有诗道：

> 三月柳花轻复散，飘飏澹荡送春归。此花本是无情物，一向东飞一向西。

邵尧夫道："也不干柳絮事，是蝴蝶采将春色去。"有诗道：

> 花正开时当三月，胡蝶飞来忙劫劫。采将春色向天涯，行人路上添凄切。

曾两府道："也不干蝴蝶事，是黄莺啼得春归去。"有诗道：

> 花正开时艳正浓，春宵何事老芳丛？黄鹂啼得春归去，无限园林转首空。

朱希真道："也不干黄莺事，是杜鹃啼得春归去。"有诗道：

> 杜鹃叫得春归去，物边啼血尚犹存。庭院日长空悄悄，教人生怕到黄昏。

苏小妹道："都不干这几件事，是燕子衔将春色去。"有《蝶恋花》词为证：

> 妾本钱塘江上住，花开花落，不管流年度。燕子衔将春色去，纱窗几阵黄梅雨。　　斜插梳犀云半吐，檀板轻敲，唱彻《黄金缕》。歌罢彩云无觅处，梦回明月生南浦。

王岩叟道："也不干风事，也不干雨事，也不干柳絮事，也不干蝴蝶事，也不干黄莺事，也不干杜鹃事，也不干燕子事；是九十日春光已过，春归去。"曾有诗道：

> 怨风怨雨两俱非，风雨不来春亦归。腮边红褪青梅小，口角黄消乳燕飞。蜀魄健啼花影去，吴蚕强食柘桑稀。直恼春归无觅处，江湖辜负一蓑衣！

说话的因甚说这春归词？绍兴年间，行在有个关西延州延安府人，本身是三镇节度使、咸安郡王。当时怕春归去，将带着许多钧眷游春。至晚回家，来到钱塘门里，车桥前面。钧眷轿子过了，后面是郡王轿子到来。只听得桥下裱铺里一个人叫道："我儿出来看郡王。"当时郡王在轿里看见，叫帮总虞候道："我从前要寻这个人，今日却在这里。只在你身上，明日要这个人入府中来！"当时虞候声诺来寻。这个看郡王的人是甚色目人？正是：

> 尘随车马何年尽？情系人心早晚休。

只见车桥下一个人家，门前出着一面招牌，写着"璩家装裱古今书画"。铺里一个老儿，引着一个女儿，生得如何：

> 云鬟轻笼蝉翼，蛾眉淡拂春山。朱唇缀一颗樱桃，皓齿排两行碎玉。莲步半折小弓弓，莺啭一声娇滴滴。

便是出来看郡王轿子的人。虞候即时来他家对门一个茶坊里坐定，婆婆把茶点来，虞候道："启请婆婆，过对门裱铺里，请璩大夫来说话。"婆婆便去请到来。两个相揖了就坐，璩待诏问："府干有何见谕？"虞候道："无甚事，闲问则个。适来叫出来看郡王轿子的人，是令爱么？"待诏道："正是拙女，止有三口。"虞候又问："小娘子贵庚？"待诏应道："一十八岁。"再问："小娘子如今要嫁人，却是趋奉官员？"待诏道："老拙家寒，那讨钱来嫁人？将来也只是献与官员府第。"虞候道："小娘子有甚本事？"待诏说出女孩儿一件本事来，有词寄《眼儿媚》为证：

> 深闺小院日初长，娇女绮罗裳。不做东君造化，金针刺绣群芳样。
> 上下两片斜枝嫩叶包开蕊，唯只欠馨香。曾向园林深处，引教蝶乱蜂狂。

原来这女儿会绣作。虞候道："适来郡王在轿里，看见令爱身上系着一条绣裹肚。府中正要寻一个绣作的人，老丈何不献与郡王？"璩公归去与婆婆说了，到明日写一纸献状，献来府中。郡王给与身价，因此取名秀秀养娘。

不则一日，朝廷赐下一领团花绣战袍，当时秀秀依样绣出一件来。郡王看了欢喜道："主上赐与我团花战袍，却寻甚么奇巧的物事献与官家？"去府库里寻出一块透明的羊脂美玉来，即时叫将门下碾玉待诏道："这块玉堪做甚么？"内中一个道："好做一副劝杯。"郡王道："可惜！恁般一块玉，如何将来只做得一副劝杯。"又一个道："这块玉上尖下圆，好做一个摩侯罗儿。"郡王道："摩侯罗儿只是七月七日乞巧使得，寻常间又无用处。"数中一个后生，年纪二十五岁，姓崔名宁，趋事郡王数年，是昇州建康府人；当时又手向前，对着郡王道："告恩王：这块玉上尖下圆，甚是不好，只好碾一个南海观音。"郡王道："好！正合我意。"就叫崔宁下手，不过两个月，碾成了这个玉观音。郡王即时写表进上御前，龙颜大喜。崔宁就本府增添请给，遭遇郡王。

不则一日，时遇春天，崔待诏游春回来，入得钱塘门，在一个酒肆与三四个相知方才吃得数杯，则听得街上闹吵吵，连忙推开楼窗看时，见乱哄哄道："井亭桥有遗漏！"吃不得这酒成，慌忙下酒楼看时，只见：

> 初如萤火，次若灯火。千条蜡烛焰难当，万座糁盆敌不住；六丁神推倒宝天炉，八力士放起焚山火。骊山会上，料应褒姒逞娇容；赤壁矶头，想是周郎施妙策。五通神牵住火葫芦；宋无忌赶番赤骡子。又不曾泻烛浇油，直恁的烟飞火猛！

崔待诏望见了，急忙道："在我本府前不远。"奔到府中看时，已搬挈得罄尽，静悄悄地无一个人。崔待诏既不见人，且循着左手廊下入去。火光照得如同白日，去那左廊下，一个妇女摇摇摆摆从府堂里出来，自言自语，与崔宁打个胸厮撞。崔宁认得是秀秀养娘，倒退两步，低声唱个喏。原来郡王当日曾对崔宁许道："待秀秀满日，把来嫁与你。"这些众人都撺掇道："好对夫妻。"崔宁拜谢了，不则一番。崔宁是个单身，却也痴心。秀秀见恁地个后生，却也指望。当日有这遗漏，秀秀手中提着一帕子金珠富贵，从左廊下出来，撞见崔宁，便道："崔大夫！我出来得迟了，府中养娘，各自四散，管顾不得。你如今没奈何,只得将我去躲避则个。"

当下崔宁和秀秀出府门,沿着河走到石灰桥。秀秀道:"崔大夫!我脚疼了,走不得。"崔宁指着前面道:"更行几步,那里便是崔宁住处。小娘子到家中歇脚,却也不妨。"到得家中坐定,秀秀道:"我肚里饥,崔大夫与我买些点心来吃。我受了些惊,得杯酒吃更好。"当时崔宁买将酒来,三杯两盏,正是:

三杯竹叶穿心过,两朵桃花上脸来。

道不得个"春为花博士,酒是色媒人"。秀秀道:"你记得当时在月台上赏月,把我许你,你兀自拜谢。你记得也不记得?"崔宁叉着手,只应得喏。秀秀道:"当日众人都替你喝采:'好对夫妻!'你怎地到忘了?"崔宁又则应得喏。秀秀道:"比似只管等待,何不今夜我和你先做夫妻?不知你意下何如?"崔宁道:"岂敢!"秀秀道:"你如道不敢,我叫将起来,教坏了你。你却如何将我到家中?我明日府里去说!"崔宁道:"告小娘子:要和崔宁做夫妻不妨;只一件,这里住不得了。要好趁这个遗漏,人乱时,今夜就走开去,方才使得。"秀秀道:"我既和你做夫妻,凭你行。"当夜做了夫妻。

四更已后,各带着随身金银物件出门。离不得饥餐渴饮,夜住晓行,迤逦来到衢州。崔宁道:"这里是五路总头,是打哪条路去好?不若取信州路上去。我是碾玉作,信州有几个相识,怕那里安得身。"即时取路到信州。住了几日,崔宁道:"信州常有客人到行在往来,若说道我等在此,郡王必然使人来追捉,不当稳便。不若离了信州,再往别处去。"两个又起身上路,径取潭州。

不则一日,到了潭州,却是走得远了。就潭州市里,讨间房屋,出面招牌,写道"行在崔待诏碾玉生活"。崔宁便对秀秀道:"这里离行在有二千余里了,料得无事。你我安心,好做长久夫妻。"潭州也有几个寄居官员,见崔宁是行在待诏,日逐也有生活得做。崔宁密使人打探行在本府中事,有曾到都下的,得知府中当夜失火,不见了一个养娘,出赏钱寻了几日,不知下落。也不知道崔宁将他走了,见在潭州住。

时光似箭,日月如梭,也有一年之上。忽一日,方早开门,见两个着皂衫的,一似虞候、府干打扮,入来铺里坐地,问道:"本官听得说有个行在崔待诏,教请过来做生活。"崔宁分付了家中,随这两个人到湘潭县路上来。便将崔宁到宅里,相见官人,承揽了玉作生活。回路归家,正行间,只见一个汉子,头上带个竹丝笠儿,穿着一领白缎子两上领布衫,青白行缠扎着裤子口,着一双多耳麻鞋,挑着一个高肩担儿;正面来,把崔宁看了一看。崔宁却不见这汉面貌,这个人却见崔宁,从后大踏步尾着崔宁来。正是:

谁家稚子鸣榔板,惊起鸳鸯两处飞。

### 下

竹引牵牛花满街，疏篱茅舍月光筛。琉璃盏内茅柴酒，白玉盘中簇
荳梅。　　休懊恼，且开怀，平生赢得笑颜开。三千里地无知己，十万
军中挂印来。

这只《鹧鸪天》词是关西秦州雄武军刘两府所作。从顺昌入战之后，闲
在家中，寄居湖南潭州湘潭县。他是个不爱财的名将，家道贫寒，时常到村
店中吃酒。店中人不识刘两府，谨呼啰唣。刘两府道："百万番人，只如等
闲。如今却被他们诬罔！"作了这只《鹧鸪天》，流传直到都下。当时殿前太
尉是阳和王，见了这词，好伤感："原来刘两府直恁孤寒！"教提辖官差人送一
项钱与刘两府。今日崔宁的东人郡王，听得说刘两府恁地孤寒，也差人送一
项钱与他。却经由潭州路过，见崔宁从湘潭路上来，一路尾着崔宁到家，正
见秀秀坐在柜身子里。便撞破他们道："崔大夫，多时不见，你却在这里！秀
秀养娘他如何也在这里？郡王教我下书来潭州，今遇着你们。原来秀秀养
娘嫁了你？也好。"当时唬杀崔宁夫妻两个，被他看破。

那人是谁？却是郡王府中一个排军，从小伏侍郡王，见他朴实，差他送
钱与刘两府。这人姓郭名立，叫做郭排军。当下夫妻请住郭排军，安排酒来
请他，分付道："你到府中，千万莫说与郡王知道。"郭排军道："郡王怎知得你
两个在这里？我没事却说甚么？"当下酬谢了出门。回到府中，参见郡王，纳
了回书，看看郡王道："郭立前日下书回，打潭州过，却见两个人在那里住。"
郡王问："是谁？"郭立道："见秀秀养娘并崔待诏两个，请郭立吃了酒食，教休
来府中说知。"郡王听说，便道："叵耐这两个做出这事来！却如何直走到那
里？"郭道："也不知他仔细。只见他在那里住地，依旧挂招牌做生活。"郡
王教干办去分付临安府，即时差一个缉捕使臣，带着做公的，备了盘缠，径来
湖南潭州府，下了公文，同来寻崔宁和秀秀。却似：

皂雕追紫燕，猛虎啖羊羔。

不两月，捉将两个来，解到府中，报与郡王得知，即时升厅。原来郡王杀
番人时，左手使一口刀，叫做"小青"，右手使一口刀，叫做"大青"。这两口刀
不知剁了多少番人。那两口刀，鞘内藏着，挂在壁上。郡王升厅，众人声喏，
即将这两个人押来跪下。郡王好生焦躁，左手去壁牙上取下小青，右手一
掣，掣刀在手，睁起杀番人的眼儿，咬得牙齿剥剥地响。当时唬杀夫人，在屏
风背后道："郡王！这里是帝辇之下，不比边庭上面。若有罪过，只消解去临
安府施行，如何胡乱凯得人？"郡王听说道："叵耐这两个畜生逃走，今日捉将
来，我恼了，如何不凯？既然夫人来劝，且捉秀秀入府后花园去，把崔宁解去
临安府断治。"

当下喝酒赐钱赏犒捉事人，解这崔宁到临安府，一一从头供说："自从当
夜遗漏，来到府中，都搬尽了，只见秀秀养娘从廊下出来，揪住崔宁道：'你如

何安手在我怀中？若不依我口，教坏了你。'要共逃走。崔宁不得已，与他同走。只此是实。"临安府把文案呈上郡王，郡王是个刚直的人，便道："既然恁地，宽了崔宁，且与从轻断治。"崔宁不合在逃，罪杖，发遣建康府居住，当下差人押送。

方出北关门，到鹅项头，见一顶轿儿，两个人抬着，从后面叫："崔待诏且不得去！"崔宁认得像是秀秀的声音，赶将来又不知怎地，心下好生疑惑。伤弓之鸟，不敢揽事，且低着头只顾走。只见后面赶将上来，歇了轿子，一个妇人走出来，不是别人，便是秀秀。道："崔待诏，你如今去建康府，我却如何？"崔宁道："却是怎地好？"秀秀道："自从解你去临安府断罪，把我捉入后花园，打了三十竹篦，遂便赶我出来。我知道你建康府去，赶将来同你去！"崔宁道："恁地却好！"讨了船，直到建康府。押发人自回。若是押发人是个学舌的，就有一切是非出来。因晓得郡王性如烈火，惹着他不是轻放手的；他又不是王府中人，去管这闲事怎地？况且崔宁一路买酒买食，奉承得他好，回去时，就隐恶而扬善了。

再说崔宁两口在建康居住，既是问断了，如今也不怕有人撞见，依旧开个碾玉作铺。浑家道："我两口却在这里住得好。只是我家爹妈，自从我和你逃去潭州，两个老的吃了些苦；当日捉我入府时，两个去寻死觅活。今日也好教人去行在取我爹妈来这里同住。"崔宁道："最好！"便教人来行在取他丈人丈母。写了他地理脚色与来人，到临安府寻见他住处，问他邻舍，指道："这一家便是。"来人去门首看时，只见两扇门关着，一把锁锁着，一条竹竿封着，问邻舍："他老夫妻哪里去了？"邻舍道："莫说！他有个花枝也似女儿，献在一个奢遮去处，这个女儿不受福德，却跟一个碾玉的待诏逃走了。前日从湖南潭州捉将回来，送在临安府吃官司。那女儿吃郡王捉进后花园里去。老夫妻见女儿捉去，就当下寻死觅活，至今不知下落。只恁地关着门在这里。"来人见说，再回建康府来，兀自未到家。

且说崔宁正在家中坐，只见外面有人道："你寻崔待诏住处，这里便是。"崔宁叫出浑家来看时，不是别人，认得是璩公、璩婆。都相见了，喜欢的做一处。

那去取老儿的人，隔一日才到，说如此这般，寻不见，却空走了这遭。两个老的且自来到这里了。两个老人道："却生受你！我不知你们在建康住，教我寻来寻去，直到这里。"其时四口同住，不在话下。

且说朝廷官里，一日到偏殿看玩宝器，拿起这玉观音来看。这个观音身上，当时有一个玉铃儿失手脱下。即时问近侍官员："却如何修理得。"官员将玉观音反覆看了，道："好个玉观音！怎地脱落了铃儿！"看到底下，下面碾着三字"崔宁造"。"恁地容易。既是有人造，只消得宣这个人来教他修整。"敕下郡王府，宣取碾玉匠崔宁。郡王回奏："崔宁有罪，在建康府居住。"

即时使人去建康取得崔宁到行在歇泊了。当时宣崔宁见驾,将这玉观音教他领去用心整理。崔宁谢了恩,寻一块一般的玉,碾一个铃儿接住了,御前交纳;破分请给养了崔宁,令只在行在居住。崔宁道:"我今日遭际御前,争得气,再来清湖河下,寻间屋儿开个碾玉铺,须不怕你们撞见。"可煞事有斗巧,方才开得铺三两日,一个汉子从外面过来,就是那郭排军,见了崔待诏便道:"崔大夫恭喜了! 你却在这里住。"抬起头来,看柜身里却立着崔待诏的浑家。郭排军吃了一惊,拽开脚步就走。浑家说与丈夫道:"你与我叫住那排军,我相问则个。"正是:

平生不作皱眉事,世上应无切齿人。

崔待诏即时赶上扯住。只见郭排军把头只管侧来侧去,口里喃喃地道:"作怪! 作怪!"没奈何只得与崔宁回来,到家中坐地。浑家与他相见了,便问:"郭排军! 前者我好意留你吃酒,你却归来说与郡王,坏了我两个好事。今日遭际御前,却不怕你去说。"郭排军吃他相问得无言可答,只道得一声"得罪",相别了,便来到府里,对着郡王道:"有鬼!"郡王道:"这汉则甚?"郭立道:"告恩王,有鬼!"郡王问道:"有甚鬼?"郭立道:"方才打清湖河下过,见崔宁开个碾玉铺,却见柜身里一个妇女,便是秀秀养娘。"郡王焦躁道:"又来胡说! 秀秀被我打杀了。埋在后花园,你须也看见,如何又在那里? 却不是取笑我!"郭立道:"告郡王。怎敢取笑! 方才叫住郭立,相问了一回。怕恩王不信,勒下军令状了去。"郡王道:"真个在时,你勒军令状来。"那汉也是合苦,真个写一纸军令状来。郡王收了,叫两个当直的轿番,抬一顶轿子。教:"取这妮子来,若真个在,把来凯取一切;若不在,郭立你须替他凯取一刀!"郭立同两个轿番,来取秀秀。正是:

麦穗两歧,农人难辨。

郭立是关西人,朴直,却不知军令状如何胡乱勒得。三个一径来到崔宁家里。那秀秀兀自在柜身里坐地,见那郭排军来得恁地慌忙,却不知他勒了军令状来取你。郭排军道:"小娘子! 郡王钧旨,教命取你则个。"秀秀道:"既如此。你们少等,待我梳洗了同去。"即时入去梳洗,换了衣服,出来上了轿,分付了丈夫。两个轿番便抬着径到府前,郭立先入去。

郡王正在厅上等待。郭立唱了喏道:"已取到秀秀养娘。"郡王道:"着他入来。"郭立出来道:"小娘子,郡王教你进来。"掀起帘子看一看,便是一桶水倾在身上,开着口,则合不得,就轿子里不见了秀秀养娘。问那两个轿番,道:"我不知。则见他上轿,抬到这里,又不曾转动。"那汉叫将入来道:"告恩王,恁地真个有鬼。"郡王道:"却不巨耐!"教人:"捉这汉,等我取过军令状来,如今凯了一刀。"先去取下青来。那汉从来伏侍郡王,身上也有十数次官了,盖缘是粗人,只教他做排军。这汉慌了道:"见有两个轿番见证,乞叫来问。"即时叫将轿番来,道:"见他上轿,抬到这里,却不见了。"说得一般,想必真个有鬼，只消得叫将崔宁来问，便使人叫崔宁来到府中。崔宁从头至尾说了一遍。郡王道："恁地，又不干崔宁事，且放他去。"崔宁拜辞去了。郡王焦躁，把郭立打了五十背花棒。

崔宁听得说浑家是鬼，到家中问丈人丈母。两个面面厮觑，走出门，看着清湖河里扑通地都跳下水去了。当下叫"救人"，打捞，便不见了尸首。原来当时打杀秀秀时，两个老的听得说，便跳在河里，已自死了。这两个也是鬼。

崔宁到家中，没情没绪，走进房中，只见浑家坐在床上，崔宁道："告姐姐，饶我性命！"秀秀道："我因为你，吃郡王打死了，埋在后花园里。却恨郭排军多口，今日已报了冤仇，郡王已将他打了五十背花棒。如今都知道我是鬼，容身不得了。"道罢，起身双手揪住崔宁，叫得一声，四肢倒地。邻舍都来看时，只见：

　　两部脉尽总皆沉，一命已归黄壤下。

崔宁也被扯去和父母四个一块儿做鬼去了。后人评论得好：

　　咸安王捺不下烈火性，郭排军禁不住闲磕牙。

　　璩秀娘舍不得生眷属，崔待诏撇不脱鬼冤家。

## 俞伯牙摔琴谢知音[①]

冯梦龙

　　浪说曾分鲍叔金，谁人辨得伯牙琴？

　　于今交道奸如鬼，湖海空悬一片心。

古来论交情至厚，莫如管鲍。管是管夷吾，鲍是鲍叔牙。他两个同为商贾，得利均分。时管夷吾多取其利，叔牙不以为贪，知其贫也。后来管夷吾被囚，叔牙脱之，荐为齐相。这样朋友，才是个真正相知。这相知有几样名色：恩德相结者，谓之知己；腹心相照者，谓之知心；声气相求者，谓之知音；总来叫做相知。今日听在下说一桩俞伯牙的故事。列位看官们，要听者，洗耳而听。不要听者，各随尊便。正是：

　　知音说与知音听，不是知音不与谈。

话说春秋战国时，有一名公，姓俞名瑞，字伯牙，楚国郢都人氏，即今湖广荆州府之地也。那俞伯牙身虽楚人，官星却落于晋国，仕至上大夫之位。因奉晋主之命，来楚国修聘。伯牙讨这个差使，一来，是个大才，不辱君命，二来，就便省视乡里，一举两得。当时从陆路至于郢都。朝见了楚王，致了晋主之命。楚王设宴款待，十分相敬。那郢都乃是桑梓之地，少不得去看一

---

① 选自《警世通言》，明代冯梦龙编著，余雨校点，齐鲁书社 1995 年版。

看坟墓,会一会亲友。然虽如此,各事其主,君命在身,不敢迟留。公事已毕,拜辞楚王。楚王赠以黄金采缎,高车驷马。伯牙离楚一十二年,思想故国江山之胜,欲得恣情观览,要打从水路大宽转而回。乃假奏楚王道:"臣不幸有犬马之疾,不胜车马驰骤。乞假臣舟楫,以便医药。"楚王准奏。命水师拨大船二只,一正一副。正船单坐晋国来使,副船安顿仆从行李。都是兰桡画桨,锦帐高帆,甚是齐整。群臣直送至江头而别。

> 只因览胜探奇,不顾山遥水远。

伯牙是个风流才子。那江山之胜,正投其怀。张一片风帆,凌千层碧浪,看不尽遥山叠翠,远水澄清。不一日,行至汉阳江口。时当八月十五日,中秋之夜。偶然风狂浪涌,大雨如注,舟楫不能前进,泊于山崖之下。不多时,风恬浪静,雨止云开,现出一轮明月。那雨后之月,其光倍常。伯牙在船舱中,独坐无聊。命童子焚香炉内,"待我抚琴一操。以遣情怀。"童子焚香罢,捧琴囊置于案间。伯牙开囊取琴,调弦转轸,弹出一曲。曲犹未终,指下"刮喇"的一声响,琴弦绝了一根。伯牙大惊,叫童子去问船头:"这住船所在是甚么去处?"船头答道:"偶因风雨,停泊于山脚之下,虽然有些草树,并无人家。"伯牙惊讶。想道:"是荒山了。若是城郭村庄,或有聪明好学之人,盗听吾琴,所以琴声忽变,有弦断之异。这荒山下,那得有听琴之人?哦,我知道了。想是有仇家差来刺客,不然,或是贼盗伺候更深,登舟劫我财物。"叫左右:"与我上崖搜检一番。不在柳阴深处,定在芦苇丛中。"

左右领命,唤齐众人,正欲搭跳上崖。忽听岸上有人答应道:"舟中大人,不必见疑。小子并非奸盗之流,乃樵夫也。因打柴归晚,值骤雨狂风,雨具不能遮蔽,潜身岩畔。闻君雅操,少住听琴。"伯牙大笑道:"山中打柴之人,也敢称听琴二字!此言未知真伪,我也不计较了。左右的,叫他去罢。"那人不去,在崖上高声说道:"大人出言谬矣!岂不闻'十室之邑,必有忠信。''门内有君子,门外君子至。'大人若欺负山野中没有听琴之人,这夜静更深,荒崖下也不该有抚琴之客了。"伯牙见他出言不俗,或者真是个听琴的,亦未可知。止住左右不要罗唣,走近舱门,回嗔作喜的问道:"崖上那位君子,既是听琴,站立多时,可知道我适才所弹何曲?"那人道:"小子若不知,却也不来听琴了。方才大人所弹,乃孔仲尼叹颜回,谱入琴声。其词云:'可惜颜回命蚤亡,教人思想鬓如霜。只因陋巷箪瓢乐,'到这一句,就绝了琴弦,不曾抚出第四句来。小子也还记得:'留得贤名万古扬。'"

伯牙闻言,大喜道:"先生果非俗士,隔崖窎远,难以问答。"命左右:"掌跳,看扶手,请那位先生登舟细讲。"左右掌跳,此人上船,果然是个樵夫。头戴箬笠,身披草衣,手持尖担,腰插板斧,脚踏芒鞋。手下人那知言谈好歹,见是樵夫,下眼相看。"咄,那樵夫!下舱去,见我老爷叩头。问你甚么言语,小心答应。官尊着哩。"樵夫却是个有意思的,道:"列位不须粗鲁,待我解衣相见。"除了斗笠,头上是青布包巾;脱了蓑衣,身上是蓝布衫儿;搭膊栓腰,露出布裩下截。那时不慌不忙,将蓑衣、斗笠、尖担、板斧,俱安放舱门之外。脱下芒鞋,去泥水,重复穿上,步入舱来。

官舱内公座上灯烛辉煌。樵夫长揖而不跪,道:"大人施礼了。"俞伯牙是晋国大臣,眼界中那有两接的布衣。下来还礼,恐失了官体,既请下船,又不好叱他回去。伯牙没奈何,微微举手道:"贤友免礼罢。"叫童子看坐的。童子取一张杌坐儿置于下席。伯牙全无客礼,把嘴向樵夫一努道:"你且坐了。"你我之称,怠慢可知。那樵夫亦不谦让,俨然坐下。

伯牙见他不告而坐,微有嗔怪之意。因此不问姓名,亦不呼手下人看茶。默坐多时,怪而问之:"适才崖上听琴的,就是你么?"樵夫答言:"不敢。"伯牙道:"我且问你,既来听琴,必知琴之出处。此琴何人所造?抚他有甚好处?"正问之时,船头来禀话,风色顺了,月明如昼,可以开船。伯牙分付:"且慢些!"樵夫道:"承大人下问。小子若讲话絮烦,恐担误顺风行舟。"伯牙笑道:"惟恐你不知琴理。若讲得有理,就不做官,亦非大事,何况行路之迟速乎!"樵夫道:"既如此,小子方敢僭谈。此琴乃伏羲氏所琢,见五星之精,飞坠梧桐,凤凰来仪。凤乃百鸟之王,非竹实不食,非梧桐不栖,非醴泉不饮。伏羲氏知梧桐乃树中之良材,夺造化之精气,堪为雅乐,令人伐之。其树高三丈三尺,按三十三天之数,截为三段,分天、地、人三才。取上一段叩之,其声太清,以其过轻而废之;取下一段叩之,其声太浊,以其过重而废之;取中一段叩之,其声清浊相济,轻重相兼。送长流水中,浸七十二日,按七十二候之数。取起阴干,选良时吉日,用高手匠人刘子奇断成乐器。此乃瑶池之乐,故名瑶琴。长一分,按周天三百六十一度。前阔八寸,按八节;后阔四寸,按四时;厚二寸,按两仪。有金童头,玉女腰,仙人背,龙池,凤沼,玉轸,金徽。那徽有十二,按十二月;又有一中徽,按闰月。先是五条弦在上,外按五行金木水火土,内按五音宫商角徵羽。尧舜时操五弦琴,歌'南风'诗,天下大治。后因周文王被囚于羑里,吊子伯邑考,添弦一根,清幽哀怨,谓之文弦。后武王伐纣,前歌后舞,添弦一根,激烈发扬,谓之武弦。先是宫商角徵羽五弦,后加二弦,称为文武七弦琴。此琴有六忌,七不弹,八绝。何为六忌?

一忌大寒,二忌大暑,三忌大风,四忌大雨,五忌迅雷,六忌大雪。何为七不弹?

闻丧者不弹,奏乐不弹,事冗不弹,不净身不弹,衣冠不整不弹,不焚香不弹,不遇知音者不弹。

何为八绝?总之清、奇、幽、雅、悲、壮、悠、长。此琴抚到尽美尽善之处,啸虎闻而不吼,哀猿听而不啼。乃雅乐之好处也。"

伯牙听见他对答如流,犹恐是记问之学。又想道:"就是记问之学,也亏他了。我再试他一试。"此时已不似在先你我之称了。又问道："足下既知乐理，当时孔仲尼鼓琴于室中，颜回自外入。闻琴中有幽沉之声，疑有贪杀之意。怪而问之。仲尼曰：'吾适鼓琴，见猫方捕鼠，欲其得之，又恐其失之。此贪杀之意，遂露于丝桐。'始知圣门音乐之理，入于微妙。假如下官抚琴，心中有所思念，足下能闻而知之否？"樵夫道："《毛诗》云：'他人有心，予忖度之。'大人试抚弄一过，小子任心猜度。若猜不着时，大人休得见罪。"伯牙将断弦重整，沉思半晌。其意在于高山，抚琴一弄。樵夫赞道："美哉洋洋乎，大人之意，在高山也。"伯牙不答。又凝神一会，将琴再鼓。其意在于流水。樵夫又赞道："美哉汤汤乎，志在流水！"只两句道着了伯牙的心事。

伯牙大惊，推琴而起，与子期施宾主之礼。连呼："失敬失敬！石中有美玉之藏。若以衣貌取人，岂不误了天下贤士！先生高名雅姓？"樵夫欠身而答："小子姓锺，名徽，贱字子期。"伯牙拱手道："是锺子期先生。"子期转问："大人高姓，荣任何所？"伯牙道："下官俞瑞，仕于晋朝，因修聘上国而来。"子期道："原来是伯牙大人。"伯牙推子期坐于客位，自己主席相陪。命童子点茶，茶罢，又命童子取酒共酌。伯牙道："借此攀话，休嫌简亵。"子期称"不敢。"童子取过瑶琴，二人入席饮酒。伯牙开言又问："先生声口是楚人了，但不知尊居何处？"子期道："离此不远，地名马安山集贤村，便是荒居。"伯牙点头道："好个集贤村。又问："道艺何为？"子期道："也就是打柴为生。"伯牙微笑道："子期先生，下官也不该僭言，似先生这等抱负，何不求取功名，立身于廊庙，垂名于竹帛，却乃赍志林泉，混迹樵牧，与草木同朽，窃为先生不取也。"子期道："实不相瞒，舍间上有年迈二亲，下无手足相辅。采樵度日，以尽父母之余年。虽位为三公之尊，不忍易我一日之养也。"伯牙道："如此大孝，一发难得。"二人杯酒酬酢了一会。子期宠辱无惊，伯牙愈加爱重。又问子期"青春多少？"子期道："虚度二十有七。"伯牙道："下官年长一旬。子期若不见弃，结为兄弟相称，不负知音契友。"子期笑道："大人差矣。大人乃上国名公，锺徽乃穷乡贱子，怎敢仰扳，有辱俯就！"伯牙道："相识满天下，知心能几人？下官碌碌风尘，得与高贤结契，实乃生平之万幸。若以富贵贫贱为嫌，觑俞瑞为何等人乎！"遂命童子重添炉火，再爇名香，就船舱中与子期顶礼八拜。伯牙年长为兄，子期为弟。今后兄弟相称，生死不负。拜罢，复命取暖酒再酌。子期让伯牙上坐。伯牙从其言。换了杯箸，子期下席。兄弟相称，彼此谈心叙话。正是：

　　　　合意客来心不厌，知音人听话偏长。

谈论正浓，不觉月淡星稀，东方发白。船上水手都起身收拾篷索，整备开船。子期起身告辞。伯牙捧一杯酒递与子期。把子期之手叹道："贤弟，我与你相见何太迟，相别何太早！"子期闻言，不觉泪珠滴于杯中。子期一饮而尽，斟酒回敬伯牙。二人各有眷恋不舍之意。伯牙道："愚兄余情不尽，意欲曲延贤弟同行数日，未知可否？"子期道："小弟非不欲相从。怎奈二亲年老，'父母在，不远游。'"伯牙道："既是二位尊人在堂，回去告过二亲，到晋阳来看愚兄一看，这就是'游必有方'了。"子期道："小弟不敢轻诺而寡信。许了贤兄，就当践约。万一禀命于二亲，二亲不允，使仁兄悬望于数千里之外，小弟之罪更大矣。"伯牙道："贤弟真所谓至诚君子。也罢，明年还是我来看贤弟。"子期道："仁兄明岁何时到此？小弟好伺候尊驾。"伯牙屈指道："昨夜是中秋节，今日天明，是八月十六日了。贤弟，我来仍在仲秋中五六日奉访。若过了中旬，迟到季秋月分，就是爽信，不为君子。"叫童子："分付记室将锺贤弟所居地名及相会的日期，登写在日记簿上。"子期道："既如此，小弟来年仲秋中五六日准在江边侍立拱候，不敢有误。天色已明，小弟告辞了。"伯牙道："贤弟且住。"命童子取黄金二笏不用封帖，双手捧定道："贤弟，些须薄礼，权为二位尊人甘旨之费。斯文骨肉，勿得嫌轻。"子期不敢谦让，即时收下。再拜告别，含泪出舱，取尖担挑了蓑衣斗笠，插板斧于腰间，掌跳搭扶手上崖。伯牙直送至船头，各各洒泪而别。

不题子期回家之事。再说俞伯牙点鼓开船，一路江山之胜，无心观览，心心念念，只想着知音之人。又行了几日。舍舟登岸。经过之地，知是晋国上大夫，不敢轻慢，安排车马相送。直至晋阳，回复了晋主，不在话下。

光阴迅速，过了秋冬，不觉春去夏来。伯牙心怀子期，无日忘之。想着中秋节近，奏过晋主，给假还乡。晋主依允。伯牙收拾行装，仍打大宽转，从水路而行。下船之后，分付水手，但是湾泊所在，就来通报地名。事有偶然，刚刚八月十五夜，水手禀复，此去马安山不远。伯牙依稀还认得去年泊船相会子期之处。分付水手，将船湾泊，水底抛锚，崖边钉橛。其夜晴明，船舱内一线月光，射进朱帘。伯牙命童子将帘卷起，步出舱门，立于船头之上，仰观斗柄。水底天心，万顷茫然，照如白昼。思想去岁与知己相逢，雨止月明。今夜重来，又值良夜。他约定江边相候，如何全无踪影，莫非爽信！又等了一会，想道："我理会得了。江边来往船只颇多。我今日所驾的，不是去年之船了。吾弟急切如何认得。去岁我原为抚琴惊动知音。今夜仍将瑶琴抚弄一曲。吾弟闻之，必来相见。"命童子取琴桌安放船头，焚香设座。伯牙开囊，调弦转轸，才泛音律，商弦中有哀怨之声。伯牙停琴不操。"呀，商弦哀声凄切，吾弟必遭忧在家。去岁曾言父母年高。若非父丧，必是母亡。他为人至孝，事有轻重，宁失信于我，不肯失礼于亲，所以不来也。来日天明，我亲上崖探望。"叫童子收拾琴桌，下舱就寝。伯牙一夜不睡。真个巴明不明，盼晓不晓。看看月移帘影，日出山头。伯牙起来梳洗整衣，命童子携琴相随，又取黄金十镒带去。"傥吾弟居丧，可为赙礼。"踹跳登崖，行于樵径，约莫十数里，出一谷口。伯牙站住。童子禀道："老爷为何不行？"伯牙道："山分南北，路列东西。从山谷出来，两头都是大路，都去得。知道那一路往集贤村去？等个识路之人，问明了他，方才可行。"伯牙就石上少憩。童儿退立于后。

不多时，左手官路上有一老叟，髯垂玉线，发挽银丝，箬冠野服，左手举藤杖，右手携竹篮，徐步而来。伯牙起身整衣，向前施礼。那老者不慌不忙，将右手竹篮轻轻放下，双手举藤杖还礼，道："先生有何见教？"伯牙道："请问两头路，那一条路，往集贤村去的？"老者道："那两头路，就是两个集贤村。左手是上集贤村，右手是下集贤村。通衢三十里官道。先生从谷出来，正当其半。东去十五里，西去也是十五里。不知先生要往那一个集贤村？"伯牙默默无言，暗想道："吾弟是个聪明人，怎么说话这等糊涂！相会之日，你知道此间有两个集贤村，或上或下，就该说个明白了。"伯牙却才沈吟。那老者道："先生这等吟想，一定那说路的，不曾分上下，总说了个集贤村，教先生没处抓寻了。"伯牙道："便是。"老者道："两个集贤村中，有一二十家庄户，大抵都是隐遁避世之辈。老夫在这山里，多住了几年，正是'土居三十载，无有不亲人。'这些庄户，不是舍亲，就是散友。先生到集贤村必是访友。只说先生所访之友，姓甚名谁，老夫就知他住处了。"伯牙道："学生要往锺家庄去。"老者闻锺家庄三字，一双昏花眼内，扑籁籁掉下泪来，道："先生别家可去，若说锺家庄，不必去了。"伯牙惊问："却是为何？"老者道："先生到锺家庄，要访何人？"伯牙道："要访子期。"老者闻言，放声大哭道："子期锺徽，乃吾儿也。去年八月十五采樵归晚，遇晋国上大夫俞伯牙先生。讲论之间，意气相投。临行赠黄金二笏。吾儿买书攻读，老拙无才，不曾禁止。旦则采樵负重，暮则诵读辛勤，心力耗废，染成怯疾，数月之间，已亡故了。"

伯牙闻言，五内崩裂，泪如涌泉，大叫一声，傍山崖跌倒，昏绝于地。锺公用手搀扶，回顾小童道："此位先生是谁？"小童低低附耳道："就是俞伯牙老爷。"锺公道："元来是吾儿好友。"扶起伯牙苏醒。伯牙坐于地下，口吐痰涎，双手捶胸，恸哭不已。道："贤弟呵，我昨夜泊舟，还说你爽信，岂知已为泉下之鬼！你有才无寿了！"锺公拭泪相劝。伯牙哭罢起来，重与锺公施礼。不敢呼老丈，称为老伯，以见通家兄弟之意。伯牙道："老伯，令郎还是停枢在家，还是出瘗郊外了？"锺公道："一言难尽。亡儿临终，老夫与拙荆坐于卧榻之前。亡儿遗语嘱付道：'修短由天，儿生前不能尽人子事亲之道，死后乞葬于马安山江边。与晋大夫俞伯牙有约，欲践前言耳。'老夫不负亡儿临终之言。适才先生来的小路之右，一丘新土，即吾儿锺徽之冢。今日是百日之忌，老夫提一陌纸钱，往坟前烧化。何期与先生相遇！"伯牙道："既如此，奉陪老伯，就坟前一拜。"命小童"代太公提了竹篮。"锺公策杖引路，伯牙随后，小童跟定。复进谷口。果见一丘新土，在于路左。伯牙整衣下拜："贤弟，在世为人聪明，死后为神灵应。愚兄此一拜，诚永别矣！"拜罢，放声又哭。惊动山前山后，山左山右，黎民百姓，不问行的住的，远的近的，闻得朝中大臣来祭锺子期,回绕坟前,争先观看。伯牙却不曾摆得察礼,无以为情。命童子把瑶琴取出囊来,放于祭石台上,盘膝坐于坟前,挥泪两行,抚琴一操。那些看者,闻琴韵铿锵,鼓掌大笑而散。伯牙问:"老伯,下官抚琴,吊令郎贤弟,悲不能已,众人为何而笑?"锺公道:"乡野之人,不知音律。闻琴声以为取乐之具,故此长笑。"伯牙道:"原来如此。老伯可知所奏何曲?"锺么道:"老夫幼年也颇习。如今年迈,五官半废,模糊不懂久矣。"伯牙道:"这就是下官随心应手一曲短歌以吊令郎者。口诵于老伯听之。"锺公道:"老夫愿闻。"伯牙诵云:

> "忆昔去年春,江边曾会君。今日重来访,不见知音人!但见一抔土,惨然伤我心。伤心伤心复伤心,不忍泪珠纷!来欢去何苦,江畔起愁云。子期子期兮,你我千金义,历尽天涯无足语,此曲终兮不复弹,三尺瑶琴为君死!"

伯牙于衣夹间取出解手刀,割断琴弦,双手举琴,向祭石台上,用力一摔,摔得玉轸抛残,金徽零乱。锺公大惊问道:"先生为何摔碎此琴?"伯牙道:

> "摔碎瑶琴凤尾寒,子期不在对谁弹!
> 春风满面皆朋友,欲觅知音难上难。"

锺公道:"原来如此,可怜可怜!"伯牙道:"老伯高居,端的在上集贤村,还是下集贤村?"锺公道:"荒居在上集贤村第八家就是。先生如今又问他怎的?"伯牙道:"下官伤感在心,不敢随老伯登堂了。随身带得有黄金二镒,一半代令郎甘旨之奉,一半买几亩祭田,为令郎春秋扫墓之费。待下官回本朝时,上表告归林下。那时却到上集贤村,迎接老伯与老伯母同到寒家,以尽天年。吾即子期,子期即吾也。老伯勿以下官为外人相嫌。"说罢,命小僮取出黄金,亲手递与锺公,哭拜于地。锺公答拜。盘桓半晌而别。

这回书,题作《俞伯牙摔琴谢知音》。后人有诗赞云:

> 势利交怀势利心,斯文谁复念知音!
> 伯牙不作锺期逝,千古令人说破琴。

# 婴 宁[1]

蒲松龄

王子服,莒之罗店人,早孤,绝慧,十四入泮。母最爱之,寻常不令游郊野。聘萧氏,未嫁而夭,故求凰未就也。

会上元,有舅氏子吴生,邀同眺瞩。方至村外,舅家仆来,招吴去。生见

---

① 选自《聊斋志异》,清代蒲松龄著,任笃行辑校,齐鲁书社 2000 年版。

游女如云,乘兴独遨。有女郎携婢,拈梅花一枝,容华绝代,笑容可掬。生注目不移,竟忘顾忌。女过去数武,顾婢子笑曰:"个儿郎目灼灼似贼!"遗花地上,笑语自去。生拾花怅然,神魂丧失,怏怏遂返。

至家,藏花枕底,垂头而睡,不语亦不食。母忧之,醮禳益剧,肌革锐减。医师诊视,投剂发表,忽忽若迷。母抚问所由,默然不答。适吴生来,嘱秘诘之。吴至榻前,生见之泪下。吴就榻慰解,渐致研诘,生具吐其实,且求谋画。吴笑曰:"君意亦痴! 此愿有何难遂? 当代访之。徒步于野,必非世家,如其未字,事固谐矣;不然,拼以重赂,计必允遂。但得痊瘳,成事在我。"生闻之,不觉解颐。吴出告母,物色女子居里,而探访既穷,并无踪绪。母大忧,无所为计。然自吴去后,颜顿开,食亦略进。

数日吴复来,生问所谋。吴绐之曰:"已得之矣。我以为谁何人,乃我姑之女,即君姨妹,今尚待聘,虽内戚有婚姻之嫌,实告之无不谐者。"生喜溢眉宇,问:"居何里?"吴诡曰:"西南山中,去此可三十余里。"生又嘱再四,吴锐身自任而去。生由是饮食渐加,日就平复。探视枕底,花虽枯,未便彫落,凝思把玩,如见其人。怪吴不至,折柬招之,吴支托不肯赴招。生忿怒,悒悒不欢。母虑其复病,急为议姻,略与商榷,辄摇首不愿,惟日盼吴。

吴迄无耗,益怨恨之。转思三十里非遥,何必仰息他人? 怀梅袖中,负气自往,而家人不知也。伶仃独步,无可问程,但望南山行去。约三十余里,乱山合沓,空翠爽肌、寂无人行,止有鸟道。遥望谷底,丛花乱树中,隐隐有小里落。下山入村,见舍宇无多,皆茅屋,而意甚修雅。北向一家,门前皆丝柳,墙内桃杏尤繁,间以修竹,野鸟格磔其中。意其园亭,不敢遽入。回顾对户,有巨石滑洁,因坐少憩。

俄闻墙内有女子长呼:"小荣!"其声娇细。方伫听间,一女郎由东而西,执杏花一朵,俯首自簪;举头见生,遂不复簪,含笑拈花而入。审视之,即上元途中所遇也。心骤喜,但念无以阶进。欲呼姨氏,顾从无还往,惧有讹误。门内无人可问,坐卧徘徊;自朝至于日昃,盈盈望断,并忘饥渴。时见女子露半面来窥,似讶其不去者。忽一老媪扶杖出,顾生曰:"何处郎君,闻自辰刻来,以至于今。意将何为? 得勿饥耶?"生急起揖之,答云:"将以盼亲。"媪聋聩不闻;又大言之,乃问:"贵戚何姓?"生不能答。媪笑曰:"奇哉! 姓名尚自不知,何亲可探? 我视郎君亦书痴耳。不如从我来,啖以粗粝;家有短榻可卧,待明朝归,询知姓氏,再来探访不晚也。"生方腹馁思啖,又从此渐近丽人,大喜。从媪入,见门内白石砌路,夹道红花,片片坠阶上,曲折而西,又启一关,豆棚花架满庭中。肃客入舍,粉壁光如明镜;窗外海棠枝朵,探入室中;裀藉几榻,罔不洁泽。甫坐,即有人自窗外隐约相窥。媪唤:"小荣! 可速作黍。"外有婢子嗷声而应。坐次,具展宗阀。媪曰:"郎君外祖,莫姓吴否?"曰:"然。"媪惊曰:"是吾甥也! 尊堂,我妹子。年来以家窭贫,又无三尺男，遂至音问梗塞。甥长成如许，尚不相识。"生曰："此来即为姨也，匆遽遂忘姓氏。"媪曰："老身秦姓，并无诞育；弱息亦存，亦为庶产。渠母改醮，遗我鞠养。颇亦不钝，但少教训，嬉不知愁。少顷，使来拜识。"

未几，婢子具饭，雏尾盈握。媪劝餐。已，婢来敛具，媪曰："唤宁姑来。"婢应去。良久，闻户外隐有笑声。媪又唤曰："婴宁，汝姨兄在此。"户外嗤嗤笑不已。婢推之以入，犹掩其口，笑不可遏。媪嗔目曰："有客在，咤咤叱叱，是何景象！"女忍笑而立。生揖之。媪曰："此王郎，汝姨子。一家尚不相识，可笑人也！"生问："妹子年几何矣？"媪未能解。生又言之，女复笑不可仰视。媪谓生曰："我言少教诲，此可见矣。年已十六，呆痴裁如婴儿。"生曰："小于甥一岁。"曰："阿甥已十七矣，得非庚午属马者耶？"生首应之。又问："甥妇阿谁？"答曰："无之。"曰："如甥才貌，何十七岁犹未聘？婴宁亦无姑家，极相匹敌；惜有内亲之嫌。"生无语，目注婴宁，不遑他瞬。婢向女小语云："目灼灼，贼腔未改！"女又大笑，顾婢曰："视碧桃开未？"遽起，以袖掩口，细碎连步而出。至门外，笑声始纵。媪亦起，唤婢襆被，为生安置。曰："阿甥来不易，宜留三五日，迟迟送汝归。如嫌幽闷，舍后有小园，可供消遣；有书可读。"

次日，至舍后，果有园半亩，细草铺毡，杨花糁径；有草舍三楹，花木四合其所。穿花小步，闻树头苏苏有声；仰视，则婴宁在上，见生来，狂笑欲堕。生曰："勿尔，堕矣！"女且下且笑，不能自止；方将及地，失手而堕，笑乃止。生扶之，阴捘其腕。女笑又作，倚树不能行，良久乃罢。生俟其笑歇，乃出袖中花示之。女接之，曰："枯矣！何留之？"曰："此上元妹子所遗，故存之。"问："存之何意？"曰："以示相爱不忘也。自上元相遇，凝思成病，自分化为异物；不图得见颜色，幸垂怜悯。"女曰："此大细事，至戚何所靳惜？待郎行时，园中花，当唤老奴来，折一巨捆负送之。"生曰："妹子痴耶？"女曰："何便是痴？"生曰："我非爱花，爱拈花之人耳。"女曰："葭莩之情，爱何待言。"生曰："我所为爱，非瓜葛之爱，乃夫妻之爱。"女曰："有以异乎？"曰："夜共枕席耳。"女俯首思良久，曰："我不惯与生人睡。"语未已，婢潜至，生惶恐遁去。

少时，会母所，母问："何往？"女答以园中共话。媪曰："饭熟已久，有何长言，周遮乃尔。"女曰："大哥欲我共寝。"言未已，生大窘，急目瞪之。女微笑而止。幸媪不闻，犹絮絮究诘。生急以他词掩之，因小语责女。女曰："适此语不应说耶？"生曰："此背人语。"女曰："背他人，岂得背老母。且寝处亦常事，何讳之？"生恨其痴，无术可悟之。食方竟，家人捉双卫来寻生。先是，母待生久不归，始疑，村中搜觅已遍，竟无踪兆，因往询吴。吴忆曩言，因教于西南山村行觅。凡历数村，始至于此。生出门，适相值，便入告媪，且请偕女同归。媪喜曰："我有志，匪伊朝夕。但残躯不能远涉；得甥携妹子去，识认阿姨，大好。"呼婴宁，宁笑至。媪曰："有何喜，笑辄不辍？若不笑，当为全人。"因怒之以目，乃曰："大哥欲同汝去，可装束。"又饷家人酒食，始送之出，曰:"姨家田产丰裕,能养冗人。到彼且勿归,小学诗礼,亦好事翁姑。即烦阿姨择一良匹与汝。"二人遂发。至山坳回顾,犹依稀见媪倚门北望也。

抵家,母睹姝丽,惊问为谁。生以姨女对。母曰:"前吴郎与儿言者,诈也。我未有姊,何以得甥?"问女,女曰:"我非母出。父为秦氏,没时,儿在襁中,不能记忆。"母曰:"我一姊适秦氏,良确。然殂谢已久,那得复存?"因审诘面庞志赘,一一符合。又疑曰:"是矣!然亡已多年,何得复存?"疑虑间,吴生至,女避入室。吴询得故,惘然久之,忽曰:"此女名婴宁耶?"生然之。吴极称怪事。问所自知,吴曰:"秦家姑去世后,姑丈鳏居,祟于狐,病瘵死。狐生女名婴宁,绷卧床上,家人皆见之。姑丈殁,狐犹时来;后求天师符粘壁间,狐遂携女去。将勿此耶?"彼此疑参,但闻室中吃吃,皆婴宁笑声。母曰:"此女亦太憨生。"吴请面之。母入室,女犹浓笑不顾。母促令出,始极力忍笑,又面壁移时方出。才一展拜。翻然遽入,放声大笑。满室妇女为之粲然。吴请往觇其异,就便执柯。寻至村所,庐舍全无,山花零落而已。吴忆葬处,仿佛不远,然坟垄湮没,莫可辨识,诧叹而返。母疑其为鬼,入告吴言,女略无骇意;又吊其无家,亦殊无悲意,孜孜憨笑而已。众莫之测,母令与少女同寝止,昧爽即来省问,操女红精巧绝伦。但善笑,禁之亦不可止;然笑处嫣然,狂而不损其媚,人皆乐之。邻女少妇,争承迎之。母择吉将为合卺,而终恐为鬼物;窃于日中窥之,形影殊无少异。至日,使华装行新妇礼;女笑极不能俯仰,遂罢。生以憨痴,恐泄漏房中隐事,而女殊密秘,不肯道一语。每值母忧怒,女至,笑即解。奴婢小过,恐遭鞭楚,辄求诣母共话,罪婢投见,恒得免。而爱花成癖,物色遍戚党;窃典金钗,购佳种,数月,阶砌藩溷,无非花者。

庭后有木香一架,故邻西家。女每攀登其上,摘供簪玩。母时遇见辄诃之。女卒不改。一日西人子见之,凝注倾倒。女不避而笑。西人子谓女意已属,心益荡。女指墙底,笑而下,西人子谓示约处,大悦。及昏而往,女果在焉,就而淫之,则阴如锥刺,痛彻于心,大号而踣。细视非女,则一枯木卧墙边,所接乃水淋窍也。邻父闻声,急奔研问,呻而不言。妻来,始以实告。爇火烛窍,见中有巨蝎,如小蟹然,翁碎木捉杀之。负子至家,半夜寻卒。邻人讼生;讦发婴宁妖异。邑宰素仰生才,稔知其笃行士,谓邻翁讼诬,将杖责之。生为乞免,遂释而出。母谓女曰:"憨狂尔尔,早知过喜而伏忧也。邑令神明,幸不牵累;设鹘突官宰,必逮妇女质公堂,我儿何颜见戚里?"女正色,矢不复笑。母曰:"人罔不笑,但须有时。"而女由是竟不复笑,虽故逗之亦终不笑,然竟日未尝有戚容。

一夕,对生零涕。异之,女哽咽曰:"曩以相从日浅,言之恐致骇怪。今日察姑及郎皆过爱,无有异心,直告或无妨乎?妾本狐产。母临去,以妾托鬼母。相依十余年,始有今日。妾又无兄弟,所恃者惟君。老母岑寂山阿,无人怜而合厝之,九泉辄为悼恨。君倘不惜烦费,使地下人消此怨恫,庶养女者不忍溺弃。"生诺之,然虑坟冢迷于荒草。女但言无虑。刻日,夫妻舆榇而往。女于荒烟错楚中,指示墓处,果得妪尸,肤革犹存。女抚哭哀痛。舁归,寻秦氏墓合葬焉。是夜生梦妪来称谢,寤而述之,女曰:"妾夜见之,嘱勿惊郎君耳。"生恨不遨留。女曰:"彼鬼也。生人多,阳气胜,何能久居?"生问小荣,曰:"是亦狐,最黠。狐母留以视妾,每摄饵相哺,故德之常不去心。昨问母,云已嫁之。"由是岁值寒食,夫妇登秦墓,拜扫无缺。女逾年生一子。在怀抱中,不畏生人,见人辄笑,亦大有母风云。

异史氏曰:"观其孜孜憨笑,似全无心肝者;而墙下恶作剧,其黠孰甚焉。至凄恋鬼母,反笑为哭,我婴宁殆隐于笑者矣。窃闻山中有草,名'笑矣乎',嗅之,则笑不可止。房中植此一种,则合欢、忘忧并无颜色矣;若解语花,正嫌其作态耳。"

## 一个陌生女人的来信[①]

[奥地利]茨威格

著名小说家R·到山里去进行了一次为时三天的郊游之后,这天清晨返回维也纳,在火车站买了一份报纸。他看了一眼日期,突然想起,今天是他的生日。"四十一岁了",这个念头很快地在他脑子里一闪,他心里既不高兴也不难过。他随意地翻阅一下沙沙作响的报纸的篇页,便乘坐小轿车回到他的寓所。仆人告诉他,在他离家期间有两位客人来访,有几个人打来电话,然后有一张托盘把收集起来的邮件交给他。他懒洋洋地看了一眼,有几封信的寄信人引起他的兴趣,他就拆开信封看看;有一封信字迹陌生,摸上去挺厚,他就先把它搁在一边。这时仆人端上茶来,他就舒舒服服地往靠背椅上一靠,再一次信手翻阅一下报纸和几份印刷品;然后点上一支雪茄,这才伸手去把那封搁在一边的信拿过来。

这封信大约有二三十页,是个陌生女人的笔迹,写得非常潦草,与其说是一封信,毋宁说是一份手稿。他不由自主地再一次去摸摸信封,看里面是不是有什么附件没取出来,可是信封是空的。无论信封还是信纸都没写上寄信人的地址,甚至连个签名也没有。他心想"真怪",又把信拿到手里来看。"你,从来也没有认识过我的你啊!"这句话写在顶头,算是称呼,算是标题。他不胜惊讶地停了下来;这是指他呢,还是指的一个想象中的人呢?他的好奇心突然被激起。他开始往下念:

我的儿子昨天死了——为了这条幼小娇弱的生命,我和死神搏斗了三天三夜,我在他的床边足足坐了四十个小时,当时流感袭击着他,他发着高

① 节选自《一个陌生女人的来信》《斯·茨威格中短篇小说选》,张玉书译,人民文学出版社2006年版。

烧,可怜的身子烧得滚烫。我把冷毛巾放在他发烫的额头上,成天成夜地把他那双不时抽动的小手握在我的手里。到第三天晚上我自己垮了。我的眼睛再也支持不住,我自己也不知道,我的眼皮就合上了。我坐在一把硬椅子上睡了三四个钟头,就在这时候,死神把他夺走了。这个温柔的可怜的孩子此刻就躺在那儿,躺在他那窄小的儿童床上,就和人死去的时候一样;他的眼睛,他那双聪明的黑眼睛,刚刚给合上了,他的双手也给合拢来,搁在他的白衬衫上面,床的四角高高地燃着四支蜡烛。我不敢往床上看,我动也不敢动,因为烛光一闪,影子就会从他脸上和他紧闭着的嘴上掠过,于是看上去,就仿佛他脸上的肌肉在动,我就会以为,他没有死,他还会醒过来,还会用他那清脆的嗓子给我说些孩子气的温柔的话儿。可是我知道,他死了,我不愿意往床上看,免得再一次心存希望,免得再一次遭到失望。我知道,我知道,我的儿子昨天死了——现在我在这个世界上只有你,只有你一个人,而你对我一无所知,你正在寻欢作乐,什么也不知道,或者正在跟人家嬉笑调情。我只有你,你从来也没有认识过我,而我却始终爱着你。

我把第五支蜡烛取过来放在这张桌子上,我就在这张桌子上写信给你。我怎能孤单单地守着我死了的孩子,而不向人倾吐我心底的衷情呢? 而在这可怕的时刻,不跟你说又叫我去跟谁说呢? 你过去是我的一切啊! 也许我没法跟你说得清清楚楚,也许你也不明白我的意思——我的脑袋现在完全发木,两个太阳穴在抽动,像有人用槌子在敲,我的四肢都发疼。我想我在发烧,说不定也得了流感,此刻流感正在挨家挨户地蔓延扩散,要是得了流感倒好了,那我就可以和我的孩子一起去了,省得我自己动手来了结我的残生。

有时候我眼前一片漆黑,也许我连这封信都写不完——可是我一定要竭尽我的全力,振作起来,和你谈一次,就谈这一次,你啊,我的亲爱的,从来也没有认识过我的你啊!

我要和你单独谈谈,第一次把一切都告诉你;我要让你知道我整个的一生一直是属于你的,而你对我的一生却始终一无所知。可是只有我死了,你再也用不着回答我了,此刻使我四肢忽冷忽热的疾病确实意味着我的生命即将终结,那我才让你知道我的秘密。要是我还得活下去,我就把这封信撕掉,我将继续保持沉默,就像我过去一直沉默一样。可是如果你手里拿着这封信,那你就知道,是个已死的女人在这里向你诉说她的身世,诉说她的生活,从她有意识的时候起,一直到她生命的最后一刻为止,她的生命始终是属于你的。看到我这些话你不要害怕;一个死者别无企求,她既不要求别人的爱,也不要求同情和慰藉。我对你只有一个要求,那就是请你相信我那向你吐露隐衷的痛苦的心所告诉你的一切。请你相信我所说的一切,这是我对你唯一的请求:一个人在自己的独生子死去的时刻是不会说谎的。

　　我要把我整个的一生都向你倾诉,我这一生实在说起来是我认识你的那一天才开始的。在这以前,我的生活只是阴惨惨、乱糟糟的一团,我再也不会想起它来,它就像是一个地窖,堆满了尘封霉湿的人和物,上面还结着蛛网,对于这些,我的心早已非常淡漠。你在我生活出现的时候,我十三岁,就住在你现在住的那幢房子里,此刻你就在这幢房子里,手里拿着这封信,我生命的最后一息。我和你住在同一层楼,正好门对着门。你肯定再也想不起我们,想不起那个寒酸的会计员的寡妇(她总是穿着孝服)和她那尚未长成的瘦小的女儿——我们深居简出,不声不响,仿佛沉浸在我们小资产阶级的穷酸气氛之中——你也许从来也没有听见过我们的姓名,因为在我们的门上没有挂牌子,没有人来看望我们,没有人来打听我们。况且事情也已经过了好久了,都有十五六年了,你一定什么也不知道,我的亲爱的。可是我呢,啊,我热烈地回忆起每一份细节,我清清楚楚地记得我第一次听人家说起你,第一次看到你的那一天,不,那一小时,就像发生在今天,我又怎么能不记得呢? 因为就是那时候世界才为我而开始啊。耐心点,亲爱的,等我把以前都从头说起,我求你,听我谈自己谈一刻钟,别厌倦,我爱了你一辈子也没有厌倦啊!

　　在你搬进来以前,你那屋子里住的人丑恶凶狠,吵架成性。他们自己穷得要命,却特别嫌恶邻居的贫穷,他们恨我们,因为我们不愿意染上他们那种破落的无产者的粗野。这家的丈夫是个酒鬼,老是揍老婆;我们常常在睡到半夜被椅子倒地、盘子摔碎的声音惊醒。有一次那老婆给打得头破血流,披头散发地逃到楼梯上面,那个酒鬼在她身后粗声大叫,最后大家都开门出来,威胁他要去叫警察,风波才算平息。我母亲从一开始就避免和这家人有任何来往,禁止我和这家的孩子一块儿玩,他们于是一有机会就在我身上找茬出气。他们要是在大街上碰到我,就在我身后嚷些脏话,有一次他们用挺硬的雪球扔我,扔得我额头流血。全楼的人怀着一种共同的本能,都恨这家人,突然有一天出了事,我记得,那个男人偷东西给抓了起来,那个老婆只好带着她那点家当搬了出去,这下我们大家都松了一口气。招租的条子在大门上贴了几天,后来又给揭下来了,从门房那里很快传开了消息,说是有个作家,一位单身的文静的先生租了这个住宅。当时我第一次听到你的姓名。

　　几天以后,油漆匠、粉刷匠、清洁工、裱糊匠就来打扫收拾屋子,给原来的那家人住过,屋子脏极了。于是楼里只听见一阵叮叮当当的敲打声、拖地声、刮墙声,可是我母亲倒很满意,她说,这一来对面讨厌的那一家子总算再也不会和我们为邻了。而你本人呢,在搬家的时候我也还没见到你的面;搬迁的全部工作都是你的仆人照料的,这个小个子的男仆,神态严肃,头发灰白,总是轻声轻气地、十分冷静地带着一种居高临下的神气指挥着全部工作。他给我们大家留下了深刻的印象,因为首先在我们这幢坐落在郊区的房子里,上等男仆可是一件十分新颖的事物,其次因为他对所有的人都客气得要命,可是又不因此降低身份,把自己混同于一般的仆役,和他们亲密无间地谈天说地。他从第一天起就毕恭毕敬地和我母亲打招呼,把她当作一位有身份的太太;甚至对我这个小毛丫头,他也总是态度和蔼、神情严肃。他一提起你的名字,总是打着一种尊敬的神气,一种特别的敬意——别人马上就看出,他和你的关系,远远超出一般主仆之间的关系。为此我是多么喜欢他阿!这个善良的老约翰,尽管我心里暗暗地忌妒他,能够老是呆在你的身边,老是可以侍候你。

我把这以前都告诉你,亲爱的,把这以前琐碎的简直可笑的事情喋喋不休地说给你听,为了让你明白,你从一开始就对我这个生性腼腆、胆怯羞涩的女孩子具有这样巨大的力量。

你自己还没有进入我的生活,你的身边就出现了一个光圈,一种富有、奇特、神秘的氛围——我们住在这幢郊区房子里的人一直非常好奇地、焦灼不耐地等你搬进来住(生活在狭小天地里的人们,对门口发生的以前新鲜事儿总是非常好奇的)。有一天下午,我放学回家,看见搬运车停在楼前,这时我心里对你的好奇心大大地增涨起来。大部分家具,凡是笨重的大件,搬运夫早已把它们抬上楼去了;还有一些零星小件正在往上拿。我站在门口,惊奇地望着一切,因为你所有的东西都很奇特,都是那么别致,我从来也没有见过;有印度的佛像,意大利的雕刻,色彩鲜艳刺目的油画,末了又搬来好些书,好看极了,我从来没想到过,书会这么好看。这些书都码在门口,你的仆人把它们拿起来,用掸子仔细地把每本书上的灰尘都掸掉。我好奇心切,轻手轻脚地围着那堆越码越高的书堆,边走边看,你的仆人既不把我撵走,也不鼓励我走近;所以我一本书也不敢碰,尽管我心里真想摸摸有些书的软皮封面。我只是怯生生地从旁边看看书的标题:这里有法文书、英文书,还有些书究竟是什么文写的,我也不认得。我想,我真会一连几小时傻看下去的,可是我的母亲把我叫回去了。

整个晚上我都不由自主地老想着你,而我当时还不认识你呢。我自己只有十几本书,价钱都很便宜,都是用破烂的硬纸做的封面,这些书我爱若至宝,读了又读。这时我就寻思,这个人有那么多漂亮的书,这些书他都读过,他还懂那么多文字,那么有钱,同时又那么有学问,这个人该长成一副什么模样呢?一想到这么多书,我心里不由得产生一种超凡脱俗的敬畏之情。我试图想象你的模样:你是个戴眼镜的老先生,蓄着长长的白胡子,就像我们的地理老师一样,所不同的只是,你更和善,更漂亮,更温雅——我不知道,为什么我在当时就确有把握地认为,你准长得漂亮,因为我当时想象中你还是个老头呢。在那天夜里,我还不认识你,我就第一次做梦梦见了你。

第二天你搬进来住了,可是我尽管拼命侦察,还是没能见你的面——这只有使我更加好奇。最后，到第三天，我才看见你。

你的模样和我想象完全不同，跟我那孩子气的想象中的老爷爷的形象毫不沾边，我感到非常意外，深受震惊。我梦见的是一个戴眼镜的和蔼可亲的老年人，可你一出现，——原来你的模样跟你今天的样子完全相似，原来你这个人始终没有变化，尽管岁月在你身上缓缓地流逝！你穿着一身迷人的运动服，上楼的时候总是两级一步，步伐轻捷，活泼灵敏，显得十分潇洒。你把帽子拿在手里，所以我一眼就看见了你的容光焕发、表情生动的脸，长了一头光泽年轻的头发，我的惊讶简直难以形容：的确，你是那样的年轻、漂亮，身材颀长，动作灵巧，英俊潇洒，我真的吓了一跳。你说这事不是很奇怪吗？在这最初的瞬间我就非常清晰地感觉到你所具有的独特之处，不仅是我，凡是和你认识的人都怀着一种意外的心情在你身上一再感觉到：你是一个具有双重人格的人，既是一个轻浮、贪玩、喜欢奇遇的热情少年，同时又是一个在你从事的那门艺术方面无比严肃、认真负责、极为渊博、很有学问的长者。我当时无意识地感觉到了后来每个人在你身上都得到的那种印象：你过着一种双重生活，既有对外界开放的光亮的一面，另外还有十分阴暗的一面，这一面只有你一个人知道——这种最深藏的两面性是你一生的秘密，我这个十三岁的姑娘，第一眼就感觉到了你身上的这种两重性，当时像着了魔似的被你吸引住了。

你现在明白了吧，亲爱的，你当时对我这个孩子该是一个多么不可思议的奇迹，一个多么诱人的谜啊！这是一位大家尊敬的人物，因为他写了好些书，因为他在另一个大世界里声名卓著，可是现在突然发现这个人年轻潇洒，是个性格开朗的二十五岁的青年！还要我对你说吗，从这天起，在我们这所房子里，在我整个可怜的儿童世界里，除了你再也没有什么别的东西使我感到兴趣；我本着一个十三岁的女孩的全部傻劲儿，全部追根究底的执拗劲头，只对你的生活、只对你的存在感兴趣！我仔细地观察你，观察你的出入起居，观察那些来找你的人，所有这一切，非但没有削弱、反而增强了我对你这个人的好奇心，因为来看你的人形形色色，各不相同，这就表现出了你性格中的两重性。有时来了一帮年轻人，是你的同学，一批不修边幅的大学生，你跟他们一起高声大笑、发疯胡闹，有时候又有些太太们乘着小轿车来，有一次歌剧院经理来了，那个伟大的指挥家，我只有满怀敬意地从远处看见他站在乐谱架前，再就是一些还在上商业学校的姑娘们，她们很不好意思的一闪身就溜进门去，来的女人很多，多极了。我不觉得这有什么奇怪，有一天早上我上学去的时候，看见有位太太脸上蒙着厚厚的面纱从你屋里出来，我也不觉得这有什么特别——我那时才十三岁，怀着一种热烈的好奇心，刺探你行踪，偷看你的举动，我还是个孩子，不知道这种好奇心就已经是爱情了。可是我还清楚记得，亲爱的，我整个地爱上你，永远迷上你的那一天，那个时刻。那天,我跟一个女同学去散了一会儿步,我们俩站在大门口闲聊。这时驰来一辆小汽车,车刚停下,你就以你那种急迫不耐的、轻捷灵巧的方式从车上一跃而下,这样子至今还叫我动心。你下了车想走进门去,我情不自禁地给你把门打开,这样我就挡了你的道,我俩差点撞在一起。你看了我一眼,那眼光温暖、柔和、深情,活像是对我的爱抚,你冲着我一笑,用一种非常轻柔的、简直说是亲昵的声音对我说:"多谢,小姐。"

全部经过就是这样,亲爱的;可是从我接触到你那充满柔情蜜意的眼光之时起,我就完全属于你了。我后来、我不久之后就知道,你的这道目光好像是把对方拥抱起来,吸引到你身边,既脉脉含情,又荡人心魄,这是一个天生的诱惑者的眼光,你向每一个从你身边走过的女人都投以这样的目光,向每一个卖东西给你的女店员,向每一个给你开门的使女都投以这样的目光。这种眼光在你身上并不是有意识地表示多情和爱慕,而是你对女人怀有的柔情使你一看见她们,你的眼光便不知不觉地变得温柔起来。可是我这个十三岁的孩子对此一无所知:我的心里像着了火似的。我以为你的柔情蜜意只针对我,是给我一个人的。就在这一瞬间,我这个还没有成年的姑娘一下子就成长为一个女人,而这个女人从此永远属于你了。

"这人是谁啊?"我的女同学问道。我一下子答不上来。你的名字我怎么着也说不出口:就在这一秒钟,在这唯一的一秒钟里,你的名字在我心目中变得无比神圣,成了我心里的秘密。"唉,住在我们楼里的一位先生呗!"我结结巴巴笨嘴拙腮地说道。"那他看你一眼,你干吗脸涨得通红啊!"我的女同学以一个好管闲事的女孩子的阴坏的神气,连嘲带讽地说道。可是恰巧因为我感觉到她的讽刺正好捅着了我心里的秘密,血就更往我的脸颊上涌。

窘迫之余我就生气了。我恶狠狠地说了她一句:"蠢丫头!"我当时真恨不得把她活活勒死。可是她笑得更欢,讽刺的神气更加厉害,末了我发现,我火得没法,眼睛里都噙满了眼泪。我不理她,一口气跑上楼去了。

从这一秒钟起,我就爱上了你。我知道,女人们经常向你这个娇纵惯了的人说这句话。可是请相信我,没有一个女人像我这样死心塌地地、这样舍身忘己地爱过你,我对你从不变心,过去是这样,一直是这样,因为在世界上没有什么东西可以比得上一个孩子暗中怀有的不为人所觉察的爱情,因为这种爱情不抱希望,低声下气,曲意逢迎,委身屈从,热情奔放,这和一个成年妇女的那种欲火炽烈、不知不觉中贪求无厌的爱情完全不同。只有孤独的孩子才能把全部热情集聚起来,其他的人在社交活动中早已滥用了自己的感情,和人亲切交往中早已把感情消磨殆尽,他们经常听人谈论爱情,在小说里常常读到爱情,他们知道,爱情乃是人们共同的命运。他们玩弄爱情,就像摆弄一个玩具,他们夸耀自己恋爱的经历,就像男孩抽了第一支香烟而洋洋得意。可我身边没有别人，我没法向别人诉说我的心事，没有人指点我、提醒我，我毫无阅历，毫无思想准备：我一头栽进我的命运，就像跌进一个深渊。我心里只有一个人，那就是你，我睡梦中也只看见你，我把你视为知音：我的父亲早已去世，我的母亲成天心情压抑，郁郁不乐，靠养老金生活，总是胆小怕事，所以和我也不贴心；那些多少有点变坏的女同学叫我反感，她们轻佻地把爱情看成儿戏，而在我的心目中，爱情却是我至高无上的激情——所以我把原来分散零乱的全部感情，把我整个紧缩起来而又一再急切向外迸涌的心灵都奉献给你。我该怎么对你说才好呢？任何比喻都嫌不足，你是我的一切，是我整个的生命。世上万物因为和你有关才存在，我生活中的一切只有和你连在一起才有意义。你使我整个生活变了样。我原来在学校里学习一直平平常常，不好不坏，现在突然一跃成为全班第一，我如饥似渴地念了好些书，常常念到深夜，因为我知道，你喜欢书本；我突然以一种近乎倔强的毅力练起钢琴来了，使我母亲不胜惊讶，因为我想，你是热爱音乐的。我把我的衣服刷了又刷，缝了又缝，就是为了在你面前显得干干净净，讨人喜欢。我那条旧的校服罩裙（是我母亲穿的一件家常便服改的）的左侧打了个四四方方的补丁，我觉得讨厌极了。我怕你会看见这个补丁，于是看不起我，所以我跑上楼梯的时候，总把书包盖着那个地方，我害怕得浑身哆嗦，唯恐你会看见那个补丁。可是这是多么傻气啊！你在那次以后从来也没有、几乎从来也没有正眼看过我一眼。而我呢，我可以说整天什么也不干，就是在等你，在窥探你的一举一动。在我们家的房门上面有一个小小的黄铜窥视孔，透过这个圆形小窗孔一直可以看到你的房门。这个窥视孔就是我伸向世界的眼睛——啊，亲爱的，你可别笑，我那几个月，那几年，手里拿着一本书，一下午一下午地就坐在小窗孔跟前，坐在冰冷的门道里守候着你，提心吊胆地生怕母亲疑心，我的心紧张得像根琴弦，你一出现，它就颤个不停。直到今天想到这些的时候，我都并不害臊。我的心始终为你而紧张，为你而颤动；可是你对此毫无感觉，就像你口袋里装了怀表，你对它绷紧的发条没有感觉一样。这根发条在暗中为你耐心地数着你的钟点，计算着你的时间，以它听不见的心跳陪着你东奔西走，而你在它那滴答不停的几百万秒当中，只有一次向它匆匆瞥了一眼。你的什么事情我都知道，我知道你的每一个生活习惯，认得你的每一根领带、每一套衣服，认得你的一个一个的朋友，并且不久就能把他们加以区分，把他们分成我喜欢的和我讨厌的两类：我从十三岁到十六岁，每一小时都是在你身上度过的。唉，我干了多少傻事啊！我亲吻你的手摸过的门把，我偷了一个你进门之前扔掉的雪茄烟头，这个烟头我视若圣物，因为你嘴唇接触过它。晚上我百次地借故跑下楼去，到胡同里去看看你哪间屋里还亮着灯光，用这样的办法来感觉你那看不见的存在，在想象中亲近你。你出门旅行的那些礼拜里——我一看见那善良的约翰把你的黄色旅行袋提下去,我的心便吓得停止了跳动——那些礼拜里我虽生犹死,活着没有一点意思。我心情恶劣,百无聊赖,茫茫然不知所从,我得十分小心,别让我母亲从我哭肿了的眼睛看出我绝望的心绪。

我知道,我现在告诉你的这些事都是滑稽可笑的荒唐行径,孩子气的蠢事。我应该为这些事而感到羞耻,可是我并不这样,因为我对你的爱从来也没有像在这种天真的感情流露中表现得更纯洁更热烈的了。要我说,我简直可以一连几小时,一连几天几夜地跟你说,我当时是如何和你一起生活的,而你呢几乎都没跟我打过一个照面,因为每次我在楼梯上遇见你,躲也躲不开了,我就一低头从你身边跑上楼去,为了怕见你那火辣辣的眼光,就像一个人怕火烧着,而纵身跳水投河一样。要我讲,我可以一连几小时,一连几天几夜地跟你讲你早已忘却的那些岁月,我可以给你展开一份你整个一生的全部日历;可是我不愿使你无聊,不愿使你难受。我只想把我童年时代最美好的一个经历再告诉你,我求你别嘲笑我,因为这只不过是微不足道的小事一桩,而对我这个孩子来说,这可是了不起的一件大事。大概是个星期天,你出门旅行去了,你的仆人把他拍打干净的笨重地毯从敞开着的房门拖进屋去。这个好心人干这个活非常吃力,我不晓得从哪儿来的一股勇气,便走了过去,问他要不要我帮他的忙。他很惊讶,可还是让我帮了他一把,于是我就看见了你的寓所的内部——我实在没法告诉你,我当时怀着何等敬畏甚至虔诚的心情!我看见了你的天地,你的书桌,你经常坐在这张书桌旁边,桌上供了一个蓝色的水晶花瓶,瓶里插着几朵鲜花,我看见了你柜子,你的画,你的书。我只是匆匆忙忙地向你的生活偷偷地望了一眼,因为你的忠仆约翰一定不会让我仔细观看的,可是就这么一眼我就把你屋里的整个气氛都吸收进来,使我无论醒着还是睡着都有足够的营养供我神思梦想。

就这匆匆而逝的一分钟是我童年时代最幸福的时刻。我要把这个时刻告诉你,是为了让你——你这个从来也没有认识过我的人啊——终于感到,有一个生命依恋着你,并且为你而憔悴。我要把这个最幸福的时刻告诉你,同时我要把那最可怕的时刻也告诉你,可惜这二者竟挨得如此之近!我刚才已经跟你说过了,为了你的缘故,我什么都忘了,我没有注意我的母亲,我对谁也不关心。我没有发现,有个上了年纪的男人,一位因斯布鲁克地方的商人和我母亲沾点远亲,这时经常来作客,一呆就是好长时间;是啊,这只有使我高兴,因为他有时带我母亲去看戏,这样我就可以一个人呆在家里,想你,守着看你回来,这可是我唯一的至高无上的幸福啊!结果有一天我母亲把我叫到她房里去,唠唠叨叨说了好些,说是要和我严肃地谈谈。我的脸刷的一下发白了,我的心突然怦怦直跳:莫非她预感到了什么,猜到了什么不成?我的第一个念头就想到你,想到我的秘密,它是我和外界发生联系的纽带。

　　可是我妈自己倒显得非常忸怩，她温柔地吻了我一两下，（平时她是从来也不吻我的），把我拉到沙发上坐到她的身边，然后吞吞吐吐、羞羞答答地开始说道，她的亲戚是个死了妻子的单身汉，现在向她求婚，而她主要是为我着想，决定接受他的请求。一股热血涌到我的心里，我心里只有一个念头，我想到你。"那咱们还住在这儿吧？"我只能结结巴巴地说出这么一句话。"不，我们搬到因斯布鲁克去住，斐迪南在那儿有座漂亮的别墅。"她说的别的话我都没有听见。我突然眼前一黑。后来我听说，我当时晕过去了。我听见我的母亲对我那位等在门背后的继父低声说，我突然伸开双手向后一仰，就像铅块似的跌到地上。以后几天发生过什么事情，我这么一个无权自主的孩子又怎样抵挡他们压倒一切的意志，这一切我都没法向你形容：直到现在，我一想到当时，我这握笔的手就抖了起来。我真正的秘密我又不能泄露，结果我的反对在他们看来就纯粹是脾气倔强、固执己见、心眼狠毒的表现。谁也不再答理我，一切都背着我进行。他们利用我上学的时间搬运东西：等我放学回家，总有一件家具搬走了或者卖掉了。我眼睁睁地看着我的家搬空了，我的生活也随之毁掉了。有一次我回家吃午饭，搬运工人正在包装家具，把所有的东西都搬走。在空荡荡的房间里放着收拾停当的箱子以及给我母亲和我准备的两张行军床：我们还得在这儿过一夜，最后一夜，明天就乘车到因斯布鲁克去。

　　在这最后一天我突然果断地感觉到，不在你的身边，我就没法活下去。除了你我不知道还有什么别的救星。我一辈子也说不清楚，我当时是怎么想的，在这绝望的时刻，我是否真正能够头脑清醒地进行思考，可是突然——我妈不在家——我站起身来，身上穿着校服，走到对面去找你。不，我不是走过去的：一种内在的力量像磁铁，把我僵手僵脚地、四肢哆嗦地吸引到你的门前。我已经跟你说过了，我自己也不明白，我到底打算怎么样：我想跪倒在你的脚下，求你收留我做你的丫头，做你的奴隶。我怕你会取笑一个十五岁的女孩子的这种纯洁无邪的狂热之情，可是亲爱的，要是你知道，我当时如何站在门外冷气彻骨的走廊里，吓得浑身僵直，可是又被一股难以捉摸的力量所驱使，移步向前，我如何使了大劲儿，挪动抖个不住的胳臂，伸出手去——这场斗争经过了可怕的几秒钟，真像是永恒一样漫长——用指头去按你的门铃，要是你知道了这一切，你就不会取笑了。刺耳的铃声至今还在我耳边震响，接下来是一片寂静，我的心脏停止了跳动，我周身的鲜血也凝结不动，我凝神静听，看你是否走来开门。

　　可是你没有来。谁也没有来。那天下午你显然不在家里，约翰大概出去办事了，所以我只好摇摇晃晃地拖着脚步回到我们搬空了家具、残破不堪的寓所，门铃的响声还依然在我耳际萦绕，我精疲力竭地倒在一床旅行毯上，从你的门口到我家一共四步路，走得疲惫不堪，就仿佛我在深深的雪地里跋涉了几个小时似的。可是尽管精疲力尽，我想在他们把我拖走之前看你一眼，和你说说话的决心依然没有泯灭。我向你发誓，这里面丝毫也不掺杂情欲的念头，我当时还是个天真无邪的姑娘，除了你以外实在别无所想：我一心只想看见你，再见你一面，紧紧地依偎在你的身上。于是整整一夜，这可怕的漫长的一夜，亲爱的，我一直等着你。我妈刚躺下睡着，我就轻手轻脚地溜到门道里，尖起耳朵倾听，你什么时候回家。我整夜都等着你，这可是个严寒冷冻的一月之夜啊。我疲惫困倦，四肢酸疼，门道里已经没有椅子可坐，我就趴在地上，从门底下透过来阵阵寒风。我穿着单薄的衣裳躺在冰冷的使人浑身作疼的硬地板上，我没拿毯子，我不想让自己暖和，唯恐一暖和就会睡着，听不见你的脚步声。躺在那里浑身都疼，我的两脚抽筋，蜷缩起来，我的两臂索索只抖：我只好一次次地站起身来，在这可怕的黑咕隆咚的门道里实在冷得要命。可是我等着，等着，等着你，就像等待我的命运。

终于——大概是在凌晨两三点钟吧——我听见楼下有人用钥匙打开大门，然后有脚步声顺着楼梯上来。刹那间我觉得寒意顿消，浑身发热，我轻轻地打开房门，想冲到你的跟前，扑在你的脚下——啊，我真不知道，我这个傻姑娘当时会干出什么事来。脚步声越来越近，蜡烛光晃晃悠悠地从楼梯照上来。我握着门把，浑身哆嗦。上楼来的，真是你吗？

是的，上来的是你，亲爱的——可是你不是一个人回来的。我听见一阵娇媚的轻笑，绸衣拖地的窸窣声和你低声说话的声音——你是和一个女人一起回来的。

我不知道，我这一夜是怎么熬过来的。第二天早上八点钟他们把我拖到因斯布鲁克去了；我已经一点反抗的力气也没有了。

我的儿子昨天夜里死了——如果现在我果真还得继续活下去的话，我又要孤零零地一个人生活了。明天他们要来，那些黝黑、粗笨的陌生男人，带口棺材来，我将把我可怜的唯一的孩子装到棺材里去。也许朋友们也会来，带来些花圈，可是鲜花放在棺材上又有什么用？他们会来安慰我，给我说些什么话；可是他们能帮我什么忙呢？我知道，事后我又得独自一人生活。时间上再也没有比置身于人群之中却又孤独生活更可怕的了。我当时，在因斯布鲁克度过的漫无止境的两年时间里，体会到了这一点。从我十六岁到十八岁的那两年，我简直像个囚犯，像个遭到摒弃的人似的，生活在我的家人中间。我的继父是个性情平和、沉默寡言的男子，他对我很好，我母亲为了补赎一个无意中犯的过错，对我总是百依百顺；年轻人围着我，讨好我；可是我执拗地拒他们于千里之外。离开了你，我不愿意高高兴兴、心满意足地生活，我沉湎于我那阴郁的小天地里，自己折磨自己，孤独寂寥地生活。他们给我买的花花绿绿的新衣服，我穿也不穿；我拒绝去听音乐会，拒绝去看戏，拒绝跟人家一起快快活活地出去远足郊游。我几乎足不逾户，很少上街：亲爱的你相信吗，我在这座小城市里住了两年之久，认识的街道还不到十条？我成天悲愁，一心只想悲愁；我看不见你，也就什么不想要，只想从中得到某种陶醉。再说，我只是热切地想要在心灵深处和你单独呆在一起，我不愿意使我分心。我一个人坐在家里，一坐几小时，一坐一整天，什么也不做，就是想你，把成百件细小的往事翻来覆去想个不停，回想起每一次和你见面，每一次等候你的情形，我把这些小小的插曲想了又想，就像看戏一样。因为我把往日的每一秒钟都重复了无数次，所以我整个童年时代都记得一清二楚，过去这些年每一分钟对我都是那样的生动、具体，仿佛这是昨天发生的事情。

我当时心思完全集中在你的身上。我把你写的书都买了来；只要你的名字一登在报上，这天就成了我的节日。你相信吗？你的书我念了又念，不知念了多少遍，你书中的每一行我都背得出来。要是有人半夜里把我从睡梦中唤醒，从你的书里孤零零地给我念上一行，我今天，时隔十三年，我今天还能接着往下背，就像在做梦一样：你写的每一句话，对我来说都是福音书和祷告词啊。整个时间只是因为和你有关才存在：我在维也纳的报纸上查看音乐会和戏剧首次公演的广告，心里只有一个念头，那就是什么演出会使你感到兴趣，一到晚上，我就在远方陪伴着你：此刻他走进剧院大厅了，此刻他坐下了。这样的事情我梦见了不下一千次，因为我曾经有一次亲眼在音乐会上看见过你。

可是干吗说这些事呢？干吗要把一个孤独的孩子的这种疯狂的、自己折磨自己的、如此悲惨、如此绝望的狂热之情告诉一个对此毫无所感、一无所知的人呢？可是我当时难道还是个孩子吗？我已经十七岁，转眼就满十八岁了——年轻人开始在大街上扭过头来看我了，可是他们只是使我生气发火。因为要我在脑子里想着和别人恋爱，而不是爱你，哪怕仅仅是闹着玩的，这种念头我都觉得难以理解、难以想象地陌生，稍稍动心在我看来就已经是在犯罪了。我对你的激情仍然一如既往，只不过随着我身体的发育，随着我情欲的觉醒而和过去有所不同，它变得更加炽烈、更加含有肉体的成分，更加具有女性的气息。当年潜伏在那个不懂事的女孩子的下意识里、驱使她去拉你的门铃的那个朦朦胧胧的愿望，现在却成了我唯一的思想：把我奉献给你，完全委身于你。

我周围的人认为我腼腆，说我害羞脸嫩，我咬紧牙关，不把我的秘密告诉任何人。可是在我心里却产生了一个钢铁般的意志。我一心一意只想着一件事：回到维也纳，回到你身边。经过努力，我的意志得以如愿以偿，不管它在别人看来，是何等荒谬绝伦，何等难以理解。我的继父很有资财，他把我看作是他自己亲生的女儿。可是我一个劲儿地顽固坚持，要自己挣钱养活自己，最后我终于达到了目的，前往维也纳去投奔一个亲戚，在一家规模很大的服装店里当了个职员。难道还要我对你说，在一个雾气迷茫的秋日傍晚我终于！终于！来到了维也纳，我首先是到那儿去的吗？我把箱子存在火车站，跳上一辆电车。——我觉得这电车开得多么慢啊，它每停一站我就心里冒火——跑到那幢房子跟前。你的窗户还亮着灯光，我整个心怦怦直跳。到这时候，这座城市，这座对我来说如此陌生，如此毫无意义地在我身边喧嚣轰响的城市，才获得了生气，到这时候，我才重新复活，因为我感觉到了你的存在，你，我的永恒的梦。我没有想到，我对你的心灵来说无论是相隔无数的山川峡谷，还是说在你和我那抬头仰望的目光之间只相隔你窗户的一层玻璃，其实都是同样的遥远。我抬头看啊，看啊：那儿有灯光，那儿是房子，那儿是你，那儿就是我的天地。两年来我一直朝思暮想着这一时刻，如今总算盼到了。这个漫长的夜晚，天气温和，夜雾弥漫，我一直站在你的窗下，直到灯光熄灭。然后我才去寻找我的住处。

以后每天晚上我都这样站在你的房前。我在店里干活一直干到六点，活很重，很累人，可是我很喜欢这个活，因为工作一忙，就使我不至于那么痛切地感到我内心的骚乱。等到铁制的卷帘式的百叶窗哗的一下在我身后落下，我就径直奔向我心爱的目的地。我心里唯一的心愿就是，只想看你一眼，只想和你见一次面，只想远远地用我的目光搂抱你的脸！大约过了一个星期，我终于遇见你了，而且恰好是在我没有料想到的一瞬间：我正抬头窥视你的窗口，你突然穿过马路走了过来。我一下子又成了那个十三岁的小姑娘，我觉得热血涌向我的脸颊；我违背了我内心强烈的、渴望看见你眼睛的欲望，不由自主地一低头，像身后有追兵似的，飞快地从你身边跑了过去。事后我为这种女学生似的羞怯畏缩的逃跑行为感到害臊，因为现在我不是已经打定主意了吗：我一心只想遇见你，我在找你，经过这些好不容易熬过来的岁月，我希望你认出我是谁，希望你注意我，希望为你所爱。

可是你好长一段时间都没有注意到我，尽管我每天晚上都站在你的胡同里，即使风雪交加，维也纳凛冽刺骨的寒风吹个不停，也不例外。有时候我白白地等了几个小时，有时候我等了半天，你终于和朋友一起从家里走出来，有两次我还看见你和女人在一起，——我看见一个陌生女人和你手挽着手紧紧依偎着往外走，我的心猛地一下抽缩起来，把我的灵魂撕裂，这时我突然感到我已长大成人，感到心里有种新的异样的感觉。我并不觉得意外，我从童年时代就知道老有女人来访问你，可是现在突然一下子我感到一阵肉体上的痛苦，我心里感情起伏，恨你和另外一个女人这样明显地表示肉体上的亲昵，可同时自己也渴望着能得到这种亲昵。出于一种幼稚的自尊心，我一整天没到你的房子前面去，我以往就有这种幼稚的自尊心，说不定我今天还依然是这样。可是这个倔强赌气的夜晚变得非常空虚，这一晚多么可怕啊！第二天晚上我又忍气吞声地站在你的房前，等啊等啊，命运注定,我一生就这样站在你紧闭着的生活前面等着。

有一天晚上,你终于注意到我了。我早已看见你远远地走来,我赶忙振作精神,别到时候又躲开你。事情也真凑巧,恰好有辆卡车停在街上卸货,把马路弄得很窄,你只好擦着我的身边走过去。你那漫不经心的目光不由自主地向我身上一扫而过,它刚和我专注的目光一接触,立刻又变成了那种专门对付女人的目光——勾起往事,我大吃一惊!——又成了那种充满蜜意的目光,既脉脉含情,同时又荡人心魄,又成了那种把对方紧紧拥抱起来的勾魂摄魄的目光,这种目光从前第一次把我唤醒,使我一下子从孩子变成了女人,变成了恋人。你的目光和我的目光就这样接触了一秒钟、两秒钟,我的目光没法和你的目光分开,也不愿意和它分开——接着你就从我身边过去了。我的心跳个不停:我身不由己地不得不放慢脚步,一种难以克服的好奇心驱使我扭过头去,看见你停住了脚步,正回头来看我。你非常好奇、极感兴趣地仔细观察我,我从你的神气立刻看出,你没有认出我来。

你没有认出我来,当时没有认出我,也从来没有认出过我。亲爱的,我该怎么向你形容我那一瞬间失望的心情呢。当时我第一次遭受这种命运,这种不为你所认出的命运,我一辈子都忍受着这种命运,随着这种命运而死;没有被你认出来,一直没有被你认出来。叫我怎么向你描绘这种失望的心情呢!因为你瞧,在因斯布鲁克的这两年,我每时每刻都在想念你,我什么也不干,就在设想我们在维也纳的重逢该是什么情景,我随着自己情绪的好坏,想象最幸福的和最恶劣的可能性。如果可以这么说的话,我是在梦里把这一切都过了一遍;在我心情阴郁的时刻我设想过:你会把我拒之门外,会看不起我,因为我太低贱,太丑陋,太讨厌。你的憎恶、冷酷、淡漠所表现出来的种种形式,我在热烈活跃的想象出来的幻境里都经历过了——可是这点,就这一点,即使我心情再阴沉,自卑感再严重,我也不敢考虑,这是最可怕的一点:那就是你根本没有注意到有我这么一个人存在。今天我懂得了——唉,是你教我明白的!——对于一个男人来说,一个少女、一个女人的脸想必是变化多端的东西,因为在大多数情况下只是一面镜子,时而是炽热激情之镜,时而是天真烂漫之镜,时而又是疲劳困倦之镜,正如镜中的人影一样转瞬即逝,那么一个男子也就更容易忘却一个女人的容貌,因为年龄会在她的脸上投下光线,或者布满阴影,而服装又会把它时而这样时而那样地加以衬托。只有伤心失意的女人才会真正懂得这个中的奥秘。可我当时还是个少女,我还不能理解你的健忘,我自己毫无节制没完没了地想你,结果我竟产生错觉,以为你一定也常常在等我;要是我确切知道,我在你心目中什么也不是,你从来也没有想过我一丝一毫,我又怎么活得下去呢!你的目光告诉我,你一点也认不得我,你一点也想不起来你的生活和我的生活有细如蛛丝的联系:你的这种目光使我如梦初醒,使我第一次跌到现实之中,第一次预感到我的命运。

你当时没有认出我是谁。两天之后我们又一次邂逅，你的目光以某种亲昵的神气拥抱我，这时你又没有认出，我是那个曾经爱过你的、被你唤醒的姑娘，你只认出，我是两天之前在同一个地方和你对面相遇的那个十八岁的美丽姑娘。你亲切地看我一眼，神情不胜惊讶，嘴角泛起一丝淡淡的微笑。你又和我擦肩而过，又马上放慢脚步：我浑身战栗，我心里欢呼，我暗中祈祷，你会走来跟我打招呼。我感到，我第一次为你而活跃起来：我也放慢了脚步，我不躲着你。突然我头也没回，便感觉到你就在我的身后，我知道，这下子我就要第一次听到你用我喜欢的声音跟我说话了。我这种期待的心情，使我四肢酥麻，我正担心，我不得不停住脚步，心简直像小鹿似的狂奔猛跳——这时你走到我旁边来了。你跟我攀谈，一副高高兴兴的神气，就仿佛我们是老朋友似的——唉，你对我一点预感也没有，你对我的生活从来也没有任何预感！——你跟我攀谈起来，是那样的落落大方，富有魅力，甚至使我也能回答你的话。我们一起走完了整个的一条胡同。然后你就问我，是否愿意和你一起去吃晚饭。我说好吧。我又怎么敢拒不接受你的邀请？

我们一起在一家小饭馆里吃饭——你还记得吗，这饭馆在哪儿？一定记不得了，这样的晚饭对你一定有的是，你肯定分不清了，因为我对你来说，又算得了什么呢？不过是几百个女人当中的一个，只不过是连绵不断的一系列艳遇中的一桩而已。又有什么事情会使你回忆起我来呢：我话说的很少，因为在你身边，听你说话已经使我幸福到了极点。我不愿意因为提个问题，说句蠢话而浪费一秒钟的时间。你给了我这一小时，我对你非常感谢，我永远也不会忘记这个时间。你的举止使我感到，我对你怀有的那种热情敬意完全应该，你的态度是那样的温文尔雅，恰当得体，丝毫没有急迫逼人之势，丝毫不想匆匆表示温柔缠绵，从一开始就是那种稳重亲切，一见如故的神气。我是早就决定把我整个的意志和生命都奉献给你了，即使原来没有这种想法，你当时的态度也会赢得我的心的。唉，你是不知道，我痴痴地等了你五年！你没使我失望，我心里是多么喜不自胜啊！

天色已晚，我们离开饭馆。走到饭馆门口，你问我是否急于回家，是否还有一点时间。

我事实上已经早有准备，这我怎么能瞒着你！我就说，我还有时间。你稍微迟疑了一会儿，然后问我，是否愿意到你家去坐一会，随便谈谈。我决定不言而喻的事，就脱口而出说了句："好吧！"我立刻发现，我答应得这么快，你感到难过或者感到愉快，反正你显然是深感意外的。今天我明白了，为什么你感到惊愕；现在我才知道，女人通常总要装出毫无准备的样子，假装惊吓万状，或者怒不可遏，即使她们实际上迫不及待地急于委身于人，一定要等到男人哀求再三，谎话连篇，发誓赌咒，作出种种诺言，这才转嗔为喜,半推半就。我知道,说不定只有以卖笑为职业的女人,只有妓女才会毫无保留地欣然接受这样的邀请,要不然就只有天真烂漫、还没有长大成人的女孩子才会这样。而在我的心里——这你又怎料想得到——只不过是化为言语的意志,经过千百个日日夜夜的集聚而今迸涌开来的相思啊。

反正当时的情况是这样:你吃了一惊,我开始使你对我感起兴趣来了。我发现,我们一起往前走的时候,你一面和我说话,一面略带惊讶地在旁边偷偷地打量我。你的感觉在觉察人的种种感情时总像具有魔法似的确有把握,你此刻立即感到,在这个小鸟依人似的美丽的姑娘身上有些不同寻常的东西,有着一个秘密。于是你顿时好奇心大发,你绕着圈子试探性地提出许多问题,我从中觉察到,你一心想要探听这个秘密。可是我避开了:我宁可在你面前显得有些傻气,也不愿向你泄露我的秘密。我们一起上楼到你的寓所里去。原谅我,亲爱的,要是我对你说,你不能明白,这条走廊,这道楼梯对我意味着什么,我感到什么样的陶醉、什么样的迷惘、什么样的疯狂的、痛苦的、几乎是致命的幸福。直到现在,我一想起这一切,不能不潸然泪下,可是我的眼泪已经流干了。我感觉到,那里的每一件东西都渗透了我的激情,都是我童年时代的相思的象征:在这个大门口我千百次地等待过你,在这座楼梯上我总是偷听你的脚步声,在那儿我第一次看见你,透过这个窥视孔我几乎看得灵魂出窍,我曾经有一次跪在你门前的小地毯上,听到你房门的钥匙咯喇一响,我从我躲着的地方吃惊地跳起。我整个童年,我全部激情都寓于这几米长的空间之中,我整个的一生都在这里,如今一切都如愿以偿,我和你走在一起,和你一起,在你的楼里,在我们的楼里,我的过去的生活犹如一股洪流向我劈头盖脑地冲了下来。你想想吧,——我这话听起来也许很俗气,可是我不知道还有什么别的说法——一直到你的房门口为止,一切都是现实的、沉闷的、平凡的世界,在你的房门口,便开始了儿童的魔法世界,阿拉丁的王国;你想想吧,我千百次望眼欲穿地盯着你的房门口,现在我如痴如醉迈步走了进去,你想象不到——充其量只能模糊地感到,永远也不会完全知道,我的亲爱的! ——这迅速流逝的一分钟从我的生活中究竟带走了什么。

那天晚上,我整夜呆在你的身边。你没有想到,在这之前,还从来没有一个男人亲近过我,还没有一个男人接触过或者看见过我的身体。可是你又怎么会想到这个呢,亲爱的,因为我对你一点也不抗拒,我忍住了因为害羞而产生的任何迟疑不决,只是为了别让你猜出我对你爱情的秘密,这个秘密准会叫你吓一跳的——因为你只喜欢轻松愉快、游戏人生、无牵无挂。你深怕干预别人的命运。你愿意滥用你的感情,用在大家身上,用在所有的人身上,可是不愿意作出任何牺牲。我现在对你说,我委身于你时,还是个处女,我求你,千万别误解我! 我不是责怪你! 你并没有勾引我,欺骗我,引诱我——是我自己挤到你的跟前,扑到你的怀里,一头栽进我的命运之中。我永远永远也不会的,我只会永远感谢你,因为这一夜对我来说真是无比的欢娱、极度的幸福!我在黑暗里一睁开眼睛,感到你在我的身边,我不觉感到奇怪,怎么群星不在我的头上闪烁,因为我感到身子已经上了天庭。不,我的亲爱的,我从来也没有后悔过,从来也没有因为这一时刻后悔过。我还记得,你睡熟了,我听见你的呼吸,摸到你的身体,感到我自己这么紧挨着你,我幸福得在黑暗中哭了起来。

第二天一早我急着要走。我得到店里去上班,我也想在你仆人进来以前就离去,别让他看见我。我穿戴完毕站在你的面前,你把我搂在怀里,久久地凝视着我;莫非是一阵模糊而遥远的回忆在你心头翻滚,还是你只不过觉得我当时容光焕发、美丽动人呢?然后你就在我的唇上吻了一下。我轻轻地挣脱身子,想要走了。这时你问我:“你不想带几朵花走吗?”我说好吧。你就从书桌上供的那只蓝色水晶花瓶里(唉,我小时候那次偷偷地看了你房里一眼,从此就认得这个花瓶了)取出四朵白玫瑰来给了我。后来一连几天我还吻着这些花儿。

在这之前,我们约好了某个晚上见面。我去了,那天晚上又是那么销魂,那么甜蜜。你又和我一起过了第三夜。然后你就对我说,你要动身出门去了——啊,我从童年时代起就对你出门旅行恨得要死!——你答应我,一回来就通知我。我给了你一个留局待取的地址——我的姓名我不愿告诉你。我把我的秘密锁在我的心底。你又给了我几朵玫瑰作为临别纪念,——作为临别纪念。

这两个月里我每天去问……别说了,何必跟你描绘这种由于期待、绝望而引起的地狱般的折磨。我不责怪你,我爱你这个人就爱你是这个样子,感情热烈而生性健忘,一往情深而爱不专一。我就爱你是这么个人,只爱你是这么个人,你过去一直是这样,现在依然还是这样。我从你灯火通明的窗口看出,你早已出门回家,可是你没有写信给我。在我一生的最后的时刻我也没有收到过你一行手迹,我把我的一生都献给你了,可是我没收到过你一封信。我等啊,等啊,像个绝望的女人似的等啊。可是你没有叫我,你一封信也没有写给我……一个字也没写……

我的儿子昨天死了——这也是你的儿子。亲爱的,这是那三夜销魂荡魄缠绵柔情的结晶,我向你发誓,人在死神的阴影笼罩之下是不会撒谎的。他是我俩的孩子,我向你发誓,因为自从我委身于你之后,一直到孩子离开我的身体,没有一个男子碰过我的身体。被你接触之后,我自己也觉得我的身体是神圣的,我怎么能把我的身体同时分赠给你和别的男人呢?你是我的一切,而别的男人只不过是我的生活中匆匆来去的过客。他是我俩的孩子,亲爱的,是我那心甘情愿的爱情和你那无忧无虑的、任意挥霍的、几乎是无意识的缱绻柔情的结晶,他是我俩的孩子,我们的儿子,我们唯一的孩子。你于是要问了——也许大吃一惊,也许只不过有些诧异——你要问了,亲爱的,这么多年漫长的岁月,我为什么一直把这孩子的事情瞒着你,直到今天才告诉你呢?此刻他躺在这里,在黑暗中沉睡,永远沉睡,准备离去,永远也不回来,永不回来!可是你叫我怎么能告诉你呢?像我这样一个女人,心甘情愿地和你过了三夜,不加反抗,可说是满心渴望地向你张开我的怀抱,像我这样一个匆匆邂逅的无名女人,你是永远、永远也不会相信,她会对你,对你这么一个不忠实的男人坚贞不渝的,你是永远也不会坦然无疑地承认这孩子是你的亲生之子的!即使我的话使你觉得这事似真非假,你也不可能完全消除这种隐蔽的怀疑:我见你有钱,企图把另一笔风流账转嫁在你的身上,硬说他是你的儿子。你会对我疑心,在你我之间会存在一片阴影,一片淡淡的怀疑的阴影。我不愿意这样。再说,我了解你;我对你十分了解,你自己对自己还没了解到这种地步;我知道你在恋爱之中只喜欢轻松愉快,无忧无虑,欢娱游戏,突然一下子当上了父亲,突然一下子得对另一个人的命运负责,你一定觉得不是滋味。你这个只有在无拘无束自由自在的情况下才能呼吸生活的人,一定会觉得和我有了某种牵连。你一定会因为这种牵连而恨我——我知道,你会恨我的,会违背你自己清醒的意志恨我。也许只不过几个小时,也许只不过短短几分钟,你会觉得我讨厌,觉得我可恨——而我是有自尊心的,我要你一辈子想到我的时候,心里没有忧愁。我宁可独自承担一切后果,也不愿变成你的一个累赘。

我希望你想起我来,总是怀着爱情,怀着感激:在这点上,我愿意在你结交的所有的女人当中成为独一无二的一个。可是当然罗,你从来也没有想过我,你已经把我忘得一干二净。

我不是责怪你,我的亲爱的,我不责怪你。如果有时候从我的笔端流露出一丝怨尤,那么请你原谅我吧!——我的孩子,我们的孩子死了,在摇曳不定的烛光映照下躺在那里;我冲着天主,握紧了拳头,管天主叫凶手,我心情悲愁,感觉昏乱。请原谅我的怨诉,原谅我吧!我也知道,你心地善良,打心眼里乐于助人。你帮助每一个人,即便是素不相识的人来求你,你也给予帮助。可是你的善心好意是如此的奇特,它公开亮在每个人的面前,人人可取,要取多少取多少,你的善心好意广大无边,可是,请原谅,它是不爽快的。它要人家提醒,要人家自己去拿。你只有在人家向你求援,向你恳求的时候,你才帮助别人,你帮助人家是出于害羞,出于软弱,而不是出于心愿。让我坦率地跟你说吧,在你眼里,困厄苦难中的人们,不见得比你快乐幸福中的兄弟更加可爱。像你这种类型的人,即使是其中心地最善良的人,求他们的帮助也是很难的。有一次,我还是个孩子,我通过窥视孔看见有个乞丐拉你的门铃,你给了他一些钱。他还没开口,你就很快把钱给了他,可是你给他钱的时候，有某种害怕的神气，而且相当匆忙，巴不得他马上走，仿佛你怕正视他的眼睛似的。你帮助人家的时候表现出来的惶惶不安、羞怯腼腆、怕人感谢的样子，我永远也忘不了。所以我从来也不去找你。不错，我知道，你当时是会帮助我的，即使不能确定，这是你的孩子，你也会帮助我的。你会安慰我，给我钱，给我一大笔钱，可是总会带着那种暗暗的焦躁不耐的情绪，想把这桩麻烦事情从身边推开。是啊，我相信，你甚至会劝我及时把孩子打掉。我最害怕的莫过于此了——因为只要你要求，我什么事情不会去干呢！我怎么可能拒绝你的任何请求呢！而这孩子可是我的命根子，因为他是你的骨肉啊，他又是你，又不再是你。你这个幸福的无忧无虑的人，我一直不能把你留住，我想，现在你永远交给我了，禁锢在我身体里，和我的生命连在一起。这下子我终于把你抓住了，我可以在我的血管里感觉到你在生长，你的生命在生长，我可以哺育你，喂养你，爱抚你，亲吻你，只要我的心灵有这样的渴望。你瞧，亲爱的正因为如此，我一知道我怀了一个你的孩子，我便感到如此的幸福，正因为如此，我才把这件事瞒着你：这下你再也不会从我身边溜走了。

当然，亲爱的，这些日子并不是我脑子里预先感觉的那样，尽是些幸福的时光，也有几个月充满了恐怖和苦难，充满了对人们的卑劣的憎恶。我的日子很不好过。临产前几个月我不能再到店里去上班，要不然会引起亲戚们的注意，把这事告诉我家。我不想向我母亲要钱——所以我便靠变卖手头有的那点首饰来维持我直到临产时那段时间的生活。产前一个礼拜，我最后的几枚金币被一个洗衣妇从柜子里偷走了，我只好到一个产科医院去生孩子，只有一贫如洗的女人，被人遗弃遭人遗忘的女人万不得已才到那儿去，就在这些穷困潦倒的社会渣滓当中，孩子、你的孩子呱呱坠地了。那儿真叫人活不下去：陌生、陌生，一切全都陌生，我们躺在那儿的那些人，互不相识，孤独苦寂，互相仇视，只是被穷困、被同样的苦痛驱赶到这间抑郁沉闷的、充满了哥罗仿和鲜血的气味、充满了喊叫和呻吟的病房里来。穷人不得不遭受的凌侮，精神上和肉体上的耻辱，我在那儿都受到了。我忍受着和娼妓之类的病人朝夕相处之苦，她们卑鄙地欺侮着命运相同的病友；我忍受着年轻医生的玩世不恭的态度，他们脸上挂着讥讽的微笑，把盖在这些没有抵抗能力的女人身上的被单掀起来，带着一种虚假的科学态度在她们身上摸来摸去；我忍受着女管理员的无厌的贪欲——啊，在那里，一个人的羞耻心被人们的目光钉在十字架上，备受他们的毒言恶语的鞭笞。只有写着病人姓名的那块牌子还算是她，因为床上躺着的只不过是一块抽搐颤动的肉，让好奇的人东摸西摸，只不过是观看和研究的一个对象而已——啊，那些在自己家里为自己温柔地等待着的丈夫生孩子的妇女不会知道，孤立无援，无力自卫，仿佛在实验桌上生孩子是怎么回事！我要是在哪本书里念到地狱这个词,知道今天我还会突然不由自主地想到那间挤得满满的、水气弥漫的、充满了呻吟声、笑语声和惨叫声的病房,我就在那里吃足了苦头,我会想到这座使羞耻心备受凌迟的屠宰场。

原谅我,请原谅我说了这些事。可是也就是这一次,我才谈到这些事,以后永远也不再说了。我对此整整沉默了十一年,不久我就要默不作声直到地老天荒:总得有这么一次,让我嚷一嚷,让我说出来,我付出了多大的代价,才得到这个孩子,这个孩子是我的全部的幸福,如今他躺在那里,已经停止了呼吸。我看见孩子的微笑,听见他的声音,我在幸福陶醉之中早已把那些苦难的时刻忘得一干二净;可是现在,孩子死了,这些痛苦又历历如在眼前,我这一次、就是这一次,不得不从心眼里把它们叫喊出来。可是我并不抱怨你,我只怨天主,是天主使这痛苦变得如此无谓。我不怪你,我向你发誓,我从来也没有对你生过气、发过火。即使在我的身体因为阵痛扭作一团的时刻,即使在痛苦把我的灵魂撕裂的瞬间,我也没有在天主的面前控告过你;我从来没有后悔过那几夜,从来没有谴责过我对你的爱情。我始终爱你,一直赞美着你我相遇的那个时刻。要是我还得再去一次这样的地狱,并且事先知道,我将受到什么样的折磨,我也不惜再受一次,我的亲爱的,再受一次,再受千百次!

我的孩子昨天死了——你从来没有见过他。你从来也没有在旁边走过时扫过一眼这个俊美的小人儿、你的孩子,你连和他出于偶然匆匆相遇的机会也没有。我生了这个孩子之后,就隐居起来,很长时间不和你见面;我对你的相思不像原来那样痛苦了,我觉得,我对你的爱也不像原来那样热狂了,自从上天把他赐给我以后,我为我的爱情受的苦至少不像原来那样厉害了。我不愿把自己一分为二,一半给你,一半给他,所以我就全力照看孩子,不再管你这个幸运儿,你没有我也活得很自在,可是孩子需要我,我得抚养他,我可以吻他,可以把他搂在怀里。我似乎已经摆脱了对你朝思暮想的焦躁心情,摆脱了我的厄运,似乎由于你的另一个你,实际上是我的另一个你而得救了——只是难得的、非常难得的情况下,我的心里才会产生低三下四地到你房前去的念头。我只干一件事:每逢你的生日,总要给你送去一束白玫瑰,和你在我们恩爱的第一夜之后送给我的那些花一模一样。在这十年、在这十一年之间你有没有问过一次,是谁送来的花?也许你曾经回忆起你从前赠过这种玫瑰花的那个女人?我不知道、我也不会知道你的回答。我只是从暗地里把花递给你,一年一次,唤醒你对那一刻的回忆——这样对我来说,于愿已足。

你从来没有见过他,没有见过我们可怜的孩子——今天我埋怨我自己,不该不让你见他,因为你要是见了他,你会爱他的。你从来没有见过这个可怜的男孩,没有看过他微笑,没有见他轻轻地抬起眼睑,然后用他那聪明的黑眼睛———你的眼睛!———向我、向全世界投来一道明亮而欢快的光芒。啊,他是多么开朗、多么可爱啊:你性格中全部轻佻的成分在他身上天真地重演了,你的迅速的活跃的想象力在他身上得到再现:他可以一连几小时着迷似的玩着玩具,就像你游戏人生一样,然后又扬起眉毛,一本正经地坐着看书。他变得越来越像你;在他身上,你特有的那种严肃认真和玩笑戏谑兼而有之的两重性也已经开始明显地发展起来。他越像你,我越爱他。他学习很好,说起法文来,就像个小喜鹊滔滔不绝,他的作业本是全班最整洁的,他的相貌多么漂亮,穿着他的黑丝绒的衣服或者白色的水兵服显得多么英俊。他无论走到那儿,总是最时髦的;每次我带着他在格拉多的海滩上散步,妇女们都站住脚步,摸摸他金色的长发,他在色默林滑雪橇玩,人们都扭过头来欣赏他。他是这样的漂亮,这样的娇嫩,这样的可人意儿:去年他进了德莱瑟中学的寄宿学校,穿上制服,佩了短剑,看上去活像十八世纪宫廷的侍童!———可是他现在身上除了一件小衬衫一无所有,可怜的孩子,他躺在那儿,嘴唇苍白,双手合在一起。

你说不定要问我,我怎么可能让孩子在富裕的环境里受到教育呢,怎么可能使他过一种上流社会的光明、快乐的生活呢。我最心爱的人儿,我是在黑暗中跟你说话;我没有羞耻感,我要把这件事告诉你,可是别害怕,亲爱的———我卖身了。我倒没有变成人们称之为街头野鸡的那种人,没有变成妓女,可是我卖身了。我有一些有钱的男朋友,阔气的情人:最初是我去找他们,后来他们就来找我,因为我———这一点你可曾注意到?———长得非常之美。每一个我委身相与的男子都喜欢我,他们都感谢我,都依恋我,都爱我,只有你,只有你不是这样,我的亲爱的!

我告诉你,我卖身了,你会因此鄙视我吗?不会,我知道,你不会鄙视我。我知道,你一切全都明白,你也会明白,我这样做只是为了你,为了你的另一个自我,为了你的孩子。

我在产科医院的那间病房里接触到贫穷的可怕,我知道,在这个世界上,穷人总是遭人践踏、受人凌辱的,总是牺牲品。我不愿意、我绝不愿意你的孩子、你的聪明美丽的孩子注定了要在这深深的底层,在陋巷的垃圾堆中,在霉烂、卑下的环境之中,在一间后屋的龌龊的空气中长大成人。不能让他那娇嫩的嘴唇去说那些粗俚的语言,不能让他那白净的身体去穿穷人家的发霉的皱缩的衣衫———你的孩子应该拥有一切,应该享有人间一切财富,一切轻松愉快,他应该也上升到你的高度,进入你的生活圈子。

因此只是因为这个缘故,我的爱人,我卖身了。这对我来说也不算什么牺牲,因为人间称之为名誉、耻辱的东西,对我来说纯粹是空洞的概念:我的身体只属于你一个人,既然你不爱我,那么我的身怎么着了我也觉得无所谓。我对男人们的爱抚,甚至于他们最深沉的激情,全都无动于衷,尽管我对他们当中有些人不得不深表敬意，他们的爱情得不到报答，我很同情，这也使我回忆起我自己的命运，因而常常使我深受震动。我认得的这些男人，对我都很体贴，他们大家都宠我、惯我、尊重我。尤其是那位帝国伯爵，一个年岁较大的鳏夫，他为了让这个没有父亲的孩子、你的儿子能上德莱瑟中学学习，到处奔走，托人说情——他像爱女儿那样地爱我。他向我求婚，求了三四次——我要是答应了，今天可能已经当上了伯爵夫人，成为提罗尔地方一座美妙无比的府邸的女主人，可以无忧无虑地生活，因为孩子将会有一个温柔可爱的父亲，把他看成掌上明珠，而我身边将会有一个性情平和、性格高贵、心地善良的丈夫——不论他如何一而再、再而三地催逼我，不论我的拒绝如何伤他的心，我始终没有答应他。也许我拒绝他是愚蠢的，因为要不然我此刻便会在什么地方安静地生活，并且受到保护，而这招人疼爱的孩子便会和我在一切，可是——我干吗不向你承认这一点呢——我不愿意拴住自己的手脚，我要随时为你保持自由。在我内心深处，在我的潜意识里，我往日的孩子的梦还没有破灭：说不定你还会再一次把我叫到你的身边，哪怕只是叫去一个小时也好。为了这可能有的一小时的相会，我拒绝了所有的人的求婚，好一听到你的呼唤，就能应召而去。自从我从童年觉醒过了以后，我这整个的一生无非就是等待，等待着你的意志。

　　而这个时刻的确来到了。可是你并不知道，你并没有感到，我的亲爱的！就是在这个时刻，你也没有认出我来——你永远、永远、永远也没有认出我来！在这之前我已多次遇见过你，在剧院里，在音乐会上，在普拉特尔，在马路上——每次我的心都猛的一抽，可是你的眼光从我身上滑了过去：从外表看来，我已经完全变了模样，我从一个腼腆的小姑娘，变成了一个女人，就像他们说的妖媚娇美，打扮得艳丽动人，为一群倾慕者簇拥着：你怎么能想象，我就是在你卧室的昏暗灯光照耀下的那个羞怯的少女呢？有时候和我走在一起的先生们当中有一个向你问好。你回答了他的问候，抬眼看我：可是你目光是客气的陌生的，表示出赞赏的神气，却从未表示出你认出我来了，陌生，可怕的陌生啊。你老是认不出我是谁，我对此几乎习以为常，可是我还记得，有一次这简直使我痛苦不堪：我和一个朋友一起坐在歌剧院的一个包厢里，隔壁的包厢里坐着你。演奏序曲的时候灯光熄灭了，我看不见你的脸，只感到你的呼吸就在我的身边，就跟那天夜里一样的近，你的手支在我们这个包厢的铺着天鹅绒的栏杆上，你那秀气的、纤细的手。我不由产生一阵阵强烈的欲望，想俯下身去谦卑地亲吻一下这只陌生的、我如此心爱的手，我从前曾经受到过这只手的温柔的拥抱啊。耳边乐声靡靡，撩人心弦，我的那种欲望变得越来越炽烈，我不得不使劲挣扎，拼命挺起身子，因为有股力量如此强烈地把我的嘴唇吸引到你那亲爱的手上去。第一幕演完，我求我的朋友和我一起离开剧院。在黑暗里你对我这样陌生，可是又挨我这么近,我简直受不了。

可是这时刻来到了,又一次来到了,在我这浪费掉的一生中这是最后一次。差不多正好是一年之前,在你生日的第二天。真奇怪:我每时每刻都想念着你,因为你的生日我总像一个节日一样地庆祝。一大清早我就出门去买了一些白玫瑰花,像以往每年一样,派人给你送去,这几年你已经忘却的那个时刻。下午我和孩子一起乘车出去,我带他到戴默尔点心铺去,晚上带他上剧院。我希望,孩子从小也能感受到这个日子是个神秘的纪念日,虽然他并不知道它的意义。第二天我就和我当时的情人呆在一起,他是布律恩地方一个年轻富有的工厂主,我和他已经同居了两年。他娇纵我,对我体贴入微,和别人一样,他也想和我结婚,而我也像对待别人一样,似乎无缘无故地拒绝了他的请求,尽管他给我和孩子送了许多礼物,而且本人也亲切可爱。他这人心肠极好,虽说有些呆板,对我有些低三下四。我们一起去听音乐会,在那儿遇到了一些寻欢作乐的朋友,然后在环城马路的一家饭馆里吃晚饭。席间,在笑语闲聊之中,我建议再到一家舞厅去玩。这种灯红酒绿花天酒地的舞厅,我一向十分厌恶,平时要是有人建议到那儿去,我一定反对,可是这一次——简直像有一股难以捉摸的魔术般的力量在我心里驱使我不知不觉地作出这样一个建议,在座的人十分兴奋,立即高兴地表示赞同——可是这一次我却感到有一种难以解释的强烈愿望,仿佛在那儿有神秘特别的东西等着我似的。他们大家都习惯于对我百依百顺,便迅速地站起身来。我们到舞厅去,喝着香槟酒,我心里突然一下子产生一种从来不曾有过的非常疯狂的、近乎痛苦的高兴劲儿。我喝了一杯又一杯,跟着他们一起唱些撩人心怀的歌曲,心里简直可说有一种按捺不住的欲望,想跳舞,想欢呼。可是突然——我仿佛觉得有一样冰凉的或者火烫的东西猛的一下子落在我的心上——我挺起身子:你和几个朋友坐在临桌,你用赞赏的渴慕的目光看着我,就用你那一向撩拨得我心摇神荡的目光看着我。十年来第一次,你又以你全部不自觉的激烈的威力盯着看我。我颤抖起来。举起的杯子几乎失手跌落。幸亏同桌的人没有注意到我的心慌意乱:它消失在哄笑和音乐的喧闹声中。

你的目光变得越来越火烧火燎,使我浑身发烧,坐立不安。我不知道,是你终于认出我来了呢,还是你把我当作新欢,当作另外一个陌生女人在追求?热血一下子涌上我的双颊,我心不在焉地回答着同桌的人跟我说的话。你想必注意到,我被你的目光搞得多么心神不安。你不让别人觉察,微微地摆动一下脑袋向我示意,要我到前厅去一会儿。接着你故意用明显的动作付账,跟你的伙伴们告别,走了出去,行前再一次向我暗示,你在外面等我。我浑身哆嗦,好像发冷,又好像发烧,我没法回答别人提出的问题,也没法控制我周身沸腾奔流的热血。恰好这时有一对黑人舞蹈家脚后跟踩得劈啪乱响,嘴里尖声大叫,跳起一种古里古怪的新式舞蹈来:大家都在注视着他们,我便利用了这一瞬间。我站了起来,对我的男朋友说,我出去一下马上回来,就尾随你走了出去。

你就站在外面前厅里,衣帽间旁边,等着我。我一出来,你的眼睛就发亮了。你微笑着快步迎了上来;我立即看出,你没有认出我来,没有认出当年的那个小姑娘,也没有认出后来的那个少女,你又一次把我当作一个新相遇的女人,当作一个素不相识的女人来追求。

......

# 米龙老爹①

[法]莫泊桑

......

那是 1870 年打仗时候的事。普鲁士人占领了整个地方。法国的裴兑尔白将军正领着北军和他们抵抗。

普军的参谋处正驻扎在这个田庄上。庄主是个年老的农人,名叫彼德的米龙老爹,竭力款待他们,安置他们。

一个月以来,普军的先头部队留在这个村落里做侦察工作。法军却在相距十法里内外一带地方静伏不动;然而每天夜晚,普兵总有好些骑兵失踪。

凡是那些分途到附近各处去巡逻的人,若是他们只是两三个成为一组出发的,都从没有转来过。

到早上,有人在一块地里,一个天井旁边,一条壕沟里,寻着了他们的尸首。他们的马也伸着腿倒在大路上,项颈被人一刀割开了。

这类的暗杀举动,仿佛是被一些同样的人干的,然而普兵没有法子破案。

地方上感到恐怖了。许多乡下人,每每因为一个简单的告发就被普兵枪决了,妇女们也被他们拘禁起来了,他们原来想用恐吓手段使儿童们有所透露,结果却什么也没有发现。但是某一天早上,他们瞧见了米龙老爹躺在自己马房里,脸上有一道刀伤。

两个刺穿了肚子的普国骑兵在一个和这庄子相距三公里远的地方被人寻着了。其中的一个,手里还握着他那把血迹模糊的马刀。可见他曾经格斗过的,自卫过的。

一场军事审判立刻在这庄子前面的露天里开庭了,那老头子被人带过

---

① 节选自《莫泊桑短篇小说全集·米龙老爹》,李青崖译,湖南文艺出版社 1991 年版。

来了。

他的年龄是 68 岁。身材矮瘦,脊梁是略带弯曲的,两只大手简直像一对蟹螯。一头稀疏得像是乳鸭羽绒样的乱发,头皮随处可见。项颈上的枯黄而起皱的皮肤显出好些粗的静脉管,一直延到腮骨边失踪却又在鬓角边出现。在本地,他是一个以难于妥协和吝啬出名的人。

他们教他站在一张由厨房搬到外面的小桌子跟前,前后左右有四个普兵看守。五个军官和团长坐在他的对面。

团长用法国话发言了:

"米龙老爹,自从到了这里以后,我们对于您,除了夸奖以外真没有一句闲话。在我们看来,您对于我们始终是殷勤的,并且甚至可以说是很关心的。但是您今日却有一件很可怕的事被人告发了,自然非问个明白不成。您脸上带的那道伤是怎样来的呢?"

那个乡下人一个字也不回答。

团长接着又说:

"您现在不说话,这就定了您的罪,米龙老爹,但是我要您回答我,您听见没有?您知道今天早上在伽尔卫尔附近寻着的那两个骑兵是谁杀的吗?"

那老翁干脆地答道:

"是我。"

团长吃了一惊,缄默了一会,双眼盯着这个被逮捕的人了。米龙老爹用他那种乡下人发呆的神气安闲自在地待着,双眼如同向他那个教区的神父说话似的低着没有抬起来。唯一可以看出他心里慌张的,就是他如同喉管完全被人扼住了一般,显而易见地在那儿不断地咽口水。

这老翁的一家人:儿子约翰,儿媳妇和两个孙子,都惊惶失措地立在他后面十步内外的地方。

团长接着又说:

"您可也知道这一月以来,每天早上,我们部队里那些被人在田里寻着的侦察兵是被谁杀了的吗?"

老翁用同样的乡愚式的安闲自在态度回答:

"是我。"

"全都是您杀的吗?"

"全都是,对呀,都是我。"

"您一个人?"

"我一个人。"

"您是怎样动手干的,告诉我吧。"

这一回,那汉子现出了心焦的样子,因为事情非得多说话不可,这显然使他为难。他吃着嘴说:

"我现在哪儿还知道？我该怎么干就怎么干。"

团长接着说：

"我通知您，您非全盘告诉我们不可。您很可以立刻就打定主意。您从前怎样开始的呢？"

那汉子向着他那些立在后面注意的家属不放心地瞧了一眼，又迟疑了一会儿，后来突然打定了主意：

"我记得那是某一天夜晚，你们到这里来的第二天夜晚，也许在10点钟光景。您和您的弟兄们，用过我250多个金法郎的草料和一条牛两只羊。我当时想道：他们就是接连再来拿我一百个，我一样要向他们讨回来。并且那时候我心上还有别样的盘算，等会儿我再对您说。我望见了你们有一个骑兵坐在我的仓后面的壕沟边抽烟斗。我取下了我的镰刀，蹑着脚从后面掩过去，使他听不见一点声音。蓦地一下，只有一下，我就如同割下一把小麦似的割下了他的脑袋，他当时连说一下'喔'的功夫都没有。您只须在水荡里去寻：您就会发现他和一块顶住栅栏门的石头一齐装在一只装煤的口袋里。"

"我那时就有了我的打算。我剥下了他全身的服装，从靴子剥到帽子，后来一齐送到了那个名叫马丁的树林子里的石灰窑的地道后面藏好。"

那老翁不做声了。那些感到惊惶的军官面面相觑了。后来讯问又开始了，下文就是他们所得的口供：

那汉子干了这次谋杀敌兵的勾当，心里就存着这个观念："杀些普鲁士人吧！"他像一个热忱爱国而又智勇兼备的农人一样憎恨他们。正如他说的一样，他是有他的打算的。他等了几天。

普军听凭他自由来去，随意出入，因为他对于战胜者的退让是用很多的服从和殷勤态度表示的，他并且由于和普兵常有往来学会了几句必要的德国话。现在，他每天傍晚总看见有些传令兵出发，他听明白那些骑兵要去的村落名称以后，就在某一个夜晚出门了。

他由他的天井里走出来，溜到了树林里，进了石灰窑，再钻到了窑里那条长地道的末端，最后在地上寻着了那个死兵的服装，就把自己穿戴停当。

后来他在田里徘徊一阵，为了免得被人发觉，他沿着那些土坎子爬着走，他听见极小的声响，就像一个偷着打猎的人一样放心不下。

到他认为钟点已经到了的时候，便向着大路前进，后来就躲在矮树丛里。他依然等着。

末了，在夜半光景，一阵马蹄的"大走"声音在路面的硬土上响起来了。为了判度前面来的是否只有一个单独的骑兵，这汉子先把耳朵贴在地上，随后他就准备起来。

骑兵带着一些紧要文件用"大走"步儿走过来了。那汉子睁眼张耳地走过去。等到相隔不过十来步,米龙老爹就横在大路上像受了伤似的爬着走,一面用德国话喊着:"救命呀！救命呀!"骑兵勒住了马,认明白那是一个失了坐骑的德国兵,以为他是受了伤的,于是滚鞍下马,毫不疑虑地走近前来,他刚刚俯着身躯去看这个素不认识的人,肚皮当中却吃了米龙老爹的马刀的弯弯儿的长刃。他倒下来了,立刻死了,最后仅仅颤抖着挣扎了几下。

于是这个诺曼底人感到一种老农式的无声快乐因而心花怒发了,自己站起来了,并且为了闹着玩儿又割断了那尸首的头颈。随后他把尸首拖到壕沟边就扔在那里面。

那匹安静的马等候他的主人。米龙老爹骑了上去。教它用"大颠"的步儿穿过平原走开了。

一小时以后,他又看见两个归营的骑兵并辔而来。他一直对准他们赶过去,又用德国话喊着:"救人！救人"那两个普兵认明了军服,让他走近前来,绝没有一点疑忌。于是他,老翁,像弹丸一般在他们两人之间溜过去,一马刀一手枪,同时干翻了他们两个人。

随后他又宰了那两匹马,那都是德国马！然后从容地回到了石灰窑,把自己骑过的那匹马藏在那阴暗的地道中间。他在那里脱掉军服,重新披上了他自己那套破衣裳,末了回家爬到床上,一直睡到第二天早晨。

他有四天没有出门,等候那场业已开始侦查的公案的结束,但是,第五天,他又出去了,并且又用相同的计略杀了两个普兵。从此他不再住手了,每天夜晚,他总逛到外面去找机会,骑着马在月光下面驰过荒废无人的田地,时而在这里,时而在那里,如同一个迷路的德国骑兵,一个专门猎取人头的猎人似的,杀过了一些普鲁士人。每次,工作完了以后,这个年老的骑士任凭那些尸首横在大路上,自己却回到了石灰窑,藏起了自己的坐骑和军服。

第二天日中光景,他安闲地带些清水和草料去喂那匹藏在地道中间的马,为了要它担负重大的工作,他是不惜工本的。

但是,被审的前一天,那两个被他袭击的人,其中有一个有了戒备,并且在乡下老翁的脸上割了一刀。

然而他把那两个一齐杀死了！他依然又转来藏好了那匹马,换好了他的破衣裳,但是回家的时候,他衰弱得精疲力竭了,只能勉强拖着脚步走到了马房跟前,再也不能回到房子里。

有人在马房里发现了他浑身是血,躺在那些麦秸上面……

口供完了之后,他突然抬起头自负地瞧着那些普鲁士军官。那团长抚弄着自己的髭须,向他问:

"您再没有旁的话要说吗?"

"没有。再也没有,账算清了:我一共杀了16个,一个不多,一个不少。"

"您可知道自己快要死吗？"

"我没有向您要求赦免。"

"您当过兵吗？"

"当过，我从前打过仗。并且从前也就是你们杀了我的爹，他老人家是一世皇帝的部下。我还应该算到上一个月，你们又在艾弗勒附近杀了我的小儿子法朗索阿。从前你们欠了我的账，现在我讨清楚了。我们现在是收支两讫。"

军官们彼此面面相觑了。

"八个算是替我的爹讨还了账。八个算是替我儿子讨还的。我们是收支两讫了。我本不要找你们惹事，我！我不认识你们！我也不知道你们是从哪儿来的。现在你们已经在我家里，并且要这样，要那样，像在你们自己家里一般。我如今在那些人身上复了仇。我一点也不后悔。"老翁接着又说。

老翁挺起了关节不良的脊梁，并且用一种谦逊的英雄姿态在胸前叉起了两只胳膊。

那几个普鲁士人低声谈了好半天。其中有一个上尉，他也在上一个月有一个儿子阵亡，这时，他替这个志气高尚的穷汉辩护。

于是团长站起来走到米龙老爹身边，并且低声向他说："听明白，老头儿，也许有个法子救您性命，就是要……"

但是那老翁绝不细听，向着战胜的军官竖直了两只眼睛，这时候，一阵微风搅动了他头颅上的那些稀少的头发，他那副带着刀伤的瘦脸儿突然大起收缩显出一幅怕人的难看样子，他终于鼓起了他的胸膛，向那普鲁士人劈面唾了一些唾沫。

团长呆了，扬起一只手，而那汉子又向他脸上唾了第二次。

所有的军官都站起了，并且同时喊出了好些道命令。

不到一分钟，那个始终安闲自在的老翁被人推到了墙边，那时候他才向着他的长子约翰，他的儿媳妇和他的两个孙子微笑了一阵，他们都惶惑万分地望着他，他终于立刻被人枪决了。

# 苦　恼①

## ——我向谁去诉说我的悲伤

[俄国]契诃夫

……

姚纳回过头去瞧着乘客，努动他的嘴唇。……他分明想要说话，然而从

---

① 节选自《契诃夫文集·苦恼》，汝龙译，上海译文出版社1984年版。

他的喉咙里却没有吐出一个字来，只发出嘶嘶的声音。

"什么?"军人问。

姚纳撇着嘴苦笑一下，嗓子眼用一下劲，这才沙哑地说出口：

"老爷，那个，我的儿子……这个星期死了。"

"哦! ……他是害什么病死的?"

姚纳掉转整个身子朝着乘客说：

"谁知道呢，多半是得了热病吧。……他在医院里躺了三天就死了。……这是上帝的旨意哟。"

"你拐弯啊，魔鬼!"黑地里发出了喊叫声。"你瞎了眼还是怎么的，老狗! 用眼睛瞧着!"

"赶你的车吧，赶你的车吧，……"乘客说。"照这样走下去，明天也到不了。快点走!"

车夫就又伸长脖子，微微欠起身子，用一种稳重的优雅姿势挥动他的鞭子。后来他有好几次回过头去看他的乘客，可是乘客闭上眼睛，分明不愿意再听了。他把乘客拉到维堡区以后，就把雪橇赶到一家饭馆旁边停下来，坐在赶车座位上伛下腰，又不动了。……湿雪又把他和他的瘦马涂得满身是白。一个钟头过去，又一个钟头过去了。……

人行道上有三个年轻人路过，把套靴踩得很响，互相诟骂，其中两个人又高又瘦，第三个却矮而驼背。

"赶车的，到警察桥去!"那个驼子用破锣般的声音说。"一共三个人。……二十戈比!"

姚纳抖动缰绳，吧哒嘴唇。二十戈比的价钱是不公道的，然而他顾不上讲价了。……一个卢布也罢，五戈比也罢，如今在他都是一样，只要有乘客就行。……那几个青年人就互相推搡着，嘴里骂声不绝，走到雪橇跟前，三个人一齐抢到座位上去。这就有一个问题需要解决：该哪两个坐着，哪一个站着呢? 经过长久的吵骂、变卦、责难以后，他们总算做出了决定：应该让驼子站着，因为他最矮。

"好，走吧!"驼子站在那儿，用破锣般的嗓音说，对着姚纳的后脑壳喷气。"快点跑! 嘿，老兄，瞧瞧你的这顶帽子! 全彼得堡也找不出比这更糟的了。……"

"嘻嘻，……嘻嘻，……"姚纳笑着说。"凑合着戴吧。……"

"喂，你少废话，赶车! 莫非你要照这样走一路? 是吗? 要给你一个脖儿拐吗? ……"

"我的脑袋痛得要炸开了，……"一个高个子说。"昨天在杜克玛索夫家里，我跟瓦斯卡一块儿喝了四瓶白兰地。"

"我不明白，你何必胡说呢?"另一个高个子愤愤地说。"他胡说八道，就跟畜生似的。"

"要是我说了假话，就叫上帝惩罚我！我说的是实情。……"

"要说这是实情，那末，虱子能咳嗽也是实情了。"

"嘻嘻！"姚纳笑道。"这些老爷真快活！"

"呸，见你的鬼！……"驼子愤慨地说。"你到底赶不赶车，老不死的？难道就这样赶车？你抽它一鞭子！唷，魔鬼！唷！使劲抽它！"

姚纳感到他背后驼子的扭动的身子和颤动的声音。他听见那些骂他的话，看到这几个人，孤单的感觉就逐渐从他的胸中消散了。驼子骂个不停，诌出一长串稀奇古怪的骂人话，直骂得透不过气来，连连咳嗽。那两个高个子讲起一个叫娜杰日达·彼得罗芙娜的女人。姚纳不住地回过头去看他们。正好他们的谈话短暂地停顿一下，他就再次回过头去，嘟嘟哝哝说：

"我的……那个……我的儿子这个星期死了！"

"大家都要死的，……"驼子咳了一阵，擦擦嘴唇，叹口气说。"得了，你赶车吧，你赶车吧！诸位先生，照这样的走法我再也受不住了！他什么时候才会把我们拉到呢？"

"那你就稍微鼓励他一下，……给他一个脖儿拐！"

"老不死的，你听见没有？真的，我要搒你的脖子了！……跟你们这班人讲客气，那还不如索性走路的好！……你听见没有，老龙？莫非你根本就不把我们的话放在心上？"

姚纳与其说是感到，不如说是听到他的后脑勺上啪的一响。

"嘻嘻，……"他笑道。"这些快活的老爷，……愿上帝保佑你们！"

"赶车的，你有老婆吗？"高个子问。

"我？嘻嘻，……这些快活的老爷！我的老婆现在成了烂泥地罗。……哈哈哈！……在坟墓里！……现在我的儿子也死了，可我还活着。……这真是怪事，死神认错门了。……它原本应该来找我，却去找了我的儿子。……"

姚纳回转身，想讲一讲他儿子是怎样死的，可是这时候驼子轻松地呼出一口气，声明说，谢天谢地，他们终于到了。姚纳收下二十戈比以后，久久地看着那几个游荡的人的背影，后来他们走进一个黑暗的大门口，不见了。他又孤身一人，寂静又向他侵袭过来。……他的苦恼刚淡忘了不久，如今重又出现，更有力地撕扯他的胸膛。姚纳的眼睛不安而痛苦地打量街道两旁川流不息的人群：在这成千上万的人当中有没有一个人愿意听他倾诉衷曲呢？然而人群奔走不停，谁都没有注意到他，更没有注意到他的苦恼。……那种苦恼是广大无垠的。如果姚纳的胸膛裂开，那种苦恼滚滚地涌出来，那它仿佛就会淹没全世界，可是话虽如此，它却是人们看不见的。这种苦恼竟包藏在这么一个渺小的躯壳里，就连白天打着火把也看不见。……

姚纳瞧见一个扫院子的仆人拿着一个小蒲包,就决定跟他攀谈一下。

"老哥,现在几点钟了?"他问。

"九点多钟。……你停在这儿干什么?把你的雪橇赶开!"

姚纳把雪橇赶到几步以外去,伛下腰,听凭苦恼来折磨。……他觉得向别人诉说也没有用了。……可是五分钟还没过完,他就挺直身子,摇着头,仿佛感到一阵剧烈的疼痛似的;他拉了拉缰绳。……他受不住了。

"回大车店去,"他想。"回大车店去!"

那匹瘦马仿佛领会了他的想法,就小跑起来。大约过了一个半钟头,姚纳已经在一个肮脏的大火炉旁边坐着了。炉台上,地板上,长凳上,人们鼾声四起。空气又臭又闷。姚纳瞧着那些睡熟的人,搔了搔自己的身子,后悔不该这么早就回来。……

"连买燕麦的钱都还没挣到呢,"他想。"这就是我会这么苦恼的缘故了。一个人要是会料理自己的事,……让自己吃得饱饱的,自己的马也吃得饱饱的,那他就会永远心平气和。……"

墙角上有一个年轻的车夫站起来,带着睡意嗽一嗽喉咙,往水桶那边走去。

"你是想喝水吧?"姚纳问。

"是啊,想喝水!"

"那就痛痛快快地喝吧。……我呢,老弟,我的儿子死了。……你听说了吗?这个星期在医院里死掉的。……竟有这样的事!"

姚纳看一下他的话产生了什么影响,可是一点影响也没看见。那个青年人已经盖好被子,连头蒙上,睡着了。老人就叹气,搔他的身子。……如同那个青年人渴望喝水一样,他渴望说话。他的儿子去世快满一个星期了,他却至今还没有跟任何人好好地谈一下这件事。……应当有条有理,详详细细地讲一讲才是。……应当讲一讲他的儿子怎样生病,怎样痛苦,临终说过些什么话,怎样死掉。……应当描摹一下怎样下葬,后来他怎样到医院里去取死人的衣服。他有个女儿阿尼霞住在乡下。……关于她也得讲一讲。……是啊,他现在可以讲的还会少吗?听的人应当惊叫,叹息,掉泪。……要是能跟娘们儿谈一谈,那就更好。她们虽然都是蠢货,可是听不上两句就会哭起来。

"去看一看马吧,"姚纳想。"要睡觉,有的是时间。……不用担心,总能睡够的。"

他穿上衣服,走到马房里,他的马就站在那儿。他想起燕麦、草料、天气。……关于他的儿子,他独自一人的时候是不能想的。……跟别人谈一谈倒还可以,至于想他,描摹他的模样,那太可怕,他受不了。……

"你在吃草吗?"姚纳问他的马说,看见了它的发亮的眼睛。"好,吃吧,吃吧。……既然买燕麦的钱没有挣到,那咱们就吃草好了。……是埃……我已经太老,不能赶车了。……该由我的儿子来赶车才对,我不行了。……他才是个地道的马车夫。……只要他活着就好了。……"

姚纳沉默了一忽儿,继续说:

"就是这样嘛,我的小母马。……库兹玛·姚内奇不在了。……他下世了。……他无缘无故死了。……比方说,你现在有个小驹子,你就是这个小驹子的亲娘。……忽然,比方说,这个小驹子下世了。……你不是要伤心吗?"

那匹瘦马嚼着草料,听着,向它主人的手上呵气。

姚纳讲得入了迷,就把他心里的话统统对它讲了。……

# 后　记

　　经过多位教师的紧张工作，《中外文学鉴赏》完稿了，但这项工作并没有终结。在我国高校大学语文教学中，不断有新的尝试，《中外文学鉴赏》也需要实践的检验。我们将在今后的教学中，总结经验，并吸收来自各方面的意见，大胆改革，进一步修改、补充，使之更为完善，力求编写一本质量更高的大学语文教材。

　　本书共分三十三讲，其中，中国古代文学部分二十二讲，现代文学部分七讲，外国文学部分四讲。全书由杨明、阎瑜最终统稿，阎瑜、邵吉志和殷梅负责中国古代文学部分；王小环负责现当代文学部分；张树海负责外国文学部分。

　　本书是在前人研究的基础上完成的，在编著过程中，吸收了多方面的研究成果，未能一一注出；此外，出于教学的需要，书中选取了部分中外名作，这里一并致谢！若原作者见到该书，请与我们联系，我们将奉寄样书。

　　由于时间仓促、水平有限，难免有不足和缺陷，敬请各位有识之士提出批评指正。

编　者

2007 年 8 月